교주 校注

남원고사 南原古詞

교 주 校注

남 원 고 사 南原古詞

남원의 옛 노래 김춘향전

정길수 교주

알렙

책머리에

한국 고전소설사를 공부해 보겠다고 마음 먹은 것이 어언 30년 전 일이다. 그 뒤로 이 한 가지 일을 꾸준히 해 왔지만 아직 못 읽어 본 작품이 많고 소설사의 흐름은 여전히 가늠하지 못하고 있다. 더 부끄러운 일이 있다. 불과 2년 전 『남원고사』를 정독하기 전까지 나는 '고전 중의 고전'이라는 「춘향전」의 가치를 잘 알지 못했다. 「열녀춘향수절가」라는 제목으로 널리 알려진 '완판 84장본'과 신재효가 정리한 판소리 「춘향가」 정도로만 알고 있던 「춘향전」의 세계와 전혀 다른 『남원고사』의 면모, 인간을 보는 독특한 서술자의 시선을 읽고서야 이 작품의 진가를 얼마간 이해하게 되었다.

「춘향전」은 19세기 이후 지금까지 대중의 사랑을 가장 많이 받아 온 고전소설 작품이다. 그런데 「춘향전」이라고 해서 다 같은 「춘향전」이 아니다. 춘향과 이몽룡의 사랑 이야기인 점은 모두 같지만 적어도 수십 종의 버전에서 인물 설정, 에피소드 출입, 서사 전개에 영향을 주는 디테

일의 차이가 확인된다. 대중의 끊임없는 사랑과 함께 기존의 「춘향전」에 대한 불만이 이어지면서 적극적인 독자의 개작이 수행된 결과 이렇게 미세한 차이를 지닌 다수의 「춘향전」 이본(異本)이 탄생했다. 미세한 설정 변화가 작품의 전체적인 색깔에까지 영향을 끼치는 경우가 있어 「춘향전」이 어떤 작품이라고 하려면 내가 본 「춘향전」이 어떤 버전인지부터 밝히고 이야기를 시작해야 한다. 춘향과 「춘향전」에 대한 해석의 혼란은 대개 이본 문제로부터 비롯된 것이다.

『남원고사』는 초기 버전에 가까운 면모를 계승하고 있는 것으로 추정되는, 「춘향전」의 대표 버전이다. 1860년대 서울 종로에서 필사된 책이 프랑스 파리로 옮겨 가 있다가 1970년대에 뒤늦게 그 소재가 알려지면서 즉시 「춘향전」의 최고봉', 「춘향전」의 결정판'이라는 찬사를 받았다. 나는 가장 생기발랄한 '야성'(野性)을 지닌 '김춘향'의 형상, 풍성한 디테일, 우리 주변 어디서나 볼 수 있는 이웃들, 곧 절대 선인도 절대 악인도 아닌 인간 군상을 그 모습 그대로 인정하는 서술자의 시선이 좋아 『남원고사』를 「춘향전」의 최고봉이라고 생각한다. 『남원고사』 이후에도 「춘향전」은 수많은 변개를 거치며 유동했거니와 다른 시각에서 보자면 「춘향전」의 최고봉은 얼마든 다른 버전의 「춘향전」으로 바뀔 수 있다. '내가 본 「춘향전」'이 저마다 다르고 독자마다 취향에 맞는 「춘향전」을 고를 수 있다는 것 또한 「춘향전」의 매력이다. 연구자는 물론 고전에 큰 관심을 가진 독자들이 「춘향전」, 그중에서도 『남원고사』의 진가를 이해하는 데 기초 자료가 되었으면 하는 바람에서 자세한 학술 주석을 붙여 굳이 또 한 권의 책을 세상에 내놓는다.

이 책을 내는 데에도 많은 분들의 배려와 도움이 있었다. 김동욱·김태준·설성경 세 분 선생과 이윤석 선생의 『남원고사』 주석 연구를 길잡이로 삼아 기존의 성과를 보완하는 교주 작업을 진행할 수 있었다. 2023년 서울대 국어국문학과 대학원 수업에서 작품 일부를 강독하면서, 혼자 읽었다면 미처 살피지 못했을 여러 문제를 우리 뛰어난 학생들 덕분에 차분히 검토할 수 있었다. 곽보미 군과 이은채 군이 출판 과정에서 원고의 오류를 여럿 바로잡아 주었다. 선생님과 선배 동학들, 흔쾌히 출판을 맡아 주시고 최선의 지원을 해 주신 알렙 여러분, 사랑하는 가족, 오늘도 여전히 혼자 연구실에 앉아 이런 공부를 할 수 있게 해 주신 모든 분들께 깊이 감사드린다.

2024년 6월

정길수

차례

권 5

일러두기

1. 『남원고사』 프랑스 국립동양언어문화대학(INALCO) 소장 필사본(5책, 『춘향전사본
   선집 1』, 명지대출판부, 1977 영인; 김진영 외 편저, 『춘향전 전집 5』, 박이정, 1997)을
   저본으로 삼았다.
2. 『남원고사』 계열에 속하는 『춘향전』 동양문고본(향목동 세책본: 『춘향전 전집 5』)과
   최남선의 『고본 춘향전』(신문관, 1913)을 참고하여 저본의 오류를 바로잡았다.
3. 현대어 표기로 고쳐 옮기고, 오류를 바로잡은 어구와 일부 난해 어구에 한하여 주
   석에 원문을 제시했다.
4. 간단한 주석은 각주(脚注)로 처리하지 않고 본문 괄호 안에 간주(間注)로 풀이 내용
   을 넣었다.
5. 단락 구분을 하고 단락마다 임의로 제목을 붙였다.

권1

1. 서장(序章)

천하 명산 오악지중(五嶽之中)¹에 형산(衡山)²이 높고 높다. 당(唐) 시절에 젊은 중³이 경문(經文)에 능통하므로 용궁에 봉명(奉命)하고 석교상(石橋上) 늦은 봄바람에 팔선녀(八仙女) 희롱한 죄로 환생인간(還生人間)하여 출장입상(出將入相)하다가 태사당(太史堂)⁴ 돌아들 제 요조절대(窈窕絶代)들이 좌우에 벌였으니, 난양공주(蘭陽公主)·영양공주(榮陽公主)·진채봉(秦彩鳳)·가춘운(賈春雲)·계섬월(桂纖月)·적경홍(狄驚鴻)·심요연(沈嫋烟)·백능파(白凌波)⁵와 실컷 노닐다가 산종(山鐘) 일성(一聲)에 자던 꿈 깨었다. 아마도 세상 명리(名利)와 비우희락(悲憂喜樂)이

---

1) 오악지중(五嶽之中): '오악'은 중국의 5대 명산인 동쪽의 태산(泰山), 서쪽의 화산(華山), 북쪽의 항산(恒山), 남쪽의 형산(衡山), 중앙의 숭산(嵩山)을 이르는 말.
2) 형산(衡山): 호남성(湖南省)에 있는 산. 중국 불교와 도교의 중심지 역할을 했다.
3) 젊은 중:『구운몽』의 주인공 성진(性眞)을 말한다.
4) 태사당(太史堂):『구운몽』에서 승상(丞相) 양소유(楊少遊)가 자신의 저택 안에 두어 빈객을 만나고 공무를 보던 곳.『구운몽』 한역개작본(漢譯改作本) 계열(노존A본·을사본·계해본)의 표기에 따른 것으로,『구운몽』 원작계열본(노존B본·규장각본)에는 "최사당"(催事堂)으로 되어 있다.
5) 난양공주(蘭陽公主)~백능파(白凌波):『구운몽』의 여덟 여주인공.

이러한가 하노매라.[6]

청애조운남리상(靑靄朝雲南里上)[7]의 이화방초(梨花芳草) 곧은 길에 청려완보(靑藜緩步)[8] 들어가니, 산여옥석층층립(山如玉石層層立)[9]에 만학군봉(萬壑群峰) 솟아 있고, 천사주분점점비(川似珠粉點點飛)[10]에 백도유천(百道流川)[11] 길어 있다. 층암정수절벽간(層巖淨水絶壁間)[12]에 저 골 꾀꼬리 종달새는 석양청풍(夕陽淸風) 풀풀 날고, 만학적요(萬壑寂寥) 깊은 골에 귀촉도(歸蜀道) 불여귀(不如歸)[13]라 두견새 슬피 울고, 무심한 저 구름은 봉봉(峰峰)이 걸렸는데, 백장유사쟁요수(百丈遊絲爭繞樹)[14]라 나

....
6) 천하 명산~이러한가 하노매라: 연민본 『청구영언』에 실린 다음 시조에서 따왔다. "천하 명산 오악지중에 형산이 좋돗던지. / 육관대사(六觀大師) 설법제중(說法濟衆)할 제 상좌중 영통자(靈通者)로 용궁에 봉명할 제 석교상에 팔선녀 만나 희롱한 죄로 환생 인간하여 용문(龍門)에 높이 올라 출장입상타가 태사당 돌아들 제 요조절대들이 좌우에 벌였으니, 난양공주 이소화(李簫和), 영양공주 정경패(鄭瓊貝)며 가춘운·진채봉과 계섬월·적경홍·심요연·백능파로 슬커지 노닐다가 산종 일성에 자던 꿈을 다 깨거고다. / 아마도 부귀공명이 이러한가 하노라."
7) 청애조운남리상(靑靄朝雲南里上): 푸른 이내 아침 구름 낀 남쪽 마을.
8) 청려완보(靑藜緩步): 청려장(靑藜杖: 명아주의 줄기를 말려서 만든 지팡이)을 짚고 천천히 걸어.
9) 산여옥석층층립(山如玉石層層立): 옥이 층층 쌓인 듯 아름다운 산.
10) 천사주분점점비(川似珠粉點點飛): 진주 가루가 점점 날리는 듯 아름다운 시내. 저본에는 '천'이 "청"으로 되어 있으나 바로잡았다.
11) 백도유천(百道流川): 백 갈래로 흘러나가는 시내.
12) 층암정수절벽간(層巖淨水絶壁間): 층층 바위 깨끗한 물 흐르는 절벽 사이.
13) 귀촉도(歸蜀道) 불여귀(不如歸): 두견새 울음소리를 형용한 말이자 두견새의 별칭. 전국시대(戰國時代) 촉(蜀)나라 망제(望帝)가 죽은 뒤 그 넋이 이 새로 변했다는 전설이 있는데, 그 구슬픈 울음소리가 흡사 '귀촉도'(촉 땅으로 돌아가리라), '불여귀'(돌아가리라)라 말하는 듯했다고 한다.
14) 백장유사쟁요수(百丈遊絲爭繞樹): 백 길 하늘거리는 거미줄은 앞다투어 나무를 두르네.

무마다 어리었고, 색색이 붉은 꽃은 골골마다 영롱하니, 일군교조공제
화(一群嬌鳥共啼花)[15]라 가지가지 낭자하다. 행진청계불견인(行盡靑溪不
見人)[16]은 무릉도원(武陵桃源)[17]이 어디메뇨? 만학천암쇄모연(萬壑千巖
鎖暮煙)[18]을 무이산중(武夷山中)[19] 이러한가? 벽도화(碧桃花)[20] 천년 봄은
중결자(重結子)[21]에 푸르렀고, 한가하다 춘산계화(春山桂花) 점점홍(點
點紅)[22]에 붉었으니, 방장(方丈)·봉래(蓬萊)[23] 어디메오? 영주(瀛洲) 삼
산(三山)[24]이 여기로다. 요간부상삼백척(遙看扶桑三百尺)에 금계제파일

....
당나라 노조린(盧照鄰)의 시 「장안고의」(長安古意)에 나오는 구절.

15) 일군교조공제화(一群嬌鳥共啼花): 한 무리 어여쁜 새들은 입을 모아 꽃을 노래하네.
   노조린의 「장안고의」에서 "백장유사쟁요수"에 이어지는 구절.

16) 행진청계불견인(行盡靑溪不見人): 푸른 시내 다 가도록 사람 하나 뵈지 않으니. 당나
   라 왕유(王維)의 시 「도원행」(桃源行)에 나오는 구절.

17) 무릉도원(武陵桃源): 도연명(陶淵明)의 「도화원기」(桃花源記)에 나오는 이상향. '무릉'
   은 본래 호남성의 지명.

18) 만학천암쇄모연(萬壑千巖鎖暮煙): 일만 골짜기 일천 바위가 저녁 안개에 잠겼으니. 송
   나라 주희(朱熹)의 시 「무이도가」(武夷棹歌) 10수 중 제2수에 나오는 구절.

19) 무이산중(武夷山中): '무이산'은 강서성(江西省)과 복건성(福建省) 서북부에 걸쳐 있는
   산. 진(秦)·한(漢) 이래로 도교와 불교의 명산으로 꼽혀 왔고, 송나라 주희가 무이정
   사(武夷精舍)를 세워 강학한 이래로 성리학의 성지가 되었다. 저본에는 '무'가 "낙"으
   로 되어 있으나 바로잡았다.

20) 벽도화(碧桃花): 벽도나무 꽃. '벽도'는 복숭아나무의 일종으로, 흰 겹꽃이 피며 열매
   가 잘다.

21) 중결자(重結子): 다시 열매 맺음.

22) 춘산계화(春山桂花) 점점홍(點點紅): 봄 산의 계수나무 꽃 점점이 붉네.

23) 방장(方丈)·봉래(蓬萊): 방장산(方丈山)과 봉래산(蓬萊山). 신선이 산다는 전설상의 산.

24) 영주(瀛洲) 삼산(三山): '영주'는 신선이 산다는 영주산(瀛洲山). '삼산'은 '삼신산'(三
   神山), 곧 봉래산·방장산·영주산을 아울러 이르는 말.

륜홍(金鷄啼罷日輪紅)[25]은 지척일시 분명하다.

　오초(吳楚)는 어이하여 동남으로 터져 있고, 건곤은 무슨 일로 일야(日夜)에 떠 있나니?[26] 강안(江岸)에 귤농(橘濃)하니 황금이 천편(千片)이요, 노화(蘆花)에 풍기(風起)하니 백설이 일장(一丈)이라.[27] 창오모운월천춘(蒼梧暮雲越天春)에 잠연낙무(潛烟落霧)[28] 경(景)도 좋다. 무산(巫山) 십이 높은 봉[29]

....

25) 요간부상삼백척(遙看扶桑三百尺)에 금계제파일륜홍(金鷄啼罷日輪紅): 멀리 바라보니 삼백 척 부상나무에 금계가 울고 나자 떠오르는 붉은 해. 『전등신화』(剪燈新話) 「수궁경회록」(水宮慶會錄)의 "삼백 척 부상나무 웃으며 바라보니 / 금계가 울고 나자 붉은 해가 떠오르네"(笑看扶桑三百尺, 金鷄啼罷日輪紅)에서 따온 구절. '부상'은 전설상의 나무 이름으로, 동해 푸른 바다 가운데 수천 길 높이의 나무가 있는데, 한 뿌리에서 나온 두 그루 나무가 서로 의지하고 있다는 기록이 한나라 동방삭(東方朔)의 『해내십주기』(海內十洲記)에 보인다. 이곳에서 해가 돋는다고 한다. '금계'는 전설상의 신령한 새인데, 태양을 비유하는 말로 쓰인다. 판소리 「흥부가」에 "요간부상삼백척", 「수궁가」에 "동으로 바라보니 삼백 척 부상 가지 일륜홍이 어리었고"라는 구절이 보인다.

26) 오초(吳楚)는 어이하여~떠 있나니: 당나라 두보(杜甫)의 시 「악양루에 올라」(登岳陽樓) 중 "오 땅과 초 땅을 동남으로 가르고 / 하늘과 땅을 밤낮으로 띄우네"(吳楚東南坼, 乾坤日夜浮)에서 따온 구절로, 악양루(岳陽樓)에서 바라본 동정호(洞庭湖)의 드넓음을 형용한 말. '오'는 전국시대 오나라가 있던 지금의 중국 강소성(江蘇省), '초'는 초나라가 있던 호남성·호북성(湖北省) 일대. '동정호'는 호남성 북부에 있는 큰 호수이고, '악양루'는 동정호 동쪽 물가에 있는 누각.

27) 강안(江岸)에 귤농(橘濃)하니~백설이 일장(一丈)이라: 강가에 귤이 익으니 황금이 일천 조각이요, 갈대꽃에 바람 이니 백설이 한 길이라. 「심청가」에 "강안에 귤농하니 황금이 천편, 노화에 풍기하니 백설이 만점(萬點)이라"라는 구절이 보인다. 저본에는 '귤농'이 "춘롱"으로, '노화'가 "누하"로 되어 있으나 바로잡았다.

28) 창오모운월천춘(蒼梧暮雲越天春)에 잠연낙무(潛烟落霧): 창오산(蒼梧山) 저문 구름 비낀 월나라 봄 하늘에 안개 자욱한 풍경. '창오산'은 호남성 남부에 있는 산으로, 순임금이 죽어 묻혔다는 곳이다. 이 지역은 초나라 땅에 해당하는바, '월천'은 착오로 보인다.

29) 무산(巫山) 십이 높은 봉: '무산'은 호북성 서부에 있는 산. 열두 봉우리가 있어 '무산 십이봉'이라 일컫는다. 초나라 회왕(懷王)이 낮잠을 자다가 꿈에 무산의 여신을 만났

은 구름 밖에 솟아 있고, 동정(洞庭) 칠백[30] 너른 물은 하늘과 한빛이라. 망
망평호(茫茫平湖: 아득히 넓고 큰 호수) 가는 배는 범려(范蠡)의 오호주(五湖
舟)[31]요, 평사십리(平沙十里)[32] 나는 새는 서왕모(西王母)의 청조(靑鳥)[33]로다.
강함백옥규어로(江含白玉窺魚鷺)[34]는 옥류청풍(玉流淸風)[35] 물가마다 한가로이
앉아 있고, 산토황금진접앵(山吐黃金進蝶鶯)[36]은 청포세류(靑蒲細柳)[37] 두
던[38] 위에 비거비래(飛去飛來) 왕래하니, 원상한산석경사(遠上寒山石徑

....

　　는데, 무산의 여신이 자신은 아침에는 구름이 되고 저녁에는 비가 된다고 말한 뒤 잠
　　자리를 함께했다는 전설이 있다.

30) 동정(洞庭) 칠백: 동정호. 동정호의 너비가 700리가량이라고 해서 붙은 명칭.

31) 범려(范蠡)의 오호주(五湖舟): 춘추시대(春秋時代) 월나라의 재상 범려가 동정호에 띄
　　운 배. 범려가 계략을 꾸며 서시(西施)를 오나라 왕 부차(夫差)의 총희(寵姬)로 만들었
　　다가 월나라가 오나라를 멸망시킨 후 서시와 함께 동정호에 배를 띄우고 노닐었다는
　　고사가 있다. '오호'는 동정호를 가리킨다.

32) 평사십리(平沙十里): 10리 길게 이어진 모래밭.

33) 서왕모(西王母)의 청조(靑鳥): '서왕모'는 티베트고원 북쪽의 곤륜산(崑崙山)에 산다
　　는 선녀. '청조'는 신선 세계에서 소식 전하는 일을 한다는 새.

34) 강함백옥규어로(江含白玉窺魚鷺): 강은 백옥을 머금고 물고기와 백로를 엿보네. 최산
　　두(崔山斗, 1483~1536)의 시 「물염정에 쓰다」(題勿染亭)의 한 구절이라고 전하나 작
　　자와 작품명이 확실치 않다. 저본에는 "강안배회초월오"로 되어 있으나 바로잡았다.

35) 옥류청풍(玉流淸風): 옥빛 아름다운 시내와 맑은 바람. 저본에는 '류'가 "누"로 되어
　　있으나 바로잡았다.

36) 산토황금진접앵(山吐黃金進蝶鶯): 산은 황금을 토하며 나비와 꾀꼬리에 다가오네. 최
　　산두의 시 「물염정에 쓰다」의 한 구절이라고 전하나 작자와 작품명이 확실치 않다.

37) 청포세류(靑蒲細柳): 새로 돋아 푸른 부들과 가녀린 버들가지. 두보의 시 「강가에서
　　슬퍼하다」(哀江頭)에 "가녀린 버들과 새로 돋은 부들은 누굴 위해 푸르른가?"(細柳新
　　蒲爲誰綠), 신광수(申光洙)의 「관산융마」(關山戎馬)에 "곡강(曲江)에는 새로 돋은 부들
　　과 가녀린 버들"(新蒲細柳曲江岸)이라는 구절이 보인다.

38) 두던: '언덕'의 방언.

斜)³⁹는 이적선(李謫仙)⁴⁰의 일흥(逸興: 초탈한 홍취)이요, 소소낙목귀마수⁴¹는 백낙천(白樂天)⁴²의 유취(幽趣)로다. 자미동남선아유⁴³는 나와 먼저 놀았노라.

이런 경개(景槪: 경치) 다 본 후에 어디메로 가잔 말고? 산은 첩첩 천봉(千峰)이요, 수(水)는 잔잔 벽계(碧溪)로다. 기암층층(奇巖層層) 절벽간(絶壁間)에 폭포청파(瀑布淸波) 떨어지고,⁴⁴ 행심일경(行尋一徑) 비낀 길에⁴⁵ 창송(蒼松)은 울울(鬱鬱), 벽도화 난만(爛漫) 중에 꽃 속에 잠

---

39) 원상한산석경사(遠上寒山石徑斜): 저 멀리 가을산 좁은 돌길 오르는데. 당나라 두목(杜牧)의 시 「산행」(山行)에 나오는 구절.

40) 이적선(李謫仙): 당나라의 시인 이백(李白). '적선'은 '인간 세계에 유배 온 신선'이라는 뜻으로, 이백의 재주를 칭송해 붙은 별칭. 여기서는 두목의 시를 인용한바, '이적선'은 '두목'의 착오이다.

41) 소소낙목귀마수: '소소낙목'(蕭蕭落木)은 '우수수 지는 낙엽'의 뜻이나 전체 구절의 뜻은 미상. 백거이(白居易)의 시 「한식날 들을 바라보며 읊다」(寒食野望吟)에 "소소모우인귀거"(蕭蕭暮雨人歸去: 후두두 저녁 빗속에 사람이 돌아가네)라는 구절이, 두보의 시 「등고」(登高)에 "무변낙목소소하"(無邊落木蕭蕭下: 가없는 나무 잎이 우수수 지네)라는 구절이 보인다.

42) 백낙천(白樂天): 당나라의 시인 백거이. '낙천'은 그 자(字).

43) 자미동남선아유: 미상. '紫微東南仙娥遊'로 보아 '자미궁(紫微宮)의 동남쪽에 선녀가 노니네'의 뜻이 아닐까 하나 확실치 않다. '자미궁'은 북두성 북쪽의 별자리로, 도교에서 천제(天帝)가 거처하는 궁궐이라고 한다. 한편 백거이의 시 「선아봉에서 내려와 짓다」(仙娥峰下作)에 "동남쪽으로 가서 / 비로소 상산(商山) 길에 올랐네. / 상산 무수한 봉우리 중 / 선아봉이 가장 좋았지"(我爲東南行, 始登商山道, 商山無數峰, 最愛仙娥好)라는 구절이 보이는바, '子美東南仙娥遊'에서 '자미'(子美: 두보의 자字)를 '백거이'의 잘못으로 보아 '백거이는 동남쪽의 선아봉에 노닐었네'의 뜻일 수도 있다.

44) 기암층층(奇巖層層) 절벽간(絶壁間)에 폭포청파(瀑布淸波) 떨어지고: 12잡가(雜歌)의 하나인 「유산가」(遊山歌)에 "층암 절벽상에 폭포수는 콸콸"이라는 구절이 보인다.

45) 행심일경(行尋一徑) 비낀 길에: 당나라 장적(張籍)의 시 「매계」(梅溪) 중 "새로 핀 매화를 사랑하여 / 비탈진 길 찾아가네"(自愛新梅好, 行尋一徑斜)에서 따온 말.

든 나비 자취 소리에 펄펄 날고,[46] 노화홍료(蘆花紅蔘: 갈대꽃과 붉은 여
뀌꽃) 적막한데, 아이야, 무릉이 어디메니? 도원이 여기로다. 화간접무
분분설(花間蝶舞紛紛雪)에 유상앵비편편금(柳上鶯飛片片金)이라.[47] 동원
도리편시춘(東園桃李片時春)[48]은 어이 그리 쉬이 가노? 우양(牛羊)은 하
산하여 외양을 찾아가고, 숙조(宿鳥)는 죽지 끼고 군비투림(群飛投
林)[49]하는고나.

　삼간초옥(三間草屋) 적막한데 일편시문(一片柴門) 닫아 두고, 이화월백
(梨花月白) 밝은 날에 두견성중(杜鵑聲中: 두견새 울음소리 속에) 홀로 앉아
칠현금(七絃琴) 비껴 안고 천리 고인(故人) 생각하니, 산장수원(山長水遠)
머나먼데 안절어침(雁絕魚沈)[50] 더욱 섧다. 오동추야(梧桐秋夜) 밝은 달

....

46) 창송(蒼松)은 울울(鬱鬱)~펄펄 날고: 「유산가」에 "창송취죽(蒼松翠竹)은 창창울울(蒼
蒼鬱鬱)하고 / 기화요초(琪花瑤草) 난만 중에 / 꽃 속에 잠든 나비 / 자취 없이 날아든
다"라는 구절이 보인다.

47) 화간접무분분설(花間蝶舞紛紛雪)에 유상앵비편편금(柳上鶯飛片片金)이라: 꽃 사이에
나비가 춤추니 눈이 어지러이 날리는 듯하고, 버들 위로 꾀꼬리 나니 금이 조각조각
반짝이는 듯하네. 김인후(金麟厚)가 엮었다고 전하는 아동용 한시 학습서 『백련초해』
(百聯抄解)에 나오는 구절. 「유산가」에도 "유상앵비는 편편금이요 화간접무는 분분설
이라"라는 구절이 보인다.

48) 동원도리편시춘(東園桃李片時春): 동쪽 동산에 복사꽃 자두꽃 핀 짧은 봄날. 당나라
왕발(王勃)의 시 「임고대」(臨高臺)에 나오는 구절.

49) 군비투림(群飛投林): 무리지어 숲으로 날아들다. 송나라 유자휘(劉子翬)의 시 「고익
음」(孤翼吟)에 "무리들 모두 숲으로 날아드는데 / 홀로 하늘 높이 훨훨 나네"(群飛盡投
林, 凌空獨翩翩)라는 구절이 보인다.

50) 안절어침(雁絕魚沈): 안서어침(雁逝魚沉). 기러기의 자취가 끊어지고 물고기가 가라
앉아 모습을 감춤. 기러기와 잉어가 편지를 전해 주었다는 고사에서 유래하여 소식이
단절됨을 비유하는 말.

과 호접춘풍(胡蝶春風) 긴긴 날에 산가촌적(山歌村笛)51을 「어부사」(漁父辭)로 화답하고, 일엽어선(一葉漁船) 흘리 저어 장장여사(長丈餘絲)52 긴 낚대로 낙조강호(落照江湖)53 비꼈는데, 자맥풍진(紫陌風塵)54 미친 기별 일간어옹(一竿漁翁)55 나 몰라라, 은린옥척(銀鱗玉尺)56 뛰노는데 야수강천(野水江天: 들판의 강과 강 위의 하늘) 한빛이라, 거구세린(巨口細鱗) 낚아내니 송강(松江) 노어(鱸魚) 부럴쏘냐?57 십리 사장(沙場) 내려가니 백구비거(白鷗飛去) 뿐이로다.58

....

51) 산가촌적(山歌村笛): 산촌에서 들려오는 노래와 피리 소리.

52) 장장여사(長丈餘絲): 한 길 남짓한 길이의 낚싯줄. 저본에는 '여'가 "어"로 되어 있으나 바로잡았다.

53) 낙조강호(落照江湖): 낙조 물든 강호에. 저본에는 '호'가 "노"로 되어 있으나 「낙빈가」(樂貧歌)에 따랐다.

54) 자맥풍진(紫陌風塵): 번화한 도시의 번잡한 일.

55) 일간어옹(一竿漁翁): 낚싯대 하나 든 고기잡이 노인. 저본에는 "산간어옹"으로 되어 있으나 「낙빈가」에 의거해 바로잡았다.

56) 은린옥척(銀鱗玉尺): 은빛 물고기. '옥척'은 한 자쯤 되는 물고기를 비유하는 말.

57) 거구세린(巨口細鱗) 낚아내니 송강(松江) 노어(鱸魚) 부럴쏘냐: 입이 크고 비늘이 가는 물고기를 낚으니 송강의 농어가 부러울쏘냐? 소동파(蘇東坡)의 「후적벽부」(後赤壁賦) 중 "입이 크고 비늘이 가늘어 송강의 농어처럼 생겼소"(巨口細鱗, 狀如松江之鱸)라는 구절에서 따온 말. 중국 상해(上海) 송강의 수야교(秀野橋) 부근에서 잡히는 농어가 일품 생선으로 꼽혔기에 한 말이다.

58) 일엽어선(一葉漁船) 흘리~백구비거(白鷗飛去) 뿐이로다: 「낙빈가」에서 따온 구절. 「낙빈가」의 해당 구절은 다음과 같다. "수곡산가(數曲山謌) 파(罷)한 후에 일엽어정(一葉漁艇) 홀로 저어 / 장장여사 한 낚대를 낙조강천(落照江天) 비꼈으니 / 자맥홍진(紫陌紅塵) 미친 기별 일간어옹 나 몰라라 / 범범창파(泛泛蒼波) 이내 흥을 녹록세인(碌碌世人) 알 리 없다 / 은린옥척 뛰노는데 야수강천 한빛이라 / 거구세린 낚아내니 송강 노어 부럴쏘냐 / 노화풍엽(蘆花楓葉) 낚대 끝에 모강연우(暮江煙雨) 배를 매고 / 십리 사장 내려가니 백구비거 뿐이로다." 차천로(車天輅)가 지었다고 전하는 「강촌별곡」(江村別曲)에도 유사한 구절이 있는데, 다음과 같다. "수곡산가 파한 후에 일엽어정 흘리

죽장망혜(竹杖芒鞋) 단표자(單瓢子)로 천리 강산 들어가니,[59] 만학천봉(萬壑千峰) 구름 속에 초옥시문(草屋柴門) 돌아들어 금서소일(琴書消日)하는 곳에 유주영준(有酒盈樽) 하였어라.[60] 장가단가(長歌短歌)[61] 두세 곡에 일배일배부일배(一盃一盃又一盃)[62]라, 퇴연옥산(頹然玉山)[63] 취한 후에 석두한침(石頭閑枕: 돌베개 한가로이 베고) 잠을 들어 학려일성(鶴唳一聲) 깨달으니 계월삼경(桂月三更)[64] 뿐이로다. 고거사마(高車駟

저어 / 장장여사 한 낚대를 낙조강호 비꼈으니 / 구맥홍진(九陌紅塵) 미친 기별 일간 어옹 뉘 알쏘냐 / 범범창파 이내 흥을 요요진세(擾擾塵世) 제 뉘 알리 / 은린옥척 뛰노는데 야수강천 한빛이라 / 거구세린 낚아내니 송강 농어 비길쏘냐 / 봉창호저(蓬窓芦底) 낚대 걸고 일모연저(日暮烟渚) 배를 돌려 / 십 리 사정(沙汀) 올라오니 백구비거 뿐이로다."

59) 죽장망혜(竹杖芒鞋) 단표자(單瓢子)로 천리 강산 들어가니: '죽장망혜 단표자'는 대지팡이와 짚신과 표주박 하나. 잡가 「유산가」와 단가 「죽장망혜」(竹杖芒鞋) 등에도 이 구절이 보인다.

60) 금서소일(琴書消日)하는 곳에 유주영준(有酒盈樽) 하였어라: 도연명의 「귀거래사」(歸去來辭) 중 "친척과 반갑게 정담 나누고 / 거문고와 책을 즐겨 근심을 없애리라"(悅親戚之情話, 樂琴書以消憂)라는 구절과 "어린 아들 손잡고 집으로 들어가니 / 술항아리에 술이 가득하네"(携幼入室, 有酒盈樽)라는 구절에서 따온 말. 잡가 「어부사」에 "금서소일(琴書消日) 하던 곳에 / 유주배준(有酒盃樽) 하였던고"라는 구절이 보이고, 「낙빈가」에 "금서소일 하온 곳에 / 유주영준 하였어라"라는 구절이 보이며, 「강촌별곡」에 "금서소일 하는 곳에 / 청주영준(靑酒盈樽) 하였으니"라는 구절이 보인다.

61) 장가단가(長歌短歌): 저본에는 '단가'가 '단적'으로 되어 있으나 바로잡았다.

62) 일배일배부일배(一盃一盃又一盃): 한 잔 한 잔 또 한 잔. 이백의 시 「산중대작」(山中對酌)에 나오는 구절.

63) 퇴연옥산(頹然玉山): 옥산이 무너지다. 이백의 시 「양양가」(襄陽歌)에서 유래하여 술에 만취해 쓰러지려 한다는 뜻. '옥산'은 준수한 미남을 비유하는 말. 저본에는 '연'이 "헌"으로 되어 있으나 바로잡았다.

64) 계월삼경(桂月三更): 달 밝은 밤 3경. '계월'은 계수나무가 있다는 달의 별칭. '3경'은 밤 11시에서 1시 사이.

馬)⁶⁵ 뜻이 없고 미주가효(美酒佳肴) 흥이 난다. 송단채지(松壇採芝) 노래하고⁶⁶ 석전춘우(石田春雨: 척박한 따비밭에 봄비 내려) 밭을 가니, 당우(唐虞: 요순시대) 천지 이 아니며 갈천민인(葛天民人)⁶⁷ 나뿐이라, 등동고이서소(登東皐以舒嘯)하고 임청류이부시(臨淸流而賦詩)로다.⁶⁸ 남전(南田) 곡식 맬 이 없고⁶⁹ 운재고산(雲在高山: 높은 산에 있는 구름) 시비 없다. 세상 영욕 다 버리고 물외강산 오며 가며, 일대계산(一帶溪山) 적막한데 석조강어(夕釣江魚) 뿐이로다. 범범창파(泛泛蒼波) 이내 흥을 녹록세인(碌碌世人: 녹록한 세상 사람들) 제 뉘 알리? 천재(千載) 만재(萬載) 억만재(億萬載)를 여차여차 늙으리라.⁷⁰

....

65) 고거사마(高車駟馬): 네 마리 말이 끄는 높은 수레. 고관(高官)을 비유하는 말.

66) 송단채지(松壇採芝) 노래하고: 소나무 언덕에서 「채지가」(採芝歌: 지초 캐는 노래)를 부르고. 진나라 말 한나라 초에 상산(商山: 중국 섬서성陝西省에 있는 산)에 은거해 있던 네 명의 고사(高士), 곧 사호(四皓)가 "아득히 높은 산 깊고 깊은 골짜기에 / 붉은 지초 무성하니 굶주림을 면할 수 있네"(莫莫高山, 深谷逶迤. 曄曄紫芝, 可以療饑)라며 안빈낙도를 노래한 일을 말한다.

67) 갈천민인(葛天民人): 갈천씨(葛天氏) 시대의 백성. '갈천씨'는 중국 전설 속의 성군(聖君)으로, 그의 음악에 맞춰 세 사람이 소의 꼬리를 잡고 흥에 겨워 발을 구르며 노래했다는 이야기가 『여씨춘추』(呂氏春秋)에 보인다.

68) 등동고이서소(登東皐以舒嘯)하고 임청류이부시(臨淸流而賦詩)로다: 동쪽 언덕에 올라 휘파람 불고 / 맑은 물 앞에서 시를 짓도다. 도연명의 「귀거래사」에 나오는 말.

69) 남전(南田) 곡식 맬 이 없고: 따뜻한 남녘 밭에는 농사가 절로 잘되어 김 매는 이 없고. 「낙빈가」에는 이 자리에 "난생유곡(蘭生幽谷: 그윽한 골짜기에 난 난초는) 맬 이 없고"라는 구절이 있다.

70) 장가단가(長歌短歌) 두세~여차여차 늙으리라: 「낙빈가」의 다음 구절과 대동소이하다. "범범창파 이내 흥을 녹록세인 알 리 없다 / (…) 장가단가 두세 곡에 일배일배 다시 부어 / 퇴연옥산 취한 후에 석두한침 잠을 들어 / 학려일성 깨달으니 계월삼경 밝았어라 / 고거명마(高車鳴馬) 뜻이 없고 미수가산(美水佳山) 말이 없다 / 송오자지(松塢紫芝) 노래하고 석전춘우 밭을 가니 / 당우 천지 이 아닌가 갈천씨민(葛天氏民) 나

2. 이도령

이 세상에 매우 이상하고 신통하고 거룩하고 기특하고 패려(悖戾)하고 맹랑하고 희한한 일이 있것다. 전라도 남원(南原) 부사(府使)[71] 이등 사또[72] 도임시(到任時)에 자제 이도령이 연광(年光)이 16세라, 얼굴은 진유자(陳孺子)[73]요, 풍채는 두목지(杜牧之)[74]라, 문장은 이태백(李太白)[75]

....

뿐일다 / 등고서소(登高舒嘯) 오늘 하고 임류부시(臨流賦詩) 내일 하자 / (…) 난생유곡(蘭生幽谷) 말이 없고 운재고산 시비 없다 / (…) 한래계상(閑來溪上) 경(景) 좋은데 석조강어 저녁 먹자 / 세상 공명 다 버리고 상외강산(象外江山) 오명 가명 / 인생 백년 산 동안에 여차여차 늙으리라." 「강촌별곡」에도 다음의 유사 구절이 보인다. "장가단곡(長歌短曲) 두세 사람 일배일배 다시 부어 / 퇴연옥산 취한 후에 석두한면(石頭閑眠) 잠을 들어 / 학려일성 깨달으니 계월삼경 밝을세라 / 생애담백(生涯澹白) 내 즐기니 부귀공명 불워하랴 / 천추만세(千秋萬歲) 억만세(億萬歲)에 이리저리 하오리라."

71) 부사(府使): 1천 호(戶) 이상인 고을에 둔 지방관인 정3품의 대도호부사(大都護府使)와 종3품의 도호부사(都護府使)를 가리키는 칭호. 도호부인 남원의 부사는 종3품 벼슬.

72) 이등 사또: 현임 사또. 전임 사또를 가리키는 말인 '전등 사또'에 대응되는 말.

73) 진유자(陳孺子): 한나라 고조(高祖)의 개국공신 진평(陳平). 뛰어난 지략가이며, 미남자로도 유명했다. '유자'는 어린이라는 뜻으로, 진평이 어렸을 때 고향 사람들이 그를 '진유자'라고 불렀다는 고사가 전한다.

74) 두목지(杜牧之): 당나라의 시인 두목(杜牧). '목지'는 그 자(字). 미남인데다 풍류남아로 유명했다.

75) 이태백(李太白): 당나라의 시인 이백(李白). '태백'은 그 자.

이요, 필법은 왕희지(王羲之)[76]라. 사또 사랑이 태과(太過)하여 도임 초에 책방(冊房)[77]에 기생(妓生) 수청(守廳)[78] 들이자 하니 색(色)에 상할까 염려하고, 통인(通引) 수청[79] 넣자 하니 용의(容儀) 골까[80] 염려하여 관속(官屬)에게 분부하되

"책방에 만일 기생 수청을 들이거나 반반한 통인 수청을 드리는 폐가 있으면 너희를 잡아들여 유월도(六月桃)뼈[81]를 뚫고 왼 호초(胡椒)[82]를 박으면 웃고 죽으리라!"

이렇듯 분부를 지엄극악(至嚴極惡)히 하니, 어떤 역적의 아들놈이 살찐 암캉지 하나이나 책방 근처에 보내리오? 책방 수청을 들이되 귀신 다 된 아이놈을 들이것다. 상모(相貌)를 역력히 뜯어보니, 대고리(대가리)는 북통 같고, 얼굴은 밀매판[83] 같고, 코는 얼어 죽은 초빙 줄기[84]만 하고, 입은 귀까지 돌아지고, 눈구멍은 총(銃) 구멍 같으니 깊든지 말든

....

76) 왕희지(王羲之): 동진(東晉)의 서예가.

77) 책방(冊房): 본래 고을 원에 의하여 사사로이 채용되어 비서 일을 맡아보던 사람, 혹은 그가 머무는 방을 뜻하나, 여기서는 사또 자제의 처소를 말한다.

78) 기생(妓生) 수청(守廳): 기생이 벼슬아치에게 잠자리 시중을 드는 일. '수청'은 높은 벼슬아치가 시키는 대로 심부름하는 일.

79) 통인(通引) 수청: 미소년 통인이 수청 드는 일. '통인'은 지방 관아에서 고을 수령의 잔심부름을 하던 하인.

80) 용의(容儀) 골까: 몸이 상할까. '골다'는 '곯다'의 방언.

81) 유월도(六月桃)뼈: 복숭아뼈. '유월도'는 음력 6월에 익는 복숭아의 한 품종. 크고 빛이 검붉다.

82) 왼 호초(胡椒): 통후추.

83) 밀매판: 매판. 맷돌질을 할 때 바닥에 까는 판. 여기서는 평평하고 넓적한 얼굴을 비유한 말.

84) 초빙 줄기: 임시로 쓴 무덤 위에 덮은, 죽은 풀 줄기. 초빙, 곧 '초빈'(草殯)은 장사를 속히 치르지 못할 때 임시로 한데에 관을 두고 이엉 따위로 덮어 두는 일.

지 이달에 울 일이 있으면 내월(來月) 초생(初生)[85]에 눈물이 맺혔다가 스무날정께[86] 되어야 낙루(落淚)하고, 얽든지[87] 말든지 얽은 구멍에 탁주(濁酒) 두 푼어치 부어도 잘 차지 아니하고, 몸집은 동대문 안 인정(人定)[88]만 하고, 두 다리는 휘경원(徽慶園) 정자각(丁字閣)[89] 기둥만 하고, 키는 팔척장신(八尺長身)이요, 발은 겨우 개발만 한데 종아리는 비상(砒霜)[90] 먹은 쥐 다리 같으니, 바람 부는 날이면 간드렝간드렝 하다가 된통 바람이 부는 날이면 가끔 낙상(落傷)[91]하는 아이놈을 명색(名色)으로 수청을 들이니, 이도령이 책방에 홀로 앉아 탄식하는 말이

"세사(世事)를 솜솜[92] 헤아리니 묘창해지일속(渺滄海之一粟)[93]이라. 나무라도 은행목(銀杏木)은 자웅(雌雄)으로 마주서고,[94] 물이라도 음양수

---

85) 초생(初生): 초승. 음력 초하루께.

86) 정께: 그 무렵.

87) 얽든지: 마맛자국이 생기든지.

88) 인정(人定): 인정종(人定鐘). 밤 10시 무렵 통행 금지를 알리던 종으로, 여기서는 보신각종.

89) 휘경원(徽慶園) 정자각(丁字閣): '휘경원'은 정조(正祖)의 후궁이자 순조(純祖)의 모친인 수빈(綏嬪) 박씨(朴氏, 1770~1822)의 능원(陵園). 1823년(순조 23) 양주(楊州) 배봉산(拜峰山: 지금의 서울 동대문구 휘경동)에 조성되었다가 1855년 양주 순강원(順康園: 지금의 경기도 남양주시 진접읍榛接邑 내각리)으로, 다시 1863년 양주 달마동(지금의 진접읍 부평리)으로 이장되었다. '정자각'은 능원 아래 제사를 지내기 위해 지은 '정'(丁) 자 모양의 집.

90) 비상(砒霜): 비석(砒石)에 열을 가하여 승화시켜 추출하는 결정체. 독성이 강하다.

91) 낙상(落傷): 저본에는 "낙성"으로 되어 있으나 바로잡았다.

92) 솜솜: 촘촘히. 곰곰이.

93) 묘창해지일속(渺滄海之一粟): 넓고 넓은 바다에 좁쌀 한 알. 소동파의 「적벽부」(赤壁賦)에 나오는 구절로, 인간 존재의 보잘것없음을 비유한 말이다.

94) 은행목(銀杏木)은 자웅(雌雄)으로 마주서고: 은행나무는 암수의 구분이 있어 수나무에서 날아온 꽃가루가 있어야만 암나무가 열매를 맺기에 하는 말. '은행나무도 마주

(陰陽水)[95]는 격(格)을 찾아 돌아들고, 새라도 원앙조(鴛鴦鳥)는 웅비자종(雄飛雌從)[96] 날아들고, 풀이라도 합환초(合歡草)[97]는 사시장춘(四時長春) 마주 나고, 돌이라도 망주석(望柱石)[98]은 둘이 서서 마주 보고, 원앙지상양양비(鴛鴦池上兩兩飛)요 봉황루하쌍쌍도(鳳凰樓下雙雙度)라[99] 날짐승도 쌍이 있고, 길버러지도 짝이 있고, 헌 고리[100]도 짝이 있고, 헌 짚신도 짝이 있네. 나는 어인 팔자완대 어젯밤도 새우잠 자고, 오늘밤도 새우잠 자고, 매양 장상(長常: 늘) 새우잠만 자노? 어떤 부모는 자부(子婦) 얻어 아들 낳고 딸을 낳아 입장출가(入丈出嫁)[101] 시킨 후에 아들의 손자, 딸의 손자 안고 지고 재롱 보고, 어떤 부모는 주변이 없고 마련이 없고 된 데가 없어 다만 자식 나 하나 두고 청춘 이십 당하도록 독숙공방(獨宿空房) 시키는고? 차마 설워 못 살겠다!"

······························
서야 연다'라는 속담이 있다.
95) 음양수(陰陽水): 음과 양이 하나로 섞여 있는 물.
96) 웅비자종(雄飛雌從): 수컷이 날자 암컷이 따름. 이백의 시 「촉도난」(蜀道難)의 "수컷 날자 암컷 따라 숲을 맴도네"(雄飛雌從繞林間)라는 구절에서 따온 말.
97) 합환초(合歡草): 낮에는 줄기가 백 갈래로 나뉘었다가 밤이면 합하여 하나의 줄기를 이룬다는 풀 이름. 저본에는 "화반초"로 되어 있으나 바로잡았다.
98) 망주석(望柱石): 무덤 앞 양쪽에 세우는 한 쌍의 돌기둥.
99) 원앙지상양양비(鴛鴦池上兩兩飛)요 봉황루하쌍쌍도(鳳凰樓下雙雙度)라: 원앙은 연못에서 짝을 지어 날고, 봉황은 누각 아래 쌍쌍이 건너네. 당나라 왕발의 시 「임고대」에 나오는 구절.
100) 고리: '돌쩌귀'의 방언. 문짝을 문설주에 달아 여닫는 데 쓰는 두 개의 쇠붙이로, 암짝은 문설주에, 수짝은 문짝에 박아 맞추어 꽂는다.
101) 입장출가(入丈出嫁): 장가 들이고 시집 보냄.

3. 봄나들이

이렇듯이 탄식하며 시절을 돌아보니 때마침 삼춘(三春: 봄의 석 달)이라 초목군생지물(草木群生之物)이 개유이자락(皆有以自樂)이라,[102] 떡갈나무 속잎 나고, 노고지리 높이 떴다. 건넛산에 아지랑이 끼고, 잔디잔디 속잎 나고, 달바자 쨍쨍 울고, 3년 묵은 말가족(말가죽)은 외용죄용 소리하고,[103] 선동아(先童兒) 군복(軍服)하고 거동참례(擧動參禮) 하러 가고,[104] 청개구리 신(新) 상투 짜고[105] 동네 어른 찾아보고, 고양이 성적(成赤)[106]하고 시집가고, 암캐 서답 차고 월후(月候)하고,[107] 너구리 넛손

....

102) 초목군생지물(草木群生之物)이 개유이자락(皆有以自樂)이라: 초목과 모든 생물이 모두 스스로 즐거워하는 바가 있다. 『한서』(漢書) 「문기」(文紀)에 나오는 말.

103) 잔디잔디 속잎~외용죄용 소리하고: 봄이 되어 만물이 소생하고 활기를 띠는 모습. 잡가 「춘정난감설」(春情難堪說)에 "달바자는 쨍쨍 울고 잔디 속에 속잎 난다 / 삼 년 묵은 말가죽은 외용지용 우지는데"라는 구절이 있다. '달바자'는 달뿌리풀로 엮어 만든 울타리용 바자.

104) 선동아(先童兒) 군복(軍服)하고 거동참례(擧動參禮) 하러 가고: 쌍둥이 형은 군복 입고 임금 행차에 참여하러 가고.

105) 신(新) 상투 짜고: 처음으로 상투를 틀고.

106) 성적(成赤): 혼례를 위해 신부가 얼굴에 분 바르고 연지 찍는 일.

107) 서답 차고 월후(月候)하고: '서답'은 '개짐'의 방언. 여자가 월경 때 샅에 차던 헝겊. '월후'는 월경(月經).

자[108] 보고 두꺼비 외손자(外孫子) 보고, 다람이 용개치고[109] 과부 기지개 켤 제 이도령의 마음이 흥글항글하여 불승탕정(不勝蕩情: 방탕한 마음을 이기지 못함)이라. 산천 경개 보려 하고 방자(房子)[110] 불러 분부하되

"이 고을 구경처(求景處)가 어디어디 유명한다?"

방자 여쭙되

"무슨 경(景)을 보려 하오?

행행점점정환사(行行點點整還斜)하니

욕하한공숙난사(欲下寒空宿暖沙)라.

괴득편번이별안(怪得翩翻移別岸)하니

축로인어격노화(軸轤人語隔蘆花)라.[111]

평사낙안(平沙落雁) 경(景)이오니, 이를 구경하려 하오?

....
108) 넛손자: 누이의 손자. 또는 '증손자'의 방언.
109) 다람이 용개치고: 다람쥐가 용두질하고.
110) 방자(房子): 지방 관아에서 심부름을 하던 사내종.
111) 행행점점정환사(行行點點整還斜)하니~축로인어격노화(軸轤人語隔蘆花)라: 줄줄이 점점이 가지런히 날다 비껴 날더니 / 찬 허공을 내려와 따뜻한 모래밭에서 자려 하네. / 괴이해라 훨훨 날아 다른 언덕으로 옮겨가니 / 갈대꽃 너머 뱃사람들 말소리 때문이었네. 이제현(李齊賢)의 시 「박석재(朴石齋)와 윤저헌(尹樗軒)이 『은대집』(銀臺集)의 소상팔경(瀟湘八景) 운으로 지은 시에 화답하다」(和朴石齋尹樗軒用銀臺集瀟湘八景韻)의 제1수 「평사낙안」(平沙落雁: 모래밭에 내려앉은 기러기)을 그대로 옮겼다. '소상강'은 중국 호남성(湖南省) 동정호 남쪽 소수(瀟水)와 상강(湘江)이 만나는 곳. 저본에는 첫 구의 '환'이 "한"으로, 둘째 구의 '난'이 "원"으로, 셋째 구의 '번'이 "만"으로, 넷째 구의 '노'가 "격"으로 되어 있으나 바로잡았다.

행주고객사아동(行舟賈客似兒童)하니

향화인인걸순풍(香火人人乞順風)을.

뇌시호신능범응(賴是湖神能泛應)하니

중범제거각서동(衆帆齊擧各西東)을.[112]

원포귀범(遠浦歸帆) 경(景)이오니, 이를 구경하려 하오?

풍엽노화수국추(楓葉蘆花水國秋)하니

일강풍우쇄편주(一江風雨洒扁舟)를.

천년고범무인도(千年孤帆無人渡)하니

단근창오원야수(但近蒼梧怨夜愁)라.[113]

112) 행주고객사아동(行舟賈客似兒童)하니~중범제거각서동(衆帆齊擧各西東)을: 배 부리는 상인들이 아이들처럼 / 사람마다 향 사르며 순풍을 비네. / 호수의 신이 소원 들어주매 / 일제히 돛 올리고 동서로 떠나네. 이제현의 같은 시 제2수 「원포귀범」(遠浦歸帆: 먼 포구에 떠나는 배)을 그대로 옮겼다. 저본에는 첫 구의 '고'가 "매"로, 둘째 구의 '향'이 "행"으로, 넷째 구의 '각서'가 "수저"로 되어 있으나 바로잡았다.

113) 풍엽노화수국추(楓葉蘆花水國秋)하니~단근창오원야수(但近蒼梧怨夜愁)라: 단풍 들고 갈대꽃 핀 수국(水國)의 가을에 / 온 강의 비바람 조각배에 뿌리네. / 천년의 외로운 배에 강 건너는 이 없거늘 / 창오산 가까워 시름겨운 밤. 이제현의 같은 시 제3수 「소상야우」(瀟湘夜雨: 소상강의 밤비)의 첫 구와 둘째 구만 그대로 옮기고, 셋째 구와 넷째 구는 달리 썼다. 이제현의 원시 셋째 구와 넷째 구는 다음과 같다. "초나라 나그네 한밤중에 꿈 깨어 / 상비(湘妃)의 만고 시름 함께 나누네."(驚廻楚客三更夢, 分與湘妃萬古愁) '상비'는 순임금의 두 비(妃)인 아황(娥皇)과 여영(女英)을 말한다. 이들은 순임금이 죽자 상수(湘水)에서 울다 투신해 죽었는데, 그들이 죽은 후 피눈물자국이 있는 대나무가 물가에 자라났다는 전설이 있다. 저본에는 둘째 구의 '쇄'가 "사"로, 셋째 구의 '천'이 "청"으로 되어 있으나 바로잡았다.

소상야우(瀟湘夜雨) 경(景)이오니, 이를 구경하려 하오?

경회초객삼경몽(驚廻楚客三更夢)하니

만경추광범소도(萬頃秋光泛素濤)라.

호상(湖上)에 수가취철적(誰家吹鐵笛)인가

벽천무제안항고(碧天無際雁行高)라.[114]

동정추월(洞庭秋月) 경(景)이오니, 이를 구경하려 하오?

낙일간간함원수(落日看看銜遠岫)하고

귀조인인상한정(歸潮咽咽上寒汀)을.

어인거입노화설(漁人去入蘆花雪)하니

수점취연만갱청(數點炊煙晚更靑)을.[115]

114) 경회초객삼경몽(驚廻楚客三更夢)하니~벽천무제안항고(碧天無際雁行高)라: 초나라
   나그네 한밤중에 꿈 깨니 / 드넓은 가을빛이 흰 파도에 일렁이네. / 호숫가 뉘 집에
   서 쇠젓대 부는가 / 가없는 푸른 하늘에 기러기떼 높이 나네. 이제현의 같은 시 제
   4수 「동정추월」(洞庭秋月: 동정호의 가을달)의 둘째·셋째·넷째 구를 그대로 옮기고,
   첫 구는 원시의 제3수 셋째 구를 가져왔다. 원시 제4수의 첫 구는 "한밤중에 달 밝
   고 은하수 맑은데"(三更月彩澄銀漢)이다. 저본에는 '경회초객삼경몽'이 "반희초객삼
   경혼"으로, 셋째 구의 '수가'가 "수"로, 넷째 구의 '천'이 "연"으로 되어 있으나 바로잡
   았다.
115) 낙일간간함원수(落日看看銜遠岫)하고~수점취연만갱청(數點炊煙晚更靑)을: 지는 해
   바라보니 먼 산 머금었는데 / 밀려드는 조수 목메어 울며 찬 물가에 오르네. / 어부들
   눈처럼 흰 갈대꽃 속으로 사라져 가니 / 두어 줄 밥 짓는 연기 저물녘에 더 푸르네. 이
   제현의 같은 시 제6수 「어촌낙조」(漁村落照: 어촌의 저녁놀)를 그대로 옮겼다. 저본에
   는 첫 구의 '간간'이 "관관"으로, 둘째 구의 '조'와 '정'이 "호"와 "종"으로, 셋째 구의

어촌낙조(漁村落照) 경(景)이오니, 이를 구경하려 하오?

　　유서비공욕하지(柳絮飛空欲下遲)하니

　　매화낙지역다자(梅花落地亦多姿)라.

　　일준차진강루주(一樽且盡江樓酒)하니

　　간도사옹권조시(看到蓑翁卷釣時)라.[116]

강천모설(江天暮雪) 경(景)이오니, 이를 구경하려 하오?

　　막막평림취애한(漠漠平林翠靄寒)하니

　　누대은약격나환(樓臺隱約隔羅紈)을.

　　하당권지풍취거(何當卷地風吹去)오

　　환아왕가착색산(還我王家着色山)을.[117]

....
　‘설’이 “소”로 되어 있으나 바로잡았다.

116) 유서비공욕하지(柳絮飛空欲下遲)하니~간도사옹권조시(看到蓑翁卷釣時)라: 버들개
　　지 허공을 날며 천천히 내려오는데 / 매화꽃 땅에 지는 자태 아름답기도 하네. / 강
　　촌 누각에 술 한 동이 다 마시니 / 도롱이 걸친 노인이 낚싯대 거두는 모습 보이네.
　　이제현의 같은 시 제7수 「강천모설」(江天暮雪: 강 하늘의 저물녘 눈)을 그대로 옮겼
　　다. 저본에는 첫 구의 ‘서’가 ‘저’로, 둘째 구의 ‘매’와 ‘자’가 “가”와 “사”로, 셋째 구의
　　‘준’과 ‘진’이 “순”과 “도”로, 넷째 구의 ‘간’과 ‘조’가 “관”과 “도”로 되어 있으나 바
　　로잡았다.

117) 막막평림취애한(漠漠平林翠靄寒)하니~환아왕가착색산(還我王家着色山)을: 아득한
　　숲에 비취색 아지랑이 차가운데 / 비단결 신기루 너머 누대가 어리비치네. / 어이하
　　면 바람이 온 땅 쓸어 / 왕선(王詵)이 그려낸 산빛을 내게 돌려줄까? 이제현의 같은
　　시 제5수 「산시청람」(山市晴嵐: 아지랑이 신기루)을 그대로 옮겼다. ‘왕선’은 북송(北
　　宋)의 화가로, 산수화에 특히 뛰어났고 청록색 산빛을 잘 표현한 것으로 유명했다. 저

산시청람(山市晴嵐) 경(景)이오니, 이를 구경하려 하오?

　　일폭단청전불봉(一幅丹靑展不封)하니

　　수항수묵담환농(數行水墨淡還濃)을.

　　불응화필진능이(不應畵筆眞能爾)라

　　남사종잔북사종(南寺鍾殘北寺鍾)을.[118]

　연사모종(煙寺暮鍾) 경(景)이오니, 이를 구경하려 하오? 이 수문이난
진[119]이라 동정호(洞庭湖) 가려 하오?"

　"동정호 칠백 리에 배가 없어 못 가리라."

　"그러면 악양루(岳陽樓) 가려 하오?"

　"두자미(杜子美)[120] 글에 하였으되 '친붕무일자(親朋無一字)하고 노병
유고주(老病有孤舟)라'[121] 하니 악양루도 못 가리라."

"그러면 봉황대(鳳凰臺)¹²² 가려 하오?"

"봉황대상봉황유(鳳凰臺上鳳凰遊)러니 봉거대공강자류(鳳去臺空江自流)라¹²³ 봉황대도 못 가리라."

"그러면 다 던지고 관동팔경(關東八景)¹²⁴ 보려 하오?"

"아서라! 그도 싫다."

방자놈 여쭙되

"예로부터 이른 말이 경궁요대(瓊宮瑤臺)¹²⁵ 좋다 하되 성진(成塵: 먼지가 되어 사라짐)하여 볼 길 없고, 위무제(魏武帝)의 동작대(銅雀臺)¹²⁶와 수양제(隋煬帝)의 십육원(十六院)¹²⁷도 자고비어대상(鷓鴣飛於臺上)이라.¹²⁸ 황학

고 병든 몸에 외로운 배 한 척뿐. 두보의 시 「악양루에 오르다」(登岳陽樓)에 나오는 구절.

122) 봉황대(鳳凰臺): 중국 남경(南京)의 봉황산에 있던 누각.

123) 봉황대상봉황유(鳳凰臺上鳳凰遊)러니 봉거대공강자류(鳳去臺空江自流)라: 봉황대에 봉황이 노닐더니 / 봉황 떠난 빈 누대에 강물만 절로 흐르네. 이백의 시 「금릉(金陵) 봉황대에 오르다」(登金陵鳳凰臺)의 한 구절. '금릉'은 남경(南京)의 옛 이름.

124) 관동팔경(關東八景): 강원도 동해안의 여덟 명승지. 통천의 총석정(叢石亭), 고성의 삼일포(三日浦), 간성(杆城)의 청간정(淸澗亭), 양양의 낙산사(洛山寺), 강릉의 경포대(鏡浦臺), 삼척의 죽서루(竹西樓), 울진의 망양정(望洋亭), 평해(平海)의 월송정(越松亭).

125) 경궁요대(瓊宮瑤臺): 신선이 산다는, 옥으로 꾸민 궁전과 누대.

126) 위무제(魏武帝)의 동작대(銅雀臺): 후한(後漢) 말 위무제, 곧 조조(曹操)가 업성(鄴城: 지금의 하북성河北省 한단시邯鄲市 임장현臨漳縣)에 지은 누대로, 지붕 위에 구리로 만든 거대한 봉황을 장식했다. 조조는 임종시에 자기가 죽거든 동작대에서 기악(妓樂)을 연주하면서 자신의 무덤인 서릉(西陵)을 바라보며 제사 지내라고 유언한 바 있다.

127) 수양제(隋煬帝)의 십육원(十六院): 수나라 양제가 낙양(洛陽) 서쪽의 원림(園林)에 화려하게 지은 열여섯 궁원(宮院). 둘레가 200리에 궁원마다 수많은 미인이 있었다고 한다.

128) 자고비어대상(鷓鴣飛於臺上)이라: 누대 위에 자고새만 날고 있네. 이백의 시 「월나라의 도읍에서 옛 유적을 보다」(越中覽古) 중 "꽃 같은 궁녀들이 봄날 궁전에 가득했

루(黃鶴樓),¹²⁹ 등왕각(滕王閣),¹³⁰ 고소성(姑蘇城) 한산사(寒山寺)¹³¹ 함외

장강공자류(檻外長江空自流)라.¹³² 고려국(高麗國) 명산은 금강산이요,

기자왕성(箕子王城)¹³³은 묘향산이라. 진주는 촉석루(矗石樓),¹³⁴ 함흥은

낙민루(樂民樓),¹³⁵ 평양 연광정(練光亭),¹³⁶ 성천 강선루(降仙樓),¹³⁷ 밀양

영남루(嶺南樓),¹³⁸ 창원 벽허루(碧虛樓),¹³⁹ 해주 부용당(芙蓉堂),¹⁴⁰ 안주

....

거늘 / 지금은 자고새만 날고 있네"(宮女如花滿春殿, 只今惟有鷓鴣飛)에서 따온 말. '자
고새'는 꿩과의 새. 춘추시대 월나라의 도읍이었던 '월중'(越中)은 지금의 절강성(浙江
省) 소흥시(紹興市).

129) 황학루(黃鶴樓): 호북성 무한(武漢)의 양자강(揚子江) 기슭에 있는 누각. 이백이 황
학루에 올라 아름다운 풍경에 흥취가 일어 시를 지으려다 누각에 걸려 있던 최호(崔
顥)의 시보다 좋은 시를 지을 수 없어 포기했다는 고사가 유명하다.

130) 등왕각(滕王閣): 중국 강서성 남창(南昌)에 있는 누각. 당 태종(太宗)의 아우 등왕(滕
王) 이원영(李元嬰)이 세웠다.

131) 고소성(姑蘇城) 한산사(寒山寺): '고소'는 강소성 소주(蘇州)의 옛 이름. '한산사'는
소주에 있는 절. 당나라 장계(張繼)의 시 「한밤 풍교(楓橋)에 배를 대다」(楓橋夜泊)에
"고소성 밖 한산사 / 한밤중 종소리가 객선(客船)에 들려 오네"(姑蘇城外寒山寺, 夜半
鐘聲到客船)라는 구절이 보인다. '풍교'는 소주 서쪽 교외에 있는 다리 이름.

132) 함외장강공자류(檻外長江空自流)라: 난간 밖에 장강만 부질없이 흐르네. 당나라 왕
발의 「등왕각서」(滕王閣序)에 나오는 구절.

133) 기자왕성(箕子王城): 기자가 도읍으로 삼았다는 평양성(平壤城).

134) 촉석루(矗石樓): 경남 진주에 있는 누각.

135) 낙민루(樂民樓): 함경도 함흥 성천강(城川江)에 있는 누각.

136) 연광정(練光亭): 평양 대동강에 있는 정자. 관서팔경(關西八景)의 하나.

137) 강선루(降仙樓): 평안도 성천(成川)에 있는 누각. 관서팔경의 하나.

138) 영남루(嶺南樓): 경남 밀양에 있는 누각.

139) 벽허루(碧虛樓): 경남 창원에 있던 누각.

140) 부용당(芙蓉堂): 황해도 해주(海州) 객관(客館) 서쪽에 있는 누각. 연못 가운데 돌기
둥을 세우고 그 위에 건물을 세운 수중누각.

백상루(百祥樓),[141] 의주 통군정(統軍亭),[142] 영동구읍(嶺東九邑),[143] 호중사군(湖中四郡)[144] 다 훨씬 던져두고, 동불암(東佛巖)·서진관(西津寬)·남삼막(南三幕)·북승가(北僧伽)[145]라. 남한(南漢)·북한(北漢)·청계(淸溪)·관악(冠岳)·도봉(道峰)·망월(望月)[146]은 호거용반세(虎踞龍盤勢)로 북극(北極)을 괴온 경(景)[147]이 거룩하다 하려니와, 본읍(本邑: 남원)의 광한루(廣寒樓)[148]가 경개절승(景槪絶勝) 유명하와 시인소객(詩人騷客)들이 소강남(小江南)[149]에 비겨 있고, 풍류호사(風流豪士) 칭찬하되 별유천지비인간

....

141) 백상루(百祥樓): 평안도 안주(安州)에 있는 누각. 관서팔경의 하나. 저본에는 '백'이 "벽"으로 되어 있으나 바로잡았다.

142) 통군정(統軍亭): 평안도 의주(義州)의 압록강에 있는 정자. 관서팔경의 하나.

143) 영동구읍(嶺東九邑): 대관령 동쪽의 강원도 아홉 고을. 강릉·삼척·평해(平海)·간성·고성·통천·울진·양양·흡곡(歙谷).

144) 호중사군(湖中四郡): 산수가 아름다운 충청도의 네 고을. 단양·청풍(淸風: 지금의 제천시 청풍면)·제천·영춘(永春: 지금의 단양군 영춘면).

145) 동불암(東佛巖)·서진관(西津寬)·남삼막(南三幕)·북승가(北僧伽): 서울 동서남북을 대표하는 네 사찰. 경기도 남양주시의 불암사(佛巖寺), 서울 은평구의 진관사(津寬寺), 경기도 안양시의 삼막사(三幕寺), 서울 종로구의 승가사(僧伽寺).

146) 남한(南漢)·북한(北漢)~도봉(道峰)·망월(望月): 서울과 그 주변의 주요 산. '망월'은 경기도 고양시의 망월산.

147) 호거용반세(虎踞龍盤勢)로 북극(北極)을 괴온 경(景): 호랑이가 걸터앉고 용이 서린 듯한 형세로 북극을 떠받치고 있는 광경.『악학습령』(樂學拾零)에 전하는 시조에 "인왕산 삼각봉(三角峯)은 호거용반세로 북극을 괴어 있고"라는 구절이 보인다.

148) 광한루(廣寒樓): 전북 남원(南原)에 있는 누각. 조선 초에 황희(黃喜)가 남원에 유배되었을 때 세우고 광통루(廣通樓)라 이름 지었는데, 1434년 중건한 뒤 정인지(鄭麟趾)가 달나라에 있다는 궁전 '광한궁'(廣寒宮)과 '청허전'(淸虛殿)의 이름을 따서 '광한청허부'(廣寒淸虛府)라 개칭하면서 '광한루'라 부르게 되었다.

149) 소강남(小江南): 중국의 양자강 이남 지역 강남 땅에 버금가는 '작은 강남'.

(別有天地非人間)¹⁵⁰으로 이르옵나이다.”

“어허! 네 말 같을진대 절승경개(絶勝景槪) 분명하다. 아무렇거나 구
경 가자!”

방자놈 여쭙되

“아예 이런 분부는 생심(生心)도 마옵소서. 사또 분부 지엄하신 줄 번
연히 알면서 생사람 골리려고 구경 가자 하옵나이까?”

이도령 이르는 말이

“우리 단둘이 하는 일을 알 이가 뉘 있으리오? 사또 분부는 염려 마
라. 내 다 수쇄(收刷: 수습)하마.”

공방(工房) 불러 포진(鋪陳)¹⁵¹하라, 주모(酒母) 불러 술 들이고, 관청빗¹⁵² 불
러 안주 차리고, 걷는 노새 수안장(繡鞍裝: 수놓은 안장)에 은입사(銀入絲) 선
후걸이¹⁵³ 당매양이¹⁵⁴ 지어 놓고, 도련님 호사(豪奢) 보소, 의복 단장 맵시 있
다. 삼단 같은 흩은 머리 반달 같은 화룡소(畵龍梳)로 아주 쌀쌀 흘리 빗겨¹⁵⁵

....

150) 별유천지비인간(別有天地非人間): 인간 세상이 아닌 별천지. 이백의 시 「산중문답」
　　　(山中問答)에 나오는 구절.

151) 포진(鋪陳): 잔치 따위를 할 때 앉을 자리를 마련하여 깖.

152) 관청빗: 관청색(官廳色). 관아에서 수령의 음식을 맡아보던 구실아치.

153) 은입사(銀入絲) 선후걸이: 은실을 넣어 장식한, 말의 가슴걸이와 후걸이.

154) 당매양이: 매듭의 일종이겠으나 자세한 것은 미상. ‘당(唐)매듭’(중국식 매듭), 혹은
　　　‘당초(唐草)매듭’(덩굴무늬 모양으로 짠 매듭)이 아닐까 한다.

155) 삼단 같은~흘리 빗겨: ‘삼단 같은 흩은 머리’는 삼[麻]을 묶어놓은 것처럼 빽빽한,
　　　흐트러진 머리. ‘화룡소’는 용을 새긴 빗. 19세기의 서울 풍물을 노래한 가사 「한양가」
　　　(漢陽歌)에 “구름 같은 흩은 머리 반달 같은 쌍얼레로 / 쌀쌀 빗겨 고이 빗겨 편월(片
　　　月) 좋게 땋아 얹고”라는 구절이 보인다. ‘쌍얼레’는 양쪽에 빗살이 있는, 살이 굵고
　　　성긴 빗. ‘편월’, 곧 조각달은 상투 모양을 비유한 말.

전반[156]같이 넓게 땋아 수갑사(繡甲紗) 토막댕기[157] 석우황[158]이 더욱 좋다. 생면주(生綿紬) 겹바지[159]에 당베 중의(中衣)[160] 받쳐 입고, 옥색 항라(亢羅) 겹저고리[161] 대방전의 약낭(藥囊)[162]이요, 당갑사(唐甲紗) 수향배자(褙子),[163] 가화본[164]에 옥 단추며, 당모시 중치막[165]에 생초(生綃) 긴 옷[166]

---

156) 전반: 전판(剪板). 종이의 가장자리를 가지런하게 베어낼 때 받치는, 좁다랗고 얇은 나무판.

157) 수갑사(繡甲紗) 토막댕기: 수놓은 갑사(甲紗)로 만든 말뚝댕기. '갑사'는 얇게 짠 고급 비단. '말뚝댕기'는 긴 댕기를 두 겹으로 접어 어린아이의 길지 않은 뒷머리를 뒤통수 밑에서 바짝 묶는 데 쓰는 댕기.

158) 석우황: 석웅황(石雄黃). 붉은 갈색 빛깔의 장식용 돌. 댕기나 족두리에 장식용으로 흔히 쓰였다.

159) 생면주(生綿紬) 겹바지: 생사로 짠 명주로 지은 겹바지. '겹바지'는 솜을 두지 않고 거죽과 안을 맞추어 겹으로 지은 바지.

160) 당베 중의(中衣): 중국산 베로 만든 여름 홑바지. 저본에는 '베'가 "비"로 되어 있으나 이하 모두 통일했다.

161) 항라(亢羅) 겹저고리: 명주나 무명실 따위로 성기게 짠 여름 옷감인 '항라'로 만든 겹저고리. '겹저고리'는 솜을 두지 않고 거죽과 안을 맞추어 지은 저고리.

162) 대방전의 약낭(藥囊): 중국에서 수입한 향(香)의 하나인 '대방전'을 넣은 향주머니.

163) 당갑사(唐甲紗) 수향배자: 중국산 갑사(甲紗)로 만든 배자(褙子). '배자'는 저고리 위에 덧입는 조끼 모양의 옷으로, 겨드랑이 아래가 터져 있다. '수향'은 '금향'(錦香: 금향색. 검붉은색)의 잘못이 아닐까 한다. 「한양가」에 "양색단(兩色緞) 누비 배자 전배자(氈褙子) 받쳐 입고 / 금향수주(錦香繡紬) 주비 토수(吐手: 토시) 전(氈)토수 받쳐 끼고"라는 구절이 보이는데, '금향수주'는 검붉은빛의 고급 비단을 뜻한다.

164) 가화본: 최남선(崔南善)의 『고본 춘향전』(신문관, 1913)에는 "가화(假花)본"으로 되어 있다. '가화', 곧 조화(造花)와 관련된 말이 아닐까 하나 자세한 것은 미상.

165) 당모시 중치막: 중국산 모시로 만든 중치막. '중치막'은 소매가 넓고 옷 길이가 길며 겨드랑이 아래쪽이 터져 있는 겉옷.

166) 생초(生綃) 긴 옷: 생초로 만든 기다란 두루마기. '생초'는 누에고치에서 뽑아내어 정련하지 않은 생사(生絲)로 얇고 성기게 짠 옷감.

받쳐 입고, 삼승(三升) 버선[167] 통행전[168]에 회색 운혜(雲鞋)[169] 맵시 있게
지어 신고, 한포단[170] 허리띠에 모초단(毛綃緞)[171] 두리줌치[172] 주황당사
(朱黃唐絲) 벌매듭[173]을 보기 좋게 꿰어 차고, 자지갑사(紫芝甲紗: 자주색
갑사) 넓은 띠를 세류춘풍(細柳春風)[174] 비껴 띠고, 분홍당지(粉紅唐紙)
승두선(僧頭扇)[175]에 탐화봉접(探花蜂蝶)[176] 그려 쥐고, 김해(金海) 간죽
(簡竹) 백통대[177]에 삼등초(三登草)[178] 피워 물고, 방자놈 앞세우고 뒤를
따라 탄탄대로 너른 길에 '마음 심(心)' 자(字) '갈 지(之)' 자로 양류춘
풍(楊柳春風)[179] 꾀꼬리같이 혹승혹보(或乘或步)[180]하여 방화수류(傍花隨

167) 삼승(三升) 버선: '몽고(蒙古) 삼승'(버선을 짓는 데 쓰던 몽골산 무명)으로 지은 버선.
168) 통행전: 통이 넓은 행전(行纏). '행전'은 바짓가랑이를 좁혀 보행과 행동을 간편하게
   하기 위하여 정강이에 감아 무릎 아래에 매는 물건, 곧 각반(脚絆). 병사들이 쓰던 '귀
   행전'에 비해 통이 넓고 아래쪽에 끈을 통과시켜 바짝 당길 수 있게 하는 귀가 없다.
169) 운혜(雲鞋): 앞코와 뒤꿈치에 구름 무늬를 놓은 마른신. '마른신'은 기름을 먹이지
   않은 가죽신. 저본에는 '혜'가 "혀"로 되어 있으나 바로잡았다.
170) 한포단: 한포. 파초의 섬유로 짠, 날이 굵은 베.
171) 모초단(毛綃緞): 날은 가는 올로, 씨는 굵은 올로 짠 중국산 비단.
172) 두리줌치: 두루주머니. 허리에 차는, 둥근 모양의 작은 주머니.
173) 주황당사(朱黃唐絲) 벌매듭: 주황색 중국산 명주실로 만든, 벌 모양으로 맺는 매듭.
174) 세류춘풍(細柳春風): 봄바람에 가녀린 버들이 한들거리듯.
175) 분홍당지(粉紅唐紙) 승두선(僧頭扇): 분홍색 중국산 종이로 만든 승두선. '승두선'은
   꼭지가 승려의 머리처럼 둥그스름하게 만든 부채.
176) 탐화봉접(探花蜂蝶): 꽃을 찾아다니는 벌과 나비.
177) 김해(金海) 간죽(簡竹) 백통대: 경남 김해에서 나는 대나무로 대를 만들고 백통으로
   대통과 물부리를 만든 담뱃대. '백통', 곧 백동(白銅)은 구리·아연·니켈의 합금.
178) 삼등초(三登草): 평안도 삼등(三登)에서 나는 최고급 담배.
179) 양류춘풍(楊柳春風): 봄바람 부는 버드나무 아래.
180) 혹승혹보(或乘或步): 말을 타기도 하고 걷기도 함.

柳)[181] 광한루 찾아갈 제, 산천 경개를 역력히 살펴보니, 산은 첩첩(疊疊) 천봉(千峰)이요, 수(水)는 잔잔(潺潺) 벽계(碧溪)로다. 기암층층(奇巖層層) 절벽간(絶壁間)에 폭포청파(瀑布淸波) 떨어지고, 장송(長松)은 울울(鬱鬱)하고 벽도화 난만한데, 꽃 속에 잠든 나비 자취 소리에 훨훨 날고,[182] 연상(淵上)에 노는 백구(白鷗) 우성변(雨聲邊)에 한가하다. 쳐다보니 만학천봉(萬壑千峰), 굽어보니 층암(層巖)은 절벽이라. 원산(遠山)은 중중(重重), 근산(近山)은 첩첩(疊疊), 태산(泰山)은 주춤, 낙화(落花)는 동동, 간수(澗水: 골짜기 사이로 흐르는 물)는 잔잔, 이 골 물 저 골 물 한데 합수(合水)하여 굽이굽이 출렁출렁 흘러갈 제, 꽃은 피었다가 저절로 지고, 잎은 피었다가 한절(寒節)을 당하면 광풍(狂風)에 다 떨어져 속절없이 낙엽이 되어 아주 펄펄 흩날리니, 그도 또한 경(景)이로다.

또 한 곳을 살펴보니 버들이 벌였으되 당(唐)버들에 개버들, 수양(垂楊)버들, 능수버들 새로 났다. 홍제원(弘濟院)[183] 버들 춘풍(春風)이 불

---

181) 방화수류(傍花隨柳): 꽃을 끼고 버들 따라. 송나라 정호(程顥)의 시 「봄날 문득 짓다」(春日偶成) 중의 "꽃 끼고 버들 따라 앞 시내 건너네"(傍花隨柳過前川)에서 따온 말. 신재효(申在孝, 1812~1884)가 정리한 허두가(虛頭歌) 중 「숭유가」(崇儒歌)에 "방화수류 정명도(程明道: 정호)는 여심락(余心樂)을 뉘가 알꼬?"(정병헌 옮김, 『신재효의 가사』, 지식을만드는지식, 2019)라는 구절이 보인다.

182) 산천 경개를~훨훨 날고: 가사 「청춘과부전」(靑春寡婦傳)의 다음 구절과 유사하다. "아서라 활활 다 버리고 유산 구경 하여 보자 / 산은 첩첩 첩봉 되어 만학천봉 벌여 있고 / 물은 출렁 굽이 되어 폭포창과 흘렀는데 / 행심일경 비낀 길로 가만가만 들어가니 / 꽃밭에 잠든 나비 자취 소리 아주 펄펄 달아난다."

183) 홍제원(弘濟院): 지금의 서울 서대문구 홍제동에 있던 원(院). '원'은 공무여행자에게 편의를 제공하기 위한 목적으로 설치된 국영 여관. 조선시대에 서대문 밖의 홍제원 근처는 버들이 아름다운 명승지였다.

제마다 너흘너흘 춤을 추고, 함전도화부상류(檻前桃花阜上柳)¹⁸⁴는 가지
가지 봄빛이라. 화중두견유상앵(花中杜鵑柳上鶯)¹⁸⁵은 곳곳마다 봄소리
로 난만히 지저귀고, 화간접무분분설(花間蝶舞紛紛雪)이요 유상앵비편
편금(柳上鶯飛片片金)을.¹⁸⁶ 점점낙화청계변(點點落花淸溪邊)¹⁸⁷에 굽이
굽이 떠나가고, 또 한 곳 바라보니 각색초목(各色草木) 무성(茂盛)하다.
어주축수애산춘(漁舟逐水愛山春)하니¹⁸⁸ 무릉도원(武陵桃源) 복숭아꽃,
차문주가하처재(借問酒家何處在)오? 목동요지(牧童遙指) 행화(杏花)
꽃,¹⁸⁹ 북창삼월청풍취(北窓三月淸風吹)하니 옥창오견앵도화(玉窓五見櫻
桃花) 꽃,¹⁹⁰ 위성조우읍경진(渭城朝雨浥輕塵)하니 객사청청(客舍靑靑)

<hr />

184) 함전도화부상류(檻前桃花阜上柳): 난간 앞의 복숭아꽃과 언덕 위의 수양버들.
185) 화중두견유상앵(花中杜鵑柳上鶯): 꽃 속의 두견새와 버드나무 위의 꾀꼬리. 가사 「청
　　춘과부전」에 "화중두견유상앵은 곳곳마다 봄소리라"라는 구절이 보인다.
186) 화간접무분분설(花間蝶舞紛紛雪)이요 유상앵비편편금(柳上鶯飛片片金)을: 권1의 주
　　47 참조.
187) 점점낙화청계변(點點落花淸溪邊): 점점이 꽃잎 떨어지는 맑은 시냇가.
188) 어주축수애산춘(漁舟逐水愛山春)하니: 고깃배 타고 물길 따라 봄산 즐기니. 왕유(王
　　維)의 시 「도원행」 중 "고깃배 타고 물길 따라 봄산 즐기니 / 양쪽 물가 복사꽃이 옛
　　나루를 끼고 있네"(漁舟逐水愛山春, 兩岸桃花夾古津)에서 따온 구절.
189) 차문주가하처재(借問酒家何處在)오? 목동요지(牧童遙指) 행화(杏花)꽃: 술집이 어딘
　　가 물으니 목동이 멀리 가리킨 살구꽃. 두목(杜牧)의 시 「청명」(淸明) 중 "술집이 어딘
　　가 물으니 / 목동은 저 멀리 행화촌(杏花村)을 가리키네"(借問酒家何處在, 牧童遙指杏花
　　村)에서 따온 말.
190) 북창삼월청풍취(北窓三月淸風吹)하니 옥창오견(玉窓五見) 앵도화(櫻桃花) 꽃: 3월 북
　　쪽 창에 맑은 바람 부니, 옥창에서 다섯 번 본 앵두꽃. '옥창오견앵도화'는 이백의 시
　　「구별리」(久別離) 중 "이별한 뒤 몇 해던가 집에 못 가고 / 옥창 너머 앵두꽃을 다섯
　　번 봤네"(別來幾春未還家, 玉窓五見櫻桃花)에서 따온 말. 저본에는 '오견'이 "오경"으로
　　되어 있으나 바로잡았다.

버들꽃,[191] 난만화중척촉화(爛漫花中躑躅花),[192] 고추팔월진암초(高秋八月盡庵草)하니 만지추상(滿地秋霜) 국화(菊花)로다.[193] 동절생춘절(冬節生春節)하니 요임금의 명협화(蓂莢花),[194] 석양동풍(夕陽東風) 해당화(海棠花), 절벽강산(絶壁江山) 두견화(杜鵑花: 진달래꽃), 벽해수변(碧海水邊) 신이화(辛夷花),[195] 요수부목 무궁화,[196] 길패(吉貝: 목화), 화계, 무금화,[197] 훤초(萱草: 원추리), 난초, 키 같은 파초(芭蕉),[198] 모란(牧丹), 작약

191) 위성조우읍경진(渭城朝雨浥輕塵)하니 객사청청(客舍青青) 버들꽃: 위성(渭城)의 아침 비가 가벼운 먼지를 적시니, 객사(客舍)에 푸르디 푸른 버들꽃. 왕유의 시 「안서(安西)로 가는 원이(元二)를 전송하며」(送元二使安西) 중 "위성의 아침 비가 가벼운 먼지를 적시니 / 객사에 푸르디 푸른 버들빛 새롭네"(渭城朝雨浥輕塵, 客舍青青柳色新)에서 따온 말. '위성'은 섬서성 함양(咸陽). '안서'는 신강성(新疆省) 고차시(庫車市).

192) 난만화중척촉화(爛漫花中躑躅花): 화려하게 활짝 핀 꽃 중의 철쭉꽃.

193) 고추팔월진암초(高秋八月盡庵草)하니 만지추상(滿地秋霜) 국화(菊花)로다: 8월 깊은 가을에 암자의 풀 다 시드니, 땅 가득 가을 서리에 핀 국화로다. 명나라 당인(唐寅)의 시 「연명도」(淵明圖)에 "땅 가득 풍상 속에 국화가 황금빛 터뜨리니"(滿地風霜菊綻金)라는 구절이 보인다.

194) 동절생춘절(冬節生春節)하니 요임금의 명협화(蓂莢花): 겨울에서 봄이 생겨나니 요(堯)임금의 명협화. '명협'은 요임금 때 대궐 뜰에 났다는 상서로운 풀로, 매월 초하루부터 15일까지는 매일 한 잎씩 나오고 16일부터 그믐날까지는 매일 한 잎씩 떨어져 이것으로 날짜를 헤아렸다고 한다. 『포박자』(抱朴子) 「대속」(對俗)에 "요임금이 명협을 보고 날짜를 알았다"(唐堯觀蓂莢以知月)라는 기록이 보인다. 저본에는 '동절생춘절'이 "동절춘생절"로 되어 있으나 바로잡았다.

195) 벽해수변(碧海水邊) 신이화(辛夷花): 푸른 바닷가의 개나리꽃.

196) 요수부목 무궁화: '요순시대의 부목 무궁화'가 아닐까 하나 확실치 않다. '부목', 곧 '부상'(扶桑)은 동해 바다 가운데 있다는, 전설상의 나무 이름. 『춘향전』 동양문고본에는 "요순부목 쇼무방화", 『고본 춘향전』에는 "무궁화로 되어 있다.

197) 화계, 무금화: '화괴'(花魁), 곧 매화와 '우금화'(牛金花: 백굴채白屈菜, 곧 애기똥풀꽃)를 가리키는 듯하나 확실치 않다.

198) 키 같은 파초(芭蕉): 곡식을 까부르는 키처럼 잎이 넓적하게 생긴 파초.

(芍藥), 월계(月季), 사계(四季),[199] 치자(梔子), 동백(冬栢), 종려(棕櫚),
오동(梧桐), 왜석류(矮石榴), 화석류(花石榴),[200] 영산홍(映山紅), 왜척촉
(倭躑躅),[201] 포도(葡萄), 다래, 으흐름너출(으름덩굴) 얼그러지고 뒤틀어졌다.

또 한 곳 바라보니 온갖 잡목 다 있더라. 동령수고불변색(冬嶺秀孤不變
色)의 군자절(君子節)은 창송(蒼松)[202]이요, 춘하추동사시절(春夏秋冬四時
節)에 정정독립(亭亭獨立) 전나무, 만경창파백척장(萬頃蒼波百尺長)의 수궁
중(水宮中)에 무회목(無灰木),[203] 투지목과(投之木瓜) 낙지경거(落之瓊琚)[204]
뒤틀리는 모과나무, 오자서(伍子胥)의 분묘(墳墓) 앞에 충성할손 가목[205]

....
199) 월계(月季), 사계(四季): 월계와 사계는 같은 식물로, 장미과의 관상용 상록 관목이다.
     붉은 꽃이 네 계절의 마지막 달인 3월·6월·9월·12월에 피기 때문에 사계화라고 한다.
200) 왜석류(矮石榴), 화석류(花石榴): 왜석류는 키가 작은 석류나무의 한 종류. 화석류는
     꽃은 피지만 열매를 맺지 않는 석류나무의 한 종류.
201) 왜척촉(倭躑躅): 왜철쭉. 저본에는 "왜척죽"으로 되어 있다.
202) 동령수고불변색(冬嶺秀孤不變色)의 군자절(君子節)은 창송(蒼松): 겨울산에 홀로 빼
     어나 색이 변하지 않는 군자의 절개는 푸른 소나무. '동령수고'는 도연명의 시 「사시」
     (四時) 중 "겨울산에 외로운 소나무 빼어나네"(冬嶺秀孤松)에서 따온 말.
203) 만경창파백척장(萬頃蒼波百尺長)의 수궁중(水宮中)에 무회목(無灰木): 드넓은 바다
     일백 척 파도 속 수궁(水宮)에 있는 무회목. '무회목', 곧 불회목(不灰木)은 '불에 타도
     재가 되지 않고 제 모양대로 남는다는 나무'를 뜻하지만, 실은 규산염 광물의 일종인
     석면(石綿)을 말한다.
204) 투지목과(投之木瓜) 낙지경거(落之瓊琚): 모과를 건네주기에 옥으로 보답하네. 『시
     경』(詩經) 위풍(衛風) 「목과」(木瓜)의 "모과를 건네주시기에 / 아름다운 옥을 드렸네"
     (投我以木瓜, 報之以瓊琚)에서 따온 말로, 작은 선물에 귀한 선물로 보답한다는 뜻.
205) 오자서(伍子胥)의 분묘(墳墓) 앞에 충성할손 가목: 오자서의 무덤 앞에 충성스러운
     가래나무. 춘추시대 초나라의 오자서가 참언(讒言)으로 부친과 형이 사형당하자 오
     나라에 망명해 그 원수를 갚았다. 훗날 오나라가 월나라에게 대승을 거둔 뒤 오자서
     는 월나라를 완전히 멸망시켜야 한다고 주장했으나 오나라 왕 부차(夫差)는 미온적이
     었다. 오자서는 이 문제로 부차와 사이가 벌어지고 간신의 참소까지 더하면서 자결하

이요, 망미인혜(望美人兮) 천일방(天一方)[206]에 님 그리는 상사목(相思木),[207] 청산영리(靑山影裏) 부운간(浮雲間)에 조석예불(朝夕禮佛) 북나무,[208] 수척지후(數尺之朽) 양공불기(良工不棄) 아름드리 기재목(杞梓木),[209] 자단(紫檀),[210] 백단(白檀),[211] 산유자(山柚子), 박달, 용목(龍目),[212] 향목(香

라는 왕명을 받았다. 오자서는 자결하면서 훗날 오나라가 월나라에 패망한 뒤 부차의 관을 짤 목재로 쓰도록 자신의 무덤에 가래나무[梓]를 심고, 월나라가 오나라를 멸망시키는 광경을 볼 수 있도록 자신의 눈을 도려내 오나라 왕성의 동문에 걸라고 유언했다. '가목'은 가래나무를 가리키는 말로 썼다.

206) 망미인혜(望美人兮) 천일방(天一方): 임을 그리네, 하늘 저 끝. 소동파의『적벽부』에 나오는 말.

207) 또 한 곳~그리는 상사목(相思木):『별주부전』의 다음 구절이 이와 유사하다. "사오월 돌아오면 적세건곤 남풍 불어 온갖 잡목 무성하다. 동령수고불변색은 군자 절의 소나무며, 춘하추동사시절에 정정독립 전나무며, 오자서 분묘 앞에 충성할사 목단나무, 망미인혜천일방에 떠덕떠덕 산초나무." '상사목', 곧 홍두수(紅豆樹)는 콩과에 속하는 교목이다. 전국시대 위(魏)나라의 여인이 출정한 남편을 그리워하다가 죽은 뒤 무덤에서 자란 홍두수의 가지와 잎이 모두 남편이 있는 곳을 향해 기울었기에 사람들이 이를 '상사목'이라 불렀다는 고사가 전한다.

208) 청산영리(靑山影裏)~북나무: 푸른 산 그림자 속에 떠 있는 구름 사이에 밤낮으로 예불 드리는 북나무. '북나무'는 옻나무과의 낙엽 관목으로, 여기서는 그 이름에서 예불할 때 치는 '북'을 연상했다.

209) 수척지후(數尺之朽)~기재목(杞梓木): 두어 자 썩은 부분이 있어도 훌륭한 목수는 버리지 않는 아름드리 구기자나무와 가래나무. 사마광(司馬光)의『자치통감』(資治通鑑)에 보이는, "성인(聖人)이 사람을 등용하는 것은 장인(匠人)이 나무를 쓰는 것과 같아서 그 장점은 취하고 단점은 버립니다. 그러므로 구기자나무와 가래나무가 몇 아름이면 두어 자 썩은 부분이 있어도 훌륭한 장인은 버리지 않습니다"라는 자사(子思)의 말에서 따온 구절. 저본에는 '기재목'이 "거재목"으로 되어 있으나 바로잡았다.

210) 자단(紫檀): 콩과의 상록 활엽 교목.

211) 백단(白檀): 단향과의 상록 활엽 교목. 향료나 약재로 쓴다.

212) 용목(龍目): 나뭇결이 불규칙하고 고운 재목.

木), 침향(沈香),²¹³ 금팽(검팽나무), 율목(栗木: 밤나무), 잡목(雜木), 천두목, 지두목,²¹⁴ 행자목(杏子木: 은행나무), 백자목(栢子木: 잣나무), 늘어진 장송(長松), 부러진 고목(古木), 넓적 떡갈, 황계피(黃桂皮), 물푸레, 단목(檀木: 박달나무), 측송(側松: 측백나무와 소나무), 보리수(菩提樹) 드렝드렝 열렸고나.

모과·석류 가지가지 광풍(光風)²¹⁵에 휘늘어졌고, 또 저편²¹⁶ 살펴보니 각색 금수(禽獸) 날아들 제 연작(燕雀)은 날아들고 공작(孔雀)은 기어든다. 청자조·흑자조,²¹⁷ 내금정·외금정²¹⁸ 쌍보라매, 산진(山陳)이·수진(手陳)이,²¹⁹ 해동청(海東靑)²²⁰ 보라매, 떴다 보아라, 종달새 청천(靑天)을 박차고 백운(白雲)을 무릅쓰고 허공중천(虛空中天)²²¹ 떠 있는데, 방정맞은 할미새, 요망스런 방울새 이리로 가며 호로로 비쭉, 저리로 가며 바쭉, 호로로 팽당그르르, 마니산(摩尼山) 갈가마귀 돌도 차돌도 못

213) 침향(沈香): 팥꽃나무과에 속하는 상록교목. 장식재나 약재, 향으로 쓴다.

214) 천두목, 지두목: '천두목'은 천도목(天桃木), 곧 선가(仙家)에서 천상에 있다고 하는 복숭아나무. '지두목', 곧 지도목(地桃木)은 '천두목'에 대응하여 언어유희로 만들어낸 말로 보인다.

215) 광풍(光風): 맑은 햇살과 함께 부는 상쾌하고 시원한 바람.

216) 또 저편: 이하 "곳곳이 춤을 추고"까지 새 관련 기술은 「잡조 타령」(雜鳥打令)의 후반부 및 「새타령」(이용기 기록)과 유사하다.

217) 청자조·흑자조: 모두 수리의 일종인 것으로 보이나 자세한 것은 미상. 저본에는 "청즈도·흑즈도"로 되어 있으나 「잡조 타령」과 「새타령」에 의거하여 바로잡았다.

218) 내금정·외금정: 궁궐 안팎을 가리키는 듯하다. '금정'(禁庭)은 '궁정'(宮廷)의 뜻.

219) 산진(山陳)이·수진(手陳)이: '산진이'는 산에서 1년 이상 자라 훈련시킨 매. '수진이'는 사람의 손으로 3년 이상 길들인 매.

220) 해동청(海東靑): 우리나라에서 나는 매를 중국에서 부르는 말.

221) 허공중천(虛空中天): 저본에는 "호중천지"(壺中天地)로 되어 있으나 「잡조 타령」과 「새타령」에 따랐다.

얼어먹고 태백산(太白山) 기슭으로 골각갈곡 갈으렝갈으렝 울고 간다. 춤 잘 추는 무당새,[222] 정량(正兩) 쏘는 호반새[223] 슈루루 층암절벽(層巖絶壁) 위에 비르르 장그렁 날아들고, 소상강(瀟湘江) 떼기러기 허공 중에 높이 떠서 지리지리 싫도록[224] 울어예고, 겉으로는 벌레 먹고 좀먹고[225] 속은 아무것도 없이 휑뎅그레 비어 있는 고양나무[226] 위에 부리 뾰족, 허리 질룩, 꽁지 묵둑한 저 딱따구리 거동 보소. 크나큰 대부등[227]을 한아름 들입다 허험석(덥석) 들어잡고 오르며 뚜드락딱딱 내리며 뚜드락딱딱 하며, 낙락장송(落落長松) 늘어진 가지 홀로 앉아 우는 새, 밤에 울면 두견새, 낮에 울면 접동새,[228] 한 마리는 내려 앉고 또 한 마리는 높이 앉아, 공산야월(空山夜月) 적막한데 촉국(蜀國) 강산 넋이 되어 귀촉도 불여귀라 피나게 슬피 울고,[229] 뻐꾹새도 울음 울고 쑥국새(산비둘기)도 울음 울고, 풍년새는 솥 적다 흉년새는 솥 텡텡,[230] 약수(弱水) 삼천리 요지연(瑤池宴)[231]에 소식 전하던 청조(靑鳥)새, 사마상여(司馬相如) 줄소리

....

222) 무당새: 참새목에 속하는 새.

223) 정량(正兩) 쏘는 호반새: '정량'은 큰 활. '호반새'는 물총새과의 철새. 무반(武班)을 뜻하는 '호반'(虎班)에서 활을 쏜다는 의미를 연상했다.

224) 싫도록: 「새타령」에는 "쓰루룩"으로 되어 있다.

225) 벌레 먹고 좀먹고: 저본에는 "비루먹고"로 되어 있으나 「잡조 타령」과 「새타령」에 "버레(벌레) 먹고 좀먹고"로 되어 있는바 이에 따랐다.

226) 고양나무: 고욤나무. 감나무과의 낙엽 교목.

227) 대부등: 아름드리의 매우 굵은 나무.

228) 접동새: '두견새'의 다른 이름.

229) 촉국(蜀國) 강산~슬피 울고: 권1의 주 13 참조.

230) 풍년새는 솥~솥 텡텡: 소쩍새 우는 소리가 '솥 적다'로 들리면 풍년이 들고 '솥 텡텡'으로 들리면 흉년이 든다는 속설이 있기에 한 말.

231) 약수(弱水) 삼천리 요지연(瑤池宴): '약수'는 험난해서 건널 수 없다는, 전설상의 강

에 오유사방(遨遊四方) 봉황새,[232] 부용당(芙蓉堂) 운모병(雲母屛)[233]에 그림 같은 공작새, 일천년(一千年) 화표주(華表柱)에 물시인비(物是人非) 영위학 (令威鶴),[234] 매성유(梅聖兪)의 글귀 속에 교교호음(咬咬好音) 앵무새,[235] 칠 칠가기(七七佳期) 은하수에 다리 놓던 오작(烏鵲)새,[236] 녹양사리(綠楊絲

이름. 3천 리 길에 부력이 매우 약해 새의 깃털도 가라앉는다고 한다. '요지연'은 티 베트 고원 북쪽의 곤륜산에 있다는 연못 '요지'에서 서왕모가 3천 년에 한 번 열매 맺 는 반도(蟠桃: 신선 세계의 복숭아)를 내놓고 벌였다는 잔치를 말한다.

232) 사마상여(司馬相如) 줄소리에 오유사방(遨遊四方) 봉황새: 사마상여의 거문고 연주 에 사방에 노닐던 봉황새. 한나라 무제(武帝) 때의 문인 사마상여가 촉(蜀)의 임공(臨 邛) 땅을 지나다가 그곳 부호의 딸로 과부가 되어 친정에 머물던 탁문군(卓文君)을 유 혹하기 위해 「봉구황」(鳳求凰: 일명 '봉황곡'鳳凰曲)이라는 곡조를 지어 거문고로 연 주한 뒤 두 사람이 그날 밤 함께 달아났다는 고사가 전한다.

233) 운모병(雲母屛): 아름다운 운모석(雲母石)으로 만든 병풍. 저본에는 "운무병"으로 되 어 있으나 바로잡았다.

234) 일천년(一千年) 화표주(華表柱)에 물시인비(物是人非) 영위학(令威鶴): 천 년 뒤 화 표주(무덤 앞에 세우는 돌기둥)에 앉아 풍경은 예전 그대로인데 사람은 예전과 다르 다고 노래한 정령위(丁令威). '영위학'은 학으로 변신한 신선 정령위를 말한다. 한나라 때 요동(遼東) 사람 정령위가 신선술을 익혀 천 년 만에 학이 되어 고향의 화표주 위 에 앉았는데, 한 소년이 활로 쏘려 하자 "성곽은 예전 그대로인데 사람은 예전 사람이 아니구나 / 왜 신선술을 배우지 않아 무덤만 즐비한가?"(城郭如故人民非, 何不學仙家纍 纍)라고 읊조리고 떠났다는 고사가 전한다. 저본에는 '영위학'이 "정위학"으로 되어 있으나 「잡조 타령」과 「새타령」에 따랐다.

235) 매성유(梅聖兪)의 글귀 속에 교교호음(咬咬好音) 앵무새: 매성유의 글귀 속에 예쁜 소리로 재잘거리는 앵무새. '교교호음'은 후한 예형(禰衡)의 「앵무부」(鸚鵡賦)에 나오 는 구절인바, '매성유'는 "예형"의 잘못이다. '매성유'는 송나라의 문인 매요신(梅堯 臣)을 말한다. '성유'는 그 자이다. 저본에는 '매성유'가 "매성료"로 되어 있으나 바로 잡았다.

236) 칠칠가기(七七佳期) 은하수에 다리 놓던 오작(烏鵲)새: 7월 7일 좋은 날 견우와 직녀 의 만남을 위해 은하수에 오작교를 놓았던 까마귀와 까치.

裏) 북이 되어 봄빛 짜는 꾀꼬리,²³⁷ 일쌍비거각회두(一雙飛去却回頭)라 원불상리(願不相離) 원앙새,²³⁸ 상림원(上林苑)에 글 전하던 별포귀래(別浦歸來) 홍안(鴻雁)새,²³⁹ 석양비헐청산색(夕陽飛歇青山色)하니 양개상망(兩箇相望) 해오리,²⁴⁰ 범범중류(泛泛中流) 지향 없이 상친상근(相親相近) 쌍(雙)비오리²⁴¹ 곳곳이 춤을 추고²⁴² 길짐승도 기어든다.

....

237) 녹양사리(綠楊絲裏) 북이 되어 봄빛 짜는 꾀꼬리: 푸른 버들을 실로 삼고 제 몸을 북[梭]으로 삼아 봄빛을 짜는 꾀꼬리. '북'은 베를 짤 때 날실의 틈으로 왔다갔다 하며 씨실을 푸는 기구. 『악학습령』에 전하는 시조에 "녹양(綠楊)은 실이 되고 꾀꼬리는 북이 되어 구십춘광(九十春光)에 짜내느니 나의 시름"이라는 구절이 보인다.

238) 일쌍비거각회두(一雙飛去却回頭)라 원불상리(願不相離) 원앙새: 한 쌍이 날아가다 문득 고개 돌려 헤어지기를 바라지 않는 원앙새. 두목의 시 「다산(茶山)에 들어가 '수구향(水口鄉: 절강성 호주湖州의 지명) 차 시장'을 제목으로 삼아 짓다」(入茶山下題水口草市絶句) 중 "원앙새 놀라 깨게 했으니 어찌 한이 없으리? / 한 쌍이 날아가다 문득 고개 돌리네"(驚起鴛鴦豈無恨, 一雙飛去却回頭)에서 따온 구절. 저본에는 '회두'가 "두회"로 되어 있으나 바로잡았다.

239) 상림원(上林苑)에 글 전하던 별포귀래(別浦歸來) 홍안(鴻雁)새: 상림원에 편지를 전하던, 이별의 포구에서 돌아가는 기러기. '상림원'은 장안(長安)과 함양(咸陽) 일대에 있던 거대한 궁중 정원. 진시황(秦始皇) 때 만들어진 것을 한나라 무제가 크게 확장하여 자연 경관을 즐기는 한편 군사 훈련을 겸한 사냥을 했다. 한나라 무제 때 중랑장(中郎將) 소무(蘇武)가 흉노(匈奴)에 사신 갔다가 억류되어 북해(北海) 가에서 양을 치며 목숨을 부지하던 중 비단에 쓴 편지를 기러기 발에 묶어 날려 보낸 편지가 상림원에 있던 무제에게 전해져 19년 만에 고국으로 돌아왔다는 고사가 전한다.

240) 석양비헐청산색(夕陽飛歇青山色)하니 양개상망(兩箇相望) 해오리: 석양이 푸른 산빛 위에 머무르니 서로 바라보는 두 마리 해오라기. 저본에는 '헐'이 "홀"로 되어 있으나 바로잡았다.

241) 범범중류(泛泛中流) 지향 없이 상친상근(相親相近) 쌍(雙)비오리: 물결 가운데 정처 없이 떠다니며 가까이 붙어 있는 한 쌍의 비오리. '비오리'는 오릿과의 물새. 「별토가」(鱉兎歌, 가람본)에 "범범중류(泛泛中流) 높이 떴다 쌍거쌍래(雙去雙來) 쌍(雙)오리며"라는 구절이 보인다.

242) 또 저편~춤을 추고: 「잡조 타령」의 해당 구절은 다음과 같다. "한편을 바라보니 봄

산군(山君)은 호표(虎豹)요, 성수(聖獸)는 기린(麒麟)이라. 장생불사(長生不死) 미록(麋鹿)이요, 사과춘산(麝過春山)[243] 궁노루, 시위상서(侍衛象胥)[244] 코끼리 이리저리 기어들고, 돈피(獤皮: 담비)·서피(黍皮: 족제비)·이리·승냥이·해달피(海獺皮: 해달)·청설모·다람쥐·잔나비 파람하

새 울음 한가지라 / 춘정(春情)을 못 이기어 각색 새가 모여들 제 / 연작은 날아들고 구작(九雀)은 기어든다 / 청자조 흑자조 내금정 외금정 도래금정 세금정 보라매 수진이 해동청 / 떴다 보아라, 종달새 청천을 박차고 / 백운을 무릅쓰고 허공중천 떠 있는데 / 방정맞은 할미새, 요망스런 방울새 / 이리로 가며 호루록뺏족 저리로 가며 호루록뺏족 / 팽당그르르 가불갑족 가불갑족 / 마니산 갈가마귀 차돌도 바이 못 얻어먹고 / 태백산 기슭으로 골각 골각 갈의렁 갈의렁 갈골 갈골 깔곡 깔곡 울고 간다 / 춤 잘 추는 무당새, 정량 쏘는 호반새 / 수루루 층암절벽 위에 비로로 뎅그렁 날아들고 / 가지가지 놀던 새는 평림(平林)으로 날아든다 / 남해상(南海上) 떼기러기 반공중(半空中) 높이 떠서 / 지리리 지리리 쓰루룩 울어 들고 / 겉으로 버레 먹고 좀먹고 속은 아주 아무것도 없이 / 횡텅텅 비어 있는 고양나무에 / 부리 삐죽 허리 길죽 꽁지 무뚝한 저 따저고리 거동 보소 / 크나큰 대부동을 한아름에 드립더 허염석 틀어잡고 오르며 뚜다닥딱딱 나리며 뚜다닥딱딱 / 낙락장송 늘어진 가지 홀로 앉아 우는 새 / 밤에 울면 두견이요 낮에 울면 접동새 / 한 마리는 내려 앉고 또 한 마리 나무에 앉아 / 공산야월 적막한대 촉국 강산 넋이 되어 / 귀촉도 불여귀라 피나게 슬피 울고 / 복국새도 울음 울고 수국새도 울음 울고 / 풍년새 솟적다 흉년새 솟텡텡 / 약수 삼천 요지연에 소식 전(傳)턴 청조새 / 사마상여 줄소리 오유사방 봉황새 / 부용당 운모병에 그림 같은 공작새 / 일천년 화표주에 물시인비 영위학이 / 난다 말뿐이요 / 매성유의 글귀 속에 교교호음 앵무새 / 칠칠가기 은하수에 다리 놓던 오작새 / 녹양사리 북이 되어 봄빛 짜는 꾀꼬리 / 일쌍비거각회두라 원불상리 원앙새 / 상림원에 글 전하던 별포귀래 홍안새 / 석양비헐청산색하니 양개상망 해오리 / 곳곳에서 춤을 춘다."

243) 사과춘산(麝過春山): 사향노루가 지나간 봄 산. 당나라 허혼(許渾)의 시 「최처사의 산속 집에 쓰다」(題崔處士山居) 중 "사향노루 지나간 봄 산에 풀이 절로 향기롭네"(麝過春山草自香)에서 따온 말. 이 시구는 『백련초해』에도 실려 있다.

244) 시위상서(侍衛象胥): 왕을 시위하는 관원과 역관. '상서'는 역관, 혹은 사신을 접대하는 관원을 뜻하는데, 여기서는 관직 이름에 '코끼리 상' 자가 들어가므로 따왔다.

고(휘파람 불고) 청개구리 북질한다(북을 친다). 금두꺼비 새남하고[245] 청메뚜기 장구 치고, 흑메뚜기 저[笛]를 불고, 돌 진 가재[246] 무고(巫鼓) 치고, 도야지 밭을 갈고, 수달피(水獺皮) 고기 잡고, 암곰이 외입(外入)[247] 하니, 수토끼 복통(腹痛)한다. 다람이 그 꼴 보고 암상낸다.[248]

245) 새남하고: 새남굿을 하고. '새남굿'은 죽은 사람의 넋을 극락으로 인도하는 굿.
246) 돌 진 가재: 돌을 지고 있는 가재.
247) 외입(外入): 음란(淫亂)한 상대와 방탕(放蕩)하게 놀아나는 짓.
248) 암상낸다: 시기하고 샘을 낸다.

4. 광한루

이런 경개 다 본 후에 광한루에 다다라서

"방자야, 도원(桃源)이 어디메니? 무릉(武陵)이 여기로다! 광한루도 좋거니와 오작교(烏鵲橋)[249]가 더욱 좋다. 견우성(牽牛星)[250]은 내가 되려니와 직녀성(織女星)[251]은 누가 되리? 악양루·등왕각이 아무리 좋다 한들 이보다 더 좋으랴?"

방자놈 여쭙되

"이곳 경개 이렇기로 풍화일난(風和日暖)[252]하여 채운(彩雲)이 잦아질 제 신선이 내려와 노나이다."

이도령 말이

"아마도 그러하면 네 말이 적실하다. 운무심이출수(雲無心而出岫)하고 조권비이지환(鳥倦飛而知還)이라,[253] 별유천지비인간(別有天地非人

---

249) 오작교(烏鵲橋): 남원 광한루에 있는 다리. 견우직녀 설화에 등장하는 다리에서 따온 이름.

250) 견우성(牽牛星): 독수리자리에서 가장 밝은 별인 알타이르(Altair).

251) 직녀성(織女星): 거문고자리에서 가장 밝은 별인 베가(Vega).

252) 풍화일난(風和日暖): 바람이 온화하고 날씨가 따뜻함.

253) 운무심이출수(雲無心而出岫)하고 조권비이지환(鳥倦飛而知還)이라: 구름은 무심히

間)을 예(여기)를 두고 이름이라."

호상(壺觴: 술병과 술잔)을 자작(自酌)하여 수삼배(數三盃: 두어 잔)
기울이고, 배회고면(徘徊顧眄)²⁵⁴하여 산천도 살펴보고, 음풍영월(吟風詠
月)하여 옛 글귀도 생각하니, 경개풍월(景槪風月)이 본시 무정지물(無情
之物)이라 정히 무료(無聊) 심심하더니, 눈을 들어 한 곳을 우연히 바라
보니 별유천지 그림 속에 어떠한 일미인(一美人)이 춘흥(春興)을 못 이
겨 백옥 같은 고운 양자(樣子: 모습) 반분때²⁵⁵로 다스리고, 호치단순(皓
齒丹脣)²⁵⁶ 고운 얼굴 삼색도화미개봉(三色桃花未開封)²⁵⁷이 하룻밤 찬 이
슬에 반만 핀 형용(形容)이요, 청산(靑山) 같은 두 눈썹은 팔자춘산(八
字春山)²⁵⁸ 다스리고, 흑운(黑雲) 같은 흩은 머리, 반달 같은 화룡소(畫龍
梳)로 아주 솰솰 흘리 빗겨 전반같이 넓게 땋아 옥룡잠(玉龍簪)²⁵⁹·금봉
차(金鳳釵)²⁶⁰로 사양머리²⁶¹ 쪽졌는데, 석우황·진주(眞珠) 투심(套心),²⁶²

<hr />

산봉우리에서 솟아나고, 새도 날기가 싫증나면 돌아올 줄 아네. 도연명 「귀거래사」의
한 구절.

254) 배회고면(徘徊顧眄): 목적 없이 거닐며 여기저기 돌아봄.

255) 반분때: 반분대(半粉黛). 살짝 칠한 엷은 화장. '분대'는 분 바른 얼굴과 먹으로 그린
눈썹.

256) 호치단순(皓齒丹脣): 흰 이와 붉은 입술. 아름다운 여성의 비유.

257) 삼색도화미개봉(三色桃花未開封): 아직 꽃봉오리가 터지지 않은, 세 가지 색의 복사
꽃. 『가곡원류』(歌曲源流)에 수록된 「언락」에 "날 보고 당싯 웃는 양은 삼색도화(三色桃
花) 미개봉(未開封)이 하룻밤 빗기운에 반만 절로 핀 형상이로다"라는 구절이 보인다.

258) 팔자춘산(八字春山): 팔자 모양의 봄 산. 미인의 고운 눈썹을 비유한 말.

259) 옥룡잠(玉龍簪): 용의 형상을 새긴, 옥으로 만든 머리 장식.

260) 금봉차(金鳳釵): 봉황의 형상을 새겨 만든 금비녀.

261) 사양머리: 새앙머리. 생머리. 미혼 규수나 궁중의 소녀 나인들이 예복을 입을 때 두
갈래로 갈라 땋던 머리. 이 머리를 틀어 올려 비녀를 꽂기도 한다.

262) 석우황 진주(眞珠) 투심(套心): 석웅황과 진주로 만든 투심. '투심'은 새앙머리에 꽂

산호(珊瑚)가지 휘얽은 도토락댕기[263] 맵시 있게 달았으니, 천태산(天台山) 벽오지(碧梧枝)[264]에 봉황의 꼬리로다.

당(唐)모시 깍기적삼,[265] 초록갑사(草綠甲紗) 곁막기[266]에 백문항라(白紋亢羅)[267] 고장바지(고쟁이), 분홍갑사(粉紅甲紗) 너른바지,[268] 세류(細柳) 같은 가는 허리, 촉라요대(蜀羅腰帶)[269] 눌러 띠고, 용문갑사(龍紋甲紗) 도홍(桃紅) 치마 잔살 잡아[270] 떨쳐 입고, 몽고(蒙古) 삼승(三升)[271] 겹버선에 초록 우단(羽緞: 벨벳) 수운혜(繡雲鞋)[272]를 맵시 있게 도도(돋우어) 신고, 삼천주(三千珠) 산호수(珊瑚樹),[273] 밀화불수(蜜華佛手)[274] 옥나비[275]

는 장식.

263) 도토락댕기: 도투락댕기. 여성들이 조짐머리(쪽진 머리)에 드리우던 긴 댕기.

264) 천태산(天台山) 벽오지(碧梧枝): 중국 절강성에 있는 천태산의 벽오동 가지. 봉황이 벽오동에만 앉는다는 전설이 있다.

265) 깍기적삼: 깨끼적삼. '깨끼'는 겉감과 안감 사이에 시접이 밖으로 비치지 않도록 가늘게 처리하여 바느질하는 방식. '적삼'은 홑으로 만든 웃옷.

266) 곁막기: 곁마기. 견마기. 초록 바탕에 자주색으로 겨드랑이를 막은 저고리.

267) 백문항라(白紋亢羅): 무늬가 없는 항라. '항라'는 명주나 무명실 따위로 성기게 짠 여름 옷감.

268) 너른바지: 여자가 한복을 입을 때 단속곳 위에 입는 속옷.

269) 촉라요대(蜀羅腰帶): 중국 촉(蜀) 지방에서 나는 고급 비단으로 만든 허리띠.

270) 잔살 잡아: 주름을 잘게 잡아.

271) 몽고(蒙古) 삼승(三升): 버선을 짓는 데 쓰던 몽골산 무명.

272) 수운혜(繡雲鞋): 코에 구름무늬를 수놓은 마른신.

273) 삼천주(三千珠) 산호수(珊瑚樹): 노리개의 일종. '삼천주'는 큰 진주를 세 개 끼우고 수술을 늘어뜨린 노리개. '산호수'는 나무처럼 가지가 퍼진 산호.

274) 밀화불수(蜜華佛手): 부처님 손 모양의 호박(琥珀) 노리개.

275) 옥나비: 옥으로 만든, 나비 모양의 노리개.

며 진주월패(眞珠月佩)[276] 청강석(靑剛石),[277] 자개향(紫介香)·비취향(翡翠香),[278] 오색당사(五色唐絲) 끈을 달아 양국대장(兩局大將) 병부(兵符) 차듯,[279] 남북 병사(兵使: 병마절도사) 동개[280] 차듯, 각읍(各邑) 통인 서랍 [281] 차듯, 휘늘어지게 넌짓 차고, 방화수류(傍花隨柳) 찾아갈 제 백만교태(百萬嬌態) 하는고나. 섬섬옥수(纖纖玉手) 흩날려서 모란꽃도 부러질러(분질러) 머리에도 꽂아 보고, 척촉화(철쭉꽃)도 부러질러 입에도 담박 물어 보고, 녹음수양(綠陰垂楊) 버들잎도 주루룩 훑어다가 맑고 맑은 구곡수(九曲水)에 풍덩실 들이쳐도 보며, 도화유수묘연거(桃花流水杳然去)하니 점점 낙화청계변(點點落花淸溪邊)에[282] 조약돌도 쥐어다가 양류상(楊柳上)의 꾀꼬리도 위여[283] 풀풀 날려 보고, 청산영리녹음간(靑山影裏綠陰間)[284]에

276) 진주월패(眞珠月佩): 진주로 만든, 달 모양의 노리개.

277) 청강석(靑剛石): 나뭇결 같은 무늬가 있는 푸른색의 보석.

278) 자개향(紫介香)·비취향(翡翠香): 자개로 장식한 향주머니와 비취로 장식한 향주머니. 저본에는 '자개향'이 "직계향"으로 되어 있으나 『고본 춘향전』에 따랐다.

279) 양국대장(兩局大將) 병부(兵符) 차듯: '양국대장', 곧 훈련대장(訓鍊大將)과 어영대장(御營大將)이 군대를 동원할 수 있는 병부를 차듯이. 물건을 주렁주렁 많이 차고 있는 모습.

280) 동개: 활과 화살을 넣어 등에 지도록 만든 물건.

281) 서랍: 통인(通引)들이 가지고 다니던, 문방구를 넣는 상자.

282) 도화유수묘연거(桃花流水杳然去)하니 점점낙화청계변(點點落花淸溪邊)에: 복사꽃 아득히 흐르는 물, 점점이 꽃잎 지는 맑은 시냇가에. "도화유수묘연거"는 이백의 시 「산중문답」의 한 구절.

283) 위여: 새를 쫓을 때 외치는 소리.

284) 청산영리녹음간(靑山影裏綠陰間): 푸른 산 그림자 속 녹음 사이. 최치원(崔致遠)의 시 「윤주(潤州: 강소성의 지명) 자화사에 올라」(登潤州慈和寺)에 "푸른 산 그림자 속에 고금의 인물 몇이던가"(靑山影裏古今人)라는 구절이 보인다.

그리저리 들어가서 장장채승(長長綵繩)[285] 그네 줄을 벽도화 늘어진 가지에 휘휘츤츤 매었는데, 저 아이 거동 보소. 맹랑히도 어여쁘다.

섬섬옥수 들어다가 추천(鞦韆) 줄을 갈라 쥐고 소스라쳐 뛰어올라 한 번 굴러 앞이 높고 두 번 굴러 뒤가 높아 백릉(白綾)[286] 버선 두 발길로 소수(솟아) 굴러 높이 차니, 뒤에 꽂은 금봉차와 앞에 지른 민죽절[287]은 반석상(盤石上)에 내려져서 앵그렁 댕그렁 하는 소리, 이도 또한 경(景)이 로다. 비거비래(飛去飛來)하는 거동 진왕녀(秦王女) 난조(鸞鳥) 타고[288] 옥 경(玉京: 옥황상제가 사는 곳)으로 향하는 듯, 무산(巫山) 선녀가 구름 타 고 양대상(陽臺上)에 내리는 듯,[289] 한창 이리 노닐 적에 이도령이 바라 보고 얼굴 달호이고(달아오르고) 마음이 취하여 정신이 산란(散亂), 안 정(眼睛)이 몽롱, 의사(意思)가 호탕, 심신(心神)이 황홀하다.

"방자야, 저기 저 건너 운무중(雲霧中)에 울긋불긋하고 들락날락하는 것이 사람이냐, 신선이냐?"

방자놈 여쭙되

"어디 무엇이 뵈나이까? 소인의 눈에는 아무것도 아니 뵈나이다."

---

285) 장장채승(長長綵繩): 오색의 긴 끈.

286) 백릉(白綾): 희고 얇은 비단.

287) 민죽절: 아무 장식이 없는 죽절(竹節)비녀. '죽절비녀'는 대나무를 깎아서 만든 비녀. 저본에는 '죽'이 "쥴"로 되어 있으나 바로잡았다.

288) 진왕녀(秦王女) 난조(鸞鳥) 타고: 춘추시대 진(秦)나라 목공(穆公)의 딸 농옥(弄玉)이 통소를 잘 불었던 소사(蕭史)와 결혼한 뒤 두 사람이 통소를 불면 봉황이 날아오곤 했 는데, 어느 날 두 사람이 그 봉황을 타고 하늘로 올라갔다는 고사가 있다.

289) 무산(巫山) 선녀가~내리는 듯: 초나라 회왕(懷王)이 양대(陽臺: 중국 중경시重慶市 고도산高都山에 있던 누대)에서 낮잠을 자다가 꿈속에서 무산의 여신과 사랑을 나누 었다는 전설이 있다. 권1의 주 29 참조.

이도령 말이

"아니 뵌단 말이 어인 말이니? 원시(遠視)를 못하느냐? 청홍(靑紅)을 모르느냐? 나 보는 대로 자세히 보아라. 선녀가 하강하였나 보다!"

"무산(巫山) 십이봉(十二峰)이 아니어든 선녀가 어이 있으리까?"

"그러면 숙낭자(淑娘子)[290]냐?"

"이화정(梨花亭)[291]이 아니어든 숙낭자가 웬 말이오?"

"그러면 서시(西施)[292]로다!"

"오왕(吳王) 궁중(宮中) 아니어든 서시라 하오리까?"

"그러면 옥진(玉眞)[293]이로다!"

"장생전(長生殿)[294]이 아니어든 양귀비가 왜 있사오리까?"

"그러면 옥이냐, 금이냐?"

"영창(永昌) 여수(麗水)[295] 아니어든 금이 어이 예 있으며, 형산(荊山)·곤강(崑岡)[296] 아니어든 옥이 어이 이곳에 있으리이까?"

---

290) 숙낭자(淑娘子): 고전소설 「숙향전」의 주인공 숙향.
291) 이화정(梨花亭): 「숙향전」에서 위기에 빠져 오갈 데 없던 숙향이 마고할미에게 의탁해 살던 주막.
292) 서시(西施): 춘추시대 월나라의 절세미인. 월나라에서 미인계를 써서 서시를 오나라에 바치자 오나라 왕 부차가 서시에 빠져 국정을 그르쳤다.
293) 옥진(玉眞): 양귀비(楊貴妃)의 별칭.
294) 장생전(長生殿): 장안(長安) 동쪽 교외에 있던 별궁(別宮)인 화청궁(華淸宮)의 전각(殿閣) 이름. 당나라 현종(玄宗)이 양귀비와 함께 지내던 곳이다.
295) 영창(永昌) 여수(麗水): '여수'는 중국 운남성(雲南省) 영창부(永昌府)에 있는 강 이름으로, 금의 산지로 유명하다.
296) 형산(荊山)·곤강(崑岡): 모두 아름다운 옥이 나는 곳. '형산'은 호북성에 있는 산으로, 미옥의 산지이다. 유명한 화씨벽(和氏璧)이 이곳에서 나왔다. '곤강'은 티베트 고원 북쪽의 곤륜산을 말하는데, 곤륜산의 낭풍전(閬風巔)이 미옥의 산지로 유명하다.

"그러면 도화(桃花)로다!"

"무릉도원 아니어든 도화가 웬 말이오?"

"그러면 해당화냐?"

"명사십리(明沙十里)²⁹⁷ 아니어든 해당화라 하오리까?"

"그러면 귀신이냐?"

"천음우습(天陰雨濕)²⁹⁸ 아니어든 귀신이 어이 있으리까?"

"그러면 혼백(魂魄)이냐?"

"북망산천(北邙山川)²⁹⁹ 아니어든 혼백이 웬일이오?"

"그러면 일월(日月)이냐?"

"부상대택(扶桑大澤)³⁰⁰ 아니어든 일월이 어이 있으리까?"

이도령이 역정 내어 하는 말이

"그러면 네 어미냐, 네 할미냐? 모두 휘몰아 아니라 하니, 눈망울이 솟아났느냐, 동자(瞳子)가 거꾸러 섰느냐? 왼통 뵈는 것이 없다 하니 허로증(虛勞症)³⁰¹을 들렸느냐? 나 보기에는 아마도 사람은 아니로다. 천년 묵은 불여우가 날 호리려고 왔나 보다!"

---

297) 명사십리(明沙十里): 함경도 원산의 동해안 백사장. 해당화가 핀 아름다운 풍경으로 유명하다.

298) 천음우습(天陰雨濕): 날이 흐리고 비가 내림. 두보의 시 「병거행」(兵車行) 중 "새 귀신은 원통해하고 옛 귀신은 곡을 하니 / 흐린 날 비 내리면 흐느끼는 소리 들려 오네"(新鬼煩冤舊鬼哭, 天陰雨濕聲啾啾)에서 따온 말.

299) 북망산천(北邙山川): 사람이 죽어 묻히는 곳. '북망산'은 본래 중국 낙양(洛陽) 북쪽에 있는 산 이름으로, 후한(後漢) 이래로 유명 인물들의 묘가 많았다.

300) 부상대택(扶桑大澤): 해 뜨는 곳. '부상'은 바다 동쪽 2만 리 지점에 있다는, 해 돋는 곳. '대택'은 큰 호수와 늪을 뜻하는데, 여기서는 큰바다.

301) 허로증(虛勞症): 기(氣)가 허한 병.

방자놈 여쭙되

"도련님, 여러 말씀 그만 하오. 저기 저 그네 뛰는 저 처녀를 물으시나 보마는 차시(此時: 이때) 녹음방초승화시(綠陰芳草勝花時)[302]라, 사부가(士夫家) 규수가 추천하러 왔나 보외다."

"이 아이야, 그렇지 아니하다. 그 처녀를 보아하니 청천(靑天)에 떠 있는 송골매도 같고, 석양에 나는 물 찬 제비도 같고, 녹수파란(綠水波瀾)에 비오리도 같고,[303] 말 잘하는 앵무새도 같고, 회양횟뚝[304] '별 진(辰) 잘 숙(宿)' 하니[305] 여항(閭巷) 처녀가 그렇기는 만무기리(萬無其理)[306]하니, 너는 이곳에서 생어사(生於斯), 장어사(長於斯), 유어사(遊於斯), 공어사(公於斯)하여[307] 모리장단 난든 집[308]을 역력히 알 듯하니, 사람 죽겠

<hr />

302) 녹음방초승화시(綠陰芳草勝花時): 푸르게 우거진 나무와 향기로운 풀이 꽃보다 아름다운 때, 곧 여름. 송나라 왕안석(王安石)의 시 「초하즉사」(初夏卽事)에 "푸르게 우거진 나무와 그윽한 풀이 꽃보다 아름다운 때"(綠陰幽草勝花時)라는 구절이 보인다. 단가 「녹음방초」에도 같은 구절이 보인다.

303) 청천(靑天)에 떠~비오리도 같고: 작자 미상의 사설시조에 "송골매 같고 줄에 앉은 제비도 같고 백화원리(百花園裡)에 두루미도 같고 녹수파란에 비오리도 같고"라는 구절이 보인다. '녹수파란'은 푸른 물에 물결이 이는 모양.

304) 회양횟뚝: 하늘거리기도 갑자기 몸을 돌리거나 젖히기도 하는 모습. 부드럽고 하늘하늘함을 뜻하는 '회양회양'과 갑자기 몸을 뒤로 젖히거나 돌아본다는 뜻의 '희뜩'에서 온 말.

305) '별 진(辰) 잘 숙(宿)' 하니: 비틀거리며 걷는 걸음걸이. '잘 숙'이 '잘쑥대다'(걸을 때 조금씩 다리를 절다)라는 말과 비슷한 데서 유래한 말로 추정된다.

306) 만무기리(萬無其理): 절대 그럴 리가 없음.

307) 이곳에서 생어사(生於斯), 장어사(長於斯), 유어사(遊於斯), 공어사(公於斯)하여: 이곳에서 나고, 자라고, 놀고, 관청 일을 하고 있어서.

308) 모리장단 난든 집: 가무를 즐기는 '기생집'을 뜻하는 것으로 보인다. 『춘향전』 동양문고본과 『고본 춘향전』에는 각각 "묘리장단 맑근쇠", "묘리장단(妙理長短) 맑은쇠"로 되어 있다. '맑은쇠'는 '가늠쇠'를 뜻하는바, 묘리장단의 가늠자, 곧 기생 유흥에 밝은

다! 바로 일러라."

방자놈 여쭙되

"진정 그리 알고자 하시면 바른대로 고하리니, 공식시[309]가 있어야 하지 그렇지 않으면 북극천문(北極天門)[310]에 발괄[311]하고 옥제(玉帝: 옥황상제)·금불(金佛: 금부처)이 명하셔도 바로 고하지 못하겠소."

이도령 마음이 겁겁(劫劫)하여[312] 되는 대로 하는 말이

"그래서 범연(泛然)히 할까 보냐? 내 서울 가거든 세간 밑천 하려 하고 돈 오백 냥 봉부동(封不動)[313]으로 두었으니 너를 줄 것이요, 장가들거든 예물 주려고 어르신네 평양 서윤(庶尹)[314]가 계실 제 차천수식(釵釧首飾)[315] 장만한 것 두었으니 너를 줄 것이요, 과거하거든[316] 쓰려 하고 창방제구(唱榜諸具)[317] 차려둔 것 있으니 너를 줄 것이요, 모두 궁통 몰아 휩쓸어다가 물수이[318] 너를 다 줄 것이니, 제발 덕분 바로 일러라."

방자가 웃고 그제야 하는 말이

....
사람을 가리키는 것으로 보인다.
309) 공식시: 공(功)에 대한 대가(代價). '식시'는 '시시', 곧 '씻기'를 뜻하는 것으로 보인다.
310) 북극천문(北極天門): 북쪽 하늘 끝에 있다는 옥황상제(玉皇上帝)의 궁궐 문.
311) 발괄[白活]: 관청에 억울한 사정을 하소연함. 이두(吏讀) 표기.
312) 겁겁(劫劫)하여: 성미가 급하여 참을 수 없음.
313) 봉부동(封不動): 물건을 창고에 넣고 봉하여 쓰지 못하게 함.
314) 서윤(庶尹): 한성부(漢城府)와 평양에 두었던 종4품 벼슬. 시장(市長)에 해당하는 정2품의 판윤(判尹), 부시장에 해당하는 좌윤(左尹)·우윤(右尹)의 아래 벼슬.
315) 차천수식(釵釧首飾): 비녀·팔찌와 머리 장식.
316) 과거하거든: 과거(科擧)에 급제하거든. 저본에는 '과거'가 "과가"로 되어 있다.
317) 창방제구(唱榜諸具): 과거에 급제한 후 축하 행사 등에 쓰는 여러 도구. '창방'은 과거에 급제한 사람의 이름을 부르는 일.
318) 궁통 몰아 휩쓸어다가 물수[沒數]이: 죄다 몰아 휩쓸어다가 전부.

"저 아이는 귀신도 아니요, 짐승도 아니라 본읍 기생 월매(月梅) 딸 춘향(春香)이요. 춘광(春光: 나이)은 이팔(二八)이요, 인물은 일색(一色)이요, 행실은 백옥(白玉)이요, 재질(才質)은 소약란(蘇若蘭)[319]이요, 풍월은 설도(薛濤)[320]요, 가곡은 섬월(蟾月)[321]이라. 아직 서방 정하지 않고 있으나, 성품이 매몰하고[322] 사재고[323] 교만하고 도뜨기[324]가 영소보전(靈霄寶殿) 북극천문(北極天門)에 턱 건[325] 줄로 아뢰오."

이도령 이 말 듣고 얼싸 좋을시고 허둥지둥 허튼 말로 하는 말이

"이 애 방자야, 우리 둘이 의형제(義兄弟) 하자. 방자 동생아, 날 살려라! 제가 만일 창녀(娼女)일진대 한 번 구경 못할쏘냐. 네가 바삐 불러오라."

방자놈 거동 보소. 아주 펄쩍 뛰며 하는 말이

"이런 말씀 다시 마오. 저를 부르려 하면 밥풀 물고 새새끼 부르듯 아주 쉽사오나, 만일 이 말씀이 사또 귓구멍으로 달음박질하여 들어갈 양이면 도련님은 계관(係關: 관계)이 없거니와 방자 이놈은 팔자(八字) 없

---

319) 소약란(蘇若蘭): 전진(前秦) 때의 여성 문인. 남편 두도(竇滔)가 조양대(趙陽臺)라는 애첩을 얻고는 다른 지방에 부임하면서 양대(陽臺)만을 데리고 간 뒤 소식을 끊자 자신이 지은 시를 비단에 수놓아 두도에게 보냈는데, 두도가 이에 감동하여 다시 예전처럼 소약란을 사랑하게 되었다는 고사가 전한다.

320) 설도(薛濤): 당나라의 명기(名妓)로, 시를 잘 지었다.

321) 섬월(蟾月): 『구운몽』의 여주인공 중 한 사람으로, 시 감식안이 뛰어나고 노래에 능한 기녀 계섬월.

322) 매몰하고: 인정이 없고 쌀쌀하며.

323) 사재고: 사박스럽고. 성질이 독살스러우며 야멸치고.

324) 도뜨기: 언행의 수준이 높음.

325) 영소보전(靈霄寶殿) 북극천문(北極天門)에 턱 건: 뜻을 지극히 높은 곳에 두었다는 뜻. '영소보전'과 '북극천문'은 모두 옥황상제가 거처하는 곳.

이 늘개시니(늙겠으니), 그런 생각과 이런 분부는 꿈에도 마읍소서."

이도령 이르는 말이

"죽기 살기는 십왕전(十王殿)[326]에 매었다(달렸다) 하니 경망스레 굴지 말고 저만 어서 불러와라. 내일부터 관청에 나는 것을 도무지 휩쓸어다가 닭피바[327]로 즐끈즐끈 묶어다가 '방자 형님 댁으로 꿩 진상(進上) 아뢰오!' 하고 모두 다 송일[328] 것이니, 다른 염려는 꿈에도 말고 어서 바삐 불러오라. 제발 덕분 불러오라. 내가 만일 병 곧 들면 신농씨(神農氏) 상백초(嘗百草)[329]하여 일만 병(一萬病)을 다 고쳐도 이내 병은 하릴없고, 요지(瑤池)의 천년반도(千年蟠桃),[330] 천태산(天台山)의 별이용(別栮茸),[331] 만수산(萬壽山) 인삼[332]과 삼신산(三神山) 불사약(不死藥)이 거재두량(車載斗量)[333]이라도 이내 병은 속절없이 죽겠으니, 제발 덕분 비나

....

326) 십왕전(十王殿): 시왕(十王)을 모신 법당. '시왕'은 명부(冥府)에 있다는 진광왕(秦廣王)·초강왕(初江王)·송제왕(宋帝王)·오관왕(伍官王)·염라왕(閻羅王)·변성왕(變成王)·태산왕(泰山王)·평등왕(平等王)·도시왕(都市王)·전륜왕(轉輪王)의 열 임금. 인간이 세상에 있을 때 저지른 죄의 경중(輕重)을 이들이 정한다고 한다.

327) 닭피바: 달피나무 껍질을 꼬아 만든 밧줄.

328) 송일: '보낼'의 의미로 보인다.

329) 신농씨(神農氏) 상백초(嘗百草): 신농씨가 온갖 풀을 씹어. 중국의 전설 속의 제왕 신농씨가 온갖 풀을 씹어 그 맛을 보고 약을 만들어냈다는 전설이 있다.

330) 요지(瑤池)의 천년반도(千年蟠桃): 서왕모의 요지 잔치에 나오는, 3천 년에 한 번 열매 맺는다는 복숭아.

331) 천태산(天台山)의 별이용(別栮茸): 천태산에서 나는 신이한 버섯을 가리키는 듯하나 자세한 것은 미상. 후한(後漢) 때 유신(劉晨)과 완조(阮肇)가 천태산에 약을 캐러 들어갔다가 두 여인을 만나 즐겁게 지내다 집에 돌아오니 그동안 세월이 흘러 자손이 7대째나 내려갔더라는 고사가 전한다.

332) 만수산(萬壽山) 인삼: 개성 인삼. '만수산'은 개성 송악산(松嶽山)의 다른 이름.

333) 거재두량(車載斗量): 수레에 싣고 말[斗]로 될 만큼 많은 양.

이다! 날 살리시오!"

　속담에 이른 말이 백주(白酒)는 홍인면(紅人面)이요, 황금(黃金)은 흑사심(黑士心)이라.[334] 방자놈의 마음이 염초청(焰硝廳) 굴뚝[335]이요, 호두각(虎頭閣) 대청(大廳)[336]이라, '주마' 하는 말에 비위(脾胃)가 동하여 한번 웃고 허락하는 말이

　"도련님 말씀이 하 저러하시니 불러는 오려니와 나중에 중병(中病)[337]이 나면 그는 내 알 바 아니외다. 또 계집 말 부르는 장단[338]이나 아옵나이까?"

　이도령 대답하되

　"세상 사람이 남는 것 하나는 있느니라. 왈자가 망하여도 왼다리길 하나는 남고,[339] 부자가 망하여도 청동화로(靑銅火爐) 하나는 남고, 종가(宗家)가 망하여도 신주보(神主褓)[340] 하나, 향로(香爐)·향합(香盒)은 남고,

---

334) 백주(白酒)는 홍인면(紅人面)이요, 황금(黃金)은 흑사심(黑士心)이라: 하얀 술이 사람의 얼굴을 붉게 하고, 누런 금이 선비의 마음을 검게 만든다. 오언(五言) 대구(對句)를 묶은 아동용 학습서 『추구』(推句)에 나오는 말.

335) 염초청(焰硝廳) 굴뚝: 검은 마음을 비유하는 말. '염초청'은 조선시대 훈련도감(訓鍊都監)에서 화약 만드는 일을 맡아보던 관아.

336) 호두각(虎頭閣) 대청(大廳): 속을 알 수 없을 만큼 마음이 음흉함을 비유하는 말. '호두각'은 조선시대 의금부(義禁府)에서 중죄인을 신문(訊問)하던 곳. '대청'은 큰 마루.

337) 중병(中病): 일의 중도에서 생기는 뜻밖의 사고나 탈.

338) 계집 말 부르는 장단: 기생에게 처음 말을 붙이는 격식을 뜻하는 듯하나 자세한 것은 미상.

339) 왈자가 망하여도~하나는 남고: 옛날 습관은 완전히 없어지지 않는다는 뜻의 속담. '왈자'는 왈짜, 곧 품행이 단정치 못하고 수선스러운 사람을 얕잡아 이르는 말로, 오늘날의 '건달' 개념에 가깝다. '왼다릿길'은 왼쪽 발길질을 뜻한다.

340) 신주보(神主褓): 신주를 모셔 두는 나무 궤를 덮던 보자기.

남산골 생원(生員)이 망하여도 걸음 걷는 보수(步數) 하나는 남고, 노는 계집이 망하여도 엉덩이 흔드는 장단 하나는 남는다[341] 하니, 경성(京城)에서 생장(生長)한 내가 현마(설마) 계집 말 부를 줄이야 모르랴? 방자 형아, 주저넘의(주제넘은) 아들놈 소리 말고 나는 듯이 불러오라. 편전(片箭)같이[342] 불러오라!"

---

341) 남산골 생원(生員)이~하나는 남는다: 옛 습관은 완전히 없어지지 않는다는 뜻의 속 담. '보수'는 걸음의 숫자로, 여기서는 양반으로서 본래 걷던 걸음걸이를 뜻한다. '노 는 계집'은 창기(娼妓)를 말한다.

342) 편전(片箭)같이: 쏜살같이. '편전', 곧 아기살은 크기는 통상의 화살 절반 크기로 짧 지만 속도는 한층 빠른 화살.

5. 춘향

저 방자놈 거동 보소. 아래 멋슭한[343] 도리참나무(돌참나무) 즐끈동 부러질러 거꾸로 짚고 녹양방초(綠楊芳草) 벋은 길로 거드렁충청 우두덩탕탕 바삐 갈 제 한 모롱[344] 두 모롱 훨훨 지나 나는 듯이 건너가서 숨을 헐떡이며 소리를 우레같이 지르고 손을 눈 위에 번쩍 들어

"춘향아, 춘향아! 무엇하나니?"

춘향이 깜짝 놀라 추천 줄에 뛰어내려 명모(明眸: 맑은 눈동자)를 흘리 뜨고 단순(丹脣)을 반개(半開)하고 호치(皓齒)를 드러내어 묻는 말이

"그 뉘라서 그리 급히 부르나니?"

방자놈 대답하되

"큰일났다! 책방 도령님이 광한루에 구경 와 계시다가 너를 보고 두 눈에 부처가 발등걸이하고[345] 온몸의 힘줄이 용대기(龍大旗) 뒷줄[346]이

---

343) 멋슭한: 머쓱한. 멋없이 크고 무른.

344) 모롱: 모롱이. 산모퉁이의 휘어 둘린 곳.

345) 두 눈에 부처가 발등걸이하고: 두 눈동자에 비친 사람의 형상이 거꾸로 뒤집혀 보이고, 곧 두 눈이 뒤집히고. '부처', 곧 '눈부처'는 눈동자에 비치어 나타난 사람의 형상. '발등걸이'는 그네 따위의 틀에 두 발등을 걸치고 거꾸로 매달린 모습. 저본에는 '부처'가 "부쳬"로 되어 있다.

346) 용대기(龍大旗) 뒷줄: 큰 깃발을 지탱하도록 팽팽하게 잡아맨 줄. '용대기'는 임금이 행차할 때 행렬 앞에 세우던 큰 깃발.

되었으니, 어서 급히 가자. 잠깐이나 지체하면 모다기 판[347]날 것이니 얼른 바삐 가자세라."

저 계집아이 거동 보소. 백만교태 찡그리고 독을 내어 하는 말이

"요 방정맞고 요망스런 아이 녀석아! 사람을 그다지 놀래느냐? 내 추천을 하든지 말든지 너더러 대수리?[348] 말 많고 익살스레 분주다사(奔走多事)하게 뒤숭뒤숭스레[349] 춘향이니 사향(麝香)이니 침향(沈香)[350]이니 계향(桂香)이니 강진향(降眞香)[351]이니 곽향(藿香)[352]이니 회향(茴香)[353]이니 정향(丁香)[354]이니 목향(木香)[355]이니 네 어미니 네 할미니 갖초갖초[356] 경신년(庚申年) 글강(講) 외듯[357] 다 읽어 바치라더냐?"

방자놈 하는 말이

"요년의 아이년아, 내 말 듣거라. 무슨 일로 욕은 더럭더럭[358]하여 가

347) 모다기 판: 한꺼번에 많은 것이 쏟아지는 판.
348) 너더러 대수리: 너에게 대단한 일이리? '대수'는 대단한 것.
349) 뒤숭뒤숭스레: 종잡을 수 없이 뒤섞여 어수선하게.
350) 침향(沈香): 침향목으로 만든 향. '침향목'은 인도와 동남아시아에서 나는 상록교목으로, 향기가 좋아 장식재나 향으로 쓴다.
351) 강진향(降眞香): 강향(降香). 강진향나무로 만든 향.
352) 곽향(藿香): 꿀풀과의 풀. 약재나 향으로 쓴다.
353) 회향(茴香): 미나리과의 풀. 약재, 향신료, 향으로 쓴다.
354) 정향(丁香): 정향나무과의 나무로 꽃봉오리를 향신료나 향으로 쓴다.
355) 목향(木香): 국화과의 풀. 약재나 향으로 쓴다.
356) 갖초갖초: 갖추갖추. 빠짐없이 고루고루.
357) 경신년(庚申年) 글강(講) 외듯: 쓸데없는 말을 거듭 되풀이한다는 뜻. "무진년 글강 외듯"이라고도 한다.
358) 더럭더럭: 자꾸 대들면서 매우 귀찮게 떼를 쓰거나 조르는 모양.

느냐? 어떤 실업장의 아들놈[359]이 남의 친환(親患)에 단지(斷指)[360]하는 셈으로 그런 말 하였단 말이냐? 도련님이 워낙 아는 법이 모진 바람벽 뚫고 나오는 중방(中枋) 밑 귀뚜라미의 자석[361]이요, 또는 네가 잘못한 것이 그넨지 고넨지 추천인지 투천인지 뛰려거든 네 집 뒷동산도 좋고, 조용히 뛰려 하면 네 집 대청 들보도 좋고, 정 은근히 뛰려 하면 네 집 방안에 횃대목[362]에나 매고 뛰지, 요렇듯 똑배야진[363] 언덕에서 젊지 않은 아이년이 들락날락하며 별별 발겨갈(찢어발길) 짓이 무수하니, 미장가전(未丈家前)[364] 아이놈이 눈꼴이 아니 상(傷)할쏘냐? 자세히 들어 보라. 오늘 마침 본관 사또 자제 도련님이 산천 경개 구경하려 광한루에 올랐더니, 녹음 중에 추천하는 네 거동을 보고 성화(星火)같이 불러오라 분부가 지엄하시니, 뉘 분부라 아니 가고, 뉘 영(令)이라 거스를쏘냐? 잔말 말고 어서 가자. 바른대로 말이지 도련님이 외입장이[365]러라. 곧 오매지상(烏梅之上)[366]이요, 초병(醋瓶: 식초 병) 마개요, 말에 차인 엉덩이

359) 실업장의 아들놈: 실없는 놈. '실업장', 곧 '실없쟁이'는 실없는 사람을 놀려 부르는 말.

360) 남의 친환(親患)에 단지(斷指): 남의 부모 병환에 손가락을 잘라 그 피를 먹인다는 뜻으로 쓸데없는 일을 한다는 것.

361) 중방(中枋) 밑 귀뚜라미의 자석: 세상사 모르는 것이 없는 사람. 모든 일을 다 아는 체하는 사람. '알기는 칠월 귀뚜라미'라는 속담도 같은 뜻이다. '중방'은 벽의 가운데를 가로지른, 굵은 나무. '자석'은 '자식'의 뜻.

362) 횃대목: 횃대. 옷을 걸 수 있게 방안 벽에 달아매어 두는 막대.

363) 똑배야진: 똑 바라진. 활짝 열려서 아주 잘 드러나 보이는.

364) 미장가전(未丈家前): 아직 장가들기 전.

365) 외입장이: 오입쟁이. 오입질하는 사람을 얕잡아 이르는 말.

366) 오매지상(烏梅之上): 오매(烏梅)의 위, 곧 오매보다 더 시큼한 맛. '오매'는 덜 익은 푸른 매실을 훈증시킨 약재로, 맛이 매우 시다. 이하 열거되는 "초병 마개", "말에 차

요, 돌에 차인 복숭아뼈요, 산 개암이 밋궁[367]이요, 경계주머니 아들[368]일러라. 네 만일 향기로운 말로 맵시 있게 새[369]를 부려 초친 무럼[370]을 만든 후에 항라(亢羅) 속곳 가래[371]를 싱숭상숭 빼어내어 아주 똘똘 말아다가 왼편 볼기짝에 붙이면 그 아니 묘리(妙理)가 있겠느냐? 남원 것이 네 것이요, 운향고(運餉庫)가 아름치라,[372] 네 덕에 나도 관청 고자(庫子)[373]나 하여 거들어거려[374] 호강 좀 하여 보자꾸나."

춘향이 대답하되

"아니 가면 누구를 어찌하나? 날로 죽이나, 생으로 발기나?[375] 비 오는

....

인 엉덩이" 등은 모두 '시다', '시리다'의 뜻과 관련되는데, 이는 이도령의 음탕함을 표현하기 위한 것이다. '음자호산'(淫者好酸: 여색을 좋아하는 사람은 신맛을 좋아한다)이라는 속설이 있기에 하는 말이다.

367) 산 개암이 밋궁: 살아 있는 개미의 밑구멍. 개미가 발산하는 '개미산'[蟻酸]이 매우 신맛이 나므로 "시기는 산 개미 똥구멍이다"라는 속담이 있다.

368) 경계주머니 아들: 김동욱·김태준·설성경, 『춘향전 비교연구』(삼영사, 1979)에서는 '경계주머니'를 '불시의 소용에 대비하여 여러 물건을 넣고 다니는 주머니'로 본바, 온갖 상황에 대한 준비가 철저한 사람을 뜻하는 말인 듯하나 자세한 뜻은 미상.

369) 새: 뽄새. 본디의 생김새, 혹은 버릇의 됨됨이.

370) 초친 무럼: 초를 친 해파리. 흐늘흐늘 힘이 없거나 줏대 없는 사람을 놀려 이르는 말.

371) 속곳 가래: 속옷 가랑이.

372) 운향고(運餉庫)가 아름치라: 관아의 창고 안에 있는 물건이 다 네 것이다. '운향고'는 각처로 운반할 군량을 임시로 넣어 두던 창고. '아름치'는 '아람치'의 방언으로, 자기가 차지하는 몫을 뜻한다.

373) 고자(庫子): 고지기. 창고 관리인.

374) 거들어거려: 거드럭거려. 거들먹거려.

375) 생으로 발기나: 산 채로 찢어발기나.

데 쇠꼬리처럼[376] 부딪치지 마라. 날 궂은 날 개새끼처럼 지근지근히[377] 굴지 말고 말하기 싫으니 어서 이거라(일어나거라)."

방자놈 이른 말이

"네가 요다지 보동뛰고[378] 단단하냐? 앙세고 수세냐?[379] 아무커나(아무렇거나) 견뎌 보아라. 잔속[380]을 자세히 모르겠다. 도련님이 눈가죽이 팽팽한 것이 독살(毒煞)이 위에 없고,[381] 만일 수틀리면 네 어미 월매까지 생급살(生急煞)[382]을 먹을 것이니, 네 아니 가면 그만 있을 듯싶으냐? 되지 못할 사양 말고 어서 가자!"

---

376) 비 오는데 쇠꼬리처럼: 비오는 날 소가 꼬리를 쳐서 물을 튀기듯 몹시 귀찮게 구는 모습.

377) 지근지근히: 성가실 정도로 자꾸 귀찮게.

378) 보동뛰고: 보동되고. 작달막하며 통통하고. 여기서는 '야무지고' 정도의 뜻.

379) 앙세고 수세냐: 약해 보이지만 다부지고, 사람을 휘어잡는 힘이 매우 세차냐?

380) 잔속: 자세한 속사정.

381) 독살(毒煞)이 위에 없고: 악에 받쳐 생긴 모질고 사나운 기운이 그보다 더한 것이 없을 정도로 강하고.

382) 생급살(生急煞): 급작스럽게 닥치는 매우 혹독한 재액.

6. 만남

춘향이 하릴없어 따라온다. 치마꼬리 뒷가닥을 에후루쳐[383] 휘어다가 앞 흉당(胸膛)[384]에 떡 붙이고 옥보방신(玉步芳身)[385] 완보(緩步)할 제 석경산로 (石徑山路)[386] 험한 곳과 행심일경(行尋一徑) 비낀 길로[387] 한단시상(邯鄲市上) 에 수릉(壽陵)의 걸음[388]으로, 백월총중(百越叢中)에 서자(西子)의 걸음[389]으

....

383) 에후루쳐: 휘감아 끌어.

384) 흉당(胸膛): 가슴의 한복판.

385) 옥보방신(玉步芳身): 미인의 걸음걸이와 몸.

386) 석경산로(石徑山路): 돌이 많은 좁은 산길.

387) 행심일경(行尋一徑) 비낀 길로: 좁은 길 따라가서. 가사 「청춘과부가」에 "행심일경 비낀 길로 가만가만 들어가니"라는 구절이 보인다.

388) 한단시상(邯鄲市上)에 수릉(壽陵)의 걸음: 연(燕)나라 수릉 땅에 살던 청년이 한단 (邯鄲)의 시장에서 걷던 걸음. 전국시대 연나라 청년이 조(趙)나라의 수도 한단에 가 서 그곳 사람들의 멋진 걸음걸이를 흉내 내다가 한단의 걸음걸이도 익히지 못하고 자 신의 본래 걸음걸이도 잊어버려 결국 고향으로 기어서 돌아왔다는 한단지보(邯鄲之 步)의 고사가 『장자』(莊子) 「추수」(秋水)에 전한다.

389) 백월총중(百越叢中)에 서자(西子)의 걸음: 월(越)나라 뭇사람 가운데 서시(西施)의 걸음걸이. 서시는 월나라 재상 범려(范蠡)의 계략에 의해 오나라로 가서 오나라 왕 부 차의 총희(寵姬)가 되었는데, 오나라로 가기 전에 월나라 궁중에서 3년 동안 가무와 걸음걸이 연습을 시켰다는 고사가 전한다. '백월'은 중국 고대 동남부의 강소성·절강

로, 백모래밭에 금자라 걸음[390]으로, 양지(陽地) 마당에 씨암탉의 걸음[391]으로, 대명전(大明殿) 대들보에 명매기 걸음[392]으로, 광풍(光風)에 나비 놀듯, 물속에 이어(鯉魚 : 잉어) 놀듯, 가만가만 사뿐사뿐 걸어와서 광한루에 다다르니, 방자놈 여쭙되

"춘향이 현신(現身)[393] 아뢰오!"

하니 이때 이도령이 눈골[394]이 다 틀리고 정신이 표탕(飄蕩)하여 두 다리를 잔뜩 꼬고 사려(思慮)가 무궁(無窮)하여 기다리는 마음이 대한(大旱 : 큰 가뭄) 7년에 비 바라듯, 한수대전(漢水大戰)에 살 바라듯[395] 심신(心神)이 비월(飛越)하더니 이 소리를 듣고 무망중(無妄中)에[396] 하는 말이

"방자야, 하정(下庭)[397]이란 말이 될 말이며, 현신(現身)이란 말이 위격(違格 : 격식에 어긋남)이라. '어서 바삐 오르소서' 여쭈어라."

춘향이 하릴없어 당상(堂上)에 올라 절하여 뵙는 거동, 서왕모가 요

성·안휘성(安徽省) 일대 및 베트남 지역에 살던 월족(越族)을 총칭하는 말인데, 여기서는 춘추시대 월나라를 가리킨다. '서자'는 서시.

390) 백모래밭에 금자라 걸음: 맵시를 내어 아장아장 걷는 여성의 걸음걸이를 비유하는 말.

391) 씨암탉의 걸음: 아기작아기작 가만히 걷는 걸음.

392) 대명전(大明殿) 대들보에 명매기 걸음: 맵시 있게 아장거리며 걷는 걸음. '대명전'은 개성에 있던 고려의 궁전. '명매기'는 제빗과의 여름 철새.

393) 현신(現身): 아랫사람이 윗사람을 처음으로 뵘.

394) 눈골: 눈꼴. 눈의 생김새.

395) 한수대전(漢水大戰)에 살 바라듯: 간절히 바란다는 뜻. 『삼국지연의』(三國志演義) 적벽대전(赤壁大戰) 장면에서 오나라 진영에 화살이 떨어지자 배에 짚더미를 싣고 가 조조의 군대로 하여금 활을 쏘게 하여 화살을 마련했다는 이야기에서 따온 말.

396) 무망중(無妄中)에: 뜻하지 않게. 별 생각이 없이 있던 중에.

397) 하정(下庭): 하정배(下庭拜). 지체 높은 사람을 뵐 때 뜰에서 절하는 일.

지연(瑤池宴)에 주목왕(周穆王)께 뵈옵는 듯,[398] 서미인(西美人)이 오왕(吳王) 궁중에 범소백(范少伯)께 뵈옵는 듯,[399] 작모행지(作貌行止)[400] 기묘하고 부끄리는 옥모태도(玉貌態度)가 절승(絶勝)한지라, 춘산아미(春山蛾眉)[401] 나직하고 추수명모(秋水明眸)가 반혜(盼兮)하여[402] 나직이 나아가 아리따이 절하니, 이도령이 백망중(百忙中)[403] 일어 맞아 답례 후 좌(座)를 정하고 자세히 살펴보니, 무릉도화(武陵桃花)[404] 일천 점(點)이 다투어 붉은 듯, 요지(瑤池)의 다람화[405] 일만 가지 성개(盛開)한 듯, 금분(金盆) 모란(牡丹)이 담발하여[406] 봄철을 자랑하는 듯, 지당(池塘)의 백련일지(白蓮一枝) 세우(細雨 : 가랑비)에 반기는 듯, 벽월(璧月)이 초생(初生)할 제 점운(點雲)이 무적(無迹)하고 부용(芙蓉)이 반개(半開)한데

....

398) 서왕모가 요지연(瑤池宴)에~뵈옵는 듯: 주(周)나라의 제5대 왕인 목왕, 곧 목천자(穆天子)가 여덟 마리의 준마를 타고 천하를 돌아다니다가 신선 세계의 연못 '요지'에서 서왕모와 만나 노닐었다는 고사가 있다.

399) 서미인(西美人)이 오왕(吳王)~뵈옵는 듯: 서시(西施)가 오나라 궁전에서 범려(范蠡)를 뵙는 듯. '범소백'은 범려를 말한다. '소백'은 그 자. 범려와 서시의 첫 만남이라면 '오왕 궁중'은 '월왕 궁중'의 잘못이다. 저본에는 '범소백'이 "범소후"로 되어 있으나 바로잡았다. 권1의 주 31 및 주 389 참조.

400) 작모행지(作貌行止): 얼굴 표정과 행동거지.

401) 춘산아미(春山蛾眉): 미인의 고운 눈썹을 비유한 말.

402) 추수명모(秋水明眸)가 반혜(盼兮)하여: 가을 물처럼 맑은 눈동자가 어여뻐. 저본에는 '반혜'가 "변혜"로 되어 있다.

403) 백망중(百忙中): 매우 황망한 가운데.

404) 무릉도화(武陵桃花): 무릉도원의 복사꽃.

405) 다람화: '다란화'를 가리키는 것으로 보인다. '다란화', 곧 다란(茶蘭)은 홀아비꽃대과에 속하는, 중국 남부 원산의 상록관목으로 노란 꽃이 핀다. 서왕모의 요지 잔치를 묘사한 그림에는 흔히 모란꽃을 그린다.

406) 담발하여: '만발하여'의 잘못인 듯하다.

서하(瑞霞)가 방농(方濃)이라.[407] 원수청연(遠樹靑烟)은 숙비(宿霏)에 총
롱(蔥蘢)하고[408] 은하추파(銀河秋波)는 미우(眉宇)에 영철(瑩澈)이라.[409]
풍화설한(風和雪寒)한데 유시매교(柳猜梅嬌)요,[410] 백미정정(百媚婷婷)
한데 천태요요(千態妖妖)로다.[411] 원포(遠浦)에 쇄연(鎖烟)하고[412] 춘산
(春山)의 야매(野梅)로다. 일천 자태와 일만 고움이 참으로 만고(萬古)
에 짝 없는 천향국색(天香國色)[413]이라.

　이도령이 한 번 보매 정신이 황홀하고 심신이 녹는 듯하여 하는 말이
　"남 호리게 생겼다! 남의 뼈 빠히게(뽑게) 생겼고나! 남의 간장 녹이
게 생겼다! 수려찬란하여 내 눈을 어래오고,[414] 천연자약(天然自若)하여
내 간장이 스는고나(녹는구나)! 화용월태(花容月態)[415] 향기로워 나의 정

407) 서하(瑞霞)가 방농(方濃)이라: 상서로운 노을이 바야흐로 짙다.
408) 원수청연(遠樹靑烟)은 숙비(宿霏)에 총롱(蔥蘢)하고: 먼 나무 푸른 이내는 간밤의 안
　　개에 아스라하고.
409) 은하추파(銀河秋波)는 미우(眉宇)에 영철(瑩澈)이라: 은하수처럼 맑은 눈길은 얼굴
　　에 환하다.
410) 풍화설한(風和雪寒)한데 유시매교(柳猜梅嬌)요: 바람 화평하고 눈 차가운데 버들이
　　시샘하고 매화가 교태 부리는 듯.
411) 백미정정(百媚婷婷)한데 천태요요(千態妖妖)로다: 일백 가지 아리따움이 사랑스럽고
　　일천 가지 자태가 어여쁘다.
412) 원포(遠浦)에 쇄연(鎖烟)하고: '원포의 쇄연이요', 곧 먼 포구에 자욱한 안개요.
413) 천향국색(天香國色): 천하에서 제일가는 향기와 빛깔. 모란꽃, 혹은 천하제일의 미인
　　을 일컫는 말. 당나라 이정봉(李正封)의 「모란시」(牡丹詩)에 "천상의 향기가 밤에 옷
　　을 물들이고 / 천하의 미인이 아침부터 술에 취했네"(天香夜染衣, 國色朝酣酒, 天香夜染
　　衣)라는 구절이 보인다.
414) 어래오고: 어리게 하고. 황홀하여 얼떨떨하게 하고.
415) 화용월태(花容月態): 꽃처럼 아름다운 얼굴과 달처럼 어여쁜 자태.

신 다 빠히고, 양류기질(楊柳氣質)[416] 섬세하여 깁옷(비단옷)을 못 이기는고나! 그래서 성명은 뉘라 하며 나이는 얼마나 하뇨?"

춘향이 팔자춘산 찡그리고 단순호치(丹脣皓齒: 붉은 입술에 흰 치아) 잠깐 열어 나직이 여쭙되

"소녀의 성은 김(金)이요, 이름은 춘향이요, 나이는 이팔이로소이다."

이도령 이르는 말이

"신통하다! 네 나이 이팔이라 하니, 나의 사사 십육(四四十六)과 정동갑(正同甲)이로고나."

또 묻되

"생월생시(生月生時)는 어느 때니?"

춘향이 대답하되

"하사월(夏四月) 초팔일(初八日) 축시(丑時)[417]로소이다."

"어허, 공교하다! 눈 무섭다![418] 방자야, 네가 아까 수군수군하더니 내나와[419] 생일을 다 일러바쳤나 보고나. 그렇지 않으면 이럴 일이 있느냐? 대저 신통기이하다, 다 맞아 오다가 똑 시(時)만 틀렸으니! 나 해산할 제 불수산(佛手散)[420]을 급히 달여 거꾸로 먹었더면 사주 동갑(四柱同甲)될 뻔했다. 어찌 반갑지 않으며, 어찌 기쁘지 않으리오?

어와! 네 인물, 네 태도는 세상에 무쌍(無雙)이라! 절묘하고 어여쁘

---

416) 양류기질(楊柳氣質): 버드나무처럼 가녀린 기질.

417) 축시(丑時): 새벽 1시에서 3시 사이.

418) 눈 무섭다: 남의 시선이 두렵다.

419) 내나와: '네(가) 나의'의 잘못인 듯하다.

420) 불수산(佛手散): 출산에 임박하여 순산을 돕기 위해 쓰는 탕약(蕩藥).

다! 매화월미(梅花月微)의 두루미[421]도 같고, 줄에 앉은 초록[422] 제비도 같고나! 무한한 너의 인물 상주(商紂)라도 한 번 보면 소달기(蘇妲己)가 무색할 것이요,[423] 하걸(夏桀)이 너를 보면 말희(妹喜)도 흙이로다.[424] 항왕(項王)이 너를 보면 우미인(虞美人)이 박색(薄色)이요,[425] 여포(呂布)가 너를 보면 초선(貂蟬)[426]이도 또한 돌이로다. 당명황(唐明皇)[427]이 너를 보면 양귀비도 한데 되고,[428] 진후주(陳後主)가 너를 보면 장여화(張麗華)[429]가 용납하랴? 일월이 무광(無光)하고 백화(百花)가 탈색(脫色)이

421) 매화월미(梅花月微)의 두루미: 희미한 달빛 아래 매화나무 곁의 두루미.

422) 초록: 저본에는 '초'가 "조"로 되어 있으나 바로잡았다.

423) 상주(商紂)라도 한~무색할 것이요: '상주'는 상(商)나라의 마지막 임금인 주왕(紂王). '소달기'는 소씨(蘇氏) 부락 출신의 절세미인 달기. 달기는 주왕의 총비(寵妃)로, 사치를 즐기며 폭정을 부추겨 나라의 패망을 초래했다고 한다. 저본에는 '소달기'가 "소닭긔"로 되어 있으나 바로잡았다.

424) 하걸(夏桀)이 너를 보면 말희(妹喜)도 흙이로다: '하걸'은 하(夏)나라의 마지막 임금인 걸왕(桀王). '말희'는 걸왕의 비(妃)가 된 절세미녀로, 걸왕과 함께 주지육림에 노닐며 향락을 즐기다가 나라의 멸망을 앞당기게 했다고 한다. 저본에는 '말희'가 "매희"로 되어 있으나 바로잡았다.

425) 항왕(項王)이 너를 보면 우미인(虞美人)이 박색(薄色)이요: '항왕'은 초패왕(楚覇王) 항우(項羽). '우미인'은 항우의 비(妃) 우희(虞姬). 저본에는 '우미인'이 "우민인"으로 되어 있으나 바로잡았다.

426) 초선(貂蟬): 『삼국지연의』에 등장하는 절세미인. 후한의 대신 왕윤(王允)이 아끼던 시녀로, 동탁(董卓)과 여포(呂布)의 사이를 갈라놓기 위한 이간계를 도와 결국 여포로 하여금 동탁을 죽이게 했다.

427) 당명황(唐明皇): 당나라 현종. 양귀비에 미혹되어 안록산(安祿山)의 난을 당했다. 저본에는 '황'이 "왕"으로 되어 있다.

428) 한데 되고: 바깥으로 나앉게 되고. 총애를 잃게 되고.

429) 장여화(張麗華): 남북조시대 진(陳)나라 후주(後主)의 비. 지혜롭고 언변이 좋아 후주의 총애를 받았다.

라. 연분 있어 이러한지, 인연 있어 이러한지, 너 살아야 나도 살고, 나 살아야 네 살리라. 예부터 왕공(王公)도 경국(傾國)하고 현자(賢者)라도 함신(陷身)한다 일렀으니, 나 같은 연소배(年少輩)야 일러 무엇할까? 우리 둘이 인연 맺어 백년해로 하려 하니, 잡말 말고 날 섬겨라. 신통맹랑하고 뚫고 샐 데 없는 연분이라. 하늘이 마련하고 귀신이 지시하온 천정배필(天定配匹)이라.

나도 서울 있을 때에 삼월춘풍화류시(三月春風花柳時)와 구추황국단풍절(九秋黃菊丹楓節)⁴³⁰에 화조월석(花朝月夕)⁴³¹ 빈 날 없이 주사청루(酒肆靑樓)⁴³² 일을 삼아 만준향로(萬樽香露) 니취(泥醉)하고⁴³³ 절대가인(絶代佳人) 침닉(沈溺)하여 청가묘무(淸歌妙舞)⁴³⁴ 희롱할 제 무한 호강하였으면 연지분(臙脂粉)에 취색(取色)하고 함교함태(含嬌含態: 교태를 머금은) 고운 모양 하나둘이 아니로되, 천만의외(千萬意外) 너를 보니 여중군자(女中君子)며 화중일색(花中一色)이라. 탁문군(卓文君)의 거문고⁴³⁵에 월로가승(月老佳繩)⁴³⁶ 맺어 두고 백년기약(百年期約) 우리 둘이 정하리라."

---

430) 삼월춘풍화류시(三月春風花柳時)와 구추황국단풍절(九秋黃菊丹楓節): 삼월 봄바람에 꽃과 버들이 피는 때와 구월 노란 국화가 피고 단풍이 드는 시절. "구추황국단풍절"은 『가곡원류』에 수록된 시조에 보인다.

431) 화조월석(花朝月夕): 꽃 피는 아침과 달 밝은 저녁.

432) 주사청루(酒肆靑樓): 술집과 기생집.

433) 만준향로(萬樽香露) 니취(泥醉)하고: 일만 동이 향기로운 술에 흠뻑 취하고.

434) 청가묘무(淸歌妙舞): 맑은 노래와 기묘한 춤. 당나라 송지문(宋之問)의 시 「유소사」(有所思)에 "지는 꽃 앞에서 맑은 노래 부르고 기묘한 춤 추었네"(淸歌妙舞落花前)라는 구절이 보인다.

435) 탁문군(卓文君)의 거문고: 권1의 주 232 참조.

436) 월로가승(月老佳繩): 월하노인(月下老人)이 부부의 인연을 맺어 준다는 끈.

7. 약속

춘향이 이 말 듣고 추파(秋波)[437]를 잠깐 들어 이도령 살펴보니 이 또한 만고영걸(萬古英傑)이라. 광미대구(廣眉大口)[438]에 활달대도(豁達大度)[439] 언어수작(言語酬酌)하는 거동 한소열지기상(漢昭烈之氣像)[440]이요, 당현종(唐玄宗)의 풍신(風神)이라. 명만일국(名滿一國)[441] 재상 되어 보국안민(輔國安民)할 것이요, 귀골풍채(貴骨風采) 헌앙(軒昂)[442]하여 이적선(李謫仙)의 후신(後身)이라. 두자미(杜子美)의 취과낙양(醉過洛陽)에 귤만거(橘滿車)하던 풍신(風神)[443]을 웃을 것이요, 적벽강상(赤壁江上)

---

437) 추파(秋波): 미인의 아름다운 눈길.

438) 광미대구(廣眉大口): 넓은 눈썹과 큰 입. 대장부의 기상이 있는 외모로 쳤다. 당나라 잠삼(岑參)의 시 「무창으로 가는 비자(費子)를 전송하며」(送費子歸武昌)에 "비자의 기이한 골상(骨相) 보건대 / 넓은 눈썹에 큰 입 붉은 콧수염"(吾觀費子毛骨奇, 廣眉大口仍赤髭)이라는 구절이 보인다.

439) 활달대도(豁達大度): 작은 일에 거리끼지 않는 너그럽고 큰 도량.

440) 한소열지기상(漢昭烈之氣像): 한나라 소열제(昭烈帝), 곧 촉한(蜀漢) 유비(劉備)의 기상. 저본에는 '소'가 "손"으로 되어 있으나 바로잡았다.

441) 명만일국(名滿一國): 명성이 온 나라에 가득함.

442) 헌앙(軒昂): 풍채가 좋고 의기가 당당함.

443) 두자미(杜子美)의 취과낙양(醉過洛陽)에 귤만거(橘滿車)하던 풍신(風神): 두자미가 술에 취해 낙양을 지나가면 수레에 귤이 가득하던 풍채. 당나라의 시인 두목이 술에

에 위군(魏軍)이 낙담(落膽)하던 주랑(周郎)[444]의 위풍(威風)을 압두(壓頭)[445]할지라.

춘향이 내심에 탄복흠선(歎服欽羨)함을 마지아니하나 사색(辭色)지 아니하고 피석(避席)[446] 대왈,

"소첩이 비록 창가(娼家) 천기(賤妓)요, 향곡(鄉曲: 시골 구석)의 무딘 소견이나 마음인즉 북극천문(北極天門)에 턱을 걸어 결단코 남의 별실(別室: 첩) 가소(可笑)하고 장화호접(墻花胡蝶)[447] 불원(不願)이오니, 말씀 간절하오시나 분부 시행 못하겠소."

이도령 이르는 말이

"행매의혼(行媒議婚)[448]에 육례백량(六禮百輛)[449]은 못하나마 결친납빙

....

취해 수레를 타고 거리를 지나가면 기녀들이 그 풍채를 흠모하여 던진 귤로 수레가 가득 찼다는 고사가 전한다. '두자미'는 '두목'의 착오.

444) 적벽강상(赤壁江上)에 위군(魏軍)이 낙담(落膽)하던 주랑(周郎): 적벽강 위에 위나라 군대를 낙담하게 했던 주유(周瑜). 오나라의 도독 주유가 적벽대전에서 조조의 군대를 대파한 일을 두고 한 말.

445) 압두(壓頭): 남을 누르고 첫째 자리를 차지함.

446) 피석(避席): 윗사람에게 공경의 뜻을 나타내기 위해 자리에서 물러나 앉음.

447) 장화호접(墻花胡蝶): 담장의 꽃과 나비. 여기서는 노류장화(路柳墻花), 곧 창기의 뜻.

448) 행매의혼(行媒議婚): 중매를 통하여 혼사를 의논함.

449) 육례백량(六禮百輛): '육례'는 혼례의 여섯 가지 절차. 중매인을 통해 신랑측의 혼인 의사를 받아들이는 납채(納采), 신랑측에서 신부 외가의 계통을 알기 위해 신부 어머니의 성명을 묻는 문명(問名), 신랑측에서 혼인의 길흉을 점쳐서 그 결과를 신부측에 알리는 납길(納吉), 혼인이 이루어진 표시로서 폐물을 주는 납폐(納幣), 신랑측에서 신부측에 혼인 날짜를 정해 줄 것을 요구하는 청기(請期), 신랑이 신부집에 가서 신부를 맞이하는 친영(親迎)으로 이루어져 있다. '백량', 곧 '일백 대의 수레'는 제후의 혼인을 뜻한다. 고대 중국에서는 제후 간의 혼인에서 일백 대의 수레로 신부를 맞이했다고 한다.

(結親納聘)[450]에 백년해로는 정녕(丁寧)하리니,[451] 이도 또한 천정연분(天定緣分)이라. 사양지심(辭讓之心)은 예지단(禮之端)[452]이나 잡말 말고 허락하라."

춘향이 또 여쭙되

"소첩의 뜻을 간대로(쉽사리) 꺾어 마음대로 인연을 못 맺사오리이다. 첩이 원하는 바는 제요도당씨(帝堯陶唐氏) 적 소부(巢父)·허유(許由)[453] 같은 사람이나 월나라 범소백(范少伯: 범려) 같은 사람이나, 그렇지 않으면 한(漢) 광무(光武) 적 엄자릉(嚴子陵)[454] 같은 이나 당나라 이광필(李光弼)[455] 같은 사람, 진(晉)나라 사안석(謝安石)[456] 같은 이나 삼국시대 주공근(周公瑾)[457] 같은 이나 송나라 문천상(文天祥)[458] 같은 이나, 이런

....

450) 결친납빙(結親納聘): 사돈 관계를 맺어 신랑집에서 신부집으로 예물을 보냄.

451) 정녕(丁寧)하리니: 틀림없이 확실할 것이니.

452) 사양지심(辭讓之心)은 예지단(禮之端): 사양할 줄 아는 마음은 예(禮)의 단서이다. 『맹자』(孟子)「공손추 상」(公孫丑上)에 나오는 말.

453) 제요도당씨(帝堯陶唐氏) 적 소부(巢父)·허유(許由): 요임금 시절의 은자 소부와 허유. 요임금이 허유에게 왕위를 물려주려 하자 허유는 더러운 말을 들었다며 영수(潁水) 강물에 귀를 씻었고, 허유가 귀를 씻는 모습을 본 소유는 그 사연을 듣고 상류로 올라가 소에게 물을 먹였다는 고사가 전한다.

454) 한(漢) 광무(光武) 적 엄자릉(嚴子陵): 한나라 광무제(光武帝) 때의 처사 엄자릉. '엄자릉'은 엄광(嚴光)을 말한다. '자릉'은 그 자. 후한을 세운 광무제 유수(劉秀)와 어린 시절 친구였는데, 광무제가 즉위한 뒤 거듭 불러 벼슬을 주려 했으나 사절하고 부춘산(富春山)에 은거했다.

455) 이광필(李光弼): 당나라의 중흥 공신. 안록산의 난을 평정하는 데 큰 무공을 세웠다.

456) 사안석(謝安石): 동진(東晉) 때 재상을 지낸 사안(謝安)을 말한다. '안석'은 그 자. 술과 풍류를 즐겼던 것으로 유명하다.

457) 주공근(周公瑾): 주유(周瑜)를 말한다. '공근'은 그 자.

458) 문천상(文天祥): 남송(南宋) 말의 재상. 권신 가사도(賈似道)와 의견이 맞지 않아 벼슬에서 물러나 있던 중 원나라가 침입하자 의병을 일으켜 항전했다.

사람 아니오면 대원수(大元帥) 인(印) 비껴 차고 금단(金壇)[459]에 높이 앉아 천병만마(千兵萬馬)를 지휘간(指揮間)에 넣어두고 좌작진퇴(坐作進退)[460]하옵시는 대장(大將) 낭군이 원(願)이오니, 만일 그렇지 아니하오면 백골(白骨)이 진토(塵土) 되어도 독숙공방(獨宿空房)하오리이다."

이도령 이르는 말이

"너는 어떤 집 계집아이완대 장부의 간장을 다 녹이나니? 네 뜻이 여차하면 나 같은 사람은 엿보지도 못할쏘냐? 그런 사람 의외로다. 우리 둘이 양양총각(兩兩總角 : 처녀 총각) 놀아 보자."

춘향이 여쭈되

"또한 진정(眞情)의 말씀 하오리다. 도련님은 귀공자시고 소첩은 천기(賤妓)라, 지금은 아직 욕심으로 그리저리 하였다가 사또 체귀(遞歸)[461] 하신 후에 미장가전(未杖家前) 도련님이 권실(眷室 : 아내를 거느림) 아니하오리까? 권문세가(權門勢家)와 진신거족(縉紳巨族)에 요조숙녀(窈窕淑女) 권귀(捲歸 : 거두어 돌아감)하여 금슬종고(琴瑟鍾鼓)[462] 즐기실 제 헌신같이 버리시면 속절없는 나의 신세 가련히도 되겠고나! 독숙공방 찬 자리에 게발 물어 더진 듯이[463] 홀로 있어 삼춘가기(三春佳期) 늦은 때와 구추상풍(九秋霜楓)[464] 저문 날에 안진(雁盡)하니 서난기(書難寄)요

---

459) 금단(金壇): 황금으로 장식한 장대(將臺). '장대'는 군사를 지휘하는 장수가 올라서 서 지휘하도록 높은 곳에 쌓은 대.
460) 좌작진퇴(坐作進退): 지휘관이 앉아서 명령을 내려 군사를 움직이게 함.
461) 체귀(遞歸): 벼슬이 갈려 돌아감.
462) 금슬종고(琴瑟鍾鼓): 거문고와 비파, 종과 북이 조화롭게 어우러진 연주처럼 잘 어울리는 부부 사이의 두터운 정과 사랑.
463) 게발 물어 더진 듯이: 볼일 다 보았다고 내던져져서 외롭게 된 모양을 비유하는 말.
464) 구추상풍(九秋霜楓): 단풍에 서리 내리는 9월 가을.

수다(愁多)하니 몽불성(夢不成)을.[465] 함전매화(檻前梅花)는 서자(西子)의 망혼(亡魂)[466]이요, 창외누수(窓外漏水)는 이비(二妃)의 원루(怨淚)로다.[467] 산장수원(山長水遠) 머나먼데 심단소혼(心斷消魂)[468]하올 적에 누구를 바라고 살라 하오? 아무래도 이 분부 시행 못하겠소."

이도령이 심황신홀(心恍神惚: 마음이 달뜸)하여 만단개유(萬端改諭)[469]하는 말이

"상담(常談)에 이르기를 '노류장화(路柳墻花)는 인개가절(人皆可折)이요,[470] 산계야목(山鷄野鶩)은 가막능순(家莫能馴)이라'[471] 하더니, 너와 같은 정정열심(貞靜烈心)[472]은 고금 천지에 또 있으랴? 얌전하고 기특하다. 아무려나 그런 일은 조금도 염려 마라. 인연을 맺어도 아주 장가처(丈家妻)[473]

---

465) 안진(雁盡)하니 서난기(書難寄)요 수다(愁多)하니 몽불성(夢不成)을: 기러기 다 사라져 편지도 못 전하고, 시름이 하도 많아 꿈도 못 이루네. 당나라 심여균(沈如筠)의 시 「규원」(閨怨)에 나오는 말.

466) 함전매화(檻前梅花)는 서자(西子)의 망혼(亡魂)이요: 난간 앞의 매화는 서시(西施)의 넋이요.

467) 창외누수(窓外漏水)는 이비(二妃)의 원루(怨淚)로다: 창밖에 떨어지는 물은 이비의 원통한 눈물이로다. '이비'는 순(舜)임금의 두 비(妃)인 아황(娥皇)과 여영(女英). 권1의 주 113 참조.

468) 심단소혼(心斷消魂): 마음이 찢어지고 넋이 나감.

469) 만단개유(萬端改諭): 여러 가지 말로 잘 타이름.

470) 노류장화(路柳墻花)는 인개가절(人皆可折)이요: 길가의 버들과 담장 밑의 꽃은 누구나 꺾을 수 있고. 『전등신화』(剪燈新話) 「애경전」(愛卿傳)에 나오는 말.

471) 산계야목(山鷄野鶩)은 가막능순(家莫能馴)이라: 산꿩과 들오리는 집에서 길들일 수 없다.

472) 정정열심(貞靜烈心): 단정하고 웅대한 마음.

473) 장가처(丈家妻): 정식으로 혼례를 올리고 맞이한 아내.

로 맺고, 사또 과만(瓜滿)[474]이 이따가 되어도 너를 두고 어찌 가리? 조금치도 의심 마라. 면주(綿紬: 명주) 적삼 속자락에 싸고 간들 두고 가며, 장판교상(長板橋上) 아두(阿斗)[475]같이 품고 간들 두고 가며, 부왕투수(負王投水) 육수부(陸秀夫)같이 업고 간들[476] 두고 가며, 억조함대(億兆咸戴) 순공(舜公)같이 이고 간들[477] 두고 가며, 협태산(挾泰山) 초해(超海)[478]같이 뛰어간들 두고 가며, 우리 대부인(大夫人)[479]은 두고 갈지라도 양반의 자식 되고 일구이언하단 말가? 데려가되 향정자(香亭子)[480]에 배행(陪行)하여 뫼시리라."

춘향이 이 말 듣고 옥치(玉齒) 찬연(燦然)하여 잠깐 웃고 이르되

"산 사람도 향정자 타고 가오?"

....

474) 과만(瓜滿): 벼슬의 임기가 참.

475) 장판교상(長板橋上) 아두(阿斗): 장판교 위에서 조운(趙雲)이 품에 안은 아두.『삼국지연의』의 장판파(長坂坡) 전투에서 조운이 아두를 구출해 품에 안고 홀로 적진을 뚫고 나온 일을 말한다. '장판교'는 호북성 당양(當陽)의 장판파에 있던 다리. '아두'는 유비(劉備)의 아들 유선(劉禪)의 아명.

476) 부왕투수(負王投水) 육수부(陸秀夫)같이 업고 간들: 임금을 업고 바다에 투신한 육수부처럼 업고 간들. 남송 말의 충신 육수부가 남송의 마지막 보루였던 애산(厓山)이 원나라에 함락되자 어린 임금 조병(趙昺)을 등에 업고 바다에 투신하여 죽은 일을 말한다. 저본에는 '업고'가 "안고"로 되어 있으나 바로잡았다.

477) 억조함대(億兆咸戴) 순공(舜公)같이 이고 간들: 만백성이 다함께 추대한 순임금같이 이고 간들. 저본에는 '이고'가 "업고"로 되어 있으나 바로잡았다.

478) 협태산(挾太山) 초해(超海): 태산을 옆에 끼고 바다를 뛰어넘음. 도저히 불가능한 일을 비유하는 말.『맹자』「양혜왕 상」(梁惠王上)의 "태산을 옆에 끼고 북해(北海: 발해)를 뛰어넘는다"(挾太山以超北海)라는 구절에서 따온 말.

479) 대부인(大夫人): 남의 어머니를 높여 이르는 말. 여기서는 이도령의 어머니.

480) 향정자(香亭子): 향합(香盒)과 향로 등의 제구(祭具)를 싣는, 작은 정자 모양의 가마. 주로 장례식에 썼다.

"아차, 잊었고나! 쌍가마[481]에 뫼시리라."

"대부인 타실 것을 어찌 타오리까?"

"대부인은 집안 어른이라 허물없는 터이니 위급하면 삿갓가마[482]는 못
타시랴? 잡말 말고 허락하라."

춘향이 하릴없어 여쭙되

"도련님 굳은 뜻이 굳이 그러하실진대 요마(幺麼)[483] 소첩(小妾)이 불
승황공(不勝惶恐)이라, 어찌 봉승(奉承)치 아니리이까? 다만 세사(世事)
를 난측(難測)이오니 후일(後日) 빙거지물(憑據之物)[484]이 없지 못할지
라, 일장(一張) 문서(文書)를 만들어 소첩의 마음을 실해옵소서(실하게
하옵소서)."

이도령이 허락 못 받을까 심갈초민(心渴焦悶)[485]하더니 저의 말을 듣
고 희부자승(喜不自勝) 탕불자억(蕩不自抑)[486]이라, 천만다행하여 얼른
대답하는 말이

"그 무엇이 유난(有難: 어려움이 있음)하리?"

흥에 겨워 일복(一幅) 화전(花箋)[487] 색을 골라 두루루 말아 후루루 풀

481) 쌍가마: 말 두 필이 각각 앞뒤 채를 메고 가는 가마. 종2품 이상의 고위 관원이 썼다.

482) 삿갓가마: 사방에 흰 휘장을 두르고 위에 큰 삿갓을 덮어서 꾸민 가마. 초상 중에 상
제가 탔다.

483) 요마(幺麼): 백화체(白話體) 표현으로, '변변치 못한', '하찮은'의 뜻.

484) 빙거지물(憑據之物): 사실을 증명할 근거가 되는 물건.

485) 심갈초민(心渴焦悶): 속이 타들어가도록 안타까워함.

486) 희부자승(喜不自勝) 탕불자억(蕩不自抑): 기쁨을 이기지 못하고 질탕한 마음을 억누
를 수 없음.

487) 일복(一幅) 화전(花箋): 한 폭의 화전지.

쳐(풀어) 들고 용미연(龍尾硯)[488]에 먹을 갈아 순황모(純黃毛) 무심필 (無心筆)[489]을 반중동 흠석 풀어[490] 일필휘지(一筆揮之) 문불가점(文不加 點)[491]이라, 필락(筆落)하니 경풍운(驚風雲)이요 시성(詩成)하니 읍귀신 (泣鬼神)이라.[492] 그 글에 하였으되

낙양(洛陽: 서울) 과객이 산천 경개 구경코자 우연히 광한루에 올랐 더니, 생각 밖 천연(天緣)이 지중(至重)하여 삼세(三世)[493] 숙원(宿願) 만나오니, 이 닐온(이른바) 천생배필(天生配匹)이라 백년기약 맹세할 제 천지일월(天地日月) 성신후토(星辰后土)[494] 십방세계(十方世界)[495] 제불제천(諸佛諸天)[496] 한가지로(함께) 살피시니, 산천은 이변(易變: 변 하기 쉬움)이나 차심(此心: 이 마음)은 난변(難變)이라.

---

488) 용미연(龍尾硯): 흡연(歙硯). 안휘성 용미산(龍尾山)에서 나는 흡석(歙石)으로 만든 최고급 벼루.
489) 순황모(純黃毛) 무심필(無心筆): 족제비 꼬리털로만 만든 고급 붓. '황모'는 족제비의 꼬리털. '무심필'은 다른 종류의 털로 심지를 박지 않은 붓.
490) 반중동 흠석 풀어: 붓의 중간까지 먹을 흠뻑 묻혀. '반중(半中)동'의 '중동'은 중간이 되는 부분. '흠석'은 흠썩.
491) 문불가점(文不加點): 글이 잘되어 점 하나 더 찍을 곳이 없음.
492) 필락(筆落)하니 경풍운(驚風雲)이요 시성(詩成)하니 읍귀신(泣鬼神)이라: 글씨를 쓰 니 풍운(風雲)을 놀라게 하고, 시가 이루어지니 귀신을 울린다. 두보의 시 「이백에게 주다」(寄李白) 중 "붓을 움직이니 비바람이 놀라고 / 시가 이루어지니 귀신이 우네" (筆落驚風雨, 詩成泣鬼神)에서 따온 말.
493) 삼세(三世): 전세(前世)·현세(現世)·내세(來世).
494) 성신후토(星辰后土): 하늘의 별과 땅의 신.
495) 십방세계(十方世界): 시방세계. 동서남북의 사방, 동남·서남·동북·서북의 간방(間 方), 상하의 열 방위를 합쳐 과거·현재·미래의 모든 시공간을 가리키는 말.
496) 제불제천(諸佛諸天): 모든 부처와 모든 천신(天神).

천고가인(千古佳人) 행봉(幸逢)하여 동거동혈(同居同穴) 맺사오니[497] 운간지명월(雲間之明月)이요 수중지연화(水中之蓮花)로다.[498] 약요지지기회(若瑤池之奇會)요, 사양대지운우(似陽臺之雲雨)로다.[499] 양신가절(良辰佳節: 좋은 때)이요 천송호기(天送好機)[500]로다. 관관저구(關關雎鳩)는 재하지주(在河之洲)요, 요조숙녀(窈窕淑女)는 군자호구(君子好逑)로다.[501] 아욕서지평생(我欲誓之平生)이요 금슬우지무궁(琴瑟友之無窮)이라.[502] 초무상중지기(初無桑中之期)로 금수월하지연(今遂月下之緣)이오니 기위배약지리(豈爲背約之理)리오?[503]

....

497) 천고가인(千古佳人) 행봉(幸逢)하여 동거동혈(同居同穴) 맺사오니: 천고에 드문 아름다운 사람을 다행히 만나 살아서는 함께 살고 죽어서는 한곳에 묻히기로 부부의 인연을 맺사오니.

498) 운간지명월(雲間之明月)이요 수중지연화(水中之蓮花)로다: 구름 사이의 밝은 달이요, 물속의 연꽃이로다. 『악학습령』에 전하는 시조에 "옥안(玉顔)을 상대하니 여운간지명월(如雲間之明月)이요 / 주순(朱脣)을 반개(半開)하니 약수중지연화(若水中之蓮花)로다"라는 구절이 보인다.

499) 약요지지기회(若瑤池之奇會)요, 사양대지운우(似陽臺之雲雨)로다: 요지의 기이한 만남 같고, 양대에서 나눈 운우의 즐거움과 같다. 권1의 주 289와 주 398 참조.

500) 천송호기(天送好機): 하늘이 보낸 좋은 기회. 저본에는 "천승호긔"로 되어 있으나 동양문고본과 『고본 춘향전』에 따랐다.

501) 관관저구(關關雎鳩)는~군자호구(君子好逑)로다: 꾸르르 우는 물새 한 쌍 / 물가 모래섬에 있고 / 요조숙녀는 / 군자의 좋은 짝이로다. 『시경』 국풍(國風) 「관저」(關雎)의 첫 구절.

502) 아욕서지평생(我欲誓之平生)이요 금슬우지무궁(琴瑟友之無窮)이라: 나는 평생 함께 살기를 맹세하고자 하나니, 부부 사이의 두터운 정과 사랑이 영원하리라. '금슬우지'는 『시경』 「관저」의 "요조숙녀를 / 거문고와 비파로 사랑하네"(窈窕淑女, 琴瑟友之)에서 따온 말.

503) 초무상중지기(初無桑中之期)로 금수월하지연(今遂月下之緣)이오니 기위배약지리(豈爲背約之理)리오: 당초에 뽕나무 숲에서 몰래 만날 기약이 없었거늘 지금 월하노인의 인연을 이루었으니, 어찌 약속을 저버릴 리 있겠는가? '상중지기'(뽕나무 숲에서 만

일일잠리(一日暫離)가 수운니격(雖雲泥隔)이나 백년해로는 지유전기(知有前期)로다.[504] 사수은밀(事雖隱密)이나 이수미인지쾌허(已受美人之快許)요,[505] 아지거취(我之去就)는 역기방자지소원(亦其方子之所願)이라.[506] 동원춘화(東園春花)를 막지실락지지시(莫知悉落地之時)라,[507] 구우황조(丘隅黃鳥)도 역자유소지지처(亦自有所止之處)로다.[508] 자아일견(自我一見)을 일각(一刻)이 삼추(三秋)로다.[509] 심지애경(心之愛敬)은 비타우절(比他尤切)이요,[510] 사지구처(事之區處)는 비여(非汝)의 소량(所量)이라.[511] 왈황혼이위기(日黃昏以爲期)하자 강중도이개로(羌中道

....

날 기약)는 『시경』 용풍(鄘風) 「상중」(桑中)에서 유래하여 남녀의 음란한 만남을 일컫는 말.

504) 일일잠리(一日暫離)가~지유전기(知有前期)로다: 하루라도 잠깐 헤어지는 것이 구름과 진흙땅처럼 멀리 떨어져 있는 것 같으나, 백년해로에 앞날의 기약이 있음을 알리라. 당나라 사공서(司空曙)의 시 「노진경과 헤어지며」(別盧秦卿)에 "앞날의 기약 있음을 알건만 / 이 밤 헤어지기 어렵네"(知有前期在, 難分此夜中)라는 구절이 보인다.

505) 사수은밀(事雖隱密)이나 이수미인지쾌허(已受美人之快許)요: 일이 비록 은밀하나 이미 미인의 시원스런 허락을 받았고.

506) 아지거취(我之去就)는 역기방자지소원(亦其方子之所願)이라: 나의 거취는 또한 바야흐로 그대가 원하는 바이다.

507) 동원춘화(東園春花)를 막지실락지지시(莫知悉落地之時)라: 동쪽 정원의 봄꽃이 다 떨어질 때를 알지 못하며.

508) 구우황조(丘隅黃鳥)도 역자유소지지처(亦自有所止之處)로다: 언덕 모퉁이의 꾀꼬리도 스스로 머물 곳이 있다. '구우황조'는 『시경』 소아(小雅) 「면만」(綿蠻)의 "휘리릭 우는 꾀꼬리 / 언덕 모퉁이에 앉아 있네"(綿蠻黃鳥, 止于丘隅)에서 따온 말.

509) 자아일견(自我一見)을 일각(一刻)이 삼추(三秋)로다: 내가 한 번 본 뒤로부터 1각(15분가량)의 짧은 시간이 3년처럼 느껴진다.

510) 심지애경(心之愛敬)은 비타우절(比他尤切)이요: 사랑하고 공경하는 마음은 남에 비하여 더욱 간절하고. 저본에는 '절'이 "결"로 되어 있으나 동양문고본과 『고본 춘향전』에 따랐다.

511) 사지구처(事之區處)는 비여(非汝)의 소량(所量)이라: 일을 변통하여 처리하는 것은

而改路)요,[512] 역의자매(亦依自媒)하니 선보종시(善保終始)하고,[513] 수물소려(須勿小慮)하여 이차위신(以此爲信)하라.[514]

모년 모월 모일 삼청동(三淸洞)[515] 이몽룡은 삼가 서(書)하노라.

하였더라.

쓰기를 마치매 똘똘 말아 춘향에게 전하니, 춘향이 받아 보고 심중(心中)에 대희(大喜)하여 이리 접첨[516] 저리 접첨 접첨접첨 접어다가 가슴속에 품은 후에

"여보 도련님, 내 말 듣소. 무족지언(無足之言)이 원비천리(遠飛千里)라[517] 하니, 싸고 싼 사향내도 난다[518] 하니, 이런 말이 누설하여 사또께

네가 요량할 바가 아니다.

512) 왈황혼이위기(日黃昏以爲期)하자 강중도이개로(羌中道而改路)요: '황혼에 만나자고 기약하더니 / 아아, 중도에 길을 바꾸셨네'라는 말이 있지만. 전국시대 초나라 굴원(屈原)의 『이소』(離騷) 중 "황혼으로 기약한다고 했거늘 / 아아, 중도에 길을 바꾸셨네"(日黃昏以爲期兮, 羌中道而改路)라는 구절을 옮겼다. 저본에는 '왈황혼'이 "월혼"으로, '강'이 "영"으로 되어 있으나 바로잡았다.

513) 역의자매(亦依自媒)하니 선보종시(善保終始)하고: 또한 스스로 중매한 것이니 처음부터 끝까지 잘 지킬 것이요.

514) 수물소려(須勿小慮)하여 이차위신(以此爲信)하라: 조금도 염려 말고, 이것을 신물(信物)로 삼아라.

515) 삼청동(三淸洞): 지금의 서울 종로구 삼청동. 조선 전기에 도교의 삼청성신(三淸星辰)을 모시고 제사를 지내는 삼청전(三淸殿), 곧 소격서(昭格署)가 있었던 데서 유래하는 이름.

516) 접첨: 접어서 포갬.

517) 무족지언(無足之言)이 원비천리(遠飛千里)라: 발 없는 말이 천리 간다.

518) 싸고 싼 사향내도 난다: '싸고 싼 사향(麝香)도 냄새난다'라는 속담. 무슨 일을 아무

서 아시고 엄책중달(嚴責重撻)하옵시면 자작지얼(自作之孽: 스스로 지은 죄) 지은 죄라 어디 가 발명(發明)할까?"

이도령 이르는 말이

"오냐, 그는 염려 마라. 내 어렸을 때 큰사랑에 가면 내은녀 기생[519]들과 은근자,[520] 숫보기,[521] 각집 통직이[522] 오락가락하더고나. 만일 초라[523]가 나거들랑 그 말 하고 방구(防口: 입막음)하자."

이렇듯이 수작(酬酌)하며 천금이나 얻은 듯이 즐겁기도 그지없고 기쁘기도 측량(測量)없다.[524] 서거라 보자, 앉거라 보자, 아장아장 거닐거라 보자. 이렇듯이 사랑하며 어루는 거동, 홍문연(鴻門宴)의 범증(范增)이가 옥결(玉玦)을 자주 들어 항장(項莊) 불러 패공(沛公)을 죽이려고 큰 칼 빼어 들고 검무(劍舞) 추어 어루는 듯,[525] 구룡소(九龍沼)[526] 늙은

리 숨기려 해도 결국에는 드러나고야 만다는 뜻.

519) 내은녀 기생: 내의녀(內醫女) 기생. 내의녀는 본래 내의원(內醫院)에 소속된 의녀이나 때때로 궁중의 잔치에서 기녀 역할도 했기에 '의기'(醫妓), 혹은 '약방기생'(藥房妓生)이라 불렸다. 약방기생은 일반 기생보다 높은 대접을 받았다.

520) 은근자: 은근짜. 중간 등급의 기생.

521) 숫보기: 숫처녀. 여기서는 갓 기생이 된 신출내기를 뜻하는 것으로 보인다.

522) 각집 통직이: 각 집의 통지기. 각 집에서 서방질을 잘하는 여종.

523) 초라: '초라떼다'(격에 맞지 않는 짓이나 차림새로 창피를 당하다)와 관련된 말로 보아 '창피한 일', '난리법석' 정도의 뜻으로 추정된다.

524) 측량(測量)없다: 한이 없다.

525) 홍문연(鴻門宴)의 범증(范增)이가~어루는 듯: 항우가 홍문(鴻門: 섬서성의 지명)에서 '패공', 곧 유방(劉邦)을 초청하여 잔치를 베풀었는데, 이 자리에서 항우의 모사 범증은 유방을 죽이려는 계교를 꾸며 초나라 장수 항장(項莊)에게 검무(劍舞)를 추다가 자신이 옥결을 들어 신호를 보내면 유방을 죽이라고 했다. '옥결'은 고리 모양의 패옥.

526) 구룡소(九龍沼): 금강산 구룡폭포 아래의 못. 아홉 마리 용이 살았다는 전설이 있다.

용이 여의주(如意珠)를 어루는 듯, 검각산(劍閣山)[527] 백액호(白額虎)[528]가 송풍나월(松風蘿月)[529] 어루는 듯, 머리도 쓰다듬고 옥수(玉手)도 쥐어 보며 등도 두드리며, 어우화, 내 사랑이야! 야우동창(夜雨東窓)의 모란같이 펑퍼진 사랑, 포도·다래 넛출[530]같이 휘휘츤츤 감긴 사랑, 방장(方丈)·봉래(蓬萊) 산세(山勢)같이 봉봉(峰峰)이 솟은 사랑, 동해 서해 바다같이 굽이굽이 깊은 사랑, 이 사랑 저 사랑, 사랑 사랑 사랑겨워 「사랑가」 하며 이렇듯이 노닐더니, 차시(此時) 일락서령(日落西嶺)하고 월출동곡(月出東谷)이라, 춘향이 일어서며 하직하는 말이

"어느 날 뵈오리이까?"

이도령이 섭섭함 이기지 못하여 옥수를 잡고 묻는 말이

"네 집이 어디메니?"

춘향이 옥수를 번듯(번쩍) 들어 한 곳을 가리키되

"저 건너 석교상(石橋上)에 한 골목 두 골목 지나 홍전문(紅箭門)[531] 들이달아 조방청(朝房廳)[532] 앞으로서 대로천변(大路川邊) 올라가서 향교

---

527) 검각산(劍閣山): 검각(劍閣), 곧 검문관(劍門關)을 말한다. 사천성(四川省) 검각현(劍閣縣)의 대검산(大劍山)과 소검산(小劍山) 사이에 있는 30여 리의 잔도(棧道)로, 매우 험준한 길이다. 이백의 시 「촉도난」(蜀道難)에 "검각은 험준하고 우뚝 높아 / 한 사람만 문 지켜도 / 일만 사람 열 수 없네"(劍閣崢嶸而崔嵬, 一夫當關, 萬人莫開)라는 구절이 보인다.

528) 백액호(白額虎): 이마의 털이 하얗게 센, 늙은 호랑이.

529) 송풍나월(松風蘿月): 솔숲에 부는 바람과 담쟁이 덩굴 사이로 비치는 달.

530) 넛출: 넌출. 덩굴. 길게 뻗어 나가 늘어진 식물의 줄기.

531) 홍전문(紅箭門): 홍살문. 궁전·관아·능·묘 등의 앞에 세우던, 붉은 칠을 한 문.

532) 조방청(朝房廳): 조방(朝房). 본래 조정 신하들이 조회(朝會) 때를 기다려 대기하던, 대궐 문밖의 방. 여기서는 지방 관아 관리들이 대기하던 장소를 말하는 듯하다.

(鄉校)를 바라보고 종단(終端: 맨 끝) 길 돌아들어 모퉁이 집 대얌집[533] 엽당이집[534] 구석집 건넌편 군청골 서편골 남편작(남쪽) 둘째 집 배차밭 (배추밭) 앞으로서 가라간[535] 김이방(金吏房) 집 앞으로서 정좌수(鄭座 首)[536] 집 지나 박호장(朴戶長)[537] 집 바라보고 최급장이[538] 누이 집 사이골 들어 사거리 지나서 북작골(북쪽 골목) 막다른 집이올시다."

이도령 이르는 말이

"네 말이 하 뒤숭뒤숭하니 나는 새로이[539] 너도 찾아가기 어렵고 집 잃 기 쉽겠다."

춘향이 답하되

"그리 아니하여도 왕래에 가끔 물어 다니는 것이올시다."

"그리 말고 어디만치(어디쯤인지) 자세히 가르치라."

춘향이 웃고 다시 이르되

"저 건너 반송녹죽(盤松綠竹)[540] 깊은 곳에 문전(門前)에 양류(楊柳) 심 어 오륙주(五六株) 벌여 있고, 대문 안에 오동 심어 잎 피어 수음(樹陰: 나무 그늘) 지고, 담 뒤에 홍도화(紅桃花) 난만히 붉어 있고, 앞뜰에 석

....

533) 대얌집: 대암 집, 곧 다음 집.

534) 엽당이집: 옆댕이 집, 곧 옆집.

535) 가라간: 갈려 간. 직책에서 물러난.

536) 정좌수(鄭座首): '좌수'는 조선시대 지방 수령을 보좌하던 자문기관인 유향소(留鄉 所)의 우두머리.

537) 박호장(朴戶長): '호장'은 향리직(鄉吏職)의 우두머리. 해당 고을의 향리들이 수행하 던 말단 실무행정을 총괄했다.

538) 최급장이: '급장이', '급장', 곧 '급창'(及唱)은 지방 관아에서 고을 수령의 명령을 받 아 큰소리로 전달하는 일을 맡아보던 사내종.

539) 새로이: 새로에. 커녕. 말할 것도 없이.

540) 반송녹죽(盤松綠竹): 키가 작고 가지가 옆으로 퍼진 소나무와 푸른 대나무.

가산(石假山),[541] 뒤뜰에 연못 파고, 전나무 그늘 속에 은은히 뵈는 저 집이오니, 황혼 때 부디 오옵소서."

하직하고 떨치고 가는 형상(形狀) 사람의 간장이 다 녹는다. 금석(金石)같이 상약(相約)하고 손을 나눠 떠날 적에 한없는 정이로다.

---

541) 석가산(石假山): 정원에 암석을 쌓아 인공적으로 만든 동산.

8. 상사(相思)

겨우구러[542] 돌아오니 월명정반(月明庭畔)이요 등명창외(燈明窓外)로
다.[543] 정신이 산란하고 문견(聞見)이 황홀하여 진정할 길 바이[544] 없다.
애고, 이것이 웬일인고? 미친 놈이 되겠고나! 눈에 춘향의 넋이 올라 얼
른 뵈는 것이 모두 다 춘향이라. 육방(六房)[545] 아전 춘향 같고, 방자·통
인 춘향 같고, 관노(官奴)·사령(使令)[546] 춘향 같고, 군노[547]·급장 춘향
같고, 남원 부사 춘향 같고, 대부인도 춘향 같고, 날짐승도 춘향 같고,
길짐승도 춘향 같고, 모두 미러[548] 뵈는 것이 다 춘향이라. 저녁상을 물
려 놓고 하는 말이

"목이 메어 못 먹겠다."

---

542) 겨우구러: 겨우 그럭저럭.
543) 월명정반(月明庭畔)이요 등명창외(燈明窓外)로다: 뜰에는 달이 밝고, 창밖에는 등불
   이 밝다.
544) 바이: 전혀.
545) 육방(六房): 지방 관청에 두었던 이방·호방·예방·병방·형방·공방을 아울러 이르는 말.
546) 관노(官奴)·사령(使令): '관노'는 관아에서 부리는 사내종. '사령'은 관청에 딸린 하졸.
547) 군노: 군뢰(軍牢). 군영(軍營)과 관아에 소속되어 죄인을 다스리는 일을 맡았던 군
   졸. 이하 '군뢰'로 통일했다.
548) 미러: 밀어. 이것저것 가릴 것 없이 전부 평균으로 쳐서.

방자 불러 묻는 말이

"네 이 밥을 아는다?"

방자놈 여쭙되

"아옵네다."

"안다 하니 어찌 하나니?"

"쌀로 지은 것이 밥이올시다."

"어허, 미혹한 놈! 밥이면 다 밥이냐? 밥을 짓되 질어도 되도 아니하고, 고슬고슬한 중에도 속에 뼈가 없어 축축하여도 겉물 돌지 아니하여야 가위(可謂) 잘 지은 밥이지. 이 밥은 곧 모래밥이로고나. 이 상 물리여라. 식불감(食不甘)하니 침불안(寢不安)이[549] 쉬우리라. 글이나 읽어 보자."

『천자』(千字)·『유합』(類合)[550]·『동몽선습』(童蒙先習)[551]·『사략』(史略)[552]·『통감』(通鑑)[553]·『소학』(小學)[554]·『대학』(大學)·『예기』(禮記)·『춘추』(春秋)·『시전』(詩傳)·『서전』(書傳)·『맹자』(孟子)·『논어』(論語)·『마

---

549) 식불감(食不甘)하니 침불안(寢不安)이: 음식을 먹어도 달지 않으니 잠을 자도 편히 자지 못함이.

550) 『유합』(類合): 조선 성종(成宗) 때 서거정(徐居正)이 지은 한문 학습서.

551) 『동몽선습』(童蒙先習): 조선 중종(中宗) 때 박세무(朴世茂)가 지은 책으로 천자문을 끝낸 다음 읽었다.

552) 『사략』(史略): 『십팔사략』(十八史略). 원나라의 증선지(曾先之)가 『사기』(史記)로부터 『송사』(宋史)에 이르는 중국 역대의 역사서 18종을 간추려 엮은 책. 삼황(三皇)·오제(五帝)로부터 송나라까지의 역사를 실었다.

553) 『통감』(通鑑): 『통감절요』(通鑑節要)를 말한다. 송나라 신종(神宗) 때 사마광(司馬光)이 편찬한 294권의 중국 역사서 『자치통감』(資治通鑑)을 송나라 휘종(徽宗) 때 강지(江贄)가 50권으로 간추려 엮은 책이다.

554) 『소학』(小學): 송나라의 학자 유자징(劉子澄)이 편찬한 아동용 학습서.

사』(馬史)[555]·『삼략』(三略)[556] 내어 놓고, 산유자 책상에 옥촉(玉燭)에 불 밝히고 차례로 읽을 적에, '하늘 천', '땅 지', '검을 현', '누루 황', '집 우', '집 주', 집 가리켜 뵈든 양(樣)이 눈에 암암(暗暗),[557] 귀에 쟁쟁.

"'천지지간(天地之間) 만물지중(萬物之衆)에 유인(惟人)이 최귀(最 貴)한'[558] 중에 더욱 귀하다. '천황씨(天皇氏)는 이목덕(以木德)으로 왕 (王)하야 세기섭제(歲起攝提)하니',[559] 제 못 와도 내 가리라. '이십삼년 (二十三年)이라 초명진대부위사조적한건(初命晉大夫魏斯趙籍韓虔)하 여'[560] 한가지로 못 간 줄이 후회막급(後悔莫及)이라. '원형리정(元亨利 貞)은 천도지상(天道之常)이요, 인의예지(仁義禮智)는 인성지강(人性之 綱)이라'[561] 강보(襁褓)[562]부터 못 본 줄이 한이로다. '맹자(孟子)가 견양 혜왕(見梁惠王)하신대 왕왈(王曰) 수불원천리이래(叟不遠千里而來)하시

<hr>

555) 『마사』(馬史): 한나라의 역사가 사마천(司馬遷)이 지은 『사기』(史記).

556) 『삼략』(三略): 중국 고대의 병법서. 황석공(黃石公)이 지어 한나라의 개국공신 장량 (張良)에게 주었다고 전한다.

557) 암암(暗暗): 눈앞에 아른거리는 모양.

558) 천지지간(天地之間)~최귀(最貴)한: 천지 사이에 있는 만물의 무리 가운데 오직 사람 이 가장 귀한.『동몽선습』의 첫 구절.

559) 천황씨(天皇氏)는~세기섭제(歲起攝提)하니: 천황씨는 목덕으로 임금이 되어 섭제를 원년으로 삼으니.『십팔사략』의 첫 구절. '천황씨'는 삼황(三皇)의 하나. '목덕'은 오행 (五行) 가운데 목(木)의 덕으로, 만물을 생육하는 덕에 해당한다. '섭제'는 지지(地支) 의 셋째인 '인'(寅)을 가리키는 말.

560) 이십삼년(二十三年)이라 초명진대부위사조적한건(初命晉大夫魏斯趙籍韓虔)하여: (위 열왕威烈王) 23년 처음 진나라 대부 위사·조적·한건을 명하여 (제후로 삼다).『통감』 의 첫 구절.

561) 원형리정(元亨利貞)은~인성지강(人性之綱)이라: '원형리정'은 천도의 떳떳함이요, '인의예지'는 인성의 벼리이다.『소학』 제사(題辭)에 나오는 말.

562) 강보(襁褓): 포대기. 여기서는 '어린 시절'의 뜻.

니'[563] 천리로다, 천리로다, 임 가신 데 천리로다! '관관저구는 재하지주요, 요조숙녀는 군자호구로다.'[564] 우리들을 이름이라. 아무래도 못 읽겠다. 도무지 횻뵈이고(흩어져 뵈고) 춘향이만 뵈는고나!"

책장마다 춘향이요, 글자마다 춘향이라. 한 자가 두 자 되고, 한 줄이 두 줄이요, 자자(字字) 주줄이(줄줄이) 다 춘향이라, 이 아니 맹랑한가? 왼 책의 글자들이 바로 뵈지 아니하네. 『천자』(千字)는 감자[565]요, 『동몽선습』(童蒙先習) 사습이요, 『사략』(史略)은 화약이요, 『통감』(通鑑)은 곳감이요, 『소학』(小學)은 북학이요, 『대학』(大學)은 당학이요, 『맹자』(孟子)는 비자요, 『논어』(論語)는 망어로다. 『시전』(詩傳)은 딴전이요, 『유합』은 찬합(饌盒)이요, 『강목』(綱目)은 깨목(깻묵)이요, 『춘추』는 호추(후추)로다. '하늘 천(天)' 자 '큰 대(大)' 되고, '땅 지(地)' 자 '못 지(池)' 되고, '달 월(月)' 자 '눈 목(目)'이요, '손 수(手)' 자 '양 양(羊)'이라. '일천 천(千)' 자 '방패 간(干)'이요, '윗 상(上)' 자 '흙 토(土)'로다. '옷 의(衣)' 자 '밤 야(夜)' 자요, '한 일(一)' 자 '두 이(二)' 되고, '또 차(且)' 자 '그 기(其)' 자라. '집 주(宙)'는 '범 인(寅)'이요, '할 위(爲)' 자 '말 마(馬)'로다. '근 근(斤)' 자 '되 승(升)' 되고, '돗(돼지) 해(亥)' 자 '집 가(家)'로다. '밭 전(田)' 자 '납 신(申)'이요, '두 냥(兩)' 자 '비 우(雨)' 되고, '묘할 묘(妙)' 자 이 자 보소, 춘향일시 분명하다.

....

563) 맹자(孟子)가~수불원천리이래(叟不遠千里而來)하시니: 맹자가 양혜왕을 만났는데 왕이 말하기를 '어른께서 천리를 멀다 하지 않으시고 오셨으니'. 『맹자』의 첫 구절.
564) 관관저구는~군자호구로다: 『시경』 「관저」의 첫 구절. 권1의 주 501 참조.
565) 감자: '간자'(干字)의 오기로 보인다. '천자'의 '천'(千)이 '간'(干)으로 보인다는 뜻. 이하 나열하는 어구들은 '선습'의 '선'(先)이 '사'(士)로 보이고, '사략'의 '사'(史)가 '화'(火)로 보인다는 등 엉뚱한 글자로 잘못 읽었다는 뜻에서 하는 말.

책상을 밀쳐 놓고 벽상(壁上) 보검(寶劍) 빼어 들고 사면(四面)을 두루면서

"이매망량(魑魅魍魎) 속거천리(速去千里),[566] 춘향이만 보고지고! 잠깐 만나 보고지고! 지금 만나 보고지고! 어둑한 빈 방안에 불현듯이 보고지고! 천리타향 고인(故人)같이 얼른 만나 보고지고! 구년지수(九年之水)[567] 햇빛같이 휜칠하게 보고지고! 7년 대한(大旱) 빗발같이 시원하게 보고지고! 동창영월(東窓盈月) 달빛같이 반갑게 보고지고! 서산(西山)에 낙조(落照)같이 뚝떨어져 보고지고! 오매불망(寤寐不忘) 보고지고! 알뜰히도 보고지고, 살뜰히도 보고지고! 맹랑히도 보고지고, 끔찍이도 보고지고! 조금 만나 보고지고, 잠깐 얻어 보고지고!"

보고지고, 보고지고 소리를 한껏 질러 놓으니 그 소리 동헌(東軒)까지 들렸고나.

이때 사또 이 소리를 듣고 깜짝 놀라고 괴이히 여겨 통인 불러 분부하되

"책방에서 글소리는 아니 나고 무엇을 보고지고 하는고? 자세히 알아오라."

통인이 급히 가서 묻자오되

"거 무슨 소리를 그다지 질러사오?"

이도령이 겁을 내어 별안간에 생땀전하되

"삼문(三門)[568] 밖에서 술주정하는 소리 듣고 나더러 물으니 내가 매호

566) 이매망량(魑魅魍魎) 속거천리(速去千里): 온갖 도깨비들아, 빨리 천리 밖으로 물러가라. '이매망량'은 이 세상의 온갖 도깨비.

567) 구년지수(九年之水): 9년 동안의 홍수. 요임금 때 9년 동안 큰 홍수가 이어졌다는 데서 유래하는 말.

568) 삼문(三門): 궁궐이나 관청 앞에 세운 세 문, 곧 중앙의 정문(正門)과 좌우의 협문(夾門).

(매우) 만만하냐?"

통인이 여쭙되

"사또께서 도련님 목소리를 친히 듣고 알아 오라 하옵시네다."

한 번만 더 떠히더면(잡아떼었더라면) 될 것이로되 그놈의 외수(外數:
속임수)에 넘어 하는 말이

"그래서 똑(틀림없이) 들어 계시단 말이냐?"

하며 먹은 값이 있어[569] 속으로 얼른 꾸며 하는 말이

"소년금방괘명시(少年金榜掛名時)[570]라 미구(未久)에 과거 되면 장원급
제(壯元及第) 출신(出身)[571]하여 쌍개(雙蓋)[572] 떠어(띄워) 보고지고! 내
소원이 이렇기로 보고지고 하였다고 여쭈어라."

통인이 들어가 그대로 아뢰오니 사또 곧이 듣고 책방(冊房) 조낭청(趙
郎廳)[573]더러 하는 말이

"향자(嚮者: 지난번)에 선산소(先山所: 산소) 천장(遷葬)하올 때에 홍
천(洪川) 박생원(朴生員)이 풍양(豐壤)[574] 고을 산소를 보고 '덮어놓고 내

----

569) 먹은 값이 있어: 떡 먹은 값이 있어. 나잇값이 있어서.

570) 소년금방괘명시(少年金榜掛名時): 어린 나이로 과거 급제 방문에 이름을 걸 때. '금
    방'은 과거에 급제한 사람의 이름을 써서 거리에 붙이던 글. 송나라 왕수(汪洙)의 시
    「인생의 네 기쁨」(人生四喜)에 "과거 급제 방문에 이름을 걸 때"(金榜掛名時)라는 구절
    이 보인다.

571) 출신(出身): 처음으로 벼슬길에 나섬.

572) 쌍개(雙蓋): 대형 우산 모양의 의장용 장식 한 쌍. 과거 급제자들은 쌍개를 앞세우고
    거리를 돌았다.

573) 조낭청(趙郎廳): 조씨 성의 낭청. '낭청'은 조선시대 임시 기구에서 실무를 맡아보던
    당하관(堂下官) 벼슬. 여기서는 실제 벼슬과 무관하게 존칭으로 썼다.

574) 풍양(豐壤): 경기도 양주(楊州)의 지명.

말대로 여기 쓰라' 하며 '문필봉(文筆峰)[575]이 두렷이(분명하게) 안산(案山)[576]이 되고, 공명봉(功名峰)[577]이 병풍(屛風) 두른 듯하여 주산(主山)[578]이 되었으니, 자손의 문장은 염려 없고 공명이 그치지 아니하리라' 하고 잡고 권하기에 그 말대로 그 산소에 뫼셨더니, 이제야 산음(山蔭)[579]인 줄 황연(晃然)히 깨닫겠네. 그 아이가 기특한 줄이 한갓 남처럼 하는 것이 아니라 잠 잘 줄 잊고 한사(限死)하고[580] 글만 하려 하니 아무래도 문장은 염려 없어!"

하며 못내 사랑하더라.

<hr />

575) 문필봉(文筆峰): 붓끝처럼 뾰족한 봉우리. 문필봉을 앞에 둔 자리에 산소를 쓰면 후손 중에 문장가가 난다는 속설이 있었다.

576) 안산(案山): 풍수지리에서 집터나 묏자리의 맞은편에 있는 산.

577) 공명봉(功名峰): 후손이 공명을 이루게 한다는, 산소 주위의 봉우리.

578) 주산(主山): 집터나 무덤의 뒤에 있는 산. 풍수지리에서 집터나 묏자리의 운수 기운이 달려 있다는 산.

579) 산음(山蔭): 좋은 묏자리를 씀으로써 자손이 받는다는 복.

580) 한사(限死)하고: 한사코. 죽기를 각오하고.

9. 초조번민

이때 책방에서 방자놈이 여쭙되

"강성(講聲: 글 외는 소리)을 낮추어 하오. 뭇 치인(治人) 초라가 다 나겠소."[581]

그럴수록 초조번민(焦燥煩悶)하여 그렁저렁 밤을 새고, 조반(朝飯) 아침 전폐(全廢)하고 점심도 전궐(全厥)하고, 묻는 것이 해뿐이라.

"방자야, 해가 얼마나 갔나니?"

"해가 아직 아귀도 아니 터소."[582]

"애고! 그 해가 어제는 뉘 부음(訃音) 편지를 가지고 가는 듯이 줄달음질하여 가더니, 오늘은 어이 그리 완보장천(緩步長天)[583]하는고? 발바당에 종기가 났나? 가래토시가 곪기는가?[584] 삼버리줄[585] 잡아매고 사면

<hr>

581) 뭇 치인(治人) 초라가 나겠소: '관아 사람들 모두 경을 치겠소' 정도의 뜻으로 보인다. '초라'는 권1의 주 523 참조.

582) 아귀도 아니 터소: 뜨기 시작하지도 않았소. '싹이 나기 시작한다', '처음 벌어져 나온다'는 뜻의 '아귀트다'에서 온 말.

583) 완보장천(緩步長天): 아득히 긴 하늘을 천천히 걸어감.

584) 가래토시가 곪기는가: 가래톳이 곪았나? '가래톳'은 허벅다리 윗부분의 림프샘이 부어 아프게 된 멍울.

585) 삼버리줄: 삼으로 꼰 벌이줄. '벌이줄'은 물건이 넘어지지 않고 버티도록 이리저리

(四面) 말뚝을 박았는가? 대신(大臣) 지가(止街)[586]를 잡히었나? 장승걸
음[587]을 부러 하나? 어이 그리 더디 가노? 방자야, 해가 어디로 갔나 보
아라."

"백일(白日)이 도천중(到天中)하여[588] 오도가도 아니 하오."

"무정세월약류파(無情歲月若流波)[589]라 하더니 허황한 글도 있고나. 붙
인 듯이 박힌 해를 어이하여 다 보낼꼬? 방자야, 해가 어찌 되었나니?"

"서산에 비껴 종시(終是) 아니 넘어가오."

"관청빗 불러다가 기름을 많이 가져 서산 뫼봉에 발라 두라. 미끄러워
넘어가게 하여 다오. 그리하고 해 지거든 즉시 거래(去來)[590]하라."

방자놈 여쭈되

"서산에 지는 해는 보금자리[591] 치노라고 눈을 *끄믈끄믈*[592]하고, 동령
(東嶺: 동산)에 돋는 달은 높이 떠서 오노라고 바스락바스락 소리하니,
황혼일시 정녕하다! 가려 하오, 말려 하오?"

이도령의 거동 보소. 심망의촉(心忙意促) 조민(躁悶)하여[593] 저녁상도
허둥지둥 방자 불러 분부하되

....

얽어매는 줄.

586) 지가(止街): 높은 벼슬아치가 지나가는 길을 침범한 사람을 붙잡아서 길가의 집에
   한때 맡겨두던 일.

587) 장승걸음: 장승처럼 뻣뻣하게 걷는, 매우 느린 걸음.

588) 백일(白日)이 도천중(到天中)하여: 해가 하늘 한가운데 이르러서.

589) 무정세월약류파(無情歲月若流波): 무정한 세월은 흐르는 물처럼 빨리 가네.

590) 거래(去來): 보고. 아랫사람이 웃어른이나 벼슬아치에게 가서 말로 통지함.

591) 보금자리: 저본에는 "보븜즈리"로 되어 있으나 동양문고본과 『고본 춘향전』에 따랐다.

592) *끄믈끄믈*: *끄물끄물*. 불빛 따위가 꺼질 것처럼 계속해서 깜빡이는 모양.

593) 심망의촉(心忙意促) 조민(躁悶)하여: 마음이 조급하여 가슴이 답답해서.

"네나 먹고 어서 가자."

저 방자놈 거동 보소. 전에는 대공술[594]이나 얻어먹어 낫분 양[595]을 주리다가 요사이는 왼통(온통) 모두 후무루떠이고[596] 배가 붕긋하니 배를 슬슬 만지면서 게트림하며 하는 말이

"남은 아무리 되든지 나는 좋소이. 춘향이 열아문(여남은)이 있으면 겹흉년인들 기탄(忌憚)할까?"

하며 거드럭거려 하는 말이

"가자 소리 작작 하오. 사또 분부에 가라 하였소? 왜장이 나면[597] 가기는 새로이(새로에) 생뜸질이 날 것이니,[598] 폐문(閉門)이나 한 연후에 사또 취침(就寢) 기다려서 가거나 말거나 하옵소서."

이도령 초조하여 이르는 말이

"그러하면 돈관(貫)[599]이나 내어다가 문 닫는 놈 인정(人情)[600] 주고 폐문 선하(先下)[601]하여 보자."

방자가 여쭙되

---

594) 대공술: 대궁술. 먹다 남은 밥술.

595) 낫분 양: 낮븐 양, 곧 '모자라는 양', '부족한 양'의 뜻.

596) 후무루떠이고: 대강 씹어 넘기고. '꼭꼭 씹지 않고 대강 씹는다'는 뜻의 '후무리다'에서 온 말.

597) 왜장이 나면: 쓸데없이 큰소리로 마구 떠들면. '왜장질'(꼭 집어서 말하지 않고 헛되이 마구 큰소리로 떠드는 짓)과 관련되는 말.

598) 생뜸질이 날 것이니: 생으로 뜸질하듯이 야단이 날 것이니.

599) 돈관(貫): 얼마간의 돈. 화폐 단위로 쓸 때의 1관은 은화 10냥, 엽전 1,000문에 해당하는 큰 돈이다.

600) 인정(人情): 벼슬아치에게 몰래 주던 선물.

601) 선하(先下): 미리 착수함.

"초경(初更) 삼점(三點)[602] 폐문(閉門)인데 초혼(初昏: 초저녁) 폐문 웬일이오? 폐문 선하한단 말 듣도 보도 못하였소. 제발 덕분 잠깐만 참으시오."

한창 이리할 제 갖은 취타(吹打)[603] 폐문한다.

"방자야, 동헌에 퇴등(退燈)[604]한 낌 보아라."

이렇듯이 조민(躁悶)할 제 동헌에 퇴등하고 만뢰구적(萬籟俱寂)[605]하니 방자가 여쭙되

"야심인적(夜深人寂)하고 월백풍청(月白風淸)하니[606] 가려 하오, 말려 하오?"

<hr>

602) 초경(初更) 삼점(三點): 오후 8시경. '경'(更)은 저녁 7시부터 다음날 새벽 5시까지의 밤 시간을 5등분한 단위이고, '점'(點)은 1경을 다섯으로 나눈 단위. '초경', 곧 1경은 밤 7시에서 9시 사이.

603) 취타(吹打): 관악기와 타악기를 연주하는 일. 군악대의 연주.

604) 퇴등(退燈): 지방 관아에서 고을 수령이 잘 때 등불을 끄던 일.

605) 만뢰구적(萬籟俱寂): 아무 소리 없이 사방이 조용함.

606) 야심인적(夜深人寂)하고 월백풍청(月白風淸)하니: 밤이 깊어 사람의 자취가 없고, 달 밝고 바람 맑으니.

10. 춘향 집 가는 길

　이도령의 거동 보소. 귀홍득의천공활(歸鴻得意天空闊)[607]이라 좋을 좋을시고! 가자 가자세라, 님을 보러 가자세라! 몸을 숨겨 월성(越城)하여 가만가만 찾아간다. 방자놈은 앞을 서서 양각등(羊角燈)[608]에 불을 켜고 염석문(簾席門)[609] 네거리, 홍전문(紅箭門) 세거리, 이 모롱 저 모롱 감돌아 풀돌아[610] 엄벙덤벙 수루루 휠적 돌아들어 면면촌촌(面面村村)이[611] 찾아갈 제 방자놈이 별안간에 하는 말이

....

607) 귀홍득의천공활(歸鴻得意天空闊): 돌아가는 기러기가 뜻을 얻으니 하늘이 드넓음. 홍세태(洪世泰)의 시 「소보」(小步) 중 "돌아가는 기러기가 뜻을 얻으니 하늘이 드넓고 / 누워 있던 버들의 마음 살아나니 물이 녹아 흐르네"(歸鴻得意天空闊, 臥柳生心水動搖)에서 따온 말. 『해동가요』(海東歌謠)에 수록된 김수장(金壽長)의 시조에도 "귀홍(歸鴻)은 득의천공활(得意天空闊)이요 와류(臥柳)는 생심수동요(生心水動搖)로다"라는 구절이 보인다.

608) 양각등(羊角燈): 양의 뿔을 고아서 만든, 투명하고 얇은 껍질을 씌운 등.

609) 염석문(簾席門): 지방 관아의 내아(內衙)에 설치한 바깥문. 밖에서 들여다보지 못하게 발이나 자리를 쳐서 가렸다. 저본에는 '석'이 "셩"으로 되어 있으나 바로잡았다.

610) 풀돌아: 본래 돌던 방향과 반대로 빙빙 돌아.

611) 면면촌촌(面面村村)이: 마을마다 고을마다.

"야반무례(夜半無禮)[612]요 구색친구(具色親舊)[613]라 하니, 심심파적 할 양으로 골치기[614]나 하나씩 하며 가세."

이도령이 어이없어 이르되

"방자야, 상하 체통(體統) 외자[615] 하고 벌써 통(通)치 못한 것이 내가 손을 빠쳤고나."[616]

방자놈 대답하되

"으라청청[617] 이 맛 보게.[618] 피차(彼此) 평발[619] 아이들이 야심중(夜深中)에 기롱(譏弄)하니 무엇이 망발이며, 자네 뒤에 '양반' 두 자 써 붙였나?"

"말이 이러하니 체증(滯症)일세."

"그리 마소. 속담에 이르기를 '시루 쪄 가는 데 개 따르기는 제격이라'[620] 하려니와 자네 계집하러(계집질하러) 가는데 나는 무슨 짝으로 따라간단 말인가?"

이도령 이르는 말이

----

612) 야반무례(夜半無禮): 어두운 밤에는 예의를 갖추지 못함.

613) 구색친구(具色親舊): 여러 방면으로 널리 사귀는 친구. 여기서는 '친구는 여러 방면의 사람과 널리 사귀어야 한다' 정도의 뜻으로 썼다.

614) 골치기: '내기'나 '놀이' 정도의 뜻으로 보이나 자세한 것은 미상. 『고본 춘향전』에는 "농담"(弄談)으로 되어 있다.

615) 외자: 비틀자. 거스르자. 거꾸로 하자. 『고본 춘향전』에는 "잇자"(잇자)로 되어 있다.

616) 손을 빠쳤고나: 실수했구나. 저본에는 '빠쳤고나'가 "썬져고나"로 되어 있다.

617) 으라청청: 감탄사.

618) 이 맛 보게: '이것 보게' 정도의 뜻.

619) 평발: 편발(編髮). 관례(冠禮)를 올리지 않은 남자가 하는, 길게 땋은 머리.

620) 시루 쪄~따르기는 제격이라: 떡시루를 쪄서 가는 데 떡 얻어먹으려고 개가 따라가는 것은 당연한 이치다.

"네 말이 모두 정외지언(情外之言: 인정에 벗어나는 말)이로고나. 담을 쌓고 벽을 쳐도 이 판에는 그리 아니하느니라. 내가 그리 생소(生疏)하냐? 네 비위에 아니 맞나 보고나. 애고, 내 아들이야! 으른에 빕드기는[621] 외탁(外託)하여 그러한가? 방자 동생아, 어서 가자."

방자놈 이도령을 속이려고 바른 길을 두고 사오차(四五次)를 둘러가니, 어찌 종을 알까 보니?[622] 개미 쳇바퀴 돌듯, 불알이 뻔히 뜨도록[623] 돌아오다가 하는 말이

"밤길이 붓는다'[624] 하더니 어제 가리키던 어림보다는 팔팔결[625]로 머니 향방(向方)을 어이 알리? 이는 아무래도 네 중병(中病)인가 하노라."

방자놈이 설렁설렁 앞서가서 춘향의 집 문 앞에 다다라서 돌아보고 하는 말이

"두말 말고 이 집으로 그저 쑥 들어를 가오."

"여봐라, 이 일이 분명 외수(속임수)로다! 기생의 집이 이대도록(이토록) 장려(壯麗)할까 보냐? 네가 나를 유인(誘引)하여 세가(勢家)에 몰아넣고 수원(水原) 남문 밖에서 사는 정봉양의 아들[626]을 만들려나 보고나!"

---

621) 으른에 빕드기는: 어른에게 눈을 비뚜로 뜨기는. 어른에게 대들기는. '으른'은 '어른'의 방언. '빕드다', 곧 '빕뜨다'는 '비뚜로 뜨다'의 뜻. 저본에는 '으른'이 "오초"로 되어 있으나 바로잡았다.

622) 어찌 종을 알까 보니: 어찌 종잡을 수 있겠는가?

623) 불알이 뻔히 뜨도록: 매우 바쁘게 돌아다니는 것을 비유하는 말. '뻔히'는 끊임없는 모양.

624) 밤길이 붓는다: 밤에 걷는 길이 더 늘어난 것처럼 멀게 느껴진다는 속담.

625) 팔팔결: 다른 정도가 엄청남. 매우 어긋나 있음.

626) 수원(水原) 남문~정봉양의 아들: 미상. 세도가에 들어갔다가 봉변당한 수원 사람 정봉양의 이야기가 당시에 널리 알려져 있었던 것으로 보인다.

방자 웃고 하는 말이

"염려를 턱 버리고 들어가만 보오."

"아무래도 의심되니 네 먼저 앞서 들어가라."

"그리하면 들어가 다 수쇄(收刷 : 수습)한 후 나오리이다."

"'다 수쇄'란 말이 웬 말이니? 수상하고 맹랑한 놈! 한가지로 들어가자."

저 방자의 거동 보소. 닫은 문을 발로 차고 와락 뛰어 들어가며

"이 애, 춘향아! 자느냐, 깨었느냐? 도련님 와 계시니 바삐 나오너라!"

11. 월매

이때 춘향이 분벽사창(粉壁紗窓)[627] 굳이 닫고 촉하(燭下)에 혼자 앉아 벽오동(碧梧桐) 거문고를 술상에 비껴 안고 자탄자가(自彈自歌)[628]하여 섬섬옥수로 흘리 탈 제

　　대인난(待人難) 대인난하니

　　계삼창(鷄三唱) 야오경(夜五更)이라.

　　쌀앵동징 쌀앵동 흥청.

　　출문망(出門望) 출문망하니

　　청산(靑山)은 만중(萬重)이요 녹수(綠水)는 천회(千回)로다.

　　쌀앵당증 쌀앵지랭 당둥둥 청청.[629]

....

627) 분벽사창(粉壁紗窓): 하얗게 칠한 벽과 비단 창.

628) 자탄자가(自彈自歌): 손수 악기를 연주하면서 노래함.

629) 대인난(待人難) 대인난~당둥둥 청청: 사람 기다리기 어려워라 사람 기다리기 어려우니 / 닭이 세 번 울고 밤은 5경. / 문을 나가 바라보네 문을 나가 바라보니 / 푸른 산은 만 겹이고 푸른 물은 천 굽이로다. '쌀앵동징 쌀앵동 흥청'과 '쌀앵당증 쌀앵지랭 당둥둥 청청'은 거문고 소리를 나타낸 의성어. '오경'은 새벽 4시 무렵. 가사 「대인난편」(待人難編)에 "대인난 대인난하니 계삼호(鷄三呼)하고 야오경이라. / 출문망 출문망하니 청산은 만중이요 녹수는 천회로다"라는 구절이 보인다.

이렇듯이 기다릴 제 춘향 어미 내달아 방자놈을 꾸짖으며

"네가 향교 방자냐? 밤중에 왜 와서 야단하느냐? 발길 년의 볏다리⁶³⁰를 둘러메고 나온 녀석 같으니, 관속(官屬) 녀석 꼴을 차마 보기 싫더라."

방자놈이 어이없어 춘향 보고 하는 말이

"이 애, 춘향아, 이것이 병이로다. 그 말을 너의 어머니더러 아니 하였나 보고나. 여보, 마누라, 남의 말을 듣고 말을 하시오. 뉘 아들놈이 잘못하였나 들어 보시오. 지나간 장날 아침에 책방 도련님이 별안간에 광한루 구경 가자 하기 뫼시고 갔더니, 고비에 인삼이요, 계란에 유골(有骨)이요, 기침에 재채기요, 마디에 옹이⁶³¹로 저 아이가 마주 뵈는 언덕에서 그네를 뛰어 도련님의 눈에 들킨지라, 무엇이냐 묻기에 어찌하나보자 하고 아기씨라 하다가 종시 기일(어길) 길 없어 바른대로 하였더니, 도련님이 미치게 불러오라 하시니 하인의 도리 거역(拒逆)지 못하여불러다가 둘이 만나보고 수은(水銀) 엉기듯이 엉그러져 둘이 다 홑이불을 써 온갖 이삭단니⁶³²하며 백년기약 언약하고 오늘 저녁 오마고 떡집에 산병(散餅) 맞추듯,⁶³³ 사기전(沙器廛)에 종자굽 맞추듯,⁶³⁴ 서로 맞추어 두고 나더러 한가지로 가자 하시기로 뫼시고 온 일이지, 뉘 제 할미

<hr>

630) 발길 년의 볏다리: 찢어발길 년의 다리. '볏다리'는 '배다리', 곧 '다리'를 가리키는 말로 추정된다.

631) 고비에 인삼이요~마디에 옹이: '고비에 인삼', '계란에 유골', '기침에 재채기', '마디에 옹이' 모두 설상가상(雪上加霜)을 뜻하는 말.

632) 이삭단니: 이삭단이. 장난질.

633) 떡집에 산병(散餅) 맞추듯: 떡집에서 떡을 줄 맞춰 진열하듯 가지런히 맞춘다는 뜻. '산병'은 반달 모양으로 빚어 소를 넣은 떡.

634) 사기전(沙器廛)에 종자굽 맞추듯: 사기 그릇 가게에서 종자(鍾子: 종지)의 굽 높이를 맞춰 진열하듯 가지런히 맞춘다는 뜻.

할 놈[635]이 잘못하였소? 그 왜 공연히 욕을 더럭더럭하여 가시오?"

춘향 어미 이 말 듣고 낡은(늙은) 것이 별안간에 생딴전 하는 말이

"목소리를 들으니 너로고나! 나는 년 줄은 알지 못하고 잘못하였다. 자라가는 아이들은 몰라보게 되었고나. 노화(怒火) 말라.[636] 너의 어머니하고 나하고 정동갑(正同甲)[637]이다. 이 애, 춘향아! 책방 도련님 와 계시단다. 바삐 나와 잘 뫼셔라. 이곳에서 행락(行樂)한들 어느 누가 괄시하리?"

옥창(玉窓)에 유성(有聲)터니 춘향이 영접한다. 저 춘향의 거동 보소. 치마꼬리 부여잡고 중문(中門)[638] 밖에 내달아서 반겨 맞아 들어갈 제 춘향 어미 새(뾴새)를 부려 별안간에 깜짝 놀라 하는 말이

"이것이 웬일이오? 만일 사또 아시면 사람을 모두 다 상하려고 이런 일도 하단 말가? 어서 바삐 돌아가오."

이도령 대답이 어찌 되고, 하회(下回)를 석람(釋覽)하라.[639]

세(歲) 갑자(甲子) 하유월(夏六月) 망간(望間) 필서(畢書)[640]

....

635) 제 할미할 놈: 제 할머니와 붙을 놈.

636) 노화(怒火) 말라: 노여워 말라. '노화'(怒火)는 '불같이 화를 냄'의 뜻.

637) 정동갑(正同甲): 나이가 꼭 같음.

638) 중문(中門): 대문 안에 다시 세운 문. 안채와 사랑채 사이에 있는 문.

639) 하회(下回)를 석람(釋覽)하라: 다음 회를 잘 보시라. 장회소설(章回小說)의 형식에서 매 장회 끝에 붙이는 상투어.

640) 세(歲) 갑자(甲子) 하유월(夏六月) 망간(望間) 필서(畢書): 갑자년 여름 유월 보름에 쓰기를 마침. '갑자년'은 1864년으로 추정된다.

권2

1. 춘향의 집

화설(話說),[1] 이때 이도령이 춘향 어미 거동 보고 이르는 말이

"일이 있든지 없든지 아는 체할 바 아니니 염려 말고 그만 있소."

춘향 어미 잔도래 치는[2] 말이

"이미 와 계시니 말없이 다녀가오. 공행(空行: 헛걸음)으로 돌아가면 제 마음도 섭섭할 듯하고 도련님도 무료할 듯하니, 수어(酬語: 말을 주고받음)나 하다가 가시오. 제가 실로 매몰하여 친구 왕래 없삽더니 도련님이 나와 계시니 잠깐 놀다가 들어가오."

이도령의 거동 보소. 춘향의 손목 들입다 덥석 마주 잡고 가슴이 도근도근, 제두리뼈[3]가 시근시근, 한 손으로 어깨 짚고 희희낙락 들어갈 제 좌우편 살펴보니 집치레도 황홀하다. 대문짝 좌우편에 울지경덕(尉遲

----

1) 화설(話說): 소설에서 이야기를 시작할 때 쓰는 상투어.

2) 잔도래 치는: '도리질 치다'에서 유래하여 '머리를 좌우로 흔들며 거들먹거리는' 정도의 뜻으로 보인다. 동학가사 「초당(草堂)에 춘몽(春夢)」에 "하날 시고 도래한이"(하늘을 쓰고 도리질하니)라는 구절이 보인다. 『춘향전 비교연구』에서는 "말재주를 부려 돌려치는"으로 풀이했다.

3) 제두리뼈: 문맥상 '손목뼈', 또는 '가슴뼈'(복장뼈)를 가리키는 듯하다. 『춘향전 비교연구』에서는 "손과 발의 관절 뼈"로 풀이했다.

敬德)·진숙보(秦叔寶)⁴요, 중문에는 위징(魏徵)⁵ 선생, 사면(四面) 활짝 높은 집을 '입 구(口)' 자로 지었는데,⁶ 상방(上房)⁷ 3간(間) 쌍벽장(雙璧欌)에 협방(夾房)⁸ 2간, 대청 6간, 월방(越房: 건넌방) 4간, 부엌 3간, 고왕(광) 5간, 중집⁹ 4간, 내외 분합(分閤),¹⁰ 물림퇴¹¹에 살미살창¹² 가로닫이,¹³ 구을도리¹⁴ 선자(扇子) 추녀,¹⁵ 바리받침¹⁶ 부연(婦椽)¹⁷ 달아서 맵시 있게 지었는데, 동편에는 고왕이요, 서편에는 마구(馬廐)로다. 양지에 방아 걸고, 음지에 우물 파고,¹⁸ 문전에 학종선생(學種先生) 긴 버들¹⁹ 휘

---

4) 울지경덕(尉遲敬德)·진숙보(秦叔寶): 두 사람 모두 당나라의 명장이자 개국공신. 당 태종이 능연각(凌烟閣)을 세우고 두 사람을 포함한 공신 24인의 초상을 걸었다.

5) 위징(魏徵): 당 태종 때의 승상. 당 태종의 치세를 이끈 명신.

6) 집을 '입 구(口)' 자로 지었는데: 'ㅁ'자 한옥을 말한다. 'ㄷ'자 한옥이나 'ㄱ'자 한옥에 비해 대체로 넓다.

7) 상방(上房): 주인이 거처하는 방.

8) 협방(夾房): 안방에 딸린 작은 방.

9) 중집: 겹집. 한 용마루 아래 두 줄로 방을 만든 집. 동양문고본과 『고본 춘향전』에는 "종집"으로 되어 있다.

10) 분합(分閤): 대청마루에 다는 문. 여름에는 접어 올려 기둥만 남고 모두 트인 공간이 되게 한다.

11) 물림퇴: 본채의 앞뒤나 좌우에 딸린 반 칸 너비의 칸살.

12) 살미살창: 촛가지(소 혓바닥 모양의 조각을 한 목재)로 짜서 살을 박아 만든 창문.

13) 가로닫이: 가로로 여닫게 된 창이나 문.

14) 구을도리: 굴도리. 둥글게 만든 도리. '도리'는 서까래를 받치기 위하여 기둥 위에 건너지르는 나무.

15) 선자(扇子) 추녀: 부챗살 모양의 추녀.

16) 바리받침: 대접받침. 기둥머리 위에 놓는, 대접처럼 넓적하게 네모난 나무.

17) 부연(婦椽): 며느리서까래. 서까래의 끝에 덧얹는 네모지고 짧은 서까래.

18) 동편에는 고왕이요~음지에 우물 파고: 가사 「명당가」(明堂歌)에 "서편에 곡간 짓고 동편에 마고 짓고 / 양지에 방아 걸고 음지에 우물 파고"라는 구절이 보인다.

19) 학종선생(學種先生) 긴 버들: 도연명의 긴 버들. 왕유(王維)의 시 「노장행」(老將行) 중

늘어진 장송(長松) 광풍(光風)에 흥을 겨워 우줅[20] 춤을 추고, 앞뜰에 개를 놓고, 뒤뜰에 닭을 치고, 대 심어 울울하고, 솔 심어 정자(亭子)로다. 뽕 심어 누에 치고, 울 밑에 벌 앉히고, 울 밖에 원두(園頭) 놓고,[21] 뜰 아래 연정(蓮亭)[22] 지어 죽정(竹釘)으로 면(面)을 받쳐[23] 네모반듯 괴었는데, 못 가운데 석가산을 일층 이층 삼사층에 절묘하게 무어(쌓아) 놓고, 비오리 쌍쌍 징경이[24] 너풀, 대접 같은 금붕어는 못 가운데 노니는데, 온갖 화초 다 피었다.

동에는 벽오동, 서에는 백매화, 남에 홍모란, 북에는 금사오죽(金絲烏竹)[25] 한가하다. 한가운데 황학령(黃鶴翎: 노란 국화)·월계사계(月桂四季)·종려(種蠡)·파초(芭蕉)·작약(芍藥)·영산홍(映山紅)·왜척촉(倭躑躅)·연포도화(連抱桃花: 아름드리 복숭아나무)·국화·매화를 여기저기 심어 두고, 앵무·공작, 청조(靑鳥) 한 쌍 소식을 맡겨 두고, 합환초·연

“문 앞에는 선생의 버드나무 심기 배웠네”(門前學種先生柳)에서 따온 말. ‘선생’은 자기 집에 버드나무 다섯 그루를 심어 기르며 ‘오류선생’(五柳先生)이라고 자칭했던 도연명을 말한다.

20) 우줅: 우줄. 너울너울. ‘우줄거리다’(가볍게 춤추듯이 움직이다)의 어근. 저본에는 “우숥”으로 되어 있다.

21) ‘입 구(口)’ 자로~원두(園頭) 놓고: 『흥부전』(경판 25장본)에 유사한 구절이 보이는데, 다음과 같다. “명당에 집터를 닦아 안방, 대청, 행랑, 몸채, 내외분합, 물림퇴, 살미 살창 가로닫이 ‘입 구’ 자로 지어 놓고, 앞뒤 장원(墻垣), 마구, 곳간 등속을 좌우에 벌여 짓고, 양지에 방아 걸고 음지에 우물 파고, 울 안에 벌통 놓고 울 밖에 원두 놓고, 온갖 곡식 다 들었다. ‘원두’는 오이·호박 등 밭에 심는 작물의 통칭.

22) 연정(蓮亭): 연못가에 지은 정자.

23) 죽정(竹釘)으로 면(面)을 받쳐: 대나무 못으로 사면을 받쳐.

24) 징경이: 수릿과의 새. 강, 호수, 바다 등지에서 물고기를 잡아먹고 산다.

25) 금사오죽(金絲烏竹): 줄기가 가늘고 마디가 툭 불거졌으며 작은 점이 박혀 있는 대나무.

리지(連理枝)²⁶에 비익조(比翼鳥)²⁷ 다정하다. 오동차양(梧桐遮陽) 추녀
마다 옥풍경(玉風磬)을 달았으니, 청풍 건듯 불 적마다 앵그렁쟁그렁 소
리 요량(瞭亮: 맑음)하다.

배치한 것 돌아보니 백릉화(白菱花)²⁸로 도배(塗褙)하고, 장유지(壯油
紙)²⁹ 굽도리³⁰에 청릉화(靑菱花) 띠를 띠고, 동서남북 계견사호(鷄犬獅
虎) 문(門) 위에 십장생(十長生),³¹ 지게문³²에 남극선옹(南極仙翁)³³ 벽화
(壁畵)를 붙였는데, 동벽(東壁)을 바라보니 송단(松壇)에 상산사호(商山
四皓) 바둑판을 둘러앉아 흑백(黑白)이 난만한데 낙자정정(落子丁丁) 그

....
26) 연리지(連理枝): 뿌리가 다른 두 그루의 가래나무 가지가 서로 붙어 하나가 된 것. 흔
    히 금슬이 좋은 부부를 일컫는 말로 쓴다.
27) 비익조(比翼鳥): 암수가 각각 날개가 하나씩밖에 없어 함께 날아야 비로소 날 수 있다
    고 하는 상상의 새. 부부 사이의 좋은 금슬을 상징한다.
28) 백릉화(白菱花): 흰 마름꽃. 여기서는 흰 마름꽃 무늬 벽지.
29) 장유지(壯油紙): 두꺼운 기름종이.
30) 굽도리: 방안 벽의 밑부분.
31) 동서남북 계견사호(鷄犬獅虎) 문 위에 십장생(十長生): '계견사호'는 닭·개·사자·호
    랑이. '십장생'은 불로장생의 상징인 해·달·물·돌·구름·소나무·불로초·거북·학·사
    슴. 조선 후기에 계견사호나 십장생을 그린 그림을 귀신을 물리치거나 장식할 목적으
    로 집안에 붙이곤 했다. 처음에는 닭·개·사자·호랑이를 한 화폭에 그렸으나 19세기
    전반경부터 각각 다른 종이에 그려 한 묶음으로 판매한 것으로 추정된다. 가사 「한양
    가」에 "광통교(廣通橋) 아래 가게 각색 그림 걸렸구나 / (…) 다락벽 계견사호 장지문
    어약용문(魚躍龍門) / 해학반도(海鶴蟠桃) 십장생과 벽장문차 매죽란국(梅竹蘭菊)"이
    라는 구절이 보인다.
32) 지게문: 마루와 방 사이의 문이나 부엌의 바깥문. 돌쩌귀를 달아 여닫는 문.
33) 남극선옹(南極仙翁): 도교 신화에 나오는 선인(仙人). 남극성(南極星)을 신격화한 존
    재로, 행복과 장수를 상징한다. 흰 수염을 기르고 사슴이나 학을 데리고 다니는 노인
    으로 묘사된다.

려 있고,[34] 육여화상(六如和尙) 성진(性眞)이가 춘풍(春風) 석교상(石橋上)에 팔선녀를 만나보고 짚었던 육환장(六環杖)을 백운간(白雲間)에 흩던지고 합장하여 뵈는 형상[35] 역력히 그려 있고, 서벽(西壁)을 바라보니 진(晉) 처사(處士) 도연명이 팽택령(彭澤令) 마다하고 백학(白鶴)을 먼저 놓고 오두미(五斗米)를 후리치고(팽개치고) 추강산(秋江山) 배를 띄워 청풍명월(淸風明月) 흘리 저어 소상(瀟湘)으로 가는 경(景)[36]을 뚜렷이 그려 있고, 부춘산(富春山) 엄자릉이 간의대부(諫議大夫) 마다하고 백구(白鷗)로 벗을 삼고 원학(猿鶴)으로 이웃하여 동강상(桐江上) 칠리탄(七里灘)에 낚싯대를 던진 거동[37] 상연(爽然)히 그려 있고, 남벽(南壁)

....

34) 송단(松壇)에 상산사호(商山四皓)~그려 있고: '송단'(松壇)은 소나무를 심은 조금 높직한 땅. '상산사호'는 진시황의 혹정을 피해 섬서성 상산에 은거한 네 노인, 곧 동원공(東園公)·기리계(綺里季)·하황공(夏黃公)·녹리선생(甪里先生). '낙자정정'은 바둑판에 바둑돌을 소리내어 놓는 모습. 가사 「한양가」에 "한나라 상산사호 갈건야복(葛巾野服) 도인(道人) 모양 / 네 늙은이 바둑 둘 제"라는 구절이 보인다.

35) 육여화상(六如和尙) 성진(性眞)이가~뵈는 형상: '성진'과 '팔선녀'는 『구운몽』의 남녀 주인공. '육여화상'은 성진의 스승 육관대사(六觀大師)의 별칭인데, 여기서는 성진의 법명인 것처럼 잘못 썼다. '육환장'은 수행승의 지팡이로, 머리 부분에 주석(朱錫)으로 만든 큰 고리를 끼우고, 큰 고리에 여섯 개의 작은 고리를 끼워 만들었다. 『구운몽』의 주요 장면을 그린 그림이 조선 후기에 유행해서 「한양가」에도 "횡축(橫軸)을 볼작시면 『구운몽』 성진이가 / 팔선녀 희롱하여 투화성주(投花成珠) 하는 모양"이라는 구절이 보인다.

36) 진(晉) 처사(處士)~가는 경(景): 도연명이 '팽택령', 곧 팽택 현령을 지낼 때 지방을 감찰하는 독우(督郵)가 현을 시찰하면서 의관을 정제하고 영접할 것을 요구하자 '내 어찌 쌀 다섯 말 때문에 촌놈에게 허리를 굽힌단 말인가?'라며 사직하고 고향인 시상(柴桑)으로 돌아갔다는 고사를 말한다. '오두미'는 '다섯 말의 쌀'이라는 뜻으로, 관리의 적은 봉급을 말한다. 「한양가」에 "진 처사 도연명은 오두미 마다하고 / 팽택령 하직하고 무고송이반환(撫孤松而盤桓)이라"라는 구절이 보인다.

37) 부춘산(富春山) 엄자릉이~던진 거동: '엄자릉', 곧 엄광(嚴光)이 부춘산에 은거하면

을 바라보니 삼국풍진(三國風塵) 요란한데 한(漢) 종실(宗室) 유황숙(劉皇叔)이 걸음 좋은 적로마(的盧馬)를 두덕구벅 바삐 몰아 남양(南陽) 초당(草堂) 풍설(風雪) 중에 와룡선생(臥龍先生) 보려 하고 지성(至誠)으로 가는 경(景)[38]을 완연히 그려 있고, 시중천자(詩中天子) 이태백이 포도주를 취케 먹고 어선(漁船)에 비껴 앉아 물밑에 비친 달을 사랑하여 잡으려고 두 손목 물에 넣은 거동[39] 선명하게 그려 있고, 북벽(北壁)을 바라보니 위수(渭水) 어옹(漁翁) 강태공(姜太公)은 선팔십(先八十: 80세 이전) 궁곤(窮困)하여 달삿갓 숙여 쓰고 삼십육조(三十六釣) 곧은 낚시 차례로 드리우고 낚대를 거두칠(거두어 치울) 제 잠든 백구(白鷗) 놀라는 경,[40] 조대상(釣臺上)에 앉았다가 주문왕(周文王)을 반기 만나 안거사

....
서 동강(桐江) 칠리탄에서 낚시로 세월을 보냈다는 고사를 말한다. 권1의 주 454 참조. 저본에는 '간의대부'가 "간의태우"로 되어 있다. 이하 저본의 "태우"는 모두 '대부'로 표기한다.

38) 삼국풍진(三國風塵) 요란한데~가는 경(景): '유황숙', 곧 유비(劉備)가 제갈량(諸葛亮)을 초빙하기 위해 세 번 찾아갔다는 삼고초려(三顧草廬)의 고사를 그린 광경. '적로마'는 유비가 타고 다니던 말의 이름. '남양'은 제갈량이 출사하기 전에 살던 곳으로, 지금의 호북성 양양시(襄陽市) 일대. '와룡선생'은 제갈량의 별칭. 「한양가」에 "남양의 제갈공명(諸葛孔明) 초당(草堂)에 잠을 겨워 / 형익도(荊益圖) 걸어 놓고 평생을 아자지(我自知)라 / 한(漢) 소열(昭烈) 유황숙이 삼고초려 하는 모양"이라는 구절이 보인다. 저본에는 '적로마'가 "적도마"로 되어 있으나 바로잡았다.

39) 시중천자(詩中天子) 이태백이~넣은 거동: '시중천자'는 시인들 중의 황제라는 뜻. '포도주'는 이백의 「양양가」(襄陽歌)에 "멀리 한수(漢水)를 바라보니 오리 머리처럼 푸르러 / 마치 새로 익은 포도주 같구나"(遙看漢水鴨頭綠, 恰似葡萄初醱醅)라는 구절이 있기에 거론되었다. 이백이 술에 취해 강물에 비친 달을 잡으려다 빠져 죽었다는 전설이 있는데, 이를 소재로 삼은 그림이 조선 후기에 많이 그려졌다.

40) 위수(渭水) 어옹(漁翁)~놀라는 경: '강태공'은 주(周)나라 문왕(文王)의 스승 강상(姜尙)을 말한다. 위수에서 낚시로 소일하며 곤궁하게 지내다가 80세에야 문왕을 만났다고 한다. '달삿갓'은 달풀(볏과에 속한 풀)로 만든 삿갓을 말한다. 「한양가」에 "주나라

마(安車駟馬)로 가는 경[41]도 한가하게 그려 있고, 영천한수(潁川寒水) 흐르는 물에 소부(巢父)는 귀를 씻고, 허유(許由)는 귀 씻은 물 소 먹을까 쇠고삐를 거사리고 기산(箕山)으로 가는 경[42]도 청아하게 그려 있고, 유상곡수(流觴曲水),[43] 귀거래사(歸去來辭),[44] 죽림칠현(竹林七賢),[45] 어초문답(漁樵問答),[46] 만경창파(萬頃蒼波) 세류강(細流江)에 어변성룡(魚變成龍)[47] 그려 있고, 면장(面墻)[48]에도 임술지추(壬戌之秋) 칠월기망야(七月

강태공이 궁팔십(窮八十) 노옹(老翁)으로 / 사립(簑笠)을 숙여 쓰고 곧은 낚시 물에 넣고 / 때 오기만 기다릴 제 주 문왕 착한 임금 / 어진 사람 얻으려고 손수 와서 보는 거동"이라는 구절이 보인다.

41) 조대상(釣臺上)에 앉았다가~가는 경: '안거'는 고대에 사용되던, 앉아서 타는 수레. '사마'는 말 네 마리. 지체 높은 사람이 타는 안거는 말 네 마리가 끌었다. 강태공이 문왕을 만난 뒤 낚시로 소일하기를 그만두고 높은 벼슬에 올랐으므로 이렇게 말했다.

42) 영천한수(潁川寒水) 흐르는~가는 경: '소부'와 '허유'는 권1의 주 453 참조. '영천한수'는 영천, 곧 영수(潁水) 차가운 물. '거사리고'는 '긴 줄을 힘있게 돌려 포개고'의 뜻. 저본에는 '기산'(箕山)이 "긔상"으로 되어 있으나 바로잡았다.

43) 유상곡수(流觴曲水): 굽이쳐 흐르는 물에 술잔을 띄우고 노니는 모습.

44) 귀거래사(歸去來辭): 고향의 전원으로 돌아가 살리라는 도연명의 글. 여기서는 이 글을 바탕으로 한 그림 귀거래도(歸去來圖)를 말한다.

45) 죽림칠현(竹林七賢): 중국 위진시대(魏晉時代)에 정치에 참여하지 않고 산수에 노닐며 예술과 청담(淸淡)을 일삼던 일곱 선비. 김홍도(金弘道)를 비롯한 유명 화가들이 이들을 그린 그림 죽림칠현도(竹林七賢圖)를 남겼다.

46) 어초문답(漁樵問答): 어부와 나무꾼의 문답. 어부와 나무꾼은 흔히 은일자의 상징으로 여겨져 소동파 등 많은 문인들이 어부와 나무꾼이 문답하는 형식의 글을 남겼다. 그 광경을 그린 그림 어초문답도(漁樵問答圖)가 조선 후기에 유행했다.

47) 어변성룡(魚變成龍): 물고기가 변하여 용이 됨. 산서성(山西省) 황하(黃河) 상류의 용문(龍門) 아래의 물살이 매우 빨라 물고기가 거슬러 올라갈 수 없기에 물고기가 이 물살을 거슬러 오르면 용으로 변한다는 전설이 있다. 조선 후기에 그 광경을 그린 어변성룡도(魚變成龍圖)가 유행했다.

48) 면장(面墻): 집의 정면에 쌓은 담.

旣望夜)에 소자첨(蘇子瞻)이 적벽강(赤壁江)에 범주(泛舟)하여 노는 경[49]도 신기로이 그려 있고, 부벽서(付壁書)[50]로 볼작시면 왕자안(王子安)의 「등왕각서」(滕王閣序),[51] 도연명의 「귀거래사」(歸去來辭), 이태백의 「죽지사」(竹枝詞),[52] 소자첨의 「적벽부」(赤壁賦), 입춘서(立春書)[53]로 볼작시면

> 원득삼산불로초(願得三山不老草)하여
> 배헌고당백발친(拜獻高堂白髮親)을.[54]
> 북궐은광(北闕恩光)은 회수접(回首接)이요
> 남산가기계헌영(南山佳氣啓軒迎)을.[55]

49) 임술지추(壬戌之秋)~노는 경: '임술지추 칠월기망야'는 '임술년 가을 7월 16일'이라는 뜻으로, 소동파「적벽부」의 첫 구절이다. '자첨'(子瞻)은 소동파의 자. 소동파가 임술년(1082) 적벽 아래의 강에 배를 띄우고 노닌 일을 소재로 삼아「적벽부」를 지었으므로 이렇게 말했다.

50) 부벽서(付壁書): 벽에 붙인 글.

51) 왕자안(王子安)의「등왕각서」(滕王閣序): 당나라 왕발이 강서성(江西省)에 있는 누각인 등왕각 낙성식(落成式)에 참석하여 지은 글. '자안'은 왕발의 자.

52)「죽지사」(竹枝詞): 지방 풍속이나 남녀의 애정을 읊은 민요풍 한시 형식. 여기서는 그 형식으로 지은 이백의 시.

53) 입춘서(立春書): 입춘에 벽이나 문짝, 문지방 따위에 써 붙이는 글.

54) 원득삼산불로초(願得三山不老草)하여 배헌고당백발친(拜獻高堂白髮親)을: 삼신산(三神山) 불로초를 얻어 / 백발의 부모님께 드리고저. 조선 후기의 가사『초당문답가』(草堂問答歌)「낙지편」(樂志篇)에 나오는 구절. 오희문(吳希文, 1539~1613)의『쇄미록』(瑣尾錄)에도 어르신의 생신을 축하하기 위해 '원득삼산불로초, 배헌고당백발친' 열네 글자를 운자(韻字)로 삼아 시를 지었다는 말이 보인다.

55) 북궐은광(北闕恩光)은~남산가기계헌영(南山佳氣啓軒迎)을: 고개 돌려 대궐의 임금님 은혜를 맞이하고 / 집을 열어 남산의 아름다운 기운을 받아들이네. 명나라 방숭(龐嵩)의 시「제석」(除夕)에 "대궐의 임금님 은혜를 바라본 뒤 긴 세월이 흘렀거늘 / 고개 돌려 황폐한 남쪽을 보니 감개가 이네"(懸眸北闕恩光舊, 回首南荒感慨多)라는 구절이 보인다.

작소채봉함서지(昨宵彩鳳含瑞至)하니

금일천관사복래(今日天官賜福來)라.[56]

문짝에는 "국태민안(國泰民安) 가급인족(家給人足) 문신호령(門神戶
靈) 가금불상(呵禁不祥)",[57] 문 위에는 "춘도문전증부귀(春到門前增富貴)
라"[58] 귀머리[59]까지 붙였으니, 만벽서화(滿壁書畵) 더욱 좋다.

이도령 이르는 말이

"내가 우연히 든 장가가 쌀고리에 닭[60]이로다."

춘향의 어깨 짚고 대청에 올라 방 안으로 들어가니 침향(沈香) 내도
황홀하다. 방치레를 볼작시면 각장장판(角壯壯版)[61]에 장유지(壯油紙),

---

56) 작소채봉함서지(昨宵彩鳳含瑞至)하니 금일천관사복래(今日天官賜福來)라: 어제저녁
   봉황이 편지를 물고 오더니 / 오늘 천관(天官: 복을 내리는 천신天神)이 복을 가지고
   왔네.
57) 국태민안(國泰民安)~가금불상(呵禁不祥): 나라가 태평하고 백성이 평안하며 집집마
   다 사람마다 살림이 넉넉하고 / 신령이 상서롭지 못한 것을 막아 주네. '문신호령 가
   금불상'은 한유(韓愈)의 「송이원귀반곡서」(送李愿歸盤谷序) 중 "신령이 수호함이여,
   상서롭지 못한 것을 막아 주네"(鬼神守護兮, 呵禁不祥)에서 따온 말이다. '국태민안 가
   급인족'은 서울의 세시풍속을 기록한 유득공(柳得恭)의 『경도잡지』(京都雜志)에 문에
   붙이는 입춘서의 예로 제시되어 있다. 조선의 세시풍속을 기록한 홍석모(洪錫謨)의
   『동국세시기』(東國歲時記)에도 '문신호령 가금불상'과 '국태민안 가급인족'이 입춘서
   의 예로 제시되어 있다.
58) 춘도문전증부귀(春到門前增富貴)라: 봄이 문 앞에 와서 부귀를 더하네. 『경도잡지』와
   『동국세시기』에 문설주에 붙이는 입춘서의 예로 제시되어 있다.
59) 귀머리: '귀퉁이'의 방언.
60) 쌀고리에 닭: 쌀을 넣어 두는 고리에 잡아먹을 닭까지 생김. 갑자기 먹을 것이 많고
   복 많은 처지에 놓임을 이르는 말.
61) 각장장판(角壯壯版): 보통 장판지보다 두꺼운 장판지.

굽도리 백릉화로 도배하고, 소란(小欄) 반자 혼천도(渾天圖)[62]에 세간 기명(器皿)[63] 볼작시면 용장(龍欌)·봉장(鳳欌)[64]·궤·두리책상(둥근 책상)·가께수리[65]·들미장[66]·자개함롱(紫介函籠)·반닫이[67]·면경(面鏡)·체경(體鏡)·왜경대(倭鏡臺)[68]며 쇄금(鎖金) 들미 삼층장(三層欌),[69] 계자(鷄子) 다리[70] 옷걸이며 용두(龍頭) 머리 장북비,[71] 쌍룡(雙龍) 그린 빗접·고비[72] 벽상(壁上)에 걸어 놓고, 왜상(倭床)·벼루집·화류서안(樺榴書案)[73]·교자상(交子床), 대청에는 귀목두지[74]·용충항[75]과 칠박[76]·귀박[77]·두리박(둥

....

62) 소란(小欄) 반자 혼천도(渾天圖): 소란 반자에 붙인 천문도(天文圖). '소란 반자'는 '우물 정(井)' 자 모양으로 틀을 짜고 널을 덮어 만든 반자. '반자'는 지붕 골조가 드러나지 않도록 편평하게 만든 천장.

63) 기명(器皿): 살림살이에 쓰는 그릇붙이. 여기서는 집안 살림에 쓰는 온갖 물건을 뜻하는 '세간'과 같은 의미.

64) 용장(龍欌)·봉장(鳳欌): 용을 새긴 옷장과 봉황을 새긴 옷장.

65) 가께수리: 여닫이 문안에 여러 개의 서랍을 설치한 단층장 형태의 금고(金庫).

66) 들미장: 문을 들어 열게 되어 있는 장.

67) 반닫이: 앞의 위쪽 절반이 문짝으로 되어 있어 아래로 젖혀 여닫는 장.

68) 면경(面鏡)·체경(體鏡)·왜경대(倭鏡臺): '면경'은 얼굴을 비추어 보는 작은 거울. '체경', 곧 '몸거울'은 몸을 비추어 보는 큰 거울. '왜경대(倭鏡臺)'는 일본산 경대.

69) 쇄금(鎖金) 들미 삼층장(三層欌): 자물쇠가 달린 삼층 들미장.

70) 계자(鷄子) 다리: 닭다리 모양의 다리.

71) 용두(龍頭) 머리 장북비: 손잡이에 용머리를 조각한, 꿩의 꽁지깃으로 만든 실내용 빗자루. '장북'은 장목, 곧 꿩의 꽁지깃을 말한다.

72) 빗접·고비: 빗꽂이와 편지꽂이.

73) 화류서안(樺榴書案): 화류목(樺榴木)으로 짠 책상.

74) 귀목두지: 귀목뒤주. 느티나무로 만든 뒤주.

75) 용충항: 용준항(龍樽缸). 용무늬를 새긴 항아리.

76) 칠박: 옻칠을 한 함지박.

77) 귀박: 나무를 긴 네모꼴로 파서 자그마하게 만든 함지박.

120   남원고사

근 함지박)·학슬반(鶴膝盤)⁷⁸·자개반(紫介盤)을 층층이 얹어 놓고, 산유자
자릿상⁷⁹에 선단요(縇緞褥)에 대단(大緞) 이불,⁸⁰ 원앙금침·잣베개⁸¹를 반
자같이(천장까지) 쌓아 놓고, 은침(銀針) 같은 갓은 열쇠 주황사(朱黃絲)
끈을 달아 본돈⁸² 섞어 꿰어 달고, 청동화로·전대야⁸³며 백통유경(白銅油
檠)⁸⁴·놋촉대, 샛별 같은 요강·타구·재떨이 등물(等物) 쌍쌍이 던져 놓
고,⁸⁵ 인물병(人物屏)·산수병(山水屏)에 공작병(孔雀屏: 공작 그림 병풍)
도 둘러치고, 오동복판(梧桐腹板) 거문고⁸⁶를 새 줄 달아 세워 두고, 양
금(洋琴)·생황(笙簧)·해금·장구 여기저기 놓아두고, 육목(六目)·팔목

....

78) 학슬반(鶴膝盤): 다리를 접게 만든 소반.
79) 산유자 자릿상: 의나무로 만든, 이부자리를 올려놓는 상. '의나무'는 산유자나뭇과의
   교목으로, 세공재로 쓴다.
80) 선단요(縇緞褥)에 대단(大緞) 이불: '선단'(의복 가장자리를 두르는 비단)과 '대단'은
   모두 중국에서 나는 비단. 대단이 선단보다 폭이 넓다.
81) 잣베개: 색색의 헝겊 조각을 고깔 모양으로 작게 접어 돌려 가며 꿰매 붙여 마구리에
   잣 무늬가 생기게 만든 베개.
82) 본돈: 엽전. 상평통보를 별전(別錢)에 상대하여 이르던 말.
83) 전대야: 위쪽 가장자리가 약간 넓고 평평한 놋대야. '전'은 물건의 위쪽 가장자리가
   조금 넓적하게 된 부분.
84) 백통유경(白銅油檠): 구리·아연·니켈의 합금인 '백통'으로 만든 등잔걸이, 혹은 등잔
   받침.
85) 세간 기명(器皿)~던져 놓고: 『흥부전』(경판 25장본)에도 비슷한 구절이 보이는데,
   다음과 같다. "온갖 세간이 들었으되 자개함롱(紫介函籠), 반닫이, 용장·봉장, 궤·뒤
   주, 쇄금 들미 삼층장, 계자 다리 옷걸이, 쌍룡 그린 빗접·고비, 용두 머리 장복비, 놋
   촉대·광명두리, 요강·타구 벌여 놓고, 선단 이불 대단요(大緞褥)며 원앙금침·잣베개
   를 쌓아 놓고." 「옹고집전」, 「봉산탈춤」, 서울·경기 지역 무가인 「황제풀이」에도 자개
   함롱·반닫이·용장·봉장 등 세간을 열거한 대목이 보인다.
86) 오동복판(梧桐腹板) 거문고: 소리가 울리는 부분을 오동나무로 만든 거문고.

(八目)⁸⁷·쌍륙(雙六)⁸⁸·골패(骨牌)⁸⁹·장기·바둑 좌우에 벌여 있고, 갖은
집물(什物) 세간 치레 황홀히도 벌였고나. 얼싸 좋을시고!

87) 육목(六目)·팔목(八目): '육목'(六目)은 60장으로 된 투전(鬪牋)으로 '두타'(頭陀)라 했
   고, '팔목'(八目)은 80장으로 된 투전으로 '수투전'(數鬪牋)이라 했다.
88) 쌍륙(雙六): 여러 사람이 편을 갈라 15개, 혹은 16개씩의 말을 가지고 차례로 두 개의
   주사위를 던져서 말을 먼저 궁에 들여보내는 놀이. 여기서는 쌍륙을 하는 데 쓰는 쌍
   륙판과 말.
89) 골패(骨牌): 손가락 마디만 한 나뭇조각 32개에 각각 흰 뼈를 붙이고 여러 가지 수효
   의 구멍을 판 노름 도구. 32쪽이 한 벌인데, 통상 두 벌 64쪽으로 놀이를 한다.

2. 권주가

춘향의 거동 보소. 용두 머리 장북비를 섬섬옥수로 내리어 이리저리 쓰리치고(쓸어 치우고) 홍전(紅氈)[90] 한 떼[91] 떨쳐 깔고

"도련님, 이리 앉으시오."

치마 앞을 비여안고(부여안고) 은침(銀鍼) 같은 열쇠 내어 금거북 자물쇠를 떨꺽 열고 각색(各色) 초(草: 담배) 다 내어올 제, 평안도 성천초(成川草), 강원도 금강초, 전라도 진안초(鎭安草), 양덕(陽德) 삼등초[92] 다 내어 놓고, 경기도 삼십칠관(三十七官)[93] 중 남한산성초(南漢山城草)[94] 한 대 똑 떼어내어 꿀물에 훌훌 뿜어 왜간죽(倭簡竹) 부산(釜山)대[95]에

....

90) 홍전(紅氈): 붉은 빛깔의 모직물. 여기서는 깔개.

91) 한 떼: 한 장. '떼'는 본래 뿌리째 떠낸 잔디.

92) 평안도 성천초(成川草)~양덕(陽德) 삼등초: 전국의 유명한 고급 잎담배로 평안도 성천군의 성천초, 전라도 진안군의 진안초, 평안도 양덕과 삼등의 양덕초와 삼등초 등을 꼽는다. 다만 강원도에서 재배되는 좋은 담배는 금성(지금의 김화군·철원군)의 금성초(金城草)이다.

93) 삼십칠관(三十七官): 경기도의 총 서른일곱 곳 관아.

94) 남한산성초(南漢山城草): 경기도 광주(廣州) 특산인 금광초(金光草)의 다른 이름.

95) 왜간죽(倭簡竹) 부산(釜山)대: 일본산 간죽으로 부산에서 만든 담뱃대. '간죽'은 담배통과 물부리 사이에 끼워 맞추는 가느다란 대. 담배 유입 초기부터 동래(東萊)에서 만든 담뱃대를 최상품으로 쳤다.

너홀지게[96] 담아 들고 단순호치에 담뿍 물어 청동화로(靑銅火爐) 백탄
(白炭)[97] 불에 잠깐 대어 붙여내어 치마꼬리 휘어다가 물부리[98] 씻어 둘
러 잡아들고 나직이 나아와

"도련님, 잡수시오."

이도령 황겁지겁 감지덕지 두 손으로 받아들고 타락(駝酪) 송아지 젖
부리 물듯이[99] 덥석 물고 모깃불 피우듯이 피우면서 하는 말이

"만고(萬古) 영웅호걸들도 술 없이는 무(無)맛이라. 여차양야(如此良
夜: 이처럼 좋은 밤) 이 놀음에 술 없이는 못하리니 술을 바삐 가져오라."

춘향이 상단이 불러

"마누라님께 나가 보라."

이때 춘향 어미 사람의 뼈를 빠히려고(뽑으려고) 우선 주효(酒肴) 진
지 갖출 적에 팔모 접은 대모반(玳瑁盤)[100]에 통영(統營) 소반(小盤),[101]
안성(安城) 유기(鍮器),[102] 왜화기(倭畫器)·당화기(唐畫器),[103] 산호반
(珊瑚盤: 산호쟁반), 순금·천은(天銀: 최고 품질의 은) 각색(各色) 기명
(器皿) 벌여놓고 갖은 술병 곁들였다. 첨피기욱(瞻彼淇奧) 죽절병(竹節

....

96) 너홀지게: 넘치게. 넉넉하게.

97) 백탄(白炭): 빛깔이 흰 듯하며 화력이 매우 센 참숯.

98) 물부리: 담배를 끼워서 입에 물고 빠는 물건.

99) 타락(駝酪) 송아지 젖부리 물듯이: 젖소의 새끼 송아지가 어미소의 젖꼭지를 물듯이.
　'타락'은 우유.

100) 팔모 접은 대모반(玳瑁盤): 여덟 모서리를 접은, 대모(玳瑁)로 장식한 소반. '대모'는
　바다거북의 일종으로, 여기서는 '대모갑'(玳瑁甲), 곧 대모의 등과 배를 싸고 있는 껍
　데기를 말한다.

101) 통영(統營) 소반(小盤): 경남 통영에서 생산되는 소반.

102) 안성(安城) 유기(鍮器): 경기도 안성에서 생산되는 놋쇠 그릇.

103) 왜화기(倭畫器)·당화기(唐畫器): 그림이 그려진, 일본산 사기그릇과 중국산 사기그릇.

瓶),[104] 엽락금정(葉落金井) 오동병(梧桐瓶),[105] 야화(野花) 그린 왜화병
(倭花瓶), 금전수복(金鈿壽福)[106] 당화병(唐花瓶), 조선(朝鮮) 보화(寶貨)
천은병(天銀瓶), 중원(中原) 보화 유리병(琉璃瓶), 벽해수상(碧海水上)
산호병(珊瑚瓶), 문채(文彩) 좋은 대모병(玳瑁瓶), 목 긴 황새병, 목 움츠
러진 자라병. 각색 술을 다 들였다. 도처사(陶處士)의 국화주(菊花酒),[107]
이한림(李翰林)의 포도주,[108] 산림은사(山林隱士) 죽엽주(竹葉酒),[109] 마
고선녀(麻姑仙女)의 연엽주(蓮葉酒),[110] 안기생(安期生)의 자하주(紫霞

....

104) 첨피기욱(瞻彼淇奧) 죽절병(竹節瓶): '죽절병'은 죽절문병(竹節紋瓶), 곧 대나무와 그
　　마디 무늬를 새긴 병. '첨피기욱'은 『시경』 위풍(衛風) 「기욱」(淇奧)의 "저 기수(淇水:
　　하남성河南省의 강 이름)의 물굽이를 보니 / 푸른 대나무 무성하네"(瞻彼淇奧, 綠竹靑
　　靑)에서 따온 말.

105) 엽락금정(葉落金井) 오동병(梧桐瓶): 이백의 「강남으로 가는 아우 사인 대경에게 주
　　다」(贈別舍人弟臺卿之江南) 중 "오동잎이 우물에 지네"(梧桐落金井)라는 구절에서 따
　　온 말.

106) 금전수복(金鈿壽福): 금으로 '목숨 수' 자와 '복 복' 자를 새겨 넣음.

107) 도처사(陶處士)의 국화주(菊花酒): '도처사', 곧 도연명의 시 「음주」(飮酒)에 "가을 국
　　화 색이 고와 / 이슬 젖은 꽃잎 땄네. / 근심을 잊게 하는 술에 띄우니 / 세상 버린 마
　　음 더 멀어지네"(秋菊有佳色, 裛露掇其英. 汎此忘憂物, 遠我遺世情) 구절이 보인다.

108) 이한림(李翰林)의 포도주: '이한림', 곧 이백의 「양양가」에 "멀리 한수(漢水)를 바라
　　보니 오리 머리처럼 푸르러 / 마치 새로 익은 포도주 같구나"(遙看漢水鴨頭綠, 恰似葡
　　萄初醱醅)라는 구절이 보인다.

109) 죽엽주(竹葉酒): 대나무잎을 넣어 빚은 술.

110) 마고선녀(麻姑仙女)의 연엽주(蓮葉酒): '마고'는 도교 신화에 나오는 여선(女仙)이다.
　　후한 때 새의 발톱처럼 생긴 손톱을 가진, 젊은 미녀의 모습으로 인간 세계에 나타나
　　자신은 동해가 뽕밭으로 바뀌는 것을 세 번 보았다고 말했다는 고사가 전한다. '연엽
　　주'는 연잎을 넣어 빚은 술.

酒),[111] 감홍로(甘紅露),[112] 계당주(桂糖酒),[113] 백화주(百花酒),[114] 두견주
(杜鵑酒),[115] 이강고(梨薑膏),[116] 죽력고(竹瀝膏).[117] 안주상을 돌아보니 대
양푼에 가리찜(갈비찜), 소양푼에 제육초(豬肉炒),[118] 양지머리 차돌박
이,[119] 어두봉미(魚頭鳳尾)[120] 놓아 있고, 염통산적 양볶이며 신선로(神仙
爐)의 전골이요, 생치(生雉)다리 전체수[121]며 연계(軟鷄: 영계)찜을 곁들
이고, 송강(松江) 노어(鱸魚) 회를 치고, 각관(各官: 각 고을) 포육(脯肉)[122]·

---

111) 안기생(安期生)의 자하주(紫霞酒): '안기생'은 중국 고대의 신선. 진시황과 만나 수십
년 뒤 자신을 봉래산에서 찾으라고 했다는 고사가 전한다. '자하주'는 신선이 마신다
는 술.

112) 감홍로(甘紅露): 평양의 명주. 고급 소주에 약재를 넣어 세 번 고아 만든 독주로, 연
지 빛깔에 맛이 매우 달다.

113) 계당주(桂糖酒): 평안도의 술. 고급 소주에 계피와 당귀를 넣어 빚는 술.

114) 백화주(百花酒): 동백꽃, 살구꽃, 국화 등 온갖 꽃을 꽃이 피는 때 송이째 따서 말린
뒤 자루에 담아 항아리 바닥에 넣고 빚는 술.

115) 두견주(杜鵑酒): 청주(淸酒)에 진달래꽃을 담가 빚는 술.

116) 이강고(梨薑膏): 전주(全州)의 명주. 배와 생강을 주원료로 하여 울금과 꿀을 첨가해
소주에 우려낸 술.

117) 죽력고(竹瀝膏): 전라도의 명주. 대나무를 구워 흘러내리는 대즙에 댓잎과 석창포
등을 넣고 소주를 내려 증류시킨 술.

118) 제육초(豬肉炒): 돼지고기 볶음.

119) 양지머리 차돌박이: 소의 가슴에 붙은 양지머리뼈의 한복판에 붙은 기름진 고기.

120) 어두봉미(魚頭鳳尾): 어두육미(魚頭肉尾). 물고기의 머리 쪽과 짐승 고기의 꼬리 쪽.

121) 생치(生雉) 다리 전체수: '생치'는 말리거나 익히지 않은 꿩을 가리킨다. '전체수'(全
體需)는 '전치수'(全雉首)·'전체소'(全體燒) 등으로도 표기되는데, 꿩을 통째로 양념하
여 익힌 요리를 뜻하는바, '다리 전체수'는 모순된 표현이다. '생치 전체수'라 하거나
'완판 84장본'처럼 "생치다리"라고만 해야 옳다.

122) 포육(脯肉): 얇게 저며서 양념하여 말린 고기.

편포(片脯)[123]로다. 문어·전복 봉(鳳) 새기고,[124] 밀양(密陽) 생률 깎아 놓고, 함창(咸昌)[125] 건시(乾枾) 접어 놓고, 청술레[126]며 황술레[127]며 유자·석류 곁들이고, 두 귀 발쪽 송편[128]이며 보기 좋은 백설기, 먹기 좋은 꿀설기, 맛좋은 두텁떡, 경칩·한식[129] 화전(花煎), 산승·송기·조악 갖은 웃기[130] 괴어 놓고, 민강사탕[131]·오화당(五花糖),[132] 용안(龍眼)[133]·여지(荔枝)[134]·당(唐)대추며 동정(洞庭) 금귤(金橘)[135]이 더욱 좋다. 청동화로(靑銅火爐) 백탄(白炭) 숯에 다리쇠[136]를 걸어 놓고, 평양 숙동(熟銅)[137] 쟁개

....

123) 편포(片脯): 고기를 가늘게 다져서 모양을 반듯하게 만든 뒤 기름을 발라 말려 먹는 음식.

124) 문어·전복 봉(鳳) 새기고: 잔치상에서 마른 문어나 마른 전복을 봉황 모양으로 오려 화려하게 꾸미는 것을 뜻한다.

125) 함창(咸昌): 경상도 상주의 옛 이름.

126) 청술레: 빛이 푸르고 물기가 많은 배.

127) 황술레: 빛깔이 누르고 큰 배.

128) 두 귀 발쪽 송편: 양쪽 끝이 뾰족한 모양의 송편. 서울의 「떡타령」에 "두 귀 발쪽 송편이요 / 세 귀 발쪽 호만두 / 네 귀 발쪽 인절미로다"라는 구절이 보인다.

129) 경칩·한식: 저본에는 "경첩한"으로 되어 있으나 바로잡았다.

130) 산승·송기·주악 갖은 웃기: '웃기'는 웃기떡, 곧 흰떡에 물을 들여 여러 모양으로 만든 떡. '산승'은 찹쌀가루를 반죽하여 얇게 밀어 모지거나 둥글게 만들어 기름에 지진 웃기떡. '송기'는 송기가루와 멥쌀가루를 버무려 찐 떡. '조악'은 '주악', 곧 찹쌀가루에 대추를 이겨 섞고 꿀에 반죽하여 깨소나 팥소를 넣어 송편처럼 만든 다음 기름에 지진 웃기떡.

131) 민강사탕: 민강사당(閩薑砂糖). 생강을 설탕물에 조려 만든 과자.

132) 오화당(五花糖): 오색으로 물들여 만든 둥글납작한 사탕.

133) 용안(龍眼): 용안육. 인도, 동남아 등에서 나는 열대과일.

134) 여지(荔枝): 리치. 중국 남부에서 나는 열대과일.

135) 동정(洞庭) 금귤(金橘): 동정호 일대에서 나는 금귤.

136) 다리쇠: 주전자나 냄비 따위를 화로 위에 올려놓을 때 걸치는 기구.

137) 숙동(熟銅): 정련된 고급 구리.

비[138]에 능허주[139]를 불한불열(不寒不熱: 차갑지도 뜨겁지도 않게) 데워 놓고, 노자작(鸕鷀杓)·앵무배(鸚鵡杯)[140]에 가득 부어 들고 백만교태 권할 적에

"도련님, 이 술 한 잔 잡수시오."

이도령 대답하되

"술이란 것이 권주가(勸酒歌) 없으면 무(無)맛이니 아무래도 그저는 못 먹으리라."

춘향이 하릴없어 「권주가」 하여 술 권할 제

잡으시오 잡으시오 이 술 한 잔 잡으시오

이 술 한 잔 잡으시면 수부다남(壽富多男) 하오리라.

이 술이 술이 아니오라 한(漢) 무제(武帝) 승로반(承露盤)[141]에

이슬 받은 것이오니 쓰나 다나 잡으시오.

인간 영욕(榮辱) 헤아리니 묘창해지일속(渺滄海之一粟)이라

술이나 먹고 노사이다.

....

138) 쟁개비: 무쇠나 양은 따위로 만든 작은 냄비.

139) 능허주:『고본 춘향전』에는 "능하주"(凌夏酒)로 되어 있고,『춘향전 비교연구』에서는 이를 "여름을 넘긴 술"로 풀이했다.

140) 노자작(鸕鷀杓)·앵무배(鸚鵡杯): '노자작'은 가마우지 모양으로 꾸민 술구기. '앵무배'는 자개를 가지고 앵무새의 부리 모양으로 만든 술잔. 이백의 「양양가」에 "노자작과 앵무배로 / 인생 백년 삼만 육천 일 / 하루에 모름지기 삼백 잔은 마셔야지"(鸕鷀杓 鸚鵡杯, 百年三萬六千日, 一日須傾三百杯)라는 구절이 보인다.

141) 승로반(承露盤): 이슬을 받는 쟁반. 한나라 무제가 불로장생을 꿈꾸며 하늘에서 내리는 감로수(甘露水)를 받아 먹기 위해 장안(長安)의 건장궁(建章宮) 서쪽에 높이 설치했다는 금동(金銅) 쟁반.

진시황 한 무제도 장생불사(長生不死) 못하여서

여산(廬山) 무릉(武陵) 송백(松柏) 중에 일부황토(一抔黃土) 그 아닌가?[142]

술만 먹고 노사이다.

인간칠십고래희(人間七十古來稀)[143]라 칠순(七旬) 행락(行樂)이 덧없도다

아니 놀고 무엇하리?

육산포림(肉山脯林)[144] 걸주(桀紂)[145]라도 이 술 한 잔

살았을 적뿐이로다.

꽃을 꺾어 수를 놓고 무진무궁(無盡無窮) 먹사이다[146]

우리 한 번 돌아가면 뉘라 한 잔 먹자 하리.

종정옥백부족귀(鍾鼎玉帛不足貴)요 단원장취불원성(但願長醉不願醒)을.[147]

....

142) 여산(廬山) 무릉(武陵)~그 아닌가: 불로장생을 꿈꾸던 진시황과 한나라 무제 역시 덧없이 죽어 진시황의 능이 있는 여산과 무제의 능이 있는 무릉의 숲속 한 줌의 흙이 되지 않았는가. 신재효가 정리한 허두가(虛頭歌) 중 「달거리」(일명 「사친가」思親歌)에 "여산 송백(松柏) 무릉 추초(秋草) / 만고 영웅 일부토(一抔土)라"라는 구절이 보인다.

143) 인간칠십고래희(人間七十古來稀): 인간이 일흔 살까지 사는 것은 예로부터 드문 일. 두보의 시 「곡강」(曲江) 중 "얼마간의 술빚이 가는 곳마다 있지만 / 칠십 인생은 예로부터 드문 일이네"(酒債尋常行處有, 人生七十古來稀)에서 유래하는 말.

144) 육산포림(肉山脯林): 고기가 산을 이루고 포가 숲을 이룸. 매우 사치스러운 잔치를 비유하는 말.

145) 걸주(桀紂): 하나라의 걸왕(桀王)과 상나라의 주왕(紂王).

146) 꽃을 꺾어~무진무궁(無盡無窮) 먹사이다: 정철(鄭澈)의 「장진주사」(將進酒辭) 중 "꽃 꺾어 산(筭) 놓고 무진무진 먹새근여(먹세그려)"에서 따온 말.

147) 종정옥백부족귀(鍾鼎玉帛不足貴)요 단원장취불원성(但願長醉不願醒)을: 부귀와 값

구십춘광일척사(九十春光一擲梭)니 화전작주창고가(花前酌酒唱高
歌)라

지상화개능기일(枝上花開能幾日)이냐 세상인생능기하(世上人生能幾
何)오?[148]

술이나 먹고 노사이다.

작조화승금조호(昨朝花勝今朝好)요 금조화락성추초(今朝花落成秋草)라

화전인시거년신(花前人是去年身)이요 금년인비거년로(今年人比去年
老)라

금일화개우일지(今日花開又一枝)하니 명일래관지시수(明日來觀知是
誰)라[149]

······························

진 재물도 귀하다고 하기 부족하니 / 다만 길이 취해 술 깨지 않기를. 이백의 시 「장진
주」(將進酒)에 나오는 구절. 저본은 『고문진보』(古文眞寶) 등에 실린 구절을 옮긴 것인
데, 『이태백집』(李太白集)에는 본래 '종정옥백'이 "종고찬옥"(鐘鼓饌玉: 흥겨운 음악과
진귀한 음식)으로 되어 있다.

148) 구십춘광일척사(九十春光一擲梭)니~세상인생능기하(世上人生能幾何)오: 석 달 봄은
한 번의 북질과 같나니 / 꽃 앞에서 술 마시며 소리 높여 노래 부르세. / 가지 위의 꽃
며칠이나 필까 / 이 세상의 삶이 얼마나 될까. 명나라 당인(唐寅)의 시 「화하작주가」
(花下酌酒歌)를 옮겼다. 저본에는 첫째 구의 '사니'가 "발이"로, 둘째 구 '화전작주창고
가'가 "화하박수창산개"로, 넷째 구의 '생'과 '하'가 "간"과 "시"로 되어 있으나 바로
잡았다.

149) 작조화종금조화(昨朝花終今朝花)요~명일래관지시수(明日來觀知是誰)라: 어제 아침
꽃이 오늘 아침 꽃보다 좋더니 / 오늘 아침 꽃이 져 시든 풀이 되었네. / 꽃 앞의 사람
은 작년 그 사람인데 / 올해의 이 사람은 작년보다 늙었네. / 오늘 또 꽃 한 가지 피었
거늘 / 내일 와서 볼 사람 누구일까? 역시 당인의 「화하작주가」를 옮겼다. 저본에는
첫째 구의 '승'과 '호'가 "종"과 "화"로, 둘째 구의 '금'과 '성'이 "명"과 "수"로, 셋째
구의 '신이요'가 "시오"로, 넷째 구의 '금'·'거'·'로'가 "거"·"금"·"쇠"로, 여섯째 구의
'일'이 "조"로 되어 있으나 바로잡았다.

아니 취코 무엇하리?

이도령이 하는 말이

"손 대접하노라고 혼자 수고하는고나. 쉬엄쉬엄 밤새도록 흥진(興盡)
토록 놀고 놀자!"

부어 주는 대로 받아먹고 혓바닥이 촉촉하니 연(連)하여 십여 배(杯)
를 천연(天然)히 맹음(猛飮)하고 춘향더러 이르는 말이

"남아(男兒)의 위방불입(危邦不入)은 청루(靑樓)를 일렀으니,[150] 우리
둘이 침닉(沈溺)하여 이렇듯이 노닐 적에 어떠한 실없쟁이 아들놈이 대
넘이[151]하여 들어와서 요간돌출[152] 작란(作亂)하면 의관(衣冠)을 열파(裂
破)하고 내 몸을 망신(亡身)하면 아닌 밤에 도망하여 책방으로 가려니와
아무래도 관심난다[153]마는 주판지세(走坂之勢)[154] 하릴없다. 아까 고 본으
로 가사(歌辭) 하나 더 하여라."

춘향이 함소(含笑)하고 가사 한다.

백구(白鷗)야 펄펄 나지 마라

....
150) 남아(男兒)의 위방불입(危邦不入)은 청루(靑樓)를 일렀으니: 남자가 가지 말아야 할
　　위험한 곳은 기생집이라 하니. '위방불입'은 『논어』「태백」(泰伯)의 "위험한 곳에는 들
　　어가지 말고 어지러운 나라에는 머물지 말라"(危邦不入, 亂邦不居)에서 따온 말. '청
　　루'는 기생집.
151) 대넘이: 부릇대넘기. 장대높이뛰기 비슷한 땅재주의 일종.
152) 요간돌출: 갑자기 불쑥 나온다는 뜻으로 보이나 자세한 의미는 미상.
153) 관심난다: '관심이 간다', '마음이 쓰인다' 정도의 뜻.
154) 주판지세(走坂之勢): 가파른 산비탈을 내리닫는 형세. 어찌할 도리가 없어 되어 가는
　　대로 내버려 둘 수밖에 없는 형세를 비유해 이르는 말.

너 잡을 내 아니로다.

성상(聖上)이 버리시니

너를 좇아 예 왔노라.

오류춘광(五柳春光) 경(景) 좋은 데

백마금편(白馬金鞭)[155] 화류(花柳) 가자.

운심벽계(雲深碧溪) 화홍유록(花紅柳綠)[156]한데

만학천봉비천사(萬壑千峰飛泉瀉)[157]라

호중천지별건곤(壺中天地別乾坤)[158]이 여기로다

고봉만장청계록(高峰萬丈淸溪綠)한데[159]

녹죽창송(綠竹蒼松)이 높기를 다투었다.

명사십리 해당화는 다 피어서

모진 광풍(狂風)에 뚝뚝 떨어져

아주 펄펄 흩날리니

얼싸 좋다 경(景)이로다.[160]

155) 백마금편(白馬金鞭): 흰 말과 금 채찍의 호사스런 행장.

156) 운심벽계(雲深碧溪) 화홍유록(花紅柳綠)한데: 구름 깊은 푸른 시냇가에 꽃 붉고 버들 푸른데.

157) 만학천봉비천사(萬壑千峰飛泉瀉): 깊은 골짜기 일천 봉우리에서 폭포수가 쏟아짐.

158) 호중천지별건곤(壺中天地別乾坤): '호중천지'는 병 속의 별천지. 한나라 때 호공(壺公)이라는 노인이 밤마다 작은 병 속으로 들어가기에 병 안을 들여다보니 그 속에 또 하나의 천지가 있었다는 전설에서 유래하는 말이다. '별건곤' 또한 별천지, 별세계의 뜻.

159) 고봉만장청계록(高峰萬丈淸溪綠): 높은 봉우리 만 길 높고 맑은 시내가 푸르름.

160) 백구(白鷗)야 펄펄~좋다 경(景)이로다: 12가사의 하나인 「백구사」(白鷗詞)에서 따온 구절. 다만 「백구사」에는 '고봉만장청계록'이 "고봉만장청개울"(高峰萬丈靑蓋鬱)로 되어 있고, '해당화는 다 피어서'가 "해당화 붉어 있다 / 꽃은 피어 절로 지고 / 잎은 피어"로 되어 있으며, '얼싸 좋다 경이로다'가 "근들 아니 경일러냐"로 되어 있다.

가사를 마치매 이도령 이르는 말이

"청청소(淸淸沼: 맑디맑은 연못)에 술 보고 못 먹으면 머리털이 센다 하니 저 병 술도 먹어 보자."

연(連)하여 부을 적에 이도령의 주량이 너른지라 무한(無限) 먹어준다.

쫄쫄 부어라 풍풍 부어라

쉬지 말고 부어라 놀지 말고 부어라

바스락 바스락 부어라.

온 병에 채운 술이 유령(劉伶)[161]이가 먹고 간지

반 병일시 적실하다.

마저 부어라 먹자꾸나.

양에 넘도록 흠썩 먹어 놓으니 망세간지갑자(忘世間之甲子)하고 취호리지건곤(醉壺裏之乾坤)이라.[162] 오장육부(五臟六腑) 온 뱃속이 만경창파 오리 뜨듯 옥산(玉山)이 자도비인퇴(自倒非人推)라,[163] 무한(無限) 주정(酒酊)하는 말이

"네 인물도 묘하거니와 갖은 재주 절승(絶勝)하니, 너고 나고 천정배

161) 유령(劉伶): 죽림칠현의 한 사람. 「주덕송」(酒德頌)을 지어 술을 예찬했다.

162) 망세간지갑자(忘世間之甲子)하고 취호리지건곤(醉壺裏之乾坤)이라: 올해가 몇 년인 지도 모르고 술병 속의 별천지에 취해 있다.

163) 옥산(玉山)이 자도비인퇴(自倒非人推)라: 옥산이 절로 무너진 것이지 누가 밀어서가 아니라네. 이백의 「양양가」에 나오는 구절로, 이도령이 술에 취해 비틀거린다는 뜻. '옥산'은 용모가 수려한 사람을 비유하는 말.

필일시 정녕하다. 너는 어이 인제 나고, 나는 어이 인제 났노? 정에 겨워 못 견디겠다. 너는 내 딸로 정하리라."

춘향이 웃고 대답하되

"사람에게 삼강오륜이 분명하니 삼강(三綱)의 부위부강(夫爲婦綱)이요 오륜(五倫)의 부부유별(夫婦有別)이니, 이것이 무슨 말씀이오?"

"아서라, 물렀거라! 세상에 사람 되고 삼강오륜 모를쏘냐? 서울은 한강이요, 평양 대동강, 공주 금강이 삼강(三江)이라 일렀고, 서울 벼슬에 한성부(漢城府) 판윤(判尹), 좌윤(左尹)·우윤(右尹), 경상도 경주 부윤(府尹),[164] 평안도 의주 부윤, 이것이 오륜(五尹)이니 내 어찌 모를쏘냐? 내 딸 되기 원통커든 내가 네 아들이 되자꾸나."

---

164) 부윤(府尹): 지방 관아인 부(府)의 장관인 종2품 벼슬.

3. 춘향의 거문고

　　횡설수설 중언부언하여 온가지로 힐난(詰難)타가, 눈을 들어 거문고 세운 것을 보고 이르는 말이

　　"저 우뚝 서 있는 것이 싸개질군[165]이냐?"

　　대답하되

　　"사람이 아니라 거문괴오."[166]

　　"'검은 궤(匱)'라 하니 옻칠한 궤냐, 먹칠한 궤냐?"

　　"검은 것이 아니라 타는 것이오."

　　"타는 것이라 하니, 잘 타면 하루에 몇 리나 가느냐?"

　　"그렇게 타는 것이 아니라 뜯는 것이오."

　　"종일 잘 뜯으면 몇 조각이나 뜯나니?"

　　"그렇게 뜯는 것이 아니라 손으로 줄을 희롱하면 풍류 소리 난다 하오."

　　"정녕히 그러하면 한 번 들을 만하고나."

　　춘향의 거동 보소. 칠현금 내리워 슬상(膝上: 무릎 위)에 놓고, 손을

---

165) 싸개질군: 싸개질, 곧 물건을 포장하는 일을 하는 사람. 『춘향전 비교연구』에서는
　　"잔치마당에 물건을 보자기 따위로 싸가지고 가는 사람"으로 풀이했다.
166) 거문괴오: 거문고요.

빼어 줄 고르고 섬섬옥수로 대현(大絃)을 타니 노룡(老龍)의 소리요, 소현(小絃)을 타니 청학(靑鶴)의 울음이라.[167] 쌀앵동 홍청청 이렇듯이 타며 노래 섞어 부르니, 그 노래에 하였으되

인간이 소쇄(小瑣)커늘[168] 세사(世事)를 쓰리치고
홍진만(紅塵滿) 뛰어나서[169] 정처없는 이내 몸이
산이야 구름이야 천리만리 들어가니
천회벽계(千廻碧溪)와 만첩운산(萬疊雲山)[170]은 가지록(갈수록) 새롭고나.
층암절벽에 굽은 늙은 장송(長松)
청풍에 흥을 겨워 날 보고 우즑우즑[171]
구룡소 늙은 용이 여의주를 얻노라고
굽이를 반만 내어 벽파수(碧波水)를 뒤치는 듯.[172]

167) 대현(大絃)을 타니~청학(靑鶴)의 울음이라: '대현'은 거문고의 셋째 줄 이름으로, 가장 굵어 낮은 소리를 낸다. '소현'은 거문고의 가는 줄을 말하는데, 둘째 줄인 유현(遊絃)이 가장 가늘어 높은 소리를 낸다. 단가 「사창화류」(紗窓花柳)에 "대현은 농농 노룡 우는 소리요 / 소현은 영영 청학의 울음이라"라는 구절이 보인다.
168) 인간이 소쇄(小瑣)커늘: 인간 세상이 보잘것없이 작거늘. 이하 『고금기가』(古今奇歌, 1886년 필사)에 수록된 가사 「거산청흥가」(居山淸興歌)를 옮겼다.
169) 홍진만(紅塵滿) 뛰어나서: 티끌로 가득한 속세를 뛰어나와서.
170) 천회벽계(千廻碧溪)와 만첩운산(萬疊雲山): 천 번을 굽이도는 맑은 시냇물과 겹겹이 둘러싸인 구름 낀 먼 산.
171) 우즑우즑: 우쭐우쭐. 너울너울. '우줄'은 '우줄거리다'(가볍게 춤추듯이 움직이다)의 어근.
172) 뒤치는 듯: 「거산청흥가」에는 "뒤젓는(뒤지는) 듯"으로 되어 있다.

현애노도(懸崖怒濤)[173]는 구름에 연(連)하였고

녹림홍화(綠林紅花)는 춘풍(春風)에 분별(分別) 있고

조화(造化)에 교태 겨워 간 데마다 구십소광(九十韶光)[174] 자랑하니

운림만경(雲林萬頃)[175] 즐거움이 그지없다.

무정세월(無情歲月)은 물 흐르듯 하는고나

산중에 들어오니 날 찾을 이 뉘 있으리?

어화, 즐겁고나 이것이 어디멘고?

청풍명월은 값을 주랴 사랴마는

나와 유정(有情)한지 간 데마다 좇니는가?

옛사람 이른 말이 택불처인(擇不處仁)이면 언득지(焉得知)[176]라 하니

색거한처(索居閑處)[177]를 이곳이야 할 데로다.

벌써 못 온 줄을 금일(今日)이야 깨닫괘라

이왕(已往)을 불간(不諫)하고 장래(將來)를 가추(可追)하자.[178]

손흥공(孫興公)의 산수부(山水賦)[179]를 목내어 맑게 읊고

이제야 허리 펴자 이 아니 즐거우냐?

---

173) 현애노도(懸崖怒濤): 깎아지른 벼랑에 무섭게 밀려오는 파도.

174) 구십소광(九十韶光): 구십춘광(九十春光). 석 달의 봄날.

175) 운림만경(雲林萬頃): 백만 이랑 드넓은, 구름 같은 숲.

176) 택불처인(擇不處仁)이면 언득지(焉得知): 풍속이 어진 마을을 가려 살지 않는다면 어찌 지혜롭다고 할 수 있겠는가? 『논어』 「이인」(里仁)에 나오는 말.

177) 색거한처(索居閑處): 한적한 곳을 찾아 삶.

178) 이왕(已往)을 불간(不諫)하고 장래(將來)를 가추(可追)하자: 지나간 일은 돌이킬 수 없으나 장차 올 일은 선택해 따르도록 하자. 『논어』 「미자」(微子)의 "지나간 일은 고칠 수 없으나 장차 올 일은 선택해서 따를 수 있다"(往者不可諫, 來者猶可追)에서 따온 말.

179) 손흥공(孫興公)의 산수부(山水賦): 동진(東晉)의 은사(隱士) 손작(孫綽)이 지은 「유천태산부」(遊天台山賦)를 말한다. '흥공'은 손작의 자.

내 몸을 지(止)하리라.

일간초옥(一間草屋)을 암혈(巖穴)에 얽어매어 구름 덮어 던져두고

청산은 사벽(四壁)이요 백운(白雲)은 개초(蓋草)[180]로다.

돌솥에 밥을 짓고 단애(丹崖)에 채지(採芝)하니[181]

이리와 한가키도 역천지명(亦天之命)이로다[182]

산중에 들어앉아 일월(日月)이 하 오래니

금(今) 천자(天子) 성제(聖帝)는 아무갠 줄 내 몰라라.

화개(花開)로 지춘(知春)하고 엽락(葉落)으로 지추(知秋)로다[183]

산중에 책력(冊曆) 없어 절(節) 가는 줄 내 몰라라.[184]

망세간지갑자(忘世間之甲子)하고 취호리지건곤(醉壺裏之乾坤)하자.

토상(土床)에 면족(眠足)하니[185] 헌 누비 내 분(分)이요

와준(瓦樽)에 천감(泉甘)하니 두죽(豆粥)이 새로워라.[186]

마의(麻衣) 초좌(草座)하니[187] 일신(一身)이 안정(安靜)하다

....

180) 개초(蓋草): 초가집의 지붕.

181) 단애(丹崖)에 채지(採芝)하니: 아름다운 벼랑에서 지초를 캐니.

182) 이리와 한가키도 역천지명(亦天之命)이로다: 이렇게 한가하기도 역시 하늘이 정한 운명이로다.

183) 화개(花開)로 지춘(知春)하고 엽락(葉落)으로 지추(知秋)로다: 꽃이 핀 것으로 봄을 알고, 잎이 진 것으로 가을을 안다.

184) 산중에 책력(冊曆) 없어 절(節) 가는 줄 내 몰라라: 『악학습령』에 전하는 시조에 "산중에 책력 없어 절 가는 줄 모를로다"라는 구절이 보인다.

185) 토상(土床)에 면족(眠足)하니: 흙마루에서 잠을 충분히 자니.

186) 와준(瓦樽)에 천감(泉甘)하니 두죽(豆粥)이 새로워라: 질그릇 동이에 샘물이 달콤하니 콩죽 맛이 새로워라.

187) 마의(麻衣) 초좌(草座)하니: 베옷을 입고 풀 방석에 앉으니. 당나라 영철(靈澈)의 시 「동림사에서 위단 자사에게 수창하다」(東林寺酬韋丹刺史) 중 "늙은 몸 한가로이 다른

모첨(茅簷)에 주정(住定)하고 계수(桂樹)에 풍청(風淸)이라.[188]

갈건포의(葛巾布衣)[189]로 청려장 힘을 삼아

유흥(遊興)을 못 이기어 송하(松下)의 굽은 길로

앙공장소(仰空長嘯)[190]하여 임의(任意)로 돌아가서

청산 어느 골에 석경(石徑)으로 돌아오니

단애만첩(丹崖萬疊)에 청풍이 진울하고[191]

검각천리(劍閣千里)[192]에 백운(白雲)이 깊었도다.

지는 해 엷은 빛이

서왕모 요대상(瑤臺上)에 산수병(山水屛) 둘렀는 듯

푸르거든 희지 말고 희거든 붉지 마소.

푸른 것은 청산(靑山)이요

흰 것은 백운(白雲)이요

붉은 것은 낙조(落照)로다.

송목(松木)에 기대서서 원산(遠山)을 바라보니

거문고 가진 아이 주기(酒器)를 늦게(늦추어) 메고

....

일 없어 / 베옷과 풀방석이 내 몸 받아 주네"(年老身閑無外事, 麻衣草座亦容身)에서 따온 말.

188) 모첨(茅簷)에 주정(住定)하고 계수(桂樹)에 풍청(風淸)이라: 초가지붕에 살 곳을 정하니 계수나무에 바람이 맑다.

189) 갈건포의(葛巾布衣): 갈포로 만든 두건을 쓰고 베옷 차림으로.

190) 앙공장소(仰空長嘯): 하늘을 우러러보며 길게 휘파람을 붊.

191) 단애만첩(丹崖萬疊)에 청풍이 진울하고: 만 겹 첩첩 벼랑에 맑은 바람이 불고. '진울하고'는 미상인데, 『춘향전 비교연구』에서는 "가득하고"로 풀이했다.

192) 검각천리(劍閣千里): 천 리 험난한 길. '검각'은 권1의 주 527 참조.

구름 속에 날 찾으니 적송자(赤松子)[193] 오단 말가?

임화정(林和靖)[194]이 아니면 소부(巢父)와 허유(許由)로다.

이 밖에 제 뉘 와서 날 찾으리?

머리를 두루혀서(돌이켜서) 솔 속으로 엿보니

산중에 늙은 어른 오건(烏巾)을 젓게 쓰고[195]

청의(靑衣) 입은 아이들[196]이 앞뒤로 둘러서서

잡거니 밀거니 두세 번째 오는고나.

석단(石壇)에 마주 나와 팔 밀어 읍례(揖禮)하고

솔가지 손수 꺾어 청태(靑苔)를 쓰리치고[197]

연차(年次: 나이 차례)로 앉으면서 깃기는(기뻐하는) 듯 반기는 듯 즐

거움이 그지없다.

와준(瓦樽)의 소요주(逍遙酒)[198]를 박잔[199]에 가득 부어

잡거니 권하거니 취토록 먹은 후에

영영[200] 칠현금을 정중(亭中)에서 들어이니(들으니)

---

193) 적송자(赤松子): 신농씨(神農氏) 때 비를 다스렸다는 신선.

194) 임화정(林和靖): 북송의 은사 임포(林逋)를 말한다. '화정'은 그 시호. 항주 서호(西湖)의 고산(孤山)에서 매화를 아내로 삼고 학을 자식으로 삼았다고 말하며 홀로 은거했다.

195) 오건(烏巾)을 젓게 쓰고: 검은 두건을 젖혀 쓰고.

196) 청의(靑衣) 입은 아이들: 신선의 시중을 든다는 푸른 옷을 입은 사내아이, 곧 청의동자(靑衣童子).「거산청흥가」에는 "청의동자"로 되어 있다.

197) 청태(靑苔)를 쓰리치고: 푸른 이끼를 쓸어 치우고.

198) 소요주(逍遙酒): 술의 일종이겠으나 자세한 것은 미상.「거산청흥가」에는 "송소주"(松燒酒)로 되어 있다.

199) 박잔: 작은 박을 반으로 갈라 옻칠을 해서 만든 잔(盞).

200) 영영: 거문고 소리를 나타내는 의성어.

의의(猗猗)[201]한 산수곡(山水曲)을 역력히 알리로다.

인간의 먹은 귀가 오늘이야 열렸고나

어와, 지기(知己)로다!

종기(鍾期)를 기우(旣遇)하니 주류수이하참(奏流水而何慙)하랴?[202]

산중에 뜻이 깊어 세사(世事)를 잊었으니

고량(膏粱)에 여읜 살이 취줄기에 다 지거다.[203]

단애(丹崖)에 월백(月白)하고 계수(溪水)에 풍청(風淸)하니

백운심처(白雲深處)에 자는 학(鶴) 슬피 운다.

천고지형(天高地逈)하니 각우주지무궁(覺宇宙之無窮)이요

흥진비래(興盡悲來)하니 식영허지유수(識盈虛之有數)로다.[204]

예도 좋거니와 또 좋은 데 있느니라.

기약하고 가사이다.

봉래(蓬萊)·방장(方丈)·영주산(瀛洲山)에 모래로 가사이다.

....

201) 의의(猗猗): 아름답고 성함.

202) 종기(鍾期)를 기우(旣遇)하니 주류수이하참(奏流水而何慙)하랴: 종자기(鍾子期)를 이
미 만났으니 「유수(流水)」를 연주함이 어찌 부끄러우랴? 왕발의 「등왕각서」에 나오는
구절. '종자기'는 춘추시대 초나라 사람으로, 거문고의 명인 백아(伯牙)의 연주를 정확
히 이해했다. 백아는 종자기가 죽은 뒤 세상에 자신의 음악을 이해해 줄 지음(知音)이
없다고 여겨 더 이상 거문고를 연주하지 않았다고 한다. 「유수」, 곧 「고산유수(高山流
水)는 백아가 연주했다는 거문고 곡 이름.

203) 고량(膏粱)에 여읜 살이 취줄기에 다 지거다: 고량진미(膏粱珍味)에도 살이 빠져 여
위었더니 취나물 줄기만 먹어도 살이 찌겠다.

204) 천고지형(天高地逈)하니~식영허지유수(識盈虛之有數)로다: 하늘은 높고 땅은 아득
하니 우주의 무궁함을 깨닫고, 기쁨이 다하면 슬픔이 오니 흥망성쇠에 운수가 있음을
안다. 왕발의 「등왕각서」에 나오는 구절.

곤륜산 북녘에 서왕모 찾삽기란 하늘[205]로 가사이다.

장공(長空) 구만리(九萬里)란 거북 타고 가사이다.

망망(茫茫) 우주간(宇宙間)에 정처없이 버린 몸이 취하여 공산(空山)에 지니

천지가 화당(華堂: 화려한 집)이요 송백(松柏)이 금침(衾枕)이로다.

두어라 만학산두(萬壑山頭)[206]에 주인 될까 하노매라.

....
205) 하늘: 저본에는 "하파"로 되어 있으나 「거산청흥가」에 "하날"로 되어 있는바 이에
    따랐다.
206) 만학산두(萬壑山頭): 일만 골짜기 산꼭대기.

4. 이도령의 천자풀이

　타기를 마치매 이도령이 흥을 내어 하는 말이
　"너 혼자 노래하니 나는 듣기 좋거니와, 울며 부르는 경성(京城) 소리[207]
너도 더러 들어 보라. 「천자풀이」[208] 하마."

　　자시(子時)에 생천(生天)하여 광대무사부(廣大無私覆)[209]하니 호호탕
　탕(浩浩蕩蕩) '하늘 천(天)'
　　축시(丑時)에 생지(生地)하여 오행(五行)[210]을 맡아 있어 만물창생(萬
　物蒼生: 만물이 무성히 자라는 곳) '땅 지(地)'

....

207) 경성(京城) 소리: 서울 소리. 서울에서 부르는 노래, 또는 서울 창법으로 부르는 노래.
208) 천자풀이: 천자문풀이. 천자문 각 글자의 뜻을 풀어서 여기에 가락을 붙여 노래로
　　부르는 것. 판소리 「춘향가」에서는 「천자뒤풀이」라고 한다.
209) 광대무사부(廣大無私覆): 크고도 넓어 사사로이 덮어 주는 일이 없음. 『예기』(禮記)
　　「공자한거」(孔子閒居)에 "하늘은 사사로이 덮어 주지 않고, 땅은 사사로이 싣지 않
　　으며, 해와 달은 사사로이 비추지 않는다"(天無私覆, 地無私載, 日月無私照)라는 구절이
　　보인다.
210) 오행(五行): 우주 만물을 이루는 근본 요소라고 하는 금(金)·수(水)·목(木)·화(火)·
　　토(土).

춘풍세우(春風細雨) 호시절(好時節)에 현조남남(玄鳥喃喃)[211] '검을 현(玄)'

금목수화토(金木水火土) 오행 중에 중궁(中宮)을 맡았으니 토지정색 (土之正色) '누루 황(黃)'[212]

금풍삽이석기(金風颯而夕起)하니 옥우쟁영(玉宇崢嶸)[213] '집 우(宇)'

안득광하천만간(安得廣廈千萬間)[214]에 살기 좋은 '집 주(宙)'

구년지수 어이 하리 하우천지(夏禹天地)[215] '넓을 홍(洪)'

세상만사(世上萬事) 믿지 마라 황당하다 '거칠 황(荒)'

요간부상삼백척(遙看扶桑三百尺)[216]에 번듯 돋으니 '날 일(日)'

일락함지(日落咸池)[217] 날 저물고 월출동령(月出東嶺) '달 월(月)'

....

211) 현조남남(玄鳥喃喃): 제비가 지지배배. '현조'는 제비의 별칭. '남남'은 새가 지저귀 는 소리.

212) 토지정색(土之正色) '누루 황(黃)': 황색이 오행에서 중앙에 해당하는 '토'(土)를 상 징하는 정색(正色)이기에 하는 말.

213) 금풍삽이석기(金風颯而夕起)하니 옥우쟁영(玉宇崢嶸): 가을바람 부는 저녁에 옥으로 장식한 궁전이 높이 솟아 있네. 김인후(金麟厚, 1510~1560)의 「칠석부」(七夕賦) 중 "가을바람 부는 저녁에 옥으로 장식한 궁전이 높이 둘러서 있네"(秋風颯以夕起, 玉宇廓 其崢嶸)에서 따온 구절. 「칠석부」의 이 구절은 신재효가 정리한 허두가 중 「달거리」에 도 보인다.

214) 안득광하천만간(安得廣廈千萬間): 어찌하면 천만 칸의 넓은 집을 얻을까. 두보의 시 「모옥위추풍소파가」(茅屋爲秋風所破歌)에 나오는 구절로, 가을 바람에 지붕이 부서져 집을 잃은 가난한 이들을 구호하고 싶다는 뜻에서 한 말.

215) 구년지수 어이 하리 하우천지(夏禹天地): 9년 동안의 홍수 어찌 하리? 하나라 우임 금의 세상. 요순시대에 큰 홍수가 잇달아 발생하자 순임금의 명을 받은 우왕(禹王)이 중국 전역을 돌며 다스려 마침내 치수(治水)에 성공했다는 고사를 말한다.

216) 요간부상삼백척(遙看扶桑三百尺): 멀리 바라보니 삼백 척 부상나무. 권1의 주 25 참조.

217) 일락함지(日落咸池): 해가 서쪽으로 짐. '함지'는 고대 신화에서 해가 목욕하는 곳이

동원도리편시춘(東園桃李片時春)²¹⁸에 낙화분분(落花紛紛) '찰 영(盈)'

미색(美色) 불러 술 부어라 넘쳐간다 '기울 측(昃)'

하도(河圖)·낙서(洛書)²¹⁹ 잠깐 보고 일월성신(日月星辰) '별 진(辰)'

원앙침(鴛鴦枕)·비취금(翡翠衾)²²⁰에 훨적 벗고 '잘 숙(宿)'

양각(兩脚) 번듯 추켜들고 사양 말고 '벌 열(列)'

두 손목 덥석 마주잡고 온갖 정담(情談) '베풀 장(張)'

설만궁항(雪滿窮巷)²²¹ 어느 때냐 대한(大寒) 소한(小寒) '찰 한(寒)'

어화 그날 참도 찰사²²² 어서 오나라 '올 래(來)'

동지(冬至)섣달 차다 마소 유월(六月) 염천(炎天) '더울 서(署)'

정든 님이 언제 오리 기약 두고 '갈 왕(往)'

금풍(金風: 가을바람)이 소슬(蕭瑟)한데 엽락오동(葉落梧桐)²²³ '가을 추(秋)'

....
라는 서쪽의 큰 못.

218) 동원도리편시춘(東園桃李片時春): 권1의 주 48 참조.

219) 하도(河圖)·낙서(洛書): '하도'는 복희씨(伏羲氏) 때 황하(黃河)에서 나온 용마(龍馬) 의 등에 그려져 있었다는 그림이고, '낙서'는 하나라 우왕(禹王)이 홍수를 다스릴 때 낙수(洛水)에서 나온 신귀(神龜)의 등에 쓰여 있었다는 글이다. 복희씨는 하도에 의거 해 팔괘(八卦)를 그렸고, 우왕은 낙서에 의거해 홍범구주(洪範九疇: 우왕이 정했다는 아홉 조목의 정치·도덕 규범)를 지었다고 전한다. 『주역』(周易) 「계사전」(繫辭傳)에 "황하가 그림을 내고 낙수가 글을 내니, 성인이 이를 법으로 삼았다"(河出圖, 洛出書, 聖人則之)라는 구절이 보인다.

220) 원앙침(鴛鴦枕)·비취금(翡翠衾): 원앙을 수놓은 베개와 비취새를 수놓은 이불. 부부 가 함께 쓰는 화려한 침구.

221) 설만궁항(雪滿窮巷): 눈이 가득 쌓인, 좁은 골목길.

222) 참도 찰사: 차기도 차구나.

223) 엽락오동(葉落梧桐): 낙엽 지는 오동나무.

님이 손수 지은 농사 뉘 손 대어 '거들 수(收)'

춘하추동(春夏秋冬) 다 보내고 낙목한천(落木寒天)²²⁴ '겨울 동(冬)'

그리는 님 언제 올꼬 온갖 의복(衣服) '감출 장(藏)'²²⁵

관산원로(關山遠路) 망견(望見)하니²²⁶ 천리만리 '남을 여(餘)'

이 몸 훨훨 날아가서 천사만사(千事萬事) '이룰 성(成)'

춘하추절(春夏秋節) 다 보내고 송구영신(送舊迎新) '해 세(歲)'

아내 밖에 못 하나니 『대전통편』(大典通編)²²⁷ '법즉(법칙) 율(律)'

네 배 타고 선유(船遊)할 제 두 귀 잡고 '법즉 려(呂)'

나 부는 생황 소리 거문고로 화답하라.

둘이 서로 노는 거동 세상의 장관(壯觀)이라.

춘향이 이르는 말이

"그 노래 듣지 못하던 노래요. 또 무슨 소리 하려 하오?"

"노래 말고 별 희한한 소리 하되 아주 이상한 십상 소리²²⁸ 하마. 그칠 제마다 거문고로 녹게²²⁹ 맞추어 주면 잘 하려니와 그렇지 아니하면 하다가도 그만두느니라."

----

224) 낙목한천(落木寒天): 나뭇잎이 다 떨어진 추운 겨울날.

225) 감출 장(藏): 이 뒤에 '윤'(閏) 자 풀이가 누락되었다. 김세종제 「춘향가」의 '천자뒤
풀이'에는 "부용작약(芙蓉芍藥)의 세우(細雨) 중에 왕안옥태(王顔玉態) '부를 윤(閏)'"
이라는 구절이 있다.

226) 관산원로(關山遠路) 망견(望見)하니: 험준한 산 먼 길을 바라보니.

227) 『대전통편』(大典通編): 1785년(정조 9)『경국대전』(經國大典)과『속대전』(續大典) 등
역대의 법전과 법령을 집성하여 편찬한 통일 법전.

228) 십상 소리: 꼭 맞는 소리. 잘 어울리는 소리.

229) 녹게: 딱 맞게.

"그것이 무슨 소리요?"

"다른 소리 아니라 옛적 문장(文章), 영웅호걸(英雄豪傑), 충신열사(忠臣烈士) 일색(一色)들을 모두 모아 「바리가」[230] 하는 소리라."

"참으로 듣지 못하던 별소리요. 어서 하오, 듣사이다."

....

230) 「바리가」: 말에 짐을 싣는 형식으로 여러 인물을 열거하는 노래.

5. 이도령의 바리가

이도령이 「바리가」 한다.

황성(荒城)에 허조벽산월(虛照碧山月)이요 고목(古木)이 진입창오운
(盡入蒼梧雲)이라[231] 하던 이태백으로 한 짝 치고

삼년적리관산월(三年笛裏關山月)이요 만국병전초목풍(萬國兵前草木
風)이라[232] 하던 두자미(杜子美)로 한 짝 치고

낙하(落霞)는 여고목제비(與孤鶩齊飛) 하고 추수(秋水)는 공장천일
색(共長天一色)이라[233] 하던 왕자안(王子安: 왕발)으로 웃짐 쳐서

백로(白露)는 횡강(橫江)하고 수광(水光)은 접천(接天)이라[234] 하던

---

231) 황성(荒城)에~진입창오운(盡入蒼梧雲)이라: 황량한 성은 푸른 산 달빛 부질없이 비
치고 / 고목은 창오산 구름 속으로 다 들어가네. 이백의 시 「양원음」(梁園吟)에 나오
는 구절. 이하 「바리가」 내용은 단가 「짝타령」과 대동소이하다.

232) 삼년적리관산월(三年笛裏關山月)이요 만국병전초목풍(萬國兵前草木風)이라: 3년 피
리 소리 속에 변방 산의 달빛 / 만국의 군대 앞에 초목을 휩쓰는 바람. 두보의 시 「세
병마행」(洗兵馬行)에 나오는 구절.

233) 낙하(落霞)는~공장천일색(共長天一色)이라: 지는 노을은 외로운 따오기와 나란히
날고, 가을 강물은 긴 하늘과 한 빛이다. 왕발의 「등왕각서」에 나오는 구절.

234) 백로(白露)는 횡강(橫江)하고 수광(水光)은 접천(接天)이라: 흰 이슬은 강물에 비끼

소동파(蘇東坡)로 말 몰려라.[235]

둥덩!

좌무수이종일(坐茂樹以終日)하고 탁청천이자결(濯淸泉以自潔)이라[236] 하던

한퇴지(韓退之)[237]로 한 짝 치고

삼입악양인불식(三入岳陽人不識)하니 낭음비과동정호(朗吟飛過洞庭湖)라[238] 하던

여동빈(呂洞賓)으로 한 짝 치고

유상곡수(流觴曲水)에 혜풍(惠風)이 화창(和暢)이라[239] 하던

왕희지로 웃짐 쳐서

....

고, 물빛은 하늘에 맞닿아 있네. 소동파의 「적벽부」에 나오는 구절.

235) 몰려라: 몰게 하라.

236) 좌무수이종일(坐茂樹以終日)하고 탁청천이자결(濯淸泉以自潔)이라: 무성한 나무 아래 앉아서 하루를 마치고, 맑은 샘물에 몸을 씻어 스스로 깨끗이 한다네. 한유(韓愈)의 「송이원귀반곡서」에 나오는 구절.

237) 한퇴지(韓退之): 한유를 말한다. '퇴지'는 그 자.

238) 삼입악양인불식(三入岳陽人不識)하니 낭음비과동정호(朗吟飛過洞庭湖)라: 악양에 세 번 왔어도 알아보는 사람 없어 / 시 읊조리며 동정호 날아 지나네. 당나라의 도사 여동빈(呂洞賓)의 시 「절구」(絶句)에 나오는 구절. 이 구절을 차용한 시조가 『해동가요』에 수록되어 있는데, 다음과 같다. "신선이 자취 없으되 여동빈은 진선(眞仙)이레 / 조유북해(朝遊北海) 모창오(暮蒼梧)요 수리청사(袖裡靑蛇) 담기조(膽氣粗)라 삼입악양루(三入岳陽樓)할 제 사람이 알 이 없데 / 동정호 칠백리 평호(平湖)에 낭음비과(朗吟飛過)하니라."

239) 유상곡수(流觴曲水)에 혜풍(惠風)이 화창(和暢)이라: 휘돌아 흐르는 물에 술잔을 띄우는데 온화한 바람이 화창하네. 왕희지(王羲之)의 「난정집서」(蘭亭集序)에서 따온 말.

부광(浮光)은 약금(躍金)하고 정영(靜影)은 침벽(沈璧)이라[240] 하던

범중엄(范仲淹)[241]으로 말 몰려라.

둥덩!

어양비고동지래(漁陽鼙鼓動地來)하니 경파예상우의곡(驚破霓裳羽衣

曲)이라[242] 하던

백낙천으로 한 짝 치고

분수탈상증(分手脫相贈)하니 평생일편심(平生一片心)이라[243] 하던

맹호연(孟浩然)으로 한 짝 치고

청산수첩(靑山數疊)에 벽계일곡(碧溪一曲)이라[244] 하던

도연명으로 웃짐 쳐서

....

240) 부광(浮光)은 약금(躍金)하고 정영(靜影)은 침벽(沈璧)이라: 물결 위의 달빛은 황금
이 번뜩이는 듯하고, 고요한 달그림자는 벽옥이 가라앉은 듯하다. 범중엄(范仲淹)의
「악양루기」(岳陽樓記)에 나오는 구절.

241) 범중엄(范仲淹): 북송의 재상. 서하(西夏)의 침입을 막은 공으로 추밀부사(樞密副使)
가 되고, 이어 참지정사(參知政事)로 승진하여 내정 개혁에 힘썼다.

242) 어양비고동지래(漁陽鼙鼓動地來)하니 경파예상우의곡(驚破霓裳羽衣曲)이라: 어양(漁
陽)의 북소리가 땅을 울리며 다가오니 / 깜짝 놀라 '예상우의곡' 그쳤네. 백거이(白居
易)의 「장한가」(長恨歌)의 한 구절. '어양'은 전국시대 연(燕) 나라의 도읍지이자 당나
라 현종 때 안록산이 반란을 일으킨 곳.

243) 분수탈상증(分手脫相贈)하니 평생일편심(平生一片心)이라: 헤어지며 보검(寶劍)을
풀어 그대에게 주나니 / 평생의 한 조각 내 마음이라네. 당나라 맹호연(孟浩然)의 시
「진(秦) 땅으로 들어가는 주대를 전송하며」(送朱大入秦)에 나오는 구절.

244) 청산수첩(靑山數疊)에 벽계일곡(碧溪一曲)이라: 첩첩이 두른 푸른 산에 푸른 시내 한
줄기. 이백의 시 「동계공의 그윽한 댁에 쓰다」(題東溪公幽居) 중 "사조(謝朓)처럼 집
가까이 청산이 있고 / 도연명처럼 문밖에는 버드나무 드리웠네"(宅近靑山同謝朓, 門垂
碧柳擬陶潛)에서 따온 말로 보인다.

통만고지득실(通萬古之得失)하고 감제왕지흥망(鑑帝王之興亡)이라[245]

하던

사마천(司馬遷)으로 말 몰려라.

둥덩!

위천(渭川) 어부(漁父)로서 주천팔백년(周天八百年) 기업을 창개하던

강태공(姜太公)[246]으로 한 짝 치고

운주유악지중(運籌帷幄之中)하여 결승천리지외(決勝千里之外)하던

장자방(張子房)[247]으로 한 짝 치고

대몽(大夢)을 수선각(誰先覺)고? 평생(平生)을 아자지(我自知)라[248]

245) 통만고지득실(通萬古之得失)하고 감제왕지흥망(鑑帝王之興亡)이라: 만고 역사의 득
실에 정통하고, 제왕의 흥망을 조감(照鑑)하다.

246) 위천(渭川) 어부(漁父)로서~창개하던 강태공(姜太公): '위천', 곧 위수(渭水)에서 낚
시로 소일하다가 주나라 문왕을 만나 주나라 800년 역사를 열었던 강태공. 권2의 주
40 참조.

247) 운주유악지중(運籌帷幄之中)하여 결승천리지외(決勝千里之外)하던 장자방(張子房):
군막(軍幕) 안에서 전략을 세워 천 리 밖 전장(戰場)의 승부를 결정하던 장자방.『사
기』「고조 본기」(高祖本紀)에 나오는 한나라 고조(高祖)의 말에서 따온 구절. '장자방'
은 한나라 고조의 개국공신 장량(張良)을 말한다. '자방'은 그 자.

248) 대몽(大夢)을 수선각(誰先覺)고 평생(平生)을 아자지(我自知)라: 인생이라는 큰 꿈
그 누가 먼저 깨달았나 / 나는 평소부터 잘 알았지.『삼국지연의』에 수록된 제갈공명
의 시(이른바 '무후초려시'武侯草盧詩)에 나오는 구절로, 이어지는 두 구절은 다음과
같다. "초당에 봄잠 족한데 / 창밖의 해는 더디도 가네."(草堂春睡足, 窓外日遲遲)『삼
국지연의』에서 제갈공명은 삼고초려한 유비를 밖에서 기다리게 하고 낮잠을 자다가
깨어난 뒤 이 시를 읊었다. 「한양가」에 "남양의 제갈공명 초당에 잠을 겨워 / 형익도
(荊益圖) 걸어 놓고 평생을 아자지라 / 한(漢) 소열(昭烈) 유황숙이 삼고초려 하는 모
양"이라는 구절이 보인다.

하던

제갈공명(諸葛孔明)으로 웃짐 쳐서

백일공사(百日公事)는 뇌양(耒陽)의 일조(一朝)요 연환묘산(連環妙
計)은 적벽(赤壁)의 수공(首功)이라 와룡(臥龍)으로 제명(齊名)하던

방사원(龐士元)²⁴⁹으로 말 몰려라.

둥덩!

용성오채(龍成五彩) 망기(望氣)하고 옥결(玉玦)을 자주 들던

범아부(范亞父)²⁵⁰로 한 짝 치고

백등(白登)에 해위(解圍)하고 육출기계(六出奇計)하던²⁵¹

....

249) 백일공사(百日公事)는 뇌양(耒陽)의~제명(齊名)하던 방사원(龐士元): 백 일 동안 밀
린 공무를 하루아침에 처리하고 오묘한 연환계(連環計)를 써서 적벽대전의 으뜸 공로
로 제갈공명과 명성을 나란히 하던 방사원. 『삼국지연의』에 나오는 방통(龐統)의 활
약을 말한다. '사원'은 방통의 자. 방통은 유비에 의탁했으나 능력을 인정받지 못하고
호남성 뇌양현의 고을 수령에 임명되어 부임 후 백여 일 동안 술만 마실 뿐 정사를 돌
보지 않았다. 유비가 장비를 보내 추궁하자 방통은 취한 채 백여 일간 밀린 공무를 반
나절도 되지 않아 모두 처리했다. 이후 방통은 적벽대전에서 조조 군대의 전선(戰船)
들을 서로 쇠사슬로 엮게 만드는 계책을 써서 오나라의 화공(火攻)에 제대로 대응하
지 못하게 했다. '연환계'는 본래 병법 36계 중 제35계로, 여러 가지 계책을 교묘하게
연결해서 상대가 그 의중을 파악하지 못하게 한다는 뜻이다.

250) 용성오채(龍成五彩) 망기(望氣)하고~들던 범아부(范亞父): 항우의 책사(策士)인 '범
아부', 곧 범증이 유방(劉邦)의 얼굴에 용이 오채(五彩)를 이루는 황제의 기운을 보고
홍문(鴻門)의 잔치에서 유방을 죽이려 했던 일을 말한다(권1의 주 525 참조). '망기'
는 기운을 보아 일의 조짐을 알아낸다는 뜻. 사람의 얼굴을 보고 운명을 판단하는 관
상(觀相)도 망기의 일종이다.

251) 백등(白登)에 해위(解圍)하고 육출기계(六出奇計)하던: 백등산의 포위를 풀고 여섯
번이나 신기한 계책을 내놓던. 한나라 고조가 대군을 이끌고 흉노(匈奴)를 치러 갔다
가 도리어 산서성 대동(大同)의 백등산에서 포위되어 추운 겨울에 7일 동안 곤욕을

진평(陳平)으로 한 짝 치고

팔십일주(八十一州) 수륙군(水陸軍) 대도독(大都督)으로 적벽오병(赤壁鏖兵)하던[252]

주공근(周公瑾: 주유)으로 웃짐 쳐서

강남에 개가(凱歌) 불러 금릉(金陵)으로 돌아들던

조빈(曹彬)[253]으로 말 몰려라.

백수변정(白首邊庭)에 탕소요진(蕩掃妖塵)하던

마원(馬援)[254]으로 한 짝 치고

광초구군(誆楚救君)하여 망사보국(忘死報國)하던

기신(紀信)[255]으로 한 짝 치고

....

겪던 중 진평이 흉노 군주의 아내를 매수하는 계책을 써서 간신히 빠져나왔다는 고사, 진평이 처음 유방의 막하에 들어가서부터 훗날 한나라가 중국을 통일하여 안정기에 접어들기까지 전후 여섯 차례 기묘한 계책을 내 고조를 도왔다는 고사가 전한다.

252) 팔십일주(八十一州)~적벽오병(赤壁鏖兵)하던: 강동(江東) 81주(州)의 수군과 육군을 모두 통솔하던 대도독으로서 적벽대전에서 적을 남김없이 무찌르던.

253) 강남에 개가(凱歌)~돌아들던 조빈(曹彬): 강남에서 승리의 노래를 부르며 금릉으로 돌아 들어오던 조빈. 송나라 초의 명장 조빈이 10만 군사를 이끌고 강남으로 가서 남당(南唐)을 멸망시키고 남당 초기의 도읍이었던 금릉을 함락시킨 일을 말한다.

254) 백수변정(白首邊庭)에 탕소요진(蕩掃妖塵)하던 마원(馬援): 백발의 나이로 변경에서 오랑캐를 쓸어버리던 마원. 후한 광무제 때의 명장 마원이 60세가 넘어서도 노익장을 과시하며 남북의 이민족 국가를 평정했던 일을 가리킨다. '변정'은 변경(邊境)의 뜻. '요진'은 오랑캐를 뜻한다.

255) 광초구군(誆楚救君)하여 망사보국(忘死報國)하던 기신(紀信): 초나라를 속여 임금을 구하며 죽음을 잊고 나라에 보답하던 기신. '기신'은 한나라 고조의 무장으로, 고조와 용모가 흡사했다. 고조가 형양(滎陽)에서 항우 군사들에게 포위되어 위급할 때, 기신은 고조의 수레에 대신 타서 적에게 거짓 항복함으로써 고조를 무사히 탈출시켰는데, 항우는 속은 것을 알고 기신을 불에 태워 죽였다.

미보국은(未報國恩)하고 공사절의(空死節義)하던

장순(張巡)²⁵⁶으로 웃짐 쳐서

신사수절(身死守節)하여 충관백일(忠貫白日)하던

허원(許遠)²⁵⁷으로 말 몰려라.

둥덩!

연백만지사(連百萬之師)하여 전필승(戰必勝) 공필취(功必取)하던

한신(韓信)²⁵⁸으로 한 짝 치고

두발(頭髮)이 상지(上指)하고 목자진열(目眦盡裂)하던

번쾌(樊噲)²⁵⁹로 한 짝 치고

남궁(南宮) 운대(雲臺)에 중흥공신(中興功臣) 이십팔장(二十八將)

....

256) 미보국은(未報國恩)하고 공사절의(空死節義)하던 장순(張巡): 나라의 은혜를 다 갚
지 못하고 헛되이 절의를 위해 죽은 장순. 당나라 현종 때 안록산의 난이 일어나자 장
순이 하남성의 수양성(睢陽城)을 지키며 최후까지 싸우다가 순절한 일을 말한다. 장
순은 죽어서 귀신이 되어서라도 반란군을 죽이겠다고 맹세한 뒤 죽었다.

257) 신사수절(身死守節)하여 충관백일(忠貫白日)하던 허원(許遠): 몸은 절의를 지켜 죽
고, 충성은 태양을 꿰뚫던 허원. 허원이 안록산의 난 때 수양성 성주(城主)로서 장순과
함께 성을 지키다가 사로잡혔으나 충절을 굽히지 않고 죽음을 택했던 일을 말한다.

258) 연백만지사(連百萬之師)하여 전필승(戰必勝) 공필취(功必取)하던 한신(韓信): 백만
군사를 이끌어 싸우면 반드시 이기고 공략하면 반드시 얻어내던 한신. '한신'은 한나
라의 개국공신이자 불세출의 명장으로 한나라가 천하를 통일하는 데 가장 큰 공을 세
워 회음후(淮陰侯)가 되었다. 저본에는 '연백만지사'가 "영백만지사"로 되어 있으나
바로잡았다.

259) 두발(頭髮)이 상지(上指)하고 목자진열(目眦盡裂)하던 번쾌(樊噲): 머리카락이 위로
뻗치고, 눈자위가 모두 찢어질 듯하던 번쾌. 한나라의 명장 번쾌가 홍문의 잔치에서
범증이 유방을 죽이려는 음모를 눈치 채고 분노하여 머리카락이 하늘을 향해 치솟고
눈자위가 모두 찢어질 듯이 성난 눈으로 항우를 노려보았다는 고사를 말한다.

중 제일공(第一功) 되던

등우(鄧禹)[260]로 웃짐 쳐서

충의정성(忠義精誠)이 앙관백일(仰貫白日)하던

곽자의(郭子儀)[261]로 말 몰려라.

둥덩!

발산력(拔山力) 개세기(蓋世氣)[262]는 초패왕(楚霸王: 항우)의 버금이요

추상절(秋霜節) 열일충(烈日忠)[263]은 오자서(伍子胥)의 위로다.

봉금괘인(封金掛印)하고 독행천리(獨行千里)하옵시던

관공(關公)[264]으로 한 짝 치고

....

260) 남궁(南宮) 운대(雲臺)에~되던 등우(鄧禹): 남궁 운대각(雲臺閣)에 그려진 한나라
중흥 공신 28인 중 제1의 공신이었던 등우. '등우'는 후한 광무제의 일등공신으로 적
미(赤眉)의 난을 진압하는 등 큰 공을 세웠다. 후한의 2대 황제인 명제(明帝)가 한나
라를 중흥시킨 공신 28인을 기리기 위해 그 초상을 낙양(洛陽)의 남궁 운대각 벽에 그
리게 했다.

261) 충의정성(忠義精誠)이 앙관백일(仰貫白日)하던 곽자의(郭子儀): 충의와 정성이 위로
태양을 꿰뚫던 곽자의. 북송의 문신 호인(胡寅)이 곽자의를 충의를 기려 평한 말. '곽
자의'는 당나라의 명장이자 재상으로, 현종 때 안록산의 난 등 여러 차례의 변란을 진
압하여 병부상서가 되고 분양왕(汾陽王)의 봉호를 받았으며, 대종(代宗) 때 장안을 함
락시킨 위구르와 토번을 격퇴하는 등 혁혁한 무공을 세워 임금이 존경하는 신하에게
주는 상부(尚父)라는 호칭을 받았다.

262) 발산력(拔山力) 개세기(蓋世氣): 산을 뽑는 힘과 세상을 뒤덮는 기운. 항우가 일찍이
서초패왕(西楚霸王)이 되어 천하를 호령했으나, 뒤에 해하(垓下)에서 한군(漢軍)에게
겹겹으로 포위되어 곤경에 처하자, 장중(帳中)에서 우미인(虞美人)과 함께 술을 마시
며 부른 노래의 한 구절이다.

263) 추상절(秋霜節) 열일충(烈日忠): 가을 서리 같은 절의와 뜨거운 태양 같은 충성.

264) 봉금괘인(封金掛印)하고 독행천리(獨行千里)하옵시던 관공(關公): 황금을 봉인하고
인수(印綬)를 걸어 두고 홀로 천 리를 갔던 관우(關羽). 『삼국지연의』에서 관우는 하

장판교상(長板橋上)에 퇴병백만(退兵百萬)하던

장익덕(張翼德)²⁶⁵으로 한 짝 치고

장판파구아두(長坂坡救阿斗)에 일신(一身)이 도시담(都是膽)이라 하던

조자룡(趙子龍)²⁶⁶으로 웃짐 쳐서

서량(西凉) 명장(名將)으로 보전육장(步戰六將)하던

마맹기(馬孟起)²⁶⁷로 말 몰려라.

비성(下邳城)을 지키다가 조조 군대에 포위되어 유비의 두 부인을 보호하기 위해 유비의 행방을 확인하는 대로 떠난다는 조건을 걸고 조조에게 투항했다. 조조 휘하에서 누차 무공을 세우던 관우가 유비의 소재를 알게 되자 떠나려 했으나 조조가 관우를 보내지 않으려고 만나주지 않자, 관우는 그동안 조조에게서 받은 재물을 모두 봉인해서 남겨 두고 조조가 내린 한수정후(漢壽亭侯)의 인수를 걸어 두고 유비의 처소를 향해 유비의 두 부인을 먼저 보낸 뒤 홀로 다섯 관문에서 자신을 가로막는 여섯 장수의 목을 베며 천리 길을 갔다.

265) 장판교상(長板橋上)에 퇴병백만(退兵百萬)하던 장익덕(張翼德): 장판교 위에서 백만 병사를 물리치던 장비(張飛). 유비가 조조 군대에 쫓기다가 조조 군대가 호북성 당양(當陽)의 장판파(長坂坡)에 이르자 처자식을 버리고 홀로 달아났다. 장비가 불과 20기(騎)를 거느리고 장판파에 있는 장판교 다리를 끊은 뒤 앞에 나서 눈을 부릅뜨고 호통을 치자 조조의 군사가 감히 접근하지 못했다. 이 고사는 정사 『삼국지』(三國志) 「장비전」(張飛傳)에 보인다.

266) 장판파구아두(長坂坡救阿斗)에 일신(一身)이 도시담(都是膽)이라 하던 조자룡(趙子龍): 장판파에서 아두를 구하고 온몸이 담(膽)으로 이루어졌다 하던 조운(趙雲). '자룡'은 조운의 자. 조운이 장판파(長坂坡)에서 필마단기로 적진을 누비며 유비의 아들 아두를 구한 일이 『삼국지』 「조운전」(趙雲傳)과 『삼국지연의』에 보인다. 대담무쌍함을 뜻하는 '일신이 도시담'이라는 표현은 『삼국지』 「조운전」의 주(注)에 보인다.

267) 서량(西凉) 명장(名將)으로 보전육장(步戰六將)하던 마맹기(馬孟起): 서량의 명장으로 말을 타지 않고 걸어가며 여섯 명의 장수와 싸웠던 마초(馬超). '서량'은 양주(凉州), 곧 지금의 감숙성(甘肅省) 무위시(武威市) 일대. '맹기'는 마초의 자. 마초는 서량 태수 마등(馬騰)의 아들로 서량 군벌의 맹주였다. 마초와 동맹 관계를 맺고 있던 군벌 한수(韓遂)가 조조의 이간계에 넘어가 후선(侯選)·이감(李堪)·양흥(梁興)·마완(馬

둥덩!

오호(五湖)에 편주(扁舟) 타고 범소백(范少伯) 따라가던

서시(西施)[268]로 한 짝 치고

회모일소백미생(回眸一笑百媚生)에 육궁분대무안색(六宮紛黛無顔

色)이라[269] 하던

양옥진(楊玉眞: 양귀비)으로 한 짝 치고

만월영옥장하(滿月營玉帳下)에 추파(秋波)에 눈물 지던[270]

우미인(虞美人)으로 웃짐 쳐서

영웅의 장처근지를 일조(一朝)에 이간하던

초선(貂蟬)[271]으로 말 몰려라.

둥덩!

....

玩)·양추(楊秋)의 휘하 다섯 장수들과 함께 마초를 공격하자 마초가 한수의 막사 안

으로 걸어 들어가 여섯 장수와 대적한 일이 『삼국지연의』에 보인다.

268) 오호(五湖)에 편주(扁舟)~따라가던 서시(西施): 권1의 주 31 참조.

269) 회모일소백미생(回眸一笑百媚生)에 육궁분대무안색(六宮紛黛無顔色)이라: 눈웃음 한

번에 온갖 아름다움 피어나니 / 육궁(六宮)에 단장한 미인들이 빛을 잃었네. 백거이의

「장한가」의 한 구절. '육궁'은 후비(后妃)들의 거처. 저본에는 이하 '회모'가 "회두"로

되어 있으나「장한가」에 따라 모두 바로잡았다.

270) 만월영옥장하(滿月營玉帳下)에 추파(秋波)에 눈물 지던: 보름달 아래 군영의 휘장 아

래 아름다운 눈에 눈물 짓던. 초나라 항우가 한나라 군대에 포위되어 패배를 예감하

고 마지막 주연을 베푼 자리에서 항우와 그 비(妃) 우희(虞姬)가 이별을 슬퍼하며 눈

물짓던 일을 말한다. 우희는 초나라의 패망이 임박하자 항우의 칼로 자결했다.

271) 영웅의 장처근지를 일조(一朝)에 이간하던 초선(貂蟬): 영웅의 무거운 의리를 하루

아침에 이간하던 초선. '장처근지'는 미상인데, '당천금지'(當千金志)의 잘못으로 보아 풀

이했다.「짝타령」에는 "친근지의"(親近之義)로 되어 있다. '초선'은 권1의 주 426 참조.

사마상여 「봉황곡」에 깨달아 들어가던

정경패(鄭瓊貝)[272]로 한 짝 치고

춘심궁액백화번(春深宮掖百花繁)한데 영작(靈鵲)이 비래보희언(飛來
報喜言)이라 하던

이소화(李簫和)[273]로 한 짝 치고

안소부대남비거(安巢不待南飛去)하니 삼오성희정재동(三五星稀正在
東)이라 하던

진채봉(秦彩鳳)[274]으로 웃짐 쳐서

위주충심(爲主忠心)은 보보상수부잠사(步步相隨不暫捨)라 위선위귀
(爲仙爲鬼)하던

가춘운(賈春雲)[275]으로 말 몰려라.

....

272) 사마상여 「봉황곡」에~정경패(鄭瓊貝): 『구운몽』에서 양소유가 정경패를 보기 위해
여장하고 정사도 집에 들어가 전설로만 전하던 옛 거문고 곡을 연주하다가 마지막 아
홉 번째로 「봉황곡」을 연주하자 정경패가 유혹의 뜻을 알아채고 자리를 피한 일을 말
한다. '사마상여 「봉황곡」'은 권1의 주 232 참조.

273) 춘심궁액백화번(春深宮掖百花繁)한데~이소화(李簫和): "봄 깊은 궁궐에 온갖 꽃 만
발하니 / 까치가 날아와 기쁜 소식 전하네"라고 하던 이소화. 『구운몽』에서 이소화,
곧 난양공주가 태후 앞에서 칠보시(七步詩)를 지은 장면을 말한다. 저본에는 '이소화'
가 "니소하"로 되어 있으나 바로잡았다.

274) 안소부대남비거(安巢不待南飛去)하니~진채봉(秦彩鳳): "남쪽으로 날아가지 않아도
둥지가 편안하나니 / 서너 너덧 드문드문 별이 동쪽에 떠 있네"라고 하던 진채봉. 『구
운몽』에서 진채봉이 태후 앞에서 칠보시를 지은 장면을 말한다.

275) 위주충심(爲主忠心)은~가춘운(賈春雲): 주인을 위한 충성스러운 마음으로 '걸음마
다 따라 잠시도 떨어지지 않으며' 선녀가 되고 귀신이 되었던 가춘운. 『구운몽』에서
정경패의 몸종이자 지기인 가춘운이 늘 정경패를 따르며 정경패가 양소유와 결혼한
뒤 자신이 홀로 외로워질까 염려하는 시를 짓고, 정경패의 지시에 따라 양소유를 조

둥덩!

월중단계(月中丹桂)를 수선절(誰先折)이냐 금대문장자유인(今代文
章自有人)이라 읊던

계섬월(桂蟾月)[276]로 한 짝 치고

하북(河北) 명창(名唱)으로 삼절색(三絶色) 천명(擅名)하던

적경홍(狄驚鴻)[277]으로 한 짝 치고

복파영중(伏波營中)에 월영(月影)이 정류(正流)하고 옥문관외(玉門
關外)에 춘색(春色)이 이회(已回)라 하던

심요연(沈嫋烟)[278]으로 웃짐 쳐서

청수담(淸水潭)에 수절(守節)하여 음곡(陰谷)에 생춘(生春)이라 하던

롱하기 위해 선녀로 가장했다가 귀신으로 가장했던 일을 말한다. 저본에는 '보보상
수'가 "보보상주"로 되어 있으나 바로잡았다.

276) 월중단계(月中丹桂)를~계섬월(桂蟾月): "달나라 붉은 계수나무 꽃 누가 먼저 꺾을
까 / 당대의 문장가 중에 절로 그 사람 있으리"라고 읊던 계섬월. 양소유가 낙양의 귀
공자들과 시를 겨룬 자리에서 계섬월이 양소유의 시를 뽑아 노래 부르는 장면을 말한
다. 여기서 인용한 시는 『구운몽』 한역개작본을 따른 것으로, 『구운몽』 원작계열본에
는 본래 이 시가 없다.

277) 하북(河北) 명창(名唱)으로~적경홍(狄驚鴻): 『구운몽』에서 계섬월이 하북성의 적경
홍, 강남의 만옥연(萬玉燕), 낙양의 계섬월 자신을 '청루삼절'(靑樓三絶: 3대 기녀)로
꼽았기에 하는 말.

278) 복파영중(伏波營中)에~심요연(沈嫋烟): 복파영 가운데 달그림자 흐르고 옥문관 밖
에 봄빛이 이미 돌아왔다 하던 심요연: 『구운몽』에서 토번(티베트)을 진압하기 위해
출정한 양소유가 자객 심요연을 만나 군영에서 사랑을 나누는 장면을 말한다. '복파
영'은 후한의 복파장군(伏波將軍) 마원(馬援)의 군영을 말하는데, 여기서는 일반적인
'군영'의 뜻으로 썼다. '옥문관'은 감숙성 돈황(敦煌) 서쪽에 있는 관문. '춘색이 이회'
라는 표현은 『구운몽』 한역개작본을 따른 것이다.

백능파(白凌波)[279]로 말 몰려라.

둥덩!

동정추월(洞庭秋月 : 동정호의 가을달) 같고 녹파부용(綠波芙蓉 : 푸른 물의 연꽃) 같은

춘향으로 한 짝 치고

낙양과객(洛陽過客 : 서울 손님) 풍류호사(風流豪士)

이도령으로 한 짝 치고

종기(鍾期)를 기우(旣遇)하니 주유수이하참(奏流水以何慙)[280] 하던

거문고로 웃짐 쳐서

화란춘성(花爛春盛)에 만화방창(萬化方暢)[281]할 제 월하승(月下繩 : 월하노인의 끈) 되던

방자놈으로 말 몰려라.

둥덩! 둥덩실! 얼싸 좋을시고!

"이 애, 춘향아! 여차양야(如此良夜)에 불음(不飮)은 하(何)오? 남은 술 있거든 마저 부어라."

....

279) 청수담(淸水潭)에~백능파(白凌波): 청수담에서 절개를 지키다가 양소유를 만나 깊은 골짜기에 봄이 돌아왔다고 하던 백능파. 『구운몽』에서 동정(洞庭) 용왕의 막내딸 백능파가 남해 용왕의 아들 오현(敖賢)의 구혼을 거절하고 청수담에 피신해서 곤욕을 겪던 중 양소유를 만나 평생을 의탁하며 "괴로운 마음이 이미 풀려 깊은 골짜기에 봄볕이 돌아온 듯합니다"라고 고백하는 장면을 말한다.

280) 종기(鍾期)를 기우(旣遇)하니 주류수이하참(奏流水以何慙): 권2의 주 202 참조.

281) 화란춘성(花爛春盛)에 만화방창(萬化方暢): 꽃이 만발한 봄날 만물이 태어나 자람. 「유산가」의 첫 구절.

춘향이 대답하되

"약주(藥酒)는 부으려니와 그 소리 참 별소리요. 하나만 더하오."

이도령이 또 '덕(德)' 자(字) 운 달아 소리한다. 맹랑하게 하것다.

　세상 사람 생겨나서

　덕(德) 없이는 못하리라.

　천황씨(天皇氏) 목덕(木德)이요

　지황씨(地皇氏) 화덕(火德)이요

　인황씨(人皇氏) 수덕(水德)이요[282]

　교인화식(敎人火食) 수인씨(燧人氏) 덕[283]

　용병간과(用兵干戈) 헌원씨(軒轅氏) 덕[284]

　상백초(嘗百草)는 신농씨(神農氏) 덕[285]

....

282) 천황씨(天皇氏) 목덕(木德)이요~인황씨(人皇氏) 수덕(水德)이요:『십팔사략』의 서두
　　에서 따온 말로, 삼황(三皇)으로 불리는 천황씨·지황씨·인황씨가 각각 목덕·화덕·수
　　덕으로 천하의 임금 노릇을 했다는 뜻이다. 목덕·화덕·수덕은 오행(五行) 가운데 목
　　(木)·화(火)·수(水)의 덕으로, 오행설에서는 오행의 순환에 따라 토(土)·목(木)·금
　　(金)·화(火)·수(水), 혹은 목(木)·화(火)·토(土)·금(金)·수(水)의 순서대로 왕조가 교
　　체된다고 생각했다.

283) 교인화식(敎人火食) 수인씨(燧人氏) 덕: 사람에게 화식을 가르친 것은 수인씨의 덕.
　　'수인씨'는 중국 고대 신화에 나오는 임금. '수'(燧)는 불을 일으키는 돌이나 나무 따
　　위의 도구로, 수인씨가 나무를 마찰하여 불을 일으키고 인간 세계에 음식을 불에 익
　　혀 먹는 법을 가르쳤다고 한다. 수인씨·복희씨·신농씨를 '삼황'으로 꼽기도 한다.

284) 용병간과(用兵干戈) 헌원씨(軒轅氏) 덕: 용병과 전투는 헌원씨의 덕. '헌원씨'는 중국
　　고대 신화에 나오는 임금 황제(黃帝)를 말한다. 전쟁의 여신 구천현녀(九天玄女)에게
　　병법을 전수받아 치우(蚩尤)를 물리쳤다고 한다.

285) 상백초(嘗百草)는 신농씨(神農氏) 덕: 권1의 주 329 참조.

착산통도(鑿山通道) 하우씨(夏禹氏) 덕[286]

시획팔괘(始劃八卦) 복희씨(伏羲氏) 덕[287]

당태종(唐太宗)의 울지경덕(尉遲敬德)[288]

서량(西涼) 명장 방덕(龐德)[289]이요

삼국(三國) 명장 장익덕(張翼德: 장비)

활달대도(豁達大度) 유현덕(劉玄德: 유비)

난세간웅(亂世奸雄) 조맹덕(曹孟德: 조조)

우순풍조(雨順風調)[290] 하나님 덕

국태민안(國泰民安) 임군의 덕

붕우유신(朋友有信) 벗의 덕

말년 영화(榮華) 자손의 덕

몹쓸 놈의 배은망덕

좌편(左便) 놈의 홈의(호미) 덕

우편(右便) 놈의 원두(園頭) 덕

단단한 목덕(木德)이요

....

286) 착산통도(鑿山通道) 하우씨(夏禹氏) 덕: 산을 뚫어 길을 낸 것은 하나라 우왕의 덕.
우왕은 치수(治水)에 성공한 뒤 물길을 열고 산길을 내어 중국 전역이 통할 수 있게
했다고 한다.

287) 시획팔괘(始劃八卦) 복희씨(伏羲氏) 덕: 팔괘를 처음 만든 것은 복희씨의 덕. 권2의
주 219 참조. 저본에는 '괘'가 "과"로 되어 있으나 이하 모두 통일했다.

288) 당태종(唐太宗)의 울지경덕(尉遲敬德): 권2의 주 4 참조.

289) 방덕(龐德): 후한 말 서량 최고의 장수. 마초의 선봉장으로 활약하다가 마초가 유비
에게 의탁할 때 뒤떨어져 조조(曹操)에게 투항했다. 조조 휘하에서 무공을 세우다가
형주(邢州) 번성(樊城) 전투에서 관우에게 패하여 목숨을 잃었다.

290) 우순풍조(雨順風調): 비가 때 맞추어 오고 바람이 고르게 불어 농사가 잘 됨. 곧 천하
태평.

물렁물렁한 쑥덕(쑥떡)

이 덕 저 덕 다 후루치고

벌덕벌덕 먹으리라.

6. 데굴데굴 인간지락

사오배(四五杯)를 거후르고(기울이고) 취흥(醉興)이 도도(滔滔)하여 춘향의 가는 허리 허험벅(덥석) 틀어 안고 입 한 번 쪽, 등 한 번 둥덩.

어허 어허, 내 사랑이야!

아마도 너로고나!

월침침(月沈沈) 야삼경(夜三更)에

어서 벗고 잠을 자자.

다정하니 쌍흉합(雙胸合)이요

유의(有意)하니 양각개(兩脚開)라.

동요(動搖)는 유아사(唯我事)여니와

심천(深淺)은 임군재(任君裁)라.[291]

----

291) 다정하니 쌍흉합(雙胸合)이요~심천(深淺)은 임군재(任君裁)라: 다정해서 두 가슴 합하고 / 뜻이 있어 두 다리 열렸네 / 움직이는 것은 오직 내 일이어니와 / 깊고 얕음은 그대 뜻대로. 대동소이한 내용의 시가 「전도시」(剪刀詩: '전도'는 가위)라는 제목으로 『지봉유설』(芝峰類說)에 실려 전하는데, 다음과 같다. "뜻이 있어 두 가슴 합하고 / 다정해서 두 다리 열렸네. / 움직이는 것은 내가 할 테니 / 깊고 얕음은 그대 뜻대로." (有意雙胸合, 多情兩股開, 動搖於我在, 深淺任君裁) 『지봉유설』에서는 이 시를 누구인지

족무삼경월(足舞三更月)이요

금번일진풍(衾飜一陣風)이라.[292]

낙월(落月)은 공산숙(空山宿)이요

한계(寒溪)는 노수정(老樹靜)이라.[293]

하상견지만만야(何相見之晩晩也)오?

이백(李白)이 여이(與爾)로 동사생(同死生)을.[294]

춘몽(春夢)이 다정커든

양왕(襄王) 운우(雲雨)[295] 부러울쏘냐?

"그는 그러하거니와 야심인적(夜深人寂)하고 만뢰구적(萬籟俱寂)하니, 놀기는 내일이 내무진(來無盡)이라.[296] 어서 벗고 잠을 자자."

....

알 수 없는 근세(近世)의 부인이 지었다면서 "말이 교묘하지만 너무 외설스럽다"라고
했다. 저본에는 '임군재'가 "임군지"로 되어 있으나 바로잡았다.

292) 족무삼경월(足舞三更月)이요 금번일진풍(衾飜一陣風)이라: 두 발이 춤추니 삼경에
뜬 달 / 이불이 들썩이니 한바탕 바람. 『청야담수』(靑野談藪) 등에서는 부안 기생 매창
(梅窓: 계랑桂娘)이 지은 시 구절이라고 하나, 김삿갓이 지었다는 기록도 전한다. 저본
에는 '금번'이 "금생"으로 되어 있으나 바로잡았다.

293) 낙월(落月)은 공산숙(空山宿)이요 한계(寒溪)는 노수정(老樹靜)이라: 달이 지니 빈
산도 잠들고 / 시냇물이 차니 늙은 나무 고요하네.

294) 하상견지만만야(何相見之晩晩也)오~동사생(同死生)을: 만남이 왜 이리 늦었을까? / 나
는 너(춘향)와 생사를 함께하리라. '이백이 여이로 동사생을'은 이백의 「양양가」에 나
오는 구절로 본래 '나 이백은 청풍명월과 술, 너희들과 생사를 함께하리라'의 의미.

295) 양왕(襄王) 운우(雲雨): 권1의 주 29 참조. '양왕'(襄王)은 춘추시대 초나라의 임금으
로, 초나라 회왕(懷王)이 무산의 여신과 사랑을 나누었다는 고당(高唐)에서 노닐며 회
왕 시절의 일을 회고했다는 고사가 있다.

296) 내일이 내무진(來無盡)이라: 앞으로 올 날이 오고 또 와서 끝이 없다.

춘향이 거문고를 물리치고 적무인(寂無人) 엄중문(掩中門)에[297] 분벽사창
고요하다. 원앙금침·잣베개를 촉하(燭下)에 포설(鋪設)하고 설부화용(雪
膚花容)[298] 드러내어 춘정(春情)을 자아내니 아리땁고 쟁그럽다.[299]

"도련님 먼저 벗으시오."

"나 먼저 벗은 후에 너는 아니 벗으려나 보다. 잡말 말고 너부터 벗
어라."

춘향이 먼저 벗은 후에 이도령도 마저 벗고 에후루쳐(휘감아 들어) 허
험석 안고 두 몸이 한 몸 되었고나. 네 몸이 내 몸이요, 네 살이 내 살이
라. 호탕하고 무르녹아 여산폭포(廬山瀑布)[300]에 돌 구르듯 데굴데굴 구
르면서 「비점가」(批點歌)[301]로 화답한다.

우리 둘이 만났으니 '만날 봉(逢)' 자 비점이요

백년가약 맺었으니 '맺을 결(結)' 자 비점이요

우리 둘이 누웠으니 '누울 와(臥)' 자 비점이요

우리 둘이 벗었으니 '벗을 탈(脫)' 자 비점이요

우리 둘이 덮었으니 '덮을 부(覆)' 자 비점이요

금일 침상 즐겼으니 '즐길 락(樂)' 자 비점이요

우리 둘이 입 맞추니 '법즉 려(呂)' 자 비점이요

297) 적무인(寂無人) 엄중문(掩中門)에: 고요히 아무도 없어 중문을 닫으니.

298) 설부화용(雪膚花容): 눈처럼 흰 살결과 꽃처럼 고운 얼굴.

299) 쟁그럽다: '간지럽다'의 방언.

300) 여산폭포(廬山瀑布): 중국 강서성 구강시(九江市)의 명승지.

301) 「비점가」(批點歌): 글자에 비점을 찍는 형식으로 만들어 부르는 노래. '비점'은 한문
으로 지은 시문을 비평하여 매우 훌륭한 구절의 글자마다 오른쪽에 찍는 점.

우리 둘이 배 닿으니 '배 복(腹)' 자가 비점이요

네 아래 굽어보니 '오목 요(凹)' 자 비점이요

내 아래 굽어보니 '내밀 철(凸)' 자 비점이요

두 몸이 한 몸 되니 '모일 합(合)' 자 비점이요

'나아갈 진(進)', '물러갈 퇴(退)', '잦을 빈(頻)' 자 비점이요

'좋을 호(好)' 자, '실 산(酸)' 자, '물 수(水)' 자 다 비점이라.

이렇듯이 농창[302]하니 남대문이 게궁기[303]요, 인정(人定)이 매방울[304]이요, 선혜청(宣惠廳)이 오 푼이요, 호조(戶曹)가 서 푼이요,[305] 하늘이 돈짝[306]만 하고 땅이 맴돈다. 취한 흥을 이기지 못하여 춘향더러 하는 말이 "우리 둘이 '인연'(因緣)이 지중하여 이렇듯이 만났으니 '인' 자 타령 하여 보자."

'인'자를 달아 맹랑히도 하는구나.

....
302) 농창: '농탕'(弄蕩), '희롱' 정도의 뜻으로 추정된다. '농탕'은 남녀가 음탕한 소리와 난잡한 행동으로 놀아 대는 짓.

303) 남대문이 게궁기: 남대문이 게구멍처럼 작게 보인다는 말.

304) 인정(人定)이 매방울: 커다란 인정종(人定鐘)이 매의 꽁지에 다는 방울처럼 작게 보인다는 말.

305) 선혜청(宣惠廳)이 오 푼이요 호조(戶曹)가 서 푼이요: 조선 후기의 재정 담당 기관이 다섯 푼, 세 푼짜리로 보잘것없게 느껴질 만큼 취흥이 일어나 호기로운 상태를 뜻하는 말. '선혜청'은 조선 후기 대동법(大同法) 시행에 따라 기존의 공물 대신 쌀로 받는 대동미(大同米) 등 세입(稅入)의 대부분을 관장하던 관서. 선혜청의 규모와 기능이 갈수록 커져 국가 재정을 관리하는 중앙 관청인 호조를 능가하게 되었다.

306) 돈짝: 엽전의 크기.

임하하증견일인(林下何曾見一人)³⁰⁷

월명고루유여인(月明高樓有女人)³⁰⁸

금일번성송고인(今日翻成送故人)³⁰⁹

비입궁장불견인(飛入宮牆不見人)³¹⁰

천리타향봉고인(千里他鄕逢故人)³¹¹

양류청청도수인(楊柳靑靑渡水人)³¹²

불견낙교인(不見洛橋人)³¹³

풍설야귀인(風雪夜歸人)³¹⁴

귀인(貴人) 명인(名人) 병인(病人) 걸인(乞人) 노인(老人) 소인(小

307) 임하하증견일인(林下何曾見一人): 그윽한 산중에 한 사람도 본 적 없네. 당나라의 승
　　려 영철(靈徹)의 시 「동림사에서 위단 자사에게 수창하다」(東林寺酬韋丹刺史) 중 "만
　　나면 모두 사직하는 게 좋겠다고 말하지만"(相逢盡道休官好)에 이어지는 구절.

308) 월명고루유여인(月明高樓有女人): 달 밝은 높은 누각에 여인이 있네.

309) 금일번성송고인(今日翻成送故人): 오늘은 처지가 바뀌어 내가 벗을 보내네. 당나라
　　사공서(司空曙)의 시 「골짜기 어귀에서 친구를 전송하며」(峽口送友人)에 나오는 구절.
　　저본에는 '송고인'이 "인고인"으로 되어 있으나 바로잡았다.

310) 비입궁장불견인(飛入宮牆不見人): 궁궐 안으로 날아드나 사람은 보이지 않네. 당나
　　라 유우석(劉禹錫)의 시 「버드나무 가지」(楊柳枝詞)에 나오는 구절.

311) 천리타향봉고인(千里他鄕逢故人): 천리 타향에서 친구를 만나네.

312) 양류청청도수인(楊柳靑靑渡水人): 버들 푸르디 푸른데 누군가 강 건너네. 당나라 당
　　나라 시인 왕유(王維)의 시 「한식에 사수(汜水) 강가에서 짓다」(寒食汜上作)에 나오는
　　구절. '사수'는 하남성 형양(滎陽)에 있는 강.

313) 불견낙교인(不見洛橋人): 낙교(洛橋)에 사람이 보이지 않네. 송지문(宋之問)의 시 「길
　　에서 한식을 맞아」(途中寒食) 중 "가련해라 강가에서 바라보니"(可憐江浦望)에 이어
　　지는 구절. '낙교'는 낙양에 있는 천진교(天津橋)를 말하는데, 봄날 남녀들이 운집하는
　　명승지였다.

314) 풍설야귀인(風雪夜歸人): 눈보라 치는 밤에 돌아오는 사람 있네. 당나라 유장경(劉長
　　卿)의 시 「눈을 만나 부용산 주인 집에 묵다」(逢雪宿芙蓉山主人)의 한 구절.

人) 등 '인'으로 인연(因緣)하여 양인이 혼인하니 증인(證人) 되니 즐겁
기도 그지없다.

춘향이 이르는 말이

"도련님은 '인' 자를 달았으니, 나는 '연' 자를 달아 보사이다."

하고 '연' 자를 달았으니

　　　우락중분미백년(憂樂中分未百年)[315]

　　　호기장구오륙년(胡騎長驅五六年)[316]

　　　인노증무갱소년(人老曾無更少年)[317]

　　　상빈명조우일년(霜鬢明朝又一年)[318]

　　　적막강산금백년(寂寞江山今百年)[319]

　　　함양유협다소년(咸陽遊俠多少年)[320]

315) 우락중분미백년(憂樂中分未百年): 근심과 즐거움 반반 인생 백 년이 채 못 되는데.
　　　『청구영언』에 실린 시조에 "우락을 중분 미백년이라"라는 구절이 보인다.

316) 호기장구오륙년(胡騎長驅五六年): 오랑캐 기병 몰아친 지 오륙 년이 되었네. 두보의
　　　시 「한별」(恨別)에 나오는 구절.

317) 인노증무갱소년(人老曾無更少年): 사람은 늙으면 다시 젊어질 수 없네. 『백련초해』에
　　　서 "꽃은 시들어도 다시 필 날 있지만"(花衰必有重開日)에 이어지는 구절.

318) 상빈명조우일년(霜鬢明朝又一年): 귀밑머리 새하얀데 내일이면 또 한 살 더하네. 당
　　　나라 고적(高適)의 시 「제야에 짓다」(除夜作)에 나오는 구절.

319) 적막강산금백년(寂寞江山今百年): 적막한 강산이 이제 백년이네. 12가사의 하나인
　　　「죽지사」(건곤가)에 "적막강산이 금백년이로구나"라는 구절이 보인다.

320) 함양유협다소년(咸陽遊俠多少年): 함양에는 유협(遊俠) 소년 많다네. 당나라 왕유의
　　　시 「소년행」(少年行)에 나오는 구절. '함양'은 진(秦)나라의 수도였던 섬서성의 지명.

경세우경년(經歲又經年)[321]

한진부지년(寒盡不知年)[322]

일년 십년 백년 천년 거년 금년

우리 둘이 우연히 결연하여

백년을 인연하니 백년이 천년이라.

이도령이 듣고 하는 말이

"이 애, 네 소리 참 별소리[323]로다!"

하며 둘이 이렇듯이 이삭단니(장난질)하고 놀더니, 효계창효(曉鷄唱
曉)하고 성두오경(星斗五更)이라.[324] 금침을 추혀 덮고 원앙이 녹수에 놀
듯, 봉황이 연리지에 깃들이듯, 날 곧 새면 책방이요, 해 곧 지면 돌아와
서 가금(歌琴)으로 달야(達夜)하고 주색(酒色)으로 연락(宴樂)할 제,[325]
내관(內官: 환관)이 처가 출입하듯,[326] 저의 집 건넌방 왕래하듯, 길을 알
아 다니면서 무한 농창 호광(호강)한다. 양인이 서로 만나 곧 보면 녹수

----

321) 경세우경년(經歲又經年): 한 해 가고 또 한 해 가네. 당나라의 기녀 유채춘(劉采春)의
시 「나홍곡」(囉嗊曲)에 나오는 구절.

322) 한진부지년(寒盡不知年): 추위가 가도 해가 바뀐 줄 모르네. 당나라 태상은자(太上隱
者)의 시 「산에 살며 쓰다」(山居書事)에 나오는 구절.

323) 별소리: 별다른 소리. 특별한 소리.

324) 효계창효(曉鷄唱曉)하고 성두오경(星斗五更)이라: 새벽닭은 새벽을 알리고, 별은 5경
(새벽 4시 무렵)이다. 저본에는 '오경'이 "이경"(밤 9시에서 11시)으로 되어 있으나
바로잡았다.

325) 가금(歌琴)으로 달야(達夜)하고 주색(酒色)으로 연락(宴樂)할 제: 노래와 거문고로
밤을 새우고, 술과 여색으로 잔치를 벌여 즐길 적에.

326) 내관(內官)이 처가 출입하듯: 분주하게 자주 드나든다는 뜻의 속담. '고자 처가집 드
나들듯'도 같은 뜻의 속담이다.

(綠水)의 원앙이요, 화간(花間)의 접무(蝶舞: 춤추는 나비)로다. 춘화류 (春花柳), 하청풍(夏淸風), 추월명(秋月明), 동설경(冬雪景)에 아무도 없이 단둘이 만나 놀 제 회모일소백미생(回眸一笑百媚生)[327]이라 백화명월(白花明月)도 무안색(無顏色)이라.[328] 백만교태 웃는 모양 웃음 속에 꽃이 피고, 단순호치 수작할 제 말 가운데 향내 난다.

앉거라 보자, 서거라 보자.
유리 같은 각장장판(角壯壯版)에
고운 발은 외씨[329] 같다.
사뿐 회뜩[330] 걸어올 제
회목 딴죽 칠 양이면[331]
제가 절로 안기인다.
안고 떨고 진저리치고 몸서리치고 소름 돋칠 제
인간지락(人間至樂: 인간 세상 최고의 즐거움)이 이뿐인가 하노매라.

....
327) 회모일소백미생(回眸一笑百媚生): 권2의 주 269 참조.

328) 백화명월(白花明月)도 무안색(無顏色)이라: 온갖 꽃과 밝은 달도 빛을 잃었다.

329) 외씨: 오이씨. 여자의 맵시 있는 갸름한 발을 비유하는 말.

330) 회뜩: 회똑. 갑자기 넘어질 듯이 한쪽으로 조금 쏠리거나 흔들리는 모양.

331) 회목 딴죽 칠 양이면: 발목의 잘록한 부분에 딴죽을 걸어 넘어뜨릴 양이면.

7. 홍진비래

부지광음약유수(不知光陰若流水)라[332] 이렇듯이 노닐더니 홍진비래(興
盡悲來)하고 호사다마(好事多魔)는 자고상사(自古常事)[333]라. 육리광음
(陸離光陰)[334]이 물 흐르듯 지나가니 수삼춘추(數三春秋: 두서너 해) 되
었고나. 남원 부사 치민선정(治民善政)으로 묘당(廟堂: 의정부議政府)이
공론(公論)하여 공조참의(工曹參議: 정3품 벼슬) 승차(陞差: 승진)하니
승일상래(乘馹上來)[335] 올라갈 제 이도령의 거동 보소. 불의(不意) 금자
(今者)[336] 당한 일이 마른하늘 급한 비에 된벼락이 내리는 듯, 모진 광풍
에 시석(矢石: 화살과 돌)이 날리는 듯, 정신이 어질하고 마음이 끓는 듯
하여 죽을밖에 하릴없다. 두 주먹을 불끈 쥐어 가슴을 쾅쾅 두드리며

"이를 어이 하잔 말고? 옥 같은 나의 춘향, 생이별을 하단 말가? 사람
못 살 시운(時運)이라, 내직(內職) 승차는 무슨 일고? 공조참의 하지 말

---

332) 부지광음약유수(不知光陰若流水)라: 시간이 흐르는 물처럼 지나감을 알지 못하여.
333) 자고상사(自古常事): 예로부터 늘 있는 일.
334) 육리광음(陸離光陰): 눈부시게 황홀한 시간. '육리'는 화려하게 빛나는 모습.
335) 승일상래(乘馹上來): 임금의 명령으로 지방의 벼슬아치를 부를 때 역마를 주던 일.
336) 불의(不意) 금자(今者): 생각지 못하게 지금.

고 이 고을 좌수(座首)로나 주저앉았더면 내게는 퇴판[337] 좋을 것을. 애고, 이를 어찌할꼬? 가슴 답답 나 죽겠다!"

허둥지둥 춘향의 집 찾아가니 저는 아직 몰랐고나. 반겨 와락 내달으며 들입다 허리를 덤석 안고 칠보잠(七寶簪)의 금나비[338]같이 일신을 바드드 떠는고나.

이도령의 거동 보소. 수심이 첩첩(疊疊)하여 함비낙루(含悲落淚)[339] 하는 말이

"말을 하려 하니 기가 막혀 죽겠다. 네가 나지를 말았거나 내가 너를 몰랐거나, 부재다언(不在多言)하고[340] 죽을밖에 하릴없다!"

춘향이 옴즉 놀라 묻는 말이

"이것이 무슨 말씀이오? 어제날 나오실 제 희색이 만면하여 나를 보고 반기실 제 해당화의 범나비같이 너흘너흘 노시더니, 오늘은 별안간에 수색(愁色)이 만안(滿顔)하고 말씀조차 이리 맹랑하오? 안전(案前)에 꾸중을 무로왔소?[341] 몸이 어디가 불평하오? 어찌한 곡절인지 자세히 아옵시다."

이도령 울며 대답하되

"떨어졌단다, 떨어져."

춘향이 놀라 대답하되

---

337) 퇴판: 물리도록 실컷 누리는 판.
338) 칠보잠(七寶簪)의 금나비: 금·은·마노·산호 따위의 칠보를 물려 꾸민 비녀에 얇은 금으로 만들어 붙인 나비 장식.
339) 함비낙루(含悲落淚): 슬픔을 머금고 눈물을 흘리며.
340) 부재다언(不在多言)하고: 여러 말 할 것 없고.
341) 안전(案前)에 꾸중을 무로왔소: 어르신께 꾸중을 들으셨소?

"어디가 낙상(落傷)을 하였단 말이오? 그래서 대단하나 다치지 아니하였소?"

"뉘 아들놈이 내가 떨어졌다드냐? 어르신네가 곯았단다, 곯아."

"애고, 곯다니! 사또 갈리셨나 보오."

"그렇단다."

"그래오? 애고, 그러면 왜 울기는? 더 좋지요. 내직으로 좋은 벼슬 승차하시거나 외직(外職)으로 하옵셔도 광나주(光羅州: 광주·나주) 목사 같은 것, 영변(寧邊)·영유(永柔)³⁴² 같은 데로 가시면 작히 좋을까? 나는 내 세간 다 가지고 삿갓가마 타고 도련님 뒤를 따라가지요."

이도령이 두 소매로 낯을 싸고 목이 메어 하는 말이

"잘 따라오너라, 잘 따라와. 그러할 터 같으면 뉘 아들놈이 기탄하랴?"

춘향의 거동 보소. 실색(失色)하여 하는 말이

"애고, 이 말이 웬 말이오? 이별 말이 웬 말이오?"

섬섬옥수 불끈 쥐어 분통(粉桶)³⁴³ 같은 제 가슴을 법고중³⁴⁴이 법고 치듯 아주 쾅쾅 두드리며 두 발을 동동 구르면서 삼단 같은 제 머리를 홍제원(弘濟院) 나무장사 잔디 뿌리 뜯듯³⁴⁵ 바드덩바드덩 쥐어뜯으며

"애고애고, 설운지고! 죽을밖에 하릴없네. 날 속이려고 이리하나, 조

----

342) 영변(寧邊)·영유(永柔): 평안도의 지명.

343) 분통(粉桶): 분을 담는 통.

344) 법고중: 절에서 예식에 쓰는 북인 법고(法鼓)를 치는 중.

345) 홍제원(弘濟院) 나무장사 잔디 뿌리 뜯듯: 바드득바드득 쥐어뜯는 모양을 비유해 이르는 말. '홍제원'은 서울 서대문구 홍제동에 있던 국영 여관으로, 서대문 밖의 이 일대에 숲이 우거져 있었으며, 경기도 고양 등지에서 가져온 땔감을 거래하던 시장이 인근의 무악재 아래에 있었다.

르려고 기롱(譏弄)하나? 깁수건(비단 수건)을 끌러내어 한 끝은 나무에 매고, 또 한 끝은 목에 매고, 뚝 떨어져 죽고지고! 청청소(淸淸沼)에 풍덩 빠져 세상을 잊고지고! 아무래도 못 살겠네. 잡말 말고 나도 가옵시다. 꺼꺽 프드덕 장끼 갈 제 아로롱 까투리 따라가듯, 녹수(綠水) 갈 제 원앙 가고, 청수피(靑繡皮)[346] 갈 제 씨암탉 가고, 청개구리 갈 제 실배암 가고, 운종룡(雲從龍) 풍종호(風從虎)[347] 하고, 구름 갈 제 비 가고, 바늘 갈 제 실이 가고, 봉(鳳)이 갈 제 황(凰)이 가고, 송별낭군(送別郎君) 도련님 갈 제 청춘소첩(靑春小妾) 나도 가세.

쌍교(雙轎: 쌍가마)는 과하니 말고, 독교(獨轎)[348]는 싫으니 말고, 가마를 꾸미되 가마꼭지는 왜주홍(倭朱紅)칠하고, 가마 뚜껑은 궁초(宮綃)[349]로 싸고, 가마 청장(靑帳)[350] 대는 먹감나무[351]로 하고, 가마발[352]은 순담양[353] 들어가서 왕대를 베어다가 철궁기 뽑아내어[354] 당주홍(唐朱紅)[355] 칠

---

346) 청수피(靑繡皮): 수탉의 고급 품종. 이옥(李鈺)의 『백운필』(白雲筆) 「양계」(養鷄)에 푸른빛이 도는 털을 가진, 귀한 품종의 수탉이라는 설명이 보인다.

347) 운종룡(雲從龍) 풍종호(風從虎): 구름이 용을 따르고, 바람이 호랑이를 따름.

348) 독교(獨轎): 말 한 마리가 끄는 가마. 또는 소의 등에 싣고 소를 몰고 가는 사람이 뒤채를 잡고 길잡이를 하며 가는 가마.

349) 궁초(宮綃): 얇고 무늬가 둥근 비단의 하나. 흔히 댕기의 감으로 쓴다.

350) 청장(靑帳): 청익장(靑翼帳). 가마에 두르는 푸른 휘장.

351) 먹감나무: 오래된 감나무의 심재(心材). 단단하고 고와 세공물의 재료로 쓰인다.

352) 가마발: 가마 문에 치는 발.

353) 순담양: 대나무 산지로 유명했던 전라도 화순(和順)과 담양(潭陽)을 가리키는 것으로 보인다.

354) 철궁기 뽑아내어: 철구멍에 뽑아내어. 가늘게 쪼갠 대나무를 쇠구멍 사이로 통과시켜 훑어내어.

355) 당주홍(唐朱紅): 중국산 주홍 물감.

하여 색 고운 청면사(靑綿絲: 푸른 무명실)로 거북 문(紋: 무늬)으로 얽어내어 당말액(唐抹額) 실[356]로 금전지(金箋紙)[357] 달고, 휘장은 백설이 풀풀 흩날릴 제 돈피(獤皮)로 두르고, 가마얽기는 생면주로 치고, 가마채 꼬느는[358] 놈이라도 꼭뒤는 세 뼘이요[359] 헌거(軒擧)한[360] 건장한 놈으로 좋은 전립(氈笠),[361] 천은영자(天銀纓子)[362] 넓은 끈을 달아 쓰고, 외올망건[363] 당사(唐絲)끈에 적대모(赤玳瑁) 고리 관자(貫子)[364] 양 귀 밑에 떡 붙이고, 자지수한단(紫芝繡漢緞) 절구통 저고리,[365] 톳명주[366] 당바지,[367]

....

356) 당말액(唐抹額) 실: 청나라 관리들이 쓰던 모자의 한 종류인 말액, 곧 '마래기'를 만들 때 사용하던 붉은 실.

357) 금전지(金箋紙): 보자기 따위의 네 귀나 끈에 다는, 금종이로 만든 장식.

358) 가마채 꼬느는: 가마채의 한쪽 끝을 쥐고 치켜들어 내뻗는. 저본에는 "가마치고는"으로 되어 있으나 동양문고본과『고본 춘향전』에 따라 바로잡았다.

359) 꼭뒤는 세 뼘이요: 몹시 거만을 피우는 모양을 이르는 말. '꼭뒤'는 꼭뒤상투, 곧 뒤통수 한가운데에 튼 상투.

360) 헌거한: 풍채가 좋고 의기가 당당한.

361) 전립(氈笠): 무관이 쓰던 벙거지. 짐승의 털을 다진 재료로 모자집을 높고 둥글게 만들었다.

362) 천은영자(天銀纓子): 최고 품질의 은으로 만든 갓끈 고리. '영자'는 갓끈을 다는 데 쓰던 에스(S) 자 모양의 고리로, 위의 갈고리는 갓에 달고 아래의 갈고리는 갓끈의 고리를 꿴다.

363) 외올망건: 외올, 곧 여러 겹이 아닌 한 가닥의 올로 뜬 고급 망건(網巾).

364) 적대모(赤玳瑁) 고리 관자(貫子): 붉은 대모갑(玳瑁甲)으로 만든 관자. '관자'는 망건에 달아 당줄을 거는 작은 고리.

365) 자지수한단(紫芝繡漢緞) 절구통 저고리: 자주색 수놓은 중국 비단으로 만든 절구통 저고리. '절구통 저고리'는 소매가 넓은 저고리를 뜻한다. 어깨에서 소매까지 점점 통이 넓어지는 형태가 절구통 모양과 흡사하다고 해서 생겨난 명칭으로 보인다.

366) 톳명주: 올이 굵은 거친 명주.

367) 당바지: 중국식의 통이 좁은 바지.

삼승(三升)³⁶⁸으로 물겹옷³⁶⁹ 지어 앞자락을 제쳐다가 뒤로 매고, 삼승 버선에 종이총 미투리³⁷⁰ 낙복지(落幅紙)로 곱걸어 들메이고,³⁷¹ 팔대(팔뚝)에 힘을 올려 골 거두어³⁷² 뒤채³⁷³를 꼬늘 적에 월으렁충청 걷는 말에 반부담(半負擔)³⁷⁴하여 떵덩그렇게³⁷⁵ 날 데려가오. 그럴 터이 못 되거든 다훌적 떨더리고(떨쳐내고), 여복을 하지 말고 남복을 하되 보라 동옷³⁷⁶ 당바지에 대님 매고 행전 치고, 갈매³⁷⁷를 짙게 들여 긴 옷을 지어 입고, 머리 땋아 궁초댕기 석웅황에 뒤로 출렁 느리치고, 당채련³⁷⁸ 띠를 띠고, 겹옷자락을 접어다가 어슥비슥(어슷비슷) 꽂은 후에 두 푼짜리 쇠코짚신³⁷⁹ 단단히 들멘 후에 오른손으로 채를 들고 왼손으로 경마³⁸⁰ 들어 도련님 올라가실 적에 나귀 견마(牽馬 : 경마)나 들고 가세."

368) 삼승: 삼승포(三升布), 곧 석새베. 성글고 굵게 짠 베.

369) 물겹옷: 물겹것. 천을 두 겹으로 겹쳐서 성글게 꿰매 지은 겹옷.

370) 종이총 미투리: 총을 종이로 만든 미투리. '총'은 짚신이나 미투리 앞쪽의 양편으로 둘레를 이루는, 발등까지 올라오는 울타리.

371) 낙복지(落幅紙)로 곱걸어 들메이고: 낙복지로 두 번 겹쳐 얽어 신이 벗겨지지 않도록 발에다 동여매고. '낙복지'는 과거에 떨어진 사람의 답안지. 당시에는 종이가 귀했기에 낙복지를 모아서 이면지로 쓰거나 솜옷 속에 솜과 함께 넣는 보온재로 사용하게 했다.

372) 골 거두어: '모양을 잡아'의 뜻으로 보인다.

373) 뒤채: 가마에서 뒷사람이 메는 채.

374) 반부담(半負擔): 말 위에 자그마한 짐짝을 싣고 사람이 함께 탐.

375) 떵덩그렇게: 덩덩그렇게. 우뚝 드러나게.

376) 동옷: 남자가 입는 저고리.

377) 갈매: 갈매나무 열매에서 추출한 짙은 초록색 물감.

378) 당채련: 중국산 채련. '채련'은 부드럽게 다루어 만든 당나귀 가죽.

379) 쇠코짚신: 세코짚신. 발을 편하게 하기 위하여 앞의 양편에 약간씩의 총을 터서 코를 낸 짚신.

380) 경마: 남이 탄 말의 고삐.

이도령 이르는 말이

"우지 마라, 우지 마라, 제발 덕분 우지 마라. 네 울음소리 장부의 일 촌간장(一寸肝腸)[381]이 다 녹는다. 이리 애를 쓰고 어찌하리? 널랑 죽어 물이 되되 천상의 은하수, 지하의 폭포수, 동해수, 서해수, 일대(一帶) 장강수(長江水) 다 후리쳐 던져 두고 음양수(陰陽水)란 물이 되고, 날랑 죽어 새가 되어도 난봉, 공작, 두견, 접동 다 후리쳐 던져 두고 원앙조란 새가 되어 그 새가 그 물을 보고 반겨라고 풍덩실 빠져 있어 주야장천 (晝夜長川)[382] 헤지 말고 어화둥실 떠 있고저! 그렇지 못하거든 널랑 죽 어 방아확[383]이 되고, 날랑 죽어 방앗공이 되어 경신년 경신월 경신일 경 신시 강태공의 조작(造作)[384]처럼 사시장천(四時長川) 불계(不計)하고[385] 떨구덩 찌었고저! 그렇지 못하거든 널랑 죽어 암돌적귀 되고, 날랑 죽어 숫돌적귀 되어[386] 분벽사창(粉壁紗窓) 열 제마다 제 궁게 (구멍에) 제 쇠 가 박혀 춘하추동 사시 없이 빠드덕 빠드덕 하였고저! 그렇지 못하거든 널랑 죽어 강릉·삼척 들어가서 오리목(오리나무) 되어 서고, 날랑 죽어

....

381) 일촌간장(一寸肝腸): 한 토막의 간과 창자. 애가 타는 마음.

382) 주야장천(晝夜長川): 밤낮으로 쉬지 않고 연달아.

383) 방아확: 방앗공이로 찧을 수 있게 돌절구 모양으로 우묵하게 판 돌.

384) 경신년 경신월~강태공의 조작(造作): '방아 상량(上樑)'이라고 하는 일종의 주문. 예 전에는 디딜방아 따위를 만들고 고사를 지냈는데, 고사를 지내기 전 방아 몸통에 이 문구를 썼다. 정성 들여 고사를 지내지 않으면 '방아 동티'가 생겨 식구 중 한 사람이 원인 모를 병에 걸린다고 믿었다. 강태공이 방아를 제작했다는 것은 「성주풀이」에 수 목수(首木手: 으뜸 목수)로 등장하는 강태공과 관련된 믿음에서 유래하는 것으로 보 인다.

385) 사시장천(四時長川) 불계(不計)하고: 사계절 쉼 없이 연달아 헤아리지 않고.

386) 널랑 죽어~숫돌적귀 되어: '돌적귀', 곧 '돌쩌귀'는 문짝을 여닫기 위해 문설주와 문 짝에 다는 쇠붙이로, '암돌쩌귀'는 문설주에, '수돌쩌귀'는 문짝에 단다.

삼사월 칡넝쿨 되어 한없이 벌여 갈 제 진 데 마른 데 가리지 말고 들 건너 벌 건너 서부렁섭적[387] 건너가서 그 나무 밑부터 끝까지 휘추리[388]마다 납거미 나비 감듯 외오 풀쳐 올우 감고 올우 풀쳐 외오 감아 나무 끝끝들이 휘휘츤츤 감겨 있어[389] 삼춘이 다 진(盡)토록 떠나 사지 말자더니, 인간(人間: 인간 세상)에 일이 많고 조물조차 새암발라[390] 신정(新情)이 미흡한데 애달을손 이별이야! 만금 같은 너를 만나 백년해로 하겠더니 금일 이별 어이 하리? 너를 두고 가잔 말가? 나는 아마도 못 살겠다! 내 마음에는 어르신네 공조참의 승차 말고 이 고을 풍헌(風憲)[391]만 하시더면 이런 이별 아닐 것을, 생눈 나올 일[392]을 당하니 이를 어이 하잔 말고? 귀신이 희를 짓고[393] 조물이 시기하니, 누구를 한탄하자나니? 속절 춘향 바이없다.[394] 네 말이 다 못 될 말이니 아무커나 잘 있거라."

....

387) 서부렁섭적: 힘들이지 않고 가볍게 선뜻 건너뛰거나 올라서는 모양.

388) 휘추리: 가늘고 긴 나뭇가지.

389) 널랑 죽어~감겨 있어: 이정보(李鼎輔, 1693~1766)의 시조 중 "님으람 회양(淮陽) 금성(金城) 오리나무가 되고 나는 삼사월 칡넝쿨이 되어 / 그 나무에 그 칡이 납거미 나비 감듯 이리로 츤츤 저리로 츤츤 외오 풀러 올히 감아 얽어져 틀어져 밑부터 끝까지 조금도 빈틈없이 찬찬 구비 나게 휘휘 감겨 주야장상(晝夜長常) 뒤틀어져 감겨 있어"에서 따온 구절. '납거미 나비 감듯'은 납거미가 거미줄에 걸린 나비를 거미줄로 감듯. '외오 풀쳐 올우 감고'는 왼쪽으로 풀어서 오른쪽으로 감고.

390) 조물조차 새암발라: 조물주조차 시샘이 심하여.

391) 풍헌(風憲): 지방 수령을 보좌하던 자문 기관인 유향소의 관원. 고을의 교육, 풍속 교정, 분쟁 처리, 징세, 권농(勸農) 등의 업무를 감독했다. 대체로 지방관이 고을 원로의 추천과 동의를 얻어 임명했다.

392) 생눈 나올 일: 멀쩡한 눈이 튀어나올 만큼 기가 막힌 일.

393) 희를 짓고: 희짓고. 남의 일에 방해가 되게 하고.

394) 바이없다: 정도가 비할 데 없이 매우 심하다.

8. 첫사랑 첫 이별

춘향이 대답하되

"우리 당초 광한루서 만날 적에 내가 먼저 도련님더러 살자 하였소?
도련님이 먼저 나더러 하신 말씀 다 잊어 계시오? 이런 일이 있겠기로
당초 마다 아니하였소? 우리 당년(當年) 금석상약(金石相約)[395] 오늘날
에 다 허사로세. 이리 굴어 분명 못 데려가겠소? 진정 못 데려가겠소?
뜨개질[396]로 이리 하오? 종내 아니 데려가시려 하오? 정 아니 데려가실
터이면 날 죽이고 가오! 그렇지 않으면 광한루서 날 호리려고 명문(明
文: 글로 명백히 기록함)하여 준 것 있으니, 소지(所志)[397] 지어 가지고 본
관 원님께 이 사연으로 원정(原情)[398] 백활(白活)[399]하겠소. 원님이 만일
당신의 귀공자 역을 들어 낙송(落訟)시키거든,[400] 그 소지 첩련(貼聯)[401]

---

395) 금석상약(金石相約): 무쇠와 돌처럼 굳게 한 약속.
396) 뜨개질: 남의 마음속을 떠보는 일.
397) 소지(所志): 청원이 있을 때 관아에 내던 서면.
398) 원정(原情): 원통한 일을 임금이나 관아에 호소하는 문서, 혹은 호소하는 일.
399) 백활(白活): 발괄. 관아에 억울한 사정을 하소연하기 위해 올리는 청원서, 혹은 하소
   연하는 일.
400) 역을 들어 낙송(落訟)시키거든: 역성들어 소송에서 지게 하거든.
401) 첩련(貼聯): 관아에 제출하는 서면에 관계 서류를 첨부함.

하여 원정 지어 가지고 전주(全州) 감영(監營) 올라가서 순사또[402]께 의송(議送)[403]하면 도련님은 양반인 고로 편지 한 장만 부치면 순사또라도 동시 양반 편을 들어 또 나를 낙송시키거든, 그 제사(題辭)[404] 또 첩련하여 가지고 한양(漢陽) 성중(城中) 들어가서 형한양사(刑漢兩司)[405] 비국(備局)[406]까지 정(呈)하오면(바치면) 도련님은 사대부로 좌청우촉(左請右囑) 결련(結連) 있어[407] 또 송사(訟事)를 지우거든, 그 제사(題辭) 모두 첩련하여 똘똘 말아 품에 품고 팔만장안(八萬長安)[408] 억만가호(億萬家戶)로 촌촌걸식(村村乞食)[409] 다니다가 돈 한 푼씩 빌어 얻어 동이전[410]에 들어가서 바리뚜에[411] 하나 사고, 지전(紙廛: 종이 가게)으로 들어가서 장지(壯紙)[412] 한 장 사 가지고, 언문으로 상언(上言)[413] 쓰되 심중에 먹은 뜻을 세세(細細) 성문(成文) 하여 가지고 이월이나 팔월이나, 동교(東郊)로나 서교(西郊)로나 능행(陵行: 능 행차) 거동 하실 때에 문밖으로 내달아서 만인총중(萬人叢中) 섞었다가 용대기(龍大旗) 지나치고 협

402) 순사또: 관찰사(觀察使)를 높여 이르던 말.

403) 의송(議送): 백성이 고을 원의 판결에 불복하여 관찰사에게 민원서류를 올리는 일.

404) 제사(題辭): 백성의 소장(訴狀)이나 원서(願書)에 대해 관청에서 내린 판결문.

405) 형한양사(刑漢兩司): 형조와 한성부를 아울러 이르는 말.

406) 비국(備局): 비변사. 조선 후기 의정부를 대신하여 국정 전반을 총괄한 최고의 관청.

407) 좌청우촉(左請右囑) 결련(結連) 있어: 이리저리 청탁할 수 있는 연줄이 있어.

408) 팔만장안(八萬長安): 사람이 많이 사는 서울.

409) 촌촌걸식(村村乞食): 마을마다 다니며 빌어먹음.

410) 동이전: 동이를 파는 가게.

411) 바리뚜에: 바리(놋쇠 밥그릇) 뚜껑.

412) 장지(壯紙): 두껍고 질기며 질이 좋은 종이.

413) 상언(上言): 백성이 임금에게 글을 올리던 일, 혹은 임금에게 올리는 글.

련(挾輦) 자개창(紫介槍)⁴¹⁴ 들어서고 홍양산(紅陽傘)이 떠나오며 가교(駕轎)⁴¹⁵에나 마상(馬上)에나 헌거로이⁴¹⁶ 지나실 제 와락 뛰어 내달아서 바리뚜에 손에 들고 높이 들어 떵떵 하고 세 번만 쳐서 격쟁(擊錚)⁴¹⁷까지 하오리다. 애고애고, 설운지고!

그리하여 또 못 되거든 애써 말라 초조하여 죽은 후에 넋이라도 삼수갑산(三水甲山)⁴¹⁸ 제비 되어 도련님 계신 처마 기슭에 집을 종종 지어 두고 밤중만 집으로 드는 체하고 도련님 품으로 들어 볼까. 이별 말이 웬 말이오? '이별'(離別) 이자(二字: 두 글자) 내든 사람 나와 백년 원수로다! 진시황 분시서(焚詩書)할 제⁴¹⁹ '이별' 두 자 잊었던가? 그때에나 살았더면 이 이별이 있을쏘냐? 박랑사중(博浪沙中) 쓰고 남은 철퇴⁴²⁰ 천하장사 항우 주어 힘가지(힘껏) 둘러메어 깨치고저 '이별' 두 자. 영소

414) 협련(挾輦) 자개창(紫介槍): 임금의 가마를 호위하던 군사인 훈련도감의 협련군(挾輦軍)이 사용하던, 자주색 자루의 창.

415) 가교(駕轎): 임금과 세자가 먼 거리를 이동할 때 사용하던 가마.

416) 헌거로이: 풍채가 좋고 의기 당당하게.

417) 격쟁(擊錚): 원통한 일을 당한 사람이 임금의 거둥 길에 징이나 꽹과리를 쳐서 임금에게 하소연하던 제도.

418) 삼수갑산(三水甲山): 우리나라에서 가장 험한 산골이라 이르던 함경도 삼수와 갑산.

419) 진시황 분시서(焚詩書)할 제: 진시황이 모든 책을 불태울 때. 박인로(朴仁老, 1561~1642)의 「노인가」에 "가증(可憎)하다 늙을 노(老) 자 진시황 분시서할 제 나지 않고 내달아서"라는 구절이 보인다.

420) 박랑사중(博浪沙中) 쓰고 남은 철퇴: 창해역사(滄海力士)라는 이가 박랑사에서 진시황을 암살하기 위해 썼던 철퇴. 전국시대 말 한(韓)나라 재상가의 자제였던 장량(張良)이 중국을 통일한 진시황을 암살하기 위해 창해역사라는 이를 시켜 120근의 철퇴로 진시황을 살해하려고 했으나 실패했던 고사를 말한다. '박랑사'는 하남성 원양현(原陽縣) 동쪽의 지명.

보전(靈霄寶殿)⁴²¹에 솟아올라 옥황상제께 백활하여 벼락 상좌(上佐)⁴²² 내려와서 때리과저 '이별' 두 자. 호지(胡地)의 모자 이별,⁴²³ 남북의 군신(君臣) 이별, 정로(征路: 출정길)의 부부 이별,⁴²⁴ 운산(雲山)의 붕우 이별,⁴²⁵ 이정(離停)에 엽정비(葉正飛)하니 형제 이별,⁴²⁶ 살아 생이별, 죽어

421) 영소보전(靈霄寶殿): 옥황상제가 사는 궁전.

422) 벼락 상좌(上佐): '벼락'을 옥황상제를 모시는 신하로 의인화한 표현. 육당본 『청구영언』에 실린 시조에 "옥황상제께 울며 발괄하되 벼락 상제 내리오사 / 벽력이 진동하며 깨치고저 이별 두 자"라는 구절이 보인다.

423) 호지(胡地)의 모자 이별: 한나라 소무(蘇武)가 흉노(匈奴)에서 억류 생활을 할 때 그곳 여성과의 사이에서 아들 소통국(蘇通國)을 낳아 기르다가 19년 만에 고국으로 돌아올 때 아들만 데려왔기에 벌어진 모자 이별을 말한다. '완판 84장본'에는 "하량낙일수운기(河梁落日愁雲起: 이별의 다리에 해가 지니 시름 깃든 구름이 일어나네)는 소통국의 모자 이별"로 되어 있다.

424) 정로(征路)의 부부 이별: '완판 84장본'에는 "정객관산로기중(征客關山路幾重)에 오희월녀(吳姬越女) 부부 이별"로 되어 있다. 이는 당나라 왕발의 시 「채련곡」(採蓮曲) 중 "연잎 갯가에서 밤에 만났네 / 오나라 월나라 여인 참으로 어여뻐라. / 천리 밖 찬강 소식 함께 묻나니 / 출정한 낭군 돌아올 길 험준한 산 몇 겹인가?"(徘徊蓮浦夜相逢 吳姬越女何丰茸. 共問寒江千里外, 征客關山路幾重?)에서 따온 말이다.

425) 운산(雲山)의 붕우 이별: '완판 84장본'에는 "서출양관무고인(西出陽關無故人)은 위성(渭城)의 붕우 이별"로 되어 있다. 이는 왕유의 시 「안서(安西)로 가는 원이(元二)를 전송하며」(送元二使安西)의 "위성의 아침 비가 가벼운 먼지를 적시니"(渭城朝雨浥輕塵)라는 구절과 "양관(陽關) 너머 서쪽에는 벗도 없잖은가"(西出陽關無故人)라는 구절에서 따온 말이다. '양관'은 감숙성 돈황(敦煌) 서남쪽의 관문.

426) 이정(離停)에 엽정비(葉正飛)하니 형제 이별: '이정에 엽정비하니'(이별하는 정자에 나뭇잎 날리니)는 『오언당음』(五言唐音) 등에 당나라 7세 여아의 시로 전하는 「송형」(送兄)의 한 구절이다. 시 전문은 다음과 같다. "헤어지는 길에 구름이 막 일고 / 이별하는 정자에 나뭇잎 때마침 날리네. / 탄식하나니 사람은 기러기와 달라 / 한 줄 지어 돌아가지 못하는가?"(別路雲初起, 離亭葉正飛. 所嗟人異鴈, 不作一行歸.) '완판 84장본'에는 "편삽수유소일인(遍揷茱萸少一人)은 용산(龍山)의 형제 이별"로 되어 있다. '편삽수유소일인'(모두 머리에 수유꽃 꽂았는데 한 사람 빠졌음을 알겠지)은 왕유의 시

영이별, 이 이별, 저 이별, 이별마다 섧건마는 이 이별은 생초목에 불이 붙네. 사랑도 처음이요 이별도 처음이라, 옥장(玉腸)이 바아지고[427] 금심 (錦心)[428]이 녹아온다. 애고 답답, 설운지고! 이를 어찌 하잔 말고?"

「9월 9일 산동의 형제들을 추억하며」(九月九日憶山東兄弟)에 나오는 구절. '용산'은 안 휘성 당도현(當涂縣)에 있는 산으로, 9월 9일 중양절(重陽節)에 동진(東晉)의 환온(桓 溫)이 이곳에서 막료들과 모임을 열었다. 환온 고사에서 유래하여 중양절 모임을 '용 산회'(龍山會)라 부른다.

427) 옥장(玉腸)이 바아지고: 아름다운 간장(마음)이 부서지고.

428) 금심(錦心): 비단결 같은 마음.

9. 긴 한숨

이도령 이르는 말이

"어따, 춘향아, 말 듣거라! 애고, 춘향아, 말 듣거라! 모든 간장이 다 녹는다. 일시 이별 섭건마는 얼마 되리? 두고 가는 나의 모양 어이구러 그음하리?[429] 한가지로 갈 마음이 불현듯이 있건마는, 경성으로 올라가면 긴(緊)치 않은 친척들이 공연스레 공론(公論)하되 '아이놈이 작첩(作妾)하여 학업 전폐한다' 하고 호적 밖에 도리광이할(도려낼) 것이니, 여차고(如此故: 이러한 이유)로 뜻과 같지 못하고나. 잘끈 참아 수삼 년만 견디어라. 밤낮으로 공부하여 입신양명(立身揚名)한 연후에 너를 찾아올 것이니, 부디부디 잘 있거라.

구구팔십일광로(九九八十日光老)는 여동빈을 따라가고[430]

---

429) 어이구러 그음하리: 어찌 형용하리? '그음'은 분명히 한계를 지음, 허공에 그림의 뜻.

430) 구구팔십일광로(九九八十日光老)는 여동빈을 따라가고: '구구팔십일광로'는 '구구팔십일' 구구단과 '일광로'를 중첩한 말. 이하의 열거 모두 같은 형식을 취했다. '일광로'는 『숙향전』에서 주인공 이선의 조력자 역할로 등장하는 신선으로, 약사불(藥師佛)을 보좌하는 일광편조보살(日光遍照菩薩)로부터 유래한 캐릭터이다. '여동빈'은 당나라 때의 신선.

팔구칠십이적선(八九七十李謫仙)은 채석강(采石江)에 완월(玩月)하고[431]

칠구육십삼로공(七九六十三老公)은 한태조(漢太祖)를 차세(遮說)하고[432]

육구오십사호선생(六九五十四皓先生) 상산(商山)에서 바둑 두고[433]

오구사십오자서(五九四十伍子胥)는 동문에 눈을 걸고[434]

사구삼십육손(四九三十陸遜)이는 팔진도(八陣圖)에 쌓여 있고[435]

삼구이십칠성단(三九二十七星壇)에 제갈제풍(諸葛祭風) 하여 있고[436]

이구십팔선녀(二九十八仙女)는 성진(性眞)이가 희롱하고[437]

---

431) 팔구칠십이적선(八九七十李謫仙)은 채석강(采石江)에 완월(玩月)하고: 이백이 안휘
성의 채석강에서 뱃놀이를 하다 술에 취해 물에 비친 달을 건지려다 죽었다는 전설이
있다.

432) 칠구육십삼로공(七九六十三老公)은 한태조(漢太祖)를 차세(遮說)하고: '삼로공', 곧
삼로(진한시대의 향관鄕官 벼슬)인 동공(董公)이 한나라 고조, 곧 당시에 한왕(漢王)
이었던 유방(劉邦)의 길을 막고 명분 없는 전쟁을 하지 말라고 설득했던 고사를 말
한다.

433) 육구오십사호선생(六九五十四皓先生) 상산(商山)에서 바둑 두고: '사호선생'은 상산
사호. 권2의 주 34 참조.

434) 오구사십오자서(五九四十伍子胥)는 동문에 눈을 걸고: 권1의 주 205 참조.

435) 사구삼십육손(四九三十陸遜)이는 팔진도(八陣圖)에 쌓여 있고: 『삼국지연의』에서 오
나라의 명장 육손(陸遜)이 유비가 관우의 원수를 갚고 형주(邢州)를 되찾기 위해 벌인
이릉대전(夷陵大戰)에서 촉나라에 대승을 거두고 촉나라 군대를 추격하던 중 어복포
(魚腹浦)에서 제갈공명이 펼친 팔진도(八陣圖) 진법에 빠져 죽음을 눈앞에 두었다가
제갈공명의 장인 황승언(黃承彦)의 도움으로 빠져나온 일을 말한다.

436) 삼구이십칠성단(三九二十七星壇)에 제갈제풍(諸葛祭風) 하여 있고: 칠성단에서 제갈
공명이 동남풍을 일으키기 위해 제사지내고. 『삼국지연의』 적벽대전 장면에서 제갈공
명이 북쪽의 조조 휘하 수군에게 화공(火攻)을 펼치기 위한 마지막 열쇠였던 동남풍
을 불러 일으키기 위해 칠성단에서 제사 의식을 치르던 일을 말한다. '칠성단'은 도교
에서 북두칠성에게 제사지내는 단(壇).

437) 이구십팔선녀(二九十八仙女)는 성진(性眞)이가 희롱하고: 『구운몽』 도입부에서 성진
과 팔선녀가 석교(石橋)에서 수작하던 장면을 말한다.

일구굴원(一九屈原)이는 멱라수(汨羅水)에 빠졌으니[438]

너도 열녀 되려거든 삼강수[439]에나 빠지어라. 내 말일랑 다시 마라. 장
부일언이 중천금(重千金)이라 천지개벽하고 산천이 졸변(猝變)한들, 금
석 같은 내 마음이 현마(설마) 너를 잊을쏘냐?"

춘향이 하릴없어 이별주 부어 들고 눈물 흘려 권할 적에

"도련님 말이 그러하니 한 번만 더 속아 보옵시다. 내 생각은 아주 말
고 글공부나 힘써 하여 소년등과(少年登科)하신 후에 북당(北堂)[440]에 영
화 뵈고 요조숙녀 배합(配合)하고 성군 만나 일신영귀(一身榮貴)하신 후
에 그적에나 잊지 마오. 필운(弼雲)·소격(昭格)·탕춘대(蕩春臺)[441]와 양
한강정(兩漢江汀)[442] 경(景) 좋은 데 배반(杯盤)[443]이 낭자하고 풍악이 융
융(融融)한데, 유정친구(有情親舊) 절대가인 일수고인(一手鼓人)[444] 명창
(名唱)들이 구름같이 옹위(擁衛)하여 주야잠심(晝夜潛心) 노닐 적에 이

438) 일구굴원(一九屈原)이는 멱라수(汨羅水)에 빠졌으니: '굴원'은 초나라의 삼려대부(三
閭大夫) 벼슬을 지낸 인물로, 초나라 회왕(懷王)이 간신의 참소하는 말을 듣고 자신을
멀리 하자 「이소」(離騷)를 지어 우국(憂國)의 뜻을 노래했다. 훗날 양왕(襄王)이 즉위
하여 다시 간신의 말을 믿고 자신을 추방하자 멱라수(汨羅水)에 몸을 던져 자결했다.
439) 삼강수: '상강수'(湘江水)의 잘못. '상강', 곧 상수(湘水)는 순임금이 죽자 그 두 비
(妃)인 아황(娥皇)과 여영(女英)이 투신한 곳이다. 굴원이 빠져 죽은 멱라수도 이 강의
한 줄기이다.
440) 북당(北堂): 어머니의 처소, 곧 어머니.
441) 필운(弼雲)·소격(昭格)·탕춘대(蕩春臺): 종로의 필운대와 소격동, 세검정(洗劍亭) 근
처의 탕춘대.
442) 양한강정(兩漢江汀): 남한강과 북한강 물가.
443) 배반(杯盤): 술상에 차려 놓은 그릇. 또는 거기에 담긴 음식.
444) 일수고인(一手鼓人): 최고수 연주자.

술 한 잔 생각하오. 애고, 설운지고! '떠날 리(離)' 자 슬퍼 마오, '보낼
송(送)' 자 나도 있소."

"'보낼 송' 자 슬퍼 마라, '돌아갈 귀(歸)' 자 어이하리?"

"'돌아갈 귀' 자 슬퍼 마오, '슬플 애(哀)' 자 애연(哀然)하오."

"'슬플 애' 자 슬퍼 마라. 옥 같은 너를 두고 경성으로 올라가서 적막
강산 홀로 앉아 '생각 사(思)' 자 어이하리?"

춘향이 차마 손을 나누지 못하고 애연함을 이기지 못하여 왈

도련님이 이제 가시면 언제나 오시랴 하오?

태산(泰山)·중악(中嶽)⁴⁴⁵ 만장봉(萬丈峰: 만 길 높은 봉우리)이 모진
광풍에 쓰러지거든 오랴시오?

기암절벽천층석(奇巖絕壁千層石)이 눈비 맞아 썩어지거든 오랴시오?

용마(龍馬) 갈기 두 사이에 뿔 나거든 오랴시오?

십리사장(十里沙場) 세모래가 정 맞거든⁴⁴⁶ 오랴시오?

금강산 상상봉(上上峰)이 물 밀어 배가 둥둥 띄어 평지 되거든 오랴
시오?

병풍에 그린 황계(黃鷄) 두 나래를 둥덩 치고 사오경(四五更) 늦은 후
에 날 새라고 꼬끼오 울거든 오랴시오?⁴⁴⁷

---

445) 태산(泰山)·중악(中嶽): 중국의 오악(五嶽) 중 동악(東嶽) 태산(泰山)과 중악(中嶽)
숭산(嵩山). '오악'은 권1의 주 1 참조.

446) 십리사장(十里沙場) 세모래가 정 맞거든: 긴 백사장의 가는 모래가 바위가 되어 정
으로 쪼아 다듬게 될 만큼 장구한 세월이 흐르거든.

447) 병풍에 그린~울거든 오랴시오: 육당본 『청구영언』에 실린 「황계사」(黃鷄詞)에 "병
풍에 그린 황계 수닭이 두 나래 둥덩 치고 잘은 목을 길게 빼어 긴 목을 후리여 사경

층암절벽에 진주 심어 싹 나거든 오랴시오?

아무래도 못 놓겠네.

함경도로 들어가서 마운령(摩雲嶺)·마천령(摩天嶺)·함관령(咸關嶺)[448]을 다 떠다가 도련님 가시는 길을 막아 놓으면 가다가 못 가고 도로 오시게 할 것이요

그렇지 못하거든 울산바다·나주목·안흥목·손돌목[449]·강화목 바다를 모두 다 휘어다가 도련님 가시는 길에 가로져 놓고 일엽선(一葉船)도 없이 하면 가다가도 못 가고 도로 오시게 하오리다.

애고애고, 설운지고! 이 이별을 어찌할꼬?

두고 가는 도련님은 설옹남관(雪擁藍關)에 마부전(馬不前) 뿐이어니와

보내고 있는 내 마음은 방초연년(芳草年年)에 한무궁(恨無窮)이요[450]

환절세세(換節歲歲)에 수난설(愁難說)이라[451] 어찌 견디어 살라 하오?

(四更) 일점(一點)에 날 새라고 꼬꾀오 울거든 오라는가"라는 구절이 보인다.

448) 마운령(摩雲嶺)·마천령(摩天嶺)·함관령(咸關嶺): 모두 함경도에 있는 험한 고개.

449) 안흥목·손돌목: '안흥목'은 안흥만(安興灣), 곧 충남 태안반도 앞의 좁은 목. '손돌목'은 김포 대곶. 모두 바다의 물살이 빠른 곳이다.

450) 두고 가는~방초연년(芳草年年)에 한무궁(恨無窮)이요:『악학습령』에 전하는 시조에 "두고 가는(이)의 안은 설옹남관에 마부전 뿐이어니와 / 보내고 있는(이)의 안은 방초연년에 한불궁(恨不窮)을 하노라"라는 구절이 보인다. '설옹남관에 마부전'은 남관에 눈이 쌓여 말이 나아가지 못한다는 뜻으로, 한유(韓愈)의 시「좌천되어 가던 중 남관에 이르러 질손 상(湘)에게 보이다」(左遷至藍關示姪孫湘)에 나오는 구절이다. '남관'은 섬서성 남전현(藍田縣)의 요해지였던 요관(嶢關)을 말한다. '방초연년에 한무궁'은 해마다 돋는 향기로운 풀에 한이 끝없다는 뜻.

451) 환절세세(換節歲歲)에 수난설(愁難說)이라: 해마다 절기 바뀌어도 시름은 이루 다 말하기 어렵네.

이도령 위로하되

"너무 슬퍼 우지 마라. 장부 간장이 다 녹는다."

방자 불러

"책방에 돌아가서 대[竹] 한 분(盆) 가져다가 나의 춘향 주어 다오. 오동야우(梧桐夜雨) 잠깬 후와 호접춘풍(胡蝶春風) 긴긴 밤에 내 생각 나거들랑 날 본 듯이 두고 보라."

춘향이 이르는 말이

"백초(百草)를 다 심어도 대는 아니 심는다 하오. 살대(화살)는 가고, 젓대(피리)는 울고, 그리나니 붓대로다. 울고 가고 그리는 대를 구태여 어이 심으라 하오?"[452]

"네가 어이 알까 보니? 취죽창송(翠竹蒼松)은 천고절(千古節)이라 동천(冬天)에도 푸르렀고 눈 속에도 순(筍) 나니, 계집의 절행(節行)이 이 대의 본을 받아 정성으로 심어 두라."

남대단(藍大緞) 두리줌치,[453] 주황당사(朱黃唐絲) 끈을 끌러 화류(樺榴) 집 사파경[454]을 집어내어 춘향 주며 이르는 말이

....

452) 백초(百草)를 다~심으라 하오: 『청구영언』에 실린 시조에 "백초를 다 심어도 대는 아니 심을 것이 / 젓대는 울고 살대는 가고 그리나니 붓대로다 / 구트나(구태여) 울고 가고 그리는 대 심을 줄이 있으랴"라는 구절이 보인다. '그리나니 붓대로다'는 대나무 붓으로 '그리다'라는 말에서 '그리워하다'의 '그리다'가 연상되기에 대나무를 심지 않겠다는 말.

453) 남대단(藍大緞) 두리줌치: 남색 비단으로 만든 두루주머니. 권2의 주 80, 권1의 주 172 참조.

454) 화류(樺榴) 집 사파경: 화류나무, 곧 자단나무(로즈우드)로 틀을 만든 고급 거울. '사파경'은 거울의 일종이겠으나 자세한 것은 미상. 『고본 춘향전』에는 '사파경'이 "사모경"[四稜鏡: 네모 거울]으로 되어 있다. 『춘향전 비교연구』에서는 "화류 집 삽화경(揷火鏡)"으로 보아 '화류나무 집에 꽂은 화경(볼록렌즈)'이라 풀이했다.

"대장부의 굳은 마음 석경(石鏡) 빛과 같을지라. 진토(塵土) 중에 묻혀 있어 천백 년이 지나간들 석경 빛이 쇠할쏘냐? 이로 신(信)을 삼아 두라."

춘향이 받아 손에 쥐고,

"이것이 평생 신물(信物)이라, 또한 대봉(代捧: 답례품)이 없으리이까?"

하고 보라대단(보라색 비단) 속저고리 맹자 고름[455] 어루만져 옥지환 (玉指環)을 끌러내어 이도령 주며 하는 말이

"여자의 수행(修行)함이 옥환(玉環) 빛과 같을지라. 송죽(松竹)같이 굳은 마음 이 옥같이 단정하며, 일월같이 맑은 뜻은 이 옥같이 청백하니, 상전(桑田)이 벽해(碧海) 되고 벽해가 상전 된들 변할 바 없으리니, 반첩여(班婕妤)[456]의 적막함은 효칙(效則)할지언정 진유자(陳孺子: 진평)의 첩 되기는 원치 아니 하오리니, 이로 신(信)을 삼으소서."

이도령이 지환 받아 싸고 싸서 깊이 넣고 「이별조」 하나 부를 적에

간다 잘 있거라 좋이 다시 보자

좋이 있거라.

간들 아주 가며 아주 간들 잊을쏘냐

잠 깨어 곁에 없으니 그를 슬퍼하노매라.

춘향이 화답하되

---

455) 맹자 고름: '명주 고름'으로 보인다. 동양문고본과 『고본 춘향전』에는 "면즈 고름"으로 되어 있다.

456) 반첩여(班婕妤): 시와 부(賦)에 뛰어난 여성 문인으로, 한나라 성제(成帝)의 총애를 받아 첩여(婕妤: 후궁 중 제2위에 해당하는 지위)가 되었으나, 훗날 성제의 사랑이 조비연(趙飛燕)에게 옮겨가면서 버림받아 장신궁(長信宮)으로 물러났다.

울며 잡는 소매를 떨더리고 가지 마오.[457]

도련님은 장부라 돌아가면 잊으려니와

소첩은 아녀자인 고로 못 잊을까 하노매라.

산첩첩(山疊疊) 수중중(水重重)한데 부디 평안히 가오

가다가 긴 한숨 나거든 낸줄 아오.

457) 울며 잡는~가지 마오: 인조(仁祖) 때의 문신 이명한(李明漢)의 시조에 "울며 잡은 소매 떨치고 가지 마소"라는 구절이 보인다.

10. 이별의 술잔

이렇듯이 이별할 제 차마 어찌 떠나오리? 마주잡고 서로 울 제 책방
방자가 달려들어 성화같이 재촉하되

"사또 분부 내(內)에 도련님 계신 곳을 알아 성화같이 뫼셔 오라 서서
기다리시니 편전(片箭)같이 가옵시다!"

둘이 다 깜짝 놀라 하는 말이

"너는 병환에 까마귀[458]요, 혼인에 트레바리[459]로고나! 너는 사람 내 잘
맡는 빈대자식부터(빈대자식으로부터) 났느냐? 끔찍끔찍이 재촉 마라.
소하(蕭何) 죽은 후신(後身)이냐?[460] 만날 제도 네 덕이요, 이별할 제도

---

458) 병환에 까마귀: 가뜩이나 걱정스러운 일에 더한 흉조(凶兆)가 생긴 경우를 이르
    는 말.
459) 트레바리: 훼방꾼. 좋은 일까지도 덮어놓고 반대만 하는 사람.
460) 소하(蕭何) 죽은 후신(後身)이냐: 소하가 죽고 난 뒤 환생한 사람이냐? '소하'는 한
    나라 고조(高祖)가 가장 신임하던 신하로, 전투 보급 지원은 물론 내정 일반을 관장한
    개국공신이다. 소하는 한신(韓信)이 처음에 고조 휘하에서 인정 받지 못하자 고조에
    게 한신을 대장군에 임명하도록 강권했고, 훗날 한신에게 모반의 조짐이 보이자 미리
    계략을 써서 한신을 숙청하게 했다. 이에 "성공도 소하에게 달려 있고, 실패도 소하에
    게 달려 있다"라는 말이 나왔다. 여기서는 이도령과 춘향의 첫 만남을 주선한 방자가
    두 사람의 이별을 재촉한 데서 방자를 소하에 견준 것으로 보인다.

이리하니, 애고 답답, 나 죽겠다!"

하릴없이 돌아올 제 춘향은 자진(自盡)하여 늘어지고, 이도령은 신체만 돌아오니, 사또 불러 이르는 말이

"나는 미진 공사(未盡公事)나 다 닦고 중기(重記)⁴⁶¹ 마감 후에 수일간 떠날 것이니, 너는 즉금(卽今)으로 길을 차려 명일 사당(祠堂)⁴⁶² 뫼시고 일찍 떠나게 하라."

이도령이(이도령에게) 그 말은 여산(廬山) 풍경에 헌 쪽박⁴⁶³이라. 춘향 생각만 골수에 박혀 만장(萬丈)이나 설운 울음 줄대⁴⁶⁴까지 참았다가 입을 열 제, 한 마디 소리 툭 터지며 악바회골⁴⁶⁵ 모진 범이 절구공이로 쌍주뢰⁴⁶⁶를 틀리고 인왕산(仁王山) 기슭으로 가는 소리처로(소리처럼) 동헌(東軒)을 허는(무너뜨리는) 듯이 북받쳐 우니, 사또 달래어 하는 말이

"용렬하다, 우지 마라. 남원 부사를 나만 하랴? 수삼 일간 올라갈 것이니 그다지 우도록 하랴? 그리 말고 관심(寬心)하라."⁴⁶⁷

이도령이 그러한 체하고 동헌부터 책방까지 울며 나와 식음을 전폐하고 뜬눈으로 밤을 새워 평명시(平明時: 해 돋을 때)에 길 떠날 제 사당

461) 중기(重記): 사무를 인계할 때 전하는 문서나 장부.

462) 사당(祠堂): 조상의 신주(神主)를 모셔 놓은 집. 여기서는 '신주'.

463) 여산(廬山) 풍경에 헌 쪽박: 중국 강서성 여산의 아름다운 풍경 속에 놓인 헌 쪽박처럼 도무지 어울리지 않는 물건이나 상황을 비유하는 속담.

464) 줄대: 목줄때기, 곧 목줄.

465) 악바회골: 악박골. 인왕산 서남쪽 기슭, 지금의 서울 서대문구 현저동 근처의 동네 이름. 이곳의 호랑이가 사납기로 유명해서 사납고 무서운 소리를 뜻하는 '악박골 호랑이 선불 맞는 소리'라는 속담이 있다.

466) 쌍주뢰: 쌍주리. '주리'는 죄인의 두 다리를 한데 묶고 다리 사이에 두 개의 주릿대를 가위 모양으로 끼워 비트는 형벌.

467) 관심(寬心)하라: 마음을 너그럽게 가져라.

(신주)·내행(內行)[468] 다 뫼시고 배행(陪行)하여 올라간다.

가노라, 남원 땅아! 다시 보자, 잘 있거라, 광한루야! 엄루사남원(掩淚辭南原)하고 함비향경로(含悲向京路)할 제[469] 신정(新情)이 미흡하여 옥인(玉人)을 이별하니, 눈을 떠도 춘향이요, 감아도 춘향이라. 길에 가는 행인들이 다 춘향인 듯, 꽃 같은 고운 얼굴 눈앞에 암암하고, 낭랑한 말소리는 이변(耳邊)에 쟁쟁하니, 내 마음 쇠돌이 아니어든 이리하고 어이 하리? 가재걸음[470]이 절로 난다. 먼 산만 바라보고 초창(怊悵)하여(서글피) 올라갈 제 한 모롱을 지났겄다.

십리정(十里亭)[471]을 다다라서 문득 들으니 절절함원(切切含怨) 슬픈 울음소리 반공(半空)에 사무치니, 모골(毛骨)이 송연(悚然)하고 심담(心膽)이 구열(俱裂)이라, 정신이 어질하고 뼈끝이 저려오니, 마부더러 묻는 말이

"처량한 저 울음을 누가 이리 슬피 울어 나의 심사를 산란(散亂)케 하나뇨?"

마부놈 채를 들어 한 곳을 가리키되

"저 건너 송림간(松林間)에 어떠한 여인이 우나이다."

이도령 생각하되

....

468) 내행(內行): 부녀자의 여행. 또는 여행길에 오른 부녀자.
469) 엄루사남원(掩淚辭南原)하고 함비향경로(含悲向京路)할 제: 눈물을 훔치며 남원을 떠나 슬픔을 머금고 서울 향할 때. 당나라 동방규(東方虬)의 시 「왕소군의 원한」(昭君怨) 중 "눈물을 훔치며 단봉을 하직하고 / 슬픔을 머금고 백룡으로 향하네"(掩淚辭丹鳳, 含悲向白龍)에서 따온 말. '단봉'은 단봉궐(丹鳳闕), 곧 임금이 있는 궁궐. '백룡', 곧 백룡퇴(白龍堆)는 신강성(新疆省) 로프노르 호수 인근의 사막.
470) 가재걸음: 뒷걸음질.
471) 십리정(十里亭): 10리마다 둔 정자. 여기서는 남원 10리 밖의 정자.

'우리 춘향이가 나를 보려 중로(中路)에 와서 기다리나 보다.'

"마부야, 말 잡아라! 뒤를 잠깐 보고 가자."

울음소리를 찾아갈 제 점점 깊이 들어가니 마부놈 여쭙되

"여기서 뒤보시지 어디로 들어가오?"

이도령 돌아보며 꾸짖되

"백발(白髮)의 놈 너로고나! 아무데서 보든지 네 아랑곳치냐?"

하며 불계(不計)하고 들어가서 자세히 보니, 너로고나, 춘향이! 마주 잡고 그저 데굴데굴 함부로 탕탕 부딪치며

"너고 나고 예서 죽자! 너는 어찌하여 여기 있나니?"

"도련님 가시는 길에 전별(餞別)하려 왔사오니 마지막 이별배(離別杯)를 잡으시오."

술을 부어 권할 적에 장부의 심장이 다 상한다. 옥수를 자주 들어 눈물을 쥐어 뿌리면서

"천지 인간 이별 중에 나 같은 이 또 있는가? 애고, 도련님, 내 말 듣소! 차마 설워 못 살겠네. 오동야지명월(梧桐夜之明月)이요 양류춘지청풍시(楊柳春之淸風時)에[472] 그리워 어찌 살라 하오?"

이도령 위로하되

"네 속이나 내 속이나 간장(肝腸)이야 다를쏘냐? 석벽(石壁)에 양견(兩肩) 대듯[473] 수삼 년만 기다려라."

서로 잡고 울음 울 제 마부놈 달려들어

----

472) 오동야지명월(梧桐夜之明月)이요 양류춘지청풍시(楊柳春之淸風時)에: 오동나무에 달 밝은 밤이요 버드나무에 맑은 바람 부는 봄에.

473) 석벽(石壁)에 양견(兩肩) 대듯: 돌벽에 두 어깨를 꼭 붙이고 있듯이 꼼짝 말고.

"도련님, 어서 일어나오! 대부인 마누라님(마나님)이 앞참[474]에서 도련님을 찾으신다 하고 관노놈이 왔사오니 어서 바삐 일어나오."

이도령 이르는 말이

"너도 목석이 아니라 이 형상을 네가 보니 차마 어찌 떠나리오? 돈을 많이 후히 주마. 한 말만 잠깐 더하고 가자."

마부놈 여쭙되

"천 리를 가나 십 리를 가나 한때 이별은 불가무(不可無)이오니 제발 덕분 일어나오."

하릴없이 떠나오니 둘의 간장이 다 사라진다. 저 춘향의 거동 보소. 녹는 듯이 울음 울며

"도련님, 부디 평안히 가오. 떠나는 회포는 측량없거니와 나 같은 천첩(賤妾)은 조금도 생각 마시고 서울 올라가서 학업이나 힘써 여영득의(餘榮得意)[475]하신 후에 부디부디 날 찾아오시오. 머리 위에 손을 얹고 기다릴 제 바라는 눈이 뚫어지지 않게 하옵소서."

이도령 이르는 말이

"오냐, 부디 잘 있거라."

연연(戀戀)함을 이기지 못하여 차마 손을 놓지 못하고 소매를 들어 눈물을 씻으면서 당부하는 말이

"나의 일은 염려 말고, 몸을 삼가고 신의를 지켜 나의(내가) 돌아오기를 고대하라."

하고 떠날 줄을 잊었더니, 서산에 해는 늦어가고 재촉이 성화같은지

---

474) 앞참: 다음에 머무를 곳. '참'(站)은 역참(驛站).
475) 여영득의(餘榮得意): 선조의 남은 영화, 곧 조상의 은덕으로 뜻을 이룸.

라, 마지못하여 손을 놓고 말에 올라 돌아서니 한 걸음에 돌아보고 두 걸음에 기가 막혀 갈 길이 어득하다. 목이 맺혀 연속부절(連續不絶)

"잘 있거라."

"부디 평안히 가오."

이렇듯이 목쉰 소리로 이별할 제 길이 점점 멀어 간다. 한 산 넘어 오리 되고, 한 물 건너 십 리로다. 다만 둘이 입만 벙긋벙긋하되 음성은 아니 들리는고나.

11. 귀덕이

　속절없이 떠날 적에 이전에는 뜨게[476] 걷던 말조차 오늘은 어이 그리 재게(재빠르게) 가노? 춘교(春郊)에 우는 새는 간장을 바아는(부수는) 듯, 장제(長堤: 긴 둑)에 푸른 버들 무정히도 푸르렀다. 형영(形影)조차 묘연(杳然)하니 애고 답답, 가슴이야! 욕망이난망(欲忘而難忘)이요 불사이자사(不思而自思)로다.[477] 보고지고, 보고지고, 나의 춘향 보고지고! 어린 양자(樣子)[478] 쇄옥성(碎玉聲)[479]을 잠깐 들어 보고지고! 유리잔에 술 부어 들고 잡수시오, 잡수시오, 권하던 양 지금 만나 보고지고! 천 리 장정(長程) 머나먼데 너를 잊고 어이 가리? 속절 춘향 전혀 없다.

　"이놈 마부야, 말이나 천천히 몰아가자. 꽁무니에 티눈 박이겠다. 저 앉았던 뫼봉[山峰]이나 보고 가자꾸나."

　마부놈 대답하되

---

476) 뜨게: 굼뜨게. 행동이 느리고 더디게.

477) 욕망이난망(欲忘而難忘)이요 불사이자사(不思而自思)로다: 잊으려 해도 잊기 어렵고, 생각하지 않으려 해도 절로 생각난다.

478) 어린 양자(樣子): 눈에 어린 모습.

479) 쇄옥성(碎玉聲): 옥이 바스러지는 맑고 아름다운 소리.

"소인도 한 번 차모(茶母)⁴⁸⁰ 귀덕이를 얻어 신정이 한창 미흡한데, 이 방 아전이 장(障)을 두고⁴⁸¹ 소인의 차례 아닌 길을 보내오니, 손을 잡고 떠나올 제 무지한 간장도 봄눈 슬듯(녹듯) 마음이 산란하와 서울 육백오십 리를 한참에 들이놓고⁴⁸² 내일 한겻⁴⁸³ 내려가오려 급한 마음 살 같사와 말을 바삐 모나이다. 그러하오나 도련님이 하 민망하여 하시니 천천히 뫼시리이다. 다만 길 가기 심심하고 도련님 마음도 하 산란하여 하시니, 위로 겸하여 그 놀던 이야기나 하며 가사이다. 우리 귀덕이도 묘하외다."

이도령 대답하되

"그 이름 더럽다.⁴⁸⁴ 인물은 어떠하게 묘하더냐?"

마부놈 대답하되

"머리 앞은 숙붙어⁴⁸⁵ 두 눈썹이 닿아 있고, 두 눈은 왕방울만 하고, 코는 바람벽에 말라붙은 빈대⁴⁸⁶ 같고, 입은 두 귀밑까지 돌아오고, 가슴은 두리기둥⁴⁸⁷ 같아 젖통이란 말은 아주 없사오니, 요런 묘한 계집이 또 어디 있사오이까?"

---

480) 차모(茶母): 관아에서 차 대접 등의 잡일을 맡아 하던 관비(官婢).

481) 장(障)을 두고: 방해하고.

482) 한참에 들이놓고: 한번에 들이닫고.

483) 한겻: 반나절. 3시간가량.

484) 그 이름 더럽다: 마부의 아내 이름 '귀덕이'가 '귀더기'('구더기'의 방언)와 발음이 같기에 한 말.

485) 머리 앞은 숙붙어: 머리털이 아래로 내려 나서 이마가 좁아.

486) 바람벽에 말라붙은 빈대: 매우 작고 납작함을 비유하는 말.

487) 두리기둥: 두리기둥은 둘레를 둥그렇게 깎아 만든 기둥. 여기서는 밋밋함을 비유하는 말.

이도령 웃고 이르는 말이

"그것도 사람이란 말이냐? 너는 무엇을 취(取)하나니? 흉하고 끔찍하다."

마부가 왈,

"도련님이 계집 묘리를 모르시는 말씀이올시다. 머리 앞 숙붙기는 겨울에 돈 아니 들인 붙박이 휘항(揮項) 긴(緊)하옵고,[488] 계집의 눈 큰 것은 서방이 꾸짖어도 겁을 내어 공순하고, 코 없기는 입 닿일 제 거칠 것이 없사오니 더 긴하옵고, 입 큰 것은 바쁜 때에 급히 맞출 제 아무 데를 대어도 영락없사오니 긴하옵고, 젖통이 없는 것은 단야(短夜)에 곤한 잠 자다가도 부로통한[489] 것이 만치이면(만져지면) 자연 마음이 동하여 버무레나 떠히고 한가음이나 뜨오니,[490] 젖통이 없사오면 온밤을 성히 자고 나오면 녹용(鹿茸) 한 그릇 먹은 셈이오니, 요런 계집은 곧 보배외다. 도련님 수청은 어떠하옵더니이까?"

"어허 이놈, 들어보아라. 우리 춘향이야 어여쁘더니라. 인물이 탁월하여 장부 심장을 놀래고 백태(百態)가 구비(具備)하며, 재덕(才德)이 겸전(兼全)하고 품질(稟質)이 절승(絶勝)하더니라. 애고애고, 설운지고! 저고 나고 둘이 만나 춘하추동 사시 없이 주야장천 즐겨 놀 제 재미있는

....

488) 머리 앞~휘항(揮項) 긴(緊)하옵고: 이마가 좁아서 휘항을 돈 주고 사지 않아도 되니 참으로 좋고. '휘항', 곧 '휘양'은 머리에서 어깨까지 덮는 방한모.

489) 부로통한: 부풀어 올라 볼록한.

490) 버무레나 떠히고 한가음이나 뜨오니: 미상. '버무레'를 '버무리', 곧 얽매임으로 보고, '한가음'을 한갓됨으로 보아 '공연히 얽매여 실속 없는 일에 어수선하게 들뜨'는 정도의 뜻으로 추정된다. 동양문고본에는 "벙어리나 쩌희고 한가음이나 쓰오니"로 되어 있다. 『춘향전 비교연구』에서는 "못된 일에나 떨어지고 몸이 몹시 축가게 되오니"로 풀이했다.

잔속이야 누구더러 다할쏘냐? 애고애고, 설운지고! 동군(東君: 봄의 신)이 신필(神筆) 되어 춘향조차 그려낸가? 항아(姮娥)[491]를 내치신가? 직녀(織女)를 적강(謫降)한가? 너는 어인 아이관대 강산 정기(精氣)를 혼자 타서 나의 간장 썩이나니? 혼이라도 너를 찾고, 꿈이라도 너를 찾으리라. 살뜰히 그릴 적에 꿈에나 만나보자. 애고 답답, 설움이야!"

이렇듯 탄식하며 경성으로 올라가니라.

---

491) 항아(姮娥): 달나라의 선녀. 요임금 때 활 잘 쏘는 예(羿)가 서왕모에게 불사약(不死藥)을 청해서 받았는데, 예의 아내인 항아가 이를 훔쳐 달나라로 갔다는 전설이 있다.

12. 이별 후가 더 어렵다

　이때 춘향이는 이도령 떠나갈 제 가는 데를 보려 하고 갱상일층루(更上一層樓)하여 욕궁천리목(欲窮千里目)하니,[492] 천 리로다, 천 리로다, 님 가신 데 천 리로다! 기가 막혀 울음 울 제 길이 차차 멀어 가니 형용(形容)이 점점 적어 뵌다. 서너 살 먹은 아이 강아지 타고 가느니만 하더니, 사월 팔일에 동자등(童子燈)[493]만 하여 뵈고, 산굽이를 돌아가니 아물아물 아주 없다. 애고, 이를 어찌할꼬?

　기진(氣盡)토록 종일 울고 집으로 돌아와서 방안을 살펴보니 무거처지망망(無據處之茫茫: 의지할 곳 없이 아득함)이라. 애고애고, 이것이 웬 일인고? 극목천애(極目天涯)하니　한고안지실려(恨孤雁之失侶)요, 회모양상(回眸樑上)하니　선쌍연지동소(羨雙燕之同巢)로다.[494] 옥창잔월추야

---

492) 갱상일층루(更上一層樓)하여 욕궁천리목(欲窮千里目)하니: 누각을 한층 더 올라가 천리 밖을 다 보려고 하니. 당나라 왕지환(王之渙)의 시 「관작루에 오르다」(登鸛雀樓)에 나오는 구절을 순서를 바꾸어 옮긴 말.

493) 동자등(童子燈): '작은 연등'을 가리키는 말로 보인다.

494) 극목천애(極目天涯)하니~선쌍연지동소(羨雙燕之同巢)로다: 하늘 끝을 바라보니 짝 잃은 외기러기 한스럽고, 들보 위를 보니 한 둥지의 제비 한 쌍 부럽네. 육당본 『청구영언』과 『가곡원류』 등에 실린 시조에 나오는 구절.

장(玉窓殘月秋夜長)에[495] 님을 그려 어찌 살리? 가련하다, 나의 신세! 일 촌간장 봄 눈 스듯, 애고, 이를 어이할꼬? 대비정속(代婢定屬) 면천(免賤)하고,[496] 사절빈객(謝絶賓客) 두문(杜門)하고,[497] 의복단장 전폐하고, 식음을 물리치고, 헛튼 머리, 때묻은 옷에 탈신(脫神)하여(실신하여) 맥(脈)을[498] 놓고 누웠으니, 인간 행락이 덧없도다. 가련히도 되었고나!

애고애고, 설운지고! 이 설움을 어찌할꼬?

춘하추동 사시절에 님을 그리워 어이 살리?

나래 돋친 학이 되어 훨훨 날아가서 보고지고![499]

영두(嶺頭)에 구름 되어 높이 떠서 보고지고!

창해(滄海)의 달이 되어 비추어나 보고지고!

울던 눈물 받아내면 배도 타고 가련마는

만첩상사(萬疊相思)[500] 그려낸들 한 붓으로 다 그리랴.

추야장혜(秋夜長兮: 가을밤 길구나) 김도 길사 천리상사 더욱 섧다.

상사하던 도련님을 꿈에 만나 보건마는 잠 곧 깨면 허사로다.

---

495) 옥창잔월추야장(玉窓殘月秋夜長)에: 창밖에는 희미한 달 가을밤 긴데.

496) 대비정속(代婢定屬) 면천(免賤)하고: 관아의 여종이나 기생이 다른 사람을 사서 자기 대신에 관아에 속하게 함으로써 천인 신분에서 벗어나고.

497) 사절빈객(謝絶賓客) 두문(杜門)하고: 모든 손님을 사양해 물리치며, 문을 닫아 막고 바깥 출입을 하지 않고.

498) 맥(脈)을: 저본에는 "미롤"로 되어 있으나 바로잡았다.

499) 나래 돋친~날아가서 보고지고: 12가사의 하나인 「상사별곡」(相思別曲)에 "나래 돋친 학이 되면 날아들어 가련마는"이라는 구절이 보인다.

500) 만첩상사(萬疊相思): 만 겹으로 쌓인 그리움.

구회간장만곡수(九廻肝腸萬斛愁)⁵⁰¹를 담을 데가 전혀 없네.

인생 백년이 얼마관대 각재동서(各在東西) 그리는고?⁵⁰²

공방미인독상사(空房美人獨相思)⁵⁰³는 나를 두고 이름이라.

애고 답답, 설움이야! 이를 어이 하잔 말고?

정화(庭花)는 작작(灼灼)하고⁵⁰⁴ 두견(杜鵑: 진달래)은 난만한데

자규(子規: 두견새)야 우지 마라!

울거든 너나 울지 잠든 나를 깨워내어

갓득한(가뜩한) 님 이별에 여른(여린) 간장 다 썩이나니.

이별이 비록 어려우나 이별 후가 더 어렵도다.

동지야(冬至夜) 긴긴 밤과 하지일(夏至日) 긴긴 날에

때마다 상사로다.

약수 삼천리 못 건넌다 일렀으나

님 계신 데 약수로다.

애고애고, 설운지고!

---

501) 구회간장만곡수(九回肝腸萬斛愁): 아홉 굽이 간장에 일만 섬의 시름. 『악학습령』에
전하는 시조에 "일촌간장에 만곡수 실어 두고"라는 구절이 보인다.

502) 인생 백년이~각재동서(各在東西) 그리는고: 「추풍감별곡」에 "인생 백년 얼마관대
각재동서 그리는고?"라는 구절이 보인다. '각재동서'는 '각각 동서로 헤어져 있어'
의 뜻.

503) 공방미인독상사(空房美人獨相思): 빈 방에서 미인이 홀로 임을 그리워함. 「상사별곡」
에 "공방미인 독상사는 예로부터 이러한가?"라는 구절이 보인다.

504) 정화(庭花)는 작작(灼灼)하고: 뜰의 꽃은 찬란하고. 12가사의 하나인 「춘면곡」(春眠
曲)에 "정화는 작작한데"라는 구절이 보인다.

이 몸이 삼기실 제[505] 님을 좇아 삼겼으니

삼생(三生)[506]의 연분이며 하늘 마칠 일이로다.

나 하나 소년(少年)이요, 님 하나 날 괴실 제

이 마음 이 사랑은 견줄 데 전혀 없다.

평생에 원하오되 한데 예자[507] 하였더니

그 덧세 어이하여 각재동서 그리는고?

엊그제 님을 뫼셔 광한전(廣寒殿)에 올랐더니

그 덧(짧은 시간)에 무슨 일로 하계(下界)에 내려온고?

올 적에 빗은 머리 흐트런 지 오래도다

연지분도 있건마는 눌 위하여 고이 할꼬?

마음에 맺힌 시름 첩첩이 쌓였어라

짓나니 한숨이요 흘리나니 눈물이라.

인생이 유한한데 수심이 그지없다

무정한 세월은 물 흐르듯 지나거다.

염량(炎涼)은 때를 알아 가는 듯 돌아오니

듣거니 보거니 느낄 일도 하도 할사.[508]

동풍이 건듯 불어 적설(積雪)을 헤치는 듯

....

505) 이 몸이 삼기실 제: 이 몸이 생길 때. 저본에는 '삼기실'이 "삼길실"로 되어 있다. 이
하 권2 끝의 "님을 좇아 다니리라"까지 정철(鄭澈)의 「사미인곡」(思美人曲)을 옮겼다.
일부 누락 구절이 있고, 자구 출입도 많다. 구체적 동이(同異) 비교는 윤덕진·임성래,
『노래로 엮은『춘향전』,『남원고사』의 서사화 방식』(소명출판, 2016), 71~73면 참조.
506) 삼생(三生): 불교에서 전생(前生)·현생(現生)·내생(來生)을 함께 이르는 말.
507) 한데 예자: 함께 지내자.
508) 하도 할사: 많기도 많네.

옥창에 심은 매화 두세 가지 피었어라.

갓득에(가뜩에) 냉담한데 암향(暗香)[509]은 무슨 일고?

황혼에 명월 좇아 침변(枕邊)에 조요(照耀)하니

깃기는(기뻐하는) 듯 반기는 듯 그리는 님 마주본 듯

이 매화 한가지로 님 계신 데 보내고저.

님이 너를 보면 무엇이라 하실런고?

꽃 지자 새잎 나자 녹음(綠陰)이 어린 적에

나위(羅幃)[510]는 적막하고 수막(繡幕: 수놓은 장막)이 비었어라.

부용장(芙蓉帳) 걷어 두고[511] 공작병(孔雀屛) 둘렀으니

갓득에 시름 한데(많은데) 해는 어이 기도던고(길던고).

원앙금침 떼쳐내어 삼색실 풀어내어

금척(金尺: 금자)에 견주어서 님의 옷을 지어내니

수품(手品)도 좋거니와 제도(격식)도 갖출시고.

황함(黃函)[512]에 담아두고 님 계신 데 바라보니

산인가 구름인가 머흠도 머흘시고.[513]

옥루(玉樓)에 혼자 앉아 수정렴(水晶簾) 걷은 날에

동령(東嶺)에 달 돋고 북극에 별이 뵈니

님 본 듯 반가우매 눈물이 절로 난다.

---

509) 암향(暗香): 저본에는 "암담"으로 되어 있으나 바로잡았다.

510) 나위(羅幃): 비단 휘장. 저본에는 "나유"로 되어 있으나 바로잡았다.

511) 걷어 두고: 저본에는 "걸어 두고"로 되어 있으나 「사미인곡」에 의거해 바로잡았다.

512) 황함(黃函): 노란색 함. 「사미인곡」에는 "산호수 지게 위의 백옥함(白玉函)"으로 되어 있다.

513) 머흠도 머흘시고: 험하기도 험하구나.

청광(淸光)을 쥐어내어 봉황루(鳳凰樓)에 걸어두고

팔황(八荒: 온 세상)에 다 비치니 심산궁곡(深山窮谷) 비추고저.

건곤은 폐색(閉塞)하고 백설(白雪)[514]이 한빛인데

사람은커니와 날새도 끊겼도다.

소상(瀟湘) 남방(南方)도 추움이 이렇거든

옥루 고처(高處)야 일러 무엇하리?

양춘(陽春)을 부쳐내어 님 계신 데 보내고저.

모첨(茅簷)에 비친 해를 옥루에 올리고저.

홍상(紅裳)을 거두치고(걷어붙이고) 취수(翠袖)를 반만 걷어

일모창산원(日暮蒼山遠)에 헴가림(헤아림)도 함도 할사.[515]

짧은 해 겨우 지고 긴 밤을 곧추 앉아

청등(靑燈)을 곁에 놓고 져근덧(잠깐) 잠을 드니

꿈에나 님을 보려 턱 받고 지혔으니(기댔으니)

원앙금도 참도 찰사[516] 이 밤이 언제 샐꼬?

하루도 열두 시요 한 달도 삼십 일에

하루나 잊어 있어 시름을 풀자 하니

마음에 맺힌 시름 골수에 박혔으니

편작(扁鵲)[517]이 열이 오나 이내 병 어이하리?

---

514) 백설(白雪): 저본에는 "백일"로 되어 있으나 「사미인곡」에 의거해 바로잡았다.

515) 일모창산원(日暮蒼山遠)에 헴가림도 함도 할사: 해 저물어 푸른 산 먼데, 생각함이 많기도 많네. '일모창산원'은 당나라 유장경(劉長卿)의 시 「눈을 만나 부용산 주인 집에 묵다」(逢雪宿芙蓉山主人)에 나오는 구절.

516) 참도 찰사: 차기도 차네.

517) 편작(扁鵲): 전국시대 초기의 전설적인 명의(名醫).

어와, 이내 병이여! 이 님의 탓이로다.

차라리 스러져서 범나비나 되오리라.

꽃 지자 새잎 나자 녹음이 어린 적에

꽃마다 다니다가 님의 옷에 앉으리라.

님은 나인 줄 모르셔도

나는 님을 좇아 다니리라.

이렇듯이 시름으로 무정세월 보내더라.

세 갑자(1864) 유월 염오(念五: 25일) 필서

권3

1. 신관 변악도

이때 구관(舊官)은 올라가고 신관(新官)은 내려올 제, 신관 사또는 남촌(南村) 호박골[1] 변악도 집이라. 천만뜻밖에 결연(結緣) 덕으로[2] 산정(散政)에 말망낙점(末望落點)[3]하였는지라. 하던 날부터 남원 춘향이 명기(名妓)란 소문을 들은 지 오랜지라. 생각이 전혀 여기만 있어 밤낮으로 기다리는 말이

"남원이 몇 리나 되는고? 신연(新延)[4] 하인들이 사흘이나 되도록 기척이 없어. 하 괴이한 일이로고!"

하며 성화(成火)같이(애타게) 기다릴 제, 잔뜩 졸라 열사흘 만에 신연 관속(官屬)들이 올라와 수청(守廳: 청지기) 불러 거래하고(통지하고) 현

---

1) 남촌(南村) 호박골: 서울 남산 기슭에 있던 마을로 추정되나 구체적 위치는 미상. '남촌'은 남산 기슭을 중심으로 청계천 남쪽 일대를 가리키던 말.

2) 결연(結緣) 덕으로: 인연을 맺은 덕분에.

3) 산정(散政)에 말망낙점(末望落點): 관직 후보자 세 사람 중 꼴찌로 추천되었으나 임명되었다는 뜻. '산정'은 정기 인사가 아니라 수시로 시행하는 인사 발령. '말망'은 삼망(三望), 곧 관직 후보자 세 사람 중 끝자리에 오른 사람. '낙점'은 임금이 후보자 중 적임자의 이름 위에 점을 찍던 일.

4) 신연(新延): 고을 관아의 장교와 이속(吏屬)들이 새로 부임하는 감사(監司)나 수령을 그 집에 가서 맞아 오던 일.

신(現身)하러 들어올 제, 신연 유리(由吏),⁵ 육방(六房) 아전, 통인, 급장 (及唱), 군뢰사령(軍牢使令: 군졸) 차례로

"현신 아뢰오!"

신관이 밤낮으로 기다리다가 이렇듯 만시(晚時)하여 온 것 보니, 골이 한껏 나서 흠썩 부어(화가 나서) 한 마디 호령에 종놈 불러 분부하되

"네 저놈들 모두 몰아 내치라!"

호령이 추상 같은지라 꼭뒤가 세 뼘씩 한 주먹 건대⁶들이 벌떼같이 달려들어 일시에 꼭뒤 질러⁷ 몰아 내칠 제, 대문 밖으로 내치는 것이 아니라 호기(豪氣)가 되는대로 나서 영(令)에 띄이여⁸ 남산골 네거리까지 몰아 나와서, 그 섬(김)에 장악원(掌樂院)⁹까지 활짝 내리몰아, 한숨에 각전(各廛) 시정(市井) 난전(亂廛) 모듯¹⁰ 구리개 병문(屛門)¹¹까지 몰아 내

5) 유리(由吏): 지방 관아의 이방(吏房)에 속하여 인사와 인수인계 등의 업무를 맡아보던 구실아치.

6) 꼭뒤가 세 뼘씩 한 주먹 건대: 거만한 주먹 건달.

7) 꼭뒤 질러: 앞질러. 앞 다투어. 본래 '앞질러 가로채서 말하거나 행동하는 모습'을 이르는 말. '꼭뒤'는 뒤통수의 한가운데.

8) 영(令)에 띄이여: 명령에 들떠서.

9) 장악원(掌樂院): 조선시대 궁중에서 음악과 무용에 관한 일을 담당하던 관청. 지금의 서울 을지로 2가에 있었다.

10) 각전(各廛) 시정(市井) 난전(亂廛) 모듯: 육주비전(六注比廛)의 상인들이 난전(亂廛)을 몰아내듯. 정신을 차리지 못할 만큼 매우 급히 몰아침을 비유해 이르는 속담. '육주비전'은 조선시대 전매특권(專賣特權)과 국역(國役) 부담의 의무를 진 서울의 여섯 시전 (市廛). 육주비전의 상인들은 '난전', 곧 국가의 허가 없이 육주비전에서 파는 물건을 거래하는 상인들의 가게를 규제할 수 있는 특권을 가졌다. '시정'은 시장에서 장사하는 사람의 무리.

11) 구리개 병문(屛門): 구리개 골목 어귀. '구리개', 곧 '동현'(銅峴)은 지금의 을지로 입구에서 을지로 2가 사이의 낮은 고개를 말한다. 구리개 황토길 언덕에 약방이 밀집해

뜨리고 오니, 신관이 골김에[12] 다 몰아 내치고 다시 생각한즉 모양도 아니 되고, 제일 그곳 소문을 물을 길이 없는지라. 청지기 불러 묻는 말이

"여보와라! 남원 하인 하나도 없느냐? 나가 보와라!"

할 제 마침 길방자[13] 한 놈이 발병이 나서 낙후하여 들어오니, 몰아내는 통에도 참예(參預) 못한 놈이 저축저축하고 들어오는 놈의 형상이 아주 허술한 중 얽고 검고 한 눈 궂고(멀고) 흉악히 추한 놈이 들어와서 신관 사또 댁이냐 묻고 신연 관속들을 찾거늘, 아무커나 불러들여 현신시킨 후에 신관이 보고 반기어 생으로 치살리는[14] 말이

"업다,[15] 그놈 잘도 났다! 외모가 심히 순박한 것이 기특한 놈이로다. 네 고을 일을 자세히 아느냐?"

방자놈 여쭙되

"소인이 십여 대(代)를 그곳에서 생장하온지라 터럭 끝만 한 일이라도 소인 모르는 일이 없사외다."

"어허, 시원하다! 알든지 모르든지 우선 관원의 비위를 맞추어 대답하는 것이 기특하다. 네 구실[16]이 일 년에 얼마나 먹고 다니느냐?"

"아뢰옵기 황송하오되 소인의 구실 원응식(元應食)[17]이라 하옵는 것이 일 년에 황조(荒租)[18] 넉 섬뿐이올시다. 그러하옵기 이런 때 행차를 뫼시

러 오오나, 관가(官家) 구실로 서울 왕래를 하오나 노자(路資) 하는 법
이 자당(自當)하옵기로[19] 길에서 탄막(炭幕: 주막)에 외상 먹고 다니옵
거나 여북하면 굶고 다닐 적이 많사옵고, 그러하옵기 변지변(邊之邊) 이
지리(利之利) 하여 주는[20] 경주인(京主人)[21]의 빛이 무수하옵고, 환상(還
上)[22]도 매양 바칠 길 없사와 볼기를 흰떡 맞듯[23] 하옵네."

"불쌍하다! 네 고을의 관속 중 제일 먹는 방임(坊任)[24]이 얼마나 쓰느냐?"

대답하되

"수삼천금(數三千金) 쓰는 방임이 서너 자리나 되옵나이다."

"내가 도임하거든 그 방임 서너 자리를 모두 다 너를 시키리라."

"황송하외다, 상덕(上德)[25]이올시다!"

"여보와라! 그는 그러하거니와 네 고을에 저 무엇이 있다 하더고나.
업다, 유명한 별것 있다 하더고나!"

"젓사오되[26] 무엇이온지 모양만 하문(下問)하옵시면 알아 바치오리이다."

---

19) 노자(路資)하는 법이 자당(自當)하옵기로: 노잣돈을 스스로 마련하게 되어 있으므로.

20) 변지변(邊之邊) 이지리(利之利) 하여 주는: 이자에 또 이자를 붙여 돈을 빌려주는. '변
지변'과 '이지리'는 비슷한 뜻으로 '변리(邊利: 이자)에 또 붙은 변리'를 뜻한다.

21) 경주인(京主人): 조선시대 중앙과 지방 관아의 연락 사무를 담당하기 위하여 지방 수
령이 서울에 보내던 아전 또는 향리.

22) 환상(還上): 백성들에게 봄에 빌려주고 가을에 이자를 붙여 거두던 곡식.

23) 볼기를 흰떡 맞듯: 섣달그믐날 흰떡이 떡메에 맞듯이 볼기를 많이 맞는다는 말.

24) 제일 먹는 방임(坊任): 돈이 제일 많이 생기는 구실아치. '방임'은 방(坊)의 공무를 맡
아보던 구실아치. '방'은 지역에 따라 면(面)과 대등하거나 면 아래에 속하는 지방 행
정구역.

25) 상덕(上德): 웃어른에게 받는 은덕.

26) 젓사오되: 두렵사오되. '젛다'는 '두려워하다'의 뜻.

신관이 풀갓끈 뒷짐 지고[27] 거닐면서

"업다. 이런 정신이 어디 있으리? 고약한 정신이로고나. 금시(今時)에[28] 생각하였더니 고 사이에 깜박 잊었고나. 정신이 이러하고 무엇을 하리? 도임 후에 수다한 공사에 성화할 밖에. 애고, 무슨 '양'이라 하더고나. 무슨 '양'이 있느냐? 아주 논란 없이 절묘하다더고나!"

"'양'이라 하옵시니 무슨 '양'이오니까?"

"허허, 그놈! 그것을 모른단 말이냐? 너 나무라 무엇하리? 그는 내려가 종차(從次)[29] 알려니와 네 고을이 서울서 몇 리나 되느냐?"

"서울서 본관(本官) 읍내가 육백오십 리로소이다."

"그러면 내일 일찍 내려가면 저녁참[30]에 들어다히랴(들이닿으랴)?"

"젓사오되 내일 숙배(肅拜)[31]나 하옵시고, 조정에 하직(下直)[32]이나 하옵시고, 각사(各司) 서경(署經)[33]이나 도옵시고, 우명일(又明日: 또 내일, 곧 모레) 한겻쯤 떠나옵시면 자연 날 궂은 날 끼이옵고, 가옵시다가 감영(監營)에 연명(延命)[34]이나 하옵시고, 혹 구경처에나 놀이 하옵시고, 연로(沿路)[35] 각읍(各邑)에 혹 연일 유숙(留宿)이나 되옵시고, 천천히 내

....

27) 풀갓끈 뒷짐 지고: 매우 기쁘고 뿌듯한 모습을 형용하는 말. 구체적 유래는 미상.

28) 금시(今時)에: 저본에는 "그시에"로 되어 있으나 동양문고본에 따랐다.

29) 종차(從次): 차후로. 이 다음에.

30) 저녁참: 저본에는 "적녁참"으로 되어 있으나 바로잡았다.

31) 숙배(肅拜): 임지(任地)로 가는 관원이 임금에게 작별을 아뢰던 일.

32) 하직(下直): 임지로 떠나는 관원이 작별 인사하는 일.

33) 각사(各司) 서경(署經): 고을 수령에 임명된 자가 부임하기에 앞서 서울 각 부서의 상관들에게 고별하던 일.

34) 연명(延命): 고을 수령이 감사에게 처음 가서 취임 인사를 하던 의식.

35) 연로(沿路): 큰 도로 좌우에 연하여 있는 곳. 저본에는 "열노"로 되어 있으나 바로잡았다.

려가옵노라 하오면 한 보름이나 하여야 도임하옵시리이다."

"어허, 이놈, 괴이한 놈, 보름이라니! 어허, 주리를 할 놈,[36] 보름이라니! 그놈이 곧 구어 다힐[37] 놈이로고나. 네 이놈, 아까 시킨 서너 자리 방임(坊任) 다 모두 제명(除名)하라."

---

36) 주리를 할 놈: 주리를 틀 놈. '주리'는 죄인의 두 다리를 한데 묶고 다리 사이에 두 개의 주릿대를 끼워 비트는 형벌.

37) 구어 다힐: 구워 죽일. '다히다'는 '잡아죽이다'의 뜻.

2. 남원 가는 길

그놈 쫓아 내치고 청지기 불러 신연 하인에게 "내 분부로 제잡담(除雜談)하고[38] 길 바삐 차리라!" 하고 성화같이 내려갈 제 기구범절(器具凡節)[39] 볼작시면 쌍교(雙轎)·독교(獨轎)·별연[40]이라 좌우 청장(靑帳: 푸른 휘장) 넘놀았다. 급마하송(給馬下送)[41] 호호탕탕(浩浩蕩蕩)히 내려갈 제 평지에는 별연(別輦)이요, 산곡(山谷)에는 좌마(坐馬)[42]로다. 남대문을 바삐 나서 칠패(七牌)·팔패(八牌)·돌모로·동작리(銅雀里)[43]를 얼픗(얼핏) 지나 신수원(新水原)[44] 숙소(宿所)하고, 상류천(上柳川)·하류천(下柳

---

38) 제잡담(除雜談)하고: 일절 말하지 않고. 이런저런 말을 다 그만두고.

39) 기구범절(器具凡節): 기구와 범절. 온갖 물건과 법도에 맞는 모든 절차.

40) 별연: 별연(別輦). 통상의 가마보다 특별히 화려하게 꾸민 가마.

41) 급마하송(給馬下送): 급한 일이 있을 때, 지방 벼슬아치에게 말을 주어 급히 파송하던 일.

42) 좌마(坐馬): 벼슬아치가 타던 관아의 말.

43) 칠패(七牌)·팔패(八牌)·돌모로·동작리(銅雀里): '칠패'는 서소문 밖, 지금의 남대문 시장 자리에 있던 난전(亂廛). '팔패'(八牌)는 지금의 서울 중구 봉래동 숭례문 왼쪽의 지명. 각각 도성 안팎을 순찰하던 순라군(巡邏軍) 중 훈련도감 소속의 제7패와 제8패가 순찰하던 구역이라는 데서 유래한 이름. '돌모로', 곧 석우(石隅)는 숭례문과 용산 사이 지금의 용산구 원효로 부근의 지명. '동작리'는 지금의 동작구 동작동 일대.

44) 신수원(新水原): 정조 때 조성한 수원 신읍(新邑), 곧 수원 화성(華城) 일대.

川)·중미(中彌)·오뫼[45]를 바삐 지나 진위(振威)[46] 읍내 중화(中火)[47]하고,

칠원(七院)·성환(成歡)·비토리[48]·천안삼거리 숙소하고, 김제역(金蹄驛)[49]

바삐 지나 덕평(德坪)·인제원(仁濟院)·광정(廣程)·모로원(毛老院),[50] 공주

감영 중화하고, 널티·경천(敬天)·노성(魯城)[51] 숙소하고, 은진(恩津) 닥다

리,[52] 여산(礪山)·능기울·삼례(參禮)[53]를 얼른 지나 전주(全州) 들어 중화

하고, 노고바위[54]·임실(任實)을 얼풋 지나 남원 오리정(五里亭)[55]에 다다

··

45) 상류천(上柳川)·하류천(下柳川)·중미(中彌)·오뫼: '상류천'(윗버드내)과 '하류천'(아
    랫버드내)은 지금의 경기도 수원시 권선구 세류동에 속한 마을 이름. '중미'는 경기도
    오산(烏山) 중미 고개. '오뫼'는 경기도 오산. 저본에는 '중미'가 "죽밋"으로 되어 있다.

46) 진위(振威): 경기도 평택의 지명.

47) 중화(中火): 길을 가다가 점심을 먹음.

48) 칠원(七院)·성환(成歡)·비토리: '칠원'은 진위 남쪽 20리의 지명으로, 지금의 경기
    도 평택시 칠원동 일대. '성환'은 충남 천안시 성환읍. '비토리'는 천안시 부대동 일대.
    '비트리'·'부투리'·'부토리' 등으로도 불렸다.

49) 김제역(金蹄驛): 지금의 세종시 소정면에 있던 역. 저본에는 "진계역"으로 되어 있으
    나 바로잡았다.

50) 덕평(德坪)·인제원(仁濟院)·광정(廣程)·모로원(毛老院): '덕평'은 지금의 천안시 광
    덕면 행정리. '인제원'은 충남 공주시 정안면에 있던 원(院). '광정'은 공주시 정안면
    의 지명. '모로원'은 지금의 공주시 정안면 모란마을. 저본에는 '인제원'이 "인쥬원"으
    로, '모로원'이 "몰원"으로 되어 있다.

51) 널티·경천(敬天)·노성(魯城): '널티'와 '경천'은 모두 공주시 계룡면의 지명. '노성'(魯
    城)은 논산. 저본에는 '널티'가 "느틔"로 되어 있다.

52) 은진(恩津) 닥다리: 논산시 은진면의 사교(沙橋). '사교'는 '새다리'[新橋]에서 온 말
    로, 동양문고본에는 "사다리"로 되어 있다.

53) 여산(礪山)·능기울·삼례(參禮): '여산'은 전북 익산시 여산면. '능기울'은 익산시 왕
    궁면 수경리의 옛 이름. '삼례'는 전주시 완주군 삼례읍.

54) 노고바위: 노구바위, 곧 노구암(爐口巖). 전북 완주군 상관면 용암리의 지명.

55) 오리정(五里亭): 5리마다 둔 정자. 여기서는 전북 남원시 사매면 월평리에 있는 정자.

르니, 개복청(改服廳)[56] 들어 헐소(歇所)하고,[57] 삼반관속(三班官屬),[58] 육방 아전 지경대후(祗敬待候)[59] 영접할 제 연봉(延逢) 육각(六角)[60] 좋을시고!

대장청도도(大將淸道圖)[61]라. 청도(淸道)[62] 한 쌍. 홍문(紅門)[63] 한 쌍, 주작(朱雀),[64] 남동각(南東角),[65] 남서각(南西角), 홍초(紅招).[66] 남문(藍

....

56) 개복청(改服廳): 관리들이 옷을 갈아입던 곳. 감사나 고을 수령을 만나러 온 사람의 대기 장소로 쓰였다.

57) 헐소(歇所)하고: 쉬고. '헐소'는 휴게소.

58) 삼반관속(三班官屬): 지방 부군(府郡)에 속한 향리·군교(軍校)·관노(官奴)를 통틀어 이르는 말. 저본에는 '삼반'이 '삼번'으로 되어 있으나 바로잡았다.

59) 지경대후(祗敬待候): 공경하는 마음으로 높은 사람의 명령을 기다림.

60) 연봉(延逢) 육각(六角): 귀한 사람을 맞이할 때 울리는 육각 연주. '육각'은 북·장구·해금·피리와 태평소 한 쌍으로 이루어진 악기 편성.

61) 대장청도도(大將淸道圖): 행군할 때 깃발·악기·친위병 등의 정렬 순서를 그린 그림으로, 『병학지남』(兵學指南) 「영진총도」(營鎭總圖)에 수록되어 있다. 『병학지남』은 명나라 장수 척계광(戚繼光)의 『기효신서』(紀效新書)에서 조선의 실정에 맞는 내용을 뽑아 정리한 병서(兵書).

62) 청도(淸道): 청도기(淸道旗). 행군할 때 앞에서 길을 치우는 데 쓰던 군기(軍旗).

63) 홍문(紅門): 붉은색 문기(門旗). 이하 '남문'(藍門)·'황문'(黃門)·'백문'(白門)·'흑문'(黑門) 모두 문기이다. '문기'는 진문(陣門) 밖에 세우던 군기(軍旗)로, 동서남북과 중앙의 다섯 방위마다 두 개씩 세웠다. 깃발의 바탕색은 동쪽의 '남문'(藍門)이 청색, 서쪽의 '홍문'이 적색, 남쪽의 '백문'이 백색, 북쪽의 '흑문'이 흑색, 중앙의 '황문'이 황색이고, 모든 깃발에 날개 돋친 호랑이를 그렸다.

64) 주작(朱雀): 남쪽의 주작기(朱雀旗). 이하 동쪽의 '청룡', 중앙의 '등사'(螣蛇), 서쪽의 '백호', 북쪽의 '현무'(玄武)까지 통틀어 대오방기(大五方旗)라고 한다. '대오방기'는 동서남북과 중앙의 다섯 방위를 나타내 진문 앞에 세우던 큰 군기로, 각 방위를 상징하는 신수(神獸: 신령스런 짐승)를 그렸다. '등사'는 하늘을 나는, 용 비슷한 모양의 신수로, 풍수설에서 중앙을 지킨다고 한다.

65) 남동각(南東角): 남동쪽 방위를 표시하는 각기(角旗). 이하 '남서각'·'동북각'·'서북각' 등은 모두 각기에 해당한다. '각기'는 진중(陣中)에서 방위를 표시하던 군기.

66) 홍초(紅招): 홍초기(紅招旗), 곧 붉은색 고초기(高招旗). 이하 '남초'(藍招)·'황초'(黃

門) 한 쌍, 청룡(靑龍), 동남각(東南角), 서남각(西南角), 남초(藍招). 황

문(黃門) 한 쌍, 등사(螣蛇), 순시(巡視)[67] 한 쌍, 황초(黃招). 백문(白門)

한 쌍, 백호,[68] 동북각(東北角), 서북각(西北角), 백초(白招). 흑문(黑門)

한 쌍, 현무(玄武), 북동각(北東角), 북서각(北西角), 흑초(黑招). 관원수

(關元帥), 마원수(馬元帥), 왕영관(王靈官), 온원수(溫元帥), 조현단(趙玄

壇).[69] 표미기(豹尾旗).[70] 금고(金鼓 : 쇠북) 한 쌍, 호총(號銃)[71] 한 쌍, 나

(鑼)[72] 한 쌍, 정(鉦 : 징) 한 쌍, 나발(喇叭 : 나팔) 한 쌍, 바라(哱囉)[73] 한

招)·'백초'(白招)·'흑초'(黑招) 모두 고초기이다. '고초기'는 군대를 지휘하고 호령하
는 데 쓰던 군기의 하나로, 문기(門旗)와 같이 깃발의 바탕색은 각 방위의 색에 따르
고, 깃발마다 팔괘(八卦)와 불꽃무늬를 그렸다.

67) 순시(巡視): 순시기(巡視旗). 군대 안에서 죄를 범한 자를 순찰하여 잡아 올 때 쓰던,
파란 바탕에 붉은 글씨로 '순시'(巡視)라고 쓴 군기.

68) 백호: 저본에는 "빅초"로 되어 있으나 바로잡았다.

69) 관원수(關元帥)~조현단(趙玄壇): 중오방기(中五方旗)에 그리는 다섯 명의 신장(神將).
'중오방기'는 다섯 방위의 진영에 하나씩 세우던, 대오방기보다 작은 크기의 군기로,
뒷면에는 각 방위를 호위하는 신장(神將)을 그렸다. 남쪽의 홍신기(紅神旗)에는 '관원
수', 곧 관우(關羽)를, 동쪽의 남신기(藍神旗)에는 '온원수', 곧 중국 강남 민간신앙의
신령이자 도교의 호법신장(護法神將) 중 하나인 후한의 온경(溫瓊)을, 중앙의 황신기
(黃神旗)에는 왕영관, 곧 도교의 호법신장 중 하나인 송나라 왕선(王善)을, 서쪽의 백
신기(白神旗)에는 '마원수', 곧 후한 말의 무장 마등(馬騰)을, 북쪽의 흑신기(黑神旗)
에는 '조현단', 곧 도교의 재신(財神)이며 정일현단원수(正一玄壇元帥)로 숭상되는 진
(秦)나라 조공명(趙公明)을 그렸다.

70) 표미기(豹尾旗): 표범 무늬가 있는 직사각형의 군기. 이 기를 세워 놓은 곳에는 함부
로 드나들지 못하게 했다.

71) 호총(號銃): 호포(號砲). 훈련이나 의식에서 호령의 신호로 발사하던 총포. 저본에는
"호틍"으로 되어 있으나 바로잡았다.

72) 나(鑼): 놋쇠로 만든 타악기. 징과 비슷한 모양에 크기는 조금 작은 타악기.

73) 바라(哱囉): 놋쇠로 만든, 심벌즈 모양의 타악기.

쌍, 세악(細樂)⁷⁴ 두 쌍, 고(鼓: 북) 두 쌍, 발(鈸: 바라) 한 쌍, 적(笛: 저) 한 쌍, 순시(巡視) 한 쌍, 영기(令旗)⁷⁵ 두 쌍, 중사명(中司命),⁷⁶ 좌관이 (左貫耳),⁷⁷ 우영전(右令箭),⁷⁸ 집사(執事)⁷⁹ 한 쌍, 기패관(旗牌官)⁸⁰ 두 쌍, 군뢰 직렬(職列) 두 쌍. 주라(朱螺),⁸¹ 나발, 호적(胡笛),⁸² 행고(行鼓),⁸³ 태평소 천아성(天鵝聲)⁸⁴ 소리 천지 진동한데, 기치검극(旗幟劍戟)⁸⁵은 추상 같고 살기(殺氣)는 충천(衝天)이라. 일산(日傘: 양산)에 길노마⁸⁶며 권마성(勸馬聲)⁸⁷이 더욱 좋다. 집사(執事) 장관(將官) 행렬한데, 그밖에

....

74) 세악(細樂): 다섯 가지 정도의 적은 악기 편성에 의한 연주. 여기서는 피리·젓대·해 금 같은 선율악기로 이루어진 군악대.

75) 영기(令旗): 진중에서 군령을 전할 때 쓰던 군기. 푸른색 바탕에 붉은색으로 '영'(令) 자, 혹은 붉은색 바탕에 검은색으로 '영' 자를 새겨 붙였다.

76) 중사명(中司命): 중앙에 있는 사명기(司命旗). '사명기'는 지휘관이 군대를 지휘할 때 쓰던 군기. 바탕 색깔은 각 지휘관을 상징하는 방위에 따라 황색·청색·백색 등으로 달랐고, 진영 이름에 따라 '삼군사명'(三軍司命)·'어영군사명'(御營軍司命) 등의 글자 를 썼다.

77) 좌관이(左貫耳): 왼쪽에 있는 관이전(貫耳箭). '관이전'은 전쟁터에서 군율을 어긴 군 사를 처형할 때 사형수의 두 귀를 꿰어 여러 사람에게 보이던 화살.

78) 우영전(右令箭): 오른쪽에 있는 영전(令箭). '영전'은 군령을 전달할 때 쓰던 화살.

79) 집사(執事): 의식을 진행하는 관리.

80) 기패관(旗牌官): 조선 후기 중앙과 지방의 군영에 배치된 장교. 활쏘기와 진법 등으로 선발하여 당직과 군사 훈련을 담당하게 했다.

81) 주라(朱螺): 붉은 칠을 한 소라 껍데기로 만든 관악기.

82) 호적(胡笛): '태평소'를 달리 이르는 말.

83) 행고(行鼓): 행군할 때 치던 북.

84) 천아성(天鵝聲): 피리를 길게 부는 소리. '천아'는 본래 '고니'의 뜻. 저본에는 "텬하 셩"으로 되어 있으나 바로잡았다.

85) 기치검극(旗幟劍戟): 군대에서 쓰던 깃발과 칼과 창.

86) 길노마: 길든 노마(怒馬). '노마'는 힘이 세고 살집이 좋은 말.

87) 권마성(勸馬聲): 말이나 가마가 지나갈 때 위세를 더하기 위하여 그 앞에서 하졸(下

별대마병(別隊馬兵)[88]·인신통인(印信通引)[89]·관노·급창·다모(茶母: 차모)·방자·도훈도(都訓導)[90]라. 아이기생 녹의홍상(綠衣紅裳), 어른 기생 착전립(着氈笠: 전립을 씀)에 늙은 기생 영솔(領率)하고, 육각(六角)으로 취타(吹打)하고 삼현(三絃)[91]으로 전배(前陪: 행차를 앞에서 인도함)할 제, 좌수·별감(別監)[92] 현알(見謁: 알현)하고, 제장교(諸將校) 군례(軍禮) 받고, 육방 아전 현신하고, 기생 통인 문안한 후 신연 유리 불러 분부하되

"네 고을 대소사는 네 응당 알 것이니, 바른대로 아뢰어라."

신연 유리 분부 듣고 환상민폐(還上民弊),[93] 전결(田結)·복수(卜數),[94] 죄수 도안(都案),[95] 대소읍사(大小邑事) 대강대강 고과(告課)[96]하니, 신관이 골을 내어 다시 분부하는 말이

"네 고을에 유명한 것 들은 지 오래거든 여기 아니 있느냐? 무슨 '양'이라 하더고나."

....

卒)들이 목청을 길게 빼어 부르는 소리.

88) 별대마병(別隊馬兵): 본대(本隊)와 별도로 나누어 가는 기마병(騎馬兵).

89) 인신통인(印信通引): 관인(官印)을 가지고 다니는 통인.

90) 도훈도(都訓導): 우두머리 훈도. '훈도'는 지방 교육을 담당하던 종9품 벼슬.

91) 삼현(三絃): 거문고, 가야금, 향비파의 세 가지 현악기를 통틀어 이르는 말. 저본에는 "삼면"으로 되어 있으나 바로잡았다.

92) 별감(別監): 유향소의 관원. 좌수를 보좌하여 풍속 교정, 향리 규찰, 지방 관아의 행정 일부를 담당했다.

93) 환상민폐(還上民弊): 곡식을 백성들에게 봄에 빌려주고 가을에 이자를 붙여 거두던 일에서 생기는 폐단.

94) 전결(田結)·복수(卜數): 논밭에 물리는 세금과 토지 면적.

95) 도안(都案): 조선시대 정기적으로 전국의 군사들을 조사하여 성명, 나이, 거주지 등을 기록한 명부(名簿). 여기서는 '명부'의 뜻.

96) 고과(告課): 하급 관리가 상관에게 아뢰는 일.

이방(吏房)이 막지기고(莫知其故: 그 까닭을 알지 못함)하여 겁결에 대답하되

"창고의 군양(軍糧)이요, 육고(肉庫)의 우양(牛羊)이요, 공고(工庫)[97]의 잘양[98]이요, 마고(馬庫)의 외양이요, 감사(監司) 정배(定配) 귀양이요, 기생 관비 속양(贖良)[99]이요, 불가(佛家)의 공양이요, 여염집 괴양이(고양이)요, 청백(淸白)한 놈 사양(辭讓)이요, 수줍은 놈 겸양이요, 시냇가의 수양(垂楊)이요, 이결(利結)은 평양(平壤)이요,[100] 사정(射亭)의 한양(閑良)이요,[101] 흉한 놈의 불양(不良)이요, 해 다 졌다 석양이요, 남녀간 음양이요, 엄동설한 휘양[102]이요, 허다한 '양'이 무수하온데 대강 이러하외다."

"업다, 업다, 아니로다!"

"젓사오되 사람 못된 것을 잘양(잘량)이라 하옵네다."

"그도 아니라."

좌수 듣기 민망하여 꿇어앉아 여쭙되

....

97) 공고(工庫): 각 관아에서 쓰는 기구를 넣어 두던 창고.

98) 잘양: 잘량, 곧 개잘량. 털이 붙어 있는 채로 무두질하여 다룬 개의 가죽. 방석처럼 깔고 앉는 데 쓴다.

99) 속양(贖良): 속량. 몸값을 받고 노비의 신분을 풀어 주어서 양민이 되게 하던 일.

100) 이결(利結)은 평양(平壤)이요: 세수(稅收)로 얻는 이익은 평양이 으뜸이요. '이결'은 '결전(結錢)으로 생기는 이익'을 말한다. 영조(英祖) 때 균역법(均役法)을 시행하면서 징수하는 군포(軍布) 수가 반으로 줄어들자 이를 충당하기 위해 토지 1결(結: 약 4천 평)마다 5전씩 결전을 부과했다. 저본에는 '평양'이 "퍼양"으로 되어 있으나 바로잡았다. 동양문고본과 『고본 춘향전』에는 '이결'이 "고리결"로 되어 있다.

101) 사정(射亭)의 한양(閑良)이요: 활터의 정자에서 노는 한량이요. '한량'은 일정한 직무 없이 놀고먹던 말단 양반 계층, 또는 무과에 응시하는 사람.

102) 휘양: 머리에서 어깨까지 덮는 방한모.

"아뢰옵기 황송하오나 민(民)[103]의 고을의 소산(所産)으로 물 많은 새
양[104]이 많사외다."

신관이 증(짜증)을 내어 하는 말이

"유리(由吏)라 하는 것이 관장(官長)의 이목이라 변동부부지간(便同夫
婦之間)[105]이기로 유리와 하는 말을 대수리 참예(參預)하여 부대치노?[106]
얻어온 고추장에 비부놈 참예하듯,[107] 다 삭은 바자 틈에 노랑개 주동이
같이[108] 말깃[109]이 괴이하고?"

통인 불러 좌수 구출(驅出)하란 후에,

"여보와라! 삼반관속들이 나를 지경(祗敬)[110]하노라고 몬재(먼지)를
쓰이고 바쁘게 들어왔으니, 다른 점고(點考)[111]는 다 제폐(除廢)하고, 그편
에 있는 기생 하나도 빠지지 말고 점고 차로 대령(待令)하라. 네 고을이 대
무관(大廡官) 색향(色鄕)[112]이라 하니, 기생이 모두 몇 마리나 되느냐?"

---

103) 민(民): 백성이 자기 고을 수령에게 자기를 이르던 일인칭 대명사.

104) 물 많은 새양: 물기가 많은 생강. '새양'은 '생강'의 방언.

105) 변동부부지간(便同夫婦之間): 부부처럼 가까운 사이.

106) 대수리 참예(參預)하여 부대치노: 대수롭게 끼어들어 부딪치는가?

107) 얻어온 고추장에 비부놈 참예하듯: 남의 집에서 얻어온 귀한 고추장을 밥상에 놓자
'비부'(婢夫: 여종의 남편)가 끼어들어 먹으려 하듯. 관계 없는 자가 주제넘게 끼어든
다는 뜻. '비부'는 여종과 혼인한 양인 남성을 가리키는 말이어서 상전 집의 노비로
치지 않는다.

108) 다 삭은 바자 틈에 노랑개 주동이같이: 다 삭은 수수깡 울타리 틈으로 누렁개가 불
쑥 주둥이를 내밀 듯이. 당찮은 일에 끼어들어 주제넘게 말참견하는 일을 비꼬는 말.

109) 말깃: 말곁. 남이 말하는 옆에서 덩달아 참견하는 말.

110) 지경(祗敬): 지경대후(祗敬待候). 권3의 주 59 참조.

111) 점고(點考): 명부에 일일이 점을 찍어 가며 사람의 수를 조사함.

112) 대무관(大廡官) 색향(色鄕): 기생이 많은 큰 고을. '대무관'은 큰 고을. 큰 고을에 있
는 문묘(文廟)의 좌우에 동무(東廡)와 서무(西廡)의 길게 지은 건물이 있는 데서 생겨

이방이 아뢰되

"원기(原妓)[113]와 이속(吏屬) · 비속(婢屬)[114] · 공비(公婢: 관비官婢) · 대비
(代婢)[115] 합이계지(合而計之)하오면 합이 오십 수(首) 되옵나이다."

"어허, 매우 마뜩하다! 기생위명(妓生爲名)[116]한 것은 하나도 유루(遺
漏)치 말고 톡톡 떨어 점고에 다 현신하게 하라!"

3. 기생 점고

이방이 청령(聽令: 명령을 들음)하고 나와서 모든 기생 지위(知委: 고지告知)하고 수근수근 공론(公論)하되

"이 사또 알아보겠다! 사또가 아니요, 백설이 풀풀 흩날릴 제 깔고 앉는 잘량[117]의 아들놈이로다!"

공론이 분분하고, 창빗 아전은 겸형방(兼刑房)이라[118] 수노(首奴)[119] 불러 기생 도안(都案: 명부) 들여놓고 차례로 점고할 제 남원 명기 다 모였다. 신관이 차례로 대간품(對看品)[120]하고, 형방 아전 강성(講聲) 높여 호명(呼名)할 제

중추팔월(仲秋八月) 십오야(十五夜)에 광명(光明) 좋다 추월(秋月)[121]이

....

117) 잘량: 개잘량. '개가죽'이라는 뜻의 욕설.
118) 창빗 아전은 겸형방(兼刑房)이라: 창고지기 아전은 형방을 겸한지라. '창빗'은 관아의 창고를 보살피고 지키던 사람. '형방'은 지방 관아에서 형전(刑典)에 관한 일을 맡아보던 구실아치.
119) 수노(首奴): 관노(官奴)의 우두머리.
120) 대간품(對看品): 마주하여 자세히 살펴봄.
121) 중추팔월(仲秋八月) 십오야(十五夜)에~좋다 추월(秋月): 19세기 초의 기행가사 「금강산가」(金剛山歌)에 "중추팔월 십오야에 광명 좋다 추월이라"라는 구절이 보인다.

나오(나왔습니다)!

분벽사창 요적(寥寂)한데 한가하다 향심(香心)이 나오!

오동복판 거문고를 타고 나니 탄금(彈琴)이 나오!

사마상여 줄소리에 탁문군의 춘정이라, 오동월하(梧桐月下) 봉금(鳳琴)이 나오!

여수(麗水)의 황금이요[122] 남전(藍田)[123]의 미옥(美玉)이라 양국(兩國) 보배 금옥(金玉)이 나오!

도원심처(桃源深處) 찾아가니 무릉춘색(武陵春色) 담도(淡桃)로다.

녹양이월(綠楊二月) 삼월춘(三月春)하니 만화방창(萬化方暢) 춘단(春丹)이 나오!

동방사창(洞房紗窓)[124] 비친 달을 억조창생(億兆蒼生) 사랑하니 애월(愛月)이 나오!

강남채련금이모(江南採蓮今已暮)라[125] 수중옥녀(水中玉女) 부용(芙蓉)이 나오!

원앙금리춘몽란(鴛鴦衾裏春夢爛)하니[126] 네가 일정(一定: 정녕) 영애(永愛)로다! 어서어서 나오너라.

옥토도약(玉兎搗藥) 항궁(姮宮)[127]에 비껴 섰는 계월(桂月)이 나오!

....

122) 여수(麗水)의 황금이요: 저본에는 빠져 있으나 '양국 보배'라는 말이 이어지는바, 동양문고본에 의거해 보충했다. '여수'는 황금의 산지로 유명한 중국 운남성의 강 이름.

123) 남전(藍田): 섬서성의 지명. 미옥(美玉)의 산지로 유명하다.

124) 동방사창(洞房紗窓): 신방(新房)의 비단 창.

125) 강남채련금이모(江南採蓮今已暮)라: 강남에서 연밥 따다 날이 벌써 저물었네. 당나라 왕발의 시「채련곡」에 나오는 구절.

126) 원앙금리춘몽란(鴛鴦衾裏春夢爛)하니: 원앙 이불 속에 봄꿈이 화려하니.

127) 옥토도약(玉兎搗藥) 항궁(姮宮): 옥토끼가 선약(仙藥)을 찧는 달나라. '항궁'은 항아

천향국색(天香國色) 너를 보니 설부화용(雪膚花容) 농옥(弄玉)이,[128] 너도 저만치 섰거라!

영명사(永明寺)[129]를 찾아가니 명사십리 늦은 봄에 설도(薛濤)[130] 같은 해당춘(海棠春)이 나오!

낙빈왕(駱賓王)의 완월(玩月)인가 동령초생(東嶺初生) 명월(明月)[131] 이 나오!

춘하추동(春夏秋冬) 사시절에 명색(明色) 좋다 월색(月色)이 나오!

세우동풍향난간(細雨東風向欄干)하니[132] 화중부귀(花中富貴) 모란(牡丹)이 나오!

상엽(霜葉)이 홍어이월화(紅於二月花)하니[133] 부귀강산(富貴江山) 춘외춘(春外春)이 나오!

낙락장송군자절(落落長松君子節)[134]하니 사시장청(四時長靑) 송절(松節)이 나오!

....

가 산다는 월궁(月宮). 송나라 구양수(歐陽脩)의 시 「백토」(白兎)에 "흰 토끼가 선약을 찧는 항아의 궁궐"(白兎擣藥姮娥宮)라는 구절이 보인다.

128) 농옥(弄玉)이: 저본에는 "승옥이"로 되어 있으나 동양문고본과 『고본 춘향전』에 따랐다.

129) 영명사(永明寺): 평양 금수산 부벽루(浮碧樓) 서쪽에 있던 절.

130) 설도(薛濤): 당나라의 기녀 시인. 「해당계」(海棠溪) 등 해당화를 읊은 시를 지었다.

131) 낙빈왕(駱賓王)의~명월(明月): 낙빈왕이 완상하던 달인가 동산의 밝은 초승달. 당나라 낙빈왕의 시 「초승달을 완상하다」(玩初月)에 "환히 비추기는 거울 같거늘 / 어찌 그 모양은 갈고리처럼 굽었나?"(旣能明似鏡, 何用曲如鉤)라는 구절이 보인다.

132) 세우동풍향난간(細雨東風向欄干)하니: 가는 비가 봄바람에 난간으로 들이치니.

133) 상엽(霜葉)이 홍어이월화(紅於二月花)하니: 서리 맞은 단풍잎이 봄꽃보다 붉으니. 두목의 「산행」(山行)에 나오는 구절.

134) 낙락장송군자절(落落長松君子節): 우뚝한 큰 소나무는 군자의 절개.

송하(松下)에 문동자(問童子)하니 채약부지(採藥不知) 운심(雲深)[135]이 나오!

도화유수묘연거(桃花流水杳然去)하니 별유천지(別有天地)[136] 선월(仙月)이 나오!

서정강상월(西亭江上月)이 두렷이 밝았는데 동각(東閣)의 설중매(雪中梅)[137] 나오!

은하수변오작교(銀河水邊烏鵲橋)에 칠월칠석(七月七夕) 강선(降仙)이 나오!

요하(腰下)에 채인 환도(環刀: 군도軍刀) 빠혀(빼어) 들고 나니 천검(泉劍)[138]이 나오너라!

반야삼경옥인래(半夜三更玉人來)하니 합리춘광(閣裏春光) 매화(梅花)로다.[139] 나오너라!

---

135) 송하(松下)에~운심(雲深): 당나라 가도(賈島)의 시 「심은자불우」(尋隱者不遇)에서 따온 말. 시 전문은 다음과 같다. "소나무 아래서 동자에게 물으니 / '선생님은 약 캐러 가셨습니다. / 이 산 안에 계실 텐데 / 구름이 깊어 가신 곳을 알 수 없어요.'"(松下問童子, 言師採藥去. 只在此山中, 雲深不知處)

136) 도화유수묘연거(桃花流水杳然去)하니 별유천지(別有天地): 이백의 시 「산중문답」에서 따온 구절.

137) 서정강상월(西亭江上月)이~설중매(雪中梅): 『추구』에서 따온 말. 『추구』에는 "서쪽 정자에는 강 위의 달 / 동쪽 누각에는 눈 속의 매화"(西亭江上月, 東閣雪中梅)로 되어 있다.

138) 천검(泉劍): 용천검(龍泉劍), 곧 용연검(龍淵劍). 춘추시대 오나라의 간장(干將)이 만들었다는 명검. 저본에는 "천금"으로 되어 있다.

139) 반야삼경옥인래(半夜三更玉人來)하니~매화(梅花)로다: 한밤중 삼경에 미인이 오니 합(閣) 안의 봄빛에 매화로구나. '합'(閣)은 '매합'(梅閣), 곧 매화 화분을 보호하기 위해 방안에 만든 감실(龕室)을 말한다.

주황당사(朱黃唐絲) 벌매듭을 차고 나니 금낭(錦囊)이 나오!

양금(洋琴) 단소(短簫)[140] 거문고에 청가묘무(淸歌妙舞) 혜란(蕙蘭)이 나오!

화용월태(花容月態) 고운 양자(樣子) 빙호일편(氷壺一片)[141] 명심(明心)이 나오!

나는 꽃을 져기(제기) 차니 화당춘풍(華堂春風) 연연(燕燕)이!

면면만만(綿綿蠻蠻) 유정(有情)하다[142] 녹수심처(綠樹深處) 앵앵(鶯鶯)이 나오!

삼월 동풍 난만한데 만강홍우(滿江紅雨) 금랑(錦浪)[143]이![144]

화향월색(花香月色) 좋은 곳에 강남녹수(江南綠水) 연엽(蓮葉)이 나오!

---

140) 단소(短簫): 저본에는 "단초"로 되어 있으나 바로잡았다.

141) 빙호일편(氷壺一片): 옥병 안의 얼음 한 조각. 깨끗하고 맑은 마음을 비유하는 말.

142) 면면만만(綿綿蠻蠻) 유정(有情)하다: 휘리릭 꾀꼬리 울음소리 정답다. 당나라 위응물(韋應物)의 시 「청앵곡」(聽鶯曲) 중 "휘리릭 꾀꼬리 울음소리 정을 담은 듯"(綿綿蠻蠻如有情)에서 따온 말.

143) 만강홍우(滿江紅雨) 금랑(錦浪): 강에 가득 붉은 꽃비가 내리는 금랑(錦浪: 비단 물결). 당나라 이하(李賀)의 시 「장진주」(將進酒)에 "복사꽃 붉은 비처럼 어지러이 날리네"(桃花亂落如紅雨)라는 구절이 보이고, 이수광(李睟光)의 「침류대기」(枕流臺記)에 "어여쁜 복숭아나무 수십 그루가 물 양쪽에 늘어서 붉은 꽃비가 허공에 흩뿌리고 비단 물결이 춤추는 듯하다"(夭桃累十株, 夾水左右, 紅雨灑空, 錦浪如舞)라는 구절이 보인다. 저본에는 '금랑'이 "금강"으로 되어 있으나 바로잡았다.

144) 양금(洋琴) 단소(短簫)~만강홍우(滿江紅雨) 금랑(錦浪)이: 가사 「선루별곡」(仙樓別曲)에 "양금 난초 거문고에 청가묘무 혜란이 / 화용월태 고운 양자(樣姿) 빙호일편 명심이 / 나는 꽃을 적이 차니 화당춘풍 연연이 / 면면만만 유정하다 녹수심처 앵앵이 / 삼월 동풍 난만한데 만강홍우 금랑(錦浪)이"라는 구절이 보인다.

만첩청산(萬疊靑山)[145] 썩 들어가니 어뷔 업다 범덕이[146] 나오!

안고름의 향낭(香囊)[147]이! 겉고름의 부전[148]이!

비(婢: 여종)에 털례, 비(婢)에 뺑례![149] 어서어서 나오너라!

한창 이리 점고할 제 사또 참지 못하여

"아서라, 점고 그만하여라! 조기 조 대강이(대가리) 일곱째 서 있는 조년, 나이 몇 살이니?"

"서른한 살이올시다."

"아서라, 계집이 삼십이 넘으면 단물이 다 나느니라(빠져나가느니라). 너도 저만치 밖 줄로 서 있거라. 저기 얼굴 허연 저년은 이름이 무엇이니?"

"영애올시다."

"나이는 몇 살이니?"

영애 생각하되

'서른한 살을 단물이 났다고 퇴하였으니, 날랑은 바싹 줄여 보리라.'

하고 사십이나 거의 된 년이 염치없이

"열세 살이올시다."

145) 만첩청산(萬疊靑山): 저본에는 '만'이 "막"으로 되어 있으나 바로잡았다.

146) 어뷔 업다 범덕이: '어뷔 없다'는 에비 없다, 곧 무서운 것이 없다는 뜻. '에비'는 가상의 무서운 존재를 뜻하는 말. '범덕'이 '호랑이의 덕'을 뜻하기에 하는 말.

147) 향낭(香囊): 저본에는 "향난"으로 되어 있으나 바로잡았다.

148) 부전: 여자아이들이 차던 노리개의 하나. 헝겊을 둥근 모양이나 병 모양으로 만들어서 두 쪽을 맞대고 끈을 매어 차고 다녔다.

149) 비(婢)에 털례 비(婢)에 뺑례: '털례'와 '뺑례'는 여종 이름.

사또 호령하되

"조년 뺨 쳐라!"

영애 겁내어 또 아뢰오되

"소인이 대강 먼저 아뢴 나이올시다."

"그러면 온통 나이는 얼마나 되느냐?"

겁결에 과히 늘채어(많이 늘려) 아뢰오되

"쉰세 살이올시다."

사또 골을 내어 하는 말이

"한서부터[150] 주리를 할 년들! 더벅머리 댕기 치레하듯,[151] 파리한 강아지 꽁지 치레하듯,[152] 꼴 어지러운 것들이 이름은 무엇이니 무엇이니, 나오너라 나오너라. 거 원, 무엇들이니 하나도 쓸 것이 없고나! 아까 영애, '길 영(永)' 자, '사랑 애(愛)' 자, 어허, 구어 다힐 년 같으니! 이마 앞 짓는다고 뒤꼭지까지 뒤버스러지게 머리를 생으로 다 빠히고,[153] 밀기름 바른다고 청어(靑魚) 굽는 데 된장 칠하듯[154] 하고, 연지를 뒤벌겋게 온

----

150) 한서부터: 미상. '끝에서부터' 정도의 뜻으로 보인다.

151) 더벅머리 댕기 치레하듯: 바탕이 좋지 않은 것에 어울리지 않게 지나친 겉치레를 하여 오히려 더 흉하게 된 것을 비유해 이르는 말.

152) 파리한 강아지 꽁지 치레하듯: 빼빼 마른 강아지가 앙상한 몰골은 생각하지 아니하고 꽁지만 치장한다는 뜻으로, 본바탕이 좋지 아니한 것은 헤아리지 아니하고 지엽적인 것만을 요란스럽게 꾸미는 어리석은 행동을 하는 경우를 비꼬는 말.

153) 이마 앞~다 빠히고: 이마 앞을 꾸며 넓힌다고 뒤통수까지 벗어지게 머리를 생으로 다 뽑고. '버스러지다'는 '벗겨지다'의 뜻.

154) 밀기름 바른다고~된장 칠하듯: 머릿기름을 바른다고 청어를 구울 때 된장을 바르듯 덕지덕지 두껍게 발라서 보기 흉하다는 말. '밀기름'은 밀랍과 참기름을 섞어서 끓여 만든 머릿기름.

뺨에다 칠하고, 분칠은 효시(梟示)하는 놈에 회칠하듯[155] 하고, 눈썹 지었다고 양편에 똑 셋씩만 남기고, 어허, 주리 알머리를 뽑을 년[156] 같으니! 누구 쇠(돈)를 먹으려고 '열세 살이오!' 눈꼬알[157]하고 닭 도적년 같으니. 이년! 목을 휘여 다힐 년들! 모두 다 몰아 내치라! 원기(原妓)라 하는 것이 그뿐이냐?"

---

155) 분칠은 효시(梟示)하는 놈에 회칠하듯: 얼굴에 분을 바른 모양이 참수형 당하는 놈의 얼굴에 회칠하듯. 참수형을 집행할 때 죄수의 얼굴에 회칠을 했기에 하는 말. 저본에는 '효시'가 "회시"로 되어 있다.

156) 주리 알머리를 뽑을 년: '주리를 틀고 머리카락을 다 뽑아 버릴 년' 정도의 뜻으로 추정된다. '알머리'는 '맨머리'를 속되게 이르는 말.

157) 눈꼬알: 눈꼴. 눈의 생김새나 움직이는 모양을 낮잡아 이르는 말.

4. 기생이 열녀 되랴

형방이 눈치 알고 대어 부르되

"전비(前婢: 전 여종) 춘향이 쉬오!"

사또 역정(逆情) 내어 하는 말이

"옳다, 춘향이란 말 반갑고나! 어이하여 이제야 부르느냐? 춘향이가 뺑례[158] 아래란 말이냐?"

"젓사오되 아직 나이 어린 고로 그러하외다."

"그러면 무엇무엇 여럿을 부르지 말고 거꾸로 그 하나만 불렀더면 그만 깨판[159]이로고나. 그러나 그는 왜 '나오!' 말이 없고 '쉬오!' 하니 웬일인고?"

"아뢰옵기 황송하오되 기생 중 대비정속(代婢定贖)하고 면천(免賤)하여 기생안(妓生案: 기안妓案, 곧 기생 명부名簿)에 없나이다."

사또 정신이 쇄락(灑落)하여 하는 말이

"내가 서울서부터 들으니 향명(香名)이 아주 유명하시더고나! 이 사이 평안하시냐? 또 그 대부인(大夫人) 월매(月梅) 씨라든지, 그도 평안

---

158) 뺑례: 마지막에 점고한 여종의 이름.

159) 깨판: 아주 고소하고 재미있게 일이 벌어진 자리.

하시냐?"

"네. 아직 무고(無故)하신 줄로 아뢰오."

사또 연(連)하여 나그어[160] 앉으며 이렇듯 경계(經界)에 반반하게[161] 인사한 후에 다시 분부하되

"춘향을 일시(一時)라도 지체 말고 속히 불러 대령(待令)하라."

형방이 여쭙되

"제 몸은 무병(無病)하오되 구관(舊官) 사또 도임시(到任時)에 책방 도련님과 백년해로 기약하여 대비정속(代婢定贖)하고 지금 수절하나이다."

신관이 이 말 듣고 놀라 하는 말이

"어허, 세상의 변괴(變怪)로다! 구상유취(口尙乳臭)[162] 아이들이 첩! 첩! 첩이라니! 또 본디 기생년이 수절 말이 가소롭다. 까마귀 학(鶴)이 되며, 각관(各官) 기생 열녀 되랴? 이제로 바삐 불러 현신시키라."

5. 절통 춘향

형방이 청령(聽令)하고 관속 불러 분부하니, 관속들이 분부 듣고 한 걸음에 바삐 나와 춘향이 부르러 갈 제, 춘향이 본디 사재고 도고(道高) 하여[163] 매몰하고 도뜬지라[164] 관속들이 혐의터니, 팔척장신 군뢰사령 휠 쩍 뛰어나가는 거동 보소. 산수털 벙거지[165] 청이광단(靑二廣緞) 안을 올 려,[166] 총증자, 굴뚝 상모(象毛),[167] 눈 고운 공작미(孔雀尾)를 당사(唐絲) 실로 엮어 달고, 성성전(猩猩氈) 증도리[168] 밀화(蜜花) 귓돈,[169] 은영자(銀

....

163) 도고(道高)하여: 교만하여. 본래는 '도가 높다', '인품이 있다'의 뜻.

164) 매몰하고 도뜬지라: 인정없이 쌀쌀맞고 언행의 수준이 높은지라. 쌀쌀맞고 도도한 지라.

165) 산수털 벙거지: '산수'(山獸), 곧 산짐승의 털가죽으로 만든 벙거지.

166) 청이광단(靑二廣緞) 안을 올려: 청색 이광단(二廣緞)으로 벙거지의 안을 대어. '이광 단'은 폭이 넓은 비단의 하나.

167) 총증자, 굴뚝 상모(象毛): 말총으로 만든 증자(鑵子)와 우뚝 솟은 상모. '증자'는 전립(氈 笠) 위에 꼭지처럼 만든 장식. '상모'는 전립이나 투구 등의 증자(꼭지)에 다는 털 장식.

168) 성성전(猩猩氈) 증도리: 붉은 모직으로 만든 징두리. '성성전'은 성성(猩猩), 곧 오랑 우탄의 피로 물들인 붉은 천. '징두리'는 모자의 아래를 천 따위로 덧대어 땀받이 구 실을 하는 부분.

169) 밀화(蜜花) 귓돈: 호박(琥珀)으로 만든 귓돈. '밀화'는 밀랍처럼 누런빛이 나고 젖송 이 같은 무늬가 있는 호박. '귓돈'은 전립의 징두리로, 영자(纓子: 갓끈 고리) 위쪽에

纓子) 넓은 끈에 '날랠 용(勇)' 자 떡 붙이고, 환도(環刀) 사슬 걸어 차고,[170] 화류장도(樺榴粧刀) 끈을 달아 흉복(胸腹)통 비껴 차고, 탄탄대로 (坦坦大路)로 족불이지(足不履地)[171] 바삐 가며 이를 갈고 벼르면서 서로 의논하는 말이

"여보와라, 여숙아! 내가 틀린 말이 있거든 아무리 동관(同官)[172]이라 도 곧 욕을 하여라. 아이년이 도령하고 한창 이렇다 할 제, 하루는 도령 아이 보러 들어오는 때에 내가 마침 문을 보다가

'이 애 춘향아, 너무 그리 마라. 도령님 보고 나오는 길에 비장청(裨將 廳)[173]에 들어가서 서초(西草)[174] 조금 얻어 가지고 나오려무나. 언제라 언제니[175] 네 덕에 발강담배[176] 맛 조금 보자꾸나.'

이리하였지. 어느 실없쟁이 아들이 틀린 말 하였겠느냐? 그 아이년이 말하는 것을 개방귀로 알고,[177] 우리를 도무지 터진 꼬아리로 알아[178] 눈 을 거들떠도 보지 아니하고, 훔치고 감치고 대치고 뒤치고 뺑당그르치

색실로 꿰어 단, 매미 모양이나 나비 모양의 밀화 덩이.

170) 환도(環刀) 사슬 걸어 차고: 환도를 사슬로 걸어서 차고. '환도'는 칼집에 고리를 달 아 허리에 차던 군도(軍刀).

171) 족불이지(足不履地): 발이 땅에 닿지 않은 만큼 빠르게 걸어감.

172) 동관(同官): 한 관아에서 일하는 같은 등급의 관리나 벼슬아치.

173) 비장청(裨將廳): 비장(裨將)들이 근무하는 관청. '비장'은 본래 감사(監司)의 수행원 역할을 하던 무관인데, 조선 후기에는 주요 고을의 수령들도 비장을 거느렸다.

174) 서초(西草): 평안도에서 나는 질 좋은 담배.

175) 언제라 언제니: 이런 기회가 자주 있는 것이 아니니.

176) 발강담배: 고급 담배를 가리키는 말로 보이나 자세한 것은 미상.

177) 개방귀로 알고: 남의 말을 시시하게 여겨 들은 척도 안 한다는 말.

178) 터진 꼬아리로 알아: 터진 꽈리로 알아. 사람이나 물건을 아주 쓸데없는 것으로 여 겨 중시하지 않음을 비유해 이르는 말.

고[179] 들어가니, 말한 내 꼴 어찌 되었느냐? 너면 어떻게 분하겠느냐? 괴이하고 흰말[180]이다마는, 한다하는[181] 토포(討捕) 행수(行首),[182] 병방(兵房) 군관,[183] 육방 아전, 삼반관속이라도 상해[184]는 저에게 설설 기는 체하거니와, 무슨 일이 속혐의 있는 이는 앙심을 잔뜩 먹고 있다가 집장(執杖) 곧 할 양이면 엄지가락을 진득 눌러 속으로 곯게 엉덩이를 끊는 수가 있거든 하물며 저쯔음이? 어허, 절통히 생긴 년 같으니! 그 말 곧 하려 하면 넋이(열이) 오르더라. 제 이도령이란 것이 무엇이니? 강류석부전(江流石不轉)[185]이라, 우리네는 매양(每樣)이지. 이번에 불러다가 만일 매가 내리거들랑, 너도 사정(私情) 두는 놈은 내 아들놈이니라!"

하고 춘향의 집 들어간다. 이놈의 심술들은 연화천병(煙花千柄)에 화승(火繩) 테 꼬이듯[186] 하고, 동풍 안개 속에 수숫잎 꼬이듯[187] 하며, 망건

....

179) 훔치고 감치고 대치고 뒤치고 뺑당그르치고: 몸을 이리저리 홱 돌리는 모습을 바느질에 빗대어 표현한 말.

180) 흰말: 터무니없이 자랑으로 떠벌리거나 거드럭거리며 허풍을 떠는 말.

181) 한다하는: 수준이나 실력 따위가 상당하다고 자처하거나 그렇게 인정받는.

182) 토포(討捕) 행수(行首): 도적 토벌의 임무를 맡은 토포사(討捕使: 지방 진영鎭營의 영장營將) 휘하 군관(軍官: 하급 무관) 중 우두머리.

183) 병방(兵房) 군관: 지방의 관찰사·병사(兵使)·수사(水使: 수군절도사) 휘하의 장수 막하에서 병방(兵房)의 업무를 담당하던 군관.

184) 상해: 평상시.

185) 강류석부전(江流石不轉): 강물은 흘러가도 강물 속의 돌은 구르지 않고 제자리에 있다는 뜻. 여기서는 고을 수령은 갈려 가도 구실아치들은 그대로 남아 있음을 이른 말.

186) 연화천병(煙花千柄)에 화승(火繩) 테 꼬이듯: 일천 자루 연화(煙花)의 화약심지가 어지럽게 꼬이듯이. 심술 사나운 사람을 비유하는 말. '연화', 곧 화포(花砲)는 화약이 터지면서 여러 가지 꽃무늬를 하늘에 드러내는 딱총. '화승'은 불을 붙게 하는 노끈. '테'는 실의 묶음을 세는 단위.

187) 동풍 안개 속에 수숫잎 꼬이듯: 심술이 사납고 마음이 토라진 사람을 비유해 이르

뒤에 부등깃이 벗지 아니하고,[188] 수에 틀리면 찰시루를 쪄서 놓고 밤낮 보름을 빌어도 이가 아니 드는 놈[189]들이라. 성화같이 달려들어 대문·중문 박차면서 벌떼같이 뛰어들어 춘향이 부르기를 반공중(半空中)에 뜨게 불러 원근산천(遠近山川)이 떠들었다. 호통하며 들어올 제

"일이 났다, 일이 났다! 이놈의 죄에 저놈이 죽고, 저놈의 죄에 이놈이 죽고, 네 죄에 나 죽고, 내 죄에 너 죽어 뭇 주검이 나겠고나!"

하며 모진 범이 월앙에 달려들며[190] 주린 개 미역죽에 달아들 듯, 우레 진동하는 듯하더라.

....

는 말.

188) 망건 뒤에 부등깃이 벗지 아니하고: 마음이 각박해서 조금의 너그러움도 없음을 표현한 말인 듯하나 자세한 의미는 미상. '부등깃'은 갓 태어난 어린 새의 가녀린 깃.

189) 찰시루를 쪄서~아니 드는 놈: 남의 간청을 여간해서 들어주려 하지 않는 사람을 비유하여 이르는 말.

190) 모진 범이 월앙에 달려들며: 매섭고 사나운 호랑이가 말이나 소를 향해 맹렬히 달려들며. '월앙'은 '워낭', 곧 말이나 소에 다는 방울.

6. 춘향 압송

이때 춘향이는 이도령만 생각하고 춘풍도리화개야(春風桃李花開夜)
와 추우오동엽낙시(秋雨梧桐葉落時)[191]에 눈물 섞어 한숨짓고, 식불감(食
不甘) 침불안(寢不安)하니, 옥빈홍안(玉鬢紅顏)[192]이 초췌(憔悴)하고 자
연 의대완(衣帶緩)[193]하니, 초당(草堂)에 견월상심색(見月傷心色)이요 야
우문령단장성(夜雨聞鈴斷腸聲)이라.[194] 백사(百事)에 뜻이 없고 만사(萬
事)에 경(景: 경황)이 없어 옥부방신(玉膚芳身)[195]을 버려 침석(枕席)에
던져두고, 일편단심 임 생각이 죽어지라 원(願)을 하고, 생세지락(生世

....

191) 춘풍도리화개야(春風桃李花開夜)와 추우오동엽낙시(秋雨梧桐葉落時): 봄바람에 복사
　　꽃 만발한 밤과 가을비에 오동잎이 떨어지는 때. 백거이(白居易)의 「장한가」(長恨歌)
　　에 나오는 말.
192) 옥빈홍안(玉鬢紅顏): 옥같이 윤이 나는 검은 머리와 혈색이 좋은 아름다운 얼굴.
193) 의대완(衣帶緩): 여위어 허리띠가 느슨해짐.
194) 초당(草堂)에 견월상심색(見月傷心色)이요 야우문령단장성(夜雨聞鈴斷腸聲)이라: 초
　　당에서 보는 달빛에 마음 아프고, 비 오는 밤 듣는 방울 소리에 애가 끊어지네. 백거이
　　의 「장한가」 중 "행궁에서 보는 달빛에 마음 아프고 / 비 오는 밤 듣는 방울소리에 애
　　가 끊어지네"(行宮見月傷心色, 夜雨聞鈴斷腸聲)에서 따온 구절.
195) 옥부방신(玉膚芳身): 옥같이 고운 피부와 꽃다운 몸.

之樂)[196]이 전혀 없어 장탄단우(長歎短吁)[197] 일을 삼아 사라질 듯이 정신을 잃고 녹는 듯이 잠연(潛然)[198]하여, 시름없이 주야장천 금침(衾枕)에 쌓여 만사를 후리치고 식음을 전폐하고 아주 산송장이 되어 한양(漢陽)만 바라고 주야 축수(祝壽)할 뿐이러니, 금일도 북편을 창망(悵望)[199]하고 슬픈 눈물을 금치 못하고 누웠더니, 이 소리에 깜짝 놀라 벌떡 일어앉아 유리 구멍으로 엿보니 재전(在前: 이전)에 혐의 있는 놈이 모두 골라 나왔고나! 마음에 솜솜 헤아리니

　'분명 관가(官家)에 무슨 중병(中病)이 났나 보다! 어찌하여야 옳단 말고? 벌써 일이 이리되었으니 애걸이나 하여 보자.'

　훨쩍 뛰어 내다르며 단순호치 반개(半開)하고 함소함태(含笑含態) 손뼉 치고

　"애고나, 저 손님 보완지고(보고 싶었네)! 반갑기도 그지없고, 기쁘기도 측량없네. 최패두(崔牌頭)[200] 오라버니, 그사이 평안하오? 이패두(李牌頭) 아자버니(아주버니), 요사이 안녕하오? 형님네들과 아자머니(아주머니) 태평하시고, 집안에도 연고 없이 지내오? 어린아이들도 잘 자라고, 제씨(弟氏)네도 안강(安康)하오? 종씨(從氏)[201]네도 잘 다니오? 구실이나 다사(多事)치 아니하오?[202] 이번 신연(新延) 뫼시러 서울은 평안

---

196) 생세지락(生世之樂): 세상에 태어나서 살아가는 재미.

197) 장탄단우(長歎短吁): 긴 탄식과 짧은 한숨.

198) 잠연(潛然): 말없이 가만히 있는 모습. 조용히 가라앉아 있는 모습.

199) 창망(悵望): 서글피 바라봄. 맥없이 바라봄.

200) 최패두(崔牌頭): 최씨 성의 패두. '패두'는 죄인의 볼기를 치는 일을 맡아 하던 사령(使令).

201) 종씨(從氏): 남의 사촌 형제를 높여 이르는 말.

202) 구실이나 다사(多事)치 아니하오: 아전 직무를 수행하는 데 일이 많지 않소?

히 다녀와서 노독(路毒)이나 아니 났소? 그정(그때) 우리게서 가져간 강아지 요사이는 매우 컸지요? 그사이 어찌하여 한 번도 못 오시던가? 구실에 다사하여 못 오던가? 지날 길이 없어 놀면서도 못 오던가? 사람들도 무정할사 어찌 그다지 발을 끊노? 내 몸 하나 병이 들어 적막강산 누웠으니, 와병(臥病)하면 인사절(人事絶)이라,[203] 한 번이나 와 보더면 무슨 하늘에 벼락 칠까? 세상에 야속들도 하오!

이패두 아자버니, 내 말 들어 보오. 한 번 그때에 아재 문 볼 제(문 지킬 때) 나더러 서초(西草) 말하기에 대답도 아니하고 들어갔더니 필경(畢竟) 나를 야속히 알아 계시지요? 그 바로 전에 나하고 마주서서 말한 사람을 뒤 염문(廉問)[204]하였다가 뒤 대청좌기(大廳坐起)[205] 은근히 하고 비밀히 잡아들여 흉한 악형(惡刑) 하는 것을 목도(目睹)하였기로 아재도 그렇게 해로울까 하여 반가운 손님을 보아도 인사도 변변히 못하는 터이기로 들을만(듣기만) 하고 들어갔더니, 그때에 그런 잔속은 모르고 응당 어떠히(거시기하게) 알았지요? 마음먹고 들어가서 도련님 보고 나오는 길에 비장청(裨將廳)에 들어가서 서초(西草) 얻어 휴지에 싸서 허리춤에 넣고 아재를 주자 하고 삼문간(三門間)에 나와 보니, 아재는 어디 가고 다른 패두 문 보기로(보기에) 바로 집으로 가서 보고 이런 말씀

<hr/>

203) 와병(臥病)하면 인사절(人事絶)이라: 병들어 누우면 인사가 끊긴다(찾는 사람이 없다). 당나라 송지문의 시 「두심언을 전송하며」(送杜審言) 중 "병들어 누워 인사가 끊겼는데 / 아아 그대는 만리 길을 떠나네"(臥病人事絶, 嗟君萬里行)에 나오는 말.
204) 뒤 염문(廉問): 뒤로 몰래 남의 사정이나 비밀 따위를 알아봄.
205) 뒤 대청좌기(大廳坐起): 뒤로 몰래 공무를 처리함. '좌기'는 관아의 으뜸 벼슬아치가 출근하여 업무를 시작하는 일. 관아의 대청에서 공무를 수행한다는 뜻에서 '대청좌기'라는 말을 쓴 것으로 보인다.

이나 하고 드리자 하였더니, 도련님이 뒤를 따라 어느 사이 나오기로 바로 집으로 와서 그리저리 틈이 없어 우리 어머니더러 부탁하되 아재 집에 가서 보고 그 사연(事緣) 하여 달라 하였더니, 어머니도 건망증이 있어 진작 가지 못하였고, 도련님 올라가신 후 어느 날 조용하게 한 번 가니 아자머니 혼자 계셔 아재는 서울 갔다 하기에 섭섭히 돌아와서 그렁저렁 이때까지 한 번도 못 만나서 이런 정담(情談) 못하였네."

섬섬옥수 늘이어서 이패두의 손을 잡고 방안으로 들어가며 하는 말이

"하 오래게야²⁰⁶ 만났으니 술이나 먹고 노사이다. 관령(官令) 뫼온(모시는) 일로 왔나? 심심하여 날 찾으러 왔나? 무슨 바람이 불어 왔노? 내가 꿈을 꾸나? 그리던 정을 오늘에야 펴겠네. 반가울사 귀한 객(客)이 오늘 왔네. 사람 그리워 못 살겠네!"

이렇듯이 애용(愛容)²⁰⁷으로 사람의 간장을 농락하니, 저 패두 놈 거동 보소. 이전 일 생각하니 오늘 일이 의외로다. 이전에 추보기²⁰⁸를 도솔궁(兜率宮)²⁰⁹ 선녀러니, 오늘날 추는(추어올리는) 줄을, 가작(假作: 거짓 꾸밈)인 줄 정녕히 알건마는 분길²¹⁰ 같은 고운 손으로 북두갈고리²¹¹ 같은 저의 손을 잡은지라, 고개를 빠지우고(빼고) 내려다보니 제두리뼈가 시근시근, 돌같이 굳은 마음 춘풍강상(春風江上)에 살얼음같이 육천골절

---

206) 하 오래게야: 하도 오랜만에야.

207) 애용(愛容): 사랑스러운 모습.

208) 추보기: 치보기. 우러러보기.

209) 도솔궁(兜率宮): 도솔천(兜率天)에 있는 궁궐. 미륵보살이 이곳에 살며 성불을 기다린다고 한다.

210) 분길: 분(粉)의 곱고 부드러운 결.

211) 북두갈고리: 북두 끝에 달린 갈고리. '북두'는 마소의 등에 짐을 실을 때 마소의 배와 한데 얽어 매는 줄. 여기서는 '막일을 해서 거칠고 험상궂게 된 손'을 비유하는 말.

(六千骨節)[212]이 다 녹는다. 저희 둘이 서로 보며

"이 애 여숙아, 사람의 마음이 물 같다 이르는지라, 이 아이 형상(形狀)을 잠깐 보니 내 마음은 간데없다."

여숙이 대답하되

"그런 줄 몰랐더니 너는 매우 모질고나!"

이패두 이르는 말이

"네 말은 어찌한 말이니?"

최패두 하는 말이

"나는 그 형상 보기 전에 이 애 일만 생각하여도 마음이 아즐아즐하고 바아지는[213] 듯하더니, 아까 이 집으로 들어오니 잔뼈는 다 녹고 굵은 뼈는 다 초 친 무럼의 아들이 되고, 공연히 온몸이 절절 저려오니, 도무지 이러니 저러니 말하기 싫더라마는, 아까 네가 나더러 하던 말을 '아서라, 말아라' 하기는 동관(同官)의 정(情)을 꺾는 듯하여 말을 아니하고 들을만(듣기만) 하였다마는, 도무지 그 일이 대단치 않은 일에 협(狹)하여 하잘 것도 없고,[214] 또한 '밤 잔 원수가 없다'[215] 하니, 벌써 언제 한 일을 이때까지 미안히 아는 것이 우리가 도리어 겪지(대접하지) 못한 모양 같고, 또 제 말을 들으니 정녕히 잔속이 그러한 일이 영락 아니면 속락[216]인 줄

....

212) 육천골절(六千骨節): 온몸의 뼈마디. 통상 '삼백 육십 골절'이라는 표현을 쓴다.

213) 아즐아즐하고 바아지는: '아즐아즐'은 '아질아질', 곧 정신이 아득한 모양. '바아지는'은 '부서지는'의 뜻.

214) 협(狹)하여 하잘 것도 없고: 너그럽지 못하고 옹졸하게 대하자고 할 것도 없고.

215) 밤 잔 원수가 없다: 시일이 지나면 원한도 쉬이 잊게 된다는 뜻. '밤 잔 원수 없고 날 샌 은혜 없다'는 속담이 있다.

216) 영락 아니면 속락: '영락(零落)없다'는 말의 말장난. '딱 들어맞는다', '틀림없다'는 뜻에서 한 말. '속락'은 본래 여승이 쓰던 모자.

아느냐? 그사이 우리가 한 번도 저를 찾아 문병치 못한 것이 첫째는 우리가 잘못하였는지라. 저의 다정한 뜻과 같지 못한 줄이 후회로다."

이패두 대답하되

"여보와라, 우리네가 괴이한 말 같다마는 악하려 하면 악하고 선하려 하면 선하거든, 그만 일로 영사(寧死)언정(차라리 죽을지언정) 저를 협(慊)히²¹⁷ 안단 말이 되는 말이냐? 한 번 말하고 파의(罷意)²¹⁸하잔 말이지, 어찌 저를 혐의하리오?"

이렇듯이 수작하며 방안으로 들어가니, 춘향이 삼등초 한 대 떼어내어 백통대에 담아 붙여 이패두 주고, 또 한 대 붙여다가 최패두 주며, 한 냥(兩) 돈 집어내어 아이놈 주며

"이 건너 김풍헌(金風憲)²¹⁹ 집 바삐 가서 환소주(還燒酒)²²⁰에 꿀을 타고, 양지머리 차돌박이 어서 바삐 사 오너라."

주안상을 차려 놓고 술을 부어 권할 적에 한 잔, 두 잔, 서너 잔에 사오배(四五杯)를 기울이니, 아주 마음이 되는 대로 풀리어 하는 말이

"이 애 무숙²²¹아, 우리가 저 아이와 사귄 정분이 우히 있느냐?²²² 어찌 차마 저를 잡아가잔 말이니? 이만 일을 에둘러 묵주머니²²³를 못 만든단

---

217) 협(慊)히: 찐덥지 않게. 언짢게.
218) 파의(罷意): 하려고 마음먹었던 뜻을 버림.
219) 김풍헌(金風憲): 김씨 성의 풍헌. 여기서는 술집 주인을 높여 부른 말.
220) 환소주(還燒酒): 소주를 다시 고아 두 번 내린, 독한 소주.
221) 무숙: '여숙'의 잘못.
222) 우히 있느냐: 위가(우리보다 더한 사람이) 있느냐? 동양문고본에는 "어떠하니"로 되어 있다.
223) 묵주머니: 묵의 물을 짜내는 주머니. 말썽이 일어나지 않도록 잘 달래고 주무르는 일을 비유하는 말.

말이냐? 벌써 죽어 영장(永葬)하고 제 노모만 있어 차마 서러워 울더라 하면 아무 일이 없을까 하노라."

여숙이 대답하되

"저를 보니 그 일이 자닝[224]도 하고, 애를 써서 저 모양이 되었는 것을 그리 성화하여 굳이 잡아 가잘 것은 없으되, 만일 염아리[225]가 나서 날라리[226]가 나는 판에 우리에게 죄 내리는 것은 시들부들하다마는, 부썩[227] 잡아들이라 하면 네 어미나 대신 바치려느냐?"

춘향이 묻는 말이

"대저 이것이 어인 곡절인가? 소관사(所關事: 관계되는 일)나 알고 가세."

이패두 이르는 말이

"통인의 윤득이가 방정맞고 입바른 줄 너도 자세히 알거니와, 네 말을 톡톡 떨어다가 사또 귓구멍에 달고질[228]을 하였고, 또 사또라도 아는 법이 모진 바람벽 뚫고 나온 중방(中枋) 밑 귀뚜라미의 아들이라, 서울서부터 네 소문을 온통으로 역력히 자세히 다 알고 내려와서 기생 점고 할 제 형방 집리(執吏: 아전)가 수쇄(수습)하려다가 못하여 기어이 불러들이라만 하고 한사(限死)하니,[229] 우리 탓은 팔결[230]이라, 우리는 조금도 염려 마라."

224) 자닝: 잔잉. 애처롭고 불쌍하여 차마 보기 어려움.

225) 염아리: 염알이, 곧 남의 사정을 몰래 알아내는 것. 여기서는 '탄로'의 뜻.

226) 날라리: 태평소. 여기서는 '염아리'에 대응되는 말장난으로 '난리' 정도의 뜻.

227) 부썩: 외곬으로 세차게 우기거나 행동하는 모양.

228) 귓구멍에 달고질: 귀가 닳도록 끊임없이 말했다는 뜻. '달고질', 곧 '달구질'은 달구로 땅을 단단히 고르고 다지는 일.

229) 한사(限死)하니: 죽기를 각오하니. 여기서는 '기를 쓰고 고집하니'의 뜻.

230) 팔결: 팔팔결. 매우 어긋나 있음. 여기서는 결코 아니라는 뜻.

춘향이 이 말 들으매

'수청 면키 어렵도다! 애고, 이를 어찌할꼬?'

하며

'필경 이런 일이 있어도 하고[231] 원정(原情) 지어 두었더니라.'

하고 내어 품에 품고, 돈 닷 냥 내어다가 패두 주며 하는 말이

"이것이 약소하나 청중(廳中)의 동관(同官)님네 일시 주배(酒杯)나 지내시오."[232]

여숙이 왼손으로 받아 차며 하는 말이

"아니 받는 것은 네 정(情)을 막는 것이기(것이기에) 받기는 받으나, 또한 실로 받아가야 나는 일 푼 간섭 없다마는,[233] 네게 무엇 받는 것이 얼굴이 뜻뜻하다.[234] 어떠하든지 우리네가 잘 꾸며 볼 것이니 아무커나 그만 있거라."

하고, 두 놈이 대취(大醉)하여 서로 마주 이끌고 관정(官庭)에 들어갈 제 매우 정신을 차리나 아주 취하여 겨우 들어가 고관(告官)할 제 말을 되채지[235] 못하여

"춘향이 잡으러 갔던 패두 연지[236] 아뢰오."

사또 분부하되

"춘향이 불러 대령한다?"

---

231) 있어도 하고: 있으리라 예상하고.

232) 일시 주배(酒杯)나 지내시오: 술이나 한 번 드시오.

233) 일 푼 간섭 없다마는: 한 푼도 가지는 것이 없다마는.

234) 얼굴이 뜻뜻하다: 부끄럽다.

235) 되채지: 혀를 제대로 놀려 발음을 분명하게 하지.

236) 연지: 혀가 꼬여 '현신'(現身)을 잘못 발음한 것.

두 놈이 꼼박꼼박하며[237] 아뢰되

"춘향이요? 죽어오. 어찌하여 죽어오."

"이놈, 어찌하여 죽었다고 하더니?"

"그리 하래오."

"누가 그리 하라드니?"

"글쎄올시다. 춘향이가 술잔인지 먹이옵고, 또 돈 닷 냥인지 주면서 그리 하래오."

이패두 곁지르며[238]

"쉬! 이놈아, 그 말은 왜 아뢰나니?"

최패두가 또 아뢰되

"여보옵시오, 이놈 보옵시오! 그 말을 아뢰오지 말라 하고 옆구리를 콱콱 찌르옵니다."

사또 분부하되

"이놈! 너는 무슨 말을 말라고 그놈을 찌르나니?"

이패두가 아뢰되

"아니올시다. 급히 다녀 들어오옵노라고 등에 땀이 나서 가렵삽기에 긁노라 하오니 팔로 그놈을 건드렸삽네다."

사또 골을 내어 호령하되

"네 그놈들을 모두 다 몰아 내치고 그중 영리한 사령 놈 부르라!"

뇌정(雷霆 : 우레)같이 분부하되

"네 이제로 바삐 잡아 대령하라!"

---

237) 꼼박꼼박하며: 꿈벅꿈벅하며. 끔벅거리며. 곧 눈이 잠깐씩 감겼다 뜨였다 하며.
238) 곁지르며: 곁을 찌르며. 옆구리를 찌르며.

긴 대답 한 마디에 군뢰사령 청령하고 성화같이 바삐 나와 춘향의 집에 이르러서 호흡이 천촉(喘促)[239]하여 하는 말이

"사람 죽겠다, 바삐 가자!"

춘향이 대답하되

"애고, 이것이 웬 말인고? 말이나 자세히 아옵시다."

"말이나 절이나[240] 가면서 할 양으로 어서 수이 나서거라."

"나는 새도 움직여야 나느니,[241] 술이나 먹고 가사이다."

"관술이나 오술이나[242] 가다가 먹을 양으로 어서 급히 나오너라."

춘향이 하릴없어 돈 닷 냥 내어다가 사령 주며 하는 말이

"차물(此物)이 사소하나 일시 주차[243]나 보태시오."

군뢰사령 돈 받아 차며 하는 말이

"네 정(情)을 막는 것은 의(義)가 아닌고로 받아는 가거니와 마음에 겸연(慊然)하다."

춘향이를 앞세우고 사령·관노 뒤를 따라 객사(客舍) 앞으로 돌아올 제, 저 춘향의 거동 보소.

허튼(흩은) 머리 집어 꽂고, 때 묻은 헌 저고리 다 떨어진 도랑치마[244]

---

239) 천촉(喘促): 숨을 몹시 가쁘게 쉬며 헐떡거림.

240) 말이나 절이나: 말리거나 소금에 절이거나. 춘향이 '말이나'라고 한 데 대한 말장난.

241) 나는 새도 움직여야 나느니: 아무리 재능이 많아도 노력하지 않으면 그 재능을 발휘할 수 없다는 뜻의 속담. 여기서는 무슨 일이든 실행에 앞서 준비하는 시간이 필요하다는 뜻으로 썼다.

242) 관술이나 오술이나: '술'에 대한 말장난. '관술'은 관솔(소나무 옹이). '오술'은 미상인데, 동양문고본에는 "요술"로 되어 있다.

243) 주차: 주채(酒債). 술값.

244) 도랑치마: 무릎이 드러날 만큼 짧은 치마.

허리 위에 눌러 매고, 짚신짝을 감발하고[245] 바람맞은[246] 병인(病人)처럼 죽으러 가는 양의 걸음으로 원포석양양양비(遠浦夕陽兩兩飛)에 짝 잃은 원앙이요,[247] 일난춘풍화초간(日暖春風花草間)에 꽃 잃은 나비로다.[248] 십오야 밝은 달이 흑운간(黑雲間)에 싸였는 듯, 금분(金盆)에 고운 꽃이 모진 광풍에 쓸렸는 듯, 수심(愁心)이 첩첩(疊疊)하고 애루(哀淚)가 만안(滿顔)하여[249] 정신없이 돌아올 제 관문(官門) 앞을 바라보니 구름 같은 군뢰사령 거동 보소. 안개같이 모였다가 바삐 오라 재촉 소리 성화같이 지르거늘, 뒤에 오던 군뢰사령 손을 들어 하는 말이

"대먹주를 말 시겻다.[250] 요란스레 굴지 마라!"

군뢰사령 이 말 듣고

"이 애, 만일 그러하면 중병(中病)이란 내 당하마. 사람 너무 몰지 마라. 해가 아직 멀었으니, 해 전에만 들어오면 어떻든지 그만이다."

이렇듯이 지저귀더라.

<hr />

245) 짚신짝을 감발하고: 짚신 위에 발감개를 하고. '감발'은 먼 길을 갈 때 발에 감는 좁고 긴 무명천.

246) 바람맞은: 풍병(風病)에 걸린.

247) 원포석양양양비(遠浦夕陽兩兩飛)에 짝 잃은 원앙이요: 석양의 먼 포구에 짝지어 날다 짝을 잃은 원앙새요.

248) 일난춘풍화초간(日暖春風花草間)에 꽃 잃은 나비로다: 봄바람 부는 따스한 날 꽃밭에 노닐다가 꽃을 잃은 나비로다.

249) 애루(哀淚)가 만안(滿顔)하여: 서글픔에 흘린 눈물이 얼굴에 가득하여.

250) 대먹주를 말 시겻다: 함께 마실 술을 한 말 시켜 두었다는 뜻이 아닐까 하나 미상. 동양문고본에는 "디먹쥬를 말 식혓다", 『고본 춘향전』에는 "대먹쥬를 말 식혓다"로 되어 있다.

7. 춘향의 발괄

군뢰사령 들어가 아뢰되

"춘향을 대령하였소!"

사또 반겨

"바삐 불러들이라!"

군뢰사령 청령하되

"춘향이 현신 아뢰오!"

사또 나그어 앉아 얼굴 형상 자세히 보니, 형산(荊山) 백옥이 진토(塵土)에 묻혔는 듯,[251] 추파부용(秋波芙蓉)이 취우(驟雨)에 쓸렸는 듯[252] 옥안성모(玉顔星眸)[253]에 근심하는 빛을 띠었고, 원산아미(遠山蛾眉)[254]에 시름하는 태도를 머금었으니, 원(怨)하는 듯, 느끼는 듯, 애연(哀然)한 형용(形容)이 사람의 일촌간장을 다 녹이는지라. 신관(新官)이 이를 보

....

251) 형산(荊山) 백옥이 진토(塵土)에 묻혔는 듯: 형산에서 나는 가장 아름다운 옥이 흙속에 묻혀 있는 듯. 권1의 주 296 참조.

252) 추파부용(秋波芙蓉)이 취우(驟雨)에 쓸렸는 듯: 가을 연못의 연꽃이 소나기에 쓸린 듯.

253) 옥안성모(玉顔星眸): 옥처럼 고운 얼굴과 별처럼 빛나는 눈.

254) 원산아미(遠山蛾眉): 미인의 눈썹.

매 마음이 더욱 착급하고 의사(意思)가 가장 황홀하나, 그래도 먹은 값이 있어 남의 말을 들으려고 책방 이낭청(李朗廳)[255]더러 묻는 말이

"이 사람, 이낭청, 춘향의 소문은 그리 고명(高名)하더니, 지금 보매는 유명무실(有名無實)이로세."

이 이낭청 자(者)는 서울서부터 긴한지라(긴밀한지라), 대소사(大小事)를 이낭청과 의논하면 콩을 가져 팥이라 하여도 곧이듣는 터요, 또 대답이 이현령비현령(耳懸鈴鼻懸鈴)[256]하여 평생 사면춘풍(四面春風) 두루마리[257]라. 이때에도 한가지로 있더니 대답하되

"글쎄, 그러하오마는 바이(전혀) 유명무실이라 할 길도 없고, 또 이제 유명무실 아니라 할 길도 없소이다."

"이 사람, 한갓 외모가 추할 뿐 아니라 모모이[258] 뜯어보아도 한 곳 별로 취할 데 없네."

"글쎄, 그러하외다."

이렇듯이 수작할 제 통인의 윤득이 아뢰오되

"의복이 남루하고 단장을 폐하여 그러하옵지, 의복 단장 선명히 꾸미오면 짝이 없는 일색(一色)이오니, 용사(容赦)치 마옵소서."[259]

신관이 이 말 듣고 또다시 역력히 보는 체하더니 하는 말이

255) 이낭청(李朗廳): 이씨 성의 낭청. 여기서는 실제 벼슬과 무관하게 존칭으로 썼다.
256) 이현령비현령(耳懸鈴鼻懸鈴): 귀에 걸면 귀걸이, 코에 걸면 코걸이. 어떤 사실이 이렇게도 저렇게도 해석됨을 이르는 속담.
257) 사면춘풍(四面春風) 두루마리: 사방에 봄바람이 불 듯 누구에게나 두루두루 좋게 대하며 자기 주장이 없는 사람을 비유하는 말.
258) 모모이: 구석구석이.
259) 용사(容赦)치 마옵소서: 용서하여 놓아주지 마옵소서.

"과연 듣던 말과 같다. 이 사람 이낭청, 저런 행창(行娼)²⁶⁰하는 것들이 때 묻고 바라지고 간악(奸惡)하고 요괴(妖怪)롭고 예사롭지 아니컨마는 이것이야 짐짓 여염살이 할 지어미²⁶¹ 될 듯 하외."

"글쎄, 그러하오마는 여염살이 할 지어미 되리라 할 길도 없고, 또 정녕히 여염살이 못 할 지어미라 할 길도 없소."

"이 사람, 제 의복은 비록 허술하나 형산 백옥을 다듬지 아니하고 중추(仲秋) 명월이²⁶² 흑운(黑雲)을 벗지 못한 듯 하외. 아무리 일색(一色)이라도 눈 각각 코 각각 뜯어보면 한 곳 흠은 있건마는, 이것은 아무리 보아도 편편금(片片金: 조각조각이 황금)이요 천향국색(天香國色)이로세. 아까 삼문간 들어올 제 잠깐 짱긋할 마디에²⁶³ 나도 빨리는 보았지. 잇속이 선 수박씨²⁶⁴를 주홍당사(朱紅唐絲)로 조롱조롱 엮어 주홍 쟁반에 세운 듯하고, 두 눈썹은 수나비가 마주 앉아 너홀너홀 노니는 듯하더구만. 제가 나를 속이려고 의복 형상 남루하게 하고, 얼굴 단장 허술하게 하였나 보외. 그것이 더욱 좋거든, 오리 알에 제 똥 묻은 것 같아²⁶⁵ 어수룩한 줄 아는가?"

"글쎄, 그러하오마는 보기에는 어수룩하다 할 길도 없고, 또 바이 어수룩지 아니타 할 길도 없소."

---

260) 행창(行娼): 몸을 파는 창기 노릇을 함.
261) 여염살이 할 지어미: 민가에서 살림살이 할 여자.
262) 명월이: 저본에는 "명이"로 되어 있으나 바로잡았다.
263) 짱긋할 마디에: 눈을 찡긋하는 사이에. 아주 짧은 동안에.
264) 선 수박씨: 설익은 하얀 수박씨.
265) 오리알에 제 똥 묻은 것 같아: 제 본색에 어긋나지 않게 수수한 것 같아서.

"이 사람, 자네 말대답은 평생 너출지게[266] 둥글게 물에 물 타니(탄 것) 술에 술 타니(탄 것)같이 뒤숭뒤숭히 하니 어찌한 말인고? 허, 답답한 사람이로고!"

하며 춘향 불러 이르는 말이

"네가 춘향이라 하느냐? '봄 춘(春)' 자, '향기 향(香)' 자, 이름이 우선 묘하고나! 네 나이 몇 살이니?"

춘향이 동문서답(東問西答) 딴전으로 대답하되

"내일 몇을 캐어 원두한(圓頭漢)[267]의 집으로 대령하올지요?"

"어허, 이낭청! 요 산드러진[268] 맛 보게. 그 말 더욱 조희(좋으이)."

다시 분부하되

"네 본디 창가(娼家) 천인이요 본읍(本邑) 기생으로서 내 도임시(到任時)에 방자(放恣)히 현신도 아니하고 언연(偃然)히[269] 집에 있어 불러야 온단 말이냐? 내가 이곳의 목민지장(牧民之長: 고을 수령)으로 내려왔더니, 너를 보니 꽤 견딜 만하기로 금일부터 수청으로 작정하는 것이니, 바삐 나가 소세(梳洗)하고 방수(房守) 차로[270] 대령하라."

춘향이 여쭙되

"일신(一身)에 병이 들어 말씀으로 못하옵고 원정(原情)으로 아뢰오니 사연을 보옵시면 곡절(曲折) 통촉(洞燭)하시리니, 의원시행(依願施

---

266) 너출지게: 넌출지게. 길게 치렁치렁 늘어지게.

267) 원두한(圓頭漢): 원두를 가꾸는 사람. '원두'는 오이·호박 등 밭에 심는 작물의 통칭.

268) 산드러진: 맵시 있고 말쑥한. 마음을 녹일 듯이 예쁘고 애교가 있는.

269) 언연(偃然)히: 거드름을 피우며 거만하게.

270) 방수(房守) 차로: 수청하러. '방수'는 수청방에 있으면서 시중드는 사람.

行) 적이시면[271] 화봉인(華封人)의 본을 받아 백세축수(百歲祝壽)하오리다."[272]

"어허, 괴이하다! 어느 사이 무슨 원정이니? 내게 정(呈)하는 것은 조마(調馬) 거동에 격쟁[273]이라, 동서간(東西間)[274] 처결(處決)이야 아니하랴?"

형방(刑房)이 고과(告課)할 제 강성(講聲)을 높여

본읍 기생 춘향의 백활(白活)이라!

우근진정유사단(右謹陳情由事段)은[275] 소녀(小女)가 본시 창가지엽(娼家之葉)[276]이요 요마(幺麼) 천녀(賤女)이나 강매산죽지심(江梅山竹之心) 빙옥결하지의(氷玉缺瑕之義)로 춘불개(春不改) 추불낙(秋不落)

....

271) 의원시행(依願施行) 적이시면: 원하는 대로 해준다는 제사(題辭: 판결문)를 써 주시면. '적이다', 곧 '제기다'는 '제사를 쓰다'의 뜻.

272) 화봉인(華封人)의 본을 받아 백세축수(百歲祝壽)하오리다: 요임금이 화주(華州: 섬서성)를 방문했을 때, 그곳의 봉인(封人: 변경지대의 축성과 수목 관리 등의 업무를 맡아보던 관직)이 요임금의 수(壽)·부(富)·다남자(多男子)를 축원했다는, 『장자』「천지」(天地)의 고사에서 따온 말.

273) 조마(調馬) 거동에 격쟁: 진짜 임금의 행차가 아닌 조마 거동에 길을 막고 격쟁하듯이 상황에 맞지 않는 어리석은 행동을 말한다. '조마 거동'은 임금의 거동에 앞서 임금이 타는 말을 절차대로 미리 훈련시키던 일.

274) 동서간(東西間): 이렇든 저렇든. 어떻게든.

275) 우근진정유사단(右謹陳情由事段)은: 우자(右者: 오른쪽에 이름이 적혀 있는 사람, 곧 청원인)가 삼가 진정(陳情)하는 일은. 소지(所志)의 첫머리에 쓰는 상투적인 문구.

276) 창가지엽(娼家之葉): 창가의 후손.

이옵더니,[277] 연전(年前) 이등[278] 좌정시(坐定時)에 여(與)사또자제로 일견(一見) 광한루하여 백년동주지의(百年同住之意)로 이수금석지문(已受金石之文)하고[279] 질정허신(質定許身)[280]하여 우금삼재(于今三載)에 엄연(儼然) 부부지의(夫婦之義)가 여산약해(如山若海)요,[281] 금번 체등(遞等)[282] 시에 부득솔거(不得率去)는 세고자연(勢固自然)이라.[283] 일편단심이 오매불망(寤寐不忘)이요, 남북상리(南北相離)에 심담(心膽)이 구렬(俱裂: 모두 찢어짐)이라 일구월심(日久月深)에 단장소혼(斷腸消魂)하니,[284] 여차빙심(如此氷心)을 수사난멸(雖死難滅)이라.[285] 백골이 성진(成塵)하고 혼백이 미산전(未散前)은 만무실절(萬無失節)이요

---

277) 강매산죽지심(江梅山竹之心)~추불낙(秋不落)이옵더니: 강산의 매화와 대나무 같은 마음, 얼음과 옥처럼 흠 없이 깨끗한 의리를 봄에도 바꾸지 않고 가을에도 잃지 않사옵더니.

278) 이등: 현임 사또. 여기서는 이도령의 부친.

279) 백년동주지의(百年同住之意)로 이수금석지문(已受金石之文)하고: 평생 같이 살 뜻으로 이미 굳은 맹세의 글을 받고.

280) 질정허신(質定許身): 뚜렷이 결정하여 몸을 허락함.

281) 우금삼재(于今三載)에~여산약해(如山若海)요: 지금까지 3년 동안 엄연한 부부의 의리가 산처럼 바다처럼 크고. 저본에는 '엄연'이 "언연"으로 되어 있으나 바로잡았다.

282) 체등(遞等): 관리가 교체됨.

283) 부득솔거(不得率去)는 세고자연(勢固自然)이라: 함께 데리고 가지 못한 것은 형세상 본래 그러한 것이라.

284) 일구월심(日久月深)에 단장소혼(斷腸消魂)하니: 세월이 흐를수록 애간장이 끊어지고 넋이 빠지니.

285) 여차빙심(如此氷心)을 수사난멸(雖死難滅)이라: 이처럼 얼음같이 맑은 마음은 비록 죽더라도 사라지지 않으리라.

평생미망(平生未忘)이오니,[286] 수위소녀지약언(雖謂少女之約言)이나[287] 진정(眞情) 소회라, 산활수회(山豁水回)라도 불능자탈(不能自奪)이오며,[288] 금일 사또주(主) 미지천견(未知賤見)인 고로 망령되이 존령(尊令)을 위월(違越)이라[289] 금일 분부는 성시상사(誠是常事)이오나 하정(下情)이 여차고(如此故)로 부득봉승(不得奉承)이온바,[290] 동시사부지체모(同是士夫之體貌)요 변동장부지심열(便同丈夫之心熱)이라[291] 심사동반지의리(深思同班之義理)하고 통촉사정지간측(洞燭事情之懇惻)이온즉 갱무여차하문지리(更無如此下問之理)오며,[292] 우황면천(又況免賤)에 이 속대비(已贖代婢)이온 줄로 자감앙소어일월명정지하(茲敢仰訴於日月明政之下)하오니,[293] 복걸참상이시후[伏乞叅商敎是後]에 특위방송(特爲

286) 백골이 성진(成塵)하고~평생미망(平生未忘)이오니: 백골이 티끌 되고 혼백이 흩어지기 전에는 절개를 잃을 리 만무하고 평생 임을 잊지 않을 것이오니.

287) 수위소녀지약언(雖謂少女之約言)이나: 비록 어린 여자의 언약이라고 하나.

288) 산활수회(山豁水回)라도 불능자탈(不能自奪)이오며: 산이 드넓은 평지 되고 강물이 물줄기를 되돌리더라도 빼앗지 못할 것이오며.

289) 사또주(主)~위월(違越)이라: 사또님께서 저의 천한 생각을 알지 못하시므로 망령되이 존귀한 명령을 어긴지라.

290) 성시상사(誠是常事)이오나~부득봉승(不得奉承)이온바: 진실로 당연한 일이나 제 사정이 이러하므로 받들어 따르지 못하온바.

291) 동시사부지체모(同是士夫之體貌)요 변동장부지심열(便同丈夫之心熱)이라: 같은 사대부의 체모요, 같은 장부의 간절한 마음이라.

292) 심사동반지의리(深思同班之義理)하고~갱무여차하문지리(更無如此下問之理)오며: 같은 양반의 의리를 깊이 생각하시고, 몹시 딱하고 가엾은 사정을 통촉하신다면 더는 이와 같이 하문하실 리 없사오며.

293) 우황면천(又況免賤)에~자감앙소어일월명정지하(茲敢仰訴於日月明政之下)하오니: 또한 하물며 천인 신분에서 벗어나 이미 다른 여종을 사서 저를 대신하게 하온 줄로 이에 감히 일월처럼 밝은 다스림 아래 우러러 호소하오니.

放送)을.²⁹⁴ 천만(千萬) 망량하살기위[望良爲白只爲] 행하향교시사[行下
向敎是事] 사또주 처분이라.²⁹⁵

모월(某月) 모일(某日) 소지(所志)

라 하였더라.

형방이 취중(醉中)이라 고과 후 소지 놓고 필흥(筆興) 내어 제사(題
辭)하되²⁹⁶

건곤(乾坤)이 불로월장재(不老月長在)하니
적막강산금백년(寂寞江山今百年)이라.²⁹⁷

쓰기를 마치고 춘향 불러
"제사 사연 듣자왜라(들어라)."
고성(高聲)하여 읊을 적에 신관이 이 모양 보고 모가지를 길게 빼어
황새처럼 비틀면서 기가 막혀 소리 질러 하는 말이
"이낭청, 저놈의 행사(行事) 보소. 저놈을 생으로 발길까, 왼통으로 주

....

294) 복걸참상이시후[伏乞叅商敎是後]에 특위방송(特爲放送)을: 엎드려 빌건대 헤아려 살
피신 후에 특별히 풀어 주시옵기를. 이두 표기인 '이시'[敎是]는 '하시고'의 뜻.
295) 천만(千萬) 망량하살기위[望良爲白只爲]~사또주 처분이라: 천만 바라옵기로 사또님
께서 분부를 내려 처분하여 주소서. 소지의 마지막에 쓰는 상투구. 이두 표기인 '망량
하살기위'는 '바라옵기로'의 뜻. '행하향교시사'는 '분부하실 일'의 뜻.
296) 제사(題辭)하되: 판결문을 쓰되.
297) 건곤(乾坤)이~적막강산금백년(寂寞江山今百年)이라: 천지는 늙지 않고 달이 길이
떠 있나니, 적막강산 이제 백년이네. 12가사의 하나인 「죽지사」에 나오는 구절.

뢰(周牢: 주리)를 할까? 세상 천지간에 저런 놈도 또 있는가?"

상투 끝까지 골을 내어 대강이(대가리)를 흔들면서 벽력같이 소리 지르니, 이낭청 대답하되

"세상 천지간에 저런 놈이 어디 있을까 보오니까마는 바른대로 말씀이지, 세상에 저런 놈이 바이 없다 할 길인들 있사오리까?"

뇌정같이 성낸 사또 벽력같이 호령하되

"이놈으란 바삐 잡아 중계(中階)²⁹⁸ 아래 내리오라!"

벌떼 같은 사령들이 성화같이 달려들어 갓 벗겨 후리치고 동당이쳐로²⁹⁹ 끌어내려 중계 아래 꿇리거늘, 사또 방울 같은 눈망울을 선(설익은) 수박 굴리듯 하며 여성(厲聲: 성난 목소리로) 호령하되

"그놈을 한 매에 쳐 죽이라!"

형방이 취중이나 혼불부체(魂不附體)³⁰⁰ 아뢰오되

"소인의 죄가 무슨 죄온지 죄명(罪名)이나 알고 죽어지이다."

사또 분부하되

"명정기죄(明正其罪)하여 사무원심(使無怨心)하라.³⁰¹ 이 소지단(所志段)은 여타자별(與他自別)하여 별(別)로 제사(題辭)할대³⁰² 관장(官長)이 개구전(開口前)에 자단처결(自斷處決)이 요마(幺麼) 소리(小吏)의 만사

....

298) 중계(中階): 상계(上階)·중계·하계(下階)의 3단 중 중간 단. 궁궐이나 왕릉의 경우 상계는 임금의 자리, 중계는 벼슬아치의 자리, 하계는 사서인(士庶人)의 자리이다.

299) 동당이쳐로: 동당이쳐. 동댕이쳐서.

300) 혼불부체(魂不附體): 몹시 놀라 넋을 잃음.

301) 명정기죄(明正其罪)하여 사무원심(使無怨心)하라: 그 죄목을 명백히 밝히고 바로잡아 원망하는 마음이 없게 하라.

302) 이 소지단(所志段)은~제사(題辭)할대: 이 소지는 다른 것과 달라서 별도로 판결할 것이로되.

무석지죄(萬死無惜之罪)라!"[303]

　　좌우 나졸(羅卒: 사령과 군졸) 엄포하되

"분부 듣자와라!"

　　형방이 능갈[304]이라 언정리순(言正理順)[305] 아뢰오되

"춘향의 원정 사연 듣자오니 지사위한(至死爲限)[306]하와 불변취죽지절
(不變翠竹之節)[307]이옵기에 상의(上意)[308]를 봉승(奉承)하와 양상화매(兩
相和賣)[309]요 선악상반(善惡相半)[310]한 제사(題辭)이오니, 열네 자[311] 뜻을
아뢰오리이다. '건'(乾) 자는 '하늘 건' 자이니 사또는 '건'이 되옵고, '곤'
(坤) 자는 '땅 곤' 자니 춘향이는 '곤'이 되어, 늙지 말고 한곳에서 달과
같이 길이[312] 있어 적막강산 집을 짓고 이제부터 백년까지 해로하잔
뜻이오니, 사또 호제(呼題)[313]하옵시나 막과어차(莫過於此)[314]하옵시리
이다."

....

303) 관장(官長)이 개구전(開口前)에~만사무석지죄(萬死無惜之罪)라: 고을 수령이 입을
　　　열기 전에 스스로 결정하여 처결한 것은 하찮은 아전이 만 번 죽어도 아까울 것이 없
　　　는 죄이다.

304) 능갈: 얄밉도록 몹시 능청을 떪. 여기서는 몹시 능청맞은 사람.

305) 언정리순(言正理順): 말과 이치가 바르고 옳음. 여기서는 '사리에 맞는 말로'.

306) 지사위한(至死爲限): 죽기를 각오함. 죽을 때까지 굽히지 않음.

307) 불변취죽지절(不變翠竹之節): 푸른 대나무의 변치 않는 절개.

308) 상의(上意): 윗사람의 뜻. 여기서는 사또의 뜻.

309) 양상화매(兩相和賣): 물건을 사고파는 사람이 모두 만족하게 거래함.

310) 선악상반(善惡相半): 선과 악이 반반씩임.

311) 열네 자: 형방의 제사 열네 글자, 곧 "건곤불로월장재(乾坤不老月長在) 적막강산금백
　　　년(寂寞江山今百年)"을 말한다.

312) 길이: 저본에는 "기러"로 되어 있다.

313) 호제(呼題): 제사(題辭)를 부름.

314) 막과어차(莫過於此): 이보다 낫지 못함.

사또 이 말 듣고 사리를 슴슴 헤아리니 과약기언(果若其言)이요 여합부절(如合符節)이라.[315] 근본은 싹싹하여 마음 곧 들 양이면 아끼는 것이 없는지라 다시 분부하되

"저 아전 아직 분간(分揀)[316]하고 관청빗 부르라. 목포(木布: 포목)는 각 1필, 백미(白米) 1석이요, 전문(錢文: 돈) 2냥, 남초(南草: 담배) 세 근, 장지(壯紙) 세 권, 이대로 차하[317]하라. 기특하다, 기야방가위지아전(其也方可謂之衙前)이로다!"[318]

315) 과약기언(果若其言)이요 여합부절(如合符節)이라: 과연 그 말과 같고, 부절을 합한 것처럼 꼭 들어맞는다.

316) 분간(分揀): 죄지은 형편을 보아서 용서함.

317) 차하: 돈을 내어주다. 이두 표기로 '上下'라고 쓰고 '차하'라고 읽는다.

318) 기야방가위지아전(其也方可謂之衙前)이로다: 그야말로 가히 아전이라고 할만하다. 『동몽선습』(童蒙先習)의 "비로소 사람이라고 일컬을 만하다"(方可謂之人矣)라는 구절에서 따온 말.

8. 어른의 웅심한 맛

마음에 상쾌하여 풀갓끈 뒷짐 지고[319] 대청에 거닐면서

"춘향아, 너 그 제사(題辭) 사연 들었는다? 불긴한 원정(原情)이라 한 번이면이야 괴이하랴? 다시는 잔말 말고 바삐 올라 수청하라. 관청으로 의논하면 네 집 찬장(饌欌) 될 것이요, 운향고(運餉庫)는 네 고(庫)이요, 목전고(木錢庫)[320]도 네 고 되고, 일읍(一邑: 온 고을) 주관(主管)이 네 장중(掌中)이라. 이런 깨판 또 있느냐?"

춘향이 여쭈되

"원정에 아뢴 말씀 분간(分揀)이 없삽고 다시 분부 이러하오시니, 대비정속(代婢定贖)하온 후는 관기(官妓)가 아니옵고, 도련님 가신 후로 두문불출 수절하와 만분지일이라도 열녀의 본을 받고자 마음에 새겼사오니 분부 거행은 못하겠소."

신관이 이낭청 불러 하는 말이

"계집의 한두 번 태도는 응당 전례판[321]인 줄 아는가? 없으면 무맛[無

319) 풀갓끈 뒷짐 지고: 매우 기쁘고 뿌듯한 모습.
320) 목전고(木錢庫): 무명과 돈을 보관하는 창고.
321) 전례판: '이전부터 으레 하던 판(투식)' 정도의 뜻으로 보인다.

264 남원고사

味]이니."

"글쎄, 그러하외다."

사또 춘향더러 달래는 말이

"네가 그때에 아이들끼리 만나 살고(살구)·또올기(딸기) 맛보듯 하여 새큰한 맛에 그리 하나 보다마는 하루 비둘기가 재를 넘느냐?[322] 그러하기로 저런 설움을 보는고나. 네가 어른의 우거지국에 쇠옹도리뼈[323] 넣은 듯한 웅심(雄深)한 맛을 보아 무궁한 재미를 알 양이면 깜박 반하리라. 이 사람 이낭청, 내가 평양 서윤(庶尹) 갔을 제 금절이년 수청 들여 삼천 냥 행하(行下)[324]하고, 그 외에 전후 기생 준 것은 불가승수(不可勝數)[325]인 줄 아는가? 나는 어찌한 성품인지 기생들을 그리 주고 싶으대."

이낭청 대답하되

"글쎄, 그러하외다. 사또께서 대동(大同) 찰방(察訪)[326] 갔을 제 관비 한 년 데리고 자고 그년의 비녀까지 빼앗고 돈 한 푼 아니 주었지요. 또 운산(雲山) 현감(縣監)[327] 갔을 제 수급이[328] 한 녀석 데리고 석 달이나 수

---

322) 하루 비둘기가 재를 넘느냐: 경험과 실력 없이는 일을 이룰 수 없음을 비유하여 이르는 말.

323) 쇠옹도리뼈: 쇠옹두리뼈. 소의 정강이에 불퉁하게 나온 뼈.

324) 행하(行下): 시중을 들거나 심부름한 사람, 기생, 광대 등에게 주는 보수, 또는 그들에게 보수를 주는 일.

325) 불가승수(不可勝數): 너무 많아 이루 셀 수 없음.

326) 대동(大同) 찰방(察訪): '대동'은 평안도의 군(郡). '찰방'은 조선시대 각 도의 역참(驛站)을 관리하던 종6품 벼슬.

327) 운산(雲山) 현감(縣監): '운산'은 평안도의 군. '현감'은 현의 수령으로 종6품 벼슬.

328) 수급이: 수급비(水汲婢). 관아에 속하여 물 긷는 일을 맡아 하던 여종.

청 드리고 쇠천[329] 한 푼 아니 주고 도리어 저의 은가락지 취색(取色)[330]
하여 주마 하고 서울 보내었지요. 언제 평양 서윤, 영변 부사 가서 기생
행하를 그리 후히 하였소?"

신관이 기가 막혀 눙쳐 하는 말이

"이 사람, 기롱 마소. 저런 아이들 곧이듣네. 여보와라, 저 말 곧이듣
지 마라. 그럴 리가 있느냐? 나를 사귀어만 보와라. 알아듣느냐? 생각
하여 보아라. 노류장화는 인개가절이라,[331] 천만의외 너만 년이 정절·수
절·성절(聖節)·덕절(德節)하니 그런 잔절을 말고 큼직한 해주 신광절[332]
이나 하여라. 네가 수절을 할 양이면 우리 대부인은 딱 기절을 하시랴?
요망한 말 다시 말고 바삐 올라 수청하라."

춘향이 여쭈되

"자고로 열녀가 하대무지(何代無之)리오?[333] 양구조어(羊裘釣魚) 엄자
릉[334]도 간의대부 마다하고 자릉대(子陵臺)[335]에 피우(避寓)[336]하고, 수절
의사 백이(伯夷)·숙제(叔齊) 불식주속(不食周粟) 하려 하고 수양산(首
陽山)에 「채미가」(採薇歌)를 노래하고,[337] 천하진인(天下眞人) 진도남(陳

329) 쇠천: '소전'(小錢: 동전)을 속되게 이르는 말.

330) 취색(取色): 낡은 것을 닦아 윤을 냄.

331) 노류장화는 인개가절이라: 권1의 주 470 참조.

332) 신광절: 황해도 해주에 있는 신광사(神光寺).

333) 하대무지(何代無之)리오: 어느 시대엔들 없으리오?

334) 양구조어(羊裘釣魚) 엄자릉: 양가죽 옷을 입고 낚시질하며 은거하던 엄광. 권1의 주
454 참조.

335) 자릉대(子陵臺): 절강성 부춘산(富春山) 중턱에 있는, 엄자릉이 낚시하던 곳.

336) 피우(避寓): 속세를 피해 우거(寓居)함.

337) 백이(伯夷)·숙제(叔齊)~「채미가」(採薇歌)를 노래하고: 백이와 숙제가 주나라 곡식
을 먹지 않으려 하며 수양산에서 「채미가」(고사리 캐는 노래)를 노래하고. 고죽국(孤

圖南)도 화산(華山) 석실(石室) 수도하고,[338] 대순(大舜: 순임금) 이비(二妃) 아황[339]·여영 혈루유황(血淚幽篁)[340] 따라 있고, 유한림(劉翰林)의 사부인(謝夫人)도 수월암(水月庵)에 엄적(掩迹)하고,[341] 낙양(洛陽) 의녀(義女) 계섬월도 천진루(天津樓)에 글을 읊어 평생 수절하였다가 양소유를 따라가고,[342] 태원(太原) 땅 홍불기(紅拂妓)도 난세에 뜻을 세워 만리장정(萬里長征) 종군하여 이정(李靖)을 따랐으니,[343] 몸은 비록 천하오나

竹國)의 두 왕자 백이와 숙제는 상나라가 망하고 주나라가 서자 상나라를 향한 절의를 지켜 주나라 땅에서 나는 곡식을 먹지 않고자 수양산에서 고사리를 캐먹으며 살다가 굶어죽었다. 백이와 숙제가 지어 부른 「채미가」는 주나라 무왕(武王)이 상나라를 멸한 것이 신하로서 주군을 죽인 부당한 일임을 비판한 노래로, 『사기』 「백이 열전」(伯夷列傳)에 보인다.

338) 진도남(陳圖南)도 화산(華山) 석실(石室) 수도하고: '진도남'은 오대(五代) 말 북송 초의 도가(道家) 사상가 진단(陳摶)을 말한다. '도남'은 그 자. 호북성 무당산(武當山)에서 20여 년 선술(仙術)을 닦은 뒤 섬서성 화산(華山)의 운대관(雲臺觀), 화산과 마주 보고 있는 소화산(少華山)의 석실에서 수도했는데, 한 번 잠을 자면 100일을 내리 잤다고 한다. 『송사』(宋史) 「진단전」(陳摶傳)에 관련 기록이 보인다.

339) 아황: 저본에는 "아항"으로 되어 있으나 바로잡았다.

340) 혈루유황(血淚幽篁): 그윽한 대숲에 흘린 피눈물. 권1의 주 113 참조.

341) 유한림(劉翰林)의 사부인(謝夫人)도 수월암(水月庵)에 엄적(掩迹)하고: 「남정기」(南征記: 사씨남정기) 제8회에서 여주인공 사정옥이 악인들의 모해를 피해 떠돌아 다니다가 여승 묘희의 도움을 받아 동정호 군산(君山)의 수월암에서 지내던 대목을 말한다. '유한림'은 사정옥의 남편 유연수.

342) 낙양(洛陽) 의녀(義女)~양소유를 따라가고: 『구운몽』에서 낙양의 기녀 계섬월이 낙양 천진교(天津橋)의 주루(酒樓)에서 양소유와 인연을 맺은 뒤 주루를 떠나 산골에 머물다가 양소유가 한림학사에 오른 뒤 다시 만난 일을 말한다.

343) 태원(太原) 땅~이정(李靖)을 따랐으니: 당나라의 전기(傳奇) 「규염객전」(虯髯客傳)에서 권력자의 시녀 홍불기가 이정을 따라 태원으로 떠난 일을 말한다. '홍불기'는 수나라 양제(煬帝) 때의 권세가 양소(楊素)의 시비(侍婢) 장씨(張氏)로, 양소를 방문한 젊은 선비 이정에게 마음이 끌려 양소 몰래 이정을 만나고 그날로 탈출을 감행하여

절개는 막는 법이 없사오니, 물밑에 비친 달은 잡아내어 보려니와 소녀의 정한 뜻은 차생(此生)에 앗지 못하오리이다. 일단혈심(一丹血心) 통촉긍애(洞燭矜哀)하옵서 방송(放送)하옵소서!"

"이 사람, 이낭청! 요사이 행창(行娼)하는 계집이 오르라 하기 무섭지. 어여쁘지 아니한 것들이 어여쁜 체하고, 분 바르고 연지 찍고 궁둥이를 뒤흔들면서 장마개구리 호박잎에 뛰어오르듯³⁴⁴ 신발 신은 채 마련 없이 덤벅덤벅 오르건마는 이것은 제법 반반한 계집의 경계(境界)로세."

이낭청 대답하되

"나 보기에는 썩 들어잡아 경계 반반한 계집이라 할 길도 없을 듯하고, 또 이제 바른 말씀이지, 하 그리 경계 없단 말할 길도 없소."

"이 사람, 자네! 말대답이 한곳으로 하는 일이 없고, 혹각 가로보기³⁴⁵로 거기중(居其中: 그 중간 자리에 있음)하여 뭉그러지게 하니, 그 어이한 말대답인고? 괴이한 인사로세."

이낭청 대받쳐(대받아) 대답하되

"또 이제 바이 괴이한 인사 아니라 할 길도 없고, 또 괴이한 인사라 할 길도 없소."

남장하고 이정을 따랐다. '이정'(571~649)은 수나라 말 당나라 초의 명장으로, 당나라 건국 과정에서 큰 공을 세워 '위국공'(衛國公)에 봉해졌다. '태원'은 지금의 산서성 성도(省都) 태원시.

344) 장마개구리 호박잎에 뛰어오르듯: 귀엽지도 못한 것이 매우 가볍게 올라앉는 경우를 비유해 이르는 말.

345) 흑각 가로보기: 흑각(黑角), 곧 빛깔이 검은 물소의 뿔을 들고 이리저리 살피며 쓸모를 고민한다는 데서 어느 쪽이 이로울까 이리저리 따져 보는 경우를 비유해 이르는 말. 흑각은 비녀, 허리띠, 기타 고급 장식용 재료로 쓰였다. 저본에는 '가로보기'가 "가로박이"로 되어 있으나 바로잡았다.

사또 눈살 찌푸리고 하는 말이

"자네는 왜 이리 씨앙이질[346]하노? 허허, 괴이한 손이로고!"

골김에 우루져혀[347] 짐짓 호령하되

"요년, 춘향이라 하는 년의 딸년아! 오르라 하면 썩 오를 것이지 무슨 잔말을 고대지(그다지) 자리감스러이[348] 하노? 태(態)라도 한 번 두 번이지 얼마 맞으면 슬홀고?[349] 어서 오르고지고!"

346) 씨앙이질: 씨양이질. 남이 한창 바쁠 때 쓸데없는 일로 귀찮게 구는 짓.

347) 우루져혀: '올러', 또는 '울부짖어' 정도의 뜻으로 보인다.

348) 자리감스러이: 잘금스럽게. 조금씩 나왔다 그쳤다 하는 모양.

349) 슬홀고: 덜할꼬. 또는 시릴꼬. 동양문고본에는 "스릴고", 『고본 춘향전』에는 "슬힐고"로 되어 있다.

9. 숫자 노래

저 계집아이 생각하되

'저 거동을 보아하니 방송할 리 만무(萬無)하다. 제 아무리 저리한들 빙옥(氷玉) 같은 내 마음과 금석 같은 굳은 뜻이 백골이 진토 된들 훼절(毀節)할 리 만무하다. 일이 벌써 이 지경에 이르렀으니 현마(설마) 어찌하리? 죽을밖에 하릴없다!'

악을 써서 하는 말이

> 일광로(日光老)[350] 같은 우리 도련님을
> 일조(一朝)에 이별하고
> 일신(一身)에 맺힌 애한(哀恨)
> 일구월심 사라지나[351]
> 일척단검(一尺短劍) 명을 바쳐
> 일백 번 죽사와도
> 일심(一心)에 정한 마음

....
350) 일광로(日光老): 권2의 주 430 참조.
351) 일구월심 사라지나: 세월이 흐른들 사라질까? 저본에는 '월심'이 "일심"으로, '사라지나'가 "사라지니"로 되어 있으나 바로잡았다.

일정(一定) 변치 않으리다.

이수중분백로주(二水中分白鷺洲)352라

이별 낭군 떠난 후에

이군불사(二君不事) 본을 받아

이부불경(二夫不更: 두 남편을 섬기지 않음)하려 하고

이 마음을 굳게 먹어

이 세상을 하직하여

이비(二妃)의 절(節)을 따라

이월 한식(寒食) 개자추(介子推)353의 넋을 위로하오리다.

삼광(三光)354은 천상이라

삼생(三生)의 굳은 인연

삼춘(三春)같이 길었으니

삼혼칠백(三魂七魄)355 흩어져도

....

352) 이수중분백로주(二水中分白鷺洲): 두 줄기 강은 백로주가 나누었네. 이백의 시 「금릉
봉황대에 오르다」(登金陵鳳凰臺)에 나오는 구절. '백로주'는 남경(南京) 진회하(秦淮
河) 강 가운데 있는 섬.

353) 개자추(介子推): 춘추시대 진(晉)나라 문공(文公)의 19년 망명 시절 동안 충성을 다
한 신하로, 훗날 문공이 진나라로 돌아와 군주의 지위에 오르자 산서성의 면산(綿山)
에 은거했다. 문공이 개자추를 불렀으나 응하지 않자 개자추를 밖으로 나오게 하기
위해 산에 불을 질렀으나 개자추는 끝내 응하지 않고 머물다 불에 타 죽었다. 진문공
이 후회하며 개자추가 죽은 날을 기념하여 '한식'으로 정하고 그날 하루는 불을 피우
지 않게 했다.

354) 삼광(三光): 해·달·별.

355) 삼혼칠백(三魂七魄): 도가(道家)에서 말하는, 인간에게 있다는 세 가지 혼과 일곱 가

삼청동 이승지(李承旨)[356] 댁

삼한갑족(三韓甲族)[357] 우리 도련님을

삼천리 약수라도 건너가서

삼신산(三神山) 삼강수(三江水)로 오며 가며 하오리다.[358]

사또라도 사대가서(四大家書)[359] 다 보시고

사시장춘(四時長春) 외워 읽어

사백년 동방예의를

사기(士氣: 선비의 기개) 중에 박았거늘

사고 없이

사또 손에 마치련들

사대천왕(四大天王)[360] 엄위(嚴威)라도

사면팔방 널리 보고

사시장천(四時長川) 굳은 마음

사지를 찢으셔도

....
지 넋. 삼혼은 태광(台光)·상령(爽靈)·유정(幽精), 칠백은 시구(尸拘)·복시(伏矢)·작
음(雀陰)·탄적(呑賊)·비독(非毒)·제예(除穢)·취폐(臭肺).

356) 이승지(李承旨): 이씨 성의 승지. 여기서는 이도령의 부친을 말한다. 앞에서 이도령
의 부친은 남원 부사에서 공조참의로 승진했다. 남원 부사(도호부사)는 종3품 벼슬이
고, 참의와 승지는 정3품 당상관이다.

357) 삼한갑족(三韓甲族): 예로부터 대대로 문벌이 높은 집안.

358) 하오리다: 문맥상 '뵈오리다' 정도의 말이어야 옳다.

359) 사대가서(四大家書): 미상. 문맥상 사서(四書)를 가리키는 듯하다. '사대가'는 한유·
유종원(柳宗元)·구양수·소동파 등 기준에 따라 다양한 문장가가 거론된다.

360) 사대천왕(四大天王): 사천왕(四天王). 불법(佛法)을 수호하는 네 명의 신, 곧 지국천
왕(持國天王)·광목천왕(廣目天王)·증장천왕(增長天王)·다문천왕(多聞天王).

사역불변(死亦不變)³⁶¹ 하오리다.

오륜 행실 지킨 나를

오히려 모르시니

오월비상(五月飛霜)³⁶² 나의 함원(含怨)

오자서의 동문 결목(抉目)³⁶³같이 오매(寤寐)에 사무치니

오형(五刑)³⁶⁴을 갖추어서 오차(五車)에 발기거나³⁶⁵

오리오리 오리시오.

오군문(五軍門)³⁶⁶에 높이 달아

오국(吳國) 강산 오희(吳姬)같이

오강(烏江)에 띄우셔도³⁶⁷

....

361) 사역불변(死亦不變): 죽어도 변하지 않음.

362) 오월비상(五月飛霜): 오월에 서리가 날림. 여자가 한을 품으면 오뉴월에도 서리가 내린다는 속담.

363) 오자서의 동문 결목(抉目): 오자서가 자신의 눈을 파내 오나라 동문에 걸어 놓으라고 유언한 일. 권1의 주 205 참조.

364) 오형(五刑): 조선시대의 다섯 가지 형벌, 곧 사형(死刑)·유형(流刑)·도형(徒刑)·장형(杖刑)·태형(笞刑).

365) 오차(五車)에 발기거나: 거열형(車裂刑), 곧 사지와 목을 다섯 수레에 따로 매달고 말을 달리게 하여 신체를 찢어 죽이는 형벌을 말한다.

366) 오군문(五軍門): 조선 후기 수도와 그 외곽을 방어하기 위해 설치한 5군영의 군문. 5군영은 훈련도감(訓鍊都監)·어영청(御營廳)·금위영(禁衛營)·총융청(摠戎廳)·수어청(守禦廳).

367) 오국(吳國) 강산~오강(烏江)에 띄우셔도: '오강'은 중국 안휘성에 있는 강으로, 항우가 한나라 유방의 군대에 쫓겨 이곳에서 자결했다. '오희'는 오나라(강소성)의 아름다운 여인을 뜻하는데, 문맥상 항우의 비(妃) 우희(虞姬)를 가리키는 것으로 보인다. 우희의 출생지는 알 수 없는바, '오국'과 '오희' 모두 '오' 자에 맞추어 갖다붙인 명칭으

오히려 정한 뜻은 잃지 아니하오리라.

육출기산(六出祁山)[368]하던 제갈무후(諸葛武侯: 제갈공명)라도

육손(陸遜)이를 못 죽이고[369]

육출기계(六出奇計) 진평(陳平)이도

육가(陸賈)의 말을 들었으며[370]

육상산(陸象山)[371] · 진도남도

육정(六丁) · 육갑(六甲)[372] 못 부렸고

로 보인다.

368) 육출기산(六出祁山):『삼국지연의』에서 제갈공명이 감숙성의 요충지인 기산(祁山)의
위나라 성을 공격하기 위해 여섯 차례 출병한 일.

369) 육손(陸遜)이를 못 죽이고: 권2의 주 435 참조. 저본에는 '육손이를'이 "육일산"으로
되어 있으나 바로잡았다.

370) 육출기계(六出奇計)~말을 들었으며: 한나라 고조 사후에 고조의 비(妃) 여태후(呂太
后)와 그 일족이 권력을 장악하고 있었는데, 여태후가 죽자 진평이 육가(陸賈)의 말을 받
아들여 앙숙으로 지내던 주발(周勃)과 연합하여 여씨 일족을 몰아냈던 일을 말한다. '육
가'는 한나라 초기의 문신이자 문인·학자로, 고조에게 문치(文治)를 주장해 관철시켰고,
외교에도 능했다. 저서로『신어』(新語)가 전한다. '육출기계'는 권2의 주 251 참조.

371) 육상산(陸象山): 송나라의 유학자 육구연(陸九淵)을 말한다. '상산'은 그 호. '심즉리'
(心卽理: 마음이 곧 이치), 곧 만물의 이치가 내 마음 안에 있다는 주장을 펴서 하나의
사물에 하나의 이치가 깃들어 있고 사물에 깃든 이치를 탐구하여 진리에 이른다는,
주희(朱熹)의 격물치지론(格物致知論)과 대립되는 이론을 전개했다. 육구연의 '심학'
(心學)은 명나라 왕수인(王守仁)의 양명학(陽明學)으로 이어져 두 사람의 학문을 아울
러 육왕심학(陸王心學)이라 부르게 되었다.

372) 육정(六丁) · 육갑(六甲): 도교에서 천제(天帝)가 부린다는 신. '육정'은 정묘(丁卯) ·
정사(丁巳) · 정미(丁未) · 정유(丁酉) · 정해(丁亥) · 정축(丁丑)의 여섯 음신(陰神)이고,
'육갑'은 갑자(甲子) · 갑술(甲戌) · 갑신(甲申) · 갑오(甲午) · 갑진(甲辰) · 갑인(甲寅)의 여
섯 양신(陽神)이다.

육수부(陸秀夫)의 부왕투수(負王投水)[373]

육신성도(戮身成道)[374] 하였고

육월(유월) 염천(炎天) 더운 때에

육시(戮屍)[375]를 할지라도

육도(六道)[376]·삼생에

육지(陸贄)[377] 같은 나의 맹세

육신에 맺혔으니

육리청산(六里靑山)[378]에 헛분부 마시오.

칠칠가기(七七佳期) 오작교에

칠십자(七十子)[379] 같은 우리 낭군

칠탄(漆炭: 옻과 숯)같이 만난 후에

....

373) 육수부(陸秀夫)의 부왕투수(負王投水): 권1의 주 476 참조.

374) 육신성도(戮身成道): 자기 몸을 희생하여 도를 이룸. 저본에는 "뉵신도셩"으로 되어 있다.

375) 육시(戮屍): 이미 죽은 사람의 시체에 다시 목을 베는 형벌을 가함.

376) 육도(六道): 불교에서 업(業: 몸과 입과 마음으로 짓는 행위와 말과 생각, 그리고 그로 인한 결과)에 따라 태어난다고 하는 여섯 세계, 곧 삼악도(三惡道)에 해당하는 지옥도(地獄道)·아귀도(餓鬼道)·축생도(畜生道)와 삼선도(三善道)에 해당하는 아수라도(阿修羅道)·인도(人道)·천도(天道).

377) 육지(陸贄): 당나라의 명신. 직언으로 유명하며, 그가 임금에게 올린 글을 모은 『육선공주의』(陸宣公奏議)가 후대에 널리 읽혔다.

378) 육리청산(六里靑山): 6리 땅. 실속없는 일이나 물건을 비유하는 말. 전국시대 말의 정치가 장의(張儀)가 연횡책(連衡策)을 펴는 과정에서 초나라 왕에게 진나라의 600리 땅을 바치겠다고 약속하여 동맹을 맺었다가 훗날 6리 땅으로 말을 바꿔 초나라를 기만했던 고사에서 유래하는 말이다.

379) 칠십자(七十子): 공자(孔子)의 제자 가운데 뛰어난 70인.

칠거지악(七去之惡) 죄도 없고

칠원산(漆原山)[380]에 이별 없이

칠산바다[381] 깊은 정을

칠년 대한(大旱) 비 바라듯

칠성단(七星壇)에 바람 빌듯

칠월 칠일 무인야(無人夜)에

칠현금 거문고로

칠성님께 칠칠수(七七數)[382]로 빌었더니

칠신위라(漆身爲癩) 예양(豫讓)[383]인가

칠종칠금(七縱七擒) 맹획(猛獲)[384]인가

칠야원한(漆夜怨恨) 무슨 일고?

칠백 리 동정호에 초혼조(招魂鳥)[385]나 되오리라.

팔원팔개(八元八愷)[386] 어느 때며

....
380) 칠원산(漆原山): 경남 함안에 있는 산.

381) 칠산바다: 전남 영광의 칠산도(七山島) 앞바다.

382) 칠칠수(七七數): 7일마다 일곱 번.

383) 칠신위라(漆身爲癩) 예양(豫讓): 몸에 옻칠을 해서 문둥이로 가장한 예양. 전국시대
진(晉)나라의 자객 예양이 주군 지백(智伯)의 원수를 갚기 위해 정체를 숨기고자 몸
에 옻칠을 해서 문둥이로 가장하고, 뜨거운 숯을 삼켜 벙어리가 된 뒤 조양자(趙襄子)
를 살해하려 했으나 실패하고 목숨을 잃었던 고사를 말한다.

384) 칠종칠금(七縱七擒) 맹획(猛獲):『삼국지연의』에서 제갈공명이 남방에 출전하여 남
만왕(南蠻王) 맹획을 일곱 번 잡았다가 일곱 번 놓아 주어 완전히 복종시킨 일을 말한
다. 저본에는 '맹획'이 "맹학"으로 되어 있으나 바로잡았다.

385) 초혼조(招魂鳥): 죽은 사람의 혼령을 부르는 새, 곧 두견새.

386) 팔원팔개(八元八愷): 순임금이 등용했다는, 여덟 명의 온화한 사람과 여덟 명의 선량

팔대금강(八大金剛)[387] 어디 간고?

팔진도(八陣圖)[388] 진을 치고

팔공산(八公山)의 팔황초목(八荒草木)[389]으로

팔괘화로(八卦火爐)[390]에 팔년 팔일 사로시오[391]

팔천 제자(弟子) 강동(江東) 호걸

팔년 풍진(風塵) 요란하다[392]

팔선(八仙)[393] 같은 나의 팔자(八字)

팔황(八荒)으로 돌아간들 이리 박명(薄命)하올쏜가?

....

한 사람을 아울러 이르는 말. 순임금은 '팔원'에게 토지를, '팔개'에게 교화를 담당하게 했다고 한다.

387) 팔대금강(八大金剛): 불법의 수호신인 팔대금강명왕(八大金剛明王), 곧 마두명왕(馬頭明王: 관세음보살)·대위덕명왕(大威德明王: 문수보살)·보척명왕(步擲明王: 보현보살)·대륜명왕(大輪明王: 미륵보살)·무능승명왕(無能勝明王: 지장보살)·강삼세명왕(降三世明王: 금강수보살)·군다리명왕(軍荼利明王: 허공장보살)·부동명왕(不動明王: 제개장보살).

388) 팔진도(八陣圖): 제갈공명이 만들었다는 방어 진법(陣法). 권2의 주 435 참조.

389) 팔공산(八公山)의 팔황초목(八荒草木): 남북조시대 전진(前秦)의 군주 부견(苻堅)이 백만 군대를 동원해 동진(東晉)을 공격했는데 오히려 동진 군대의 반격에 놀라서 근처에 있던 팔공산의 초목까지 전부 동진의 군사로 보였다는 고사에서 따온 말. '팔공산'은 안휘성 회남(淮南)에 있는 산. '팔황'은 온 세상. 저본에는 '팔황'이 '팔환'으로 되어 있으나 바로잡았다.

390) 팔괘화로(八卦火爐): 윗부분을 팔괘 모양으로 장식한 화로.

391) 팔년 팔일 사로시오: '사로시오'를 '사르시오'로 보아 긴 세월을 불사른다는 뜻으로 보이나 구체적인 의미는 미상.

392) 팔천 제자~풍진(風塵) 요란하다: 초나라 항우가 고향 강동의 자제(子弟: 젊은이) 8천 명을 군사로 거느리고 8년 동안 전투를 벌인 일을 말한다.

393) 팔선(八仙): 본래 도가의 여덟 신선을 뜻하나 여기서는 『구운몽』의 팔선녀를 가리키는 듯하다. 도가의 '팔선'은 대략 이철괴(李鐵拐)·종리권(鐘離權)·장과로(張果老)·여동빈·하선고(何仙姑)·남채화(藍采和)·한상자(韓湘子)·조국구(曹國舅)를 꼽는다.

팔원차(八轅車)[394]를 흘리 태워

팔진국(八鎭國)[395]으로 보내시오

팔대(八大: 팔대금강) 같은 위력으로

팔팔결이나 틀린 말을 두 번 하지 마오.

구회간장(九廻肝腸) 사라지니

구절양장(九折羊腸) 험한 길로

구의산(九嶷山)[396]을 찾으리라

구룡소 늙은 용이

구비를 못 펼치니

구름 같은 나의 신세

구수(久囚)[397]같이 살았고나

구천(九天)에 사무친 원(怨)이

구원(九原)[398]에 마치리라.

구관 사또 선정비(善政碑)에 본을 받아

구구한 나의 굳은 뜻을 구하소서.

구차한 이내 신세

....
394) 팔원차(八轅車): 여덟 대의 원거(轅車). '원거'는 끌채가 있는 수레.
395) 팔진국(八鎭國): '사방팔방의 여러 나라'를 가리키는 듯하다. '팔진'은 사방(四方)과
　　사우(四隅: 동북·동남·서북·서남)의 여덟 방위.
396) 구의산(九嶷山): 창오산(蒼梧山). 지금의 호남성 영원현(寧遠縣) 남쪽에 있는 산으로,
　　순임금이 이곳에서 죽었다고 전한다.
397) 구수(久囚): 판결이 나지 않아 오랫동안 옥에 갇혀 있는 죄수.
398) 구원(九原): 사람이 죽은 뒤 그 영혼이 가서 산다는 세상.

구십소광(九十韶光) 경(景)을 따라

구관 자제 언제 만나

구류손(懼留孫)의 촌승(寸繩)³⁹⁹같이 얽혀 볼까

구곡수(九曲水)를 구비구비 휘어다가

구름비를 타고 갈까?

구주(九州: 천하)를 돌아

구명도생(苟命圖生) 하려 하고

구천선녀(九天仙女)⁴⁰⁰ 명을 받아

구구팔십일 천축(天竺)에 왕래하던

구계선(九界仙)⁴⁰¹의 열절(烈節)같이 굳은 정을

---

399) 구류손(懼留孫)의 촌승(寸繩):『봉신연의』(封神演義)에서 구류손(懼留孫)의 보물 무
기인 곤선승(捆仙繩)을 말한다.『봉신연의』의 구류손은 불교의 구류손불(拘留孫佛: 크
라쿠찬다Krakucchanda. 석가세존의 전신인 과거의 일곱 부처 중 하나)에 착안한 캐
릭터로, 도교의 신 원시천존(原始天尊)의 열두 제자, 이른바 '곤륜(崑崙) 12선(仙)' 중
한 사람이다. '곤선승'은 공중에 던지면 길어져서 빛을 번뜩이며 상대를 자동으로 결
박하는 밧줄이다. 구류손의 제자 토행손(土行孫)이 스승의 곤선승을 훔쳐서 주(周)나
라 장수들을 생포하고, 위기에 처한 주나라의 요청으로 구류손이 선계(仙界) 밖으로
나와 토행손을 결박한 뒤 주나라에 귀의시키는 대목이『봉신연의』제54회와 제55회
에 실려 있다.

400) 구천선녀(九天仙女): 천상의 선녀. 중국 고대 신화에 나오는 전쟁의 여신 구천현녀
(九天玄女)를 가리키는 것으로 보인다.『평요전』(平妖傳, 20회본 및 40회본)의 제1회
에 손오공(孫悟空)의 원형 캐릭터에 해당하는 원공(袁公)이 구천현녀의 제자가 되어
수행하다가 몰래 '여의책'(如意冊)이라는 도술서를 훔쳐 읽고 천하무쌍의 무공을 익
히는 대목이 보인다. 한편『서유기(西遊記)』의 손오공은 관음보살의 뜻을 받들어 불법
에 귀의하고 삼장법사(三藏法師)를 호위하기로 했다.

401) 구구팔십일 천축(天竺)에 왕래하던 구계선(九界仙):『서유기』에서 삼장법사 일행이
천축국, 곧 인도까지 10만 8천 리의 여정 동안 '구구팔십일난'(九九八十一難: 81가지
고난)을 다 겪은 뒤 팔대금강(八大金剛)의 바람을 타고 하루도 못 되어 장안(長安)으

구전지훼(求全之毁)[402] 세세 성문(成文)하여 구중궁궐(九重宮闕)에
살와(사뢰어) 볼까?

십악대죄(十惡大罪)[403]를 범하였나

십리 강산에

십면매복(十面埋伏)을 만났고나

십월(시월) 광풍 낙엽 같고

십리 장정(長亭)[404] 유사(柳絲: 실버들 가지) 같은 이 인생

십년 성취 월왕(越王)[405]같이

십생구사(十生九死)할지라도

십지섬수(十指纖手)로 꼽아가며

십왕전(十王殿)[406]에 백활(白活)이나 하오리라.

....
　　로 돌아온 일을 말한다. '구계선'은 구계(九界: 10계 중에서 불계佛界를 제외한, 지옥·
　　아귀·축생·수라修羅·인간·천상·성문聲聞·연각緣覺·보살의 아홉 세계)의 신선으로,
　　여기서는 삼장법사와 손오공 일행을 가리키는 듯하다.
402) 구전지훼(求全之毁): 몸가짐을 온전히 하려다 오히려 비방 당함. 저본에는 "구전지
　　의"로 되어 있으나 바로잡았다.
403) 십악대죄(十惡大罪): 모반죄(謀反罪)·대불경죄(大不敬罪)·불효죄 등 『대명률』(大明
　　律)에 정한 열 가지 큰 죄.
404) 장정(長亭): 성 밖 길가에 10리마다 세운 정자.
405) 십년 성취 월왕(越王): 춘추시대 월나라의 왕 구천(勾踐)이 오나라에 패하여 오나라
　　왕 부차의 하인이 되었다가 훗날 월나라로 돌아와 절치부심 국력을 길러 오나라를 멸
　　망시킨 일을 말한다.
406) 십왕전(十王殿): 시왕전. 저승에서 죽은 사람을 재판한다고 하는 열 명의 왕을 모신
　　법당.

십삼성(十三省)⁴⁰⁷에 주류(周流)하고

십팔관(十八關)⁴⁰⁸에 효시(梟示)⁴⁰⁹하나

십칠 년을 기른 뜻이⁴¹⁰

십방(十方)⁴¹¹으로 돌아간들 변할 길이 바이 없네.

영천한수(潁川寒水) 휘어다가 나의 귀를 씻고지고! 사또께서는 국록
지신(國祿之臣) 되어나서 출장입상(出將入相)하시다가 타루불행(墮淚
不幸)⁴¹² 난세(亂世) 오면 귀한 일명(一命) 살려 하고 도적에게 투항하여
두 임금을 섬기려 하오? 충불사이군(忠不事二君)이요 열불경이부(烈不
更二夫)여늘⁴¹³ 불경이부 죄라 하고 위력으로 겁탈하니, 사또의 충절(忠
節) 유무(有無)를 일로 좇아(이로부터) 알리로다. 역심 품은 사또 앞에
무슨 말씀 하오리까? 소녀를 범상죄(犯上罪: 윗사람을 범한 죄)로 이제
바삐 죽이시오!

<hr>

그러하나 원대로나 죽여 주오. 습진령(習陣令)⁴¹⁴을 놓으시고, 동방에
는 청기 꽂고, 서방에는 백기 꽂고, 남방에는 홍기 꽂고, 북방에는 흑기
꽂고, 중앙에는 황신기(黃神旗)⁴¹⁵를 둥두렷이⁴¹⁶ 내어 꽂고, 숙정패(肅靜
牌)⁴¹⁷를 걸어 놓고, 좌둑기⁴¹⁸를 두루다가(휘두르다가) 거궐(巨闕)·촉루
(屬鏤)·용천검(龍泉劍)⁴¹⁹ 드는 칼로 사또 친히 베시되 별대마병(別隊馬
兵) 평군 치듯,⁴²⁰ 백송고리 생치 차듯,⁴²¹ 범아부(范亞父)의 옥두(玉斗)
치듯⁴²² 뎅그렁 베시고, 신체랑은 내어주고 목을랑은 들여다가 옹진(甕

....

414) 습진령(習陣令): 진법(陣法)을 훈련하라는 명령.

415) 황신기(黃神旗): 중오방기(中五方旗) 중 중앙에 세운 군기. 권3의 주 69 참조.

416) 둥두렷이: 덩두렷이. 웅장하게 높으며 흐리지 않고 분명하게.

417) 숙정패(肅靜牌): 군령(軍令)으로 사형을 집행할 때 떠들지 못하게 하기 위하여 세우
던 나무패. '숙정' 두 글자를 썼다.

418) 좌둑기: 좌독기(坐纛旗). 군대의 총사령관인 주장(主將)을 상징하는 군기. 검은 바탕
에 태극을 중심으로 팔괘와 낙서(洛書)를 그렸다.

419) 거궐(巨闕)·촉루(屬鏤)·용천검(龍泉劍): 모두 중국 고대의 명검. '거궐', 곧 거궐검은
춘추시대 월나라의 구야자(歐冶子)가 만들어 구천(勾踐)이 찼다는 명검. '촉루'는 오
나라 왕 부차가 오자서에게 내렸다는 명검. '용천검'은 춘추시대 오나라의 간장(干將)
이 만들었다는 명검.

420) 별대마병(別隊馬兵) 평군 치듯: 기마병이 공을 때리듯. '별대마병'은 왕의 호위를 위
해 훈련도감에 별도로 설치한 부대의 기마병. '평군'은 격구(擊毬)를 가리키는 듯하다.
'격구'는 두 패로 나누어 각각 말을 타고 내달아 채로 공을 쳐서 구문(毬門)에 넣는 경
기로, 오늘날의 폴로(polo)와 비슷하다.

421) 백송고리 생치 차듯: 성질이 사납고 날쌘 푸른 매가 꿩을 잽싸게 잡아채듯. 무엇을
날쌔게 잡아채는 모양을 비유적으로 이르는 말. '백송고리'는 맷과의 새로, 몸이 크고
흰색이며, 굳세고 날래 사냥에 쓰인다. '생치'(生雉)는 꿩.

422) 범아부(范亞父)의 옥두(玉斗) 치듯: 항우의 책사 범증이 홍문의 잔치에서 유방을 죽
이려다 실패한 뒤 분노하여 유방이 선물로 보낸 옥두(옥으로 만든 술그릇)를 부수었
다는 고사를 말한다. '홍문의 잔치'에 대해서는 권1의 주 525 참조.

津)[423] 소금에 짜게 절여 목함(木函) 속에 넣은 후에 다홍보로 싸서 두었

다가 한양까지 올려다가 사또 조상 제지낼 제 제물로나 쓰옵소서!

423) 옹진(甕津): 황해도의 고을 이름. 황해도 남단의 옹진반도 연안은 조선시대 소금의
주요 생산지 중 하나였다.

10. 맹장 삼십

저 사또의 거동 보소. 맹호같이 성을 강변에 덴 소 뛰듯[424] 목을 끄떽
움치면서 벽력같이 소리하여 좌우 나졸 엄포하되

"조년 바삐 내리오라!"

벌떼 같은 사령·나졸 와락 뛰어 달려들어 춘향의 머리채를 선전(縇
廛) 시정(市井)[425] 비단 감듯, 상전(床廛) 시정[426] 연줄 감듯, 당도리[427] 사
공 닻줄 감듯, 감쳐 풀쳐[428] 풀쳐 감쳐 길남은[429] 중계(中階) 아래 동당이
쳐로 끌어내려 형틀 위에 올려 매고 형방이 다짐 쓴다.

　살등여의신[白等汝矣身][430]이 본시 창녀지배(娼女之輩)여늘 불고사체

....

424) 강변에 덴 소 뛰듯: 불난 강변에 덴 소 날뛰듯. 위급한 경우를 당하여 황망하게 날뛰
　　는 사람을 비유하여 이르는 말.
425) 선전(縇廛) 시정(市井): 비단 가게 상인.
426) 상전(床廛) 시정: 잡화 가게 상인.
427) 당도리: 바다로 다니는 큰 목조선.
428) 감쳐 풀쳐: 세게 감았다 느슨하게 풀어.
429) 길남은: 한 길 조금 넘는.
430) 살등여의신[白等汝矣身]: '사뢰온 너'라는 뜻의 이두 표기. '여의신'은 '너'.

(不顧事體)[431]하고 수절·명절(名節)이 하이위지곡절(何以爲之曲切: 무슨 곡절)이며, 우중신정지초(尤中新政之初)에[432] 관령을 거역뿐더러 관정(官庭) 발악에 능욕관장(凌辱官長)하니, 사극해연(事極駭然)이 막차위심(莫此爲甚)이요[433] 죄당만사(罪當萬死)라 엄형중치(嚴刑重治) 하옵시는 다짐이니, '백'(白) 자 아래 수촌(手寸) 두라.[434]

좌우 나졸 엄포할 제 춘향의 여룬(여린) 간장(肝腸)이 봄눈 스듯 다 녹는다.

"올려 매었소!"

"갖은 매 대령하라!"

집장뇌자(執杖牢子)[435] 거동 볼작시면 키 같은 곤장, 길남은 주장(朱杖)[436]이라, 형장(刑杖)·태장(笞杖)[437] 한아름을 안아다가 좌우에 좌르륵 쏟아놓고

"갖은 매 대령하였소!"

....

431) 불고사체(不顧事體): 사리와 체면을 돌보지 않음.

432) 우중신정지초(尤中新政之初)에: 더구나 새로운 정치를 베풀어 얼마 되지 아니한 때를 맞아. 더구나 신관 부임 초기에.

433) 사극해연(事極駭然)이 막차위심(莫此爲甚)이요: 일이 지극히 해괴함이 이보다 더 심할 수 없고.

434) '백'(白) 자 아래 수촌(手寸) 두라: '아룁니다'라고 하는 '백' 자 아래에 손가락 서명을 하라. '수촌'은 조선시대에 사용하던 노비의 수결(手決)로, 손가락을 문서에 대고 그려 도장 대신 사용했다.

435) 집장뇌자(執杖牢子): 곤장을 치는 군졸.

436) 주장(朱杖): 붉은 칠을 한 몽둥이.

437) 형장(刑杖)·태장(笞杖): '형장'은 형벌로 때리기 위해 사용되는 몽둥이. '태장'은 볼기를 치는 데 쓰던 가는 막대.

사또 분부하되

"만일 저년을 사정(私情) 두는 폐(弊) 있으면 너희를 곤장 모호로(모서리로) 앞정강이를 팰 것이니, 각별히 매우 치라!"

청령집사(聽令執事)[438] 앞에 서서

"매우 치라!"

집장뇌자 거동 보소. 형틀 앞에 썩 나서며 춘향을 내려다보니 마음이 녹는 듯 뼈가 저리고 두 팔이 무기(無氣)하여 저 혼자 하는 말이

"이 거행은 못 하겠다! 구실 태거(汰去)[439]할지라도 차마 못할 거행이라."

이리 주저하는 차에 바삐 치라 호령 소리 북풍한설(北風寒雪) 된서리라. 한 뇌자(牢子: 군졸)놈 달려들어 두 팔을 뽐내면서 형장 골라 손에 쥐고 형틀 앞에 썩 나서서

"사또 분부 이렇듯이 엄하신데 저를 어찌 아끼리까? 한 매에 죽이릿다!"

두 눈을 부릅뜨고 형장을 높이 들어 검장(檢杖: 곤장 치는 수를 셈) 소리 발맞추어 번개같이 후루치니, 하우씨(夏禹氏) 제강(濟江)할 제 부주(負舟)하던 저 황룡(黃龍)[440]이 구비를 펼쳐다가 벽해(碧海)를 때리는

---

438) 청령집사(聽令執事): 명령을 듣고 전달하는 구실아치.

439) 구실 태거(汰去): 구실, 곧 직역(職役)에서 쫓겨남. '태거'는 잘못이 있거나 불필요한 관원을 가려내어 쫓아 버린다는 뜻. 저본에는 '구실'이 "구살"로 되어 있으나 바로잡았다.

440) 하우씨(夏禹氏) 제강(濟江)할~저 황룡(黃龍): 하나라 우왕이 강을 건널 때 배를 등에 졌던 저 황룡. 『여씨춘추』에 나오는 다음 고사를 말한다. 우왕이 남쪽 지역을 순시하는 중에 배를 탔는데 황룡이 배를 등에 졌다. 배에 탄 사람들이 모두 겁에 질렸으나 우왕이 의연하게 하늘을 우러러 "나는 천명을 받아 힘을 다해 인민을 보살피고 있다. 사는 것은 성(性)이요 죽는 것은 명(命)이니, 내가 용 앞에 근심할 것이 무엇 있겠는가!"라고 말하자 용은 그 말을 귀 기울여 듣더니 꼬리를 내리고 떠나갔다.

듯, 여름날 급한 비에 벽력 치는 소리로다. 백옥 같은 고운 다리 쇄골(碎骨)하여 갈라지니 홍혈(紅血)이 솟아나서 좌우에 빗발치듯 뿌리는지라, 춘향이 일신을 모진 광풍에 사시나무처럼 발발 떨며 독을 내어 하는 말이

"죽여 주오, 죽여 주오! 어서 바삐 죽여 주오! 얼른 냉큼 죽이시면 죽은 혼이라도 날아가서 한양 성중 들어가서 우리 도련님 찾으리니, 그는 사또의 덕택이올시다. 수절을 죄라 하면 시칼 형문(刑問)[441]을 치옵소서!"

고개를 빠지오고(빼고) 눈을 감으니, 옥결빙심(玉潔氷心)과 난초 기질, 부용화태(芙蓉華態: 연꽃 같은 아리따운 자태) 일각에 변하여 찬 재 되고, 살점이 늘어지고 백골이 드러나며 맥운(脈運)이 끊어지니 살기를 바랄쏘냐? 좌우의 관광인(觀光人: 구경하는 사람)이 가슴이 타는 듯 모두 눈물을 먹이고(머금고), 대신 맞고자 하는 이 많아 다투어 들어가려 할 제 사또의 마음인즉 뒤가 물러[442] 이 형상을 보고 인물을 아주 구기이고 혀를 차며 속으로 하는 말이

'아무리 무지한 시골놈인들 주뢰로 죽일 놈이로다! 저리 고운 계집을 그리 몹시 박아칠(힘주어 때릴) 심술이 불량한 망나니 아들놈이 또 어디 있으리오? 속이 부적부적 조야(조여) 못 보겠다. 인물이 조만하니 마음인들 굳으랴마는[443] 고대지 아득하여 깨닫지 못하는가?'

이렇듯 아끼면서 삼십 도(度) 맹장(猛杖: 볼기를 몹시 침)하니 말이 못

---

441) 시칼 형문(刑問): 식칼로 정강이를 치는 가혹한 형벌. '시칼'은 '식칼'의 옛말. '형문'은 형장(刑杖)으로 죄인의 정강이를 때리던 형벌. "종이 종을 부리면 식칼로 형문을 친다"라는 속담이 있다.

442) 뒤가 물러: 뒷심이 약해. 뒤를 마무리하는 성질이 없어.

443) 굳으랴마든: 문맥상 '얼마나 굳겠나마는'.

된 경(景)이로다.

"이 사람 이낭청, 고년이 그런 줄 몰랐더니 맵기가 곧 고추로세. 종시(終是) 풀이 아니 죽네. 그러나 내가 신정지초(新政之初)에 살인하기는 어떠하지?"

"글쎄, 그러하외다."[444]

"이 사람, 무엇을 글쎄 그러하다 하노?"

옥사장이[445] 불러 분부하되

"저년을 갖다가 가두되 다른 죄수는 하나도 두지 말고 저 하나만 똑 가두어 착실히 엄수(嚴囚: 엄중히 가둠)하라!"

옥사장이 분부 듣고 매우 착실히 뵈려 하고 대답하되

"저를 칼 씌워서 소인이 한가지로 내려가 소인의 집에 기별하여 밥을 하여다가 먹고, 앉으나 누우나 한 착고(차꼬)에서 밤낮으로 맞붙들고 상직(上直: 당직當直)만 하오리다."

"이놈, 너는 웃간에서 지키되 바로 보지도 말고 돌아앉아서 각별히 수직(守直: 맡아서 지킴)하라!"

---

444) 그러하외다: 동양문고본에는 이 뒤에 문맥상 있어야 자연스러운 다음 구절이 더 있다. "'아니, 이 사람, 저만 년을 삼천을 죽이기로 관계할까?' '글쎄, 그러하오.'"

445) 옥사장이: 옥사쟁이. 옥에 갇힌 사람을 맡아 지키는 사람을 얕잡아 이르던 말.

11. 하옥

옥사장이 분부 듣고 크나큰 전목칼[446]을 춘향의 가는 목에 선봉대장 투고(투구) 쓰듯 허험석 쓰인 후에 칼머리에 인(印)을 치고[447] 거멀못으로 수쇄하고 옥중으로 내려갈 제 연연약질(軟軟弱質) 저 춘향이 맹장 삼십 맞았으니 제가 어이 갱기(更起)하리? 겨우구러 부지(扶持)하여 관문(官門) 밖에 나올 적에 한 걸음에 엎어지고 두 걸음에 쓰러진다. 걸음마다 사슬 소리 연(軟)한 간장 다 녹는다. 칼머리를 손에 들고 울며 하는 말이

"나의 죄가 무슨 죈고? 국곡투식(國穀偸食)[448] 하였던가? 엄형중치(嚴刑重治) 무슨 일고? 살인죄인 아니어든 항쇄(項鎖)[449]·족쇄(足鎖) 웬일인고? 애고애고, 설운지고! 이를 어이 하잔 말고? 죄가 있고 이러한가? 죄가 없고 이러한가? 유유창천(悠悠蒼天) 증인 되어 한 말씀만 하여 주오."

446) 전목칼: 큰 칼. '전목'(全木)은 두꺼운 널빤지.

447) 인(印)을 치고: 봉인(封印)하고.

448) 국곡투식(國穀偸食): 나라의 곡식을 훔쳐먹음.

449) 항쇄(項鎖): 죄인의 목에 씌우던 칼. 저본에는 "항서"로 되어 있으나 이하 모두 '항쇄'로 표기를 통일했다.

이렇듯이 울며 관문 밖에 내달으니, 춘향어미 거동 보소. 센 머리를 퍼바리고(풀어헤치고) 두 손뼉을 척척 치며

"애고, 이것이 웬일인고? 신관 사또 내려와서 치민선정(治民善政) 아니하고 생사람 죽이러 왔네! 생금 같은 나의 딸을 무슨 죄로 저리 쳤노? 무남독녀 외딸로서 진자리 마른자리 가리어서 쥐면 꺼질까, 불면 날까, 쓴 것은 내가 먹고 단 것은 저를 먹여 고운 의복 좋은 음식 주야 없이 고호(顧護: 돌봄)하여 부중생남중생녀(不重生男重生女)[450]로 길러낼 제 이런 곡경(曲境: 곤경) 몽중(夢中)에나 생각하며 의사(意思)에나 먹었으랴? 애고 답답, 설움이야! 이를 어이 하잔 말고?"

칼머리를 받아 들고 데굴데굴 구르면서

"애고애고, 설운지고! 남을 어이 원망하리? 이것이 다 네 탓이라. 네 아무리 그리한들 닭의 새끼 봉이 되며, 각관 기생 열녀 되랴? 사또 분부 들었더면 이런 매도 아니 맞고, 작히 좋은 깨판이랴? 돈 쓸 데 돈을 쓰고, 쌀 쓸 데 쌀을 쓰고, 꿀병(꿀떡)·기름·염석어(鹽石魚: 굴비)를 늙은 어미 잘 먹이지. 이진정소(利盡情疎)[451]·송구영신(送舊迎新) 기생 되고 아니하랴? 나도 젊어서 친구 볼 제 치치면 감병수사(監兵水使), 나리치면 각읍 수령[452] 무수히 겪을 적에 돈 곧 많이 줄 양이면 일생 있지 못할네라. 심란하다, 수절, 수절! 남절[453]이 수절이냐? 훗날 만일 또 묻거든

450) 부중생남중생녀(不重生男重生女): 아들 낳기를 중히 여기지 않고 딸 낳기를 중히 여김. 백거이의 「장한가」에 나오는 구절.

451) 이진정소(利盡情疎): 이익이 다하면 정이 멀어짐.

452) 치치면 감병수사(監兵水使)~각읍 수령: 높게는 감사·병사(兵使)·수사(水使: 수군절도사), 낮게는 각 고을의 수령.

453) 남절: '수절'에 대한 말장난으로 하는 말이겠으나 구체적 의미는 미상.

잔말 말고 수청 들어 실살귀[454]나 하려무나. 너 죽으면 나도 죽자. 바라
나니 너뿐이다!"

---

454) 실살귀: 실살구, 곧 실살. 겉으로 드러나지 않은 알짜 이익.

12. 왈자

벌덕벌덕 자빠지며 하늘하늘 뛰놀 적에 이때 남원 사십팔 면(面)[455] 왈
자들이 춘향의 매 맞은 말 풍편(風便)에 얻어듣고 구름같이 모일 적에
누가 누가 모였던고? 한숙이, 태숙이, 무숙이, 태평이, 걸보, 떼중이, 도
질이, 부듸치기, 군집이, 털풍헌, 준반이, 회근이 축[456] 등물(等物)이 그
저 뭉게뭉게 모여들어 겹겹이 둘러싸고 사면으로 저희 각각 인사하며
위로할 제 그중 한 사람이 들여다가 보고 바삐 뛰어 활터로 단총 올라가
서 여러 한량 보고 숨을 아주 헐덕이며 느껴가며 목이 메어 하는 말이

"업다, 맞았거든!"

한량들이 하는 말이

"네가 뉘에게 맞았단 말이냐? 대단하나 맞지 않았느냐?"

대답하되

"내가 맞았으면 뉘 아들 놈이 기탄하랴? 업다, 곧 몹시 맞았건든! 업다!"

---

455) 남원 사십팔 면(面): 남원에 속한 48방(坊) 전체 행정구역을 말한다. 『신증동국여지
  승람』에 의하면 조선시대 남원은 도호부(都護府)로서 군(郡) 하나(담양군)와 현(縣)
  아홉(임실현·무주현·운봉현 등)을 관할했다. 1906년 남원 48방(坊) 중 15방이 주변
  군 관할로 변경되고, 방(坊)을 면(面)으로 변경했다는 기록이 있다.
456) 축: 일정한 특성에 따라 나뉘는 부류.

"제 어미 할 아이, 끔찍이 비밀하다. 누가 맞았단 말이니? 네 어미가 맞았느냐, 네 할미가 맞았느냐?"

"너의 녀석들은 움 속에 있더냐? 맞은 줄도 모르고, 누구니 누구니, 사람 성화하겠다."

"글쎄, 무엇이 맞았단 말이니?"

"허허, 여편네가 맞았단다, 여편네가 맞아."

한량들이 하는 말이

"짐작이 반이라니, 그만하면 알겠다. 신관 사또가 춘향 불러 수청들인다 하더니, 그 아이가 어찌하여 맞았나 보고나."

대답하되

"영락 아니면 속락이라."

모든 한량 대경(大驚)하여 서로 부르며 벌떼같이 내려올 제

"이 애, 운빈아! 불쌍하다. 성빈아! 어서 가자. 우리네가 아니 가면 누가 가리? 갓 매어라, 옷 입어라."

편전같이 내려와서 한 모흘(모퉁이를) 헤치고 우당퉁탕 달려들어 일변으로 부채질하며 일변으로 칼머리도 들며

"업다! 이 아이들, 좀 물러서거라! 사람 기막히겠다."

한 왈자 내달으며 부채질하는 왈자 책망하되

"이 자식아, 네가 군칠의집[457] 더부살이 살 제 산적 굽던 부채질로 사람을 기가 막히게 부치느냐?"

"그러면 너는 부채질을 어찌하나니?"

그 왈자 부채 펴들고 모흐로(모로) 가만히 올라가서 가만히 내려오며

---

457) 군칠의집: 군치리집. 개고기를 안주로 술을 파는 집.

하는 말이

"자, 보소. 춘향의 머리털 하나나 까딱하느냐?"

한 왈자 내달으며 하는 말이

"이 애들아! 춘향의 얼굴을 보니 눈청[458]이 꺼지고 양협(兩頰)에 청기(靑氣) 도니, 아마도 막혔나 보다. 이제로서 돈 가지고 한달음에 구리개[459] 병문(屛門)[460] 들어가서 복차다리[461] 넘어서며 남편작(남쪽) 셋째 대암[462] 약계(藥契)[463] 웃모퉁이 건너편 박주부(朴主簿)[464] 약국에 새로 지은 청심환(淸心丸)[465] 한 개만 나는 듯이 가서 사 오너라. 동변강즙(童便薑汁)[466]에 타 먹여 보자."

한 왈자 내달으며

"업다, 이런 자식들, 소견 보아라! 언제 구리개를 가서 사 오겠나니?

----

458) 눈청: '눈망울'의 방언.

459) 구리개: 구리고개. 서울 중구 을지로 입구에서 을지로 2가에 이르는 낮은 고개. 황토 언덕이 누런 구릿빛을 띤 데서 유래한 이름으로 동현(銅峴)이라 표기하다가 일제강점기에 황금정(黃金町)으로 개칭되기도 했다. 조선 후기 구리개 일대에 약방이 즐비했다. 「한양가」에 "구리개 좌우 집에 신농유업(神農遺業) 써 붙이고 / 각색 약이 다 있구나"라는 구절이 보인다.

460) 병문(屛門): 골목 어귀의 길가.

461) 복차다리: 복차교(卜車橋). 서울 중구 태평로 서울시청 서남쪽에 있던 다리.

462) 대암: '다음'의 방언.

463) 약계(藥契): 한약방.

464) 박주부(朴主簿): '주부'는 본래 조선시대 관서의 문서를 주관하던 종6품 벼슬이나 한약방 주인을 가리키는 호칭으로도 쓰였다.

465) 청심환(淸心丸): 한약방에서 심장의 열을 풀어주고 마음을 안정시키는 데 처방하던 알약.

466) 동변강즙(童便薑汁): 사내아이의 오줌과 생강즙. '동변'은 한의학에서 어혈을 풀어주고 대장이 잘 통하게 하며 해독하는 효능이 있다고 믿었다.

내가 괴이한 말이다마는 청심환 개나[467] 있으니 먼저 쓰자."

한 왈자 하는 말이

"네게 주제넘은 청심환이 어디서 났나니?"

그 왈자 대답하되

"제 것 없는 자식들이 재촉이야?"

하고 주머니를 끌러 청심환 한 개를 내어놓고 하는 말이

"나의(내가) 청심환 얻던 이야기를 할 것이니 들어 보아라. 간밤에 어르신네가 급작스레 전근곽란(轉筋癨亂)[468]에 막혀 만분 위중(危重)하시기에 내가 몽촌(夢村)에 들면 이부치(利阜峙)에 다니기 거북한지라,[469] 아직까지는 사시게 하자는 본정(本情)이기에 아닌 밤중에 약국에 가서 내 손씨(솜씨)로 어찌 호통을 하였던지, 약계 봉사(奉事)[470]가 혼이 떠서 겁결에 청심환 두 개를 주거늘 검측측한 마음에 슬며시 얼른 받아 가지고 오며 생각하니, 어르신네에서 더한 인들(사람인들) 갑세치(값어치)

....
467) 개나: 한 개나. 동양문고본에는 "한 기"로 되어 있다.
468) 전근곽란(轉筋癨亂): 곽란이 심하여 근육이 뒤틀리는 병. '곽란'은 심하게 토사하는 급성 위장염. 저본에는 "정능곽난"으로 되어 있으나 동양문고본과 『고본 춘향전』에 따랐다.
469) 몽촌(夢村)에 들면~다니기 거북한지라: 그냥 잠들었다가 부친을 돌아가시게 하면 후회하게 될 듯하다는 뜻에서 한 말. '이부치'는 '이배재'를 말한다. 경기도 광주시 목현동과 성남시 중원구 상대원동의 경계를 이루는 고개로, 조선시대 경상도와 충청도의 선비가 과거를 보러 서울로 갈 때 이 고개에 오르면 서울이 보여 임금이 계신 궁궐과 부모가 계신 고향을 향해 한 번씩 절을 했다는 데서 '이배'(二拜)라는 이름이 유래했다고 한다.
470) 봉사(奉事): 본래 조선시대 봉상시(奉常寺)·내의원(內醫院) 등에서 행정 실무를 담당하던 종8품 벼슬이나 한약방에서 약을 파는 사람을 가리키는 호칭으로도 쓰였다.

외에야 더 먹이는 것은 의(義)가 아니기로 한 개를 몽태하여[471] 두었던 것이니, 요런 때에는 고비에 인삼이요, 계란에 유골이요, 마디에 옹이요, 기침에 재채기요, 하품에 딸꾹질이요, 업친 데 뒤치고 재친 데 덮치는 셈이로다. 이 자식들, 잡말 말고 어서어서 갈아라!"

"업다! 입으로 말하고 손으로 가는고나."

"자, 보아라! 오고가는 수밖에 더 급히 어찌 가나니?"

한창 이리 갈아 가지고

"자, 춘향아! 정신 차려 마셔라."

하고 입에 대니 발닥발닥 쪼로록 잘 마셨다.

"누가 입가심할 것 가졌느냐?"

한 왈자 내달으며

"오냐, 민강사탕·귤병(橘餠)[472] 예 있다. 이번 북경(北京) 짐[473]에 새로 나온 것 품(品)이 좋더라."

다른 왈자 하는 말이

"아서라, 빈 속에 단것 먹으면 회(蛔: 회충) 성(盛)할라."

한 왈자

"이것 먹여라."

"그것이 무엇이니?"

"전복이다."

"아서라! 이 아이가 송곳니를 방석니[474]가 되도록 갈아서 이뿌리가 다

471) 몽태하여: 몽태쳐. 슬그머니 훔쳐.
472) 귤병(橘餠): 꿀이나 설탕에 조린 귤.
473) 북경(北京) 짐: 중국 북경에서 수입한 물품 짐.
474) 방석니: 송곳니 바로 다음에 있는 첫 어금니.

솟았는데 그것을 씹겠느냐?"

한 왈자가

"이것 먹여라."

"그것은 무엇이니?"

"홍합이다."

"아서라! 홍합은 제게도 있다."

한 왈자가

"이것 먹여라."

"이것은 무엇이니?"

"석류로다."

"아서라! 석류랑은 주지 마라. 신 것으로 병이 난다."

한 왈자가

"이것 먹여라."

"그것은 무엇이니?"

그 왈자가 소매 속을 들여다보며

"이런, 제 어미를 할 것! 어디로 갔노?"

하고 성화같이 발광하여 찾거늘

"그것이 무엇이니?"

"어제 저녁에 이 너머 도당굿[475] 보러 갔다가 도래떡[476] 한 조각 얻어 넣은 것을 어찌들 알고 내어 먹었나니? 먹을 데 들은[477] 귀신일다(귀신이냐)?"

---

475) 도당굿: 한마을 사람들이 도당(都堂)에 모여 그 고장의 수호신에게 복을 비는 굿. '도당'은 마을의 수호신을 모셔 놓고 제사지내는 곳.

476) 도래떡: 둥글넓적하고 큼직하게 멥쌀로 만든 떡.

477) 먹을 데 들은: 먹는 데 들린. 걸신들린.

한 왈자가 왼 소매에 물이 뚝뚝 듣고 김이 무룽무룽 나는 것을 축 처지오고 들어오며

"자, 에여라, 치여라!"

하거늘

"그것은 무엇이니?"

"제 어미 할 자식들! 쩍 하면 와락들 달려드는 꼴 보기 싫더라."

한 왈자가 억지로 잡고 들이밀어 보더니 앙천대소(仰天大笑) 하는 말이

"이런 츳들고[478] 발길 망신할 자식 보았느냐? 뉘 집 마구에 가서 말구종(驅從)[479] 없을 때에 말콩 삶은 것을 도적하여 오는고나."

그 왈자가 성을 내어 하는 말이

"너희들 눈을 한데 묶어서 쏘아 들여다보려무나. 말콩 인 놈의 할미를 하겠다. 십상[480] 메주콩이란다. 네 어미를 붙을 자식들, 알지 못하고 아는 체가 웬일이니?"

이렇듯이 다투면서 여러 한량 왈자들이 칼머리를 받아 들고 구름같이 옹위하여 옥중으로 내려갈 제 칼 멘 왈자 선소리[481] 한다.

얼널네화!

------

478) 츳들고: 치뜰고. 행실이나 성질이 나쁘고.

479) 말구종(驅從): 말을 타고 갈 때 고삐를 잡고 앞에서 끌거나 뒤에서 따르는 하인.

480) 십상: 꼭 맞는. 딱 좋은.

481) 선소리: 서울·경기 지역과 서도지방의 잡가 중 대여섯 사람이 둘러서서 한 사람이 먼저 메기는소리를 하면 여러 사람이 받는소리를 하여 서로 주고받으며 부르는 노래. 입창(立唱)이라고도 하는데, 앉아서 부르는 좌창(座唱)에 대한 명칭이다.

남문 열고 파루(罷漏)[482] 첬다

계명성(啓明星)[483]이 돋아 오네.

선후촉(先後燭: 앞뒤의 촛불)이 꺼져 가니

발등거리[484] 불 밝혀라.

얼널네화, 얼널네화!

요령(鐃鈴)[485]은 쟁쟁(錚錚) 서소문(西小門)[486]이요

만장(輓章)은 표표(飄飄) 모화관(慕華館)[487]을.

치마바위[488] 돌아갈 제

담제군[489]이 발 브릇고(부르트고)

행자곡비(行者哭婢)[490] 목이 멘다.

....

482) 파루(罷漏): 새벽 4시 무렵 통행 금지 해제를 알리던 종.

483) 계명성(啓明星): 새벽 동쪽 하늘에 떠 있는 금성(金星)을 이르는 말.

484) 발등거리: 임시로 쓰기 위하여 대충 엮어 만든 작은 초롱. 싸리를 쪼개서 테를 만들고 백지로 둘러 붙여서 만든다. 흔히 초상집에서 썼다.

485) 요령(鐃鈴): 놋쇠로 만든 종 모양의 큰 방울. 위에 짧은 쇠자루가 있고 안에 작은 쇠뭉치가 달린 것으로, 군령이나 경고 신호에 쓴다.

486) 서소문(西小門): 소의문(昭義門). 조선시대 도성의 4소문 중 하나로, 숭례문과 돈의문 사이에 있던 서남향의 간문(間門). 1914년 일제의 도시계획에 의해 철거되었다.

487) 모화관(慕華館): 조선시대 중국 사신을 영접하던 객관(客館)으로, 서대문 밖, 지금의 서울 서대문구 현저동에 있었다. 1407년(태종 7) 건립하여 이름을 모화루(慕華樓)라 했다가 1429년(세종 11) 규모를 확장하여 모화관이라 개칭했다. 1895년 청일전쟁 이후 폐지되고, 1897년 독립협회의 사무실이 되어 독립관(獨立館)으로 개칭되었다.

488) 치마바위: 인왕산 중턱 병풍바위 앞에 우뚝 솟은 바위.

489) 담제군: 담제(禫制)꾼. '담제'의 상두꾼. '담제'는 3년상을 마치고 상주가 평상으로 되돌아감을 고하는 제례 의식. '상두꾼'은 상여를 메는 사람.

490) 행자곡비(行者哭婢): 장례에서 상제를 모시고 가던 사내종과 행렬 앞에서 곡을 하면서 따라가던 여종을 아울러 이르던 말.

얼널네화, 얼널네화!

한 왈자 내달으며 뺨따귀를 딱 붙이거늘[491]

"엣구! 이것이 웬일이니?"

"'엣구'라니, 요 방정의 아들놈아! 산 사람 메고 가며 상두군(상두꾼)의 소리는 웬일이니?"

"오냐, 내가 무심히 잘못은 하였다마는 조인광좌(稠人廣座)[492] 중에 무안쩌이(무안쩍이) 뺨은 제 어미를 붙기에 그다지 치느냐? 이것도 가세(家勢)로 메어 먹느냐?[493] 너희들이나 잘 메어 먹고 살아라. 도무지 말을 아니하려 하기에 만정(망정) 이것을 메고 가려는 내가 열없는 바삭의[494] 아들이지, 그 말 하여 무엇하리?"

하면서 와락 내어던지니 뒤에 따르던 왈자가 혼이 떠서[495] 하는 말이

"이 애, 저 목 보아라. 이것이 땀내고 열 오르는(흥분할) 짓이랴? 주리를 할 자식이라니!"

그 왈자 하는 말이

"너희는 뒤에서 부축하여 오는 체하고 등에 손도 넣어보며, 젖가슴도 만져보고, 뺨도 어찌 대어 만져보고, 손도 또한 틈틈이 쥐어 보고, 온갖

<hr>

491) 붙이거늘: 손바닥으로 때리거늘.
492) 조인광좌(稠人廣座): 여러 사람이 빽빽하게 모여 있는 넓은 자리.
493) 이것도 가세(家勢)로 메어 먹느냐: 춘향의 칼을 메고 가는 일도 집안 형세가 나은 사람만 할 수 있느냐는 의미로 추정된다.
494) 열없는 바삭의: 어설픈(다부지지 못한) 바사기. '바사기'는 똑똑하지 못한 사람.
495) 혼이 떠서: 놀랍거나 무서워서 혼이 떠나갈 지경에 이르러.

맛있는 간간한[496] 재미와 은근한 농창은 다 치고, 우리는 두 돈 오 푼 받고 모군(募軍)[497] 서는 놈의 아들놈처럼 가면 좋은 줄만 알고 간단 말이냐? 다른 사람은 아이를 살오고 태를 기른[498] 줄 아는고나!"

이렇듯이 장난하고 그렁저렁 옥에 내려가 엄수(嚴囚)하니, 모든 왈자가 벌여 앉아 위로하며 소일할 제 한 왈자 노래 부르되

공산작야우(空山昨夜雨)에 도사 만나 바둑 두고

초당금야월(草堂今夜月)에 청련(靑蓮) 만나 주일두(酒一斗) 시(詩) 백편(百篇)이로고나.

명일은 두릉호(杜陵豪) 한단창(邯鄲娼) 만나 대모꼬지할까.[499]

사마천(司馬遷)의 명만고문장(鳴萬古文章: 만고를 울리는 문장) 왕일소(王逸少: 왕희지)의 소천인필법(掃千人筆法: 일천 사람을 쓸어버

....
496) 간간한: 심심하지 않을 정도로 아기자기하고 재미있는.

497) 모군(募軍): 공사판 따위에서 삯을 받고 일하는 사람.

498) 아이를 살오고 태를 기른: 아이를 사르고 태를 기른. 아기는 기르고 태는 불살라야 하는데 거꾸로 행동하는 어리석음을 비유한 말.

499) 공산작야우(空山昨夜雨)에 도사~만나 대모꼬지할까: 『악학습령』 등에 전하는 작자 미상의 다음 시조에서 따온 구절. "동산(東山) 작일우(昨日雨)에 노사(老謝)와 바둑 두고 / 초당(草堂) 금야월(今夜月)에 적선(謫仙)을 만나 주일두하고 시 백편이로다 / 내일은 맥상청루(陌上靑樓)에 두릉호 한단기(邯鄲妓)와 큰 모꼬지 하리라." 시조의 '노사'(老謝)는 동진의 사안(謝安)을 말한다. '동산'은 그 호이다. '청련'은 이백의 호이다. 저본에는 '청련'이 "챵년"으로 되어 있으나 바로잡았다. '두릉호', 곧 두릉의 호걸은 두소릉(杜少陵), 곧 두보를 말한다. '한단창'은 한단(邯鄲)의 기녀를 말하는데, 한단 기녀를 제재로 삼은 시로는 이백의 「한단의 남쪽 정자에서 기녀들을 보다」(邯鄲南亭觀妓)가 유명하다. '대모꼬지'는 큰 놀이나 잔치 모임.

리는 필법)

유령(劉伶)의 기주(嗜酒)와 두목지(杜牧之) 호색(好色)은

일신겸비(一身兼備)하여 백년종사(百年從事)하려니와

아마도 쌍전(雙全)키 어려울손 대순(大舜)·증자(曾子)의 효와 용방
(龍逄)·비간(比干)의 충인가?[500]

푸른 산중 백발옹(白髮翁)이 고요 독좌(獨坐) 향남봉(向南峰)을

바람 불어 송생슬(松生瑟)[501]이요 안개 잦아 학성홍(壑成虹)[502]이라

죽억 제금(啼禽)은 천고한(千古恨)이요 적다정조(積多鼎鳥)는 일년
풍(一年豊)이라

누구서 산 적막(寂寞)다드니 낙무궁(樂無窮)을.[503]

....

500) 사마천(司馬遷)의 명만고문장(鳴萬古文章)~용방(龍逄)·비간(比干)의 충인가: 『악학
습령』 등에 전하는 다음 시조에서 따온 구절. "사마천의 명만고문장 왕일소의 소천인
필법 / 유령의 기주와 두목지 호색은 백년종사하면 일신(一身) 비(備)하려니와 / 아마
도 쌍전키 어려울손 대순·증자 효와 용방·비간 충인가 하노라." '용방'은 하나라 걸
왕(桀王)의 신하로, 걸왕의 무도함을 간언하다가 처형당했다. '비간'은 상나라 주왕(紂
王)의 숙부로, 주왕에게 폭정을 그만두도록 간언하다가 심장을 찢기어 죽었다.

501) 송생슬(松生瑟): 솔숲에서 금슬 소리가 남.

502) 학성홍(壑成虹): 골짜기에 무지개가 생겨남.

503) 푸른 산중~적막(寂寞)다드니 낙무궁(樂無窮)을: 『가곡원류』 등에 전하는 다음 시조
에서 따온 구절. "푸른 산중 백발옹이 고요 독좌 향남봉이로다 / 바람 불어 송생슬이
요 안개 걷어 학성홍을. 주격 제금은 천고한이요 적다정조는 일년풍이로다. / 누구서
산을 적막다턴고 나는 낙무궁인가 하노라." '죽억 제금(啼禽)은' 이하 '일년풍(一年豊)
이라'까지의 구절이 「유산가」에는 "주각제금(住刻啼禽) 천고절(千古節)이오 적다정조
는 일년풍이라"로 되어 있다. '죽억 제금'은 주걱새, 곧 두견새의 울음소리를 뜻한다.
'적다정조'는 소쩍새를 말한다. 소쩍새의 울음소리를 '솔 적다'[積多鼎]라고 표기했다.
저본에는 '고요 독좌'가 "고유독재"로, '학성홍'이 "학정홍"으로, '적다정조'가 "멱나덩

여러 왈자들이 대여(이어) 가며 가사 하나씩 하는고나. 무슨 가사들

하는고, 하회(下回)를 볼지어다.

세재갑자(歲在甲子: 1864) 칠월 상순 누동(樓洞)[504] 필서

권4

1. 왈자의 노래

화설(話說), 이때 모든 왈자들이 가사 하나씩 하자 하고 한 왈자가
「춘면곡」(春眠曲)[1] 한다.

춘면(春眠)을 늦이 깨어 죽창(竹窓)을 반개(半開)하니

정화(庭花)는 작작(灼灼)하여 가는 나비 머무는 듯

안류(岸柳)는 의의(依依)하여 세연(細烟)[2]을 띄었어라.

창전(窓前)에 덜 괸[3] 술을 박잔(盞)에 가득 부어 이삼배(二三杯) 먹은

후에

호탕하고[4] 미친 흥을 부질없이 자아내어

백마금편(白馬金鞭)으로 야유원(冶遊園: 기생집) 찾아가니

화향(花香)은 습의(襲衣)하고 월색(月色)은 만정(滿庭)한데

광객(狂客)인 듯 취객(醉客)인 듯 흥을 겨워 머무는 듯

배회고면(徘徊顧眄)하여 유정(有情)히 섰노라니

....

1) 「춘면곡」(春眠曲): 12가사의 하나.

2) 세연(細烟): 육당본 『청구영언』 수록 「춘면곡」에는 "성기 내"(성긴 내)로 되어 있다.

3) 괸: 익은. 발효하여 거품이 이는. 「춘면곡」에는 "고인"으로 되어 있다.

4) 호탕하고: 「춘면곡」에는 "호탕한"으로 되어 있다.

취와주란(翠瓦朱欄) 높은 집에 녹의홍상(綠衣紅裳) 일미인(一美人)이

사창(紗窓)을 반개하고 옥안(玉顏)을 잠깐 들어

웃는 듯 반기는 듯 교태(嬌態)하여 맞아들여[5]

추파(秋波)를 암주하고 녹의금 비껴 안아[6]

청가(淸歌) 일곡(一曲)으로 춘의(春意)를[7] 자아내니

운우양대상(雲雨陽臺上)에 초몽(楚夢)이 다정하다.[8]

또 한 왈자가 「처사가」(處士歌)[9] 한다.

평생 아재(我才: 나의 재주) 쓸데없어 세상공명 하직하고[10]

양간수명(洋間受命)[11]하여 운림처사(雲林處士) 되오리라

....

5) 맞아들여: 「춘면곡」에는 "머무는 듯"으로 되어 있다.

6) 추파(秋波)를 암주하고 녹의금 비껴 안아: 「춘면곡」(육당본 『청구영언』)에는 이 구절이 없으나 후대 가곡에는 "추파를 암소(暗笑)하고 녹의금(綠衣琴) 비껴 안아"로 되어 있다. '암소하고'가 '홀리 뜨고'로 되어 있는 경우도 있다. '녹의금'은 녹기금(綠綺琴)의 잘못이다. '녹기금'은 본래 한나라 사마상여(司馬相如)가 탔다는 거문고 이름으로, 후대에 오래된 거문고를 이르는 말로 쓰였다.

7) 춘의(春意)를: 「춘면곡」에는 "춘흥(春興)을"로 되어 있다.

8) 운우양대상(雲雨陽臺上)에 초몽(楚夢)이 다정하다: 초나라 회왕(懷王)이 양대에서 낮잠을 자다가 꿈에 무산(巫山)의 여신을 만나 사랑을 나누었다는 전설을 가리킨다(권1의 주 29 참조). 「춘면곡」(육당본 『청구영언』)에는 이 구절이 없으나 후대 가곡에는 "운우양대에 초몽이 다정하다"로 되어 있다.

9) 「처사가」(處士歌): 12가사의 하나.

10) 평생(平生) 아재(我才)~세상공명 하직하고: 「처사가」(육당본 『청구영언』)에는 '평생'이 "천생"(天生)으로 되어 있다. 「강촌별곡」에 같은 구절이 보인다.

11) 양간수명(洋間受命): '양한수명'(養閒守命: 한가로움을 길러 명을 지킴)의 잘못인 듯하다.

구승갈포(九升葛布)¹² 몸에 걸고 삼절죽장(三節竹杖)¹³ 손에 쥐고

낙조강로(落照江路: 낙조 물든 강가의 길) 경(景) 좋은 데 망혜완보

(芒鞋緩步)¹⁴ 내려가니

적적송관(寂寂松舘) 닫은 곳에 요요행원(寥寥杏園) 개 짖는다¹⁵

경개(景槪) 무릉(武陵) 좋을시고 산림초목 푸르렀다

층암병풍(層巖屛風)¹⁶ 둘렀는데 백운심처(白雲深處) 되었어라¹⁷

강촌 어부같이 되어 죽간사립(竹竿簑笠) 둘러메고¹⁸

십리 사장(沙場)¹⁹ 내려가니 백구비거(白鷗飛去) 뿐이로다

일위풍범(一葦風帆)²⁰ 높이 달아 만경창파 흘리 저어

수척(數尺) 은어(銀魚) 낚아내니 송강(松江) 노어(鱸魚) 비길쏘냐²¹

일락청강(日落淸江) 저문 날에²² 수막촌변²³ 돌아드니

....

12) 구승갈포(九升葛布): 구승포(九升布) 고운 칡베.

13) 삼절죽장(三節竹杖): 세 마디 대 지팡이.

14) 망혜완보(芒鞋緩步): 짚신 신고 느린 걸음으로.

15) 적적송관(寂寂松舘) 닫은~개 짖는다: '적적송관'은 고요한 소나무 집. '요요행원'은
   고요한 살구 동산. 「처사가」에는 "적적송관 닫았는데 요요행원에 개 짖는다"로 되어
   있다.

16) 층암병풍(層巖屛風): 「처사가」에는 "창암병풍"(蒼岩屛風)으로 되어 있다.

17) 되었어라: 「처사가」에는 "집을 삼고"로 되어 있다.

18) 강촌 어부같이~죽간사립(竹竿簑笠) 둘러메고: 「처사가」에는 "강호(江湖)에 어부같이
   하여 죽간사립 젓게(젖혀) 쓰고"로 되어 있다.

19) 사장(沙場): 「처사가」에는 "사정"(沙汀)으로 되어 있다.

20) 일위풍범(一葦風帆): 조각배의 돛. 「처사가」에는 "일위편범"(一葦片帆)으로 되어 있다.

21) 비길쏘냐: 「처사가」에는 "비길로다"로 되어 있다.

22) 저문 날에: 「처사가」에는 "저물었다"로 되어 있다.

23) 수막촌변: 미상. 수막촌변(繡幕村邊: 수놓아 장식한 천막이 즐비한 마을), 혹은 주막
   촌변(酒幕村邊: 주막이 있는 마을)이 아닐까 한다. 「처사가」에는 "박주포저"(薄酒浦

남북 어촌[24] 두세 집이 십리 모연(暮烟)[25]에 잠겼어라.[26]

또 한 왈자가 「어부사」 한다.

설빈어옹(雪鬢漁翁)이 주포간(住浦間)하니[27] 자언거수승거산(自言居
水勝居山)을[28]

배 띄워라 배 띄워라 조조재락만조래(早潮纔落晚潮來)라[29]

지국총 지국총 어사와 하니 의선어부일견고(倚船漁父一肩高)라.[30]

청고엽상(靑菰葉上)에 양풍기(凉風起)요 홍요화변백로한(紅蓼花邊
白鷺閑)을[31]

24) 남북 어촌:「처사가」에는 "남린북촌"(南隣北村)으로 되어 있다.

25) 십리 모연(暮烟):「처사가」에는 "낙하모연"(落霞暮烟)으로 되어 있다.

26) 잠겼어라:「처사가」에는 이 뒤에 "기산영수(箕山潁水) 예 아닌가 별유천지비인간(別
有天地非人間)이 여기로다"라는 구절이 더 있다.

27) 설빈어옹(雪鬢漁翁)이 주포간(住浦間)하니: 백발의 어부가 갯가에 사니. 저본에는
'포'가 "표"로 되어 있으나 바로잡았다. 이현보(李賢輔)의 「어부가」(漁父歌) 9장 첫 구
절로, 이하 이 작품이 일부 후렴구와 현토 표현을 달리하여 인용되었다.

28) 자언거수승거산(自言居水勝居山)을: 물에 사는 것이 산에 사는 것보다 낫다고 스스로
말하네.

29) 조조재락만조래(早潮纔落晚潮來)라: 아침 조수 나가자마자 저녁 조수 들어오네. 저본
에는 '재'가 "ㅈ"로 되어 있다.

30) 의선어부일견고(倚船漁父一肩高)라: 배에 기댄 어부 한 쪽 어깨 높아라. 본래 이인로
(李仁老)의 연작시 「송적팔경도」(宋迪八景圖) 중 「동정추월」(洞庭秋月)에 나오는 구절
로, 이현보의 「어부사」에 삽입되었다.

31) 청고엽상(靑菰葉上)에~홍요화변백로한(紅蓼花邊白鷺閑)을: 푸른 줄잎 위에 서늘한

닻 띄워라 닻 띄워라[32] 동정호리가귀풍(洞庭湖裏駕歸風)을[33]

지국총 지국총 어사와 하니 범급전산홀후산(帆急前山忽後山)을.[34]

진일범주연리거(盡日泛舟烟裏去)하니 유시요도월중환(有時搖棹月中還)을[35]

어어라 어어라 아심수처자망기(我心隨處自忘機)를[36]

지국총 지국총 어사와 하니 고예승류무정거(皷枻乘流無定居)라.[37]

만사무심일조간(萬事無心一釣竿)하니 삼공불환차강산(三公不換此江山)을[38]

돛 지어라 돛 지어라 산우계풍권조사(山雨溪風捲釣絲)라[39]

································

바람 일고 / 붉은 여뀌꽃 옆에 백로가 한가롭네. 『백련초해』에 나오는 구절.

32) 닻 띄워라 닻 띄워라: 이현보의 「어부가」와 「어부사」(육당본 『청구영언』)에는 "닻 들어라 닻 들어라"로 되어 있다.

33) 동정호리가귀풍(洞庭湖裏駕歸風)을: 동정호 속으로 바람 타고 돌아가리.

34) 범급전산홀후산(帆急前山忽後山)을: 돛단배 빠르니 앞산이 문득 뒷산 되네.

35) 진일범주연리거(盡日泛舟烟裏去)하니 유시요도월중환(有時搖棹月中還)을: 종일 배 띄워 안개 속으로 들어가 / 때때로 노 저어 달빛 속에 돌아오네.

36) 아심수처자망기(我心隨處自忘機)를: 내 마음 가는 곳마다 분별하는 마음을 잊어 자유롭네. 저본에는 '망'이 "방"으로 되어 있으나 바로잡았다.

37) 고예승류무정거(皷枻乘流無定居)라: 물결 타고 떠 가는 배 정처 없다네. 저본에는 '예'가 "세"로 되어 있다.

38) 만사무심일조간(萬事無心一釣竿)하니 삼공불환차강산(三公不換此江山)을: 만사 무심 낚싯대 하나 드리우니 / 삼공 벼슬로도 이 강산 못 바꾸네.

39) 산우계풍권조사(山雨溪風捲釣絲)라: 산에 비 내리고 시내에 바람 불어 낚싯줄 거두네. 당나라 두순학(杜荀鶴)의 시 「계흥」(溪興)의 제1구를 옮겼다.

지국총 지국총 어사와 하니 일생종적재창랑(一生蹤跡在滄浪)을.[40]

동풍서일초강심(東風西日楚江深)하니 일편태기만류음(一片苔磯萬柳
陰)을[41]

배 저어라 배 저어라[42] 녹평신세백구심(綠萍身世白鷗心)을[43]

지국총 지국총 어사와 하니 격안어촌삼양가(隔岸漁村三兩家)라.[44]

탁영가파정주정(濯纓歌罷汀洲淨)하니 죽경시문유미관(竹逕柴門猶未
關)을[45]

배 매어라 배 매어라[46] 야박진회근주가(夜泊秦淮近酒家)라[47]

....

40) 일생종적재창랑(一生蹤跡在滄浪)을: 일생 종적이 푸른 물에 있네.

41) 동풍서일초강심(東風西日楚江深)하니 일편태기만류음(一片苔磯萬柳陰)을: 봄바람 석
양에 초강이 깊으니 / 이끼 낀 물가 자갈에 일만 버들 그늘졌네.

42) 배 저어라 배 저어라: 이현보의 「어부가」에는 "이퍼라 이퍼라"로 되어 있다.

43) 녹평신세백구심(綠萍身世白鷗心)을: 부평초 같은 내 신세는 백구의 마음이라.

44) 격안어촌삼양가(隔岸漁村三兩家)라: 저 너머 물가 어촌에 두어 집 있네.

45) 탁영가파정주정(濯纓歌罷汀洲淨)하니 죽경시문유미관(竹逕柴門猶未關)을: 「탁영가」
(濯纓歌) 그치고 물가 모래밭 조용한데 / 대숲 길 사립문 아직 닫지 않았네. 「탁영가」
는 굴원의 「어부사」(漁父辭)에 나오는 노래로 그 내용은 다음과 같다. "창랑(滄浪)의
물이 흐리면 / 내 발을 씻고 / 창랑의 물이 맑으면 / 내 갓끈을 씻으리."

46) 배 매어라 배 매어라: 이현보의 「어부가」에는 "배 셔여라(세워라) 셔여라"로 되어 있다.

47) 야박진회근주가(夜泊秦淮近酒家)라: 밤에 진회(秦淮) 물가 정박하니 주막이 가깝네.
당나라 두목의 시 「진회에 정박하다」(泊秦淮)에 나오는 구절. '진회'는 강소성(江蘇省)
율수현(溧水縣)에서 발원하여 서북으로 흘러 남경(南京)을 거쳐 장강(長江)으로 들어
가는 강 이름. 여기서는 명승지로 꼽혀 유흥문화가 특히 발달했던, 남경 일대의 진회
를 가리킨다.

지국총 지국총 어사와 하니 와구봉저독짐시(瓦甌蓬底獨斟時)라.⁴⁸

취래수착무인환(醉來睡着無人喚)하니 유하전탄야부지(流下前灘也不知)라⁴⁹

배 저어라 배 저어라⁵⁰ 도화유수궐어비(桃花流水鱖魚肥)라⁵¹

지국총 지국총 어사와 하니 만강풍월속어선(滿江風月屬漁船)을.⁵²

야정수한어불식(夜靜水寒魚不食)하니 만선공재월명귀(滿船空載月明歸)라⁵³

닻 지어라 닻 지어라 파조귀래계단봉(罷釣歸來繫短蓬)을⁵⁴

....

48) 와구봉저독짐시(瓦甌蓬底獨斟時)라: 배 안에서 홀로 술 사발 따르네. 당나라 두순학의 시 「계흥」의 제2구를 옮겼다. 저본에는 '짐'이 "심"으로 되어 있다.

49) 취래수착무인환(醉來睡着無人喚)하니 유하전탄야부지(流下前灘也不知)라: 취하여 잠 들어도 깨우는 사람 없으니 / 앞 여울로 떠내려가도 알지 못하네. 당나라 두순학의 시 「계흥」의 제3구와 제4구를 옮겼다. 「계흥」에는 '灘'이 "溪"로 되어 있다. 저본에는 '전' 이 "정"으로 되어 있으나 바로잡았다.

50) 배 저어라 배 저어라: 이현보의 「어부가」와 「어부사」에는 "배 매어라 배 매어라"로 되 어 있다.

51) 도화유수궐어비(桃花流水鱖魚肥)라: 복사꽃 흐르는 물에 쏘가리가 살졌네. 당나라 장 지화(張志和)의 사(詞) 「어가자」(漁歌子), 소동파의 사 「완계사(浣溪沙)—어부(漁父)」 등에 나오는 구절.

52) 만강풍월속어선(滿江風月屬漁船)을: 강 가득한 바람과 달이 고깃배의 것이라네.

53) 야정수한어불식(夜靜水寒魚不食)하니 만선공재월명귀(滿船空載月明歸)라: 밤 고요하 고 물 차가워 고기가 물지 않으니 / 배 가득 밝은 달빛만 싣고 돌아오네. 당나라의 승 려 덕성(德誠)의 칠언절구 「선자화상게」(船子和尙偈)의 제3구와 제4구를 옮겼다.

54) 파조귀래계단봉(罷釣歸來繫短蓬)을: 낚시 끝내고 돌아와 쑥대에 배를 묶네.

지국총 지국총 어사와 하니 풍류미필재서시(風流未必載西施)라.[55]

일자지간상조주(一自持竿上釣舟)하니 세간명리진유유(世間名利盡悠
悠)를[56]

배 붙여라 배 붙여라 계주유유거년흔(繫舟猶有去年痕)을[57]

지국총 지국총 어사와 하니 애내일성산수록(欸乃一聲山水綠)을.[58]

....
55) 풍류미필재서시(風流未必載西施)라: 풍류라고 꼭 서시(西施)를 태울 필요는 없네. 춘
    추시대 오나라를 멸한 뒤 서시와 함께 동정호에 배를 띄웠다는 범려(范蠡) 고사를 염
    두에 두고 한 말. 본래 이제현(李齊賢)의 「억송도팔영」(憶松都八詠) 중 「서강월정」(西
    江月艇)에 나오는 구절.
56) 일자지간상조주(一自持竿上釣舟)하니 세간명리진유유(世間名利盡悠悠)를: 낚싯대 하
    나 들고 배에 올라 낚시하니 / 세상의 명리 모두 아득해라. 저본에는 '주'가 "션"으로
    되어 있으나 이현보의 「어부가」에 따랐다.
57) 계주유유거년흔(繫舟猶有去年痕)을: 배 묶으니 작년 흔적 아직도 있네. 송나라 방유심
    (方惟深)의 칠언절구 「주하건계」(舟下建溪)의 제4구를 옮겼다. 저본에는 '흔'이 "흥"으
    로 되어 있으나 바로잡았다.
58) 애내일성산수록(欸乃一聲山水綠)을: 어기여차 한 소리에 산과 물이 푸르네. 당나라 유
    종원(柳宗元)의 시 「어옹」(漁翁)에 나오는 구절. '애내'는 어부가 노를 저을 때 외치는
    소리이다. 저본에는 '애'가 "관"으로 되어 있으나 '欸'를 '款'으로 잘못 읽은 데서 온
    착오이므로 바로잡았다.

2. 왈자의 책 읽기

또 한 왈자가 언문책[59] 본다.

이날 대강중(大江中)에 화염은 창천(漲天)하고 함성은 대진(大振)한 데, 좌편은 한당(韓當)·장흠(蔣欽)[60] 양로군(兩路軍)이 적벽(赤壁) 서(西)로 짓쳐 오고, 우편은 진무(陳武)·주태(周泰)[61] 양로군이 적벽 동(東)으로 짓쳐 오고, 가운데는 주유(周瑜)·정보(程普)·서성(徐盛)·정봉(丁奉)[62] 대대(大隊) 선척(船隻)이 화세(火勢)를 껴 삼강구(三江口)로 일시에 짓쳐 들어오니, 화세는 바람을 돕고 바람은 불위엄을 도우니,

----

59) 언문책: 『삼국지연의』 한글번역본을 가리킨다.

60) 한당(韓當)·장흠(蔣欽): 삼국시대 오나라의 장수. 두 사람 모두 강동십이호신(江東 十二虎臣)으로 꼽히는 명장이다.

61) 진무(陳武)·주태(周泰): 삼국시대 오나라의 장수. 모두 강동십이호신으로 꼽히는 명장.

62) 주유(周瑜)·정보(程普)·서성(徐盛)·정봉(丁奉): 오나라의 도독 주유와 강동십이호신으로 꼽히는 세 명장. 판소리 「적벽가」에는 적벽대전에 나온 오나라 장수들의 편제를 다음과 같이 기술했다. "영병군관(領兵軍官) 제일대(第一隊) 한당, 제이대 주태, 제삼대 장흠, 제사대 진무(陳武) 등은 삼백 전선(戰船) 일자로 파열(擺列)하고, 상부도독(上部都督) 주유·정보·서성·정봉, 선봉대장 황개(黃蓋)라."

이 이른바 삼강수전(三江水戰)이요 적벽오병(赤壁鏖兵)이라.[63] 북군(北軍)[64]이 살 맞으며 불에 타며 물에 빠진 자가 부지기수러라.[65]

한 왈자가 하는 말이
"나는 『수호지』(水滸志) 보겠다."

각설(却說), 송강(宋江)이 강주성(江州城) 밖에 나와 대종(戴宗)·이규(李逵)·장순(張順) 등을 만나지 못하고 홀로 마음이 심심하매 날호여(천천히) 걸어나가 경개를 구경하며 나아가더니, 한 주루(酒樓) 앞을 지나며 우러러보니 푸른 주기(酒旗)를 달았는데 '심양강정고'(潯陽江正庫)[66]라 하였고, 처마 밖에 소동파의 글씨로 '심양루'(潯陽樓)라 썼거늘 송강이 이르되
"내 운성현(鄆城縣) 있을 제 들으니 강주 심양루가 좋다 하더니 과연 옳도다! 내 비록 혼자 왔으나 그저 지나지 못하리라."
하고 누 앞에 다다라 돌아보니 문가의 주황 칠한 기둥 위에 분칠한 패

....

63) 삼강수전(三江水戰)이요 적벽오병(赤壁鏖兵)이라: 삼강구(三江口)에서 수전이 일어나고 적벽에서 격전이 벌어지다. 적벽대전이 일어난 '삼강구'는 지금의 호북성 황강(黃岡), '적벽'은 호북성 적벽시(赤壁市)이다. 잡가 「적벽가」와 판소리 「적벽가」(김연수 창본)에 "삼강(三江)은 수전(水戰)이요 적벽은 오병(鏖兵)이라"라는 구절이 보인다.

64) 북군(北軍): 조조의 군대.

65) 이날 대강중(大江中)에~자 부지기수러라: 『삼국지연의』(120회본) 제50회 '제갈량은 지혜롭게 화용도(華容道)를 내다보고 / 관운장은 의롭게 조조를 풀어주다'(諸葛亮智算華容, 關雲長義釋曹操)의 적벽대전 대목을 옮겼다.

66) 심양강정고(潯陽江正庫): 저본에는 "심양강정긔"로 되어 있으나 『수호전』(水滸傳)에 의거해 바로잡았다.

(牌) 둘을 달고 각각 다섯 자로 썼으되 "세간무비주"(世間無比酒)요 "천하유명루"(天下有名樓)라 하였거늘, 송강이 누에 올라 난간을 기대 눈을 들어보니 아로새긴 처마는 햇빛에 바해고(빛나고) 그림 그린 들보는 구름에 잠겼으며, 푸른 난간은 창외(窓外)에 나직하고 붉은 장(帳)은 문 위에 높이 달았는데, 취안(醉眼)을 두른 곳에 만첩운산(萬疊雲山)은 청천(靑天)을 의지하였고 푸른 물, 긴 강은 정자 기둥을 둘렀는데 상서(祥瑞)의 구름이 어리었고, 내(이내) 끼인 강물에 흰 마름꽃이로다. 개어귀에 이따금 배 젓는 할아비 돛 지우는 양을 보고, 다락가의 푸른 실 느티나무에 묏새 울고, 문 앞 가는 버들에 빛나는 말을 매었더라.[67]

어떤 한 왈자가 『서유기』(西遊記) 본다.

화설, 삼장(三藏)의 스승 제자가 선당(禪堂)에 쉬더니 가을하늘의 달이 심히 밝거늘 산문(山門)에 나와 달을 완상하더니, 행자[68] 왈

"스승님아, 달도 보름이면 두렷하고 그믐이면 이지러져 그믐(한계)이 있건마는, 우리는 그믐이 없으니 언제나 경(經)을 가져 동토(東土)에 전하고 공을 이루리오?"

삼장 왈

"스승 제자가 모로미(모름지기) 마음을 가작이(가지런히) 하고 태심(怠心: 나태한 마음)을 내지 아니함이 옳으니라."

67) 각설(却說) 송강(宋江)이〜말을 매었더라: 『수호전』(120회본) 제39회 '심양루에서 송강이 반역의 시를 읊고 / 양산박의 대종이 거짓 소식을 전하다'(潯陽樓宋江吟反詩, 梁山泊戴宗傳假信)에서 송강이 강주 유배 중 심양루를 찾는 대목을 옮겼다.
68) 행자: 정식으로 승려가 되기 위한 입문 과정에 있는 사람. 여기서는 손오공(孫悟空).

팔계(八戒) 왈

"나는 언제나 공을 이루고 음식이나 배불리 많이 얻어먹을꼬?"

행자가 귓바퀴를 치며 왈

"이 텀턱[69] 도다지[70]놈은 매양 음식만 생각난다(생각하느냐)?"

하니 모두 웃더라.

삼장이 돌아와 잠이 없어 『공작경』(孔雀經)[71] 일편을 외고 프개[72]를 베고 졸더니, 문득 잠결에 들으니 선당 밖에 슬픈 바람이 지나며 은은히 "장로야!" 하는 소리 나거늘, 삼장이 혼미 중 머리를 들어보니 문밖에 한 장자(長者)가 온몸에 물을 흘리고 섰거늘, 삼장이 꾸짖어 왈

"네 어떤 요괴완대 이 반야삼경(半夜三更)에 와 나를 희롱하느냐? 나는 욕심 많은 상중(보통의 승려)이 아니라 도덕 높은 당 황제 흠채어제[73]요, 또한 수하에 세 제자가 있으니, 근검하여 뫼를 만나면 길을 열고, 물을 만나면 다리를 놓고 용을 항복받나니, 너 천엿[74] 요괴 왔다 하면 그저 두지 아니하리니, 바삐 가고 선당 근처에 어른거리지 말라!"

....

69) 텀턱: '덤턱'의 방언. 매우 투박스럽게 크고 푸짐함.

70) 도다지: '돼지'의 옛말.

71) 『공작경』(孔雀經): 『공작명왕경』(孔雀明王經), 곧 『불모대금요공작명왕경』(佛母大金耀孔雀明王經)을 말한다. 당나라 때 사자국(獅子國: 스리랑카)에서 중국으로 와서 불법을 편 승려 불공(不空) 삼장(三藏, 705~774)이 한역(漢譯)한 불경. 석가세존의 전생이라는 불모대공작명왕(佛母大孔雀明王) 이야기와 공작명왕이 악귀와 일체의 재앙을 제거한다는 진언(眞言)을 기록했다. 밀교(密敎)에서 '공작명왕'은 공작을 신격화한 존재로 그려져 손에 공작의 꼬리나 연꽃을 쥐고 독과 재앙을 제거한다고 한다.

72) 프개: 미상. 베개, 파개(두레박), 바랑 등으로 추정된다.

73) 흠채어제: 흠차어제(欽差御弟). 임금이 파견한, 임금의 아우. 『서유기』에서 삼장법사는 당 태종과 의형제를 맺은 것으로 설정되어 있다.

74) 너 천엿: '너 같은' 정도의 뜻으로 보인다.

그 사람이 눈물을 머금고 가로되

"나는 요괴 아니라 보상국(寶象國) 왕이로라."

하거늘 삼장이 눈을 들어 보니 과연 용포옥대(龍袍玉帶)에 평천관(平天冠) 쓰고 백옥규(白玉圭)를 쥐었으니 엄연한 군왕의 상이어늘, 삼장이 놀라 깨달으니 침변일몽(枕邊一夢)이라. 음풍(陰風)은 습습하고 잔등(殘燈)은 명멸(明滅)한데, 제자들은 잠을 닉이[75] 들어 코 고는 소리 우레 같더라.[76]

---

75) 닉이: 익히. 깊이.

76) 화설 삼장(三藏)의~우레 같더라: 『서유기』 제36회 종반과 제37회 서두 내용을 대폭 축약한 것이다. 『서유기』에는 '보상국'이 아니라 "오계국"(烏雞國)으로 되어 있다.

3. 왈자의 놀이

한편에서는 노름한다.[77]

"일성옹주 덩꼭지,[78] 삼년적리관산월(三年笛裏關山月)이라."[79]

"장림(長林) 수풀에 범 긴다."[80]

"세 목(판) 죽었는데 네 목째 간다."

"이번 꽂(끗)은 장(將: 열 끗)이야! 뚫고 샐까?"

---

77) 노름한다: 이하의 노름은 투전 놀이의 일종인 '곱새치기'나 '사오편', 혹은 그와 유사한 끗수 내기로 보인다. 곱새치기는 총 24장, 사오편은 총 36장의 패를 4명이 3장씩 나눠 가지고 돌아가면서 패를 한 장씩 내려놓아 판이 끝날 때 남이 갖지 않은 숫자 패를 바닥에 남겨 둔 사람이 이기는 게임이다. 대개 곱새치기는 두 번, 사오편은 세 번 같은 방식의 게임을 반복해 승자를 정한다. 곱새치기 같은 놀이를 할 때 패를 내면서 내놓는 패의 숫자로 시작하는 '숫자불림', 또는 진행 상황을 빗대거나 자신이 들고 있는 패를 속이기 위한 '상황불림'을 노래나 사설로 짧게 읊는다.

78) 일성옹주 덩꼭지: 숫자 1의 패를 내면서 하는 말. '덩꼭지'는 공주나 옹주가 타던 가마의 꼭지. '일성옹주'는 미상.

79) 삼년적리관산월(三年笛裏關山月)이라: 숫자 3의 패를 내면서 하는 말. 본래 두보의 시 「세병마행」(洗兵馬行)에 나오는 구절(권2의 주 232 참조).

80) 장림(長林) 수풀에 범 긴다: 장(將), 곧 숫자 10의 패를 내면서, 혹은 자신이 들고 있다는 뜻에서 하는 말로 보인다. '장림'은 길게 뻗어 있는 숲을 뜻하는데, '완판 84장본' 등에서는 남원 동문 밖의 숲인 동림(東林)을 "장림숲"이라고 칭했다.

"곤이 장원(壯元) 못 지거든[81] 가라니까."

한편에서는[82]

"백사(百四)·아삼(亞三)·오륙(五六)하고 쥐부리·사오(四五)·삼륙(三六)하고, 제칠(第七) 삼오(三五), 제팔(第八) 관이[83] 묘하다. 열여덟씩 들이소."

한편에서는[84]

"네 대갈수야 오구일성이로고나."[85]

"어렵다, 조장원 맞추기 반씩 하자."[86]

"석류 먹던 씨나 그만 있소."[87]

....

81) 곤이 장원(壯元) 못 지거든: 미상. '장원'은 선. 이긴 사람. 또는 어떤 사람이 낸 패가 자신에게 있는 경우를 이르는 말.

82) 한편에서는: 이하의 노름은 '골패'(骨牌)다.

83) 백사(百四)·아삼(亞三)~제팔(第八) 관이: 골패의 패를 열거한 것이다. 골패 한 쪽마다 상단과 하단에 각각 숫자를 나타내는 구멍이 파여 있는데, '백사'는 1·4, '아삼'은 2·3, '쥐부리', 곧 '쥐코'는 1·2, 최고의 패인 '관이'는 2·5의 쪽수에 해당한다.

84) 한편에서는: 이하의 노름은 투전 놀이의 일종인 '수투'(殊鬪)로 보인다. '수투'는 투전 80장을 네 사람이 20장씩 나눠 가지고 하는 놀이로, 규칙이 다소 복잡하다. 조동탁(趙東卓)의 「수투전고」(數鬪牋攷)에 의하면 한 판에 4장씩 내놓아 총 20판을 겨루는데 가장 많은 판을 이긴 사람을 '장원'(壯元)이라 했다. 꼴찌인 '조시'는 미리 낸 판돈 외에 정해진 금액만큼 장원에게 더 얹어 주어야 했다.

85) 네 대갈수야 오구일성이로고나: 상대가 가진 가장 좋은 패가 무엇이라 추측하는 말인 듯하나 자세한 의미는 미상. 『고본 춘향전』에는 '오구일성'이 "오구일성"(五九一星)으로 되어 있다.

86) 조장원 맞추기 반씩 하자: '조장원'은 조장(鳥長)인 봉(鳳), 곧 투전 80장 중 '조'(鳥)에 해당하는 10장 중 숫자 10이 적힌 패를 뜻하는 것으로 보인다. 동양문고본과 『고본 춘향전』에는 "조장(鳥長)이로구나 반식 ᄒᄌ"로 되어 있다.

87) 석류 먹던 씨나 그만 있소: 미상. 동양문고본에는 "석류 먹던 시나 그만 잇쇼", 『고본 춘향전』에는 "석류 먹는 ᄃ시나 그만 잇소"로 되어 있다.

"척척 쳐서 섞어 쥐어라."

"석조(夕鳥)는 하공정(下空庭)이로고나."[88]

"바닥 둘째 잎[89]을 내소."

"어디 갈까?"

"이 애, 하자던 반이나 하자."

또 한편에서는[90]

"삼십삼천 파루(罷漏)[91] 쳤다. 믠동이를 들이소."[92]

"당당홍의(堂堂紅衣) 정초립(鄭草笠)이 건양재를 넘는고나.[93] 벌겋다,

---

88) 석조(夕鳥)는 하공정(下空庭)이로고나: 저녁 새가 빈 뜰에 내리는구나. 투전 80장 중
'조'(鳥)에 해당하는 10장 중 하나의 패를 내면서 하는 말로 보인다.

89) 바닥 둘째 잎: 가진 패의 아래에서 둘째 장, 곧 두 번째로 좋은 패. 수투에서는 각자
가진 20장에서 '장'(將)과 같이 좋은 패를 아래로, 나쁜 패를 위로 쌓았다고 한다. '잎'
이라는 표현은 투전의 뒷면에 '낙엽'(落葉) 두 글자를 휘갈겨 써서 앞면의 글자가 비
치지 않게 했던 데서 유래하는 것으로 보인다.

90) 또 한편에서는: 이하의 노름도 한 판에 3장씩 내놓는 '곱새치기'나 '사오편' 같은 투
전 놀이의 일종인 듯하나 자세한 것은 미상.

91) 파루(罷漏): 저본에는 "바로"로 되어 있으나 『고본 춘향전』에 따랐다.

92) 믠동이를 들이소: 미상. 동양문고본에는 "믠동이를 들이고", 『고본 춘향전』에는 "먼동
이를 다리고"로 되어 있다.

93) 당당홍의(堂堂紅衣) 정초립(鄭草笠)이 건양재를 넘는고나: 당당히 붉은 옷 입고 초립
을 쓴 정별감(鄭別監)이 건양재를 넘는구나. '건양재'는 창덕궁과 창경궁의 경계에 있
는 건양문(建陽門) 가까운 창덕궁 안의 동산. 동양문고본에는 "당당홍의 정쵸립이 건
양재로 넘나든다", 『고본 춘향전』에는 "당당홍(堂堂紅)에 정초립(鄭草笠)이 건양재[建
陽峴]로 넘나든다"로 되어 있다. 조선 헌종(憲宗, 재위 1834~1849) 때의 동요로 전하
는 노래에 "건양재 당당홍의 정별감이 계수나무 능장(稜杖)을 짚고 건양재로 넘나든
다"라는 구절이 보인다. 이에 비추어 보면 '정초립'은 '초립을 쓴 정별감' 정도의 뜻으
로 보인다. '별감'은 액정서(掖庭署)와 장원서(掌苑署)에 소속되어 왕실의 심부름과 경
호를 맡았던 구실아치. 저본에는 '정초립이'가 "증초립에"로 되어 있다.

이사칠(二四七) 들이소."

한편에서는 소상강(瀟湘江) 세우(細雨) 중에 자성(子聲)이 정정(丁丁)이라.[94]

"축(逐)[95]으로 물리어(몰려) 이 말은 죽네."

"검은 니(것) 안말은 오궁도화십자수(五宮桃花十字數)[96]로 죽는 줄로 보았더니, 전마(戰馬) 몹시 벌였구나!"

"여기 한 구멍 있다."

"그렇지!"

또 한편에서는[97] 점점홍(點點紅) 설한풍(雪寒風)에 목난간(木欄干) 학정홍(鶴頂紅)이라.[98]

....

94) 소상강(瀟湘江) 세우(細雨) 중에 자성(子聲)이 정정(丁丁)이라: 소상강 가랑비 속에 바둑알 놓는 소리 딱딱 난다.

95) 축(逐): 바둑에서 갈지자 모양으로 달아나도 계속 단수가 되어 결국은 바둑판 끝의 1선까지 몰려 외통수로 잡히는 형태.

96) 오궁도화십자수(五宮桃花十字數): 바둑에서 열십자 모양으로 다섯 집이 나 있는 십자오궁(十字五宮)의 모양. 상대편이 포위해서 중앙에 두면 두 집을 내지 못해 전체 말이 죽는다. '십자수'가 저본에는 "십사수"로 되어 있으나 바로잡았다.

97) 또 한편에서는: 이하의 노름은 골패 놀이의 일종으로 보인다.

98) 점점홍(點點紅) 설한풍(雪寒風)에 목난간(木欄干) 학정홍(鶴頂紅)이라: 점점이 붉은 꽃잎 눈보라 찬바람에 나무 난간 너머 모란꽃이라. '학정홍'은 두루미 정수리의 붉은 색과 닮았다고 해서 붙은 모란꽃의 별칭인데, 여기서는 골패의 격(格: 틀, 족보) 이름을 말하는 것으로 보인다. 골패의 격을 그림으로 설명한 『투보』(骰譜: 규장각 소장)와 『골패격도』(骨牌格圖: 일본 동양문고 소장)에 의하면 팔격(八格)에 속하는 '학정홍'에는 각각 소삼(1·3)과 백륙(1·6)이 하나씩 포함되어 격을 이루는 전체 쪽 중에 홍점(紅點)이 한 개만 있다. 저본에는 '점점홍 설한풍'이 "점점홍설슬한풍"으로 되어 있으나 바로잡았다. 동양문고본에는 "점점홍이오 목난간이오 설한풍이오 학정홍이라", 『고본 춘향전』에는 "뎜뎜홍(點點紅)이오 목란간(木蘭干)이오 셜한풍(雪寒風)이오 학정홍(鶴頂紅)이라"로 되어 있다.

"오륙(五六)!"

"줄륙!"⁹⁹

또 한편에서는 장군렵이야귀(將軍獵而夜歸)하니 석위호어중수(石爲虎
於中藪)로다.¹⁰⁰

"장(將)이야! 군(軍)이야!"¹⁰¹

"말 떠 궁(宮) 비최고 차(車) 올라 장(將)이냐?¹⁰²"

"아서라, 그것은 외통¹⁰³이다!

또 한편에서는¹⁰⁴ 펄펄 상주(尙州), 덜걱 해주(海州), 연대(煙臺: 봉화

....

99) 줄륙: 주륙. 6·6의 쪽수.

100) 장군렵이야귀(將軍獵而夜歸)하니 석위호어중수(石爲虎於中藪)로다: 장군이 사냥하
고 밤에 돌아오다가 숲속의 바위를 호랑이로 알았다. 한나라의 명장 이광(李廣)은 팔
이 길어 활을 잘 쏘았던 것으로 유명하다. 어느 날 사냥을 나갔다가 풀숲의 바위를 호
랑이인 줄 알고 화살을 쏘아 바위에 꽂았는데, 바위라는 것을 알고 다시 쏘아서는 끝
내 화살을 바위에 꽂지 못했다는 고사가 전한다. 여기서는 장기의 '장군'에서 연상되
어 한 말로 보인다. 저본에는 '석'이 "적"으로 되어 있으나 바로잡았다.

101) 장(將)이야 군(軍)이야: 장기에서 상대편의 궁(宮: 장將)을 잡으려고 말을 놓을 때
하는 말.

102) 말 떠 궁(宮) 비최고 차(車) 올라 장(將)이냐: 마(馬)를 움직여 궁(宮)을 넌지시 압박
하고 차(車)를 위로 올려 장군을 부르느냐?

103) 외통: 상대편이 부른 장군에 궁이 피할 수 없게 된 상태.

104) 또 한편에서는: 이하의 노름은 '남승도(覽勝圖) 놀이'와 비슷한 놀이로 보인다. '남
승도 놀이'는 큰 종이에 그린 여러 네모 칸에 팔도 명승지를 적어 넣고 주사위를 던져
나오는 숫자대로 말을 움직여 유람을 다니는 놀이이다. 각각의 말은 시인·한량·미
인·승려·농부·어부·검객 등으로 역할이 정해져 있고, 그에 따라 각 명승지마다 특
전과 불이익을 받도록 규칙을 정했다. 대개 숭례문에서 출발해서 전국을 돌아 숭인
문(崇仁門)으로 돌아오게 되어 있는데, 지역과 제작자에 따라 명승지와 말의 역할이
달랐다.

대烽火臺) 남산, 진동장군(鎭東將軍)·들통황제·호위군관(扈衛軍官)[105]
다 나온다.

"났고나! 팔상초도 옥호대상에 여산(礪山) 칠십 리 돌아나온다."[106]

한편에서는 택견, 씨름, 주정(酒酊) 싸움 이렇듯이 분란할 제 옥사장
이 하는 말이

"여보시오! 이리 구시다가 사또 염문(廉問: 염탐)에 들리면 우리들이
다 죽겠소."

한 왈자 내달으며 하는 말이

"여보와라! 사또 말고 오또가 염문 말고 소금문[107]을 하면 누구를 날로
(산 채로) 발기느냐? 기생이 수금(囚禁)하면 우리네가 출입이 응당이지
네 걱정이 웬일이니?"

한 왈자 하는 말이

"아서라, 그 말 말라! 우리네가 제 소일(消日)하여 주려다가 제게 해
롭게 하는 것은 의가 아니다."

....

105) 진동장군(鎭東將軍)·들통황제·호위군관(扈衛軍官): 미상. 놀이의 말에 붙인 이름, 혹
은 '승경도(陞卿圖) 놀이'의 말판에 나오는 벼슬 이름이 아닐까 한다. 승경도 놀이는
벼슬 이름을 종이에 도표로 그려 놓고 주사위나 윷을 던져 누가 가장 먼저 높은 관직
에 오르는가를 겨루는 놀이이다. 본래 '진동장군'은 후한 말의 사진장군(四鎭將軍) 중
하나로 동부의 군사를 총괄하는 최고 지휘관. '호위군관'은 조선 후기 국왕의 근접 호
위를 맡았던 호위청(扈衛廳)의 군관. '들통황제'는 미상인데, 동양문고본과 『고본 춘
향전』에는 '돌통황뎨(皇帝)'로 되어 있다.

106) 팔상초도 옥호대상에~리 돌아나온다: 미상. '팔상초도 옥호대상에'가 동양문고본
에는 "팔왕산 쵸도 옥호뒤장의", 『고본 춘향전』에는 "팔왕산 쵸도 오호대쟝의"로 되어
있다. 저본에는 '돌아'가 "도다"로 되어 있으나 동양문고본과 『고본 춘향전』에 따랐
다.

107) 소금문: '염문'의 '염'(廉)을 '소금 염(鹽)' 자로 바꿔 받은 말장난.

4. 수심가

　중병(中病) 내어 그리저리 흩어지니 춘향의 거동 보소. 정신을 겨우 차려 눈을 들어 살펴보니 옥방 형상 가이없다. 앞문에는 살이 없고 뒷벽에는 외(椳)[108]만 남아, 시절은 납월(臘月: 섣달)이라 삭풍(朔風)은 뼈를 불고 삼믜아기[109] 흩날리니 골절(骨節)이 저려 온다. 북풍한설 찬바람은 살 쏘듯이 들어오니, 머리끝에 서리 치고 손발조차 얼음 같다.

　거적자리 헌 누비에 그리저리 겨울 가고, 봄이 지나 하육월(夏六月)이 다다르니 완연한 구수(久囚)로다. 헌 자리에 벼룩 빈대 여윈 등을 파종(破腫: 침 따위로 종기를 터뜨림)하고, 풀뼈[110] 없는 모기들은 뱃가죽을 침질할 제 천음우습(天陰雨濕: 날이 흐리고 비가 내림) 궂은 날에 귀곡성(鬼哭聲)이 처량하고,[111] 혼흑천지(昏黑天地) 어둔 밤에 옥(獄) 고초(苦楚)가

---

108) 외(椳): 흙벽을 바르기 위하여 벽 속에 엮은 나뭇가지. 수수깡이나 싸리 따위를 가로 세로로 얽는다.

109) 삼믜아기: 새매기. '싸라기'(싸라기눈)의 방언.

110) 풀뼈: 풀삐. '귀얄'(풀칠할 때 쓰는 도구)의 방언. 여기서는 '풀기' 정도의 뜻으로 보 인다.

111) 천음우습(天陰雨濕) 궂은 날에 귀곡성(鬼哭聲)이 처량하고: 두보의 시 「병거행」(兵車 行)에서 따온 말. 권1의 주 298 참조.

그지없다. 이팔청춘 절대가인 가련히도 되겠고나! 향기로운 상산(商山)
난초[112] 잡풀 속에 묻혔는 듯, 말 잘하는 앵무새가 농(籠) 가운데 갇혔는
듯, 청계수(淸溪水)에 놀던 고기 그물 속에 걸렸는 듯, 벽오동에 깃든[113]
봉황 형극(荊棘) 중에 들었는 듯, 십오야 밝은 달이 떼구름에 싸였는 듯,
초창적막(怊悵寂寞: 서글프고 쓸쓸히) 홀로 앉아 주야장탄(晝夜長歎) 우
는 말이

　　하루 이틀, 한 달 두 달, 이를 어찌 하잔 말고?
　　북해안치(北海安置) 소무고절(蘇武孤節) 안족서신(雁足書信) 풀리었고[114]
　　유리수옥(羑里囚獄) 문왕대덕(文王大德) 미녀(美女) 선마(善馬) 놓
　이었고[115]
　　붕당금고(朋黨禁錮) 이응(李膺)이도 이제 하종 놓였고나.[116]

....
112) 상산(商山) 난초: 상산사호가 캤다는 지초. 권1의 주 66 참조.

113) 깃든: 저본에는 "길든"으로 되어 있으나 바로잡았다.

114) 북해안치(北海安置)~풀리었고: 북해에 안치되었던 소무의 외로운 절개는 기러기 발
　　에 묶어 전한 편지로 풀려났고. 권1의 주 239 참조.

115) 유리수옥(羑里囚獄)~놓이었고: 유리옥에 갇혔던 큰 덕을 가진 문왕도 미녀와 준마
　　에 풀려났고. 상나라의 제후 서백(西伯)이었던 주나라 문왕이 참소를 입어 유리(지금
　　의 하남성 안양시安陽市)의 감옥에 갇혔는데, 문왕의 신하 산의생(散宜生)이 상나라
　　주왕(紂王)에게 미녀와 준마를 바쳐 문왕을 풀려나게 했다는 고사를 말한다.

116) 붕당금고(朋黨禁錮)~놓였고나: 붕당을 만들었다는 이유로 옥에 갇혔던 이응도 이제
　　풀려났구나. 후한 환제(桓帝) 때 사례교위(司隷校尉) 벼슬을 지내던 이응(李膺)이 환
　　관 세력의 전횡을 공격하다가 오히려 붕당을 만들어 조정을 비방한다는 무고를 입어
　　감옥에 갇혔다가 석방된 일을 말한다. 환관 세력은 자신들에게 저항한 문신 관료들을
　　탄압하여 이른바 두 차례에 걸쳐 '당고(黨錮)의 화'를 일으키고 관료 100여 명을 처형
　　하는 한편 관련자들의 벼슬과 지위를 영구히 박탈했는데, 이응은 영제(靈帝) 때 다시
　　하옥되어 옥사했다. '하종'은 석방을 뜻하여 하종(下縱)이라 한 것이 아닐까 하나 확

무죄구수(無罪久囚) 이내 몸이 어이하여 놓여 볼꼬?

청천에 떴는 구름 높음도 높을시고.

저 구름에 올라서면 님 계신 데 볼 것이요

만경창파 저 물결은 주야장천 흘러가니

저 물같이 흘러갈 양이면 님의 곳에 가련마는[117]

일거월저(日居月諸: 흐르는 세월) 오래 간들 은은일념(隱隱一念) 잊을쏘냐?

옥중명월(獄中明月) 긴긴 밤에 독의서창(獨依西窓: 홀로 서쪽 창에 기대어) 비껴 앉아

산운해월(山雲海月) 바라본들 속절없이 끊는 간장 누구더러 이를쏜가?

밤에 깊이 못 든 잠을 낮 베개에 잠깐 드니

몽리해후(夢裏邂逅: 꿈속의 만남) 서로 만나 피차 상사(相思) 이를 적에

경박할손 일쌍호접(一雙胡蝶) 두견성(杜鵑聲)에 흩어지니[118]

여견불견(如見不見: 본 듯, 보지 못한 듯) 황홀하다.

사몽비몽(似夢非夢) 분별할(염려할) 제 흐트러진 십이운발(十二雲髮)[119] 비녀 꽂기 잊었고나.

....

실치 않다.

117) 청천에 떴는~곳에 가련마는: 가사 「화유가」(花遊歌)에 "청천에 뜬 구름은 한량없이 높을시고 / 저 구름에 앉았으면 고인(故人) 화용(花容) 보련마는 / 만경창파 깊은 물이 주야장천 흘러가니 / 저 물같이 가게 되면 너 있는데 가련마는"이라는 구절이 보인다.

118) 경박할손~흩어지니: 한 쌍의 나비가 경박한 두견새 울음소리에 흩어지니.

119) 십이운발(十二雲髮): 무산(巫山) 열두 봉우리 위의 구름처럼 풍성하고 탐스러운 머리. 가사 「송여승가」(送女僧歌)에 "십이운발 어디 두고 돌수박이 되었는고"라는 구절이 보인다.

추월춘풍(秋月春風) 사시절은 뵈오리에 북 지나듯[120]

적연무인(寂然無人) 혼자 앉아 생각는 이 님뿐이라.

소소낙목(蕭蕭落木) 부는 바람 나부끼는 의상(衣裳)이라

향혼옥골(香魂玉骨) 사라질 제 주루만협(珠淚滿頰) 하는고나.[121]

보고지고 우리 낭군! 어찌 그리 못 오는고?

춘수만사택(春水滿四澤)하니[122] 물이 막혀 못 오시나?

하운(夏雲)이 다기봉(多奇峰)하니[123] 뫼가 높아 못 오시나?

가련금야숙창가(可憐今夜宿倡家)라[124] 사랑 괴어 못 오시나?

주마투계유미환(走馬鬪鷄猶未還)이라[125] 노름 잠겨 못 오시나?

오늘이나 편지 올까 내일이나 소식 올까?

응당 한 번 오련마는 이럴 리가 없을로다.

바라보니 아득하고 생각하니 목이 멘다.

공방미인독상사(空房美人獨相思)는 날로 두고 이른 말이로다.

---

120) 뵈오리에 북 지나듯: 베의 실 가닥에 북[梭]이 지나가듯. 세월이 빨리 흐르는 것을
비유하는 말. '뵈오리'는 '베오리', 곧 베올.

121) 향혼옥골(香魂玉骨) 사라질 제 주루만협(珠淚滿頰) 하는고나: 향기로운 넋과 옥 같은
몸이 스러질 때 진주 같은 눈물이 두 뺨에 가득하구나.

122) 춘수만사택(春水滿四澤)하니: 봄 물이 사방의 못에 가득하니. 도연명의 시 「사시」(四
時)에 나오는 구절.

123) 하운(夏雲)이 다기봉(多奇峰)하니: 여름 구름이 기이한 봉우리에 많으니. 도연명의
「사시」에 나오는 구절.

124) 가련금야숙창가(可憐今夜宿倡家)라: 가련해라 오늘밤 기녀의 집에 묵네. 왕발의 「임
고대」에 나오는 구절.

125) 주마투계유미환(走馬鬪鷄猶未還)이라: 말달리기와 투계(鬪鷄) 노름에 빠져 돌아오지
않네. 당나라 최호(崔顥)의 시 「규방 사람을 대신하여 경박한 젊은이에게 답하다」(代
閨人答輕薄少年)에서 따온 말. 최호의 시에는 본래 '환'이 "반"(返)으로 되어 있다.

동원도리편시춘(東園桃李片時春)은 삼월모춘(三月暮春) 수심(愁心)이요

공산낙목우소소(空山落木雨蕭蕭)하니[126] 사월남풍(四月南風) 수심이라.

오동야우(梧桐夜雨) 잠깬 후에 실솔성(蟋蟀聲: 귀뚜라미 소리)이 수심이요

겨울 가고 봄이 오니 송구영신 수심이라.

비취금·원앙침·공작병·합환선(合歡扇)[127]이 호사(豪奢)도 되려니와

연분(緣分)을 위한 뜻이 이제로 보아하니 이별이 수심이다.

이별에 설운 뜻을 누구더러 이를쏘냐?

가슴이 다 타오니 님 그리는 화열(火熱)이요

눈썹에 맺힌 한이 님 그리는 화열이라.

혈육으로 생긴 몸이 이리 섧고 어찌 살리?

나 죽고 님 죽으면 그제야 원수 되어

나 좋고 님 좋으면 그 아니 연분인가?

이정(李靖)의 홍불기[128]는 남복(男服)으로 종군하고

탁문군의 「봉구황」(鳳求凰)[129]이 고금이 다를망정 인심이야 다를쏘냐?

왕소군(王昭君)[130]·반첩여(班婕妤)는 고금이나

....

126) 공산낙목우소소(空山落木雨蕭蕭)하니: 빈산에 낙엽 지고 비는 소슬하니. 권필(權韠)
의 시 「정송강(鄭松江)의 무덤을 지나며 감회가 있어」(過鄭松江墓有感)에 나오는 구절.
『해동가요』에 수록된 시조와 신재효의 가사 「권유가」(勸誘歌)에도 이 구절이 보인다.
저본의 '낙목'이 권필의 시에는 "목락"(木落)으로 되어 있다.
127) 합환선(合歡扇): 꽃무늬를 대칭이 되게 그려 넣은 원형 부채. 남녀의 즐거운 만남을
상징한다. 저본에는 "합환연"으로 되어 있으나 바로잡았다.
128) 이정(李靖)의 홍불기: 권3의 주 343 참조.
129) 탁문군의 「봉구황」(鳳求凰): 권1의 주 232 참조.
130) 왕소군(王昭君): 한나라 원제(元帝) 때의 궁녀. 흉노의 군주가 한나라에 미인을 요구

상사일념(相思一念) 원하기야 마음은 한가지라.

서왕모의 청조(靑鳥)와[131] 소중랑(蘇中郎: 소무蘇武)의 흰 기러기

이런 때에 있을진대 소식이나 전할 것을.

화월(花月)같이 맑은 얼굴 표표(飄飄)하여 눈에 암암

건곤은 유의(有意)하여 우리 둘을 삼겼는데(생기게 했는데)

세월은 무정하여 옥빈홍안이 공로(空老: 헛되이 늙음)로다.

나며들며 오락가락 님 가던 길 바라보니 이내 상사 허사로다.

무정세월은 물 흐르듯 돌아가고

유의(有意)한 우리 인생 이별에 다 늙는다.

여관(旅館) 한등(寒燈: 쓸쓸한 등불)에 객회(客懷)도 슬프거든

벽창공방(碧窓空房)에 님 이별을 이룰쏜가?

공산야월(空山夜月) 저문 날과 천음월혼우습(天陰月昏雨濕)[132]할 제

깁을 둘러 초혼(招魂)하면[133] 영(永) 이별이 이때로다.

....

하자 원제는 화공(畵工) 모연수(毛延壽)가 박색으로 초상을 그린 왕소군을 보내기로
했는데, 흉노로 보내던 날에야 왕소군의 실물을 보고 절세미녀임을 알게 되었고, 왕소
군은 한나라를 떠나면서 「출새곡」(出塞曲)을 비파로 타 자신의 한을 드러냈다는 고사
가 전한다.

131) 청조(靑鳥)와: 저본에는 "청됴연과"로 되어 있으나 바로잡았다.

132) 천음월혼우습(天陰月昏雨濕): 날이 흐리고 달이 어두우며 비가 내려 습함.

133) 깁을 둘러 초혼(招魂)하면: 비단옷을 휘두르며 죽은 사람의 혼령을 부르면. '초혼'은
장례 절차를 시작하기 전에 죽은 사람이 생시에 입던 저고리를 들고 지붕이나 마당
높은 곳에 올라가 왼손으로 저고리 옷깃을 잡고 오른손으로 저고리 허리 부분을 잡고
북쪽을 향해 옷을 흔들면서 "아무 동네 아무개 복(復)!"이라고 세 번 외치는 의식이
다. 이렇게 하면 죽은 이의 혼이 돌아온다고 믿었는데, 그래도 살아나지 않으면 장례
절차가 시작된다.

져근덧 가매(假寐)하여¹³⁴ 꿈에나 보자 하되 수심 겨워 잠 못 드네.

타기황앵(打起黃鶯) 저 꾀꼬리 막교지상(莫敎枝上) 우지 마라.¹³⁵

네 울음에 잠 못 이뤄 님의 곳에 못 갈노라.

신무우익(身無羽翼: 몸에 날개가 없음)하니 바라본들 어이하리?

세류춘풍(細柳春風) 저문 날과 오동청로추월야(梧桐淸露秋月夜)¹³⁶에

이리 그리고 어찌 살리?

달은 밝고 바람은 찬데 밤은 길고 잠 없어라.

옛일을 솜솜 헤아리니 어찌 아니 설울쏘냐?

덕급금수(德及禽獸) 탕(湯)임금도 하걸(夏桀)의 포악으로

하대옥(夏臺獄)에 갇혔다가 도로 놓여 성군 되고¹³⁷

만고성현(萬古聖賢) 공부자(孔夫子)도 광(匡) 땅에 욕을 보나

도로 놓여 성현 되고¹³⁸

....

134) 져근덧 가매(假寐)하여: 잠깐 선잠 들어.

135) 타기황앵(打起黃鶯) 저~우지 마라: 저 꾀꼬리를 쫓아내 가지 위에서 울지 못하게 하
라. 당나라 김창서(金昌緖)의 「춘원」(春怨), 혹은 개가운(蓋嘉運)의 「이주가」(伊州歌)
라고 전하는 다음 시에서 따온 말. "꾀꼬리를 쫓아내 / 가지 위에서 못 울게 하소. / 꾀
꼬리 울면 꿈이 깨어 / 임 찾아 요서(遼西) 땅 이를 수 없네."(打起黃鶯兒, 莫敎枝上啼.
啼時驚妾夢, 不得到遼西.)

136) 오동청로추월야(梧桐淸露秋月夜): 오동잎에 맑은 이슬 맺히는 가을밤.

137) 덕급금수(德及禽獸) 탕(湯)임금도~성군 되고: 덕이 짐승에게까지 미친 탕왕(湯王)
도 하나라 걸왕의 포악 때문에 하대(夏臺) 감옥에 갇혔다가 도로 풀려나 성군이 되고.
상나라 탕왕이 사냥할 때 사방에 친 그물 중 삼면의 그물을 제거하고 천명을 따르지
않는 짐승만 걸리기를 기도해서 탕왕의 은덕이 짐승에게까지 미친다는 칭송을 받았
다는 고사가 『여씨춘추』와 『사기』에 보인다. '하대'는 지금의 하남성 우주(禹州)에 있
던 하나라의 감옥. 걸왕이 당시 추앙받던 제후 탕왕을 감옥에 가두었다가 재물을 받
고 석방한 일이 있다.

138) 만고성현(萬古聖賢) 공부자(孔夫子)도~성현 되고: 공자(孔子)가 광(匡) 땅을 지나다

명덕신민(明德新民) 주문왕(周文王)도 상주(商紂)의 음락(淫樂)으로

유리옥(羑里獄)에 갇혔다가 도로 놓여 성군 되고[139]

정충대절(精忠大節: 순정한 충성과 큰 절개) 소중랑(蘇中郞)도 흉노

에게 잡혀가서

북해상(北海上)에 갇혔다가 고국으로 돌아오니

이런 일로 보아서는 애매한 이내 몸이

행여나 옥에 나서 세상 구경 다시 할까?

애고애고, 설운지고!

주야장천 울음 운들 속절 춘향 전혀 없다.

오늘이나 방송(放送)할까? 내일이나 대사(大赦)할까?

밤낮으로 기다리나 놓을 뜻은 전혀 없고

취중에 주망(酒妄) 나면 때때 올려 중장(重杖: 곤장을 몹시 침)하여

월삼동추(月三同推) 좌기(坐起)마다[140] 지만(遲晚)하라 수죄(數罪)한들[141]

송백같이 굳은 절개 북풍한설 두려하랴?

애고, 이를 어이하리? 죽을밖에 하릴없다.

....

가 그곳 사람들이 공자를 양호(陽虎)로 오인하는 바람에 억류되어 곤욕을 겪은 일을
말한다. 양호, 곧 양화(陽貨)는 노(魯)나라 계환자(季桓子)의 가신(家臣)으로 국정을
전횡하며 여러 악행을 저질렀는데, 공자와 외모가 흡사했다고 한다.

139) 명덕신민(明德新民) 주문왕(周文王)도~성군 되고: 덕을 밝혀 백성으로 하여금 새로
워지게 한 주나라 문왕도 상나라 주왕의 음락(淫樂) 때문에 유리의 감옥에 갇혔다가
도로 풀려나 성군이 되고. 권4의 주 115 참조. 저본에는 '음락'이 "음악"으로 되어
있다.

140) 월삼동추(月三同推) 좌기(坐起)마다: 한 달에 세 번 관원이 합동으로 죄인을 추문(推
問)하는 업무를 시작할 때마다. 저본에는 '동추'가 "동초"로 되어 있으나 바로잡았다.

141) 지만(遲晚)하라 수죄(數罪)한들: 죄를 인정하라고 낱낱이 따져 꾸짖은들. '지만'은
자복(自服)을, '수죄'는 범죄 행위를 일일이 들어 꾸짖음을 뜻한다.

백병(百病)이 층생(層生)하니 속절없이 나 죽겠네.

우리 도령님 한 번만 보고지고!

한 번 보고 그때 죽어도 한이 없고, 즉금 죽어도 한이 없고

이 자리에 죽어도 한이 없겠네.

이 몸이 죽기 전에 아무쪼록 보고지고!

아프기도 그지없고 춥기도 가이없다.

마디마디 썩는 간장(肝腸) 드는 칼로 저며내어

산호상(珊瑚箱) 백옥함(白玉函)에 점점이 담아다가

님의 눈에 뵈고지고!

보신 후에 썩어진들 관계하랴?

첩첩이 높은 봉에 자고 가는 저 구름아!

나의 슬픈 눈물 빗발 삼아 품어다가

님 계신 옥창(玉窓) 밖에 뿌려 주렴.

이렇듯이 아픈 몸이 님을 보면 나으리라.

「수심가」(愁心歌)를 지어내니

내 몸이 여자 되고 군자를 사모하나

백일이 무정하여 세월이 깊어가니

전전반측(輾轉反側)하매 청춘이 가석(可惜)이라.

삼춘(三春)에 깊은 병이 골수에 들었으니

가슴에 썩은 피를 편작(扁鵲)인들 어이할꼬?

문전류(門前柳: 문앞의 버드나무) 창외매(窓外梅: 창밖의 매화)는 가

지마다 춘색이니

금사(金絲)로 맺었으며 백설(白雪)로 다듬었다.

무한춘광(無限春光)은 어이하여 나의 회포를 돋우나뇨?

인생부득갱소년(人生不得更少年)[142]은 나도 잠깐 알건마는

동원도리편시춘(東園桃李片時春)을 님은 어이 모르는고?

탁문군의 거문고를 남산 송백수(松柏樹)로

월로승(月老繩)[143] 맺어내어 우리 인연 맺고지고!

「죽지사」와 「매화곡」(梅花曲)[144]을 님의 이름 삼아 던져두고

무인성(無人聲) 월황혼(月黃昏)에[145] 한숨 섞어 노래한들 그 뉘라서

찾아오리?

창천(蒼天)이 알 리 없고 야색(夜色)이 처량하다.

상사일념 못 이기어 북창을 의지하니

새벽 서리 찬바람에 슬피 우는 저 홍안(鴻雁: 기러기)아!

요량한성(嘹喨寒聲)[146]에 남은 간장 다 썩는다.

나의 회포 그려내어 님의 곳에 보내고저

인비목석(人非木石: 사람이 목석이 아님)이니 어이 아니 감동하리?

어와, 내 일이여!

---

142) 인생부득갱소년(人生不得更少年): 인생은 다시 소년이 될 수 없음. 당나라 잠삼의 시
「접시꽃 노래」(蜀葵花歌)에 "인생은 길이 소년일 수 없네"(人生不得長少年)라는 구절
이 보인다.

143) 월로승(月老繩): 월하노인(月下老人)이 가지고 다니는 붉은 끈. 두 가닥을 묶으면 각
각의 끈에 해당하는 남녀가 인연을 맺게 된다고 한다.

144) 「죽지사」와 「매화곡」(梅花曲): 둘 다 12가사의 하나. 「매화곡」은 「매화타령」을 가리
킨다.

145) 무인성(無人聲) 월황혼(月黃昏)에: 사람의 소리 없는 황혼에.

146) 요량한성(嘹喨寒聲): 맑고 깨끗한 찬 소리. 여기서는 기러기 울음소리.

약수 삼천리에 청조(靑鳥)를 바라거늘

동풍작야우(東風昨夜雨)[147]에 몽혼(夢魂)이 날겠고나.

청사(靑蛇)·백록(白鹿)[148]이 길을 그릇 인도하여

님의 곳을 아니 가고 거미줄에 걸렸으니

가석하다, 나의 신세! 홍안박명(紅顔薄命) 가련하다.

어와, 설운지고!

이생에 품은 한을 후생(後生)에나 즐기려 원하나니

천지일월 성신후토는 어여삐 여기소서.

---

147) 동풍작야우(東風昨夜雨): 봄바람 불던 어젯밤 비.

148) 청사(靑蛇)·백록(白鹿): 푸른 뱀과 흰 사슴. 신선과 함께 노닌다는 영물(靈物).

5. 월매의 슬픔

어미더러 이르는 말이

"내가 만일 죽거들랑 육진장포(六鎭長布)[149]로 질끈 동여 명산대천 묻지 말고 한양성내 올려다가 대로천변 묻어 주면 도령님 왕래시에 음성이나 들어 보세."

춘향 어미 하는 말이

"경(景)없는(경황없는) 소리 하지 마라. 도령님이 꿈에나 너를 생각하랴? 소견 없이 생각 말고 미음이나 먹어 보라. 네 병세를 요량(料量)하니 회춘(回春)하기 망연하다. 님 그리는 상사병과 매 맞은 장독증(杖毒症)에 음식을 전폐하고 산 귀신이 되겠고나! 집안 즙물[150] 방매(放賣)하여 의원에게 문병(問病: 병을 물음)하고 무녀에게 굿을 하여 살리기로 애를 쓴들 님 그리는 상사병에 무슨 효험 있을쏘냐?"

춘향이 대답하되

"아무것도 나는 싫소! 혈육으로 삼긴(생긴) 몸이 이리 섧고 어이 살리? 죽자 하니 청춘이요, 살자 하니 고생이라. 전생 죄악 아닐진대 가중

---

149) 육진장포(六鎭長布): 함경도 육진(六鎭)에서 나는 베. 다른 곳의 베보다 길이가 훨씬 길다. '육진'은 두만강 하류 남안의 요충지, 곧 종성(鐘城)·온성(穩城)·회령(會寧)·경원(慶源)·경흥(慶興)·부령(富寧).

150) 즙물: 집물(什物). 집안 살림에 쓰는 온갖 물건.

동토(家中動土)[151] 정녕하다. 획죄어천(獲罪於天)이면 무소도야(無所禱也)라[152] 하였으니, 지성으로 기도하면 관재귀설[153] 소멸할까?"

택일독경(擇日讀經: 좋은 날을 잡아 경을 읽음)하려 하고 온갖 경문(經文: 불경의 문구) 축원(祝願)한다. 『불설천지팔양경』(佛說天地八陽經)[154]과 『삼귀삼지삼재경』[155]에 『금강경』(金剛經)[156]·『태세경』(太歲經)[157]·『공

....

151) 가중동토(家中動土): 집 안의 동토. '동토', 곧 '동티'는 흙이나 나무 따위를 잘못 건드려 지신(地神)을 화나게 하여 받는 재앙.

152) 획죄어천(獲罪於天)이면 무소도야(無所禱也)라: 하늘에 죄를 지으면 빌 곳이 없다. 『논어』 「팔일」(八佾)에 나오는 말. 저본에는 '무소도야'가 "무소도지"로 되어 있으나 바로잡았다.

153) 관재귀설: 관재구설(官災口舌), 곧 관재와 구설. '관재'는 관청에서 비롯되는 재앙, 또는 관아의 억압이나 착취 따위로 생기는 재앙. '구설'은 시비하거나 헐뜯는 말.

154) 『불설천지팔양경』(佛說天地八陽經): 『불설천지팔양신주경』(佛說天地八陽神呪經)을 말한다. 당나라의 승려 의정(義淨)이 한역(漢譯)한 불경이라고 전하나 오늘날은 중국에서 만든 위경(僞經)으로 본다. 무애보살(無碍菩薩)의 요청으로 석가세존이 불법을 설하는 내용인데, 악업을 짓고 고통받는 중생들이 이 경전을 세 번 외면 재앙이 소멸하고 복이 온다고 했다.

155) 『삼귀삼지삼재경』: 『삼재경』(三災經)은 불설(佛說: 석가세존의 말씀)에 가탁한 무속 경문으로, 무당집이나 절에서 삼재(三災)의 액막이를 위해 읽던 주문. '삼재'는 수재(水災)·화재(火災)·풍재(風災)를 말하는데, 생년의 12지를 따져서 각 간지마다 삼재가 드는 해가 있다고 믿어(이를테면 인寅·오午·술戌이 든 해에 태어난 사람은 신申·유酉·술戌이 든 해 3년 동안 삼재가 든다고 믿었다) 정초나 입춘 때 액막이를 하는 일이 있었다. 액막이 의식을 할 때 『삼재경』을 세 번, 또는 일곱 번 외면 재앙이 물러간다고 했다. '삼귀삼지'는 『고본 춘향전』에 "삼귀삼디"(三鬼三地)라 하여 '세 곳의 세 귀신'을 의미하는 듯하나 자세한 뜻은 미상.

156) 『금강경』(金剛經): 『금강반야바라밀경』(金剛般若波羅密經). 중국 선종(禪宗)의 제5조인 홍인(弘忍) 이래 특히 중시된 대승불교 경전으로, 일체의 상(相)은 꿈처럼 허망한 것인바 모든 '상'이 '상'이 아님을 보면 해탈에 이른다는 '공(空) 사상'을 담고 있다.

157) 『태세경』(太歲經): 『불설광본태세신왕경』(佛說廣本太歲神王經). 불설(佛說)에 가탁한 무속 경문으로, 귀신을 쫓는 주문에 해당한다.

작경』(孔雀經)[158]·『반야경』(般若經)[159]·『조왕경』(竈王經)[160]·『천수경』(千手經)[161]·『도액경』(度厄經)[162]을 다 읽으며, 『안택경』(安宅經)[163]도 읽으리라. 여시아문(如是我聞) 일시불(一時佛)[164] 공장보살(空藏菩薩)[165]·관세음보살……."

온갖 경을 다 읽으며 무당 들여 굿을 하되

"야학산조(野鶴山鳥)는 삼천 죽절(竹節)로 풍덩 드리쳐 꽃구경 가려 하오."[166]

....

158) 『공작경』(孔雀經): 권4의 주 71 참조.

159) 『반야경』(般若經): 반야바라밀(般若波羅蜜: 지혜의 완성, 곧 열반)을 설한 초기 대승 불교 경전을 통틀어 일컫는 말. 『금강반야바라밀경』, 남북조시대 후진(後秦)에서 불법을 전파한 인도 승려 구마라집(鳩摩羅什, 343~413)이 한역한 『대품반야경』(大品般若經), 곧 『마하반야바라밀경』(摩訶般若波羅蜜經) 등이 모두 『반야경』에 속한다.

160) 『조왕경』(竈王經): 부엌의 신으로서 불을 관장하는 조왕(竈王)을 찬미하는 무속 경문.

161) 『천수경』(千手經): 관음보살, 곧 천수천안관세음보살(千手千眼觀世音菩薩)의 광대한 자비심을 찬양하는 불경. 당나라에서 불법을 전파한 인도 승려 가범달마(伽梵達磨)가 한역한 책이 가장 널리 읽혔다. 관음보살에게 귀의한 뒤 악업을 그치고 탐(貪: 탐욕)·진(瞋: 분노)·치(癡: 어리석음)의 삼독(三毒)을 소멸시켜 깨침에 이르도록 기원하는 천수다라니(千手陀羅尼)가 핵심 내용을 이룬다.

162) 『도액경』(度厄經): 액막이를 위해 읽는 무속 경문.

163) 『안택경』(安宅經): 집안에 탈이 없도록 음력 정월이나 시월에 집을 다스린다는 성주신을 위로하며 읽는 무속 경문.

164) 여시아문(如是我聞) 일시불(一時佛): 많은 불경의 첫머리에 나오는 말로, "이와 같이 나는 들었다. 어느 때에 부처님께서"의 뜻.

165) 공장보살(空藏菩薩): 허공장보살(虛空藏菩薩). 허공과 같이 무한한 지혜와 자비를 갖춘 보살. 허공장보살이 모든 중생의 소원을 이루어 주는 내용을 담은 불경이 『허공장보살경』(虛空藏菩薩經)이다.

166) 야학산조(野鶴山鳥)는 삼천~가려 하오: 굿노래의 삽입 구절로 보이나 자세한 뜻은 미상. 저본에는 '야학산조'가 "야락산초"로 되어 있으나 동양문고본에 따랐다.

이렇듯이 굿을 하되 반점(半點) 효험이 없었으니, 이를 어찌 하잔 말고? 속절없이 나 죽겠네!

춘향어미 슬피 울며

"애고애고, 설운지고! 나의 팔자 기박하여 삼종의탁(三從依托)[167] 다 버렸다. 조상부모(早喪父母) 자라나서 중년에 와 상부(喪夫)하고 말년에 와 너 하나를 두었더니, 저 지경이 되었으니 눌(누굴) 바라고 사자나니? 한(漢) 군사(軍師) 제갈량(諸葛亮)도 갈충보국(竭忠報國)하려다가 오장원(五丈原) 추야월(秋夜月)에 장성(將星)이 떨어지고,[168] 등피서산(登彼西山) 백이·숙제 불사이군(不事二君)하려다가 수양산중 아사(餓死)하고,[169] 주유천하(周遊天下) 개자추도 할고사군(割股事君) 하려다가 면산중(綿山中)에 불타 죽고,[170] 삼려대부(三閭大夫) 굴원이도 위국진충(爲國

....

167) 삼종의탁(三從依托): 여자가 따라야 할 세 가지 도리. 어려서는 아버지를, 결혼해서는 남편을, 남편이 죽은 뒤에는 자식을 따라야 한다는 말.

168) 한(漢) 군사(軍師)~장성(將星)이 떨어지고: 촉한(蜀漢)의 참모 제갈공명도 충성을 다해 나라에 보답하려다가 오장원의 가을 달밤에 장성(대장군을 상징하는 별)이 떨어지고, 『삼국지연의』에서 제갈공명이 사마의(司馬懿) 군대와 대치하던 중 가을 바람이 부는 오장원(지금의 섬서성 보계시寶鷄市)에서 병사(病死)한 일을 말한다. 사마의는 제갈공명을 상징하는 별이 떨어진 것을 보고 제갈공명의 죽음을 알아차렸다. 『악학습령』 등에 수록된, 고려시대 곽여(郭輿)가 지었다고 전하는 시조에 "오장원 추야월에 어여쁠손 제갈무후(諸葛武侯) / 갈충보국다가 장성이 떨어지니"라는 구절이 보인다.

169) 등피서산(登彼西山) 백이·숙제~수양산중 아사(餓死)하고: 권3의 주 337 참조. '등피서산'은 "저 서산에 올라"의 뜻으로, 백이와 숙제가 죽음에 이르러 지었다는 노래 「채미가」(采薇歌)의 첫 구절.

170) 주유천하(周遊天下) 개자추도~불타 죽고: 권3의 주 353 참조. '할고사군', 곧 허벅지 살을 베어내 임금을 섬겼다는 것은 개자추가 진 문공의 망명 시절 굶어죽을 위기에 처한 문공을 위해 자신의 허벅지 살을 베어내 국을 끓여 먹였다는 일화를 말한다.

盡忠) 애쓰다가 멱라수에 빠져 있다.[171] 너도 열녀 되려거든 개천 구멍이나 빠지려무나.

너를 배고 조심할 제 석부정부좌(席不正不坐)하고 할부정불식(割不正不食)하며,[172] 목불시사색(目不視邪色)하고[173] 족부답위지(足不踏危地: 발은 위험한 땅을 밟지 않음)하여 십삭(十朔) 몸을 좋이 가져 너를 낳아 기를 적에 진자리는 내가 눕고 마른자리 너를 뉘여 부중생남중생녀(不重生男重生女)를 너를 두고 이름이라. 채단(綵緞)으로 몸을 싸고 보옥으로 장식하여 말년 영화 보쟀더니, 홍안박명 너로고나! 저리 될 줄 어찌 알리?"

이렇듯이 초조하여 주야 없이 서로 붙들고 울음으로 세월을 보내나 이도령의 소식은 마침내 묘연하더라.

---

171) 삼려대부(三閭大夫) 굴원이도~빠져 있다: 권2의 주 438 참조.

172) 석부정부좌(席不正不坐)하고 할부정불식(割不正不食)하며: 반듯하게 놓인 자리가 아니면 앉지 않고, 반듯하게 썬 음식이 아니면 먹지 않으며. 『논어』「향당」(鄉黨)에 나오는 말.

173) 목불시사색(目不視邪色)하고: 눈으로는 사특한 빛을 보지 않고. 『순자』(荀子), 『소학』「입교」(立敎) 등에 나오는 말.

6. 장원급제

차설(且說),[174] 이도령은 경성으로 올라와서 은근히 저를 위한 정이 가슴에 못이 되고 오장(五臟)에 불이 되어 운산(雲山)을 창망(悵望)하매 신무우익(身無羽翼) 한탄하고 몽혼(夢魂)이 경경(耿耿)하여[175] 밤마다 관산(關山)을 넘나드니, 꿈에 다니는 길이 자취 곧 날 양이면 님의 객창(客窓) 밖에 석로(石路)라도 닳으리라.[176] 아무리 생각하여도 하릴없다.

'내가 만일 병 곧 들면 부모에게 불효 되고 저를 어찌 다시 보리? 학업을 힘써 공명을 이룰 양이면 부모에게 영효(榮孝: 부모를 영화롭게 하는 효도) 뵈고 문호를 빛낼진대, 내 사랑은 이 가운데 있으리라!'

하고 주야불철(晝夜不撤) 공부할 제 일람첩기(一覽輒記: 한 번 보면 다 기억함) 재사(才士)여든 주마가편(走馬加鞭) 무려(無慮: 아무 염려 할 것이 없음)하다.

....

174) 차설(且說): 각설(却說). 소설 진행 중에 다른 이야기로 전환할 때 첫머리에 쓰는 상투어.

175) 몽혼(夢魂)이 경경(耿耿)하여: 꿈속의 넋이 노심초사하여.

176) 꿈에 다니는~석로(石路)라도 닳으리라: 이명한의 시조 중 "꿈에 다니는 길이 자취 곧 날작시면 / 임의 집 창밖이 석로라도 닳으련마는"에서 따온 말.

이적선옹골이상(李謫仙翁骨已霜)이요[177]

유종원시단수방(柳宗元是但垂芳)을.[178]

가련한퇴지하처(可憐韓退之何處)오?[179]

유유맹동야초향(唯有孟東野草香)이로다.[180]

황산곡리화천편(黃山谷裏花千片)이요[181]

백낙천변안수행(白樂天邊雁數行)을.[182]

두자미인금적막(杜子美人今寂寞)하니[183]

도연명월구황량(陶淵明月久荒涼)이라.[184]

이런 문장 가소(可笑)하다. 당시에 기재(奇才)로 한묵(翰墨)에 독보

....

177) 이적선옹골이상(李謫仙翁骨已霜)이요: 이적선(이백) 신선 노인의 뼈는 이미 서리가
되었고. 저본에는 '골이'가 "고리"로 되어 있으나 바로잡았다. 이하 여덟 구절은 김삿
갓, 곧 김병연(金炳淵, 1807~1863)이 중국 역대 문인의 이름을 활용해 지은 희작시
(戲作詩)「팔대가시」(八大家詩)를 옮긴 것인데, 글자 출입이 있다.

178) 유종원시단수방(柳宗元是但垂芳)을: 유종원은 본래 꽃다운 이름을 후세에 전했네.
저본에는 '수방'이 "문장"으로 되어 있으나「팔대가시」에 따랐다.

179) 가련한퇴지하처(可憐韓退之何處)오: 가련해라 한퇴지(한유) 물러나 어디로 갔나?
「팔대가시」에서는 일곱째 구이다.

180) 유유맹동야초향(唯有孟東野草香)이로다: 오직 맹동야 동쪽 들판에 풀 향기만 있네.
'맹동야'는 당나라의 시인 맹교(孟郊)를 말한다. '동야'는 그 자. 저본에는 '동야'가
"동양"으로 되어 있으나 바로잡았다.

181) 황산곡리화천편(黃山谷裏花千片)이요: 황산곡 골짜기 속에 일천 조각 꽃이요. '황산
곡'은 송나라의 문인 황정견(黃庭堅)을 말한다. '산곡'은 그 호. 저본에는 '화천편이요'
가 "매천수요"로 되어 있으나「팔대가시」에 따랐다.

182) 백낙천변안수행(白樂天邊雁數行)을: 백낙천(백거이) 하늘 가에 기러기떼 몇 줄. 저본
에는 '수행'이 "일행"으로 되어 있으나「팔대가시」에 따랐다.

183) 두자미인금적막(杜子美人今寂寞)하니: 두자미(두보) 미인은 이제 적막하니.

184) 도연명월구황량(陶淵明月久荒涼)이라: 도연명 밝은 달이 황량한 지 오래네.

(獨步)하니, 국태민안(國泰民安)하고 시화세풍(時和歲豊: 화평한 시절
에 풍년이 듦)이라. 강구(康衢)에 「격양가」(擊壤歌)는 연월(煙月)이 곳곳
이라[185] 방경누흡(邦慶累洽)[186]하여 알성과(謁聖科)[187] 뵈시거늘, 시지(試
紙)를 옆에 끼고 춘당대(春塘臺)[188] 들어가서 현제판(懸題板)[189] 바라보니
"강구(康衢)에 문동요(聞童謠)"[190]라 뚜렷이 걸었거늘, 금수간장(錦繡肝
腸) 창해문장(滄海文章)[191] 해제(解題)를 생각하고, 용미연(龍尾硯)[192]에
묵(墨)을 갈고, 순황모 무심필을 반중동 흠석 풀어 왕희지 필법(筆法)으
로 조맹부(趙孟頫)[193]의 체(體)를 받아 일필휘지(一筆揮之)하니 문불가점

....

185) 강구(康衢)에 「격양가」(擊壤歌)는 연월(煙月)이 곳곳이라: 태평성대를 이르는 말.
「격양가」는 요임금 시절 임금의 존재를 의식할 필요 없이 태평성대를 누리던 백성들
이 불렀다고 하는 노래. '강구'는 번화한 거리, '연월'은 달빛이 연기에 비치는 모습.
태평성대의 평화로운 풍경을 '강구연월'(번화한 거리에서 달빛이 연기에 은은하게
비치는 모습)이라 한다.

186) 방경누흡(邦慶累洽): 나라에 경사가 있고 태평성대가 이어짐.

187) 알성과(謁聖科): 임금이 성균관에 거동하여 문묘(文廟)의 공자 신위(神位)에 참배한
후 보이던 과거 시험.

188) 춘당대(春塘臺): 창덕궁 후원의 영화당(暎花堂) 동쪽 앞에 있는 넓은 대(臺). 조선 후
기에 이곳에서 문무과 시험을 보였다.

189) 현제판(懸題板): 과거 시험을 보일 때 문제를 써서 내걸던 널빤지.

190) 강구(康衢)에 문동요(聞童謠): 번화한 거리에서 동요를 듣다.

191) 금수간장(錦繡肝腸) 창해문장(滄海文章): 수놓은 비단 같은 간장과 큰 바다처럼 넓은
문장. 가슴속 가득 아름다운 시문이 들어 있어 빼어난 문장을 자유자재로 구사함을
비유하는 말.

192) 용미연(龍尾硯): 용미산(龍尾山)의 돌로 만든 최고급 벼루. 권1의 주 488 참조.

193) 조맹부(趙孟頫): 원나라의 서예가. 해서·행서·초서에 모두 뛰어났으며, 왕희지 서법
을 계승하면서 독자적인 영역을 개척해 '송설체'(松雪體)를 정립했다. 저본에는 "묘밍
보"로 되어 있으나 바로잡았다.

(文不加點)이라, 일천(一天)[194]에 선장(先場)[195]하니 상시관(上試官)[196]이 글을 보고 칭찬하여 이른 말이

"글씨를 볼작시면 용사비등(龍蛇飛騰)[197]하고, 글귀를 볼 양이면 아무래도 귀신이 곡하겠다! 체격(體格 : 글의 체재와 격식)은 굴원(屈原)이요, 문법(文法 : 글쓰는 법도)은 한퇴지(韓退之)라. 자자(字字)이 비점(批點)[198]이요, 귀귀[句句]이 관주(貫珠)[199]로다! 상지상(上之上)에 등(等)을 매겨[200] 장원급제 하겠고나."

금방(金榜)[201]에 이름 쓰고 천은(天恩 : 임금의 은혜)을 숙사(肅謝 : 사은숙배)하고 어주(御酒 : 임금이 내리는 술) 삼배(三杯) 마신 후에 몸에는 청삼(青衫)[202]이요 머리에는 어사화(御賜花)라. 천금준마(千金駿馬) 비껴 타고 장안(長安 : 서울) 대로 화류중(花柳中 : 꽃과 버들 가운데)에 헌거로

---

194) 일천(一天): 과거 시험에서 첫 번째로 글을 지어 바치던 일.

195) 선장(先場): 과거 시험에서 가장 먼저 시험 답안지를 제출하던 일. 저본에는 "션졍"으로 되어 있으나 바로잡았다.

196) 상시관(上試官): 과거 시험의 시관(試官 : 시험관) 가운데 우두머리를 이르던 말.

197) 용사비등(龍蛇飛騰): 용이 날아 오르는 듯함. 매우 활기 있는 필력을 비유하여 이르는 말.

198) 비점(批點): 한문으로 지은 시문을 비평하여 매우 훌륭한 구절의 글자마다 오른쪽에 찍는 점.

199) 관주(貫珠): 시문을 비평하여 매우 훌륭한 구절의 글자마다 오른쪽에 치는 동그라미.

200) 상지상(上之上)에 등(等)을 매겨: '상지상'부터 '하지하'(下之下)까지 전체 아홉 등급 중 최고 등급의 등수를 매겨. 저본에는 '매겨'가 "막혀"로 되어 있으나 바로잡았다.

201) 금방(金榜): 과거에 급제한 사람의 이름을 써서 거리에 붙이던 글.

202) 청삼(青衫): 조복(朝服) 안에 받쳐 입던 옷. 남색 바탕에 검은 빛깔로 가를 꾸미고 큰 소매를 달았다.

이 돌아올 제 따르나니 선달(先達)²⁰³이요, 부르나니 신래(新來)²⁰⁴로다.
이원(梨園) 풍악은 훤천(喧天)하고²⁰⁵ 금의화동(錦衣花童: 비단옷을 입
은 화동)은 쌍저²⁰⁶를 비껴 부니, 단산추야월(丹山秋夜月)에 채봉(彩鳳)
의 소리로다.²⁰⁷ 청운낙수교(靑雲洛水橋)²⁰⁸에 시절이 태평이라, 노류장화
우거지고 거리거리 「격양가」를 부를 적에 행화문전(杏花門前: 살구꽃 핀
문앞) 다다르니 부모형제와 종족친붕(宗族親朋) · 향당고리(鄕黨故吏: 마
을의 오래된 아전)들이 제성(齊聲) 칭찬하니, 세상에 좋은 것이 급제 밖
에 또 있는가?

　삼일유가(三日遊街)²⁰⁹한 연후에 선영하(先塋下)에 소분(掃墳)²¹⁰하고
궐하(闕下)에 숙배(肅拜)하니, 성상(聖上)이 인견(引見)하사 반기시고
물으시되

---

203) 선달(先達): 과거에 급제하고 아직 벼슬하지 않은 사람. 대개 무과에 급제했으나 한
　　정된 정원 때문에 아직 임관되지 못한 사람을 이르던 말.
204) 신래(新來): 과거에 새로 급제한 사람.
205) 이원(梨園) 풍악은 훤천(喧天)하고: 장악원(掌樂院)의 풍악은 하늘까지 떠들썩하고.
　　'이원'은 본래 당나라 현종이 소년 300명과 궁녀 수백 명을 뽑아 궁정에서 음악과 춤
　　을 가르치던 곳.
206) 쌍저: 쌍적(雙笛). 두 개의 피리를 한데 묶어 부는 관악기.
207) 단산추야월(丹山秋夜月)에 채봉(彩鳳)의 소리로다: 단산의 가을 달밤에 봉황의 소리
　　로다. '단산'은 봉황이 산다는 단혈산(丹穴山). '채봉'은 빛깔이 아름다운 봉황.
208) 청운낙수교(靑雲洛水橋): 낙수교에 푸른 구름. 당나라 송지문의 시 「아침 일찍 소주
　　(韶州)를 떠나며」(早發韶州)에 나오는 구절. '낙수교'는 낙양의 다리. '소주'는 지금의
　　광동성(廣東省) 소관시(韶關市).
209) 삼일유가(三日遊街): 과거에 급제한 사람이 사흘 동안 시험관, 선배 급제자, 친척을
　　방문하던 일. 저본에는 "삼일류과"로 되어 있으나 바로잡았다.
210) 소분(掃墳): 경사가 있을 때 조상의 산소를 찾아가 돌보고 제사를 지내는 일.

"불차(不次)[211]로 쓰려 하니 내직 중에 무슨 벼슬, 외직 중에 어느 곳을 소원대로 아뢰어라."

이도령이 고두사은(叩頭謝恩)하고 주왈(奏曰)

"소신이 연소미재(年少微才)로 천은이 망극하와 소년 급제 하왔으니 황공무지하와 아뢸 바를 모르오나, 천은지하(天恩之下: 임금의 은혜 아래)에 감히 은휘(隱諱)치 못하올지라. 왕화불급원방(王化不及遠方: 임금의 교화가 미치지 않는 먼 지방)에는 탐관오리 수재곡법(受財曲法),[212] 환과고독(鰥寡孤獨)[213] 민간질고(民間疾苦) 알 길 없사오니, 어사(御史)를 시키시면 민간의 질고와 각관의 탐관오리 역력히 살펴다가 탑전(榻前: 임금의 자리 앞)에 아뢰리이다."

성상이 들으시고 칭찬하시되

"기특하다! 높은 벼슬 다 버리고 암행어사(暗行御史) 구한 뜻은 보국충신(輔國忠臣) 너로고나!"

전라어사(全羅御使) 특차(特差: 특별히 보냄)하시니 평생의 소원이라, 어찌 아니 감축하리?

---

211) 불차(不次): 승급의 차례를 밟지 않고 특진시키는 인사 행정의 특례.

212) 수재곡법(受財曲法): 수재왕법(受財枉法). 벼슬아치가 뇌물을 받고 법을 어기던 일.

213) 환과고독(鰥寡孤獨): 늙어서 아내 없는 사람, 늙어서 남편 없는 사람, 어려서 어버이 없는 사람, 늙어서 자식 없는 사람을 아울러 이르는 말.

7. 어사 출동

즉일 발행(發行)할 적에 어전(御前)에 하직하고, 집에 돌아와 고사당
(告祠堂) 허배(虛拜)[214]하고 부모에게 하직하고, 금의(錦衣)를 다 버리
고 철대 없는 헌 파립(破笠)[215]에 미명실(무명실)로 끈을 하고, 당[216]만 남
은 헌 망건에 갓풀관자[217] 조희당끈[218] 졸라매고, 다 떨어진 베 도포를 모
양 없이 걸어 입고, 칠 푼짜리 목분합띠[219]를 흥복통을 눌러 매고, 하여
진 맞붙이[220]를 웃대님[221]으로 잘끈 매고, 변죽 없는 사송선(賜送扇)[222]을

....

214) 고사당(告祠堂) 허배(虛拜): 집안에 큰일이 있을 때 그 일을 사당에 고하고 신위(神
位)에 절을 함.

215) 철대 없는 헌 파립(破笠): 갓의 철대가 없고 헐어 못 쓰게 된 갓. '철대'는 갓의 밑 둘
레 밖으로 둥글넓적한 부분의 테두리에 두른 테.

216) 당: 망건당. 머리 윗부분을 조이는, 망건의 윗부분. 상투에 동여매는 당줄을 꿰게 되
어 있다.

217) 갓풀관자: 아교풀(갓풀)로 만든 관자(貫子). 저본에는 '갓풀'이 "갓풀"로 되어 있다.

218) 조희당끈: 종이 당끈. 종이를 꼬아서 만든 망건당줄.

219) 목분합띠: 무명실로 만든 분합대(分合帶). '분합대'는 웃옷에 눌러 띠던 실띠.

220) 하여진 맞붙이: 해어진 겹옷. '맞붙이'는 솜옷을 입어야 할 철에 입는 겹옷. 저본에는
'맞붙이'가 "맛부치"로 되어 있다.

221) 웃대님: 중대님. 무릎 바로 밑에 매는 대님.

222) 변죽 없는 사송선(賜送扇): 가장자리가 떨어져 없는 부채. '사송선'은 임금이 하사한
부채.

348 남원고사

손에 쥐고 남대문을 내달아서, 군관(軍官)·비장(裨將)·서리(胥吏)·반당
(伴倘)[223] 영리한 군(軍) 택출(擇出)하여 변복(變服)시켜 남모르게 선송
(先送)하고 암행(暗行)으로 내려갈 제, 칠패(七牌)·팔패(八牌)·이문동
(里門洞)[224]·도적골[225]·쪽다리[226] 지나 청패 배다리[227]·돌모로〔石隅〕·동적
이[228] 바삐 건너, 승방뜰[229]·남태령[230]·인덕원(仁德院)[231]·과천·갈뫼[232]·사
근평(肆覲坪)[233]·군포내[234]·미럭당[235] 지난 후에 오봉산(五峯山)[236] 바라보

223) 서리(胥吏)·반당(伴倘): '서리'는 관아에 속하여 말단 행정 실무에 종사하던 구실
아치. '반당'은 나라에서 서울의 관아나 종친·고관의 집에 임시로 주어 부리게 하던
하인.
224) 이문동(里門洞): 이뭇골. 숭례문 밖의 동 이름으로, 지금의 서울 중구 남창동과 용산
구 후암동 일대. 남관왕묘(南關王廟)의 이문(里門)이 있었다.
225) 도적골: 도저골, 곧 도저동(桃楮洞). 지금의 서울 중구 남대문로 5가와 용산구 동자
동에 걸쳐 있던 마을. 복숭아나무와 닥나무가 많았다.
226) 쪽다리: 염초청교(焰硝廳橋)와 청파 배다리 사이, 지금의 중구 봉래동과 용산구 서계
동 지역에 있던 다리로 추정된다. 무악재에서 발원하여 서울역·청파로를 따라 흐르
던 만초천(蔓草川)을 건너는 다리였다.
227) 청패 배다리: 청파(靑坡) 배다리[舟橋]. 역시 만초천을 건너던 다리로, 지금의 용산구
청파동과 서계동 일대에 있었다.
228) 동적이: 동재기 나루, 곧 동작진(銅雀津). 지금의 동작대교 남단에 있던 나루터.
229) 승방뜰: 승방평(僧房坪). 지금의 관악구 남현동 관음사(觀音寺) 아래에 있던 마을.
230) 남태령: 여우고개. 지금의 동작구 사당동에서 과천으로 넘어가는 사이에 있는 고개.
저본에는 "남타령"으로 되어 있다.
231) 인덕원(仁德院): 지금의 경기도 안양시 동안구 인덕원 사거리에 있던 원(院).
232) 갈뫼: 갈산(葛山). 지금의 경기도 의왕시 내손동 일대.
233) 사근평(肆覲坪): 지금의 의왕시 고천동 일대.
234) 군포내: 군포천(軍浦川). 경기도 군포시를 관통해 흐르는 하천.
235) 미럭당: 미륵당(彌勒堂). 미륵불을 보호하기 위해 만든 집. 경기도 수원시 장안구 파
장동에 있다.
236) 오봉산(五峯山): 의왕시 고천동 서쪽에 있는 산. 수원 북쪽에 있다.

고 지지대(遲遲臺)²³⁷ 올라서서 참나무정²³⁸ 얼른 지나 교구정²³⁹ 돌아들어 장안문(長安門) 들이달아 팔달문(八達門)²⁴⁰ 내달아, 상류천·하류천·즌 개골·떡전거리²⁴¹·중밋(중미中彌)·오뫼(오산)²⁴²·진위·칠원·소새²⁴³·비 트리(비토리)·천안삼거리·김제역²⁴⁴ 지나 덕평원(德坪院)·진숙원·새숫 막²⁴⁵ 번듯 지나, 공주(公州) 금강(錦江)을 횟근²⁴⁶ 지나 은진 닭다리(닥다 리)·능기울·삼례 지나, 여산·고산(高山)²⁴⁷에 전주가 여기로다.

수의어사(繡衣御史: 어사또) 철관풍채(鐵冠風采)²⁴⁸ 심산(深山)의 맹호

．．．．．．．．．．．．．．．．．．．．．．．．．．．．．．

237) 지지대(遲遲臺): 지지대고개. 경기도 의왕시와 수원시의 경계에 있는 고개.

238) 참나무정: 진목정(眞木亭)을 말한다. 수원 화성(華城)의 북문인 장안문(長安門)에서 5리 떨어진 곳, 지금의 수원시 장안구 송죽동에 있었다.

239) 교구정: 교귀정(交龜亭). '진목정'의 다른 이름. 진목정에서 신구 유수(留守)가 거북 모양의 관인(官印)을 주고받았기에 붙은 별칭. 1795년 정조(正祖)가 인공저수지인 만 석거(萬石渠)를 만들면서 영화정(迎華亭)으로 이름을 고쳤다.

240) 팔달문(八達門): 수원 화성의 남문.

241) 즌개골·떡전거리: '즌개골', 곧 진개골은 수원시 세류동의 하류천 아래 대황교동 일 대의 마을 이름으로 추정된다. '떡전거리'는 지금의 경기도 화성시 병점(餠店). 삼남대 로에 있어 행인들을 대상으로 한 떡가게가 많았다.

242) 오뫼: 저본에는 "음의"로 되어 있으나 바로잡았다.

243) 소새: 소사(素沙). 지금의 경기도 평택시 소사동 일대.

244) 김제역(金蹄驛): 저본에는 "진계역"으로 되어 있으나 바로잡았다.

245) 덕평원(德坪院)·진숙원·새숫막: '덕평원'은 지금의 천안시 광덕면 행정리에 있던 원 (院). '진숙원'은 천안의 원(院)을 가리키는 것으로 보이나 미상. '새숫막'은 새숯막을 말한다. '새술막'·'신주막'(新酒幕) 등으로도 불렸다. 지금의 천안시 두정동 일대에 있 던 마을로, 대로변에 주막이 많이 있었다.

246) 횟근: 휘끈. 갑자기 돌거나 넘어가는 모양.

247) 고산(高山): 지금의 전북 완주군 고산면.

248) 철관풍채(鐵冠風采): 암행어사가 쇠로 만든 관(冠)을 쓴 위풍당당한 모습.

(猛虎)로다. 연로(沿路)[249] 각읍 수령들이 어사 떴단 말 풍편(風便)에 얼어듣고 옛 공사(公事) 다 버리고 새 공사 닦을 적에 뇌정에 벽력이라, 관속들이 송구하여 관청빗은 가슴 치고, 이방·아전 속이 탄다. 관전(官錢: 관아의 돈)·목포(木布: 포목)·환상(還上)·전결(田結)·복수(卜數) 문서 닦을 적에 사결(四結)에 한 짐 열 뭇, 육결(六結)에는 석 짐 닷 뭇, 팔결(八結)에는 닷 짐 열 뭇, 위에 두 짐 닷 뭇, 딸아서(따라서) 수힌(쉰) 석 짐 닷 뭇이라.[250] 동창(東倉)·서창(西倉) 미전(米錢)·목포(木布) 무턱으로 내입(內入: 장부 안에 기입함)이라. 이방은 부르거니 호방은 쓰거니 한창 이리 끓을 적에 부모 불효, 형제 불화하는 놈과 탐관오리 염탐하여 이리저리 다니면서 열읍(列邑) 소문 들은 후에 노구바회(노구바위) 지나 임실을 달려드니, 이때는 춘삼월 호시절이라 만화방창하고 일난풍화(日暖風和: 날씨가 따뜻하고 바람이 온화함)하며 산천 경개 거룩하여 외향(外鄕) 물색(物色)이 또한 왕도(王都)에 승(勝)함[251]이 많더라.

어사가 마음이 어지럽고 몸이 곤비(困憊)한지라, 다리도 쉬며 경개도 구경하려 화류간(花柳間)에 앉아 사면을 살펴보니, 원산(遠山)은 중중(重重), 근산(近山)은 첩첩(疊疊), 태산(泰山)은 막막(漠漠), 기암(奇巖)

----

249) 연로(沿路): 저본에는 "열노"로 되어 있으나 바로잡았다.

250) 사결(四結)에 한~닷 뭇이라: 논밭에 부과하는 세금 장부를 대충 맞추는 모양. 땅이 비옥한 정도에 따라 토지 1결(結)의 면적을 달리하여 세금을 부과했는데, 1결은 평균 잡아 약 4천 평에 해당한다. 수확량과 부과 세금은 볏단을 세는 단위인 '줌'[把]·'뭇'[束]·'짐'[負]을 사용했다. 볏단 한 줌을 기본 단위로 삼아 열 줌이 한 뭇, 다시 열 뭇이 한 짐이 된다. '뭇'은 본래 상머슴이 양팔로 최대한 끌어안을 수 있는 양이고, '짐'은 상머슴이 최대한 등에 질 수 있는 양이다.

251) 외향(外鄕) 물색(物色)이 또한 왕도(王都)에 승(勝)함: 지방의 경치가 서울보다 나음.

은 층층(層層), 장송(長松)은 낙락(落落),²⁵² 간수(澗水)는 잔잔, 비오리 둥둥, 두견·접동은 좌우에 넘노는데, 열없는(쑥스러운) 산(山)따오기는 이 산으로 가며 따옥, 저 산으로 가며 따옥 울음 울고, 또 한편 바라보니 모양 없는 수국새(뻐꾸기)는 저 산으로 가며 수국, 이 산으로 가며 수국 울음 울고, 또 한편 바라보니 마니산 갈가마귀²⁵³ 돌도 차돌도 아무것도 못 얻어먹고 태백산 기슭으로 갈가오 갈가오 울며 가고, 또 한 곳 바라보니 층암절벽간에 홀로 우뚝 섰는 고양나무 겉으로는 비루먹고 좀 먹어 속은 아무것도 없이 아주 텡 비었는데, 부리 뾰족, 허리 질룩, 꽁지 뭇둑한 땃져구리(딱따구리) 거동 보소. 크나큰 대부동(대부등)을 한아름 들입다 흠석 안고 뚝두덕 꿉벅거리며 뚝두덕 꿉벅 구을리는²⁵⁴ 소리 그인들 아니 경(景)일쏘냐?

또 한 곳 바라보니 각색(各色) 초목 무성한데, 천두목, 지두목, 백자목, 행자목, 늘어진 장송, 부러진 고목, 넙적 떡갈나무, 산유자, 검팽, 느름(느릅나무), 박달, 능수버들 한 가지 늘어져, 한 가지 펑퍼져 휘넘늘어져 굽이층층 맺혔는데, 십리(十里) 안에 오리나무, 오리(五里) 밖에 십리나무, 마주섰다 은행나무,²⁵⁵ 님 그려 상사나무, 입 맞추어 쪽나무, 방귀 뀌어 뽕나무, 한 다리 전나무, 두 다리 들믜나무(들메나무), 하인 불

252) 원산(遠山)은 중중(重重)~장송(長松)은 낙락(落落): 「유산가」에 "원산은 첩첩 태산은 주춤 기암은 층층 장송은 낙락"이라는 구절이 보인다.

253) 마니산 갈가마귀: 저본에는 "만니산 갈가괴"로 되어 있으나 권1과 같은 구절이 반복되는바 통일했다.

254) 구을리는: 굴리는. 나무를 모나지 않게 둥글게 깎음.

255) 마주섰다 은행나무: 권1의 주 94 참조.

러 상나무,[256] 양반 불러 귀목나무,[257] 부처님 전(前) 공양나무,[258] 이런 경개 다 본 후에 또 한 모롱 지나가니 상평전(上坪田)·하평전(下坪田)[259] 농부들이 갈거니 심거니, 탁주병에 점심 고리[260] 곁에 놓고「격양가」노래하니 그 노래에 하였으되

시화세풍(時和歲豊) 태평시(太平時)에 평원광야(平原曠野) 농부네야
우리 아니 강구미복(康衢微服)으로 동요 듣던 요임금[261]의 버금인가?
얼널널 상사대
함포고복(含哺鼓腹: 실컷 먹고 배를 두드림) 우리 농부 천추만세 즐거워라
얼널널 상사대
순임금 만드신 장기(쟁기) 역산(歷山)에 밭을 갈고[262]

---

256) 하인 불러 상나무: 하인을 낮잡아 '상놈'이라 하므로 상나무를 연상했다. '상나무'는 향나무의 방언.

257) 양반 불러 귀목나무: 양반에서 귀한 나무, 곧 귀목(貴木)을 연상했다. '귀목'은 느티나무.

258) 공양나무: 고양나무, 곧 고욤나무.

259) 상평전(上坪田)·하평전(下坪田): 위아래의 논밭.

260) 점심 고리: 새참을 담은 상자. '고리'는 키버들의 가지나 대오리 따위로 엮어서 만든 상자.

261) 강구미복(康衢微服)으로 동요 듣던 요임금: 요임금이 미복(微服) 차림으로 거리에 나와 아이들의 태평성대 노래를 듣고 기뻐했다는 고사를 말한다.

262) 순임금 만드신~밭을 갈고: 순임금이 임금이 되기 전까지 역산에서 농사를 지었다는 고사가『서경』(書經)과『묵자』(墨子) 등에 전한다. '역산'의 위치는 산동성·산서성 등 여러 설이 있어 확실치 않다. 쟁기는 신농씨가 만들었다고 하는바, 순임금이 쟁기를 처음 만들었다는 것은 착오다.

신농씨 만든 따뷔(따비)[263] 천만세를 유전(遺傳)하니

그인들 농부 아니신가?

얼널널 상사대

어서 갈고 들어가서 산승[264] 같은 혀를 물고 잠을 든다

얼널널 상사대

거적자리 치켜 덮고 연적(硯滴) 같은 젖을 쥐고

얼널널 상사대

밤든 후에 한 번 올라 돌송이[265]를 빚은 후에

자식 하나 만들리라

얼널널 상사대

---

263) 신농씨 만든 따뷔: 농업의 창시자라는 신농씨가 나무로 쟁기를 만들었다는 기록이
『주역』「계사전」과 『예기』 등에 보인다. '따비'는 쟁기보다 조금 작고 보습이 좁은 농
기구.
264) 산승: 찹쌀가루를 반죽하여 얇게 밀어 모지거나 둥글게 만들어 기름에 지진 웃기떡.
265) 돌송이: 돌로 만든 송이버섯. 남근을 비유한 말.

8. 농부들

이리 한창 노닐 적에 어사가 돌통대[266]에 담배 한 대 담아들고 농부더러 하는 말이

"담뱃불 좀 붙이자니까."

모든 농부들이 어사를 보고 모두 모여 둘러앉아 웃음거리 만들 적에

"이분네, 어디 삼나?[267] 요런 맵시 구경합소. 실 팔러 다니시오? 망건 앞은 덜 떠습나?[268] 꼴멱산이(꼬락서니) 어지럽소."

"동떨어진 말[269] 뉘게다가 하노? 약계(한약방) 모롱이를 헐고 병풍 뒤에서 잠자다가 왔습나?"[270]

"이 사람들 그만두소. 보아하니 그래도 철끗칠세.[271] 당초(當初)에는

....

266) 돌통대: 흙이나 나무로 만든 담뱃대.

267) 삼나: 삽나. 사는가.

268) 덜 떠습나: 덜 떴는가. 바느질을 덜 했는가. 어사가 망건의 윗부분만 남은 헌 망건을 썼기에 하는 말.

269) 동떨어진 말: 높임말도 반말도 아닌, 갈피를 잡을 수 없는 어중간한 말씨.

270) 약계 모롱이를~잠자다가 왔습나: 미상. 상황에 맞지 않는 뜻밖의 말이나 행동을 불쑥 하는 경우를 비유적으로 이르는 말로 보인다.

271) 철끗칠세: 철끗일세. '쇠천(돈푼)이나 만지던 사람일세' 정도의 뜻. 동양문고본에는 "쇠씃닐서", 『고본 춘향전』에는 "쇠씃일세"로 되어 있다.

외입(外入)하고 선(善)이(잘) 놀던 왈자로세. 의복 꼴은 그러하나 옷걸이는 제법일세. 자시는 담뱃대 정장을 몇 번이나 만나내오?"[272]

"이 사람들 가만두소. 저런 사람 무서우니, 아닌 밤에 다니다가 충화(衝火)하기(불지르기), 남의 집에 들어가서 무슨 물건 도적하기 일쑤니라."

"이 애, 이것 구경하라. 박조가리 관자[273]로다."

옆구리를 꼭 지르며

"이 애 보소, 마다하오."

그중 한 늙은 농부가 내달아 말리는 말이

"이 사람들아, 그리 마라! 풍편에 얼른 들으니 어사 떴단 말이 있으니, 이 사람 괄시 마소. 그도 바이 맹물[274]은 아니기로 세폭자락에 동떨어진 말 하니,[275] 과히 괄시 마소."

어사가 내심에 혜오되

'사람은 늙어야 쓴단 말이 옳다!'

하고 무슨 말을 하려 할 제 또 한 놈 내달으며 하는 말이

"에라 에라, 그만두라! 모양 거룩하옵시다. 주제[276] 추레하면 양반이

----

272) 자시는 담뱃대~번이나 만나내오: 담뱃대가 얼마나 오래되었는가, 곧 상대의 나이가 얼마인가 묻는 의미로 보이나 자세한 뜻은 미상. 『고본 춘향전』에서는 '정장'을 "정장"(呈狀), 곧 소장(訴狀)으로 보아 소송을 몇 번이나 해 보았는가, 얼마나 많은 경험을 했는가의 의미로 보았다.

273) 박조가리 관자: 새박 쪼가리로 만든 관자. '새박'은 새알같이 생긴 박.

274) 맹물: 야무지지 못하고 싱거운 사람을 비유하는 말.

275) 세폭자락에 동떨어진 말하니: 양반이라고 말을 반말 비슷하게 하니. '세폭자락'은 도포 같은 세 폭으로 된 겉옷을 입고 다니는 양반이나 구실아치를 비유적으로 이르던 말.

276) 주제: 변변하지 못한 몰골이나 몸치장.

아닌가? 왜들 그리 구노? 양반 대접이 아니로세. 영종조(英宗朝)에 계시더면 인물당상(人物堂上)[277] 어디 가며, 남원 땅에 들어가면 춘향의 서방 되리로다."

모든 농부가 골을 내어 뺨을 치며 하는 말이

"백옥 같은 춘향이를 제 아무리 없다 하고 뉘게다가 비기나니? 미친 놈이로다!"

---

277) 인물당상(人物堂上): '인물이 좋아 당상관이 될 만한 사람' 정도의 뜻으로 보인다.

9. 산사의 선비들

저희끼리 다투거늘 그곳을 후리치고(팽개치고) 한 곳을 다다르니, 계석총림(溪石叢林) 유벽(幽僻)하고[278] 은근유흥(慇懃幽興: 은근하게 그윽한 흥취) 새로워라. 풍편에 종경(鍾磬: 종과 경쇠) 소리 들리거늘 찾아가니 산간 불당(佛堂)이라. 판두방[279] 들어가니 승속(僧俗) 없이[280] 거동 보소. 걸인으로 대접하여 밤을 겨우 지낼 적에 소년 선비 공부객들이 어사 보고 박장대소 온 가지로 보채거늘 어사 정색하고 이르는 말이

"상없이들(상스럽게들) 굴지 마오. 선비 도리 해연(駭然: 해괴)하오."

여러 선비 의논하되

"제가 만일 양반이면 밥자[281]이나 알 것이니, 운자(韻字) 불러 글 짓거든 우리 저를 경대(敬待)하고, 글을 만일 못 짓거든 타둔방축(打臀放逐)[282]이 마땅하다."

하고 운자를 '강'(江) 운(韻)으로 '창'(窓)·'창'(菖)·'강'(羌)·'당'(蟷)·

278) 계석총림(溪石叢林) 유벽(幽僻)하고: 계곡의 바위와 우거진 나무숲이 한적하고.
279) 판두방: 판도방(判道房). 절에서 승려들이 모여서 공부하는 가장 큰 방.
280) 승속(僧俗) 없이: 승려와 속인(俗人)의 구별 없이.
281) 밥자: 밥작(勺), 곧 '밥주걱'을 뜻하는데, 문맥상 '문자'·'글' 정도의 뜻이어야 옳다.
282) 타둔방축(打臀放逐): 볼기를 쳐서 쫓아냄.

'강'(薑) 다섯 자를 내어 주니[283] 응구첩대(應口輒對)[284] 지었으되

우연위객도만창(偶然爲客到卍窓)하니

약포춘생구절창(藥圃春生九節菖)을.[285]

첨외옥봉(簷外玉峰)은 연북극(連北極)이요

탑전금불자서강(塔前金佛自西羌)을.[286]

신여야학영수목(身如野鶴寧受鶩)하랴

심사한선불선당(心似寒蟬不羨螳)을.[287]

산당(山堂)에 종파인진반(鐘罷因進飯)하니

283) '강'(江) 운(韻)으로~내어 주니: 평성(平聲) '강'(江) 운에 속하는 다섯 글자를 운자
로 삼아 칠언율시(七言律詩)를 짓게 하니. 칠언율시는 짝수 구절의 마지막 글자와 제1
구의 마지막 글자에 압운(押韻)해야 한다. '강' 운이 한시를 짓기 까다롭게 여겼던 운
자이기에 이런 설정을 한 것으로 보이나, 다섯 글자 중 '창'(窓)만 '강' 운에 속하고, 나
머지 네 글자는 평성 '양'(陽) 운에 속해 실상은 어긋난다.

284) 응구첩대(應口輒對): 묻는 말에 바로 대답함. 여기서는 지체 없이 곧바로 시를 지었
다는 뜻.

285) 우연위객도만창(偶然爲客到卍窓)하니 약포춘생구절창(藥圃春生九節菖)을: 우연히 나
그네 되어 절간에 오니 / 봄날 약초 심은 밭에 구절창포(九節菖蒲) 났네. '구절창포'는
약재로 쓰는 석창포(石菖蒲)의 별칭. 저본에는 '우연'이 "위연"으로, '만창'이 "방창"
으로 되어 있으나 동양문고본에 따랐다.

286) 첨외옥봉(簷外玉峰)은 연북극(連北極)이요 탑전금불자서강(塔前金佛自西羌)을: 처마
밖의 아름다운 봉우리는 북극에 닿았고 / 탑 앞의 황금불은 서강(西羌)에서 왔네. '서
강'은 본래 티베트 지역의 민족을 가리키는데, 여기서는 '서역'(西域: 인도)의 뜻으로
썼다.

287) 신여야학영수목(身如野鶴寧受鶩)하랴 심사한선불선당(心似寒蟬不羨螳)을: 이 몸은
학과 같거늘 어찌 집오리를 용납하리? / 마음은 가을 매미 같아도 씽씽매미 부럽지
않네. '씽씽매미'는 여름에만 살아 가을을 알지 못한다고 한다.

등반선채촉초강(登盤鮮菜促椒薑)을.[288]

　모든 선비 글을 보고 크게 놀라 백배사례하고 흠앙경복(欽仰敬服)하여 종야(終夜)토록 문답할새, 각읍(各邑) 소문 탐지하려 선비더러 묻는 말이

　"남원 읍내 사람에게 추심(推尋)[289] 차로 송사(訟事)하려 하니 공사(公事)나 분명할지요?"

　한 선비 내달으며 말라고 하는 말이

　"남원 부사 말을 마오. 탐재어색(貪財漁色)[290] 무도하여 백성이 소를 잃고 고관(告官)하니 양척(兩隻)[291]을 불러들여 원고(原告)에게 분부하되

　'너는 소가 몇 필인다?'

　대답하되

　'황우 한 필, 암소 한 필, 다만 두 필 있삽더니, 황우 한 짝 잃었삽네다.'

　또 묻되

　'저 도적놈, 너는 소가 몇 필이니?'

　대답하되

　'소인은 적빈(赤貧)하와 한 필도 없나이다.'

．．．．．．．．．．．．．．．．．．．．．．．．．．．．．．

288) 산당(山堂)에 종파인진반(鐘罷因進飯)하니 등반선채촉초강(登盤鮮菜促椒薑)을: 산사에 종소리 그치고 밥상 나오는데 / 소반에 오른 신선한 채소는 산초와 생강 재촉하네. 산사의 담박한 밥상 앞에서 승려들이 일반적으로 멀리하는 자극적인 양념 생각이 난다는 의미.

289) 추심(推尋): 빚 따위를 찾아내서 가져옴.

290) 탐재어색(貪財漁色): 재물을 탐하고 여색을 지나치게 좋음.

291) 양척(兩隻): 원고와 피고.

'소 임자놈, 들어 보라. 너는 무슨 복력(福力)으로 두 필 탐히(탐욕스레) 두고, 저놈은 무슨 죄로 한 필도 없단 말이니? 한 필씩 나누면 사면 무탈(四面無頉)하고 송리(訟理: 판결의 이치)가 공평이라.'

하고 소 임자의 소를 앗아 도적놈을 주었으니 이런 공사 또 있으며, 백옥 같은 춘향이를 억지 겁탈하려다가 도리어 욕을 보고, 엄형중치 하옥하여 병든 지 해포[292] 만에 거월(去月: 지난달) 초생(初生)에 신사(身死)하여 이 산 너머, 저 산 너머 초빙[293]하였으니 그인들 아니 적악(積惡)인가?'

어사가 이 말 듣고 춘향이 죽은 줄을 자세히 알고 정신이 어득하고 설운 마음이 복받쳐 입시울이 비죽비죽, 눈물이 등경등경 하거늘 모든 선비 고이(괴이하게) 여겨 의논하되

"그 걸인의 형상 보니 불승비감(不勝悲感) 불금유체(不禁流涕)[294] 그 아니 괴이하냐? 저를 속여 보자."

하고 중 불러 분부하되

"패(牌) 하나를 깎아다가 아무데나 새로 초빙한 데 꽂아 놓고 멀리 서서 거동 보라."

그 패에 글을 쓰되 맹랑히도 하였고나. "본읍 기생 수절원사 춘향지묘"(本邑妓生守節冤死春香之墓)[295]라 하여 중놈 주어 보내니라.

---

292) 해포: 한 해가 조금 넘는 기간.

293) 초빙: 초빈(草殯). 장사를 속히 치르지 못할 때 임시로 한데에 관을 두고 이엉 따위로 덮어 두는 일. 여기서는 '방금 묘를 써서 매장함', '새로 쓴 무덤' 정도의 뜻으로 썼다.

294) 불승비감(不勝悲感) 불금유체(不禁流涕): 슬픔을 이기지 못하고 눈물을 금하지 못함.

295) 본읍 기생 수절원사 춘향지묘(本邑妓生守節冤死春香之墓): 본읍 기생으로 수절하다

어사가 천만몽매(千萬夢寐) 밖에 춘향 흉음(凶音) 듣고 남 웃을 줄 전혀 잊고 춘향 초빙 찾아가니 모골이 송연하고 정신이 황망하다. 급급히 걸어 한 고개를 넘어가니 새로 한 무덤이 있고 패를 꽂았거늘, 부지불각(不知不覺)에 달아들어 무덤을 두드리며 방성대곡(放聲大哭)하는 말이

"애고, 춘향아! 이것이 웬일이니? 우리 둘이 백년기약 맺었더니, 이제는 허사로다! 발섭천리(跋涉千里)[296] 내 오기는 너만 보려 하였더니, 죽단 말이 웬일이니? 공산야월(空山夜月) 적막한 데 누웠느냐, 잠자느냐? 내가 여기 왔건마는 모르는 듯 누웠고나!

안홍고이총청(雁鴻高而塚青)하니
새월감어여대(塞月減於旅臺)로다.
산초야화연년개(山草野花年年開)나
향혼옥골귀불귀(香魂玉骨歸不歸)라.[297]

애고애고, 설운지고!"
두 주먹귀(주먹) 쥐어다가 무덤을 쾅쾅 두드리며
"춘향아, 춘향아! 날 데려 있거라! 얼굴이나 잠깐 보자. 성음(聲音)이

원통하게 죽은 춘향의 묘.

296) 발섭천리(跋涉千里): 산 넘고 물 건너 천릿길을 감.

297) 안홍고이총청(雁鴻高而塚青)하니~향혼옥골귀불귀(香魂玉骨歸不歸)라: 기러기 높이 날고 무덤 푸른데 / 변방의 달이 여대(旅臺: 길가 누각)에 지네. / 산과 들의 화초는 해마다 피건만 / 아름다운 사람은 떠나 돌아오지 않네. '향혼'(香魂)은 미인의 혼. '옥골'(玉骨)은 미인의 자태. 저본에는 '새월'이 "색월"로 되어 있다. '여대'(旅臺)가 동양문고본과 『고본 춘향전』에는 "장ᄃᆡ"(將臺)로 되어 있다.

나 들어 보세. 너를 어디 가 다시 보리? 애고, 이를 어찌할꼬? 차마 설워 못 살겠다!"

애연히 슬피 우니 수운(水雲)이 참담하고 일월이 무광(無光)이라. 초목이 슬퍼하고 금수도 울음 운다. 한창 이리 슬피 울 제 건넌 마을 강좌수(姜座首)가 이 형상을 바라보고 마음에 놀랍고 괴이하여 급히 들어가 마누라더러 하는 말이

"우리 아기 살았을 제 미성인(未成姻: 아직 혼인하지 않은) 처자거든 어떤 걸객(乞客) 놈이 백년기약이 허사라고 두드리며 울음 우니 요런 변이 또 있는가? 이놈 고두쇠야! 몽치(짤막한 몽둥이) 차고 건너가서 아기씨 무덤에 우는 놈 난장결치(亂杖決治)[298]하라!"

고두쇠가 건너가서 질욕(叱辱: 꾸짖으며 욕함)하고 달려드니, 어사가 착급하여 혼이 떠서 삼십육계 중 줄행랑이 으뜸이라 천방지방(天方地方: 허둥지둥) 저사도주(抵死逃走: 죽을힘을 다해 도망침)하니, 이 또한 장관일러라.

---

298) 난장결치(亂杖決治): 마구 매를 쳐서 때려 결딴냄. 저본에는 '난장'이 "난정"으로 되어 있으나 바로잡았다. 이하 같다.

10. 십시일반

　멀리 달아나 한 곳에 다다르니 기암층층 절벽간에 폭포청파 떨어지고, 계변(溪邊) 좌우 반석상(盤石上)에 제명각석(題名刻石)[299] 무수하다. 땀 들여[300] 세수하고 또 한 곳 다다르니 단발초동(短髮樵童)[301] 목동들이 쇠스랑에 호미 들고 「산유화」(山有花)[302] 소리하며 올라올 제

　　어떤 사람 팔자 좋아 호의호식 염려 없고
　　또 어떤 사람 팔자 기박하여 일신이 난처하고[303]
　　아마도 빈한고락(貧寒苦樂)을 돌려볼까?

　또 한 아이 소리하되

---

299) 제명각석(題名刻石): 바위에 이름을 새겨 쓴 것. 저본에는 '각석'이 "긱석"으로 되어 있다.

300) 땀 들여: 땀을 없애. 잠시 휴식하여.

301) 단발초동(短髮樵童): 짧은 머리의 나무꾼 아이. 저본에는 '단발'이 "담발"로 되어 있으나 바로잡았다.

302) 「산유화」(山有花): 「산유화가」(山有花歌). 농부가의 하나.

303) 난처하고: 저본에는 '난'이 "단"으로 되어 있으나 바로잡았다.

이 마을 총각 저 마을 처녀

남가여혼(男嫁女婚) 제법일다.

공번된(공변된) 하늘 아래

세상일이 경오도지다.³⁰⁴

어사가 서서 듣고 혼잣말로

"조 아이 녀석은 의붓어미에게 밥 얻어먹는 놈이요, 조 아이 녀석은 장가 못 들어 애쓰는 놈이로다."

하고 또 한 곳 다다르니 농부들이 가래질 부침하고³⁰⁵ 선소리³⁰⁶한다. 그 노래에 하였으되

천황씨가 나신 후에 인황씨도 나시도다

얼널 얼널 상사대

수인씨 나신 후에 교인화식(敎人火食) 하시도다

얼널 얼널 상사대

하우씨 나신 후에 착산통도(鑿山通道) 하단 말가

얼널 얼널 상사대

신농씨 나신 후에 상백초(嘗白草)를 하단 말가

얼널 얼널 상사대

·····································

304) 경오도지다: 경오가 있도다. 사리에 맞도다. '경오'는 경위(涇渭)에서 온 말로, 사리의 옳고 그름에 대한 분별을 뜻한다.

305) 가래질 부침하고: 가래로 밭을 갈고. '부침'은 논밭을 갈아서 농사를 짓는 일.

306) 선소리: 서로 주고받으며 부르는 잡가. 권3의 주 481 참조.

은왕(殷王) 성탕(聖湯) 나신 후에 대한(大旱) 7년 만났으니

전조단발(剪爪斷髮)하온 후에 상림(桑林) 들에 기우(祈雨)한다[307]

얼널 얼널 상사대

시화세풍(時和世豊)[308] 태평시(太平時)에 평원광야(平原廣野) 농부들아

승평연월(昇平煙月)[309] 이 세계가[310] 오왕성덕(吾王聖德) 아니신가

얼널 얼널 상사대

갈천씨 적 백성인가 우리 아니 순민(順民: 순박한 백성)인가

함포고복 우리 농부 천추만세 즐거왜라

얼널 얼널 상사대

순임금이 만든 장기(쟁기) 역산에서 밭을 갈고

신농씨 만든 따뷔(따비) 천만 세를 유전한다

얼널 얼널 상사대

---

307) 은왕(殷王) 성탕(聖湯)~들에 기우(祈雨)한다: '은왕 성탕'은 상나라 탕왕을 말한다. '전조단발'은 제사를 지내거나 기원을 올리기 전에 근신하는 뜻으로 손톱을 깎고 머리털을 자르는 일. '상림'은 지금의 하남성 상구시(商丘市)에 속한 지명으로, 탕왕이 기우제를 지냈다는 곳. 탕왕 즉위 후 7년 동안 가뭄이 들자 신하가 점을 쳐서 사람을 희생으로 바쳐야 한다고 하니, 탕왕이 손톱을 깎고 머리카락을 자른 뒤 자신을 희생으로 삼아 상림에서 기우제를 지내자 큰비가 내렸다는 고사가 전한다.

308) 시화세풍(時和世豊): 이하의 노랫말은 가사 「농부가」의 일부 구절과 비슷하다. 해당 대목을 보이면 다음과 같다. "시화세풍 태평시에 평원광야 농부들아 / (…) 함포고복 우리 농부 천추만세 즐기리라 / 승평연월 이 세계가 오왕성덕 아니신가 / 어화 우리 농부들아 사월 남풍 보리타작 / 구시월에 물벼 타작 어서 속히 하여 보세 / 오곡백곡 하여 내여 상감님께 공(供)을 하고 / 남은 곡식 있거들랑 부모공양 하여 봅세 / 봉양하고 남거들랑 처자권속 먹여 봅세 / 남은 곡식 있거들랑 일가친척 구제하세 / 어화 우리 농부들아 농사하고 들어가서 / 햇곡식에 배 불리고 기직 장사나 달래 봅세."

309) 승평연월(昇平煙月): 태평한 세월.

310) 세계가: 저본에는 '계'가 "겐"으로 되어 있으나 바로잡았다.

남양(南陽) 융중(隆中) 제갈선생 불구문달(不求聞達) 하올 적에

「양보음」(梁甫吟)을 읊은 후에 궁경산전(躬耕山田) 하였고나[311]

얼널 얼널 상사대

시상오류(柴桑五柳) 도처사(陶處士)도 청운환로(靑雲宦路: 벼슬길) 마다하고

오두미를 벽소하여[312] 전원장무(田園將蕪: 황폐해지는 전원) 갈아 있다[313]

얼널 얼널 상사대

어와 우리 농부들아 사월 남풍 보리타작

구십월 볏가리를 우걱지걱 지어 봅세

얼널 얼널 상사대

오곡백곡(五穀百穀) 하여 내어 우리 임금께 공(供)을 하고

남은 곡식 있거들랑 부모 봉양 하여 봅세

---

311) 남양(南陽) 융중(隆中)~궁경산전(躬耕山田) 하였고나: 남양 융중 땅에 살던 제갈공명이 공명을 구하지 않던 시절에 「양보음」을 읊은 뒤 몸소 산중의 밭을 갈았구나. '융중'은 남양군에 속한 지명으로, 지금의 호북성 양양시이다. 제갈공명이 서주(徐州: 지금의 강소성 서주시)에서 이곳으로 이주해 와 농사지으며 공부했다. 제갈공명이 지은 시 「양보음」은 춘추시대 제나라의 재상 안영(晏嬰)이 군주의 큰 신임을 얻고 있던 세 명의 용사를 죽음에 이르게 한 고사를 노래했다. 안영은 세 용사가 오히려 나라의 기강을 잡는 데 걸림돌이 된다고 생각하고 군주로 하여금 최고의 용사 두 사람에게만 복숭아를 내리게 했는데, 절친한 사이였던 세 용사는 이 때문에 다투게 되어 결국 셋이 모두 자살하고 말았다.

312) 벽소하여: '물리쳐' 정도의 뜻으로 보인다.

313) 시상오류(柴桑五柳)~갈아 있다: '시상오류 도처사'는 도연명. '전원장무'는 도연명의 「귀거래사」(歸去來辭)에 나오는 말로, 해당 구절은 다음과 같다. "돌아가자! 전원이 장차 황폐해지려 하니 어찌 돌아가지 않으리?"(歸去來兮! 田園將蕪, 胡不歸?) 그밖의 내용은 권2의 주 19와 주 36 참조.

얼널 얼널 상사대

봉양하고 남거들랑 처자권속(한 가족) 먹여 봅세

얼널 얼널 상사대

남은 곡식 있거들랑 일가친척 구제합세

얼널 얼널 상사대

어와 우리 농부들아 농사하고 들어가서

햇곡식에 배 불리고 기즉 장사나 달래 봅세[314]

산승 같은 혀를 물고 연적 같은 젖을 쥐고

굽닐굽닐[315] 굽닐러서 돌송이나 거취(去就)합세[316]

얼널 얼널 상사대

우리 농부 들어보소 불쌍하고 가련하다

남원 춘향이는 비명원사(非命冤死) 하단 말가

무거불측(無據不測: 말할 수 없이 흉측함) 이도령은 영절(永絶) 소식

없단 말가

얼널 얼널 상사대

이런 소리 다 들으니 무슨 핑계로 말 물으리오? 별안간 딴전으로 하
는 말이

"저 농부, 여보시오! 검은 소로 논을 가니 컴컴하지 아니한지?"

---

314) 기즉 장사나 달래 봅세: 미상. 이어지는 문맥상 아내와 잠자리를 함께한다는 의미로
보인다.

315) 굽닐굽닐: 굽닐굽닐. 몸을 굽혔다 일으켰다 하는 모양. 여기서는 성교의 모습.

316) 돌송이나 거취(去就)합세: '돌송이'는 남근을 비유한 말. '거취'는 물러감과 나아감
을 뜻하는데, 여기서는 성교의 모습.

농부 대답하되

"그렇기에 볏 달았지요."[317]

"볏 달았으면 응당 더우려니?"

"덥기에 성엣장[318] 달았지요."

"성엣장 달았으면 응당 차지?"

"차기에 소에게 양지머리[319] 있지요."

이렇듯 수작할 제 한 농부 내달으며

"우스운 자식 다 보겠다! 얻어먹는 비렁뱅이 녀석이 반말지거리가 웬일인고? 저런 녀석은 근중(斤重: 무게)을 알게 혀를 슴베째 빠힐까 보다."[320]

한 농부가 내달아

"아서라, 이 애, 그 말 마라! 그분을 솜솜 뜯어보니 주제는 비록 허술하나 손길이 보희니(보얗게 희니) 양반일시 적실하다. 세폭자락에 하 맹물은 아니로다."

한 농부 하는 말이

....

317) 볏 달았지요: '볏'은 보습 위에 비스듬하게 덧댄 쇳조각. 보습으로 갈아 넘기는 흙을 받아 한쪽으로 떨어지게 한다. 또한 '볏'은 '볕'의 방언이기도 하다. '볏'과 '볕'(볃)의 발음이 같은 것을 이용한 언어유희로, 어둡기에 밝으라고 소가 끄는 쟁기에 '볏'(볕)을 달았다고 했다.

318) 성엣장: 성에, 곧 물 위에 떠내려가는 얼음덩이. 또한 '성에'는 쟁기의 윗머리에서 앞으로 길게 뻗은 나무를 뜻하는 말이다. '성에'에 두 가지 뜻이 있는 것을 이용한 언어유희로, 더워서 쟁기에 '성에'를 달았다고 했다.

319) 양지머리: 소의 가슴에 붙은 뼈와 살. '양지머리'의 '양지'를 '양지'(陽地)로 풀어 춥기에 소에게 볕이 바로 드는 '양지'가 있다고 했다.

320) 슴베째 빠힐까 보다: 뿌리째 뽑을까 보다. '슴베'는 칼·호미 따위의 자루 속에 들어박히는 뾰족하고 긴 부분.

"영감, 너모 아는 체 마오. 손길이 희면 다 양반인 게요? 나는 그놈을 뜯어보니 거어지(거지) 중 상거어지(상거지)요, 손길을 보니 움 속에서 송곳질만 하던 갖바치 아들놈321이 분명하오."

늙은 농부가 묻는 말이

"어디서 살며, 어디로 가시오?"

어사가 대답하되

"서울서 살더니 능광주(綾光州)322 땅에 권당(眷黨: 친척) 찾으러 가다가 마침 회량(回糧)323이 없고 공교히 점심 때니 요기나 할까 하고 앉았지."

여러 농부가 공론하고 열이 한 술 밥으로 한 그릇을 두둑이 주니, 어사가 포식한 후 치하하고

"다시 보자니까."

---

321) 움 속에서 송곳질만 하던 갖바치 아들놈: '움', 곧 움집은 땅을 파고 벽체 없이 지붕만 씌운 집을 말한다. 18세기 서울 곳곳의 움집에 갖바치들이 살았다는 기록이 유득공의 『고운당필기』(古芸堂筆記), 유만주(兪晚柱)의 『흠영』(欽英) 등에 보인다. 움집에 살면 햇볕을 적게 쬐어 피부가 희기에 어사의 흰 손을 보고 갖바치라고 했다. 저본에는 '갖바치'가 "갓밧치"로 되어 있다.

322) 능광주(綾光州): 능주(綾州)와 광주. '능주'는 전남 화순의 옛 지명.

323) 회량(回糧): 목적지에 갔다가 돌아올 여비.

11. 옥중편지

하직하고 한 곳을 다다르니 길가에 주막 짓고 한 영감이 앉아서 막걸리 팔며 청올치[324] 꼬며 「반나마」[325] 부르니 하였으되

반나마 늙었으니 다시 젊든 못하여도

이후나 늙지 말고 매양 이만이나 하였고저

백발이 제 짐작하여 더디 늙게.[326]

어사가 주머니 떨어 돈 한 푼 내어주고

"술 한 잔 내라니까."

영감이 어사의 꼴을 보고

"돈 먼저 내시오."

쥐었던 돈 내어주고 한 푼어치 졸라 받아먹고 입 씻고 하는 말이

324) 청올치: 칡덩굴의 속껍질. 꼬아서 노끈을 만든다.

325) 「반나마」: 이명한의 시조.

326) 늙게: 이명한의 시조에는 본래 이 뒤에 "하여라"가 더 있으나, 시조창에서는 종장의 마지막 한 구절을 부르지 않는바 인용에서 생략한 것이다. 이하의 시조창 모두 동일한 방식의 생략이 있다.

"영감도 한 잔 먹으라니까."

영감이 대답하되

"아스시오,[327] 그만두오. 지나가는 행인에게 무슨 돈이 넉넉하여 나를 술 먹이려시오?"

어사가 대답하되

"내가 무슨 돈이 있어 남을 술 먹일까? 영감 술이니 출출한데 한 잔이나 먹으란 말이지."

영감이 골을 내어 하는 말이

"내가 술을 먹든지 마든지 이녁[328] 어떤 사람이완대 먹어라 말아라, 총집(總執: 모든 일을 관할함)함노?"

어사가 이르는 말이

"긔야(그야) 정 먹기 싫거든 그만둘 것이지 남과 싸우려 말라니까. 그러나 그 말은 다 실없는 말이어니와, 서울서 들으니 남원 기생 춘향이가 창기(娼妓) 중 정절이 있어 기특다 하더니, 이곳에 와 들으니 서방질이 동관삼월(東觀三月)[329]이요 본관 수청 들어 주야 농창(농탕)한다 하니 그

<hr>

327) 아스시오: 하지 마오. '아서라'와 같은 금지의 의미.

328) 이녁: 듣는 이를 조금 낮추어 이르는 이인칭 대명사.

329) 동관삼월(東觀三月): 차림새가 더럽고 지저분한 사람을 가리키는 말. 여기서는 품행이 방정하지 못함을 뜻하는 말로 썼다.『송남잡지』(松南雜識) 방언류(方言類)「동관삼월」항목에, 후한 남궁(南宮)에 있는 궁중 서고(書庫)인 동관(東觀)에 삼월이라는 이름의 궁녀가 있었는데 얼굴도 씻지 않고 옷도 남루해서 조롱당했다는 이야기가 전한다는 기록이 보인다. 한편 북한『조선말대사전』(사회과학출판사, 2017)에서는 '동관 삼월이'를 표제어로 삼아 "옷차림이 어지러운 여자를 두고 비겨 이르는 말"로 정의하고, "옛날에 한성 동관대궐에 삼월이라는 궁녀가 있었는데 세면도 잘 안하고 옷차림이 남루하였다고 한 데서 생겨난 말"이라고 했다. 여기서 '동관대궐'은 창덕궁을 가리킨다.

럴시 분명한지?"

이 영감의 성품은 헌릉(獻陵) 장작[330]이라, 이 말 듣고 훌적 뛰어 일어서서 상투 끝까지 골을 내어 두 눈을 부릅뜨고 두 팔을 뽐내면서 넛이 올라 하는 말이

"뉘라서 이런 말을 하옵던가? 백옥 같은 춘향이를 이런 더러운 말로 모함하는 놈을 만나면 그놈의 다리를 무김치 썰듯 무뚝무뚝 자를 것을. 통분하고 절통하외! 이녁도 다시 그런 말을 하면 누더기를 평생 못 벗어 보고 비렁뱅이로 늙어 죽을 것이니, 그런 앙급자손(殃及子孫: 재앙이 자손에게 미침)할 소리는 다시 옮기지도 마옵소."

어사가 대답하되

"영감은 악담 말고 이야기나 자세히 하라니까. 춘향의 얼굴이 일월 같은지, 행실이 백옥 같은지 알 수가 있나? 영감은 따라다니며 보았능가?"

골낸 영감 하는 말이

"전등(前等) 사또[331] 자제 이도령인지 하는 아이 녀석이 춘향이를 작첩(作妾)하여 백년기약 맹세하고 올라갈 제 후일 기약 금석같이 하였더니 한 번 떠난 후 삼 년에 소식이 돈절(頓絶)하고, 신관 사또 호색하여 춘향의 향명(香名) 듣고 성화같이 불러들여 수청으로 작정하니, 춘향의 빙옥(氷玉) 절개 한사(限死)하고 불청(不聽)하니 신관 사또 골을 내어 한사

---

330) 헌릉(獻陵) 장작: '불같은 성격'을 뜻하는 말로 보인다. '헌릉'은 조선 태종(太宗)의 능. 태종이 가뭄이 계속되자 궁궐 뒤뜰에 장작을 쌓고 자신을 희생으로 삼아 기우제를 지냈는데 장작에 불을 붙여 불길이 치솟자 때마침 큰비가 내렸다는 설화가 전한다. 태종이 세상을 뜬 음력 5월 10일에도 가뭄 속에 비가 내렸다고 해서 해마다 그날 내리는 비를 태종우(太宗雨)라 한다.
331) 전등(前等) 사또: 전임 사또. '전등'은 이전 지방관이 다스리던 때.

(限死) 중장(重杖)한 연후에 항쇄·족쇄[332] 엄수(嚴囚)한 지 올조차(올해로) 삼 년이라. 때때 올려 중치(重治)하며 지만(遲晚)하라 분부하되, 그런 고초 겪으면서 유리 같은 맑은 마음 추호 불변하였으니, 자고로 창기지절(娼妓之節)이 이렇단 말 들었삽나? 이런 열녀 첩을 외방(外方: 먼 지방)에다가 버려두고 삼 년이 되도록 편지 일장 아니하고 소식조차 돈절하니, 그 아이 녀석이 신사년(辛巳年) 팔월통에 떨어졌으면[333] 모르거니와, 살아 있고는 이런 맵고 독하고 모질고 단단한 무정맹랑(無情孟浪)한 제 할미를 붙을 아이 년석(녀석)이 어디 있겠삽나? 이제는 하릴없이 옥중에서 죽게 되어 우리 아들 복실이가 돈 닷 냥 삯을 받고 급주(急走)[334] 편지하려 하고 그 편지가 여기 있으니, 거짓말인가 편지를 보옵소."

어사가 이 말 듣고 생각하되

'욕먹어도 할 말 없다. 대저 살기는 그저 살았는가?'

"그 도령더러 욕일랑은 과히 마자(말자). 나와 바이 남 아닌 사이라니까."

하고 편지 받아 보니, 피봉(皮封)에 "삼청동 이승지 댁 도련님 시하인(侍下人) 개탁(開坼)이라.[335] 남원 춘향은 상서(上書)라" 하였거늘, 떼어

332) 항쇄·족쇄: 저본에는 "항시족서"로 되어 있으나 이하 모두 표기를 통일했다.

333) 신사년(辛巳年) 팔월통에 떨어졌으면: 신사년 8월에 전염병으로 죽었으면. 신사년인 1821년(순조 21) 8월 평안도에서 시작된 콜레라가 조선 전역으로 확산되면서 사망자가 100만 명으로 추산될 정도로 큰 인명 피해가 있었다. 「변강쇠가」에 "신사년 괴질통에 험악하게 죽은 송장"이라는 구절이 보인다.

334) 급주(急走): 급히 달려. 본래 각 역에 속하여 걸어서 심부름을 하던 역노를 뜻하는 말.

335) 시하인(侍下人) 개탁(開坼)이라: '주인을 모시는 사람이 봉한 편지를 뜯어보라'는 편지 겉봉의 상투구. 윗사람을 직접 가리키는 무례를 범하지 않고자 '시하인'에게 보내

보니 하였으되

별후광음(別後光陰: 이별 후의 세월)이 우금삼재(于今三載: 지금까지 3년)에 척서어안(尺書魚雁)[336]이 돈절하니, 약수 삼천리에 청조가 끊겼으며, 북해 만리에 홍안(鴻雁)이 없음이라. 천애창망(天涯滄茫: 하늘 끝이 아득함)하니 망안(望眼)이 욕천(欲穿)이요,[337] 운산(雲山)이 격절(隔絶)하니 심담(心膽)이 구렬(俱裂)이라. 이화(梨花)에 두견이 울고 오동에 밤비 올 제 적막히 혼자 앉아 상사일념이 지황천뢰(地簧天籟)라도 차한(此恨)을 난설(難說)이라.[338] 무심한 호접몽(胡蝶夢)은 천리에 오락가락 정불자억(情不自抑)이요 비불자승(悲不自勝)이라.[339] 한숨과 눈물로 화조월석(花朝月夕)을 보내더니, 우환 중 생각 밖 신관의 수청 분부가 상설(霜雪: 깨끗하고 올곧은 마음)을 능멸하니, 뇌정과 벼락이 신상(身上)에 내리오며 편신(遍身: 온몸)이 분쇄(粉碎)하고 심장이 사라지는지라.

이렇듯 괴로움을 지내나 일루잔천(一縷殘喘)[340]을 지금까지 부지함은

는 형식을 취했다.

336) 척서어안(尺書魚雁): '척서'는 길이가 한 자 정도 되는 종이에 쓸 정도의 짧은 편지. '어안'은 물고기와 기러기를 뜻하는데, 잉어와 기러기가 편지를 전한 고사에서 유래하여 편지를 뜻한다.

337) 망안(望眼)이 욕천(欲穿)이요: 바라보는 눈이 뚫어지려 하고.

338) 지황천뢰(地簧天籟)라도 차한(此恨)을 난설(難說)이라: 하늘과 땅의 어떤 소리로도 이 한을 말하기 어렵다. '지황'은 땅의 소리, '천뢰'는 하늘의 소리.

339) 정불자억(情不自抑)이요 비불자승(悲不自勝)이라: 정을 억누를 수 없고 슬픔을 이길 수 없다.

340) 일루잔천(一縷殘喘): 한 오리의 실만 남은 듯 끊어지지 않고 겨우 붙어 있는 목숨.

생면으로 한 번 만나 평생 설운 회포를 다하온 후에 즉각에 스러져 세상을 이별코자 사라져 가는 정신을 수습하여 혈서를 아뢰오니, 바라건대 행여나 감동하사 미사지전(未死之前: 죽기 전)에 한 번 보아 파경(破鏡)이 재합(再合)할까. 미견낭군(未見郎君: 낭군을 보지 못함)에 일명(一命)이 진(盡)하오면 천고(千古)의 원혼 되어 망망한 구름 밖에 슬퍼 울며 한양까지 올라가서 낭군의 자취를 따르리니, 낭군은 옛 정리를 생각하사 한 번 만나기를 서서 기다리나이다.

다소(多少) 설화(說話)는 창해를 기울이나 일필난기(一筆難記: 붓 한 번 휘둘러 다 쓰기 어려움)요 함비흉격(含悲胸膈: 슬픔을 머금은 가슴)에 혼백이 비월(飛越)하고, 붓을 잡아 글을 이루매 눈물이 앞을 가리오는지라, 말을 이루지 못하매 대강을 기록하나이다.

모년 모월 모일에 남원 춘향은 상서하노라.

하였더라. 어사가 보기를 마치매 일희일비하여 총총(恩恩)히 인사하고 하는 말이

"그 도령은 나의 사촌동생이니 이 편지를 착실히 전하여 줄 것이니 염려 말고, 서울 가야 보지 못할 것이니 헛걸음 말고, 수일 후 제게 가서 착실히 전하였다 하라니까."

영감이 천만당부하되

"나중 말 아니 되게 잘 전하여 주옵소."

어사가 대답하고 돌아서서 심신(心神)이 황홀하다. 죽은 줄로 알았더니 산 편지를 보았구나! 제 형상이 오죽하리?

12. 사또의 악정

허둥지둥 바삐 걸어 또 한 곳을 다다르니, 풍헌(風憲)·약정(約正)[341]·
면임(面任)[342]들이 답인(踏印) 수결(手決) 발기(發記)[343] 들고 민간 수렴
(收斂) 하는고나. 이달 이십칠일이 본관 원님 생일이라, 대중소호(大中
小戶) 분등(分等: 등급을 나눔)하여 돈과 쌀을 회계(會計)하니, 민원(民
怨)이 철천(徹天: 하늘에 사무침)하여 집집이 울음 일다(일어난다). 노변
(路邊)에 상인(喪人) 하나 울고 가며 하는 말이

"이런 관장(官長) 보았는가? 살인 소지(所志) 정소(呈訴)하니[344] 원님
이 제사(題辭)하되 '수소(數少)한 민호(民戶) 중에 하나 죽고도 어렵거

....

341) 약정(約正): 조선시대 향약 조직의 임원. 지역에 따라 풍헌(風憲) 다음의 부헌(副憲)
    역할을 하기도 했고, 풍헌과 동등한 지위에서 행정 업무를 담당하는 풍헌과 구별하
    여 풍속 교화의 업무를 전담하기도 했다. 저본에는 "약장"으로 되어 있으나 이하 모두
    '약정'으로 통일했다.
342) 면임(面任): 조선시대 지방의 면에서 권농(勸農), 호구 파악, 군역 부과 등의 업무를
    관장하던 관직.
343) 답인(踏印) 수결(手決) 발기(發記): 관인(官印)을 찍고 자필 서명한 물품 목록 문서.
    '발기'는 물품의 목록과 수량을 기록한 문서. 여기서는 '가구 당 걷을 물품을 적은 문
    서' 정도의 뜻.
344) 살인 소지(所志) 정소(呈訴)하니: 살인범을 처벌해 달라는 소지를 관아에 바쳤더니.

든, 또 하나를 대살(代殺)[345]하면 두 백성을 잃는고나. 바삐 몰아 내치여라!' 하니 이런 공사(公事) 보았는가?"

이런 말도 얻어듣고, 또 한 곳 다다르니 초부(樵夫: 나무꾼) 하나 시절가(時節歌: 시조창) 하되

불쌍코 가련하다 인들 아니 불쌍한가
크나큰 옥방(獄房) 안에 꽃이 이울고 향이 사라지네
일거에 무소식하니 애끊는 듯.

---

345) 대살(代殺): 살인범을 사형에 처함.

13. 다시 찾은 춘향 집

어사가 듣고 감루(感淚)를 머금고 두루 돌아 남원 지경 들어서서 천천히 완보(緩步)하여 박석재[346]를 올라서서 좌우 산천 둘러보니, 반갑도다, 반갑도다! 산도 예 보던 산이요, 물도 옛 보던 물이라. 위성조우(渭城朝雨)[347] 맑은 물은 나 마시던 창파(滄波)요, 녹수진경(綠樹秦京)[348] 너른 뜰은 님 다니던 길이로다. 객사청청유색신(客舍靑靑柳色新)[349]은 나귀 매던 버들이요, 푸른 버들 두 사이는 백포장막(白布帳幕) 쳤던 데라. 동문 밖에 선원사(禪院寺)[350]는 야반종성(夜半鐘聲)[351] 반갑도다. 광한루야, 잘

---

346) 박석재: 박석치(薄石峙). 남원 사매면에 있는 고개. 고갯마루에 얇고 넓적한 돌을 깔아놓았던 데서 유래하는 이름.

347) 위성조우(渭城朝雨): 위성(함양)의 아침 비. 권1의 주 191 참조.

348) 녹수진경(綠樹秦京): 진나라 서울에 푸른 나무. 당나라 송지문의 시「아침 일찍 소주를 떠나며」(早發韶州)에 나오는 구절. '진나라 서울'은 함양.

349) 객사청청유색신(客舍靑靑柳色新): 객사에 푸르디 푸른 청신한 버들빛. 권1의 주 191 참조.

350) 선원사(禪院寺): 남원 만행산(萬行山)에 있는 절. 신라 헌강왕(憲康王) 때의 고승 도선(道詵)이 창건했다. 저본에는 "헌원사"로 되어 있으나 바로잡았다.

351) 야반종성(夜半鐘聲): 한밤중의 종소리. 당나라 장계(張繼)의 시「한밤 풍교(楓橋)에 배를 대다」(楓橋夜泊)에 "고소성 밖 한산사 / 한밤중 종소리가 나그네 배에 이르네"(姑蘇城外寒山寺, 夜半鐘聲到客船)라는 구절이 보인다.

있더냐? 오작교야, 무사터냐?

　좌편은 교룡산성(蛟龍山城),[352] 우편은 영주고개,[353] 춘향 고택 찾아갈 제 반갑고도 새로워라. 산천 경개 예와 같고, 녹음방초 예와 같고, 안전물색(眼前物色: 눈앞의 경치) 반갑도다, 반갑도다, 님의 얼굴 반갑도다! 창해의 풍범(風帆: 돛단배)이요, 일모창산(日暮蒼山)[354]에 석경귀승(石徑歸僧)[355]이라. 비류직하삼천척(飛流直下三千尺)[356]의 폭포수 내려가듯, 막막수전비백로(漠漠水田飛白鷺)의 경각과극(頃刻過隙) 내려가듯,[357] 심망의촉(心忙意促) 춘향 문전 다다르니 옛 형상이 전혀 없다.

....

352) 교룡산성(蛟龍山城): 남원 산곡동 교룡산에 있는 성. '남원산성'(南原山城)이라고도 부른다.

353) 영주고개: 정확한 위치는 미상. 『고본 춘향전』에는 "영쥬(瀛洲) 고개"로 되어 있다.

354) 일모창산(日暮蒼山): 해 저문 푸른 산. 당나라 유장경의 시 「눈을 만나 부용산 주인집에 묵다」(逢雪宿芙蓉山主人)에서 따온 구절.

355) 석경귀승(石徑歸僧): 돌길로 돌아가는 승려. 송나라 소철(蘇轍)의 시 「자첨(子瞻: 소동파)의 〈망해루에 올라〉 절구 다섯 편에 차운하여 짓다」(次韻子瞻登望海樓五絶)에 "돌길로 돌아가는 승려가 흰 뱀을 밟네"(石徑歸僧踏白蛇), 이유원(李裕元, 1814~1888)의 『임하필기』(林下筆記)에 실린 시 「향악부」(鄕樂府)에 "산 그림자 밖 돌길에는 승려 돌아가고"(石逕歸僧山影外)라는 구절이 보인다.

356) 비류직하삼천척(飛流直下三千尺): 날아서 곧장 떨어지는 물줄기 삼천 척. 이백의 시 「여산폭포를 바라보며」(望廬山瀑布)에 나오는 구절.

357) 막막수전비백로(漠漠水田飛白鷺)의 경각과극(頃刻過隙) 내려가듯: 아득히 넓은 논 위로 날아가는 백로가 눈 깜짝할 사이에 지나 내려가듯. '막막수전비백로'는 왕유의 시 「장마 중에 망천장(輞川莊)에서 짓다」(積雨輞川莊作)에서 따온 구절. '망천장'은 왕유가 섬서성 종남산(終南山)에 은거하던 시절의 집. '과극', 곧 '백구과극'(白駒過隙)은 흰 망아지가 빨리 달리는 것을 문틈으로 본다는 뜻이다. 『장자』 「지북유」(知北遊)에서 유래하여 본래 세월이 덧없이 짧음을 이르는 말인데, 여기서는 빠르다는 뜻으로 썼다. 저본에는 '경각'이 "경긱"으로 되어 있다.

행랑채 이그러지고, 안채는 쓸리이고, 면회(面灰)[358]한 앞뒤 담도 간간이 무너지고, 창전(窓前)에 누운 개는 기운 없이 조으다가(졸다가) 구면객(舊面客)을 몰라보고 컹컹 짖고 내닫는다. 황섬(황폐한 섬돌)의 푸른 풀은 옛 자취가 희미하고, 창외에 옛 경개는 녹죽창송뿐이로다. 대문짝도 간데없고, 중문간도 흔허지고(허물어지고), 앞뒤 벽은 자빠지고, 서까래는 고의 벗고,[359] 방안에는 하늘 뵈고, 마당에는 꼴을 뷔고,[360] 아궁기(아궁이에) 토끼 자고, 부뚜막에 다람이 기고, 물두멍[361]에 땅벌의 집, 밥솥에는 가얌이(개미), 집 뒤 연못도 다 메이고, 석가산도 흔허지고, 홍도(紅桃)·벽도(碧桃) 부러지고, 화초분(花草盆)도 깨어지고, 큰 개는 비루먹고, 작은 개는 굴타리먹고,[362] 만벽서화(滿壁書畵) 웃쳐지고(으스러지고), 그런 세간 다 없으니 주인 없는 집이 완연(宛然)하여 전(前) 모양이 바이 없어 거목초창(擧目怊悵)에 만심비절(萬心悲絶)이라,[363] 불쌍하고 처량하다. 한숨 지며 하는 말이

"저의 집이 이러하니, 제 일은 불문가지(不問可知)로다!"

허희탄식(歔欷歎息: 한숨 지으며 탄식함)하고 두루 구경하다가 황혼시(黃昏時)를 기다려서 대문간에 들어서서

"춘향어미, 게 있는가?"

---

358) 면회(面灰): 담이나 벽의 겉면에 회를 바름.

359) 고의 벗고: 벌거벗고. '고의'는 남자의 여름 홑바지.

360) 꼴을 뷔고: 꼴을 베고. 꼴을 벨 만큼 잡초가 무성하다는 뜻.

361) 물두멍: 물을 길어 붓고 쓰는 큰 가마나 항아리.

362) 굴타리먹고: 벌레가 파먹고.

363) 거목초창(擧目怊悵)에 만심비절(滿心悲絶)이라: 눈 들어 보니 서글퍼 가슴 가득 지극한 슬픔이라.

춘향어미 거동 보소. 노랑(老娘: 나이든 부인) 머리 비켜 꽂고, 몽동치마[364] 두루치고(두르고), 옥바라지 다니다가 질탕관[365]에 죽을 쑤니, 죽 탕관에 불사를 제 젖은 나무에 불을 불며 눈물 흘려 성화한다(애가 탄다). 한숨도 훌훌 내리 쉬며 가슴도 콩콩 두드리고, 머리도 박박 긁으면서 부지땅이(부지깽이)도 드더지며(드던지며)

"날 잡아갈 귀신은 어디로 갔누? 자수(自手: 자결)라도 하련마는 저를 두고 어찌하리? 자는 듯이 죽고지고! 천산지산(天山地山)[366] 할 것 없이 이가(李哥) 놈이 내 원수라!"

한창 이리 원망할 제 부르는 소리 알아듣고 팔작 뛰어 내달으며

"건 누구 와 계시오?"

어사가 대답하되

"내로세."

"내라 하니 동편작(동쪽) 굴둑의 아들[367]인가? 비렁뱅이도 눈이 있지 집 몰골 보아하니 무엇을 주리라고 어두운 데 들어왔노? 옥에 갇힌 딸 먹이자고 싸라기 죽 끓이옵네. 다른 데나 가서 보소."

"이 사람, 내로세."

"오호! 김풍헌님 와 계시오? 돈 한 돈 꾸어온 것 수이 얻어 가오리다. 너무 그리 재촉 마오. 내 설운 말 들어 보오. 금산서 온 옥섬이는 신관 사또 수청 들어 주야 농창 행락하며 남원 읍내 대소사를 제게 먼저 청

---

364) 몽동치마: 몽당치마. 몹시 해지거나 하여 아주 짧아진 치마.

365) 질탕관: 질흙으로 만든 탕관(湯罐).

366) 천산지산(天山地山): 이런 말 저런 말로 많은 핑계를 늘어놓는 모양.

367) 굴둑의 아들: 굴뚝의 아들. 겨울철 굴뚝 옆에서 지내는 거지를 가리키는 것으로 보인다.

(請)을 하면 백발백중 영락없고, 원님이 대혹(大惑)하여 저의 아범 행수군관(行首軍官),[368] 제 오라비 서창(西倉) 고자(庫子: 고지기), 읍내 논이 열 섬지기,[369] 군청 뒷밭 보름갈이,[370] 가장기물(家藏器物: 집에 간직한 세간) 모두 치면 오륙천 금 되었으니, 춘향의 짓을 보오. 요런 것을 마다하고 나까지 못살게 굽내!"

"이 사람, 내로세."

"오호! 재 너머 이풍헌 자젠가?"

"아니로세, 자세히 보소. 나를 몰라보나?"

"올희(옳지), 이제야 알겠네! 자네가 봉화재[371] 사는 어린돌인가? 이 사람아, 향래(向來: 접때)에 죽값 칠 푼 진(빚진) 것 주고 가소. 요사이 어려워 못 견디겠네."

어사가 민망하여 대답하되

"그다지 눈이 어두운가, 정신이 없나? 내가 전(前) 책방 도련님일세."

춘향어미 코똥(콧방귀) 뀌고 하는 말이

"이놈의 자식이 어디서 났노? 완구한 상고(商賈)[372]의 자식놈이로다. 늙은것이 곧이듣고 불러들여 재우거든 밤든 후에 짭짤한 것 도적하여 가려는가? 해를 곱다케 지오다가[373] 같지않은(같잖은) 자식 다 보겠다."

---

368) 행수군관(行首軍官): 군관의 우두머리.

369) 섬지기: 논밭 넓이의 단위. 한 섬지기는 볍씨 한 섬을 심을 만한 넓이로, 한 마지기의 열 배이며, 논 2천 평가량에 해당한다.

370) 보름갈이: 소 한 마리가 보름 낮 동안 갈 수 있는 논밭의 넓이. 1만 5천 평가량 되는 면적.

371) 봉화재: 남원 봉화산(烽火山)을 가리키는 듯하다.

372) 완구한 상고(商賈): 완고(頑固)한 상인. 성질이 고집스럽고 사나운 장사꾼.

373) 해를 곱다케 지오다가: 하루를 곱다랗게(온전히) 잘 보내다가.

등을 밀어 내치거늘 어사가 어이없어 웃고 하는 말이

"이 사람, 망령일세. 나의 사정 들어 보소. 시운(時運)이 불행하여 과거도 못 하고 벼슬길도 끊어져서 가산(家産)이 탕패(蕩敗)하고 유리걸식(流離乞食) 다니더니, 우연히 여기 와서 소문을 잠깐 들으니 자네 딸이 나로 하여 엄형중치하고 옥에 들어 죽게 되었다 하니 저 볼 낯이 없건마는, 옛 정리를 생각하고 차마 그저 가지 못하여 한 번 보려 찾아왔네. 이미 내가 여기 왔으니, 제나 잠깐 보고 가세."

춘향어미 이 말 듣고 깜짝 놀라 뱁새눈[374]을 요리 씻고 조리 씻고 역력히 쳐다보니 샐 데 없는 너로고나! 두 손뼉을 마주치며 강동강동 뛰놀면서

"애고, 이것이 웬일인고? 이 노릇 보게! 매우 잘되었다. 현순백결(懸鶉百結)[375]인들 분수가 있지요. 벽해가 상전 되고 상전이 벽해 된다 한들 저다지 변하였나? 잘되었네. 대한(大旱) 7년 비 바라듯, 구년지수 해 바라듯, 하늘같이 바라고 북두(北斗)같이 믿었더니, 이를 어찌 하잔 말고? 애고애고, 설운지고!"

센 대강이 퍼바리고[376] 옷자락을 들입다 잡고 복장(가슴 한복판)을 탁탁 치받치며 온몸을 쥐어뜯고 악을 쓰며 하는 말이

"날 죽여 주오! 내가 살아서 무엇할까? 옥같은 나의 딸이 너로 하여 옥중에서 죽게 되니, 모녀가 주야장천 믿고 바라던 일 이제는 하릴없네. 이를 장차 어찌할꼬?"

어사가 기가 막혀 도리어 달래는 말이

---

374) 뱁새눈: 작으면서 가늘게 옆으로 째진 눈.

375) 현순백결(懸鶉百結): 옷이 해어져서 백 군데나 기웠다는 뜻으로, 누덕누덕 기워 짧아진 옷을 이르는 말. 저본에는 '백'이 "박"으로 되어 있으나 바로잡았다.

376) 센 대강이 퍼바리고: 센머리를 풀어헤치고.

"너무 과도히 굴지 마소. 사람의 일은 모르나니 너무 괄시 마소. 음지에도 볕들 적이 있나니."

늙은것이 낌새는 한목 보는지라, 눈치채고 더듬어 풀쳐[377] 하는 말이

"여보 서방님, 내 말 듣소. 내가 모두 홧덩이요, 하는 것이 열증(熱症)이라, 늙은것의 말이 망령이니 조금도 노와(노여워) 마오. 저리 되기도 팔자로세. 저를 옥에 넣은 후에 가장기물 진매(盡賣: 다 팖)하여 옥바라지하는 중에 이 집인들 내 집이라고 환상(還上)·사채(私債)[378] 태산이라, 견디다가 못하여 집을 팔아 수쇄한 후 집도 없는 거지라, 어찌 아니 설울쏜가?"

이렇듯이 수작하며 짧은 밤을 길게 샐 제 상단이 어사 보고 목이 메어 말을 못 하며 식은 밥을 데워 놓고

"서방님, 시장한데 어서 요기나 하옵시오. 아기씨 말씀이야 한입으로 어찌 다 하오리까?"

어사가 기특이 여겨 요기하고, 분한 마음과 슬픈 뜻이 가슴에 일천 잔나비 뛰놀아 전전반측하여 잠을 이루지 못하고 겨우 밤을 새울새, 오경(五更) 북이 동(動)하거늘[379] 춘향어미 불러 데리고 상단이 등불 들려 앞세우고 옥중으로 향하니라.

---

377) 풀쳐: 맺혔던 마음을 풀어.

378) 사채(私債): 저본에는 "수쇄"로 되어 있다. 이하 같다.

379) 오경(五更) 북이 동(動)하거늘: 5경(새벽 4시 무렵)에 통행 금지 해제를 알리는 북이 울리거늘.

14. 허판수

차설, 이때 춘향이는 옥중에 홀로 앉아 이삼경(二三更)에 못 든 잠을
사오경(四五更)에 겨우 들어 사몽비몽 꿈을 꾸니, 상해(평상시) 보던 몸
거울이 한복판이 깨어지고, 뒷동산의 앵두꽃이 백설같이 떨어지고, 자
던 방 문설주 위에 허수아비 달려 뵈고, 태산이 무너지고 바다가 말라
뵈니, 꿈을 깨어나서 하는 말이

"이 꿈 아니 수상한가? 남가(南柯)의 일몽(一夢)³⁸⁰인가? 화서몽(華胥
夢),³⁸¹ 구운몽(九雲夢),³⁸² 남양(南陽) 초당 춘수몽(春睡夢),³⁸³ 이 꿈 저

....

380) 남가(南柯)의 일몽(一夢): 남가일몽. 당나라 순우분(淳于棼)이 집의 남쪽에 있는 회
화나무 아래에서 술에 취해 잠들었는데, 꿈속에 괴안국(槐安國)에 가서 일생 동안 부
귀영화를 누리다가 깨어나 인생무상을 깨달았다는 이야기가 당나라 이공좌(李公佐)
의 「남가태수전」(南柯太守傳)에 실려 있다.

381) 화서몽(華胥夢): 화서지몽(華胥之夢), 곧 황제(黃帝)의 좋은 꿈. 황제 헌원씨가 꿈속
에 화서국(華胥國)이라는 이상향에 가서 노닐다가 깨어나 깨달음을 얻고 나라를 잘
다스려 화서국처럼 만들었다는 이야기가 『열자』(列子) 「황제」(黃帝)에 보인다.

382) 구운몽(九雲夢): 아홉 구름의 꿈, 곧 『구운몽』의 성진과 팔선녀가 꾼 꿈.

383) 남양(南陽) 초당 춘수몽(春睡夢): 남양의 초당에서 제갈공명이 꾼 봄날의 꿈. 권2의
주 38 및 주 248 참조.

꿈 무슨 꿈인고? 님 반기려 길몽인가? 나 죽으려 흉몽인가? 일조(一朝) 낭군 이별 후에 소식조차 돈절하니 급주(急走) 서간도 회보(回報) 없고, 수삼춘추(數三春秋: 두서너 해) 되어 가되 편지 일장 아니하노? 봄은 유신(有信)하여 오는 때에 돌아오되, 님은 어이 무신(無信)하여 돌아올 줄 모르는고? 이 꿈 아마 수상하다. 님이 죽으려나, 내가 죽으려나? 이 몸은 죽을지라도 님일랑은 죽지 말고 내 설치(雪恥)를 하여 주소. 혼백이라도 님을 아니 잊으리라!"

칼머리를 베고 누워 가만히 생각하되

'날 사랑하던 도련님이 경성에 득달(得達)한 후 날 그리워 병이 든가? 소인의 참소(讒訴) 입어 천리원적(千里遠謫: 천리 먼 곳으로 유배됨) 하였는가? 날 찾아오다가 비명참사(非命慘死)하였는가? 나보다 나은 님을 얻어 두고 사랑 겨워 못 오시나? 요조숙녀 정실(正室) 얻어 유자생녀(有子生女) 금슬종고 즐기시나?[384] 남린북촌(南隣北村) 청루주사(青樓酒肆: 기생집과 술집) 유협객(遊俠客)[385]이 되었는가? 이런 연고 다 없으면 일정 한 번 오련마는. 오시지는 못하여도 일자서신(一字書信) 부쳤으면 나의 소식 알련마는. 내 몸 죽을 꿈을 꾸니, 이를 어찌하잔 말고? 소년등과하여 남북 병사(兵使: 병마절도사) 하였는가? 북경(北京) 사신(使臣) 가 계신가? 나를 아주 잊었는가? 이러할 리 만무하다.'

이렇듯이 혼자 사설(辭說) 눈물 섞어 한숨지을 제 외촌(外村) 허봉사

---

384) 유자생녀(有子生女) 금슬종고 즐기시나: 아들딸을 낳고 부부 사이의 두터운 정과 사랑을 즐기시나?

385) 유협객(遊俠客): 호방하고 의리 있는 사람. 여기서는 놀고먹는 한량을 뜻한다.

(許奉事)[386]가 도부길에 돌아간다.[387] 문복(問卜)[388] 외며 가는 소리, 서울 판사[389]와는 판이하다. 소리를 폭 쥐어지르는 듯이

"문수(問數)[390]합쇼! 문수합쇼!"

거들어거려 짓내다가[391] 묽은 똥을 디디고 미끄러져 안성장(安城場)의 풀송아지처럼[392] 뒤쳐지며(뒤집혀서 젖혀지며) 철버덕거려 일어날 제 두 손으로 똥을 짚어 왕심 어미 풋나물 주무르듯[393] 왼통 주무르고 일어서서 뿌릴 적에 옥(獄) 모퉁이 돌뿌리에 자끈하고 부딪치니, 말이 못 된[394] 너로고나! 똥 묻은 줄 전혀 잊고 입에 넣어 손을 불 제 구린내가 촉비(觸鼻: 코를 찌름)하니, 어픽, 구려! 어느 년석(녀석)이 똥을 누었는고? 세 벌(세 번) 썩은 똥내로다! 눈먼 것만 한탄하고 옥문 앞을 지날 적에 왼

386) 외촌(外村) 허봉사(許奉事): 고을 밖에 있는 마을에 사는 허씨 성의 맹인. '봉사'(奉事)는 본래 종8품의 관직인데, 관상감(觀象監)에 점복을 담당하는 맹인들이 일부 임용되었기에 맹인을 높여 부르는 호칭으로 쓰이게 되었다.

387) 도부길에 돌아간다: 점을 치라고 외치며 돌아다닌다. '도부길'은 도붓길, 곧 도붓장수(행상인)가 물건을 팔러 다니는 길. 여기서는 점쟁이가 점을 치라고 외치며 다니는 길.

388) 문복(問卜): 점쟁이에게 길흉을 물음. 여기서는 '문복하라고', 곧 '점치라고'의 뜻.

389) 판사: 판수. 점치는 일을 직업으로 삼는 맹인.

390) 문수(問數): 신수(身數)를 물음.

391) 거들어거려 짓내다가: 거드럭거리며 흥에 겨워 마음껏 기분을 내다가.

392) 안성장(安城場)의 풀송아지처럼: 안성의 소 시장에 나온 풋송아지처럼. 몸을 제대로 가누지 못하고 발라당 쓰러짐을 비유해 이르는 말.

393) 왕심 어미 풋나물 주무르듯: 왕십리 어멈 풋나물 주무르듯. 되는대로 마구 주무른다는 뜻의 속담. 조선 후기 왕십리 일대의 채소밭에서 미나리·두릅 등 여러 나물을 많이 심어 팔았던 데서 유래하는 말. 경기민요 「건드렁타령」에 "왕십리 처녀는 풋나물 장사로 나간다지 / 고비 고사리 두릅나물 용문 산채를 사시래요"라는 구절이 보인다.

394) 말이 못 된: 이루 말할 수 없이 형편없게 된.

옷을 거두쳐(걷어붙여) 안고, 눈을 희번득이고, 콧살을 찡그리고, 막대를 휘저으며 쉬파람(휘파람) 불며[395] 더듬어 오거늘, 춘향이 김형방(金刑房) 불러

"저 판사 좀 청하여 주오."

김형방이 판사를 불러주니 저 계집아이 거동 보소. 판사 소리 반겨 듣고

"허판사님, 여보시오! 이리 와서 쉬어 가오."

허판사 이르는 말이

"그 누구가 부르는고? 말소리가 심히 익다."

"애고, 나는 읍내 춘향이오. 그사이 댁 다히[396] 연고나 없고, 사망[397]이나 많이 있소?"

허판사의 거동 보소. 한 번 길게 뻐기고 하는 말이

"이 아이, 너 볼 낮이 바이 없다. 원수의 생애(생계)로다! 요사이 어른의 윤감(輪感),[398] 아이들 역질(疫疾) 배송(拜送)[399]도 하고 푸닥거리,[400] 방수 보기,[401] 중병(重病)에 산경[402] 읽기, 집 이사에 『안택경』, 맹청(盲廳)

---

395) 불며: 저본에는 "불제"로 되어 있으나 동양문고본에 따랐다.

396) 댁 다히: 댁 쪽에. '다히'는 '쪽'의 뜻.

397) 사망: 장사에서 이익을 많이 보는 운수.

398) 윤감(輪感): 전염성이 있는 감기.

399) 역질(疫疾) 배송(拜送): 천연두를 앓은 뒤 13일 만에 호구별성(집집마다 찾아다니며 천연두를 앓게 한다는 여신)을 떠나보내는 일. 이 일을 맡은 무당은 '마마배송굿'을 하고, 판수는 독경(讀經)을 했다.

400) 푸닥거리: 무당이 간단히 음식을 차려놓고 부정이나 살 따위를 푸는 일.

401) 방수 보기: 방위(方位) 보기. 동서남북 방위의 길흉을 점치는 일.

402) 산경: 「산왕경」(山王經)과 같은 무속 경문을 말하는 것으로 보이나 자세한 것은 미상.

에 계회(契會) 참예하기,[403] 동관(同官 : 동료)끼리 골패, 소골(小骨),[404] 단
파방[405] 갑자골[406] 하노라 네 말 들은 지 오래건마는 한 번도 와서 정다이
묻지 못하고 이렇듯 만나니 할 말이 전혀 없다. 그래서 요사이 중장(重
杖)을 당하였다 하니 상처나 만져 보자."

　　얼굴부터 내리 만져 젖가슴에 이르러는 매우 지체하는고나.

　　"애고, 계(거기)는 관계치 않소."

　　대답하고 차차 내려가다가 불가불 주점(主點)할 데 다다라는[407]

　　"어불사, 몹시 쳤고나! 바로 학치[408]를 패얏네. 제 아비 쳐죽인 원수던
가?"

　　하며 삼삼미[409]를 만지려고 몸을 굼실하는고나.[410] 손을 빼어 바지춤을
문회치고[411] 꿇어앉아 거취(去就)를 차리려[412] 하니, 춘향의 성품에 뺨을

----

403) 맹청(盲廳)에 계회(契會) 참예하기: 맹청의 모임에 참석하기. '맹청'은 효종(孝宗) 때
　　서울에 설립한 맹인들의 집회소로, 지금의 중구 저동에 있었다.

404) 소골(小骨): 골패 노름의 일종. 이규경(李圭景)의 『오주연문장선산고』(五洲衍文長箋
　　散稿) 「회구변증설」(戲具辨證說)에서 골패의 기원을 설명하며 조선에도 '소골'(小骨)·
　　'미골'(尾骨)의 이름으로 성행한다고 했으나 구체적 놀이 방법은 미상.

405) 단파방: 단판으로 승부를 내는 노름.

406) 갑자골: 갑잡골. 골패로 하는 가보잡기 노름. 가장 단순한 투전 노름인 '가보잡기'는
　　두 장씩 뽑아서 끗수 합계로 승부를 겨루는 노름.

407) 주점(主點)할 데 다다라는: 중요한 곳에 이르러서는. 동양문고본에는 "쥬졈홀 디 또
　　잇다 하고 나리 만지며"로 되어 있다. 이어지는 말에서 판수가 '정강이'를 언급하는
　　바, 문맥상 동양문고본 쪽이 더 자연스럽다.

408) 학치: '정강이'를 속되게 이르는 말.

409) 삼삼미: 삼사미. 세 갈래로 갈라진 곳. 곧 고간(股間).

410) 굼실하는고나: 굼뜨게 자꾸 움직이는구나.

411) 문회치고: 무너뜨리고. 여기서는 '풀어헤치고'의 뜻.

412) 거취(去就)를 차리려: 물러감과 나아감. 곧 성행위를 벌이려.

개 빰치듯 하여 보내련마는 겨우 참고

"여보시오, 판사님, 내 말 듣소. 옛일을 곰곰 생각하니 설움이 샘솟듯 하오. 허판사님 소싯적과 우리 어르신네 소싯적에 앞뒤 집에 이웃하여 여형약제(如兄若弟: 형제처럼) 희해(戲諧: 장난하고 농담함)하며 주붕(酒朋) 되어 다니실 제, 돈이 너 푼만 생겨도 판사님 우리집에 와서 어르신네를 불러내어 '우리 오늘 해자[413] 하세.' 어르신네 대답하고 나를 안고 나가시면 허판사님 나를 보고 머리를 살살 쓰다듬고 '내 딸 춘향아, 어디 보자.' 술집에 안고 가서 안주 주고 달래던 일 엊그젠 듯하오마는, 오늘날 생각하니 어르신네를 다시 뵈온 듯하오. 옛말에 일렀으되 '고인지자(故人之子)는 즉오자(卽吾子)'[414]라 하였으니, 나는 우리 어르신네로 아오. 아무 태(態) 없으니 두루 만져 주오. 시원하기 측량 없소."

판사놈이 춘향의 말 듣고 맥이 풀려 한편 모호로(구석으로) 슬며시 떨어지며 열없이(겸연쩍게) 하는 말이

"고 년석(녀석), 내 아이 정신 좋다. 과연 그러한 법 있느니라. 그러하나 김패두(金牌頭)가 치더냐, 이패두(李牌頭)가 치더냐? 똑바로 일러라. 너 매질하던 놈 내 설치(雪恥)하여 주마. 형방 패두놈들이 오일 오일[415] 날 받으러 내 집 오니, 이후에 날 받으러 오거들랑 절명일(絶命日: 죽을날)을 받아주어 생급살을 맞히리라. 사람놈이 매질을 한들 그다지 몹시

<hr>

413) 해자: 한턱 내는 일. 또는 공짜로 한턱 얻어먹는 일.
414) 고인지자(故人之子)는 즉오자(卽吾子): 친구의 자식은 곧 내 자식. 『전등신화』「금봉차기」(金鳳釵記)에 나오는 말.
415) 오일 오일: 5일마다, 또는 5일·15일·25일에.

하였으랴? 아무커나 신수점(身數占)[416]이나 쳐 보아라."

하더라.

세(歲) 기사(己巳: 1869) 구월 염오(念五) 필서

---

416) 신수점(身數占): 운수의 길흉을 알아보는 점.

권5

1. 해몽

차설, 이때 허판수놈 하는 말이

"신수점이나 쳐 보아라. 내 식전(食前) 정신에 잘 쳐 보마."

춘향이 꿈꾼 말을 다 자세히 이르며 옷고름에 돈 너 푼 호천(戶天)·호지(戶地)·호일(戶日)·호월(戶月) 합하면 천지일월이라.[1]

"가진 것이 이뿐이니, 해몽점(解夢占)을 잘 쳐 주오."

판사의 거동 보소. 주머니를 어루만져 산통(算筒)[2] 내어 손에 들고 눈 위에 번적 들어 솰솰 흔들면서

천하언재(天何言哉)야 고지즉응(叩之卽應)하나니 신기령의(神旣靈矣) 감이수통(感而遂通).[3]

....

1) 호천(戶天)·호지(戶地)~합하면 천지일월이라: 상평통보의 뒷면 위에는 주전소(鑄錢所)를 알리는 글자 하나를, 아래에는 주조 번호에 해당하는 천자문 글자 하나를 새겼는데, 네 푼의 뒷면 위에는 모두 '호'(戶), 아래에는 각각 '천'·'지'·'일'·'월'이 새겨 있다는 말. '호'는 호조(戶曹)에서 주조했음을 뜻한다.

2) 산통(算筒): 맹인이 점을 칠 때 쓰는, 산가지를 넣은 통.

3) 천하언재(天何言哉)야~감이수통(感而遂通): 하늘이 무슨 말씀을 하실까? 두드리면 곧

복걸신명일월성신(伏乞神明日月星辰) 조림하토인지화복(照臨下土人之禍福).[4]

팔팔육십사괘(八八六十四卦) 삼백육십사효(三百六十四爻)

괘불난성(卦不亂成) 효불난동(爻不亂動)[5]

여천지(與天地)로 합기덕(合其德)

여일월(與日月)로 합기명(合其明)

여사시(與四時)로 합기서(合其序)

여귀신(與鬼神)으로 합기길흉(合其吉凶)[6]

고선사(告先師)[7] 복희·신농, 요(堯)·순(舜)·우(禹)·탕(湯), 문(文)·

....

응답하시리. 영험하신 신령께서 감응하시어 통하게 하소서. 점을 칠 때 외는 주문의
첫머리에 해당하는 상투구. '천하언재'는 『논어』 「양화」(陽貨)에 나오는 공자의 말로,
본래의 뜻은 여기서의 의미와 달리 하늘은 아무 말 하지 않아도 우주자연이 순리대로
움직인다는 것이다. 저본에는 '감이수통'이 "감이순통"으로 되어 있으나 바로잡았다.
저본에는 이 뒤에 "감이순통"이 한 번 더 있으나 연문(衍文)으로 보아 생략했다.

4) 복걸신명일월성신(伏乞神明日月星辰) 조림하토인지화복(照臨下土人之禍福): 엎드려 빌
건대 천지신명과 일월성신께옵서 이 땅의 인간 화복을 밝혀 주소서.

5) 팔팔육십사괘(八八六十四卦)~효불난동(爻不亂動): 64괘와 364효, 괘는 어지러이 이루
어지지 않고, 효는 어지러이 움직이지 않나니. 『주역』의 효는 총 384개인바, "삼백육
십사효"는 착오다. 신재효가 정리한 허두가 중 「숭유가」(崇儒歌)에도 "삼백 여든 네
가지는 괘상(卦象)이 분명하고"라는 구절이 보인다.

6) 여천지(與天地)로 합기덕(合其德)~여귀신(與鬼神)으로 합기길흉(合其吉凶): 천지와 더
불어 그 덕을 함께하고, 일월과 더불어 그 밝음을 함께하며, 사시(사계절)와 더불어
그 차례를 함께하고, 귀신과 더불어 그 길흉을 함께하여. 『주역』 문언전(文言傳)에 나
오는 말.

7) 고선사(告先師): 옛날의 스승들께 고하나이다.

무(武)·주공(周公)·소공(召公)[8]·공자(孔子), 귀곡(鬼谷)[9]·손빈(孫 賓)[10]·황석공(黃石公)[11]·장자방(張子房)·제갈무후(제갈공명), 관로 (管輅)[12]·곽박(郭璞)[13]·원천강(袁天綱)·이순풍(李淳風),[14] 소강절(邵康 節)[15]·정명도(程明道)[16]·주회암(朱晦庵: 주희朱熹), 상지천문(上至天 文) 하달지리(下達地理).[17]

금우태세(今于太歲)[18] 갑자 삼월 기해삭(己亥朔) 십일일 기유(己酉) 에 해동 조선국 팔도 중 전라좌도(全羅左道) 남원부 사십팔 면 중 부내 면(府內面) 향교리(鄕校里) 거(居)하옵는 곤명(坤命)[19] 김씨(金氏) 갑인

8) 주공(周公)·소공(召公): 주(周)나라 문왕의 아들. 이들은 형제지간으로서 조카인 성왕 (成王)을 잘 보필하여 주나라의 기틀을 잡는 데 큰 공을 세웠다.

9) 귀곡(鬼谷): 귀곡자(鬼谷子). 전국시대의 인물로 합종책(合縱策)과 연횡책(連衡策)을 편 정치가 소진(蘇秦)·장의(張儀)의 스승. 전설에 의하면 도가 신선술에 능했다고도 하 고, 병법의 대가로 손빈(孫賓)을 가르쳤다고도 한다.

10) 손빈(孫賓): 전국시대 제나라의 병법가.

11) 황석공(黃石公): 진(秦)나라의 병법가로『삼략』(三略)을 지어 한나라의 개국공신 장량 (張良)에게 전수했다고 한다.

12) 관로(管輅): 삼국시대 위나라의 점술가.『주역』과 수학에 정통하고 관상술에 능했다.

13) 곽박(郭璞): 동진의 학자로, 점성술에 뛰어났다.

14) 원천강(袁天綱)·이순풍(李淳風): 역사상 최고의 점술가로 꼽히는 당나라 초의 역술가 로, 천문·풍수·관상에 모두 밝았다. 두 사람이 함께『추배도』(推背圖)라는 예언서를 지었다고 한다.

15) 소강절(邵康節): 송나라의 학자 소옹(邵雍)을 말한다. '강절'은 그 시호.『주역』에 정통 하여 우주만물의 변화를 수학으로 나타내는 상수학(象數學)을 발전시켰다.

16) 정명도(程明道): 송나라의 성리학자 정호(程顥)를 말한다. '명도'는 그 호.『주역』의 이 치를 풀어 만물의 변화를 설명하는 학문인 역학(易學)에 밝았다.

17) 상지천문(上至天門) 하달지리(下達地理): 위로는 천문에 이르고 아래로는 지리에 통 달하셨습니다.

18) 금우태세(今于太歲): 올해. '태세'는 그해의 간지.

19) 곤명(坤命): 축원문이나 점술에서 여자, 또는 여자가 태어난 해를 이르는 말.

생신(甲寅生身)[20]을 사복자(使卜子)로 근복문(謹伏問)하오되,[21] 모년 모월 모일에 낭군 이수재(李秀才)[22]와 이별 후 식불감 침불안이거니, 거년분(去年分)[23]에 신관 사또 도임(到任) 신정지초에 횡피중장(橫被重杖: 뜻밖에 곤장을 매우 맞음)하고 인위수금(因爲囚禁: 죄인으로 갇힘)하여 우금주년(于今周年: 지금 1년이 됨)에 백병(百病)이 층출(層出: 층층이 남)하고 사생미판중(死生未判中: 생사가 아직 결정되지 않은 중에) 거야(去夜: 지난밤) 일몽(一夢)이 여차여차하옵기 지성감복문(至誠敢伏問: 지성으로 감히 엎드려 여쭘)하오니, 유하소취(有何所取)온지 유하관재(有何官災) 천라지망이연야(天羅地網而然耶)아?[24] 복걸신명(伏乞神明)은 물비소시(勿秘昭示)[25] 물비소시(勿秘昭示) 하옵소서!

산통을 왈각왈각 흔들어 거꾸로 잡고 하나 둘 헤어 보고 선자(扇子: 부채)를 두드리며 점괘를 풀어낼 제 내외효(內外爻)를 작괘(作卦)하니[26] 가인지비(家人之賁)[27] 되겠고나.

....
20) 갑인생신(甲寅生身): 갑인년에 태어난 사람.
21) 사복자(使卜子)로 근복문(謹伏問)하오되: 점치는 사람으로 하여금 삼가 엎드려 여쭙게 하오되.
22) 이수재(李秀才): 저본에는 "니슈즈"로 되어 있으나 바로잡았다.
23) 거년분(去年分): 지난해. 이두 표기인 '분'은 '때'의 뜻.
24) 유하소취(有何所取)온지~천라지망이연야(天羅地網而然耶)아: 무슨 까닭인지, 어떤 관재가 있어 온 천지에 친 그물에 걸려 그러한 것인지요?
25) 물비소시(勿秘昭示): 숨김 없이 분명히 알려 주소서.
26) 내외효(內外爻)를 작괘(作卦)하니: 안팎의 효(爻)로 괘(卦)를 이루니. 여기서는 '아래의 세 효로 내괘(內卦)를 이루고, 위의 세 효로 외괘(外卦)를 이루어 전체 괘를 이루니'의 뜻.
27) 가인지비(家人之賁): '가인괘'(家人卦: ䷤)에서 하나의 효가 양에서 음으로 바뀌어 '비

"이 애 춘향아, 이 점 매우 묘리 있다. 이도령이 과거하여 청포(靑袍)[28]를 입을 격이요, 천록귀인성(天祿貴人星)[29]에 역마(驛馬)가 발동하니 분명 외임(外任: 지방관이 됨)하여 나갈 형상이라. 연자괘(鳶子卦)[30] 비치었으니 둥실둥실 떠다니는 솔개 벼슬이요, 자손이라 하는 것은 공명(功名)에는 화약(火藥)이라[31] 삼형살기(三刑煞氣)[32] 띠었으니, 이 아니 괴이하냐? 응효(應爻)로 논지(論之)하면 도무지 남이로다![33]

옳것다, 알리로다! 열읍(列邑) 수령 관속들을 형추파직(刑推罷職)[34]할

....
괘'(貫卦: ䷕)가 된 것. '가인괘'는 『주역』의 64괘 중 37번째 괘로, 여자가 안에서 자리를 바로잡고, 남자가 밖에서 자리를 바로잡아 집안의 법도가 이루어진다는 제가(齊家)를 뜻한다. '비괘'는 22번째 괘로 산의 초목이 불빛을 받아 광채가 난다는 '문식'(文飾)의 뜻을 가진다. '가인지비'는 남편이 아내를 사랑하되 함부로 대하지 않으며, 집안에 올바른 법도가 있어 가정이 화목함을 뜻한다.

28) 청포(靑袍): 조선시대 당하관이 공복(公服)으로 입던 푸른 도포.

29) 천록귀인성(天祿貴人星): 사주에서 말하는 길성(吉星). 하늘의 복록을 받아 의식주가 풍요롭고 인격이 온후하여 일생 행복을 누린다는 귀성(貴星).

30) 연자괘(鳶子卦): '하늘을 나는 솔개의 괘', 곧 솔개가 날고 물 속에 고기가 뛰어노는 '연비어약(紙鳶飛魚躍)과 관련하여 『주역』 중천건괘(重天乾卦: ䷀)의 구사(九四: 아래에서 세 번째 효)를 말하는 것으로 보인다. '구사'의 효사(爻辭)는 '혹 하늘에 뛰어오르기도 하고 못에 있기도 하니 허물이 없다'(或躍在淵, 无咎)이다. 유진한(柳振漢)이 1754년에 지은 만화본(晩華本) 「춘향가」의 꿈 해몽 대목에 "중천건괘에 청룡이 움직이니"(重天乾卦動靑龍)라는 구절이 보인다.

31) 자손이라 하는 것은 공명(功名)에는 화약(火藥)이라: 자손이 왕성한 운은 공명을 이루는 데 이롭지 않다는 뜻인 듯하나, 미상.

32) 삼형살기(三刑煞氣): 삼형살(三刑煞)의 기운. '삼형살'은 사주에서 말하는 흉살(凶煞: 불길한 운수)의 하나. 본인이나 타인이 형벌에 연루되는 일이 겹치는 흉살이라고 한다.

33) 응효(應爻)로 논지(論之)하면 도무지 남이로다: 효에 대응하여 따져 보면 도무지 이도령과 어울리지 않는, 다른 사람의 운수다.

34) 형추파직(刑推罷職): 죄인을 형장으로 때리며 신문하고 파직시킴.

것이니, 암행수의(暗行繡衣: 암행어사) 분명하다.

　　화락(花落)하니 능성실(能成實)이요
　　경파(鏡破)하니 기무성(豈無聲)가?
　　문상(門上)에 현허인(懸虛人)하니
　　만인개앙시(萬人皆仰視)라.
　　산붕(山崩)하니 작평지(作平地)요
　　해갈(解渴)하니 견용안(見龍顔)이라.

　이 글 뜻은 '꽃이 떨어지니 능히 여름(열매)이 열릴 것이요, 거울이 깨어지니 어찌 소리 없으랴? 문 위에 허수아비 달렸으니 만인이 다 우러러 보리로다. 산이 무너지니 평지 될 것이요, 바다가 마르니 용의 얼굴을 보리로다' 한 뜻이라.

　이 애, 춘향아! 부디부디 조섭하여 염려 말고 두고 보라. 평생 미망낭군(未忘郎君: 잊지 못할 낭군)을 불구에(머지않아) 만나리라."

　춘향이 대답하되

　"이 점 같을진대 무슨 한이 있으리오? 맹랑한 말 너무 마오."

　저 판수 골을 내어 굳게 맹세하는 말이

　"제 할미를 하였다고 혀뿌리를 놀리겠는가? 고름 맺고 내기하자. 아무커나 대길(大吉)하니 두고만 보아라."

　말말끝에[35] 생각하니 복채 달라기 어렵도다. 의뭉스레 설지 트되[36]

....

35) 말말끝에: 이런저런 말을 하던 끝에.
36) 설지 트되: 미상. '말문을 트되' 정도의 뜻으로 보인다. 동양문고본에는 "셜지 트되",

"이 애 춘향아, 이사이는 내가 사망(많은 이익)도 없고, 지내기가 극난 극난(極難極難)하다마는 어찌하리?"

춘향이 이 말 듣고 꽂았던 금차(金釵: 금비녀) 빼어 주며

"불쌍하오. 이것이 약소하나 팔아 한때 보태어 쓰오."

판사놈이 두부자루 터지오듯[37] 속으로 들이 뻐기며 하는 말이

"아무리 무물불성(無物不成)[38]이라 하였은들 저기나하면[39] 보태어 줄 터에 남이 알면 나를 무엇으로 알리? 아서라!"

하며 말할 사이에 벌써 왼손으로 받아 소매 속에 수쇄하고 열없어(겸연쩍어) 하는 말이

"이 애, 시장하니 다시 보자."

하고 일어서니

"애고, 평안히 가오."

인사하여 보낸 후에 천사만탁(千思萬度)[40] 헤아리며 전녁(저녁) 죽도 물리치고 오경루성(五更漏聲) 잔진(殘盡)토록[41] 잠 못 들어 앉았더니, 이때 춘향어미 앞서 와서

"춘향아, 춘향아! 자느냐, 깨었느냐?"

『고본 춘향전』에는 "슬지 트뎌"로 되어 있다.

37) 두부자루 터지오듯: 순두부를 담아서 짜는 데 쓰는 두붓자루가 터질 듯이.

38) 무물불성(無物不成): 돈 없이는 아무 일도 이루어지지 않음.

39) 저기나하면: 적이나하면. 형편이 다소나마 된다면.

40) 천사만탁(千思萬度): 여러 가지로 생각하고 헤아림.

41) 오경루성(五更漏聲) 잔진(殘盡)토록: 새벽 오경 물시계에서 물 떨어지는 소리가 다 잦 아들도록.

2. 상봉

춘향의 거동 보소. 혼혼침침(昏昏沈沈: 몽롱하고 어득함) 앉았다가 부르는 소리 듣고 급히 일어 나오다가 형문(刑問) 맞은 정강이를 옥 문턱에 부딪고 "액구!" 소리 크게 하며 '어머니가 놀라겠다' 목안 소리로 겨우 "애고애고!" 하고 진정하여 대답하되

"어머니, 이 밤중에 또 왜 왔소? 밤이나 제발 평안히 쉬시오. 저리 애쓰다가 마저 병이 들면 구할 이가 누가 있소? 이미 보러 와 계시니, 내 속것이나 가져다가 앞냇물에 솰솰 빨아 양지 바로 널어 주오. 차마 가려워 못 살겠소."

춘향어미 손목 잡고 대성통곡 우는 말이

"이를 어찌 하잤나니? 아장(我葬)을 여장(汝葬)할 데 여장(汝葬)을 아장(我葬)케 되니 아장(我葬)을 수장(誰葬)할꼬? 애고애고, 설움이야! 아곡(我哭)을 여곡(汝哭)할 데 여곡(汝哭)을 아곡(我哭)하니 아곡(我哭)을 수곡(誰哭)하리?"[42]

....

42) 아장(我葬)을 여장(汝葬)할~아곡(我哭)을 수곡(誰哭)하리: 내 장례를 네가 치러 주어야 할 텐데 네 장례를 내가 치르게 되었으니, 내 장례는 누가 치를까? 내가 죽으면 네가 곡을 해 주어야 할 텐데 네가 먼저 죽어 내가 곡을 하게 되었으니, 나 죽으면 누가 곡을 할까? 정인홍(鄭仁弘)의 「아들 연(沇)의 제문」(祭子沇文)에 보이는 다음 구절에

서로 붙들고 한창 울다가 춘향이 눈 들어 어사의(어사가) 멀리 서 있는 양을 보고 묻되

"저 뒤에 서 있는 이가 누구요?"

대답하되

"재 너머 이풍헌이 자릿값 받으러 왔단다."

"그러면 얻어 드리지요. 이 밤에 무슨 일(일로) 예까지 뫼셔 왔소? 날 보고 가실라오? 이풍헌님, 이리 오오. 그사이 평안하옵시고 아낙 문안도 안녕하옵시오? 대사로이(대수로이) 이 밤에 보러 오시니 감격하오."

춘향어미 하는 말이

"자세히 보아라, 이놈의 자식 꼴 된 것! 뻔뻔의 아들놈 너를 찾아왔단다."

춘향이 울며 하는 말이

그 뉘라서 날 찾는고? 날 찾을 이 없건마는.

이곳이 흉한 옥중이라

형문(刑問) 맞아 죽은 귀신, 결항(結項)[43]하여 죽은 귀신

애매하게 죽은 귀신, 뭇 귀신이 날 찾는가?

진언(眞言)[44]이나 읽어 보자.

서 따온 말. "너의 장례를 내가 치르나니 / 나의 장례는 누가 치를까? / 너의 죽음에 내가 곡을 하나니 / 나의 죽음에는 누가 곡할까?"(汝葬我葬, 我葬誰葬? 汝哭我哭, 我哭誰哭?) 송순(宋純)의 「아들의 죽음에 곡하는 글」(哭子文)에도 순서만 바뀐 같은 내용이 보인다.

43) 결항(結項): 목숨을 끊기 위하여 목을 매어 닮.

44) 진언(眞言): 진실하여 거짓이 없는 말. 산스크리트어로 외는 주문으로, 신주(神呪)·다

'육자대명왕보살(六字大明王菩薩) 옴마리반메훔!'[45]

왼발 구르며 '멀리 쎅쎅'![46]

그렇지 아니하면 상산사호 벗이 없어 바둑 두자 날 찾는가?

영천수(潁川水)에 귀 씻던 소부·허유 진세사(塵世事: 속세 일)를 의

논코자 날 찾는가?

주중천자(酒中天子) 유령(劉伶)[47]이가 술 먹자 날 찾는가?

시중무량(詩中無量)[48] 이태백이 시부(詩賦)[49]를 읊자 날 찾는가?

위수(渭水) 어옹(漁翁) 강태공이 낚시질하려 날 찾는가?

수양산 백이·숙제 고사리 캐자 날 찾는가?

면산(綿山) 깊은 곳에 개자추가 불타 죽자 날 찾는가?

황릉묘(黃陵廟)[50]의 아황·여영 시녀(侍女) 없어 날 찾는가?

천태산 마고선녀 숙낭자(淑娘子)를 물으려고[51] 날 찾는가?

······························

라니·만다라라고도 한다.

45) 육자대명왕보살(六字大明王菩薩) 옴마리반메훔: 여섯 글자 대명왕 보살(마두명왕馬頭
明王: 관세음보살)의 진언 '옴 마니 반메 훔'. '옴 마니 반메(파드메) 훔'(오, 연꽃 속의
보석이여!)은 관세음보살을 부르는 대표적인 진언이다.

46) 멀리 쎅쎅: 귀신을 쫓는 주문인 듯하다.

47) 주중천자(酒中天子) 유령(劉伶): 술의 황제 유령. 권2의 주 161 참조.

48) 시중무량(詩中無量): 시 세계의 무량무변(無量無邊: 이루 헤아릴 수 없고 끝이 없음)
한 존재.

49) 시부(詩賦): 시와 부(賦). '부'는 운문과 산문의 중간 형태로, 운자(韻字)를 두고 대구
(對句)를 맞추어 짓는 한문학의 한 문체(文體).

50) 황릉묘(黃陵廟): 아황과 여영의 사당(祠堂). 호남성 소상강(瀟湘江) 가 황릉산(黃陵山)
에 있다.

51) 천태산 마고선녀 숙낭자(淑娘子)를 물으려고: 「숙향전」에서 마고할미가 위기에 빠진
숙낭자, 곧 숙향을 돕기 위해 찾으려 한 것처럼. 마고선녀, 곧 마고할미가 천태산에 산
다는 것은 한국 설화의 설정이다.

날 찾을 이 없건마는 그 뉘라서 날 찾는고?

춘향어미 하는 말이

"네 서방 이도령이 너를 보러 왔단다. 바라고 믿었더니 잘되었다! 거룩하고 의젓하다! 네 서방도 조흠도(좋기도) 좋다! 이제는 무엇을 믿고 바라야나니?"

춘향이 이 말 듣고 옴죽 놀라 불빛에 바라보니 팔도에 비(比)치 못할 상거지가 완연하다.

"애고! 어머니도 망령이오. 눈이 어두워도 마련이 없소."

"날더러 눈이 어둡다고 한다마는 네 밝은 눈에 자세히 보아라. 이가 놈이 아니요, 어떤 역적의 아들놈이냐?"

어사가 멀리 서서 모녀의 거동을 보다가 어이없고 기가 막혀 눈물을 머금고 날호여(천천히) 나아가 하는 말이

"춘향어미, 등불 드소. 얼굴이나 자세 보세."

문틈으로 들여다보니 화용월태 홀연히 변하여 공산촉루(空山髑髏: 빈 산의 해골) 되었고, 옥부방신(玉膚芳身)에 피 흔적이 난만하며, 난초 기질, 부용화태(芙蓉花態) 거의 진(盡)케 되었거늘, 정신이 산란하여 급히 소리하되

"춘향아, 어디 보자! 저 형상이 웬일이니? 백옥 같은 고운 양자(樣子) 촉루(髑髏)같이 되었으며, 선녀 같은 네 모양이 산 귀신이 되었고나! 녹의홍상 하던 몸에 몽동치마 웬일이며, 비단 당혜(唐鞋)[52] 신던 발에 헌

---

52) 당혜(唐鞋): 울이 깊고 앞코가 작은 가죽신.

짚신이 웬일이니? 반가운 중 선겁도다![53]

나도 가운(家運)이 불행하여 급제도 못하고 가산도 탕진하여 누년(累年) 걸식하노라니, 진시(趁時: 진작) 한 번도 못 와 보고 풍년든 데만 찾노라니, 금년에야 이곳을 지나다가 공교히 네 편지도 보고 네 소문도 들으니, 나로 하여 저렇듯 죽을 고생 당하니 너 볼 낯이 없건마는, 옛 정리를 생각하여 그저 가들 못할지라 보러 오기는 왔다마는, 반가운 중 무안하고 슬픈 중 부끄럽다. 아니 보니만 못하고나! 내 모양이 이리 될 제 어느 겨를에 너를 찾으며, 금년으로 일러도 이곳 시절이 방불하매 동냥하기 골몰하여 진작 오지 못하였다. 우리 둘이 당초 언약 아무리 굳었은들 시방(時方: 지금) 와서 할 수 없다. 꼴을 본들 모를쏘냐? 날 바라고 어찌하리? 몸 구처(區處: 잘 궁리하여 안배함)를 하려무나."

춘향이 그 말 듣고 다시 보니 영락없다. 말소리와 하는 거동 미망낭군(未忘郎君) 정녕하다. 생시냐, 꿈이냐? 만일 꿈 곧 아니면 이 몸이 죽었도다! 죽은 혼일망정 왔다 하니 반가워라. 삼혼칠백(三魂七魄) 나타난다. 혼절하여 정신을 잃었더니 오래게야 깨어나서 우는 말이

애고! 이것이 웬일이며, 이 말이 웬 말이오?

하늘로서(하늘에서) 떨어졌나, 땅으로서 솟았는가?

바람결에 불려 왔나, 떼구름에 싸여 왔나?

무릉도화 범나비인가, 오류문전(五柳門前: 도연명 집 문앞) 꾀꼬리인가?

환해(宦海) 풍파[54] 골몰하여 못 오던가?

53) 선겁도다: 매우 뜻밖이어서 놀랍도다.
54) 환해(宦海) 풍파: 험난한 벼슬길의 온갖 풍파.

주마(走馬: 말달리기)·투계(鬪鷄)·주색(酒色)으로 외입(外入)하여 못 오던가?

산이 높아 못 오던가? 물이 깊어 못 오던가?

산이어든 돌아 오고 물이어든 건너 오지

어찌 그리 못 오던가?

추월(秋月)이 양명휘(揚明輝)하니[55] 달이 밝아 못 오던가?

일락장사추색원(日落長沙秋色遠)하니[56] 날 저물어 못 오던가?

촉도지난(蜀道之難)이 난어상청천(難於上靑天)하니[57] 길 험하여 못 오던가?

환수북해안서지(還羞北海雁書遲)하니[58] 소식 몰라 답답하데.

건곤(乾坤)이 일야부(日夜浮)에[59] 단원장취불원성(但願長醉不願醒)하니[60]

술 취하여 못 오던가?

---

55) 추월(秋月)이 양명휘(秋月揚明輝)하니: 가을달이 휘영청 밝으니. 도연명의 시 「사시」(四時)에 나오는 구절.

56) 일락장사추색원(日落長沙秋色遠)하니: 해는 장사(長沙)에 떨어지고 가을빛은 머니. 이백의 시 「동정에 노닐다」(遊洞庭)에 나오는 구절. '장사'는 지금의 호남성 장사시(長沙市).

57) 촉도지난(蜀道之難)이 난어상청천(難於上靑天)하니: 촉 땅 가는 길 험난하기가 푸른 하늘에 오르는 것보다 어려우니. 이백의 시 「촉도난」에 나오는 구절. '촉 땅'은 지금의 사천성 일대.

58) 환수북해안서지(還羞北海雁書遲)하니: 북해에서 기러기 편지 더디 오는 게 걱정이니. 왕발의 시 「채련곡」에 나오는 구절.

59) 건곤(乾坤)이 일야부(日夜浮)에: 하늘과 땅을 밤낮으로 띄우매. 권1의 주 26 참조.

60) 단원장취불원성(但願長醉不願醒)하니: 다만 길이 취해 술 깨지 않기를 바라니. 권2의 주 147 참조.

백설(白雪)이 만공산(滿空山)이라 호구불난금금박(狐裘不煖錦衾薄)하니[61]

날이 추워 못 오던가?

회모일소백미생(回眸一笑百媚生)하니 새 사랑 겨워 못 오던가?

삼춘구한봉감우(三春久旱逢甘雨)요 천리타향봉고인(千里他鄉逢故人)이라.[62]

기쁘도다, 이 몸이 죽어져서 후세에나 볼까 하였더니

천만의외 오늘 다시 상봉하니

칠년 대한(大旱) 빗발 보듯, 구년지수 햇빛 보듯

반갑기도 칭냥(측량)없네!

금석수사(今夕雖死)나(오늘밤에 비록 죽으나) 한(恨)을 할까?

얼싸 좋을시고!

그러하나 그사이 몸이나 일향(一向: 한결같음)하옵시고 발병이나 아니 낫소?

상전벽해수유개(桑田碧海須臾改)[63]라 하였은들 저다지도 변했는가?

....

61) 호구불난금금박(狐裘不暖錦衾薄)하니: 여우 갖옷 따뜻하지 않고 비단 이불 얇으니. 잠삼의 시 「백설가」(白雪歌)에 나오는 구절. 저본에는 '금금박'이 "금의박"으로 되어 있으나 바로잡았다.

62) 삼춘구한봉감우(三春久旱逢甘雨)요 천리타향봉고인(千里他鄉逢故人)이라: 삼춘 오랜 가뭄 끝에 단비를 만나고 천리 타향에서 고향 친구를 만났네. 송나라 왕수(汪洙)의 시 「기쁨」(喜) 중 "오랜 가뭄 끝에 단비를 만나고 / 타향에서 고향 친구를 만났네"(久旱逢佳雨, 他鄉見故人)에서 따온 구절. 저본에는 '구한'이 "고한"으로 되어 있으나 바로잡았다.

63) 상전벽해수유개(桑田碧海須臾改): 상전이 벽해 되듯 순식간에 바뀌었네. 노조린(盧照隣)의 시 「장안고의」(長安古意)에 나오는 구절. 저본에는 '상전'이 "산전"으로 되어 있으나 바로잡았다.

어찌 그리 무정하오? 어이 그리 야속하오?

아무리 저 몰골이 되었은들 옛 정리를 잊으시고 말씀조차 그리 하오?

내 몸 구처를 하라시니, 그러면 아시에(애초에) 어찌하여

'산천은 이변(易變)이나 차심(此心)은 난변(難變)'[64]이라 맹세하였소?

어찌하든지 날 살려 주오.

항쇄·족쇄 벗겨 주오. 걸음이나 시원히 걸어 보세.

나의 몸을 옥문 밖에 내어 주오. 세상 구경 다시 하세.

반갑기도 그지없고, 기쁘기도 칭냥(측량)없네.

과연 말씀이지, 서방님 바라기를

남정북벌(南征北伐) 요란할 제 명장같이

개국열토(開國列土)[65] 공신같이 믿고 바랐더니

이제 저 몰골이 되었으니

애고, 나는 죽네! 죽으나 한이 없소.

저 지경으로 내려오니

남의 천대 오죽하며 기한(飢寒)인들 적었을까?

불쌍하고 가련히도 되었고나!

....
64) 산천은 이변(易變)이나 차심(此心)은 난변(難變): 이도령이 영원한 사랑을 맹세하며
    써 준 문서에 들어 있던 말.
65) 개국열토(開國列土): 나라를 세우고 봉토를 받음.

3. 춘향의 소원

　일변 반기며 일변 아득하여 정신이 어질하여 업대엿다가(엎드렸다가)
식경(食頃) 후 일어나 문틈으로 바라보며 눈물 오월장수(五月長水)[66] 같
아 슬피 울며 하는 말이

　"사람이 초년(初年) 빈궁하기 또한 예사건마는 서방님 의관이 남루한
들 저다지도 되었는고? 애고, 내 신세를 어찌하리?"

　어사가 이 형상을 다 보고 속이 터지는 듯 가슴이 답답, 들입다 붙들
고 싶으나 겨우 참고 대답하되

　"어허! 이것이나 내 것이라고? 상투 바람으로 다니다가 임실 읍내 오
려논[67]에 막대 씌워 세운 것을 앞뒤 사람 없을 적에 가만히 도적하여 쓰
고 부리나케 도망하여 어제 이리 왔거니와, 임자가 날까(나올까) 사람
많은 곳은 가기 싫더라."

　춘향이 어미 불러

　"애고 어머니, 내 말 듣소. 서방님이 유리걸식할지라도 관망의복(冠網
衣服: 갓과 망건과 옷)이 선명하여야 남이 천대를 아니하고 정(精)한 음

<hr>

66) 오월장수(五月長水): 음력 5월의 장마.
67) 오려논: 올벼를 심은 논.

식을 먹이나니, 서방님이 날 데려갈 제 쓰려 하고 장만하였던 의복, 초록 공단(貢緞)[68] 곁마기며 보라대단 속저고리, 남무대단 핫치마[69]며 진홍 갑사(眞紅甲紗) 홑치마, 백방수주(白紡水紬) 고장바지,[70] 대설후릉(大雪厚綾)[71] 너른바지, 돈피(獤皮) 자알 갓저고리,[72] 양피 볼끼,[73] 갓토수[74]며, 삼승(三升) 두 필 함롱(函籠) 속에 들었으니, 그것 모두 들어내어 헐가방매(歇價放賣: 헐값에 마구 팔아 버림) 탕탕 팔아 서방님 통량갓,[75] 외올망건, 당베(중국 베) 도포, 저사(苧絲: 모시) 수건 장만하여 드리고, 옻접선[76] 한 자루 비녀궤(櫃)에 들었으니, 한편에는 막막수전비백로(漠漠水田飛白鷺)[77]를 그려 있고, 또 한편에는 음음하목전황리(陰陰夏木囀黃鸝)[78] 그렸으니, 날 본 듯이 쥐시게 드리고, 내 말대로 부디 하여 주오."

....

(68) 공단(貢緞): 두껍고 윤기가 도는 고급 비단.

(69) 남무대단 핫치마: 남색 비단으로 만든 핫치마. '핫치마'는 솜을 두어 만든 치마. '남무'는 남색을 가리키는 듯하나 확실치 않다.

(70) 백방수주(白紡水紬) 고장바지: 고급 비단으로 만든 고쟁이. '백방수주'는 흰 누에고치만으로 실을 켜서 만든 고급 비단.

(71) 대설후릉(大雪厚綾): 흰빛의 두꺼운 비단.

(72) 돈피(獤皮) 자알 갓저고리: 담비 털가죽을 안에 대어 지은 저고리. '자알', 곧 '잘'은 검은담비의 털가죽. '갓저고리'는 '갖저고리'.

(73) 양피(羊皮) 볼끼: 양가죽으로 만든 볼끼. '볼끼'는 털가죽이나 솜을 둔 헝겊을 갸름하게 접어 만들어 두 뺨을 얼러 싸서 머리 위로 묶어 쓰는 방한구.

(74) 갓토수: 갓토시. 모피로 만든 토시.

(75) 통량갓: 경남 통영에서 만든 고급 갓. '통량'(統涼)은 통영 특유의 양대(涼臺: 갓양태, 곧 갓모자의 밑 둘레 밖으로 둥글넓적하게 된 부분)를 말한다.

(76) 옻접선: 검은 칠을 한 쥘부채.

(77) 막막수전비백로(漠漠水田飛白鷺): 권4의 주 357 참조.

(78) 음음하목전황리(陰陰夏木囀黃鸝): 녹음진 여름 나무에 지저귀는 꾀꼬리. 왕유의 시「장마 중에 망천장(輞川莊)에서 짓다」(積雨輞川作)에 나오는 구절. 저본에는 '하목'이 "화목"으로 되어 있으나 바로잡았다.

춘향어미 이 말 듣고 독을 내어 하는 말이

"주야장천 바라더니 이제는 바라던 길도 끊어지고, 기다리던 일도 허사로다. 이 설움을 누구더러 하잔 말고? 방정맞다. 나는 네 수종(隨從: 수발)을 밤낮으로 들건마는 전혀 말선물(말로만 하는 선물)뿐이지, 모주(母酒)[79] 한 잔 먹으라고 돈 한 푼 주는 일이 이때까지 없더고나. 이 원수의 놈은 보든 마듯[80] 옷 팔아라, 노리개 팔아라, 호사시켜라, 잘 먹여라, 어찌한 곡절이니 좀 알자꾸나. 내 마음대로 할 양이면 단단한 참나무 몽치로 동여매고 주리를 한참 틀면 가슴이 시원할 듯하다."

춘향이 울며 하는 말이

"애고, 이것이 무슨 말씀이오? 서방님이 책방(책방 도령)으로 계실 적에 어떻게 지내었소? 이진정소(利盡情疎) 배은망덕 나는 차마 못하겠소. 어머니 마음 저러하면 내 몸 하나 스러져서 차라리 불효는 되려니와 마음은 고치지 못하겠소!"

춘향어미 이 말 듣고 겁내어 눙쳐 하는 말이

"속없는 말 듣기 싫다. 내 말이 정말이냐? 낸들 현마(설마) 분수 없으랴? 요망한 말 다시 말고 안심하라. 너 하라는 대로 다 하면 그만이지."

춘향이 대답하되

"어머니, 그러면 나는 마음 놓고 미음 잘 먹겠소. 여보 서방님, 내 말 듣소. 내일이 본관 생일잔치니 취중에 주망(酒妄) 나면 응당 나를 잡아올려 지만(遲晩)하라 칠 것이니, 오늘은 집에 돌아가서 나 자던 방 수쇄하고, 나 깔던 요를 펴고, 나 덮던 이불 덮고, 나 베던 베개 베고 평안히

---

79) 모주(母酒): 술을 거르고 남은 찌꺼기에 물을 타서 뿌옇게 걸러 낸 탁주.
80) 보든 마듯: 보듯 마듯. '보자마자'의 뜻.

쉬신 후에 내일 일찍 나와 날 치려고 올릴 적에 칼머리나 들어다가 삼문(三門) 앞에 놓아 주소."

어사가 이르는 말이

"이 애, 그는 과연 중난(重難)하다. 내 아무리 죽게 되었은들 칼머리를 어찌 들며, 본관이 만일 나인 줄 알면 필연 수욕(羞辱: 욕) 뵐 것이니, 그인들 아니 위태하냐? 그때를 보고 할 말이다."

"여보 서방님, 내 말 듣소. 이 위에 한 번만 더 맞으면 북두칠성 일곱 분과 삼태육성(三台六星) 여섯 분[81]이 다투어 명(命)을 주어도 살 가망이 없으리니, 나 죽기도 섧거니와 나 죽는 모양 보시는 서방님 마음 오죽할까? 적막고혼(寂寞孤魂) 내 신체를 밖으로 끌어낼 것이니, 서방님이 삼문 밖에 섰다가 내 신체 나오거든 들입다 덥석 안고 집으로 나와, 나 자던 방 내 금침(衾枕)에 나를 누인 후에 서방님도 한데 누워 한 몸이 두 몸 되고[82] 두 입을 한데 대여 서방님 더운 침을 흘려 넣고 한 식경을 누웠을 제 서방님이 말을 하되

'춘향아, 춘향아! 무슨 잠을 이리 깊이 들었나니?'

천호만환(千呼萬喚)[83] 불러 보고 영결종천(永訣終天: 죽어서 영원히 이별함) 하릴없다. 귀에 대어 '아미타불' 세 마디 염불하고 몸이 쾌히 식은 후에 그제야 일어나 수시(收屍: 시신을 거둠)하여 홑이불을 보기 좋게 덮어 놓고, 나 입던 속적삼을 내어다가 지붕말내(지붕마루) 올라서서 내

----

81) 북두칠성 일곱~여섯 분: 도교에서 북두칠성과 삼태육성을 신격화하여 선관(仙官)으로 삼기에 하는 말. '삼태육성'은 큰곰자리에 속하는 여섯 개의 별로, 북두칠성의 동남쪽에 있다.
82) 한 몸이 두 몸 되고: '두 몸이 한 몸 되고'의 잘못이다.
83) 천호만환(千呼萬喚): 천 번 만 번 부름.

혼백을 부를 적에 서방님 초성(목청) 높여

'해동 조선국 전라좌도 남원부 부내면 향교리 거(居)하온 곤명 갑인생 김씨 춘향 혼백은 서방세계(西方世界)[84]로나 극락세계로나 『천수경』·『법화경』(法華經)[85]으로 새내오![86] 복(復), 복!'[87]

혼백 불러 들어와서 우리 어머니하고 한참 통곡하신 후에 어머니를 부디 불쌍히 여기시오. 그 형상이 어떠하겠소? 대소렴(大小殮)[88]을 할지라도 면주(명주) 비단 하지 말고 순백목(純白木: 무명)으로 염습(殮襲)하고, 육진장포로 매[89]를 하고, 관(棺)일랑 하지 말고 뒷동산에 솔찜[90]하여 두었다가 수삼삭(數三朔: 두어 달)이 지나면은 부기(浮氣)난 것 추기물[91]이 물수이(전부) 빠질 것이니, 피골(皮骨)이 상련(相連: 서로 잇닿음)하여 감첩같이 경첩(輕捷)하거든[92] 칠성판(七星板)[93] 한 닢만 받쳐서 아

---

84) 서방세계(西方世界): 서방극락 아미타불의 세계. 저본에는 '서방'이 "셔양"으로 되어 있으나 바로잡았다.

85) 『법화경』(法華經):『묘법연화경』(妙法蓮華經). 석가세존의 설법을 집약한 대승불교 경전으로, 중생 누구나 불법을 실천해 부처가 될 수 있다는 생각을 담았다.

86) 새내오: 초혼 의식을 할 때 '살려내오'의 뜻으로 하는 말인 듯하다.

87) 복: 초혼 의식을 할 때 죽은 사람의 넋이 돌아오라는 뜻에서 마지막으로 외치는 소리. 초혼 의식에 대해서는 권4의 주 133 참조.

88) 대소렴(大小殮): 대렴(大殮)과 소렴(小殮). '소렴'은 고인이 운명한 다음 날 시신에 수의(壽衣)를 입히고 이불로 싸는 절차. '대렴'은 소렴을 치른 다음 날 입관을 위해 소렴한 시신을 거듭 이불로 싸고 베로 묶는 절차.

89) 매: 소렴 때 시신에 수의를 입히고 그 위에 매는 베 헝겊.

90) 솔찜: 온몸에 솔잎을 덮고 방에 불을 덥게 때어 솔잎의 김을 쐬는 솔잎 찜질. 여기서는 시신을 소나무 가지나 솔잎으로 덮어 두라는 뜻에서 하는 말.

91) 추기물: 추깃물. 송장이 썩어서 흐르는 물.

92) 감첩같이 경첩(輕捷)하거든: 감쪽같이 가뿐하거든.

93) 칠성판(七星板): 관(棺) 속 바닥에 까는 얇은 널조각. 북두칠성을 본떠서 일곱 개의 구

무거나 질빵하여[94] 서방님이 친히 지고 촌촌이(천천히) 올라가면서 내 적삼을 가지고 고개마다 올라서서 서방님이 초혼하되

'네 신체를 내가 지고 가니, 네 혼백도 무주고혼(無主孤魂) 되지 말고 나를 따라오너라!'

하고 가끔 적삼만 두루면(휘두르면) 내가 혼백이라도 즐거워 허공중천 음음(陰陰: 어둠침침함) 중에 서울까지 따라가서 서방님 댁 묘하(墓下)에 벗어 놓고, 아무데라도 해자(垓子: 묘의 경계) 안에 묻어 주고, 무덤 앞에 비를 세우고 여덟 자만 쓰되 '수절원사 춘향지묘'(守節冤死春香之墓)라 하여 쓰고, 정월 보름, 이월 한식, 삼월 삼질, 사월 시제(時祭), 오월 단오, 유월 유두, 칠월 백중(百中), 팔월 추석, 구월 구일, 시월 시제, 동지, 섣달 납향(臘享)[95]까지 서방님 산소 출입하실 적에 제사지낸 퇴선(退膳)[96]으로 내 무덤에 옮겨 놓고, 서방님이 친히 와서 '배불리 흠향(歆饗)하라!' 이렇듯이 하여 주옵시면 내가 비록 유명(幽冥: 저승)이나 감축하여 즐겁고, 좋아하여 춤을 추고, 만수무강 축원하며 서방님 왕래시에 자취 소리 음성이나 들어보세.

애고애고, 설운지고! 나 죽어 없다 말고 글공부 착실히 하여 아무쪼록 급제하사 이 설치(雪恥)를 하여 주소. 애고애고, 설움이야! 이를 어찌 하잔 말고?"

멍을 뚫어 놓는다.

94) 질빵하여: 등에 질 수 있게 줄로 묶어서. '질빵'은 짐을 질 수 있도록 어떤 물건에 연결한 줄.

95) 납향(臘享): 납일(臘日)에 한 해 동안 지은 농사 형편과 그 밖의 일들을 여러 신에게 고하는 제사. 조선시대에는 동지 뒤의 셋째 미일(未日)에 지냈다.

96) 퇴선(退膳): 제사를 지내고 제사상에서 물린 음식.

어사가 목에 침이 말라 하는 말이

"옛말에 일렀으되 '극성즉필패'(極盛則必敗: 지극히 성하면 반드시 패함)라니, 본관이 네게 너무 기승을 피웠으니, 무슨 패볼(낭패를 볼) 일이 있을 줄 어찌 알리? 우지 마라, 우지 마라! 너도 세상 볼 날이 아니 있으랴?"

입맛 다시고 옥문 틈으로 손을 넣어 춘향의 손을 마주 쥐고

"너무 설워 마라. 입이나 좀 대어 보자."

옥문 틈으로 맞추려 한들 그림 속의 꽃이로다. 이런 때에는 황새 자식이나 되더면 좋을 뻔하다. 하릴없어 물러서서 혼잣말로 이를 갈고 하는 말이

"이놈! 내일 생일잔치 할 양이면 더욱 좋다. 내 손씨(솜씨)로 출도[97]하여 급경풍(急驚風)을 몰아다가 만경창파 되강오리를 만들리라![98] 마음이 떨리고, 뼈가 저리고, 눈에 불이 난다. 돌절구도 밑이 빠지고,[99] 마루 구멍에 볕이 든다.[100] 이놈, 매양 기승할까[101] 어디 보자!"

강개(慷慨)하여 탄식하고 춘향을 이별하고 돌아서니 사라져 울고 들어갈 제 장부의 간장이 다 녹는고나.

....

97) 출도: 출또, 혹은 출두(出頭). 조선시대 암행어사가 지방 관아에 가서 중요한 사건을 처리하기 위해 신분을 밝히고 사무를 처리하던 일.

98) 급경풍(急驚風)을 몰아다가~되강오리를 만들리라: 세찬 광풍(狂風)을 몰아다가 드넓은 바다 위의 되강오리 신세가 되게 하리라. '급경풍'은 '놀랍도록 세찬 바람'의 뜻. '되강오리'는 논병아릿과의 철새.

99) 돌절구도 밑이 빠지고: 아무리 튼튼한 것이라도 오래 되면 망가지고. '돌절구도 밑 빠질 날이 있다'라는 속담에서 따온 말로, 여기서는 신관 사또의 권력이 아무리 세다 해도 영원불변할 수 없다는 뜻.

100) 마루 구멍에 볕이 든다: '마루 밑에 볕 들 때가 있다', '쥐구멍에도 볕 들 날 있다' 등의 속담과 같은 의미.

101) 기승할까: 기운이 성할까.

4. 출도 준비

춘향어미 따라간다. 춘향이 보는 데는 천연스레 데리고 오더니, 한 모롱 돌아서서 이성하는[102] 말이

"서방님, 어디로 가려 하오?"

어사가 대답하되

"집으로 가지."

춘향어미 하는 말이

"이것이 차소위(此所謂: 이 이른바) 드레질[103]이요. 집 없는 줄 번연히 알며 집이란 말이 웬 말이오? 환상·사채 주어 쓰고 못 바쳤더니, 한 정일(定日) 두 정일[104] 지나가매 접때에 약정(約正)하고 면임(面任)이 나와서 관작재주(官作財主)[105]하여 팔아 들여간 것을 어디로 가자 하오?"

---

102) 이성하는: 이성(異聲)하는, 곧 '딴소리하는'의 뜻으로 보인다. 동양문고본과 『고본 춘향전』에는 "싱짠전으로 ᄒᆞ는"으로 되어 있다.

103) 드레질: 사람을 떠보는 일.

104) 한 정일(定日) 두 정일: 한 번 정한 날, 두 번 정한 날.

105) 관작재주(官作財主): 유서(遺書) 없이 사망한 사람의 재산을 관아에서 개입하여 그 자손에게 분배하던 일. 여기서는 빚을 갚지 못해 관아에서 채무자의 소유권을 빼앗았다는 뜻.

"그러면 자네 그 집에 있기는 무슨 일고(일인고)?"

"경신년 글강 외듯[106] 하라 하오? 거기 깨어진 노구[107] 찾으러 갔다가 공교히 똑 만났지요."

"그러면 자네는 어디 가 있노?"

"글쎄요. 읍내 과부집 같은 데, 홀어미 집 다히로(쪽으로) 다니면서 불씨나 거두어 주고 누른밥술이나[108] 얻어먹지요."

"이 사람, 그리하면 자네 가는 데 나도 한가지로 가세."

춘향어미 깜짝 놀라 하는 말이

"난장(亂杖) 맞고 발가락 뽑히고 나까지 쫓겨나 노중(路中)에서 자게 하려는가? 실없는 말 다시 말고 여각(旅閣: 여관) 다히로나(쪽으로나) 가서 보지."

어사가 어이없어 저를 어찌 갈을쏘냐?[109] 뒤따히여(뒤쪽으로) 돌아서서 객사(客舍) 공청(空廳: 헛간) 찾아간다. 새벽[110]에 문을 나서 군관·서리·역졸(驛卒)[111]들을 입짓[112]으로 뒤를 따라(따르게 하여) 청운사(靑雲寺)로 들어가니, 각읍에 페인(퍼진) 염탐(廉探: 염탐 임무를 맡은 이들)

---

106) 경신년 글강 외듯: 쓸데없는 말을 되풀이함. 권1의 주 357 참조.

107) 노구: 놋쇠나 구리로 만든 작은 솥.

108) 누른밥술이나: 눌은밥 몇 숟가락이나.

109) 갈을쏘냐: 가를쏘냐, 곧 옳고 그름을 따져 구분할쏘냐. 동양문고본에는 "갈횔쇼냐", 『고본 춘향전』에는 "갈일소냐"로 되어 있다.

110) 새벽: 저본에는 "스벽"으로 되어 있으나 바로잡았다.

111) 역졸(驛卒): 역노비(驛奴婢). 역참(驛站)에 소속되어 정보 전달, 공물 운반, 군사 업무 등을 수행하던 노비.

112) 입짓: 넌지시 뜻을 전하기 위하여 입을 움직이는 짓.

각각 변복(變服) 다 모였다. 담배 장사, 메육 장사,[113] 망건 장사, 파립(破笠) 장사, 황우 장사,[114] 걸객이라. 밤중에 딴 방 잡아 불을 켜고, 오십삼관(五十三官) 염문기(廉問記)[115]를 각항조목(各項條目) 상고(詳考)하여 모일(某日) 모역(某驛: 아무 역) 모장(某場: 아무 장소)으로 뇌정기약(牢定期約: 굳게 정한 기약) 헷쳐(열어) 놓고

"금일 오후 본부(本府: 남원부) 생일잔치에 부채 펴서 들거들랑 '출도!' 하고 들어오라."

약속을 정한 후에 평명시(平明時)에 이르러서 백 번이나 당부하던 옥문 밖은 아니 가고, 관문 근처 다니면서 잔치 낌새 살펴보니 생일잔치 적실하다.

---

113) 메육 장사: 미역 장수. '메육'은 '미역'의 옛말.

114) 황우 장사: '황아장수'의 방언. 집집을 찾아다니며 자질구레한 일용 잡화를 파는 사람. 저본에는 '황우'가 "항우"로 되어 있으나 바로잡았다. 이하 같다.

115) 오십삼관(五十三官) 염문기(廉問記): 전라도 4도호부(都護府), 12군(郡), 37현(縣), 도합 53개 관아의 실정을 살핀 기록.

5. 잔치

백설 같은 구름차일(遮日)[116] 보계판(補階板)[117]도 높을시고, 왜병풍(倭屏風: 일본 병풍)에 모란병(牡丹屏: 모란꽃을 그린 병풍)을 좌우에 둘러치고, 화문(花紋: 꽃무늬) 등매,[118] 채화석(彩畵席)[119]에 만화방석(滿花方席),[120] 총전보료,[121] 몽고전(蒙古氈)[122] 담요로다. 사초롱(비단 초롱)·양각등(羊角燈)에 유리등(琉璃燈)을 홍목(紅木: 붉은 무명실)으로 줄을 하여 휘황하게 걸어 놓고, 청홍사(靑紅絲) 사초롱을 서까래 수대로 층층이 걸어 두고, 샛별 같은 요강·타구(唾具)·용촛대·놋촛대를 여기저기 벌여 놓고,[123] 인근 읍 수령들이 차례로 모여 올 제, 인마(人馬)가 낙역(絡繹:

---

116) 구름차일(遮日): 햇볕을 가리기 위하여 공중에 아주 높이 친 장막.
117) 보계판(補階板): 잔치나 큰 모임에서 마루 앞에 잇대어 임시로 만든 자리에 쓰는 좌판.
118) 등매: 등메. 헝겊으로 가장자리 선을 두르고 뒤에 부들자리를 대서 꾸민 돗자리.
119) 채화석(彩畵席): 여러 가지 색깔로 꽃무늬를 놓아서 짠 돗자리.
120) 만화방석(滿花方席): 여러 가지 꽃무늬를 놓아서 짠 방석.
121) 총전보료: '총전(氈)', 곧 말총으로 짠 모직으로 겉을 싸거나 장식한, 두툼한 요.
122) 몽고전(蒙古氈): 몽골에서 쓰는 두툼한 깔개. 몽골의 게르(이동식 천막집)를 만드는 데에도 쓰인다.
123) 백설 같은~벌여 놓고:「한양가」에 다음의 유사한 구절이 보인다. "눈빛 같은 흰 휘장과 구름 같은 높은 차일 / 차일 아래 유둔(油芚) 치고 / 마루 끝에 보계판과 아로새

끊임없이 이어짐)하여 당상(堂上)에는 부사·현감, 당하(堂下)에는 만호(萬戶),[124] 별장(別將),[125] 임실 현감, 구례(求禮) 현감, 고부(古阜: 정읍) 군수, 전주 판관(判官),[126] 함열(咸悅: 익산) 현감, 운봉(雲峰) 영장(營將)[127] 청천(靑天)에 구름 모듯(모이듯), 용문산(龍門山)에 안개 피듯[128] 사면으로 모여드니, 위풍(威風)이 엄숙하고 호령이 서리 같다.

차례로 벌여 앉아 아이 기생 녹의홍상, 어른 기생 착전립(着氈笠: 벙거지를 씀)에 좌우에 벌여 서고, 거북 같은 거문고, 개약고,[129] 양금, 생황, 삼현(三絃) 소리 반공에 어리었다. 주안상을 들이면서 순배(巡杯) 술에 권주가(勸酒歌)라. 흥을 겨워 한창 놀 제 입춤[130] 후에 검무(劍舞) 보고, 거문고 남창(男唱)이며 해적(奚笛: 해금과 저)에 여창(女唱)이라.

이렇듯이 즐길 적에 저 걸인의 거동 보소. 두루 돌아다니면서 혼잣말로

긴 서까래에 / 각 영문(營門) 사촉롱을 빈틈없이 달아놓고 / (…) 보기 좋은 양각등을 차례 있게 걸어놓고 / (…) 각색 총전 몽고전과 만화등매 담방석(毯方席)에 / 백통타구 옥타구며 백통요강 은재떨이 / (…) 모란병풍 영모(翎毛)병풍 산수병풍 글씨병풍 / 홍융사(紅絨絲) 구멍 뚫어 이리저리 얽어매고."

124) 만호(萬戶): 지방 요충지의 방어를 전담하던 종4품 무관.

125) 별장(別將): 지방의 산성과 나루터 등을 방어하는 종9품 무관.

126) 판관(判官): 각 감영(監營) 및 큰 고을에 두었던 종5품 벼슬.

127) 운봉(雲峰) 영장(營將): '운봉'은 전라도의 현(縣) 이름으로, 지금의 남원군 운봉면 일대. '영장'은 각 도의 지방군대를 관할하기 위하여 설치한 진영(鎭營)의 지휘관. 중앙에서 파견되기도 하고, 관찰사가 휘하 고을 수령 중 적임자를 임명하기도 했다. 본래 남원에 있던 전라도 좌영(左營)을 1708년(숙종 34) 운봉으로 옮기면서 운봉 현감이 영장을 겸임했다.

128) 청천(靑天)에 구름~안개 피듯: 여기저기서 한곳으로 모여드는 모양을 이르는 말.

129) 개약고: 가얏고, 곧 가야금.

130) 입춤: 둘이 마주서서 추는 기생춤의 하나.

"아마도 이 노름(놀음)이 고름 되리로다! 이놈의 자식들 잘 호강한다. 실컷 놀아라. 얼마 놀리? 매우 잘 노는고나!"

하며 얼굴 형상 검게 하고 주적주적 들어가며

"여쭈어라, 사령들아! 멀리 있는 걸객으로 좋은 잔치 만났으니 술잔이나 얻어먹자."

진퇴(進退)하여 들어가니 좌상(座上)에 앉은 수령 호령하되

"이것이 어인 걸객이니? 바삐 집어 내떠리라(내뜨려라)!"

뭇 사령이 달려들어 등 밀거니 배 밀거니, 팔도 잡고 다리도 잡고, 뺨도 치고 멱살 끌며

"이분네, 어디를 들어오시오? 바삐 나가라니까!"

오돔지진상에 단지걸음으로[131] 배차밭(배추밭)에 똥덩이처럼 밖으로 내뜨리니, 어사가 가로 떨어져 분기탱중(憤氣撑中)하나 십분 참고 일어서서 대받쳐(대받아) 들어가니 한결같이 구박한다. 어사라도 하릴없어 뒷문으로 가서 보니 거기도 혼금(閻禁)[132]이 대단한지라 들어갈 길이 전혀 없다. 한 모롱에 앉았다가 옆에 앉은 노인더러 묻는 말이

"이 사또 소문 들으니 치민선정(治民善政) 유명하여 백성들이 만세불망선정비(萬世不忘善政碑)[133]를 세운다 하니, 그러할시 분명한지?"

그 노인 대답하되

---

131) 오돔지진상에 단지걸음으로: 멱살을 잡고 번쩍 들어 종종걸음으로. '오돔지진상', 곧 '오둠지진상(進上)'은 멱살이나 옷의 뒷부분 따위를 잡고 번쩍 들어 올리는 짓. '오 둠지'는 옷의 깃고대(옷깃의 뒷부분)가 붙은 부분. '단지걸음'은 '종종걸음'의 방언.

132) 혼금(閻禁): 관아에서 잡인의 출입을 금지하던 일.

133) 만세불망선정비(萬世不忘善政碑): 지방관의 어진 정치의 은덕을 만세토록 잊지 않기 위해 세운 비.

"예? 이 사또요? 공사(公事)는 잘하는지 못하는지 모르거니와 참나무 휘온(휘게 한) 듯하니 어떻다 할지요?"

어사가 왈

"그 공사 이름이 무슨 공사라 하는지?"

그 사람 앙천대소 왈

"그 공사 이름은 쇠코뚜레 공사[134]라 하지요. 원님의 욕심이 어떤지 모르거니와 미전(米錢)·목포(木布)를 다 고미레질하여[135] 들이니 어떠할지요? 색에는 아귀(餓鬼)요, 정사(政事)에는 똥줌치(똥주머니)라 아무 데도(데에서도) 바닥 첫째는 가지요. 이번에도 사십팔 면 가가호호(家家戶戶)에 백미(白米) 삼승(三升), 돈 칠 푼에 계란 삼 개씩 거두어 잔치하니 거룩하고 무던하지요."

---

134) 쇠코뚜레 공사: 코뚜레를 꿴 소를 이리저리 끌고 가듯 고을 수령 멋대로 백성을 부리는 정치.

135) 고미레질: 고무래질하여. 고무래로 곡식을 그러모으듯이 바닥까지 싹싹 긁어.

6. 어사 입장

어사가 들을만(듣기만) 하고 앉았더니, 문 보는 하인들이 어사더러 하는 말이

"우리 잠깐 입시[136]하고 올 사이에 아무라도 들어가거든 이 채죽(채찍)으로 먹여 주고 문을 착실히 보아 주오. 잔치 파후(罷後)에 음식이나 많이 얻어 주오리다."

어사가 다행하여

"글랑은 염려를 아주 놓고 가라니까."

하인들이 입시 간 사이에 한 사람이 들어가려 하고 기웃기웃하거늘 어사 하는 말이

"분분낌[137] 좋은 판에 아니 들어가고 무엇하리? 저기 있는 아이들아, 내 알(정할) 것이니 모두 들어가 구경하라."

마음대로 터놓으니 부문(赴門)[138]하는 선비처럼 뭉게뭉게 뒤끓어서 함

---

136) 입시하고: 변변찮은 음식을 조금 먹고.
137) 분분낌: '분분(紛紛)한 낌새'의 의미로 쓴 듯하다.
138) 부문(赴門): 과거를 보기 위하여 과장(科場) 안에 들어감.

부로 들어가거늘 어사도 섞여 들어가며

"좋다, 잘 들어온다! 한 모롱이 치여라(치워라)."

죽층교(竹層橋: 대나무 사다리) 보계판으로 부적부적 올라가니, 좌중에 수령들이 하인 불러 호령할 제 운봉 영장 곁눈으로 어사 잠깐 살펴보니, 면광인활(面廣印闊)하고[139] 안담한파(眼淡寒波)하여 흑백이 청수(淸秀)하고[140] 미만추월(眉彎秋月)하여[141] 소담미장(疏淡眉長)한데,[142] 윤낭이 하모하고[143] 사비(獅鼻)는 융기(隆起)로다.[144] 소불로치(笑不露齒)하며[145] 복

....

139) 면광인활(面廣印闊)하고: 얼굴이 넓으며 인당(印堂)이 넓고. '인당'은 관상에서 양쪽 눈썹 사이를 이르는 말. 관상에서 얼굴이 네모지면 귀하게 되고, 인당이 넓고 환하면 부귀와 명성을 얻는다고 한다. 동양문고본에는 "면방인활(面方印闊)ᄒ고"(얼굴이 네모지며 인당이 넓고)로 되어 있다.

140) 안담한파(眼淡寒波)하여 흑백이 청수(淸秀)하고: '눈이 차가운 물처럼 맑아 흑백이 깨끗하고'의 뜻으로 보인다. 관상에서는 흰자와 검은자의 흑백이 분명한 것을 귀한 상으로 친다.

141) 미만추월(眉彎秋月)하여: 눈썹은 가을의 초승달 같으며. 저본에는 '미만'이 "미란"으로 되어 있으나 바로잡았다.

142) 소담미장(疏淡眉長)한데: '성근 눈썹이 긴데'의 뜻으로 보인다. 눈썹이 성글고 긴 것을 좋은 관상으로 본다. 저본에는 "슈담미당ᄒ듸"로 되어 있고, 동양문고본에는 "속담미장ᄒ듸"로 되어 있다.

143) 윤낭이 하모하고: 미상. '윤낭'을 '윤곽'(輪廓: 귀의 안바퀴인 이륜耳輪과 겉바퀴인 이곽耳郭)의 잘못으로 보아 '귓바퀴가 아래로 늘어지고' 정도의 뜻이 아닐까 한다. 귀가 크고 아래로 늘어지면 크게 부귀할 상이라 하고, 귓바퀴가 뚜렷하면 총명하며 부귀장수할 상이라고 한다. 동양문고본은 저본과 같고, 『고본 춘향전』에는 "이곽(耳郭)이 돈후(敦厚)ᄒ고"로 되어 있다.

144) 사비(獅鼻)는 융기(隆起)로다: 사자코가 튀어나왔도다. '사자코'는 관상에서 콧등이 현저히 낮고 평평하며 코끝이 풍만한 코를 이르는 말로, 부귀의 상이라고 한다.

145) 소불로치(笑不露齒)하며: 웃을 때 이가 드러나지 않으며. 입을 열 때 이가 드러나면 지혜가 없는 상이라고 한다.

모이견[146]하여 요원이배평(腰圓而背平)이라.[147] 인중장(人中長) 정부윤(井部潤)에 산근후(山根厚) 창고만(倉庫滿)이라.[148] 삼정(三停)이 균평(均平)하고[149] 오악(五嶽)이 구전(俱全)이라[150] 언간청월(言簡淸越)하고 좌단침정(坐端沈靜)하여[151] 법령(法令)[152]이 엄장(嚴壯: 장엄)하고 장벽(牆壁)방후(方厚)로다.[153] 연견(鳶肩)에 화색(火色)하니 무쌍영걸(無雙英傑)

....

146) 복모이견: 배와 관련된 말인 듯하나 미상. 관상에서는 배가 둥글고 처져 아랫배가 나온 것을 무병장수하고 부귀한 상이라고 한다.

147) 요원이배평(腰圓而背平)이라: 허리가 둥글고 등이 평평하다. 허리와 등이 평평하고 두터운 것이 복된 상이라고 한다.

148) 인중장(人中長)~창고만(倉庫滿)이라: 인중이 길고 정부가 윤택하며, 산근이 두텁고 창고가 가득하다. 재물운이 강한 관상이라고 한다. '정부'는 인중의 양 옆 살. '산근'은 눈과 눈 사이의 콧마루. '창고'는 이마의 양쪽 가장자리의 눈썹 끝 부위에 해당하는 '천창'(天倉)과 턱의 양쪽 가장자리에 해당하는 '지고'(地庫)를 아울러 이르는 말.

149) 삼정(三停)이 균평(均平)하고: 얼굴 전체의 복이 고르고. '삼정'은 얼굴을 세 부위로 나누어 머리부터 눈썹까지의 '상정'(上停), 눈썹부터 콧마루까지의 '중정'(中停), 인중에서 턱까지의 '하정'(下停)을 아울러 부르는 말. 각각 초년·중년·만년의 운에 대응되는데, 삼정이 고르면 평생 현달함을 지킨다고 한다.

150) 오악(五嶽)이 구전(俱全)이라: 오악이 모두 온전한지라. '오악'은 관상에서 얼굴의 우뚝한 다섯 부위를 가리키는 말로, 콧등을 중악(中嶽), 좌우 광대뼈를 동악(東嶽)과 서악(西嶽), 이마를 남악(南嶽), 턱을 북악(北嶽)이라 한다. 오악이 충만하면 부귀하고 영예가 많다고 한다.

151) 언간청월(言簡淸越)하고 좌단침정(坐端沈靜)하여: 말이 간략하고 말소리가 맑으며, 앉은 모습이 단정하고 침착하여.

152) 법령(法令): 법령금. 관상에서 말하는, 양쪽 광대뼈와 코 사이에서 입가를 지나 내려오는 굽은 선.

153) 장벽(牆壁) 방후(方厚)로다: 장벽이 바야흐로 두텁도다. '장벽'은 관상에서 양쪽의 턱뼈를 가리키는 말. 장벽이 두텁게 발달하면 의지력과 추진력이 강하다고 한다.

이라 삼십에 승상(丞相)이요,¹⁵⁴ 명주출해(明珠出海)하니 팔십에 태사(太師)로다.¹⁵⁵

운봉이 마음에 놀라고 의심하여 본관에게 통하는 말이

"여보시오, 그분을 보아하니 의복은 남루하나 양반일시 분명하오니, 우리네가 양반을 대접 아니 하고 누가 한단 말이오니까?"

일변 청하여 말석(末席)에 좌를 주고

"이 양반, 예 앉으시오."

어사가 이 말 듣고

"긔야(그 사람이야말로) 양반이로고! 동시양반(同是兩班: 같은 양반) 아끼니 운봉이야 참 사람을 아는고."

하며 부적부적 상좌(上座)로 올라가서 본관 곁에 앉아 진똥 묻힌 두

---

154) 연견(鳶肩)에 화색(火色)하니~삼십에 승상(丞相)이요: 당 태종 때의 명신 마주(馬周)에 빗대어 어사의 출세를 예견한 말. '연견에 화색하니'는 '솔개가 웅크리고 앉을 때처럼 위로 치켜 올라간 두 어깨에 화염처럼 붉은 빛 얼굴이니'의 뜻이다. 본래 당나라 초의 문신 잠문본(岑文本)이 마주의 관상을 보고 '화색'은 상승의 기운이고, 어깨가 솔개처럼 치켜올라가 있으니 단기간에 큰 공을 세우고 고속 승진할 관상이라고 했던 데서 유래하는 말. 마주는 황제 친위대장의 막하에서 식객으로 지내다가 대신 지어 올린 시무책이 당 태종에게 채택되면서 능력이 알려져 태종의 총애를 받으며 3년 만에 중서시랑(中書侍郎)이 되고 마침내 33세에 재상의 지위에 올랐다. 관련 고사가 『구당서』(舊唐書) 「마주전」(馬周傳)에 전한다.

155) 명주출해(明珠出海)하니 팔십에 태사(太師)로다: 아름다운 진주가 바다에서 나오니 여든 나이에 태사로다. 문왕을 만나 능력을 드러낸 강태공에 빗대어 어사의 출세를 예견한 말. '태사'는 주나라의 재상 벼슬. 진단(陳摶)이 화산(華山)의 석실에서 마의선생(麻衣先生)의 상법(相法)을 전수받고 지었다는 「신이부」(神異賦)에 "명주가 바다에서 나오니 강태공은 여든에 문왕을 만났고 / 화염처럼 붉은 얼굴 솔개 어깨 마주는 서른 당 태종을 만났네"(明珠出海, 姜太公八十遇文王, 火色鳶肩, 馬周三十逢唐帝)라는 구절이 보인다.

다리를 앞으로 펴바리니(펴버리니), 본관이 혀를 차며

"게(거기)도 눈이 있지 다리를 어디다가 뻗는닷! 게 도로 오그리라니. 어허, 운봉은 야릇하것다!"

어사가 대답하되

"여북하여야 그리하오? 내 다리는 뻗기는 하여도 임의로 오그리지는 못하오."

그대로 앉았더니 운봉이 민망하여 곁좌(옆자리)로 청하여 말씀하더니 좌중에 큰 상 든다. 수파련(水波蓮)[156]에 갖은 기화(奇花) 각색지물(各色之物) 차담상(茶啖床: 다과상)이 차례로 들어오는데, 어사가 공복이라 음식 보고 시장이 대출(大出)하니[157] 좌중에 통하는 말이

"상좌에 말씀 올라가오! 지나가는 걸객으로 복공(腹空: 공복)이 자심하니 요기시켜 보내시오."

운봉 영장 하인 불러

"상 하나를 가져다가 이 양반께 받자오라."

귀신 같은 아이놈이 상 하나를 들어다가 놓으니, 어사가 눈을 들어 살펴보니 모조라진 상소반(常小盤)[158]에 뜯어먹던 가리(갈비) 한 대, 대초(대추) 세 개, 생률 두 낱, 소금 한 줌, 장(醬) 한 종자(鍾子: 종지)에 절인 김치 한 보사기,[159] 모주 한 사발, 면 한 그릇 덩그렇게 놓았거늘, 남

----

156) 수파련(水波蓮): 잔치 때 장식으로 쓰는, 종이로 만든 연꽃. 저본에는 "슈팔련"으로 되어 있으나 바로잡았다.

157) 시장이 대출(大出)하니: 배고픔이 크게 일어나니. 저본에는 '대출'이 "지츌"로 되어 있으나 동양문고본에 따랐다.

158) 모조라진 상소반(常小盤): 모지라진(끝이 닳아서 없어진), 값싸게 만든 소반.

159) 보사기: '보시기'의 방언. '보시기'는 높이가 낮고 크기가 작은 반찬 그릇.

의 상 보고 내 상 보니 없던 심정(좋지 않은 심사)이 절로 난다. 가장 실수하는 체하여 한복판에 뒤집어 놓고

"아차, 이 노릇 보게! 먹을 복이 못 되나 보다."

두 소매 옷자락으로 엎친 모주를 묻혀다가 좌우 벽에 뿌리며 좌우 수령에게 함부로 대고 뿌리니 모든 수령 하는 말이

"어허! 이것이 무슨 짓이란 말고? 미친 손(손님)이로고!"

어사가 대답하되

"왼통으로 적시는 내 옷도 있소. 약간 뛰는(튀는) 것이야 글로(그로) 관계할라오?"

무진무진(無盡無盡) 뿌리거늘 운봉이 민망하여 받았던 상 물려놓고 권하거늘 어사가 하는 말이

"이것이 웬일이오?"

운봉이 하는 말이

"염려 말고 어서 자시오. 내 상은 또 내어오지요."

어사가 상을 받아 놓고 트집하는 말이

"통인, 여보아라! '상좌에 말씀 한 마디 올라가오' 하여라. 내 가만히 보니 어떤 데는 기생 하여(시켜) 권주가로 술 드리고, 또 어떤 데는 기생 권주가는 애짜하고[160] 떠꺼머리 아이놈[161] 하여(시켜) 얼녕뚱뚱(얼렁뚱땅)하니, 어찌한 일인지? 술이란 것은 권주가 없으면 무맛이라. 그중 기생 된 년으로 하나만 내려보내시면 술 한 잔 부어 먹사이다."

본관이 책망하되

---

160) 애짜하고: 미상. '고사하고' 정도의 뜻으로 보인다.
161) 떠꺼머리 아이놈: 떠꺼머리 총각. 장가갈 나이가 된 총각.

"그만하면 어량(於良)에 족의(足矣)어든[162] 또 기생 암주로 하고,[163] 어
허, 괴이한 손이로고!"

운봉이 기생 하나 불러

"약주 부어 드리라."

그중 한 년이 마지못하여 술병 하나 들고 내려오니 어사가 하는 말이

"너 묘하다! 권주가 할 줄 알거든 하나만 하여 나를 호사(豪奢)시키
어라."

그 기생 술 부어 들고 외면하며 하는 말이

"기생 노릇은 못 하겠다. 비렁뱅이도 술 부어라 권주가가 웬일인고?
권주가가 없으면 줄따기[164]에 술이 아니 들어가나?"

혀를 차며 권주가 한다.

먹으시오 먹으시오 이 술 한 잔 먹으시오.

"여보아라, 요년! 네 권주가 본(본새)이 그러하냐? 행하(行下) 권주가[165]
는 이러하냐? '잡수시오' 말은 생심도 못하느냐?"

그 기생 독을 내어 종알이며

....

162) 어량(於良)에 족의(足矣)어든: 썩 흡족하거든. '어량족의'(於良足矣)는 본래 장량이
한 말로, '나 장량에게 족하다'라는 뜻.
163) 암주로 하고: 붙이라 하고. '암주로'는 '암지르다'(주된 것에 덧붙이다)에서 온 말로
보인다.
164) 줄따기: 목줄때기, 곧 목줄.
165) 행하(行下) 권주가: 윗사람이 아랫사람에게 시혜를 베풀어 내려준 권주가. '행하'는
본래 부리는 사람이나 시중 든 사람에게 주는 보수를 뜻한다.

"애고, 망측하여라! 성가시지 아니하오? 잘 하여 주오리다."

　처박이시오 처박이시오 이 술 한 잔 처박이시오

　이 술 한 잔 처박이시면 장명부동(長命不動: 긴 수명이 확고부동함)

　할 것이니

　어서어서 드르지르시오(들이지르시오).

고년의 얼굴 낯 익이고(익히고)

"에라 요년, 아서라!"

술 마시고 음식상 다그어놓고(다가놓고) 하나도 남기지 아니하고, 주린 판에 비위(脾胃) 열려 순식간에 다 후무루떠이고(대강 씹어 넘기고) 또 상좌에 통하기를

"사월 팔일에 등(燈) 올라가오![166] 음식은 잘 먹었소마는 또 쾌씸한 입이 시어 못 하겠소. 저 초록 저고리에 다홍치마 입은 동기(童妓) 좀 내려보내오면 호사판에 담배까지 붙여 먹겠소."

운봉이 기생 불러

"붙여 드리라."

그 기생 내려오며

"그러사나[167] 숫것(수컷)이라 제반 악종(惡種: 나쁜 종류)의 소리를 다

166) 사월 팔일에 등(燈) 올라가오: 초파일에 수많은 연등을 올려 달듯 상좌에 많은 말을 연달아 올린다는 뜻.

167) 그러사나: '그르지만', '형편이나 상태가 좋지 않지만' 정도의 뜻으로 보인다. 동양문고본에는 "그르ᄉ나", 『고본 춘향전』에는 "그르ᄉ나"로 되어 있다.

하네! 운봉 안전(案前)[168]은 분부한 몫(분부하는 역할) 맡았나?"

하며

"담뱃대 내시오."

어사가 돌통대를 내어주니, 고 기생이 서초 한 대 떼어내어 붙여 주니 어사가 대 받고

"이리 오너라, 절묘하다! 게 앉았다가 한 대 더 붙여 다고."

손목 쥐고 앉았더니, 이윽하여 뱃속에서 별안간에 장악원 이육좌기(二六坐起)하는 소리[169]처럼 똥땅 주루룩 꼴꼴 딱딱 별 소리가 다 나더니 뱃속이 굼틀하며 방기(방귀)가 나오려 하고 밋궁(밑구멍)을 뚫는지라, 발뒷꿈치로 잔뜩 괴었다가 슬며시 터놓으니 부시시 하고 그저 뭇대여[170] 연속히 나오는지라. 방기(방귀) 내가 왼 동원(동헌)에 다 허여지니(흩어지니) 구린내가 어찌 독하던지 말던지 곧 코를 쏘는지라, 좌중이 저마다 코를 가리오고 "응!" 소리가 연속하다.

본관이 호령하되

"이것이 필연 통인놈의 조화로다! 사핵(査覈)하여 바삐 몰아 내치라!"

어사가 대답하되

"통인은 애매하오.[171] 내가 과연 방기 자론지(자주) 뀌었소."

하고 한 번 통한 후는 그저 무한 슬슬 통통 뀌어 버리니 왼 동헌이 다 구린내라. 모든 수령들이 혀를 차며 운봉의 탓만 하더라.

---

168) 운봉 안전(案前): '운봉 영장'을 높여 부르는 말.

169) 장악원 이육좌기(二六坐起)하는 소리: 요란한 소리. 장악원에서 매월 2, 6, 12, 16, 22, 26일에 악공과 내의녀들을 소집하여 음악과 춤을 연습시키는 소리.

170) 뭇대여: 뭇대어(무어). 이어져.

171) 애매하오: 아무 잘못 없이 꾸중을 들어 억울하오.

7. 파흥

본관이 취흥을 못 이겨 주담(酒談)[172]으로 하는 말이

"여보 임실, 나는 묘리 있는 일이 있소. 심심한 때면 이방놈과 모든 은결(隱結) 뒤여내어 단둘이 쪽반하니[173] 그런 재미 또 있는가? 여보 함열현감, 준민고택(浚民膏澤)[174] 말자 하였더니 할 밖에는 없는 것이, 정 없는 별봉(別封)[175]이 근래에 무수하고, 궁교빈족(窮交貧族)[176] 걸태(乞駄)[177] 들이 끊일 적이 바이 없고, 원천강(袁天綱) 예봉(例封)[178]도 전보다가 배

172) 주담(酒談): 술김에 지껄이는 객쩍은 말.

173) 은결(隱結) 뒤여내어 단둘이 쪽반하니: '은결', 곧 탈세를 목적으로 전세(田稅)의 부과 대상에서 부정하게 누락시킨 토지를 뒤져내 두 사람이 반씩 나누어 가지니.

174) 준민고택(浚民膏澤): 백성의 고혈(膏血)을 뽑아냄.

175) 별봉(別封): 외직에 있는 벼슬아치가 서울의 각 관아에 토산물을 바칠 때 거기에 웃짐을 덧붙여 상납하던 일.

176) 궁교빈족(窮交貧族): 곤궁한 벗과 친척.

177) 걸태(乞駄): 염치를 돌보지 않고 남의 재물을 달라고 청하는 일.

178) 원천강(袁天綱) 예봉(例封): 틀림없이 상납해야 하는 특산물. '원천강'은 당나라의 역술가 이름에서 유래하여 일이 확실하고 의심이 없음을 이르는 말(권5의 주 14 참조). '예봉'은 지방관들이 관례에 따라 그 지방의 특산물을 중앙의 고관에게 선사하는 일.

가 되니 실살구는 할 수가 없어[179] 주야 경륜(經綸: 궁리) 생각하니 환자

요리(還子要例)[180]도 할 만하고, 또 사십팔 면 부민(富民)들을 낱낱이 추

려내어 좌수차접·풍헌차접,[181] 아전의 환방(換房)[182] 같은 것 내어주면

은근한 묘리가 있고, 또 봄이면 민간에 계란 하나씩 내어주고 가을이면

연계(영계) 일수(一首) 받아들여 수합하면 여러 천수(千首)[183] 마뜩하고,

흉년이면 관포(官布) 받고 헐가 주기,[184] 이런 노릇 아니하면 지탱할 길

과연 없소."

　운봉이 하는 말이

　"여보오 본관, 객담 말고 여차성연(如此盛宴: 이처럼 성대한 잔치)에

풍월귀[185]나 하옵시다."

　좌우 수령 "좋다!" 하고 시축지(詩軸紙)[186]를 내어놓고 운(韻)을 내어

글 지을 제 어사가 또 통하되

　"상좌에 말씀 올라가오! 나도 비록 걸인이나 오늘 우연히 좋은 잔치

179) 실살구는 할 수가 없어: 실살은 차릴 수가 없어. 알짜 이익은 얻을 수 없어.

180) 환자요리(還子要利): 곡식을 백성들에게 봄에 빌려주고 가을에 이자를 붙여 거두는
　　과정에서 이익을 취하는 일. '환자'는 환상(還上). '요리'는 재물을 불려 이익을 늘린다
　　는 뜻.

181) 좌수차접·풍헌차접: 좌수 임명장과 풍헌 임명장. '차접', 곧 차첩(差帖)은 조선시대
　　관아의 장이 녹봉이 정해지지 않은 관직자를 임명하면서 발급하던 문서. 좌수·풍헌·
　　약정·면임 등은 모두 고을 수령 직권으로 차첩을 내려 임명했다.

182) 환방(換房): 육방의 구실아치를 교체하던 일.

183) 여러 천수(千首): 수천 마리.

184) 흉년이면 관포(官布) 받고 헐가 주기: 흉년에 민가에서 포목을 받는 대신 곡식을 내
　　줄 때 값을 헐하게 쳐서 주기. '관포'는 관아 소유의 포목.

185) 풍월귀: 풍월구(風月句), 곧 시구(詩句).

186) 시축지(詩軸紙): 시를 지을 때 사용하는 두루마리 종이.

만나 배불리 얻어먹고 그저 가기 무미(無味)하니, 필묵·종이 빌리시면 (빌려주시면) 차운(次韻)[187]이나 하오리다."

좌우 수령 묵소(默笑)하고

"저 꼴에 글이란니?"

운봉이 만류하되

"문무귀천(文無貴賤) 상사(常事)로다."[188]

문방사우(文房四友) 가져다가 어사 앞에 놓아 주니 어사가 붓을 들고 순식간에 지었으니

금준미주(金樽美酒)는 천인혈(千人血)이요

　　금으로 만든 그릇에 아름다운 술은 일천 사람의 피요

옥반가효(玉盤佳肴)는 만성고(萬姓膏)라

　　옥반(옥쟁반)에 아름다운 안주는 일만 백성의 기름이라.

촉루낙시(燭淚落時)에 민루낙(民淚落)이요

　　불똥 떨어질 때에 백성의 눈물이 떨어지고

가성고처(歌聲高處)에 원성고(怨聲高)라

　　노랫소리 높은 곳에 원망 소리 높았도다.[189]

....

187) 차운(次韻): 다른 사람이 지은 시의 운자(韻字)에 맞춰 시를 짓는 일.

188) 문무귀천(文無貴賤) 상사(常事)로다: 좋은 글을 짓는 데 신분의 귀천이 상관 없음은 늘 있는 일이다.

189) 금준미주(金樽美酒)는 천인혈(千人血)이요~소리 높았도다: 조경남(趙慶男, 1570~ 1641)의 『속잡록』(續雜錄)에 의하면 명나라 장수 조도사(趙都司)가 조선에 사신으로 와서 쓴 시를 변용한 것이라 하는데, 그 시는 다음과 같다. "맑은 향기의 맛 좋은 술은 일천 사람의 피요 / 잘게 썬 진수성찬은 만백성의 기름이라. / 초의 눈물(촛농) 떨어 질 때 백성의 눈물 떨어지고 / 노랫소리 높은 곳에 원망 소리 높네."(淸香旨酒千人血,

어사가 이 글 지어 모든 수령 아니 뵈고 운봉만 넌짓(넌지시) 뵈고 하는 말이

"노형은 먼저 가시오."

운봉이 눈치 알고 본관에게 통하되

"나는 백성 환자(還子) 주기 바빠 먼저 돌아가오."

전주 판관 또 통하되

"나는 미진공사(未盡公事: 미진한 공무) 있어 먼저 가오."

고부 군수 하는 말이

"나는 하로거리[190]로 제때가 되면 못 견디어 먼저 가오."

본관이 취중에 골을 내어 하는 말이

"낙극진환(樂極盡歡)[191]이라니 종일토록 놀지 않고 공연히들 먼저 가니 남의 잔치 파흥(破興: 흥을 깸)이라! 괴이한 자식들 실살꿰(실살구)를 못 잊어서 지랄이 나나 보다."

細切珍羞萬姓膏. 燭淚落時民淚落, 歌聲高處怨聲高.) 그런데 실은 이 시 또한 기존의 한시 구절을 모아 만든 시구이다. 이백의 「행로난」(行路難)에 "황금 동이의 청주 한 말에 일만 전 / 옥쟁반의 진수성찬도 값이 일만 전"(金樽淸酒斗十千, 玉盤珍羞直萬錢)이라는 구절이 보이고, 명나라 구준(丘濬, 1421~1495)이 민간에 유행하던 희곡을 개작하여 완성한 장편 희곡 『오륜전비기』(五倫全備記)에 "쉼 없이 따르는 미주는 일천 사람의 피요 / 잘게 썬 양고기는 만백성의 기름이라. / 초의 눈물 떨어질 때 백성의 눈물 떨어지고 / 기쁨의 소리 높은 곳에 원망 소리 높네"(頻斟美酒千人血, 細切肥羊百姓膏. 燭淚落時人淚落, 歡聲高處怨聲高)라는 구절이 보인다. 『오륜전비기』는 1720년 사역원(司譯院)의 역관 고시언(高時彦) 등이 번역을 완료하여 그 한글 번역본인 『오륜전비언해』(伍倫全備諺解)가 중국어 학습서로 쓰였다.

190) 하로거리: 하루거리. 하루씩 걸러서 앓는 학질. 학질, 곧 말라리아는 하루 걸러 발열 증상이 있다.

191) 낙극진환(樂極盡歡): 즐김이 극치에 이르러야 기쁨을 끝까지 다함.

좌중에

"여보시오! 가는 이는 가거니와 우리나 호토시[192] 노사이다."

이렇듯이 어언간에 가는 이는 가고 다 없는지라.

192) 호토시: 홋홋이. 딸린 사람이 적으니 홀가분하게.

8. 난리법석

이때에 삼반하인(三班下人)[193] 맞춘 때가 다하오니,[194] 관문 근처 골목마다 파립 장사, 망건 장사, 메육 장사, 황우 장사 각각 외며 돌아다녀 삼반하인 손을 치니,[195] 군관·서리·역졸들이 청전대(靑戰帶)[196]를 둘러 띠고, 홍전립(紅戰笠)[197]을 젓게(젖혀) 쓰고, 마패(馬牌)를 빼어 들고, 삼문을 쾅쾅 두드리고

"이 고을 아전놈아, 암행어사 출도로다! 큰문을 바삐 열라!"

한편으로 봉고(封庫)[198]하고, 우지끈 뚝닥 두드리며 급히 짓쳐 들어

....

193) 삼반하인(三班下人): 삼반관속(三班官屬), 곧 지방 관아의 구실아치와 하인. 여기서는 어사 휘하의 군관·비장·서리·반당·역졸 등을 가리킨다. 저본에는 '삼반'이 "삼방"으로 되어 있으나 바로잡았다. 이하 같다.

194) 맞춘 때가 다하오니: 약속한 시각이 닿아 오니. '다하오니'가 동양문고본에는 "다하시니", 『고본 춘향전』에는 "다핫스니"로 되어 있다.

195) 삼반하인 손을 치니: 어사가 약속한 신호대로 삼반하인의 손을 치니. 『고본 춘향전』에는 이 앞에 "[삼반하인이] 부채 군호(軍號) 살피더니 어사 사도의 거동 보소. 부채를 들어"라는 구절이 더 있다.

196) 청전대(靑戰帶): 군복에 띠던 남색 띠. 장교 이상은 명주, 군졸은 무명으로 만들었다.

197) 홍전립(紅戰笠): 군졸이 군장(軍裝)을 할 때 쓰던 갓. 붉은 전(氈: 모직)으로 만들어 '홍전립'(紅氈笠)이라고도 표기한다.

198) 봉고(封庫): 관찰사나 암행어사가 지방관의 비위 사실을 적발한 뒤 증거 보존을 위하여 관서의 창고를 봉하던 일.

오며

"암행어사 출도하오!"

이 소리 한 마디에 태산에 범이 울고, 청천에 벽력이라, 기와골[199]이 떨어지고 동헌이 터지는 듯, 노름(놀음)이 고름이요 삼현(三絃)이 파면이요, 노래가 모래 되고 배반(杯盤)이 현반(懸盤 : 선반)이라.

좌우 수령 거동 보소. 겁낸 거동 가소롭다. 언어수작 뒷켜(뒤집어) 한다.

"갓 내어라, 신고 가자! 목화(木靴)[200] 내라, 쓰고 가자!"

"나귀 내라, 입고 가자. 창의(氅衣)[201] 잡아라, 타고 가자!"

"물 마르니 목을 다고!"

임실 현감 갓모자를 뒤켜(뒤집어) 쓰고

"이놈들, 허무한 놈! 갓 구멍을 막았고나."

칼집 쥐고 오줌 누니 오줌 맞은 하인들이 겁결에 하는 말이

"요사이는 하늘에서 더운 비를 주나 보다."

쥐구멍에 상투 박고, 구례 현감 말을 거꾸로 타고 하인더러 묻는 말이

"이 말 목이 본래 없나?"

여산 부사 오줌 싸고

"문 들어온다, 바람 닫아라! 말이 빠져 이가 헛날린다."

굴뚝 뒤에 숨었다가 줄행랑이 개 가족[202]이라 개굼그로(개구멍으로) 달

<hr>

199) 기와골: 기왓골. 기와지붕에서 수키와와 수키와 사이에 빗물이 잘 흘러내리도록 골이 진 부분.

200) 목화(木靴): 사모관대를 할 때 신던 신. 바닥은 나무나 가죽으로 만들고 검은빛의 사슴 가죽으로 목을 길게 만든 장화.

201) 창의(氅衣): 벼슬아치가 평상시에 입던 옷. 소매가 넓고 뒤 솔기가 갈라져 있다.

202) 개 가족: 개의 가족. 개와 같은 족속.

아난다.

이렇듯이 덤벙일 제 본관 원(사또)이 똥을 싸고, 실내(室內)²⁰³ 부인 똥을 싸고, 서방님도 똥을 싸고, 도련님도 똥을 싸고, 소인네도 똥을 싸고, 왼 집안이 똥빛이라.

"이를 어찌 하오리까?"

남원 부사 대답하되

"그러하면 발 잰 놈을 바삐 불러 왕십리를 급히 가서 거름 장사²⁰⁴ 있는 대로 성화같이 잡아오라!"

배반이 낭자한데 몽치 찬 놈 괴이하다. 장구통도 깨어지고 큰북통도 깨어지고, 해금통도 깨어지고 피리 젓대 짓밟히고, 거문고도 깨어지고 양금 줄도 끊어지며, 교자상도 부서지고 화충항²⁰⁵도 깨어지고, 찬합도 허여지고(흩어지고) 준화(樽花)²⁰⁶ 가지 부러지고, 차담상도 웃쳐지며(으스러지며) 화기병(畫器瓶)²⁰⁷도 다 부이고(부서지고), 양각등도 다 족치고(쭈그러지고) 사초롱도 미어지며(해어져 구멍이 나며), 그런 잔치 다 파하여 동헌이 일공(一空: 전체가 텅 빔)이라. 좌수·이방 곡경(曲境: 곤경)으로 발광하고, 삼반관속, 육방 아전 된벼락을 맞았고나! 내외 아사(衙舍: 관아 건물) 상하 없이 똥빛으로 진동한다.

---

203) 실내(室內): 남의 아내를 점잖게 이르는 말.
204) 거름 장사: 똥거름 장수. 각 집의 뒷간을 쳐내서 거름으로 파는 일을 직업으로 하는 사람. 서울 왕십리 일대에 채소밭이 많아 똥거름 장수들이 서울의 뒷간을 쳐다 날라 거름으로 쓰게 했다.
205) 화충항: 꽃을 꽂는 충항아리. '충항아리'는 용이 그려진, 긴 타원형의 사기 병.
206) 준화(樽花): 큰 항아리에 꽂는 장식용 대형 조화(造花).
207) 화기병(畫器瓶): 그림이 그려진 사기 병.

9. 출옥

삼공형(三公兄)[208]·삼향소(三鄕所)[209]를 우선 형추정배(刑推定配: 죄인을 신문하고 유배형을 내림)하고, 본관은 봉고파출(封庫罷黜)[210]하여 지경(地境) 밖에 내친 후에 어사의 거동 보소. 동헌 대청 독좌(獨坐)하여 삼반하인 분부하여 좌기(坐起) 절차 바삐 할 제 대기치(大旗幟) 나열하고 삼공형 불러들여 읍폐(邑弊: 고을의 폐단) 묻고, 도서원(都書員)[211] 불러 전결(田結) 묻고, 사창빗[212] 불러 곡부(穀簿: 양곡 장부) 묻고, 군기빗[213] 불러 군장복색(軍裝服色) 집착(執捉)[214]하고, 전세빗[215] 불러들여 세미(稅米)

---

208) 삼공형(三公兄): 육방 아전의 핵심인 이방·호방·형방.
209) 삼향소(三鄕所): 향소, 곧 유향소의 우두머리인 좌수(座首)와 그 보좌역인 별감(別監) 2인을 아울러 이르는 말.
210) 봉고파출(封庫罷黜): 관서의 창고를 봉하고 부정을 저지른 지방관을 파면함.
211) 도서원(都書員): 서원(書員)의 우두머리. '서원'은 세금 징수 업무를 담당하던 구실아치.
212) 사창빗: 사창(社倉)의 일을 맡아보던 구실아치. '사창'은 각 고을의 환곡(還穀)을 저장하던 창고.
213) 군기빗: 군기(軍器), 곧 병기 업무를 담당하던 구실아치.
214) 집착(執捉): 장악(掌握)함. 여기서는 '자세히 점검함' 정도의 뜻. 저본에는 "집칙"으로 되어 있다.
215) 전세빗: 전세(田稅) 업무를 담당하던 구실아치.

남봉(濫捧)한다[216] 형추 일차(一次) 맹타(猛打)하여 방송(放送)하고, 예방(禮房) 불러 불효강상죄인(不孝綱常罪人)[217]들을 원찬(遠竄: 먼곳으로 유배 보냄)하고, 형방 불러 살옥(殺獄: 살인 사건 관련 옥사) 묻고, 이런 분부 다한 후에 옥사장이 바삐 불러

"옥에 갇힌 춘향이를 사장(옥사쟁이)의 손 대지 말고 모든 기생 안동(眼同)[218]하여 바삐 대령시키어라!"

옥사장이 청령(聽令)하고 옥문 열쇠 손에 들고 옥문 밖에 바삐 가서 열쇠를 거꾸로 받고(들이받고)

"업다, 성화하겠다! 어찌 아니 열리는고?"

닙다라[219] 재촉이 뇌정 같은지라 옥사장이 할 길 없어 발로 박차 문을 깨고 엎어놓고(덮어놓고) 손을 치되[220]

"어서 이리 나오너라! 어서 바삐 나오너라!"

해포 묵은 구수(久囚)들이 뭉게뭉게 다 나온다. 옥사장이 발광하여

"업다, 바삐 나오너라!"

구수들이 의논하되

"국가에 경사 있어 통개옥문(洞開獄門)[221]하나 보다."

....
216) 세미(稅米) 남봉(濫捧)한다: 조세로 받는 쌀을 함부로 많이 받았다고 하여. '남봉'은 규정 수량에 어긋나게 함부로 더 받는다는 뜻.
217) 불효강상죄인(不孝綱常罪人): 불효 죄인과 삼강오상(三綱五常)에 어긋나는 행위를 한 죄인. '강상죄인'은 부모나 남편을 죽인 자, 노비로서 주인을 죽인 자, 관노(官奴)로서 관장(官長)을 죽인 자 등을 이른다.
218) 안동(眼同): 따르게 함.
219) 닙다라: '잇달아', 또는 '들입다' 정도의 뜻으로 보인다.
220) 손을 치되: 오라는 표시로 손짓을 하되.
221) 통개옥문(洞開獄門): 나라에 경사가 있을 때 죄의 경중을 가리지 않고 모든 죄인을

그저 함부로 꿰역꿰역 다 나오니 옥중이 일공(一空)하였고나. 옥사장이 성화하여

"업다, 이놈들! 나오지 말라!"

일변 들이밀며

"어서 바삐 나오너라, 사람 죽겠다! 너만 어서 나오너라."

구수들이 어이없어

"누구를 나오라나니?"

"업다, 성화하겠다! 저 아이만 나오너라."

"저 아이가 누구니?"

"춘향이만 나오너라."

춘향이 이 말 듣고 혼이 없어 나오면서

"애고, 이제는 나 죽겠네! 서방님은 어디 가고 이때까지 아니 오노?"

춘향어미 들입다 잡고

"애고애고, 달아났다! 이제는 아주 갔다. 반점(半點)만도 생각 마라. 밥을 하여 많이 주니, 마파람에 게눈[222]이라. 애고, 그놈 잠을 잘 제 동냥꾼이 적실터라. 돌겻잠[223]에 이를 갈고, 기지개 잠꼬대에 '밥 한 술 주옵소서!' '돈 한 푼 조닐하오!'[224] 한두 번이 아닐러라. 만일 읍중(邑中) 사람들이 그놈인 줄 알 양이면 손가락질 지목하여 춘향의 서방, 춘향의 서방 할 양이면 이 아니 수치하냐? 아서라, 생각 마라! 눈꼬알(눈꼴)을 보

풀어 주던 일.

222) 마파람에 게눈: 마파람에 게눈 감추듯. 음식을 어느 결에 먹었는지 모를 만큼 빨리 먹어 버리는 모양.

223) 돌겻잠: 돌곁잠. 한자리에 누워 자지 아니하고 이리저리 굴러다니면서 자는 잠.

224) 조닐하오: 제발 비오. '조닐'은 남에게 사정할 때 '제발 빈다'는 뜻으로 이르는 말.

아하니 소도적놈이 다 되었더라. 이 집 저 집 다니다가 남의 것을 몽태하면(슬그머니 훔치면) 그런 우환 또 있느냐? 만일 다시 오거들랑 왕손 많이 각지손하고,[225] 금일 좌기에 묻거든 반합(半合)에[226] 허락하면 어찌 아니 좋을쏘냐? 물라는 쥐나 무지(물지) 수절이 무엇이니?"

춘향이 울며 대답하되

"애고, 그 말 듣기 싫소. 그 말 그만하오. 죽을밖에 하릴없소!"

좌우편을 살펴보나 서방님이 간데없다. 저 춘향의 거동 보소.

"애고, 이럴을(이를) 어찌할꼬? 죽기를 한하여 이를 갈고 엄형을 받으나 부모유체(父母遺體)를 아끼지 않고 형장 끝에 다 썩어 뼈만 남도록 수절하더니, 건곤천지 우주 간에 이런 일도 또 있는가? 서방님이 어디 가고 나 죽는 줄 모르는고? 죽도록 그리다가 명천(明天: 밝은 하늘)이 감동하사 생전에 겨우 만나 잠시라도 얼굴을 대하매 사무여한(死無餘恨: 죽어도 여한이 없음)이라. 나 죽는 양 친히 보고, 남의 손 빌지 말고 감장(監葬)[227]이나 하여 줄까 신신 부탁하였더니, 끝끝이 내 마음과 같지 않아 야속하기 측량없네. 서방님도 마저 날 버리니 누굴 믿고 살잔 말고? 나는 이리 애를 태워 죽건마는 서방님은 장부시라 아무래도 여자의 간장 같으리오? 나 죽는 꼴 보기 싫어 아니 오나? 어디로 가 계신고?

----

225) 왕손 많이 각지손하고: 깍지를 낀 엄지손가락으로 팽팽하게 활시위를 당기고. '아주 매몰차게 대하고' 정도의 뜻. '왕손'은 엄지손가락. '각지손'은 깍짓손. '각지손하고'는 깍지(활을 쏠 때 시위를 잡아당기기 위하여 엄지손가락에 끼는 도구)를 낀 손가락으로 시위를 당기고. 「장끼전」에도 "허한한 홀아비가 예서 제서 통혼하나 왕손 만이(많이) 각지러니"라는 구절이 보인다.

226) 반합(半合)에: 일합(一合)도 못 되어, 곧 대번에. '합'은 칼이나 창으로 싸울 때 칼이나 창이 서로 마주치는 횟수를 세는 단위.

227) 감장(監葬): 장례 치르는 일을 보살핌.

오수장[228]에 가 계신가? 죽을밖에 하릴없다. 애고애고, 설움이야!"

칼머리를 앞으로 와락 빼쳐 뒤로 벌덕 주저앉아 두 다리를 펴바리고 대성통곡하는 말이

"애고, 이제야 나는 죽네! 천지일월성신들아, 오늘날에 나는 죽소! 산천초목 금수들아, 오늘날에 나는 죽네!"

눈을 번적 떠보면서

"광한루야, 나 죽는다! 오작교야, 나 죽는다! 당초에 너로 하여 도련님을 만났더니, 오늘날에 이별하니 언제 다시 만나보리? 광한루야, 잘 있거라. 오작교야, 너는 만팔천세(萬八千歲)를 누리려니와 내 인생은 오늘날뿐이로다. 상단아! 어머님 뫼시고 잘 있거라. 아무 때나 서방님 오시거든 나 없다고 괄시 말고 잘 대접하고, 나의 세세한 말 자세히 하여다고."

상단이 통곡하며

"그 말 마오, 듣기 싫소!"

이렇듯이 울음 울며

"애고애고, 설운지고! 어마니, 나 죽은 후에 어찌 살려 하오?"

<hr>

228) 오수장: 임실 오수(獒樹: 지금의 오수면)에서 열리는 장. 임실은 물론 남원·순창·장수 각지의 사람이 모이는 큰 장이었다.

10. 기생 점고

인(因)하여 혼절하여 칼머리를 안고 거꾸러지니, 뭇 기생이 들이달아 떠들어다가(들어올려다가) 동헌 뜰에 내려놓고 춘향이 기절하였음을 아뢰오니 어사가 수노(首奴) 불러 분부하되

"아까 놀음 놀던 기생 하나도 유루(遺漏)치 말고 다 점고하라!"

수노놈이 분부 듣고 강성(講聲) 높여 점고할 제

    천연군자거조식(天然君子去雕飾)하니 청수정신(清水精神) 옥련(玉蓮)이[229] 나오!

    흔연상고근신지(欣然相告勤愼之)하니 화축오덕(華祝吾德) 복희(福姬)[230] 나오!

....

229) 천연군자거조식(天然君子去雕飾)하니~옥련(玉蓮)이: 자연 그대로의 군자는 꾸밈이 없으니 물처럼 옥처럼 맑은 정신 옥련이. 이백의 시 「난리를 겪은 뒤 천자의 은혜로 야랑(夜郎)에 유배되어 옛날 노닐던 일을 추억하며 감회를 써서 강하(江夏) 태수 위양재(韋良宰)에게 주다」(經亂離後天恩流夜郎憶舊遊書懷贈江夏韋太守良宰) 중 "맑은 물에 핀 연꽃 / 자연 그대로라 꾸밈이 없네"(清水出芙蓉, 天然去雕飾)에서 따온 말. '야랑'은 귀주성(貴州省)의 지명. 이백은 영왕(永王) 이린(李璘)의 반란에 연루되어 옥에 갇혔다가 사형을 면하고 야랑으로 유배된 바 있다.

230) 흔연상고근신지(欣然相告勤愼之)하니~복희(福姬): 흔쾌히 기쁜 얼굴로 서로 말하며

춘월승사추월색(春月勝似秋月色)하니 환패산산(環佩珊珊) 진주옥(珍珠玉)이[231] 나오!

벽수누대십오야(碧樹樓臺十五夜)에 미인권렴(美人捲簾) 월출(月出)이[232] 나오!

찬찬문장남덕휘(燦燦文章覽德輝)하니 성세진금(聖世珍禽) 채봉(彩鳳)이[233] 나오!

일자고당부성후(一自高唐賦成後)에 십이봉두(十二峰頭) 초운(楚雲)이[234] 나오!

....

힘쓰고 삼가니 우리 왕의 복덕을 축원하는 복희. '흔연상고', 곧 '흔쾌히 기쁜 얼굴로
서로 말함'은 『맹자』 「양혜왕 하」(梁惠王下)의 "지금 왕이 이곳에서 음악을 연주하시
면 백성들이 종소리와 북소리며 피리소리와 젓대소리를 듣고 흔쾌히 기뻐하는 얼굴
로 서로 말하기를 '우리 왕께서 다행히도 질병이 없으시구나. 음악을 연주하시니'라
할 것입니다"라는 구절에서 따온 말. '화축'은 화봉인(華封人)의 축원(祝願)을 말하는
것으로, 권3의 주 272 참조.

231) 춘월승사추월색(春月勝似秋月色)하니~진주옥(珍珠玉)이: 봄날의 달이 가을 달빛
보다 아름다우니 아름다운 패옥 소리 진주옥이. '춘월승사추월색'은 소동파의 아내
가 달빛 아래 활짝 핀 매화를 보고 했다는 말로, 소동파가 이 말에 시흥이 일어 사(詞)
「감자목란화·춘월」(減字木蘭花·春月)을 지었다는 고사가 전한다. '환패'는 여성들이
차는 옥 노리개.

232) 벽수누대십오야(碧樹樓臺十五夜)에~월출(月出)이: 보름밤 푸른 나무 우거진 누대에
미인이 주렴을 걷으니 월출이.

233) 찬찬문장남덕휘(燦燦文章覽德輝)하니~채봉(彩鳳)이: 찬란한 문채(文彩)에서 빛나는
덕을 보니 태평성대 진귀한 동물의 문채 채봉. '남덕휘'는 한나라 가의(賈誼)의 「조
굴원부」(吊屈原賦) 중 "봉황이 천 길 높이 하늘을 날다가 덕의 빛을 보고 내려오네"(鳳
凰翔于千仞兮, 覽德輝而下之)에서 따온 말. 저본에는 '남덕휘'가 "남덕귀"로 되어 있으
나 바로잡았다.

234) 일자고당부성후(一自高唐賦成後)에~초운(楚雲)이: 「고당부」(高唐賦)가 나온 뒤로
부터 열두 봉우리 위에 있는 초운(초나라 구름). 「고당부」는 전국시대 초나라의 송옥
(宋玉)이 지은 부(賦)로, 초나라 회왕과 무산 여신의 고사가 담겨 있다. '무산 십이봉'

인간팔월중방흘(人間八月衆芳訖)하니 독수청향(獨守淸香) 계홍(桂

紅)이[235] 나오!

희희서속춘대상(熙熙庶俗春臺上)에 요지건곤(堯之乾坤) 순일(舜日)

이[236] 나오!

적벽중성개호시(赤壁重城開戶視)하니 호의현상(縞衣玄裳) 계명월

(鷄鳴月)이[237] 나오!

종성백옥인여옥(鍾城白屋人如玉)하니 일난춘전(日暖春殿) 선옥(仙

....

은 권1의 주 29 참조. '일자고당부성후'는 당나라 이상은(李商隱)의 시 「유감」(有感)
중 "「고당부」(高唐賦) 나온 뒤로 / 초나라 하늘의 구름과 비 모두 예사롭지 않네"(一自
高唐賦成後, 楚天雲雨盡堪疑)에서 취한 말. 명나라 곽무(郭武)의 시 「무곤도」(舞困圖)에
"열두 봉우리 위로 초나라 구름 지네"(十二峰頭楚雲落)라는 구절이 보인다.

235) 인간팔월중방흘(人間八月衆芳訖)하니~계홍(桂紅)이: 인간 세상 팔월에 온갖 꽃이
다 져도 홀로 맑은 향기를 간직한 계수나무 계홍이. 백거이의 시 「대림사의 복사꽃」
(大林寺桃花)에 "인간 세상 사월에 온갖 꽃 다 졌는데 / 산사의 복사꽃은 이제 막 활짝
폈네"(人間四月芳菲盡, 山寺桃花始盛開)라는 구절이 보인다.

236) 희희서속춘대상(熙熙庶俗春臺上)에~순일(舜日)이: 즐거워라 세상 사람들 봄날의 누
대 위에 있으니 요순 시절 태평성대 순일이. '희희서속춘대상'은 『노자』(老子)의 "사
람들 즐겁기가 큰 잔치를 즐기는 듯, 봄날의 누대에 오른 듯"(衆人熙熙, 如享太牢, 如春
登臺)이라는 구절에서 따온, 조선 세종 때 윤회(尹淮)가 지은 악장 「봉황음」(鳳凰吟)의
"희희서속은 춘대상이어늘 / 제제군생(濟濟群生)은 수역중(壽域中)이샷다"에서 취한
말. '요지건곤'은 입춘서(立春書)로 자주 쓰이는 "요지일월(堯之日月) 순지건곤(舜之乾
坤)", 곧 요임금과 순임금이 다스리던 태평성대를 말한다. 저본에는 '서속'이 "세속"으
로 되어 있으나 바로잡았다.

237) 적벽중성개호시(赤壁重城開戶視)하니~계명월(鷄鳴月)이: 적벽(赤壁) 험준한 절벽에
서 문을 열고 보니 흰 옷에 검은 치마 입은 학 계명월이. 소동파의 「후적벽부」에서 따
온 말. '개호시'는 「후적벽부」의 마지막 구절 "문을 열고 보니 도사가 간 곳이 보이지
않았다"(開戶視之, 不見其處)에서 따온 말이고, '호의현상'은 도사의 변신인 학이 "검
은 치마에 흰 옷"(玄裳縞衣)을 입은 듯했다는 구절에서 취한 말.

玉)이[238] 나오!

조거전후십이승(照車前後十二乘)하니 형연무하(瀅然無瑕) 명옥(明
玉)이[239] 나오!

강남채련쌍탕장(江南彩蓮雙蕩槳)하니 추수부용(秋水芙蓉) 연홍(蓮
紅)이[240] 나오!

동시편강한사두(冬時遍江寒沙頭)에 구지부득(求之不得) 순절(筍節)이[241]
나오!

수령향로가대운(秀嶺香爐可待雲)하니 석상삼일(石上三日) 향희(香姬)[242]
나오!

금대문장자유인(今代文章自有人)하니 일지단계(一枝丹桂) 월향(月
香)이[243] 나오!

....

238) 종성백옥인여옥(鍾城白屋人如玉)하니~선옥(仙玉)이: 종성의 오두막집에 그 사람 옥
과 같으니 따스한 봄 궁전의 선녀 선옥이. '종성백옥'의 의미는 미상.

239) 조거전후십이승(照車前後十二乘)하니~명옥(明玉)이: 앞뒤의 수레 열두 대를 비추니
티없이 밝은 명옥이. '조거전후십이승'은 전국시대 위(魏)나라 혜왕(惠王)이 직경 한
치의 보옥(寶玉)을 가지고 있었는데, 그 보옥에서 발하는 광채가 한 줄로 선 수레 열
두 대를 비추었다는 『자치통감』의 고사에서 따온 말.

240) 강남채련쌍탕장(江南彩蓮雙蕩槳)하니~연홍(蓮紅)이: 강남에서 연밥 따며 양쪽으로
노 저으니 가을 물의 연꽃 연홍이.

241) 동시편강한사두(冬時遍江寒沙頭)에~순절(筍節)이: 겨울날 온 강의 찬 모래밭에서
구해도 얻지 못할 죽순 순절이.

242) 수령향로가대운(秀嶺香爐可待雲)하니~향희(香姬): 향로봉 높은 봉우리 구름을 기
다릴 만하니 바위 위 삼일포의 향기 향희. '향로봉'은 강원도 고성군과 인제군에 걸친
산. '삼일'은 향로봉 동쪽 고성군의 삼일포(三日浦)를 가리킨다. 신라의 네 신선 영랑
(永郎)·술랑(述郎)·안상(安詳)·남랑(南郎)이 이곳에서 사흘 동안 노닐었다는 전설이
있다.

243) 금대문장자유인(今代文章自有人)하니~월향(月香)이: 당대의 문장가 중에 절로 그

시지진녀선명소하니(始知秦女善鳴蕭) 양양등선(揚揚登仙) 채란(彩鸞)이[244] 나오!

광한전하화일엽(廣寒殿下花一葉)이 운외포양(雲外布陽) 계향(桂香)이[245] 나오!

인심유위도심미(人心惟危道心微)하니 요지일월(堯之日月) 순심(舜心)이[246] 나오!

다 나오!

어사가 분부하되

"너희들 바삐 가서 춘향이 쓴 칼머리를 이로 물어뜯어 즉각으로 다 벗기라!"

하니 이는 아까 괘씸히 본 연고(緣故)러라. 기생들이 달아들어 젊은 년은 이로 뜯고, 늙은 년은 혀로 핥아 침만 바르거늘

"조년은 왜 뜯는 것이 없나뇨?"

"예, 소녀는 이가 없어 침만 발라 축여만 놓으면 불을 사이에 젊은 것

사람 있으리니 달나라 붉은 계수나무 한 가지 월향이. 권2의 주 276 참조.

244) 시지진녀선명소하니(始知秦女善鳴蕭)~채란(彩鸞)이: 진(秦)나라 여인이 통소를 잘 부는 줄 비로소 알겠거니, 난새를 타고 훨훨 날아올라 신선이 된 채란이. '진나라 여인'은 춘추시대 진나라 목공(穆公)의 딸 농옥을 말한다. 권1의 주 288 참조.

245) 광한전하화일엽(廣寒殿下花一葉)이~계향(桂香)이: 광한전 아래 꽃 한 잎이 구름 밖으로 계수나무 봄기운 활짝 펴는 계향이.

246) 인심유위도심미(人心惟危道心微)하니~순심(舜心)이: 인심(人心: 사람의 욕망)은 위태롭고 도심(道心: 하늘의 이치)은 은미하니, 요순시절 순심이. '인심유위도심미'는 『서경』「대우모」(大禹謨)의 "인심은 위태롭고 도심은 은미하니"(人心惟危, 道心惟微)에서 따온 말. 저본에는 '유위'가 "유의"로 되어 있으나 바로잡았다.

들이 뜯기 더 쉽사외다."

이렇듯이 뜯으면서 어림 아는 약은 것은 수근수근 하는 말이

"춘향아, 내 거번(去番: 지난번)에 산삼으로 속미음(粟米飮: 좁쌀 미음) 하여 보내었더니 먹었느냐?"

한 년 내달아 하는 말이

"일전에 실백자죽(實柏子粥: 잣죽) 쑤어 보내었더니 보았느냐?"

또 한 년 하는 말이

"수일 전에 편강(片薑)²⁴⁷ 한 봉(封) 보내었더니 알았느냐?"

또 한 년 하는 말이

"저 거시기 밤콩 볶아 보내었더니 보았느냐?"

이렇듯이 요공(要功)²⁴⁸하니 어사가 호령하되

"요괴로운 요년들아, 무슨 잡말들 하나니? 칼을 바삐 벗기어라!"

호령이 생풍(生風)하니 기생들이 겁을 내어 망사(忘死)하고 뜯을 적에 뭇 개들이 뼉다귀 뜯듯, 늙은 범이 개새끼 뜯듯 뜨덤뜨덤 뜯어낼 제, 이 빠진 년, 입슈알(입술) 터진 년, 볼닥이(볼때기)도 뚫어지고 턱 아래도 벗어지며 죽을힘을 다 들여서 즉각 내에 칼 벗기니, 불쌍하다, 연지(臙脂) 같은 저 춘향이 기절할시 분명하다!

---

247) 편강(片薑): 얇게 저며서 설탕에 조려 말린 생강.
248) 요공(要功): 자기의 공을 스스로 드러내어 남이 칭찬해 주기를 바람.

11. 열녀 춘향

어사가 황홀망조(恍惚罔措 : 멍하니 어쩔 줄 모름)하여 의원(醫員) 불러 명약(命藥 : 약을 처방하게 함)할 제

"김주부(金主簿)야, 살려 주소! 이주부(李主簿)야, 살려 주소!"

여러 의원 공론하여 명약한다. 생맥산(生脈散)[249]·통선산(通仙散)[250]·회생산(回生散)[251]·패독산(敗毒散)[252] 함부로 명약 내어 바삐 달여 퍼부으니, 만고 열녀 춘향이가 회생하여 일어나니 어사가 또한 상쾌하여 정신이 쇄락(灑落)하고 마음이 낙락(樂樂)하여 희불자승(喜不自勝)이라, 즉시 내려가 붙들고 싶으나 한 번 속여 보려 하고 음성을 변하여 분부하되

"노류장화는 인개가절이라. 들으니 너만(네까짓) 창기년이 수절을 한

---

249) 생맥산(生脈散) : 땀을 많이 흘려 원기가 부족하고 체액이 소모되어 전신이 나른한 데 쓰는 약. 맥문동·인삼·오미자 등을 넣어서 달여 만든다.

250) 통선산(通仙散) : 남자의 적취(積聚 : 오장육부에 쌓인 기가 덩어리가 되어 아픈 병)와 여자의 패혈(敗血)을 없애는 데 쓰는 약. 메밀과 대황(大黃)으로 만든다.

251) 회생산(回生散) : 식중독 및 위경련으로 인한 구토·설사, 팔다리가 꼬이고 차게 굳는 증상에 쓰는 약. 곽향(藿香)과 귤피를 넣어서 달여 만든다.

252) 패독산(敗毒散) : 유행성 감기, 급성 기관지염 등에 쓰는 약. 강활(羌活)·독활(獨活)·시호(柴胡) 등을 넣어서 달여 만든다.

다 하니 수절이 무슨 곡절고(곡절인고)? 네 본관 사또 분부는 아니 들었거니와, 오늘 내 분부도 시행 못할쏘냐? 너를 이제 방석(放釋)하여 수청으로 정하는 것이니, 바삐 나가 소세(梳洗)하고 빨리 올라 수청하라!"

춘향이 이 말 듣고 옴족 소스라쳐 하는 말이

"애고, 이 말이 웬 말이오? 조약돌을 면하였더니 수마석(水磨石)[253]을 만났고나! 궤상육(机上肉: 도마에 오른 고기)이 되었으니 칼을 어찌 두리리오? 용천검 드는 칼로 베려거든 베시고, 거열이순(車裂以徇)[254] 수레 꾸며 발기려거든 발기시고, 울산 전복 봉(鳳) 오리듯[255] 오리려거든 오리시고, 깎으려거든 깎으시고, 기름 끓여 삶으려거든 삶으시고, 갖은 양념 주물러서 쟁이려거든 쟁이시고,[256] 구리 기둥에 쇠를 달화(달궈) 지지려거든 지지시고, 석탄에 불을 피워 구우려거든 구옵소서. 조롱 말고 어서 바삐 죽여 주오! 본관 사또 불량하여 송백 같은 나의 절개 앗으려고 수삼 년을 옥에 넣어 반귀신을 만들었소. 금석 같은 백년기약 변괴라고 엄형중치 생주검을 만들었소. 죽기로만 바라다가 천우신조(天佑神助)하여 어사 사또 좌정하옵시니, 하늘 같은 덕택과 명정(明正)하신 처분을 입어 살아날까 축수하옵더니, 사또 분부 또한 이러하옵시니 다시 무엇이라 아뢰오리까? 얼음 같은 내 마음이 이제 와서 변할쏜가? 어서 바삐 죽여

---

253) 수마석(水磨石): 물결에 씻겨 닳아서 반들반들한 돌. 저본에는 "슈만셕"으로 되어 있으나 바로잡았다.

254) 거열이순(車裂以徇): 거열형(車裂刑)에 처한 뒤 시신을 여러 곳으로 돌려 백성들에게 보이던 일. 저본에는 '거열'이 "츠거"로 되어 있으나 바로잡았다.

255) 울산 전복 봉(鳳) 오리듯: 울산에서 나는 전복을 봉황 모양으로 오려 잔치상을 꾸미듯.

256) 쟁이려거든 쟁이시고: '쟁이다'는 음식을 양념하여 그릇에 차곡차곡 담아 두다. 저본에는 "졍이려거든 졍이시고"로 되어 있다.

주오!"

눈을 감고 이렇듯이 악을 쓰니, 어사가 이 말 듣고 박장대소하며 칭찬하되

"열녀로다, 열녀로다! 춘향의 굳은 절개 천고에 무쌍이요, 아름다운 의기 고금의 일인(一人)이라."

서안 치며 대찬(大讚)하고

"아름답다, 절개로다! 기특하고 신통하다! 아리땁고 어여쁘다! 절묘하고 향기롭다! 반갑고도 기쁘도다! 어이 저리 절묘하니! 눈을 들어 나를 보라. 내 얼굴도 이도령과 같으니라."

춘향이 혼미 중에나 음성이 귀에 익고 말소리 수상한지라 눈을 잠간 들어 쳐다보니, 수의어사가 미망낭군이 정녕하다. 천근같이 무겁던 몸이 우화이등선(羽化而登仙)[257]이라 한 번 솟아[258] 뛰어올라 들입다 덤석 안고 여산폭포에 돌 구르듯 데굴데굴 구르면서

"얼싸 좋을시고! 이것이 꿈인가, 생신가? 전생인가, 이생인가? 아무래도 모르겠네. 조화옹(造化翁: 조물주)의 작법(作法)인가, 천우신조 하였는가? 좋을 좋을 좋을시고! 어사 서방이 좋을시고! 세상 사람 다 들거라. 청춘금방(靑春金榜) 괘명(卦名)하니 소년등과 즐거운 일, 동방화촉(洞房華燭) 노도령이 숙녀 만나 즐거운 일,[259] 천리 타향 고인(故人: 친

<hr />

257) 우화이등선(羽化而登仙): 사람의 몸에 날개가 돋아 하늘로 올라가 신선이 됨. 소동파의 「적벽부」에 나오는 말.

258) 솟아: 저본에는 "쇼쇼"로 되어 있으나 바로잡았다.

259) 동방화촉(洞房華燭) 노도령이~즐거운 일: 노총각이 숙녀와 결혼해서 첫날밤을 보내는 즐거움. '동방화촉'은 동방, 곧 신방에 비치는 환한 촛불.

구) 만나 즐거운 일, 삼춘구한(三春久旱)²⁶⁰ 감우(甘雨) 만나 즐거운 일, 칠십노인 구대독신(九代獨身: 9대 독자) 생남(生男)하여 즐거운 일, 수 삼천리(數三千里) 정배(定配) 죄인 대사(大赦) 만나 즐거운 일, 세상에 즐거운 일 많건마는 이런 일도 또 있는가? 실낱같은 내 목숨을 어사 낭 군이 살렸고나! 좋을 좋을 좋을시고! 저리 귀히 되었고나! 어젯날 유걸 객(流乞客)²⁶¹이 오늘날 수어사라. 어제 잠깐 만났을 제 조금이나 일깨우 지 그다지도 속였는고? 허판사의 용한 점이 천금이 싸리로다!"

어사가 화답하되

"무릉도원 화총(花叢) 중에 호접(胡蝶) 오기 제격이요, 영주·봉래 삼 신산에 신선 오기 제격이요, 소상강·동정호에 홍안(鴻雁) 오기 제격이 요, 악양루·등왕각에 소인(騷人: 시인) 오기 제격이요, 빙옥열녀(氷玉烈 女) 춘향에게 어사 오기 제격이라."

이렇듯이 즐기면서 음식상을 한데 받고 지낸 말을 서로 하며 즐거움 을 이기지 못하더라.

---

260) 삼춘구한(三春久旱): 삼춘 오랜 가뭄. 저본에는 '구한'이 "고한"으로 되어 있으나 바 로잡았다. 권5의 주 62 참조.
261) 유걸객(流乞客): 정처 없이 떠돌아다니며 빌어먹는 사람.

12. 강동강동 월매

차시(此時) 춘향어미는 춘향의 형상 보기 싫어 집으로 돌아오니 마음이 산란하여 도로 나와 해남포(海南布)·당베²⁶² 빨러 냇가에 갔다가 이 소문을 듣고 아무런 줄은 모르고 즐겁기만 측량없다. 빨래 그릇에 물조차 담아 이고

"애고 내 딸, 기특하다! 애고 내 딸, 착한지고! 어사 사위가 뜻밖이라!"

강동강동 뛰놀 적에 인 그릇이 밑이 빠져 물을 모두 내리쓰고

"아차! 급히 이느라고 물 담은 줄 잊었고나. 요 몰골을 어찌하리? 오냐, 그만 있거라. 어사 사위 얻었으니 옷 한 벌이야 어디 가랴?"

한사(恨死)하고 뛰놀 적에

"좋을 좋을 좋을시고! 어사 사위가 좋을시고! 지어자 좋을시고!"

즐거움을 못 이겨 강동강동 뛰놀면서 강동(江東)에 범이 드니 길날아

---

262) 해남포(海南布)·당베: '해남포'는 해남에서 짠 베. '당베'는 중국산 베. 「한양가」에 "해남포와 왜베 당베"라는 구절이 보인다.

비 훨훨,[263] 소주 한 잔 먹었더니 곤대짓[264]이 절로 난다. 탁주 한 잔 먹었더니 엉덩춤이 절로 나네. 우선 관속들에게 행악(行惡)한다(못된 짓을 한다).

"발가락들 모조릴[265] 놈! 한서부터 주리를 할라. 삼반관속 다 나오소. 술값 셈도 지금 하고, 죽값 셈도 마저 하세. 자네네들 생심이나 내 돈 지고 (빚지고) 아니 줄까? 고치려도 손이 쉽고(손쉽고), 속이려도 잠깐이라."

총총 걸어 관문으로 들어갈 제 관속들이 절하며

"아자마니, 그사이 안녕하옵시오?"

"이 사람들, 요사이 문 보는 사람은 수들이 그다지 센가?[266] 그리들 마소. 그렇지 아니하니."

"없소, 망령이오! 그럴 리가 있삽나이까?"

관노 하나 하는 말이

"여보시오, 자치신내![267] 이 애 일은 그런 기쁜 일이 없소."

"이 사람, 웃지 마소. 이제야 말이지, 어제 이서방이 우리집으로 찾아왔는데, 그 주제꼴이 순전 거지일러라. 우리 아기는 그리야도(그래도) 차마 박대를 못하여 잘 대접하였지, 나는 꼴보기 싫어 밖으로 따보내었

---

263) 강동(江東)에 범이 드니 길날아비 훨훨: '강동에 봄이 드니 길나래비(질나래비)가 훨훨'로 보인다. '길날아비', 곧 '길나래비'는 '길앞잡이'의 방언. '길앞잡이'는 원통형 몸에 광택이 있고 금빛 녹색 무늬가 있는 곤충으로, 사람의 앞길을 뛰어 날아다니므로 이런 이름이 붙었다. 「봉산탈춤」에도 "강동에 범이 나니 길로래비 훨훨"이라는 구절이 보인다.

264) 곤대짓: 곤댓짓. 뽐내어 우쭐거리며 하는 고갯짓.

265) 모조릴: 모지릴, 곧 무지를. 한 부분을 자를.

266) 수들이 그다지 센가: 남을 휘어잡거나 다루는 힘들이 그렇게까지 센가?

267) 자치신내: 자치신네. 자친(慈親: 모친)을 '어르신네'처럼 높여 부른 말.

더니(떼어 보냈더니), 제라도 염치없어 그 길로 달아났나니라. 오늘 아침에 내가 아기더러 자세히 이르고 다시 생각 말라고 하며 만일 다시 묻거들랑 방수(房守: 수청) 들라 하였더니, 저도 그 꼴 보고 어이없어 살족하고(샐쭉하고) 하릴없이 여겨 어사의 수청 들어나(들었나) 보외. 지금 당하여 잘된 셈이라. 만일 본관에게 허락 곧 하였더면 오고랑이[268] 되었을 것을, 요런 깨판 또 있는가? 이제는 기탄없으니, 이서방이 온다 한들 이런 소문 듣게 되면 무슨 낯에 다시 올까? 애고, 그런 흉한 놈을 이제는 아주 배송(拜送)[269]일다!"

아전 하나 내달으며 하는 말이

"이 어사가 전등 책방[270] 이도령일세. 철도 모르고 이리 굴다가 큰일나리! 들어가서 뒷도래를 잘 치소.[271] 늙은 몸에 팔자 좋게 되었네."

춘향어미 하는 말이

"아니외다, 그런 말씀 다시 마오. 서울놈이 음흉하여 가어사(假御史: 가짜 어사)로나 다니면 모르거니와 수의어사야 제 집 조상에나 있으리까?"

머리를 썰썰 흔들면서

"아이에(아예) 이런 말씀 다시 마오."

....

268) 오고랑이: 오그랑이. 안쪽으로 오목하게 들어가거나 주름이 잡힌 물건. 여기서는 쪼그라진 신세.

269) 배송(拜送): 해로움이나 괴로움을 끼치는 사람을 건드리지 않고 조심스럽게 내보냄.

270) 전등 책방: 전등 사또의 책방 도령.

271) 뒷도래를 잘 치소: 뒷수습을 잘 하소. '도래'는 '도리'(수단)에서 온 말이 아닐까 한다. 『춘향전 비교연구』에서는 '도래'(到來)로 보아 '뒤에 닥치는 일을 잘 감당하시오'로 풀이했다.

이렇듯이 수작하며 한결같이 춤을 추고 동헌으로 들이달아

"지어자 좋을시고! 춘향아, 거기 있느냐, 없느냐?"

하며 어사를 쳐다보니 어제 왔던 걸객이라. 마른하늘 된벼락이 어디로서(어디에서) 내려오나? 기가 막혀 벙벙하고 그만 팔석 주저앉아 아무 소리도 못하거늘, 어사가 내려다보고 웃고 하는 말이

"이 사람, 춘향어미! 요사이도 집 팔기를 잘하나? 오늘도 과부 집에서 오나?"

춘향어미 속이 부적부적 죄오건마는 그라도 먹은 값이 있고 둘러대기를 잘하는지라 엄큼한(엉큼한) 마음에 두루쳐(둘러) 대답하되

"이제야 말씀이지요, 사또 일을 그때 벌써 다 알았지요. 뉘 개딸년이 몰랐다고요. 그러하기에 해남포 한 필, 당베 두 필, 급히 빨러 갔지요. 사또 옷 새로 하여 드리자 하였지요. 그렇지 아니하면 무슨 경(경황)에 그것 빨러 갔겠소? 내 일을 나쁘게 알아 계신가 보오마는 나는 다 속이 있어 그리하였지요. 만일 내 집에서 주무시다가 혹시 은근한(은밀한) 일을 누가 알까 하고 아주 각지손[272]하였지요. 그렇지 않으면 어찌 차마 구박하오리까? 나를 눌만(누구로만) 여기시오? 순라골 까마종이[273]요. 겉은 퍼러하여도 속은 다 익었지요."

하면서 고개를 숙이고 얼굴이 붉으락누르락 하거늘 어사가 웃고

"이 사람, 얼굴 들고 말하소. 애고, 얼굴에서 쥐가 나오."

....

272) 각지손: 깍짓손. '아주 매몰차게 대함' 정도의 뜻. 권5의 주 225 참조.

273) 순라골 까마종이: '무엇이든 다 알아 모르는 것이 없는 사람'을 이르는 속담. '순라골'은 종묘를 순찰하는 순라청(巡邏廳)이 있던 서울 종로구 원남동·훈정동 일대의 마을. '까마종이', 곧 까마중은 가짓과에 속한 한해살이풀. 둥글고 까만 열매가 열리는데, 여기서 '옹골차다'는 의미를 가지게 된 듯하다.

춘향이 하는 말이

"여보, 그만두오. 그만하여도 늙은 어미 무안하겠소. 그것도 또한 나를 위하노라고 그리하였지 사또를 미워 그리하였겠소?"

어사가 대답하되

"그만둘까? 그리랴도 어미 역슬(역성을) 드는고나. 네 말이 그러하니 그만두지."

이리 수작하며 밤이 맞도록 즐거움을 이기지 못하더라.

13. 대단원

　본관은 봉고파출하여 감영(監營)에 보장(報狀)[274]하고, 본읍에 밀린 공사 거울같이 처결하고, 이방 불러 분부하되

　"내외 아사(衙舍: 관아 건물) 재물들이 모두 다 탐장(貪贓)[275]이니, 동헌에 있는 것은 민고(民庫)[276]로 입장(入藏: 들여 간직함)하고, 내아(內衙: 관아의 안채)에 있는 것은 논매(論賣: 팔기를 의논함)하여 금일 내로 관납(官納: 관청으로 들임)하라!"

　이방이 분부 듣고 공관즙물(空官什物)[277] 방매(放賣)할 제 실내(室內) 마누라 좋은 서답[278] 네 귀에 끈을 달아 갓거리[279]로 방매하고, 책방이 쓰던 총관(말총갓)도 말콩 망태(말콩을 담는 망태기)로 방매하고, 갓은 즙물 다 팔아서 관전(官前)에 바치오니, 봉고하여 넣은 후에 모든 공사 처

---

274) 보장(報狀): 어떤 사실을 상관에게 공식적으로 보고하던 일.

275) 탐장(貪贓): 벼슬아치가 부정하게 횡령하거나 탈취한 재물.

276) 민고(民庫): 지방관청의 비용을 충당하기 위하여 지방민에게서 거둔 돈과 곡식을 보관해두던 창고.

277) 공관즙물(空官什物): 고을 수령이 없는 관아의 온갖 세간.

278) 서답: '개짐'의 방언. 여자가 월경 때 샅에 차던 헝겊.

279) 갓거리: 갓걸이. 갓을 걸어 두는 물건.

결하고 좌수 불러 인관(印官: 관인官印을 찍음)하고, 춘향의 집으로 나아오니 문전류(門前柳) 창외매(窓外梅)는 옛 경개가 새로워라.

수삼 일을 묵은 후에 가마독교(獨轎)[280] 선명히 차려 춘향 태워 앞세우고, 사립(簑笠)가마[281] 꾸며내어 월매 태워 뒤세우고, 가장기물(家藏器物) 진매(盡賣)하여 부담(負擔)바리[282] 실은 후에 상단이 태워 부촉(附囑: 부탁하여 맡김)하여 경성으로 보낸 후에, 전라도 오십칠관(五十七官) 좌우도(左右道)[283]를 다 돌아서 탐관오리 수재곡법(收財曲法) 역력히 뒤여내여(뒤져내어) 흐린 공사 맑혀내고 불효부제(不孝不悌)[284] 훈계하니, 거리거리 선정비요 골골이 칭성(稱聲: 칭찬하는 소리)이라.

이렇듯이 돌아다녀 모든 일을 다한 후에 승일상래(乘馹上來) 입성(入城)하여 탑전(榻前)에 복명(復命)[285]하온데, 상(上)이 반기시며 귀히 여겨 바삐 인견하여 손을 잡으시고 원로행역(遠路行役) 위로하며 인민거폐(人民去弊: 백성을 위해 제거한 폐단) 물으시니, 어사가 고두사은하고 경력문서(經歷文書)와 행중일기(行中日記)[286]를 두 손으로 받들어 드리온데, 상이 받아 살펴보시고 용안(龍顏)이 대열(大悅)하사 칭찬하시며

---

280) 가마독교(獨轎): 말 한 마리가 끄는 가마

281) 사립(簑笠)가마: 삿갓가마. 사방에 흰 휘장을 두르고 위에 큰 삿갓을 덮어서 꾸민 가마.

282) 부담(負擔)바리: 바리. 마소의 등에 잔뜩 실은 짐.

283) 전라도 오십칠관(五十七官) 좌우도(左右道): 전라좌도와 전라우도의 1부(府), 3목(牧), 4도호부(都護府), 12군(郡), 37현(縣), 총 57개의 관아.

284) 불효부제(不孝不悌): 부모에게 효도하지 않고 어른을 공경하지 않음.

285) 복명(復命): 명령을 받고 일을 처리한 사람이 그 결과를 보고함. 저본에는 "봉명"으로 되어 있으나 바로잡았다.

286) 경력문서(經歷文書)와 행중일기(行中日記): '경력문서'는 겪은 일을 기록한 문서. '행중일기'는 임무 수행 중에 기록한 일기. 저본에는 '경력'이 "격년"으로 되어 있으나 바로잡았다.

위로하시되

"연소미질(年少美質: 젊고 아름다운 사람)이 누삭(屢朔: 여러 달)을 원방(遠方)에 구치(驅馳: 분주히 다니며 고생함)하나 조금도 상한 바 없고, 수다(數多) 공사(公事)를 선치(善治)하나 하나도 미진함이 없으니, 이 진짓(정말로) 사직(社稷)의 괴공(魁功: 으뜸가는 공)이로다!"

하시고 대찬(大讚)하시며 동벽(東壁) 응교(應敎)[287]를 제수(除授)하시고 상사(賞賜)를 무수히 하시며 바삐 나가 쉬라 하시니, 때마침 조용한 지라 응교가 복지(伏地)하여 춘향의 정절과 전후사(前後事)를 자세히 주달(奏達)하오니, 상이 들으시고 희한히 여기사 격절칭찬(擊節稱讚: 무릎을 치면서 매우 칭찬함)하시되

"저의 정절 지귀(至貴)하다! 만고에 드문 일이로다! 창가지물(娼家之物)은 노류장화라 사람마다 길들이거늘, 춘향의 열절성행(烈節性行)[288]이 고인(古人)에 지나고 청고숙덕(淸高淑德)[289]이 사부(士夫) 규수의 불급(不及)함이 많으니, 이는 자고로 드문 일이라."

하시고 이조(吏曹)에 하교(下敎)하사 정렬부인(貞烈夫人) 직첩(職牒)[290]을 내리오사 정비(正妃)[291]를 봉(封)하라 하시니, 이런 영광이 어디 있으리오?

---

287) 동벽(東壁) 응교(應敎): 홍문관(弘文館) 응교. '동벽'은 조선시대 벼슬아치가 모여 앉을 때 벼슬의 차례에 따라 좌석의 동쪽에 앉던 벼슬로, 의정부·승정원(承政院)·홍문관의 관원들에 대한 별칭. '응교'는 홍문관의 정4품 벼슬.

288) 열절성행(烈節性行): 곧은 절개의 품행.

289) 청고숙덕(淸高淑德): 맑고 고결하며 정숙한 덕행.

290) 정렬부인(貞烈夫人) 직첩(職牒): '정렬부인'은 조선시대 정조와 지조를 굳게 지킨 부인에게 내리던 칭호. '직첩'은 조정에서 내리는 벼슬아치의 임명장을 뜻하는데, 여기서는 임명장, 증서 정도의 뜻.

291) 정비(正妃): '정실부인'의 뜻으로 썼다. '정비'는 본래 '정실 왕비'를 뜻하는 말인바

응교가 천만의외 천은(天恩)이 여차하심을 감축(感祝)하여 백배(百拜) 고두사은하고 퇴조(退朝)하여 집에 돌아와 가묘(家廟)²⁹²에 현알(見謁)하고 슬하에 배현(拜見: 삼가 얼굴을 뵘)하니, 부모가 반기고 친척이 모두 하례(賀禮)하더라.

응교가 부모 전(前)에 꿇어앉아 전후 사연과 성상의 은지(恩旨)를 고하온대, 부모가 또한 기꺼 못내 칭찬하고, 길일을 택하여 종족(宗族)을 대회(大會)하고 육례백량을 갖추어 남원집을 부인으로 승차(陞差)하고, 폐백을 갖추어 사당에 고한 후 백년해로하올 적에 벼슬은 육경(六卿)²⁹³이요, 자녀는 오남매라, 내외손이 번성하여 곽분양(郭汾陽)의 다자(多子)함²⁹⁴을 부러워 아닐러라.

부모에게 영효(榮孝) 뵈고 친척에게 화목하며 가중(家中) 상하에 칭성(稱聲)이 여뢰(如雷: 우레 같음)하니, 아마도 천고기사(天古奇事)는 이뿐이요, 춘향의 고절(高節: 높은 절개)은 다시 없을까 하노라.

기사(1869) 구월 염팔(念八: 28일) 누동(樓洞) 필서

....

부적절한 표현이다.

292) 가묘(家廟): 사대부들이 조상의 위패를 모셔 놓고 제사를 지내기 위해 집안에 설치한 사당.

293) 육경(六卿): 육조(六曹)의 판서.

294) 곽분양(郭汾陽)의 다자(多子)함: '곽분양'은 당나라의 명장 곽자의(郭子儀)를 말한다 (권2의 주 261 참조). 8남 8녀에 내외손이 수십 명이었다. 여덟 아들과 일곱 사위가 조정에서 높은 벼슬을 했으며, 아들은 부마(駙馬), 손녀는 황후(皇后)가 되었다.

해설/찾아보기

『남원고사』와 사랑의 가치

1

　오늘날 한국의 고전소설 대표작을 한 편만 꼽아 보라고 한다면 「춘향전」을 꼽는 분들이 가장 많지 않을까 한다. 「춘향전」은 적어도 대중적 파급력의 측면에서 19세기 소설사의 중심에 있었고, 20세기로 접어들어서는 신소설(新小說)과 근대소설이 '구소설'(舊小說)을 소설사 밖으로 몰아냈다는 1930년대에 이르기까지, 결국 20세기 전반부를 통틀어 최고의 베스트셀러였다. 20세기 초 당대를 대표하는 지식인과 소설가들이 「춘향전」과 한국의 '고전소설' 일반을 아무런 가치 없는 것으로 푸대접했던 시절이 있었으나, 그럼에도 독자 대중의 「춘향전」 사랑은 막을 수 없었다. '소설'이 근대 문학을 대표하는 형식으로 각광받았던 중요한 이유가 다수의 독자 대중과 함께하는 장르라는 데 있다면 오랜 기간 이어져 온 「춘향전」의 인기는, 결코 무시할 수 없는 이 작품의 가치, 이 작품의 매력에 대해 곰곰이 생각하게 만든다.

　「춘향전」은 대중의 끊임없는 애호 속에 수많은 변개를 거치며 유동(流動)한 결과 수많은 이본(異本), 변형 버전을 가지게 되었다. 이미 140종 이상의 이본이 보고되었고, 의미 있는 차이가 확인되는 이본으로 범위를 좁혀도 50종 이상의 버전이 검토 대상에 오른다. 현대소설 작가들 또한 「춘향전」 재해석에 해당하는 작품을 창작해 왔고, 소설의 범위를 넘어서는 서사 매체에서의 재해석이 지금은 물론 가까운 미래까지 지속될 것으로 예상되는바, 넓은 범위의 「춘향전」, 이른바 '춘향 서사'의 이본 생성은 여전히 진행 중이다.

20세기 소설 연구와 비평에 가장 큰 영향을 끼친 이론가 중 한 사람이자 도스토예프스키 소설의 탁월한 분석가였던 미하일 바흐친(Mikhail Bakhtin)은 끊임없이 자신을 '변화'시키고 '혁신'하는 것이 소설 장르의 특성이라고 했다. 이에 비추어 「춘향전」은 한 편의 소설 작품이 다양하게 변주되는 과정에서 끊임없는 '자기 변화', '자기 혁신'을 보여준, 대단히 희귀한 사례에 해당한다. 시각에 따라 그 '변화'가 때로는 '퇴보'로 보이는 경우도 있으나, 모든 변화는 앞선 「춘향전」에 대한 불만과 그로 인한 개작 욕구로부터 비롯된 것인바, 나름의 존재 이유가 있다. 서사의 큰 줄기가 그대로인 것에 비하면 변화는 대개 미세하다. 그런데 인물 설정상의 작은 변화, 전개 과정의 장치에 가한 약간의 조작이 해당 장면은 물론 작품 전체에 영향을 미치는 일이 벌어진다. 이러한 변주가 끊임없이 이루어진 결과 「춘향전」의 여러 버전을 하나의 단일한 작품으로 간주해 「춘향전」은 이런 작품이다, 춘향은 이런 사람이다, 구체적 의미를 지닌 규정을 하고 나면 하나 이상의 버전이 앞으로 나서서 자신은 그 규정에 들어맞지 않는다고 이의를 제기한다. 춘향이라고 하면 우리는 '성춘향'을 떠올리지만 '김춘향'도 있다. 이도령이 책방에 갇혀 살아 세상 경험이라고는 없는 양반댁 도련님으로 설정된 버전이 있는가 하면 어린 나이에 벌써 기생집을 날마다 드나들며 기생 상대하는 법을 터득한 난봉꾼 캐릭터로 등장하는 버전도 있다. 모든 버전이 이몽룡과 춘향의 사랑을 테마로 삼아 큰 틀에서 대동소이한 스토리를 가진 「춘향전」이지만, 세부를 들여다보면 각각의 버전마다 뚜렷이 구별되는 특징이 도처에서 발견되는, 참으로 기이한 상황이다.

2

『남원고사』(南原古詞: 남원의 옛 노래)는 「춘향전」의 초기 버전에 가까운 면모를 계승하고 있는 것으로 추정되는, 「춘향전」의 대표 버전이다. 1860년대 서울 종로의 누동(樓洞: 다락골)에서 필사되어 서울의 세책가(貰冊家: 도서대여점)에 있던 책이 지금은 프랑스 국립동양언어문화대학(INALCO)에 있다. 1970년대에 뒤늦게 이 책의 소재가 확인되어 『춘향전사본선집 1』(명지대출판부, 1977)로 영인 출판되었고, 작품이 소개되자마자 「춘향전」의 '최고봉', 「춘향전」의 '결정판'으로 지목되어 왔다.

『남원고사』는 1823년부터 1864년 사이에 만들어진 것으로 추정된다. 총 5책으로 이루어져 있는데, 제1·2·3책은 1864년, 제4·5책은 1869년에 필사되었다. 필사 시기가 다른 이유는 확실치 않으나, 1864년과 1869년에 동일한 내용의 『남원고사』가 각각 한 질씩 필사되었다가 뒤섞이게 된 것이 아닐까 하는 추정이 타당해 보인다. 성립 연대의 상한선을 추정할 수 있는 작품 속 주요 어구로 "신사년(1821) 팔월통에 떨어졌으면", "두 다리는 휘경원(徽慶園) 정자각(丁字閣) 기둥만 하고" 등을 들수 있는데, 이를 근거로 삼으면 정조(正祖)의 후궁 수빈 박씨(綏嬪 朴氏, 1770~1822)의 능원(陵園) '휘경원'이 조성된 1823년(순조 23) 이후 만들어졌다고 볼 수 있다. 1860년대에 유통된 책이지만 현재 전하는 「춘향전」 여러 버전 중에서는 가장 이른 시기에 속하는 것으로 추정되어 「춘향전」 연구에서 매우 중요한 위치에 있다. 또 하나의 중요한 버전인 '완판 84장본' 『열녀춘향수절가』가 1906년 무렵에, 신소설 작가 이해조(李海朝, 1869~1927)의 『옥중화』(獄中花)가 1912년에 출판된 점, 널리 유통된 이 두 버전과 『남원고사』 사이에 뚜렷한 차이가 있는 점까지 아울러 고려하면 「춘향전」의 초기 버전에 상대적으로 가까운 『남원고사』를 통해 「춘향전」의 원형(原型)을 가늠해 볼 수 있는바, 그 중요성이 더욱 부각된다. 『남원고사』 계통의 이본인 일본 동양문고(東洋文庫) 소장본(향목동 세책본貰冊本), 육당(六堂) 최남선(崔南善)이 1913년 신문관(新文館)에서 간행한 『고본 춘향전』(古本春香傳)이 모두 『남원고사』를 변개한 버전이고, 전주의 '완판본'(完板本)과 함께 시장을 양분했던 '경판 30장본' 등 서울의 '경판본'(京板本)은 『남원고사』의 축약 버전에 해당한다. 한편 『고본 춘향전』은 이광수(李光洙)가 1925년 『동아일보』에 「춘향」이란 제목으로 연재한 뒤 1929년 한성도서주식회사에서 간행한 『일설 춘향전』에 가장 큰 영향을 끼쳤다.

3

『남원고사』의 글자 수는 대략 한글 8만 5천 자이다. 띄어쓰기를 감안하면 대략 원고지 550매 분량이어서 「남정기」(南征記: 사씨남정기, 약 550매)와 비슷하고 『구운몽』(약 760매)보다는 짧다. 그러나 「춘향전」 중에서는 가장 긴 작품에 해당해서 '완판 84장본'의 두 배 분량, 짧은 분량의 「춘향전」 여러 버전들에 비하면 다섯 배 분량에 이른다. 「춘향전」의 원형, 또는『남원고사』보다 이른 시기에 성립된 초기 버전에 비해 대규모 확장이 이루어진 결과다. 『남원고사』에서 대폭 확장된 부분은 대개 서사 진행과 크게 관계 없는 소소한 장면의 확대에 해당한다. 때로는 그 시대에 유행하던 시가를 대량 삽입하고, 때로는 리얼리티에 손상을 줄 정도의 장황한 나열식 대화가 이어진다. 물론 이런 요소는 서사의 짜임새를 느슨하게 만들어 작품의 완성도를 떨어뜨리는 약점으로 작용하기도 한다. 그러나 등장인물들이 주고받는 긴 대화는 속되면서도 즐거운 한국어의 맛을 한껏 느끼게 하고, 주변 공간 묘사와 함께 나열된 온갖 기물이며 의복과 음식에 대한 자세한 기술, 왈자들의 놀음의 생생한 재현 등은 그 시대의 문화와 풍속에 대한 흥미로운 보고서 역할을 충실히 담당한다.

춘향 어미 사람의 뼈를 빠히랴고 우선 주효(酒肴) 진지 갖출 적에 팔모 접은 대모반(玳瑁盤)에 통영 소반(小盤), 안성 유기(鍮器), 왜화기(倭畵器)·당화기(唐畵器), 산호반(珊瑚盤), 순금·천은(天銀) 각색(各色) 기명(器皿) 벌여놓고 (…) 안주상을 돌아보니 대양푼에 가리찜, 소양푼에 제육초(豬肉炒), 양지머리 차돌박이, 어두봉미(魚頭鳳尾) 놓아 있고, 염통산적 양볶이며 신선로의 전골이요, 생치(生雉)다리 전체수며 연계(軟鷄)찜을 곁들이고, 송강(松江) 노어(鱸魚) 회를 치고, 각관(各官) 포육(脯肉)·편포(片脯)로다. 문어·전복 봉(鳳) 새기고, 밀양 생률 깎아 놓고, 함창 건시(乾柿) 접어 놓고, 청술레며 황술레며 유자·석류 곁들이고, 두 귀 발쪽 송편이며 보기 좋은 백설기, 먹기 좋은 꿀설기, 맛좋은 두텁떡, 경칩·한식 화전(花煎), 산승·송기·조악 갖은 웃기 괴어 놓고, 민강사탕·오화당(五花糖), 용안(龍眼)·여지(荔枝)·당(唐)대추며 동정(洞庭)

금귤(金橘)이 더욱 좋다. 청동화로 백탄(白炭) 숯에 다리쇠를 걸어 놓고, 평양 숙동(熟銅) 쟁개비에 능허주를 불한불열(不寒不熱) 데워 놓고, 노자작(鸕鶿杓)·앵무배(鸚鵡杯)에 가득 부어 들고 백만교태 권할 적에 "도련님, 이 술 한 잔 잡수시오."(『남원고사』 권2, 본서 124-128면)

한편에서는 노름한다.
"일성웅주 덩꼭지, 삼년적리관산월(三年笛裏關山月)이라."
"장림(長林) 수풀에 범 긴다."
"세 목 죽었는데 네 목째 간다."
"이번 꽂은 장(將)이야! 뚫고 샐까?"
"곤이 장원(壯元) 못 지거든 가라니까."
한편에서는
"백사(百四)·아삼(亞三)·오륙(五六)하고 쥐부리·사오(四五)·삼륙(三六)하고, 제칠(第七) 삼오(三五), 제팔(第八) 관이 묘하다. 열여덟씩 들이소."(『남원고사』 권4, 320-321면)

월매가 이도령 앞에 차려낸 술상의 다양한 그릇과 음식을 통해 당대의 호사스런 상차림이 그려지고, 왈자들의 노름 풍경도 실감나게 재현되었다. 당대인들이 일상적으로 즐긴 다양한 투전(鬪牋) 놀이, 여러 종류 골패(骨牌) 놀이의 방법이 지금은 잘 전승되지 않아 작품 속의 정황을 정확히 이해할 수 없는 형편인데, 『남원고사』의 해당 대목이 그나마 놀이 방법을 이해하는 실마리가 되고 있다. 이런 방식의 분량 확대는 『남원고사』가 세책본, 곧 도서 대여용 책으로 만들어진바 더 큰 수익을 위해 고안된 것이라는 추정이 설득력 있는데, 수익 목적과는 별개로 다양한 생활 현장의 생생한 재현이 이루어지면서 19세기 조선 사회의 풍속도(風俗圖)라 해도 좋을 장면들을 대거 포함하게 되었다.

4

「춘향전」은 판소리 「춘향가」에서 출발한 소설, 곧 '판소리계 소설'로 분류하는 것이 현재의 정설이다. 판소리 「춘향가」는 언제 처음 성립되었는지 알 수 없으나 18세기 중반에 대략 어떤 내용의 공연이 이루어졌는지 알 수 있는 기록이 남아 있다. 만화(晩華) 유진한(柳振漢, 1711~1791)이 호남 유람 중에 판소리 「춘향가」를 직접 보고 1754년(영조 30)에 판소리 내용을 한시로 옮긴 「가사 춘향가 이백구」(歌詞春香歌二百句: 이른바 '만화본 춘향가')가 연대가 확실한, 가장 오래된 기록이다. 후대 「춘향전」의 모든 버전은 유진한이 옮긴 「춘향가」와 대동소이한 스토리를 가지고 있다. 기본 줄거리는 거의 같지만 끊임없는 개작 과정에서 춘향과 이몽룡, 그 주변인물 캐릭터에 변화가 일어났고 몇몇 설정에 미세한 변동이 일어나면서 작품의 전체적인 색깔까지 달라지는 일이 벌어졌다.

「춘향전」의 수많은 버전 중 『남원고사』는 「춘향전」의 초기 버전에 상대적으로 가까운 면모를 지닌 것으로 판단된다. 생기발랄한 춘향 캐릭터와 서사 구성의 일관성 때문이다.

『남원고사』의 춘향은 현재 전하는 「춘향전」 중 가장 생기발랄한 '야성'(野性)을 보존하고 있다. 춘향은 자신의 감정을 즉자적으로 표출한다. 품성 좋고 다소곳한 규수의 면모는 찾아보기 어렵고, 교만하고 매몰찬 성품이라는 것이 주변의 공통된 평판이다. 도입부에서 이도령이 그네 타는 여인의 모습에 마음이 취해 그 정체를 묻자 방자는 춘향의 사람됨을 이렇게 요약했다.

> 본읍(本邑: 남원) 기생 월매 딸 춘향이요. 춘광(春光)은 이팔이요, 인물은 일색(一色)이요, 행실은 백옥(白玉)이요, 재질(才質)은 소약란(蘇若蘭)이요, 풍월은 설도(薛濤)요, 가곡은 섬월(蟾月)이라. 아직 서방 정하지 않고 있으나, 성품이 매몰하고 사재고 교만하고 도뜨기가 영소보전(靈霄寶殿) 북극천문(北極天門)에 턱 건 줄로 아뢰오.(『남원고사』 권1, 59면)

춘향의 자기 소개는 다음과 같다.

> 소녀의 성은 김이요, 이름은 춘향이요, 나이는 이팔이로소이다.(『남원고사』 권1, 72면)

16세 '김춘향'은 기생의 딸이다. 『남원고사』에서 춘향은 남들 앞에서 글 읽는 모습을 보이지 않고 빼어난 시를 짓지도 않으나 중국의 여성 시인들이나 노래에 빼어난 기녀들에 비견할 만큼 탁월한 재주를 지닌 여성이다. 그런데 춘향의 성품은 매몰차고 야멸차며 교만하고 도도해서 안목이나 자존심이 옥황상제가 사는 저 하늘끝에 턱을 걸고 있다고 할 만큼 높다. 자타공인 기생이지만 "결단코 남의 별실(別室) 가소(可笑)하고 장화호접(墻花胡蝶) 불원(不願)"이라 한 데서 알 수 있듯 다른 기생과는 다른 포부를 가진 인물이다.

이도령은 춘향을 "여중군자(女中君子)며 화중일색(花中一色)"이라 보아 정실부인으로는 맞지 못하나 평생 사랑할 것을 맹세했고, 춘향은 처음부터 이도령을 "만고영걸"(萬古英傑)이라 여겨 인연 맺을 마음을 품었으나 이도령이 변심하지 않고 백년해로하리라는 서약서, 곧 '불망기'(不忘記)를 받아낸 뒤에야 마음을 허락했다. 순정하고 고결한 사랑과 '불망기'는 잘 어울리지 않고, 따라서 한국 고전소설의 전통에서도 '사랑의 계약'이라는 설정은 낯선 것이지만, 기생 여주인공이 사랑의 한 축으로 등장하면서 독특한 상황이 만들어졌다.

"안고 떨고 진저리치고 몸서리치고 소름 돋는" 사랑을 나누던 춘향과 이도령은 곧 이별을 맞게 되었다. 춘향을 두고 서울로 떠나야 한다는 이도령의 말에 대한 춘향의 첫 반응이다.

> 섬섬옥수 불끈 쥐어 분통(粉桶) 같은 제 가슴을 법고(法鼓) [치는] 중이 법고 치듯 아주 쾅쾅 두드리며 두 발을 동동 구르면서 삼단 같은 제 머리를 홍제원(弘濟院) 나무장사 잔디 뿌리 뜯듯 바드덩바드덩 쥐어뜯으며
>
> "애고애고, 설운지고! 죽을밖에 하릴없네. 날 속이려고 이리하나, 조르려고 기롱(譏弄)하나? 깁수건을 끌러내어 한 끝은 나무에 매고, 또 한 끝은 목에 매고, 뚝 떨어져 죽고지고!"(『남원고사』 권2, 174-175면)

김춘향은 가슴을 치고 머리를 쥐어뜯으며 목숨을 끊겠다는 말을 서슴없이 내뱉는다. 홀로 속을 끓이며 말없이 눈물만 흘리는, 또는 적극적 의지와 지혜가 돋보인다 해도 자신의 감정을 표출하는 데에는 소극적인, 기존 애정소설의 여주인공 캐릭터와 뚜렷이 다른 형상이다. 오히려

분노한 춘향의 형상은 조선 후기 소설의 악녀 캐릭터들이 보여주던 패악에 가깝다.

물론 이도령도 무정한 인물이 아니다. 이별의 상황을 맞은 이도령 또한 "두 주먹을 불끈 쥐어 가슴을 쾅쾅 두드리며 '애고, 이를 어찌할꼬? 가슴 답답 나 죽겠다!'"라고 했거니와 자신의 맹세가 한때의 욕정 때문에 한 허튼 말이 아님을 거듭 강조하며 또 하나의 약속을 했다.

> 잘끈 참아 수삼 년만 견디어라. 밤낮으로 공부하여 입신양명한 연후에 너를 찾아 올 것이니, 부디부디 잘 있거라. (…) 내 말일랑 다시 마라. 장부일언이 중천금(重千金)이라 천지 개벽하고 산천이 졸변(猝變)한들, 금석 같은 내 마음이 현마(설마) 너를 잊을쏘냐?"(『남원고사』 권2, 185-187면)

이도령은 자신의 굳은 약속을 믿으라고 했고, 춘향도 동의했다.

> 도련님 말이 그러하니 한 번만 더 속아 보옵시다. 내 생각은 아주 말고 글공부나 힘써하여 소년등과하신 후에 북당(北堂)에 영화 뵈고 요조숙녀 배합(配合)하고 성군 만나 일신영귀(一身榮貴)하신 후에 그적에나 잊지 마오.(『남원고사』 권2, 187면)

김춘향은 애당초 이도령의 정실이 되겠다는 생각이 없었다. 이도령이 출세하고 요조숙녀를 정실로 맞은 다음 자신을 잊지 말고 소실로 삼아 평생을 함께한다면 사랑의 약속은 지켜지는 것이다. 이도령은 기생 춘향을 정실로 받아들이겠다는, 지키지 못할 약속은 하지 않았다. 소실로 삼아 백년해로하겠다는 약속을 굳게 했을 뿐이다. 춘향은 이별 앞에 목숨을 끊어도 좋다고 했고, 이도령은 변치 않는 자신의 마음을 믿으라고 했다. 『남원고사』는 이처럼 사랑의 서약 장면을 「춘향전」 어떤 버전보다도 길게 확대한바, '사랑의 약속'에 관한 소설이라 할 만하다.

5

춘향의 성품이 매몰차고 교만하다는 것은 방자만의 생각이 아니다. 남원부(南原府) 관속(官屬)들의 생각도 같다. 죄인의 볼기를 치는 일을 맡은 이패두(李牌頭)는 신관 사또의 명을 받아 춘향을 체포하러 나서며 이도령과 만나던 춘향을 통해 서초(西草), 곧 평안도에서 나는 고급 담배를 구해 보려고 부탁했다가 무시당한 일을 회상하며 분통을 터뜨렸다. 이패두가 동료 최패두(崔牌頭)에게 한 말이다.

> 그 아이년이 [내가] 말하는 것을 개방귀로 알고, 우리를 도무지 터진 꼬아리(꽈리)로 알아 눈을 거들떠도 보지 아니하고, 홈치고 감치고 대치고 뒤치고 뺑당그르치고 들어가니, 말한 내 꼴 어찌 되었느냐? 너면 어떻게 분하겠느냐? (…) 어허, 절통히 생긴 년 같으니! (…) 이번에 불러다가 만일 매가 내리거들랑, 너도 사정(私情) 두는 놈은 내 아들놈이니라!(『남원고사』권3, 239-240면)

이패두 생각에 춘향은 본래 도도한 성품에다 부사 아들의 세력까지 끼고는 안하무인으로 관속들을 무시하는, 매우 고약한 '아이년'이다. 곧

장을 치게 된다면 춘향의 유무죄를 따질 것 없이 사정없이 때려 지난날 무안당한 일에 앙갚음을 하겠다는 생각이다. 「춘향전」의 다른 버전에 익숙한 독자라면 이 장면이 퍽 의아할 수 있는데, '완판 84장본'의 경우 춘향을 잡아오라는 명을 받은 군뢰(軍牢)는 처음부터 "불상하다 춘향 정절 가련케 되기 쉽다!"라며 춘향을 동정했다. 춘향에 대한 주변 인물의 평가가 후대 버전에서 정반대로 바뀐 사례에 해당한다.

춘향은 자신을 잡으러 온 두 패두를 보고 하필 '재전(在前: 이전)에 혐의 있는 놈이 모두 골라 나왔고나!' 생각하고 단번에 대응책을 마련했다.

> 훨쩍 뛰어 내다르며 단순호치(丹脣皓齒) 반개(半開)하고 함소함태(含笑含態) 손뼉 치고
>
> "애고나, 저 손님 보완지고(보고 싶었네)! 반갑기도 그지없고, 기쁘기도 측량없네. 최패두 오라버니, 그사이 평안하오? 이패두 아자버니(아주버니), 요사이 안녕하오? 형님네들과 아자머니(아주머니) 태평하시고, 집안에도 연고 없이 지내오? (…) 그정(그때) 우리게서 가져간 강아지 요사이는 매우 컸지요? 그사이 어찌하여 한 번도 못 오시던가? 구실에 다사(多事)하여 못 오던가? 지날 길이 없어 놀면서도 못 오던가? 사람들도 무정할사 어찌 그다지 발을 끊노? 내 몸 하나 병이 들어 적막강산에 누웠으니, 와병(臥病)하면 인사절(人事絶)이라, 한 번이나 와 보더면 무슨 하늘에 벼락 칠까? 세상에 야속들도 하오!"(『남원고사』 권3, 243-244면)

평소 야멸차고 교만하기로 소문난 춘향이다. 패두 따위의 청탁은 들

은 척도 않던 춘향이 이들을 가까운 친척이나 이웃을 대하듯 반가이 맞고 그동안 왕래가 없음을 야속해한다. 춘향의 머리에 곧바로 이패두가 앙심 품을 법한 일이 떠올랐다.

한 번 그때에 아재 문 볼 제(문 지킬 때) 나더러 서초(西草) 말하기에 대답도 아니하고 들어갔더니 필경(畢竟) 나를 야속히 알아 계시지요? 그 바로 전에 나하고 마주서서 말한 사람을 (…) 비밀히 잡아들여 흉한 악형(惡刑)을 하는 것을 목도(目睹)하였기로 아재도 그렇게 해로울까 하여 반가운 손님을 보아도 인사도 변변히 못하는 터이기에 들을만(듣기만) 하고 들어갔더니, 그때에 그런 잔속은 모르고 응당 어떠히(거시기하게) 알았지요? 마음먹고 들어가서 도련님 보고 나오는 길에 비장청(裨將廳)에 들어가서 서초 얻어 휴지에 싸서 허리춤에 넣고 아재를 주자 하고 삼문간(三門間)에 나와 보니 아재는 어디 가고 (…) 그리저리 틈이 없어 우리 어머니더러 부탁하되 (…) 어머니도 건망증이 있어 진작 가지 못하였고, (…) 그렁저렁 이때까지 한 번도 못 만나서 이런 정담(情談) 못하였네.(『남원고사』 권3, 244-245면)

춘향이 '반가운 손님' 이패두의 청탁을 들어주었다가 무슨 뒷탈이 있을까 싶어 겉으로는 모른 척했다거나 서초를 얻어다가 넌지시 전하려 했지만 이런저런 일이 꼬여 줄 수 없었다거나 하는 말은 춘향의 도뜬 성품이나 춘향이 이패두를 보자마자 "재전에 혐의 있는 놈"이라 생각한 점에 비추어 모두 거짓이다. 이패두도 춘향의 속셈을 모르는 바 아니었다.

저 패두 놈 거동 보소. 이전 일 생각하니 오늘 일이 의외로다. 이전에 추보기(우러러보기)를 도솔궁(兜率宮) 선녀러니, 오늘날 추는(추어올리는) 줄을, 가작(假作: 거짓 꾸밈)인 줄 정녕히 알건마는 분길 같은 고운 손으로 북두갈고리 같은 저의 손을 잡은지라, 고개를 빠지우고(빼고) 내려다보니 제두리뼈가 시근시근, 돌같이 굳은 마음 춘풍강상(春風江上)에 살얼음같이 육천골절(六千骨節)이 다 녹는다.(『남원고사』 권3, 245-246면)

궁지에 몰린 춘향의 거짓 너스레인 줄 알면서도 이패두는 춘향의 능수능란한 꼬임에 넘어가고 말았다. 더 재미있는 것은 이어지는 대화 중 최패두(최여숙)의 말이다.

"이 애 여숙아, 사람의 마음이 물 같다 이르는지라, 이 아이 형상(形狀)을 잠깐 보니 내 마음은 간데없다."
여숙이 대답하되
"그런 줄 몰랐더니 너는 매우 모질고나! (…) 나는 그 형상 보기 전에 이 애 일만 생각하여도 마음이 아즐아즐하고 바아지는(부서지는) 듯하더니, 아까 이 집으로 들어오니 잔뼈는 다 녹고 굵은 뼈는 다 초 친 무렵(해파리)의 아들이 되고 공연히 온몸이 절절 저려오니, 도무지 이러니 저러니 말하기 싫더라마는, 아까 네가 나더러 하던 말을 '아서라, 말아라' 하기는 동관(同官: 동료)의 정(情)을 겪는 듯하여 말을 아니하고 들을만(듣기만) 하였다마는, 도무지 그 일이 대단치 않은 일에 협(狹)하여(옹졸하게) 하잘 것도 없고, 또한 '밤 잔 원수가 없다' 하니, 벌써 언제 한 일을 이때까지 미안히 아는 것이 우리가 도리어 겪지(대접하지) 못한 모양 같고, (…) 그사이 우리가 한 번도 저를 찾아 문병치 못한 것이 첫째는 우

리가 잘못하였는지라. 저의 다정한 뜻과 같지 못한 줄이 후회로다."(『남원고사』 권3, 246-247면)

춘향을 체포하러 오면서 이패두가 춘향을 향해 분통을 터뜨릴 때에는 묵묵히 듣고 있던 최패두도 춘향의 애교와 환대에 넘어가 오히려 이패두의 매정함을 탓하기에 이르렀다.

이처럼 춘향은 위기에 처하면 평소에 거들떠보지도 않던 이에게 아양을 부리고 거짓말도 서슴지 않으며 자신에게 적대적인 이들의 마음을 금세 돌리는 법을 아는 능수능란한 여성이다. 얄밉다면 얄미운 캐릭터이나 영악하면서도 깜찍한 정도지 밉살스러운 모습은 아니다. 허판수의 해몽 에피소드까지 보고 나면 『남원고사』의 김춘향은 한국 고전소설사에 처음 등장한 독특한 인간형이라는 점이 좀 더 뚜렷이 드러난다. 앞선 시대 소설의 청순가련형 여주인공과도 다르고, 대쪽같은 지조의 직선적인 여주인공과도 다르며, 교묘한 수단을 부리는 대담무쌍한 악녀와도 다른, 사랑스러우면서도 능수능란한 임기응변으로 상대를 제압해서 자기 뜻을 관철시킬 줄 아는, 매력적인 여성 캐릭터가 탄생했다.

6

『남원고사』의 인간관은 '밤 잔 원수 없다'는 최패두의 말, 곧 '밤 잔 원수 없고 날 샌 은혜 없다'라는 속담에 집약되어 있는 것으로 보인다. 순식간에 태도를 돌변하는 춘향도, 매정한 춘향에 앙심을 품고 심술을 부리려다 오히려 자신들의 매정함을 후회하는 두 패두도, 춘향을 향한 욕정과 동정심을 동시에 지닌 허판수와 왈자들도, 신관 사또 '변악도'의 눈에 들고 싶어 한껏 치장을 하고 나이를 속이거나 거지 행색의 어사를 푸대접하는 기생도, 오직 눈앞의 이익에 따라 움직인다는 '이진정소'(利盡情疎: 이익이 다하면 정이 멀어짐)의 세태에 가장 충실한 월매도, '밤잔 원수 없는'『남원고사』의 세계에서는 영원한 비난의 대상이 아니다. 선악을 넘어 이들 모두 현실 어디에나 존재하는 인물, 영악한 얌체 같지만 사랑스러운 깜찍함이 있고, 사납고 거칠어 보이지만 어수룩하고 순박한 구석이 있는 사람들, 매몰찬 마음과 정다운 마음, 이기적인 마음과 이타적인 마음, 엉큼한 마음과 아끼는 마음, 못난 마음과 잘난 마음을 동시에 가진 존재들이기 때문이다.

『남원고사』의 작자는 시종 유머러스한 필치로 평범한 인간 군상의 이중적 면모와 함께 그들 하나하나가 가진 인생의 단면을 보여주며 때로는 거룩함의 편에, 때로는 비속함의 편에 서서 인간 존재의 의미를 생각하게 만든다.『남원고사』의 조역 인물들은 저마다 흔히 부정적인 측면으로 이해될 인간 면모, 인간의 본성 내지 욕망을 지녔지만 서술자의 시선을 따라가노라면 그들 또한 우리 주변의 평범한 이웃이라는 생각에 이른다. 춘향과 이몽룡이 그랬듯이『남원고사』의 작자는 이런 이웃들을, 실리에 민감하게 반응하는 세태를 너무 근엄한 어조로 꾸짖지 않기를 권하는 것으로 보인다. 천하의 악인이어야 할 변악도조차 종반부로 향할수록 그 악행이 부각됨에도 작품 전편에 걸쳐 밉지 않은 구석이 있는 코믹한 인물로 그려진 데서 이 세상에 절대 선인도, 절대 악인도 존재하지 않는다는『남원고사』특유의 시선이 확인된다. 선인 집단과 악인 집단의 치열한 대결 속에 두 진영 사이에는 그 어떤 중간지대도 있을 수 없는 세계를 보여준다는 후대 '완판 84장본'과 비교할 때『남원고사』

는 중간지대, 또는 회색지대에 속한 인물 군상에 관한 기록으로 기억될
만하다.

『남원고사』의 세계에는 '규범적 당위에 충실한 인간형'이 존재하지 않
는다. 시종일관 정직하고 행실이 바른 도덕군자와 요조숙녀는 물론 전
형적인 선인이나 의인(義人) 캐릭터도 존재하지 않는다. 주인공 춘향과
이몽룡을 포함하여 『남원고사』의 모든 등장인물은 규범적 시각에서 볼
때 나름의 결함을 지닌 존재여서 언제든 타인의 시선 앞에 조롱과 희화
화의 대상이 된다.

전통적인 선남선녀의 사랑, 우연한 만남에서 서로의 마음을 확인하
고 한 마디 말이나 한 번의 편지로 평생을 약속하는 사랑도 이 세계에는
존재하지 않는다. 그런 사랑은 눈빛만으로 마음을 전하고, 주고받은 시
한 편으로 평생을 약속하던, 아름다운 옛날에나 가능했던 것이다. 따라
서 『남원고사』의 세계, 19세기 중반 '세사난측'(世事難測)의 시대에 살던
김춘향은 첫 만남에서 이몽룡을 평생의 남자라고 확신하자마자 불망기
를 요구하고, 훗날 계약이 파기된다면 이 문서를 증거 자료로 삼아 소송
을 걸겠다고 했다. 춘향에게 완전히 마음을 빼앗긴 이몽룡은 기꺼이 문
서를 써 주며 정실로는 맞이하지 못 해도 소실로 맞아 백년해로하겠다
고 거듭 약속했다. 사랑에 계약 문서가 등장했으니, 애정소설의 전통에
서 보자면 사랑의 '완전무결한 진실성'에 균열이 생긴 '훼손된 사랑'이
다. 그러나 설령 출발점은 사또 자제의 위세를 빌려 기생을 불러 보고,
콧대 높은 기생으로서 권력자의 소실이 되어 호사를 누리고자 하는 욕
망이 있었다 할지라도 사랑의 진실성과 순수성이 과정으로 입증되는 것
이라면 춘향과 이몽룡의 사랑 또한 진실하고 순수하다.

춘향과 이몽룡은 모든 시련을 거쳐 마침내 사랑의 약속을 지켰다. 이

몽룡은 당초의 약속을 묵묵히 이행했다. 서울로 간 이도령은 "은근히 저 〔춘향〕를 위한 정이 가슴에 못이 되고 오장(五臟)에 불이 되어" 오직 춘향과 백년해로하겠다는 일념으로 과거 공부를 했고, 마침내 남원으로 돌아와 옥중의 춘향을 만났다. 춘향은 오매불망 구원해 주기를 바라던 이몽룡이 패가하여 걸식하는 신세가 된 것을 보고 절망했다.

> 서방님 바라기를 남정북벌(南征北伐) 요란할 제 명장같이, 개국열토 (開國列土) 공신같이 믿고 바랐더니, 이제 저 몰골이 되었으니, 애고, 나 는 죽네!(『남원고사』권5, 409면)

그러나 절망의 순간에도 춘향의 사랑은 변함이 없었다.

> 죽으나 한이 없소. 저 지경으로 내려오니, 남의 천대 오죽하며 기한 (飢寒)인들 적었을까? 불쌍하고 가련히도 되었고나!(『남원고사』권5, 409면)

춘향은 이런 사람이다. 모든 소망이 허물어진 순간에도 도리어 천대 받았을 이몽룡을 가련히 여기고 있으니 춘향의 사랑에서 더 이상 '진실 성'을 의심할 여지도 없다. 이 지점에서 두 사람은 나와 우리의 이웃을 닮은, 『남원고사』의 다른 조역들과 뚜렷이 구별된다. 춘향은 "이진정소 배은망덕 나는 차마 못하겠소"라고 분명히 선언했거니와 이몽룡 또한 이진정소와 염량세태의 세상을 넘어서고자 했다. 사랑의 힘이다.

김춘향의 당초 요구사항은 이도령이 출세해서 요조숙녀를 정실로 맞은 다음 자신을 소실로 삼아 평생을 함께해야 한다는 것이었다. 작품의 종착점에서 춘향은 자신의 기대를 넘어 이몽룡의 유일한 정실부인이 되었다. 대단한 파격이다. 후대의 「춘향전」에서 춘향의 신분이 점점 격상되어 비록 기생 월매의 딸이지만 종2품 고위 관료인 참판(參判)의 서녀로 태어나 양반댁 아씨에게 걸맞은 교양과 예의범절을 모두 갖춘 인물로 춘향을 형상화한 것도, 심지어는 월매까지도 아주 품위 있는 양반 여성처럼 행동하게 만든 것도, 기생 춘향은 결코 기생이 아니라는 설정상의 모순을 키워 간 것도 모두 기생이 정실부인이 된다는 결말의 파격을 완화하려는 목적에서 비롯된 일로 보인다. 『남원고사』에서는 이도령이 서울로 떠난 뒤 춘향이 대비정속(代婢定屬), 곧 관청에 소속된 여종이나 기생이 다른 사람을 돈으로 사서 자기 대신에 관청에 속하게 함으로써 천민 신분에서 벗어났다는 설정을 취했고, 후대 버전으로 가면 어린 시절부터, 또는 늦어도 이도령과 만나기 전에 이미 '대비정속'해서 기생 명부(名簿)에서 빠진 상태라는 설정에 이르는데, 『남원고사』를 통해 그려 보는 「춘향전」의 원형에서는 '대비정속'의 장치 없이 시종일관 춘향의 신분이 기생이었을 것으로 본다. 기생이면서 이미 사랑하는 사람, 평생을 약속한 사람이 있다는 이유로 기생 점고에 무단히 참석하지 않는 기생 춘향, 신관 사또의 수청을 끝내 거부하고 3년 동안 옥에 갇혀 모진 시련을 겪으면서도 뜻을 굽히지 않고 자신의 사랑을 인정받고자 했던 기생 춘향, 이것이 춘향의 원형이라 볼 때 춘향의 사랑은 '복종의 윤리'로 규정되는 열녀의 정절, '유교적 여성 규범으로서의 열(烈)'과 뚜렷이 구별된다.

암행어사 출도 후에 춘향은 옥에서 풀려나 간신히 정신을 차렸다. 이몽룡은 춘향을 "즉시 내려가 붙들고 싶으나" 정체를 감추고 춘향에게 수청을 들라고 했다. 가혹한 '최후 시험'이다. 이 또한 결말의 파격을 정당화하기 위한 장치로 이해된다. 옥중 상봉 장면만으로도 기생 춘향은 정실부인이 되는 파격을 누리기에 정당하다고 보는 입장이 있는가 하면 여전히 춘향의 사랑을 의심하는 독자가 있을 수 있기 때문이다. 이를테면, 춘향의 가장 강한 동기를 이도령과의 사랑을 이룸과 동시에 상류사회로 진출하려는 '성취 욕구'로 보고, 따라서 자신의 성취 동기를 충족시켜 주는 이몽룡에게 순종한 반면 성취 동기를 방해하는 신관 사또에게는 목숨을 걸고 저항했다는 해석이다. 이런 의심을 불식하기 위해 최후 시험이 필요했다. 춘향은 믿었던 이도령이 자신의 '성취 욕구'를 충족해 줄 가능성이 완전히 사라진 시점에서 자신을 간절히 원하던 중년의 권력자 변악도를 몰아낸 한층 막강한 권력자, 춘향의 바람에 부합하는, 재주 많고 기개 있으며 출세가 보장된 인물로 보이는 청년 어사의 수청 요구도 거부할 수 있을까?

> 본관 사또 불량하여 송백 같은 나의 절개 앗으려고 수삼 년을 옥에 넣어 반귀신을 만들었소. 금석 같은 백년기약 변괴라고 엄형중치 생주검을 만들었소. 죽기로만 바라다가 천우신조(天佑神助)하여 어사 사또 좌정하옵시니, 하늘 같은 덕택과 명정(明正)하신 처분을 입어 살아날까 축수하옵더니, 사또 분부 또한 이러하옵시니 다시 무엇이라 아뢰오리까? 얼음 같은 내 마음이 이제 와서 변할쏜가? 어서 바삐 죽여 주오!(『남원고사』 권5, 453~454면)

춘향이 '반귀신'이 되어서도 "눈을 감고 이렇듯이 악을 쓰니" 모든 일이 끝났다. 박장대소하는 어사의 찬양으로 가장 비천한 처지에 있었기에 상승을 위한 최고 난이도의 고통을 겪어야 했던 춘향의 모든 고난이 끝났다.

> 열녀로다, 열녀로다! 춘향의 굳은 절개 천고에 무쌍이요, 아름다운 의
> 기 고금의 일인(一人)이라. (…) 기특하고 신통하다! 아리땁고 어여쁘
> 다! 절묘하고 향기롭다! 반갑고도 기쁘도다! 어이 저리 절묘하니! (…)
> 빙옥열녀(氷玉烈女) 춘향에게 어사 오기 제격이라."(『남원고사』 권5,
> 454-455면)

　춘향은 최후의 시험에 이르기까지 끝내 목숨을 걸고 사랑의 약속을
지킴으로써 세상에서 가장 의기 있고 아름다운 '한 사람'이 되었다.
　『남원고사』는 춘향과 이도령의 사랑 이야기이다. 그런데 두 사람이
어떻게 '사랑의 약속'을 지켰는가, 특히 춘향의 입장에서 사랑 앞에 놓
인 달콤한 유혹과 모진 시련을 어떻게 대처해 나갔는가에 초점을 맞추
고 보면 단순한 사랑 이야기를 넘어서 있다. 대단원의 도정에서 만난 인
간 군상과 세태는 때로는 따뜻하고 때로는 오싹하다. 그러나 동정을 보
내기도 하고 차갑거나 음험한 시선을 던지기도 했던 주변 사람들은 평
소 매몰차고 교만하다 여겨 왔던 춘향의 집념, 사랑을 향한 일념에 차츰
공감하며 한편이 되어 갔다. 그리하여 『남원고사』는 성스럽기도 속되기
도 한, 순수하기도 교활하기도 한 인간 존재의 양면에 대한 냉정하고 따
뜻한 시선, 실리에 따라 표변하는 세태까지 그대로 인정하고 포용하는
시선 아래 '그럼에도' 인간의 어떤 마음과 태도가 존중받을 가치가 있는
가 묻고 답하는 소설이 되었다.

『남원고사』를 읽는 일은 한문소설을 정밀하게 독해하는 것 이상으로 어려운 점이 많다. 작품 곳곳에 삽입된 한시나 한문 전고(典故)를 파악하는 것은 연구자들이 시간과 노력을 투여하면 거의 해결 가능하지만, 오늘날 그 시대의 우리말과 속어, 속담, 당대의 풍속을 정확히 이해하기 어렵다는 점이 문제다. 이 때문에 자세한 주석서가 필요한데, 최남선의 『고본 춘향전』까지 거슬러 올라가면 『남원고사』 주석의 역사는 한국 고전소설을 통틀어 가장 긴 편에 속한다.

『고본 춘향전』은 『남원고사』의 개작본으로, '허두가'(虛頭歌)라고 부르는 『남원고사』 서두의 노래를 새로 창작한 노래로 바꾸고, 중국의 지명과 인물 고사를 조선 것으로 바꾸었으며, 외설적인 장면이나 표현을 모두 제거한 것이어서 『남원고사』의 온전한 모습과는 거리가 있다. 『고본 춘향전』은 이처럼 『남원고사』의 온전한 모습을 간직한 것도 아니고, 오늘날의 원전 주석에 해당하는 풀이가 있는 것도 아니지만, 한글 표기만으로는 정확한 의미를 파악할 수 없는 주요 어구마다 한자를 병기한 것이 후대의 주석 작업에 큰 도움이 된바, 『남원고사』 주석의 선구적인 성과로 꼽을 만하다.

본격적인 『남원고사』 주석 작업은 1970년대 김동욱·김태준·설성경 세 분 선생의 『춘향전 비교연구』(삼영사, 1979)에서 시작되어 이윤석 교수의 『남원고사 원전 비평』(보고사, 2009)과 설성경 교수의 『춘향전—남원고사』(서울대출판부, 2016)에 이르렀다. 이 책에서는 『고본 춘향전』을 비롯하여 가장 상세한 주석을 담은 『남원고사 원전 비평』 등 기존의 모든 주석서를 참조하면서 지금까지 의미와 출처가 밝혀지지 않았던 미상 구절에 대한 주석을 대폭 추가하고 기존 주석의 일부 오류를 바로잡고자 했다. 여전히 의미를 파악하지 못한 어구가 적지 않고, 혹 지나친 억측으로 기존의 올바른 주석을 오히려 해친 결과에 이르지 않았는지 조심스러운 바 있다. 잘못을 계속 수정하며 한국 고전소설의 걸작 『남원고사』를 정밀하게 독해하고 「춘향전」 해석의 폭과 깊이를 더하는 데 바탕이 되는 자료로 만들어 가고 싶다.

찾아보기

남원고사

1판 1쇄 발행 2024년 6월 30일

지은이 | 정길수

펴낸이 | 조영남
펴낸곳 | 알렙

출판등록 | 2009년 11월 19일 제313-2010-132호
주소 | 경기도 고양시 일산서구 중앙로 1455 대우시티프라자 715호
전자우편 | alephbook@naver.com
전화 | 031-913-2018, 팩스 | 031-913-2019

ISBN 979-11-89333-81-2 93810